Ruggero Pesce

Dycotomia

Fantastoria della Seconda guerra mondiale

ᴘᴘ.
MNAMON

Capitolo I – Lettere e buste

La lettera, che tanta parte avrebbe avuto nel modificarmi l'esistenza, mi fu recapitata verso la fine di giugno dell'81 e rimase su un mobiletto della cucina fino a sera, quando la trovai appena rientrato dal lavoro; giusto il tempo per essere timbrata dall'impronta d'una tazzina da caffè e da una serie sfumata di orme di Scarpebianche, il gatto di casa.

La aprii ancor prima di cambiarmi per indossare gli abiti da casa: jeans sdruciti e maglietta non proprio pulita, ma col taschino per le sigarette e l'accendino.

Ero incuriosito sia dall'eleganza della busta, di costosa carta increspata e con un austero logotipo stampato in oro nell'angolo alto, sia dalla sua provenienza, in quanto il mittente era una banca d'affari svizzera con sede a Locarno.

Lessi che il direttore mi invitava, con una gentilezza alla quale non ero abituato da parte di un direttore di banca, a prendere contatti con lui affinché potesse corrispondermi in modo formale quanto era di mia spettanza dei beni di un fondo amministrato dalla sua banca, il tutto in esecuzione delle disposizioni impartite da un loro cliente molti anni addietro.

Rimasi sbigottito, insieme a mia moglie Angela, poiché non conoscevo nessuno, tanto meno svizzero, che potesse beneficiarmi di qualcosa di tanto prezioso da essere amministrato da una banca, ben sapendo quanto fossero costose tali gestioni. Pensai subito ad un errore di persona, ma l'indirizzo sulla busta era esatto: dr. Federico Fischer, vicolo Vignetta, Oleggio (No) Italia.

Il giorno successivo, dopo aver telefonato in banca, non ebbi più dubbi, infatti lo stesso direttore, con tono rispettoso, mi fissò un appuntamento per il venerdì successivo, quando mi avrebbe fornito le spiegazioni del caso e definito ogni altra questione.

Stavo per ricevere un sacco di soldi, me lo sentivo. Quanti? da chi? perché? Erano domande che per un paio di giorni mi frastornarono la mente, tanto da non riuscire a combinare nulla in ufficio. Non volevo illudermi troppo, ma non potevo evitare di pensare a quale automobile nuova acquistare in sostituzione della mia vecchia Mini Cooper, che beveva come una spugna ed era diventata veramente piccola e scomoda ora che c'era il pupo.

Venerdì, il giorno dell'appuntamento, raggiunsi con l'auto Locarno e non ebbi difficoltà a trovare la banca, defilata in una stradina del centro, vicino all'imbarcadero. L'ambiente in cui attesi pochi minuti trasudava solida ed antica ricchezza: vetri istoriati, robuste inferriate, mobili di legno scolpito, poltrone di cuoio trapuntate, damaschi alle pareti, posacenere di cristallo, busti di bronzo di personaggi enigmatici, ma senza dubbio ricchi sfondati, una kenthia moribonda (beh, non si può avere tutto dalla vita).

Anche il direttore che dovevo incontrare impersonava, quando lo vidi entrare sorridente e con la mano tesa, l'archetipo dei piccoli gnomi svizzeri. Ci presentammo e mi pilotò in un austero ufficio ove le sensazioni provate in sala d'attesa si moltiplicarono; costui, dopo essersi accertato della mia identità, venne subito al dunque.

- Dottor Fischer - mi disse - è dal 1951 che questa banca gestisce il patrimonio di una Fondazione istituita da un suo quasi omonimo, il dottor Friedrich Fischer, immagino si tratti di suo nonno. Ho avuto illo tempore precise disposizioni di mettermi in contatto con lei non prima di quest'anno, per presentarle il rendiconto annuale della gestione del patrimonio affidatoci; quella degli anni trascorsi è già stata approvata dagli agenti di suo nonno. In questa cartella troverà i saldi attuali e la documentazione degli adempimenti fiscali effettuati.

Inoltre ho il piacere di comunicarle che, a valere dalla data odierna, le è stata assegnata una rendita annua di un milione di Franchi svizzeri, pagabili nella valuta che vorrà indicarci e frazionabile in tranche mensili, o con qualunque altra cadenza, per tutta la durata della sua vita e quella dei suoi eredi. Congratulazioni vivissime. Spero vorrà avvalersi in futuro dei servigi di questa banca. -

Seguii sempre più sbalordito l'intero discorso, ed alla fine mi accorsi che avevo ascoltato il direttore con la bocca aperta. Il "da chi?" ed il "perché?" s'allontanarono dalla mente e vennero rimpiazzati dal "quanto?" Cazzo! Un milione di Franchi svizzeri all'anno erano davvero una barcata di soldi.

Avevo un nonno che si chiamava quasi come me, da piccolo lo chiamavo nonno Fritz, ma come poteva essere tanto ricco da farmi un lascito del genere? Per il poco che lo avevo conosciuto non mi pareva potesse essersela passata così alla grande; nel '51 poi, con la Germania appena uscita da una guerra disastrosa e l'intera popolazione in condizioni non certo agiate. Non era possibile che si trattasse di lui; inoltre non ero nemmeno il suo unico nipote.

Intanto nell'ufficio era entrato un inserviente spingendo un carrello con tre grossi faldoni di tabulati ed una cartellina; da questa il direttore estrasse decine di documenti che dovetti firmare mentre lui, passandomi le carte una ad una, mi spiegava di volta in volta cosa stessi firmando.

Per darmi un certo tono, mentre firmavo continuavo a ripetere: "Sì, sì", "okay", "certo", "naturalmente", "ho capito", invece non riuscivo nemmeno ad ascoltare quanto mi veniva spiegato.

Avrei firmato anche un foglio in bianco, ed effettivamente ebbi il sospetto di averne firmato qualcuno, ma sentivo di potermi fidare ciecamente di chi, da un momento all'altro, mi aveva fatto diventare un nababbo.

Ero certo che quella sarebbe diventata la mia banca. Questo sì che era un direttore col quale mi trovavo in sintonia, altro che quello stronzo della mia banca, a Novara, che mi chiedeva di continuo di far rientrare dal rosso il conto corrente. A parte tutto, se si era fidato di questa banca il mio ricco benefattore, perché avrei dovuto eccepire qualcosa proprio io?

Terminate le firme e le altre formalità, rifornito di carnet di assegni, di carte di credito e di una grossa somma in contanti, il direttore mi consegnò tre buste, sigillate con la ceralacca e contrassegnate con le lettere A, B e C.

Mi spiegò che, sempre in esecuzione delle disposizioni di mio nonno, avrei dovuto aprirle in ordine alfabetico; ma che se dopo aver letto il contenuto delle prime due buste non avessi voluto aprire la terza, allora avrei dovuto distruggerla.

Ringraziai il direttore sorridendo, perché la faccenda delle buste mi ricordava un vecchio telequiz con Mike Bongiorno, e mi accomiatai da lui. Questi, accorgendosi di non avermi offerto nulla, insistette perché prendessi almeno un cioccolatino, che gradii.

Un fattorino mi aiutò a trasportare i faldoni con i tabulati fino al parcheggio dell'auto, mentre io gli trotterellavo accanto portando una valigetta contenente le buste e gli altri documenti, quasi levitando sulla strada di una buona spanna per quanto ero felice.

Rimasto solo mi infilai in un bar per raccogliere le idee con davanti un vodka-martini. A poco a poco cominciavo a rendermi conto di quanto era accaduto, anche se continuavo a non capire come avesse fatto nonno Fritz ad accumulare una fortuna nel '51; non aveva affatto l'aspetto del tesoriere dell'Odessa, l'organizzazione filonazista, e neppure quello del furiere di un grosso campo di concentramento che avesse fatto la cresta sugli acquisti di alimenti.

Subentrò l'euforia, amplificata anche da un secondo vodka-martini; da quel momento tutto sarebbe stato diverso, più semplice, più comodo, più bello. Telefonai ad Angela per darle la lieta novella nel modo più succinto possibile e nel giro di un paio d'ore tornai a casa, senza neppure accorgermi di aver guidato per un centinaio di chilometri.

Fino a notte fonda riferii ad Angela quanto mi era accaduto, illustrandole minuziosamente gli ambienti, gli stati d'animo, l'enorme sorpresa, l'incredulità ed ogni altro dettaglio. Esaminammo insieme alcuni documenti ed infine, esausto, mi infilai nel letto, imponendomi di trascurare il contenuto delle buste fino al giorno successivo.

Quella notte non dormii affatto, travolto da mille pensieri, da mille fantasticherie e, non ultimo, dalle domande che ancora non avevano trovato risposta:

"Chi?" e "Perché?"

Rinunciando definitivamente a prender sonno, mi alzai che stava albeggiando; Angela era già in piedi ed era appena riuscita a far addormentare il pupo dopo la poppata.

Preparai il caffè per entrambi e sorseggiai il mio, bollente e senza zucchero; poi mi sedetti, accesi una sigaretta e, con una certa emozione, aprii la busta segnata con la lettera A. Conteneva due fogli di protocollo manoscritti che iniziai subito a leggere, con Angela al mio fianco.

Locarno, 1° settembre 1951
Carissimo Federico, ti chiederai chi sono, ma non posso darti una risposta chiara perché non crederesti alle mie parole, ci arriverai comunque per conto tuo appena finirai di leggere quanto ti ho inviato.

L'unica mia remora nel trasformarti in una persona ricca è che così facendo corro il serio rischio di modificare il tuo carattere, il tuo modo d'essere e di pensare; è per questo che ho disposto che il vitalizio ti sia corrisposto solo dopo aver raggiunto un'età adulta, per quanto possa considerarsi adulto un ventiseienne.

Correrò comunque il rischio, non tanto perché so che farai buon uso del denaro che ti è caduto dal cielo, ma perché ritengo tu debba avere un salvagente per meglio affrontare gli anni travagliati che ti aspettano, anni densi di molte gioie, ma con qualche delusione; anni che, senza salvagente, affronteresti in una costante situazione di ristrettezza economica che ti condizionerà nel fare delle scelte, rendendo queste quasi obbligate.

Ecco, ho voluto che tu sia più libero di scegliere come condurre la tua vita, soprattutto quella professionale. Mi dirai che dopotutto, fino ad ora, non te la sei passata troppo male, e che sei tutt'altro che un morto di fame, è vero, ma senza voler fare la Cassandra, temo che senza il mio intervento fra qualche decennio potresti trovarti in serie difficoltà economiche ed essere deluso dell'esistenza.

Come faccio a conoscere il futuro? Non sono né un mago, né un veggente; il fatto è che, in un certo senso, ci sono già passato; anzi, ho già vissuto ogni attimo della tua vita e quelli che il destino ti riserverà, a meno che in seguito al mio intervento tu non riesca a modificare il futuro.

Farneticazioni? ti assicuro di no. Conosco il futuro in generale ed il tuo in particolare, da quando leggerai queste righe fino al 3 ottobre 2009, sempre che tu non trovi il modo di schiattare prima a causa della mia interferenza nella tua vita. Tranquillizzati, quella indicata non è la data della tua morte, ma solo quella cui si estende la mia possibilità di prevedere il futuro; capirai tutto leggendo il contenuto della busta B.

Avrai modo di vivere in un periodo straordinario in cui sarai testimone di grandi eventi che mai avresti immaginato che potessero accadere: assisterai alla dissoluzione dei tradizionali partiti di governo, travolti da scandali colossali e la formazione di nuovi partiti privi d'ogni ideologia, se non quella dell'anti-politica, del populismo, e di quella del bar dello sport. Vedrai la democrazia mortificata da grandi conflitti d'interesse, la menzogna politica divenire sacrosanta verità; lo slogan pubblicitario, la battuta becera, la smargiassata, assurgere a fine dialettica. Assisterai alla caduta verticale anche di quel poco di reputazione che l'Italia ha nel mondo, all'epurazione di giornalisti scomodi, al Capo del Governo che fa le corna ad un collega estero in posa per una foto-ricordo ufficiale, allo stesso Premier sorpreso in alcuni baccanali con minorenni ed altre bagasce, tenutisi in sedi istituzionali.

Vivrai il lungo periodo delle leggi ad personam, volte a sottrarre lo stesso personaggio alla giustizia per un'infinità di reati di tutto calibro; ma soprattutto, per un ventennio, sentirai una serie di cazzate propinate come ovvie verità: l'on. Scalfaro? Un comunista! Il CSM e la Corte Costituzionale? Comunisti nominati da altri comunisti! Io - è sempre il Capo del Governo che parla - sono l'Unto del Signore ed il miglior governante d'Italia nell'ultimo secolo e mezzo! Poi sentirai ancora parlare di secessione della Padania dall'Italia, dell'etnia padana, del Dio Eridanio, del matrimonio celtico, del celodurismo. Vedrai, avrai di che divertirti e di che scoraggiarti.

Assisterai ad eventi esteri ben più seri, quali la riunificazione della Germania, la fine del comunismo nei Paesi del Patto di Varsavia, lo sgretolamento dell'Unione Sovietica, la nascita del terrorismo islamico, l'elezione di un Papa polacco e di un Presidente degli Stati Uniti afro-americano, la rinascita economica della Cina; ma soprattutto, incombente, assisterai al riscaldamento globale del Pianeta dovuto all'effetto serra.

Capisco come ti sia difficile credermi, ma è necessario che tu sia preparato a confrontarti con alcuni cambiamenti, soprattutto con quelli che riguardano la società "padana" in cui vivrai, perché i suoi disvalori e le norme che produrrà, ti diverranno tanto ostici da farti desiderare di vivere altrove.

Ecco, ti ho voluto fornire i mezzi con cui, se lo vorrai, potrai estraniarti da tutto ciò e fare solo quello che più ti andrà a genio fare. Qualora poi le cose, per qualsiasi motivo, dovessero mettersi tanto male da voler sparire, da tutto e da tutti, il contenuto della busta C potrebbe rivelarsi prezioso.

A te, ad Angela ed al piccolo Massimo, faccio i migliori auguri di un radioso futuro.

Tuo (nel senso letterale del termine)

Fritz

P.S. - Nel tuo esclusivo interesse, il giorno 3 ottobre 2009 non andare in montagna, vai al mare, che è meglio.

Finimmo di leggere la lettera insieme e restammo in silenzio, guardandoci sconcertati ed increduli.

- Cosa ne pensi? - mi chiese Angela - Come faceva a sapere di noi e di Massimo questo Fritz? nel '51 non eravamo neanche nati. -

- Già, potrebbe aver predatato la lettera, ma il banchiere su questo è stato categorico: erano almeno trent'anni che le buste giacevano nei loro forzieri, dall'ultima volta che avevano visto nonno Fritz. Le previsioni politiche poi... neppure il peggior autore di film di fantapolitica di serie B potrebbe immaginare trame del genere. -

- Pensi che possa trattarsi di uno scherzo? di una sorta di candid camera finanziaria? -

- Se così fosse, all'autore è costato fino ad ora parecchio; solo in contanti, fra Lire, Franchi svizzeri e Marchi, ho calcolato di aver ricevuto l'equivalente di circa dieci milioni di Lire.-

- E hai passato la dogana con tutti quei soldi? -

- Sì, ho passato il confine in Val Vigezzo; inoltre io ho la faccia onesta, sei tu quella che viene sempre fermata dalla polizia! -
- Sai che la calligrafia della lettera assomiglia proprio alla tua; non è che mi stai facendo uno scherzo? - mi chiese sorridendo.
La strinsi e la baciai.
- Cara, non sarei mai stato in grado di congegnarlo così bene e non mi sarebbe mai venuta in mente quella data del 2009, non l'avrei mai messa così prossima. -
Bevemmo un altro caffè e presi la busta contrassegnata con la lettera B. Era grossa, più simile ad un pacco, conteneva quattro grossi quaderni manoscritti con alcuni inserti quali schizzi, tabelle e carte geografiche.
Iniziai a leggere il primo quaderno.

Capitolo II – La capsula

Il 3 ottobre 2009 - una bella giornata, almeno fino al primo pomeriggio - l'avevo trascorso a sgranchirmi le gambe con una
passeggiata in direzione del ghiacciaio che dal Monte Rosa
scende verso il Belvedere. Non volendo però ripercorrere la solita strada per la centesima volta, quel giorno decisi di cambiare
la prospettiva visuale del vallone della Pedriola, e mi inoltrai
sul sentiero che, attraversato il ghiacciaio, porta alla capanna
Marinelli.
Come sempre più spesso accadeva da qualche anno, dopo un
paio d'ore di salita decisi di aver faticato a sufficienza e, dopo
aver trovato un posto comodo lungo il ripidissimo sentiero, mi
stravaccai su una roccia piatta. Mangiai al sacco, scattai alcune
fotografie, fumai tre o quattro sigarette e ristetti al sole come
una lucertola, accarezzato da un venticello fresco. Poi il tempo
cambiò rapidamente e mi affrettai a scendere.
Quando raggiunsi il ghiacciaio, da attraversare su una stretta
crestina fra i crepacci, avevo le ginocchia ed i polpacci a pezzi,
ma mi sforzai di affrettarmi perché il tempo si era volto al brutto, con una pioggia sottile, gelida e molto fastidiosa.
Avevo quasi completato la traversata quando scivolai sul ghiaccio sporco della crestina e caddi scompostamente in un crepaccio; per fortuna venni rallentato dallo zaino che strisciava lungo
la parete di ghiaccio da cui sporgevano detriti di varia natura
ed atterrai, dopo un paio di metri, su un riempimento di ghiaia
frammista con fanghiglia di limo ghiacciata.
Mi feci abbastanza male al braccio sinistro ed alla mano con la
quale avevo attutito la caduta. Non feci in tempo a spaventar-
mi troppo e, passato il batticuore, cercai di rimettermi in piedi,

cosa resa difficoltosa dalla ristrettezza del luogo nel quale ero praticamente incastrato.

Dopo alcune contorsioni riuscii ad alzarmi, e proprio allora mi franò il terrazzino da sotto i piedi.

Allora sì che mi spaventai di brutto! Cercai di rallentare la caduta divaricando i gomiti e le ginocchia, e qualche risultato lo conseguii; caddi in piedi su un grosso masso inglobato nel ghiaccio, insaccandomi tutto. Ero stretto fra le due pareti del crepaccio, qualche metro più in basso di prima, dolorante e scorticato, ma vivo. Più in basso di così non sarei più potuto cadere, per lo meno in senso altimetrico.

Con difficoltà estrassi il telefono cellulare da una tasca dello zaino e provai a chiedere soccorso, ma non c'era campo. Iniziai ad imprecare contro la tecnologia, perché un piccione viaggiatore non avrebbe avuto alcuna difficoltà a fare il suo dovere, contro me stesso, che non guardavo dove mettevo i piedi, contro il buon Dio, che tutto sa e governa, ma non aveva fatto nulla per sorreggermi.

Persi così una buona mezz'ora, poi ripresi a ragionare, anche perché la luce stava diminuendo e si era messo a fare molto freddo. Mi spostai di lato, movendomi come un granchio, per cercare una via di risalita, ma dopo un paio di metri trovai il percorso bloccato da un enorme masso che affondava in entrambe le pareti del crepaccio.

Il masso aveva una superficie dura, tondeggiante, liscia, appena più calda del ghiaccio che la circondava, e sembrava essere di natura metallica. Cosa ci faceva una caldaia in mezzo ad un ghiacciaio? Tastai la "cosa" da ogni parte alla ricerca di appigli per salire su di essa e guadagnare qualche metro verso l'alto, ma invano.

Intanto diventava sempre più buio. Ero ormai sopraffatto dalla fatica e dalla disperazione, quando i polpastrelli che esploravano il masso alla ricerca di inesistenti appigli affondarono nella superficie metallica, come se avessi premuto invisibili pulsanti. Un elemento circolare della superficie curva della "cosa" si aprì lentamente, scorrendo di lato, rivelando un'apertura che consentiva di accedere all'interno: era chiaramente un oblò. Fui investito da una tenue luce verde e da un soffio d'aria appena tiepida che odorava di chiuso.

Lo stupore durò pochissimo. Ero dolorante, escoriato, zuppo di pioggia gelata, al buio, e davanti a me c'era un posto caldo e luminoso. Non esitai oltre, mi tolsi lo zaino e lo infilai nell'apertura, quindi con alcune contorsioni mi ci infilai anch'io. Dopo pochi secondi l'oblò si rinchiuse silenziosamente alle mie spalle. Era un ambiente sferico - all'interno si notava benissimo - largo non più di due metri e completamente rivestito di schermi, di strumenti, di pulsanti, di spie luminose, di tastiere e di leve; poggiavo i piedi su una griglia dalla quale sentivo uscire dell'aria appena tiepida e dovevo tenere la testa bassa per non urtare contro la plafoniera che illuminava l'ambiente. Una poltrona occupava gran parte dello spazio interno; con i suoi braccioli, poggiatesta e poggiapiedi, mi ricordava quella di un barbiere degli anni '50; sembrava molto comoda e mi ci sedetti. Nel farlo dovetti inavvertitamente pigiare un pulsante collocato sul bracciolo, perché subito si illuminarono alcuni schermi e numerose spie luminose. Mi bloccai per non fare qualcosa di irreparabile, poi, più incuriosito che preoccupato, provai a ragionare.

Per prima cosa cercai nello zaino qualcosa per ripulirmi e per disinfettare le escoriazioni; soprappensiero accesi una sigaretta e notai che il fumo veniva risucchiato nella plafoniera. Bene - pensai - potevo contare su un certo ricambio d'aria, non sarei morto asfissiato. Mi accorsi di avere appetito; scartai una tavoletta di cioccolato che avevo tenuto come dessert, bevvi dalla borraccia la poca acqua rimasta, scacciando dalla mente l'idea che, quanto a modi per morire, se di fame o di sete, non avevo che l'imbarazzo della scelta.

Presi ad esaminare quanto mi stava attorno. Quelle che sembravano delle scritte, adiacenti ai pulsanti e che figuravano su molti strumenti analogici, avevano caratteri che mi erano del tutto sconosciuti; assomigliavano un po' a quelli della scrittura birmana, per lo più tondeggiante, e un po' a quelli coreani, simili a quadrati e rettangoli.

In una sorta di orologio digitale vedevo scorrere dei caratteri stranissimi: uno assomigliava ad un serpente, uno a delle ondine, uno ad un Epsilon, uno ad un segnale di divieto d'accesso, mentre un altro dispositivo simile mostrava lo stesso carattere "Ω" ripetuto dodici volte.

Come ipotesi di lavoro, provai a supporre che quest'ultimo strumento fosse un timer e che quell'unico carattere ripetuto, una specie di Omega maiuscolo, fosse uno Zero. Quindi mi soffermai ad esaminare i caratteri che scorrevano nell'altro strumento, che ritenevo essere un orologio. Fra un Ω ed il successivo scorrevano undici caratteri, undici più l' Ω iniziale, oppure quello finale, uguale a dodici cifre differenti.

All'inizio avevo pensato di trovarmi all'interno di un satellite militare atterrato per qualche guasto, poi il sospetto di trovarmi all'interno di qualcosa di alieno cominciò a prendere forma nella mia mente. Ripassai i dati del problema:

1°) Il manufatto era grosso e complesso, composto di mille elementi dotati di una raffinata tecnologia e dalla funzione misteriosa, costruito con materiali che non avevo mai visto.

2°) La struttura era immersa, probabilmente da decenni vista la profondità cui si trovava, in un ghiacciaio in continuo movimento capace di stritolare ogni cosa, ma per quanto avevo potuto osservare non presentava deformazioni né scalfitture di sorta.

3°) La macchina era resuscitata da una condizione di stand-by durata chissà quanto, durante la quale aveva prodotto calore in quantità sufficiente a farla affondare nel ghiaccio ed a mantenere tiepido l'interno per tutto il tempo.

4°) Le scritte erano in una lingua e con caratteri che ritenevo essere sconosciuti.

5°) Era soprattutto il sistema metrico basato su dodici cifre, che non mi pareva essere stato adottato da alcuna civiltà, almeno come sistema di calcolo, per quanto più comodo di quello decimale, a lasciarmi perplesso.

Le prove, dovetti riconoscere, non erano quel gran che; ma sarà perché credo negli UFO, la sensazione di essere entrato nel modellino della Morte Nera del film "Guerre stellari" era sempre più forte.

All'improvviso un forte scossone interessò l'intera struttura. Dalla poltrona fui proiettato per inerzia contro la strumentazione che mi stava davanti; urtai la fronte contro una pulsantiera e mi accasciai intontito. Cercai di non cadere aggrappandomi ad una piccola leva che, invece di reggermi, si spostò verso me, facendomi perdere di nuovo l'equilibrio. Per non finire a terra appoggiai pesantemente l'altra mano sulla consolle, schiacciando così qualcosa che si frantumò; nel raddrizzarmi vidi di aver la mano appoggiata su un grosso pulsante arancione di cui avevo appena infranto la protezione di "vetro", e mi resi conto di averlo premuto.

In uno sfavillio di luci mi sembrò di udire un cinguettio gorgheggiante, poi la sfera prese ad oscillare violentemente; per alcuni lunghi istanti mi parve di essere sulla piattaforma di un vagone ferroviario d'altri tempi intento a superare una serie di scambi prima di arrivare in stazione. Poi gli scossoni cessarono di colpo e tutto tornò come prima.

Ripresomi dallo spavento mi accorsi che l'oblò si era aperto facendo intravedere un chiarore soffuso, inoltre dall'esterno entrava un soffio d'aria gelida frammista a nevischio. Recuperai lo zaino e mi affrettai ad uscire, incredulo. Ero fuori dal crepaccio! Come fosse potuto accadere non riuscivo proprio ad immaginarlo, ma ero fuori ed ero ormai sicuro di essermela cavata a buon mercato.

Lanciai un'occhiata alla sfera che ora potevo vedere nella sua interezza; era molto bella, anche perché mi aveva salvato la vita. La neve che vi si posava si scioglieva subito e le goccioline d'acqua brillavano per qualche secondo prima di scivolare verso il basso.

Mi guardai attorno per scoprire dove fossi finito. Mi trovavo al margine del grandioso anfiteatro naturale dove si raccolgono i ghiacciai che scendono dalla parete Est del Monte Rosa, proprio dove prendeva forma il ghiacciaio principale, un chilometro a monte del rifugio Zamboni, ed a due dal crepaccio in cui ero caduto. Albeggiava, ed uno strato di neve fresca copriva ogni asperità del ghiacciaio su cui mi trovavo.

Sperai che non vi fossero crepacci in quella zona e mi affrettai, per quanto la neve fresca mi permise, verso la morena laterale destra; risalii per alcuni metri il ripido fianco interno della stessa e ne raggiunsi il colmo, che percorsi in leggera discesa fino al rifugio Zamboni.

Rimasi di stucco! Del rifugio c'era solo la parte vecchia, un fabbricato basso di pietra, mentre quella nuova, alta tre piani, mancava del tutto. Non solo, anche dell'enorme varco nella morena laterale del ghiacciaio, ben visibile dal rifugio e dovuto ad una frana avvenuta nel '75, non c'era alcuna traccia: la morena era come l'avevo sempre vista da ragazzo.

Scendendo verso Macugnaga, dove avevo lasciato l'auto, notai che non c'era traccia della seggiovia, dei piloni che reggevano i cavi, di alcune costruzioni dell'Alpe Burki; il paesaggio sembrava molto più vecchio.

La sfera - che a questo punto ero certo fosse aliena - non poteva essere che una capsula capace anche di viaggiare nel tempo, e mi aveva fatto fare un bel salto nel passato. Ma quanto passato?

Capitolo III – Macugnaga, Domodossola, Roma

Fui preso da un profondo sconforto. Ero vivo, è vero, ma avrei potuto rivedere i miei cari? i miei ragazzi? La mia adorata Angela mi avrebbe ritenuto certamente disperso. Come potevo rassicurarla, almeno sulla mia sorte. Come avrei potuto rivederla? Con questi angoscianti pensieri, dopo due ore di marcia nella neve raggiunsi la frazione Pecetto di Macugnaga - quattro baite, fienili e stalle, tutto molto vecchio - e mi fermai disperato sui gradini di legno d'una baita, l'unico posto asciutto ove sedermi. Non c'era in giro nessuno. Avevo una stretta allo stomaco che mi tormentava, la mente in subbuglio, non sapevo cosa fare. Fumai due sigarette, una di seguito all'altra, cercando di affrontare razionalmente la situazione.

Per prima cosa dovevo sapere dove, anzi "quando" fossi finito, e non l'avrei certo scoperto stando lì a chiedere a qualcuno - ammesso di trovarlo - "Scusi, che anno è oggi?" Sarebbe stato capace di rispondermi che era l'anno in cui gli era morta la vacca. Dovevo trovare un posto più civile.

Mi avviai verso la frazione più grossa, Macugnaga appunto, due chilometri più a valle. Le baite, di puro stile Walser, erano più numerose di quanto ricordassi, e viceversa erano pochi gli edifici di muratura; i tre o quattro negozietti, discreti, bui, con le insegne scritte a mano, quasi non si individuavano. C'era in giro poca gente, tutta intabarrata in mantelli di fustagno.

Mi accorsi che col mio abbigliamento davo troppo nell'occhio, dovevo liberarmi almeno dello zaino e della giacca a vento, entrambi troppo high-tech, mentre le pedule - di Goretex e Vibram - avrei corso il rischio di tenerle perché con tutta quella neve mi erano indispensabili, inoltre non erano appariscenti. Dovevo stare attento a non farmi fermare dalla Guardia di Finanza, che sapevo avere una casermetta nel paese, in quanto i miei documenti non erano utilizzabili.

Dovevo sparire per un po', almeno fino a quando mi fossi procurato del denaro: ecco il problema!

Passando davanti ad uno dei negozietti aperti, un emporio che vendeva di tutto, anche i giornali, riuscii a sbirciarne uno attraverso il vetro della porticina di ingresso. Era "Il Popolo d'Italia" e recava un titolo discreto su due colonne di spalla: "Assegnato il Premio Nobel a Grazia Deledda". Frugai nella memoria ed azzardai una data, potevamo essere nel '27. Beh - pensai - potevo finire peggio, almeno conoscevo le regole del gioco.

Poco più avanti entrai in una locanda che fungeva anche da osteria. Appena dentro salutai col braccio destro alzato, non proprio teso, mi vergognavo, e da dietro al bancone col piano zincato ed i buchi per tenere le bottiglie al fresco - il non plus ultra - mi rispose il gestore con lo stesso gesto, ma ancor meno marziale. Si accorse subito delle mie ferite, chiese cosa mi era successo e si offrì di aiutarmi; disinfettò le abrasioni, appose dei cerotti e - benedetto oste - mi diede un bicchiere di vino, versandone uno anche per sé. Non fu il solo bicchiere che bevemmo insieme.

Avevo fame e dovevo riposare - gli dissi papale papale - spiegandogli che in una caduta avevo perso il portafogli coi soldi ed i documenti, quindi non avrei potuto pagare subito né il vitto né l'alloggio; avrebbe dovuto farmi credito per alcuni giorni e gli avrei lasciato in pegno qualcosa che avevo con me.

Sulle prime si allarmò, non tanto per dovermi fare credito, quanto per la mancanza di documenti, perché correva il rischio di vedersi comminare una forte multa se non avesse registrato il mio pernottamento; ma quando posai sul tavolo, in silenzio e fissandolo ben bene, come uno scafato giocatore di poker, la vera che sfilai dall'anulare e la catenina d'oro, con tanto di medaglietta della Madonna, che tenevo al collo, vidi che gli brillavano gli occhi.

Ci accordammo subito; gli lasciai anche lo zaino e la giacca a vento - che lo riempirono d'entusiasmo nonostante le lacerazioni - in cambio di una vecchia giacca, di un mantello, di una cartella da scuola e di 8 Lire in monete. Mi accompagnò in una cameretta al primo piano, dove disse che, tempo un'oretta, mi avrebbe servito il pranzo.

Trasferii subito dallo zaino alla cartella la fotocamera digitale, il cellulare, alcuni medicinali per il cuore e per la pressione, ed un ricambio di biancheria che tenevo sempre di scorta nello zaino; poi mi stesi sul letto e chiusi gli occhi.

Di lì a poco sarebbe potuto entrare un miliziano od un finanziere per chiedermi i documenti (ed in questo caso, caro Federico, con tutta probabilità non avrei potuto farti avere né questo manoscritto da leggere, né il lascito da ciucciare) invece, dopo l'oretta promessa, entrò una simpatica signora, rubizza in volto, con un'enorme porzione di polenta e camoscio, un gran pezzo di pane nero ed un litro di rosso. Beh, non sarei morto di fame.

Mangiai con buon appetito e mi misi subito a dormire, travolto dalla stanchezza e dal vino. Quando mi svegliai faticai a raccapezzarmi, era ancora buio pesto e bussavano alla porta. Era il gestore che mi portava la colazione - caffelatte ed un bicchiere di grappa, benedetta gente - mi avvisò che, se volevo prendere la corriera che partiva da Ceppo Morelli, mi sarei dovuto affrettare. Così feci, avviandomi di buon passo sulla mulattiera innevata alla luce della luna.

Dopo non pochi chilometri di marcia giunsi in piazza a Ceppo Morelli, ove già attendeva la corriera; pagai il biglietto per Domodossola - una Lira - e mi sedetti in fondo, per isolarmi. C'era poca gente con me, due donne chiacchieravano sottovoce fra di loro e gli unici uomini discutevano animatamente dell'ultimo scudetto, revocato al Torino per corruzione; si trovarono d'accordo solo all'arrivo, quando il discorso scivolò sulla riduzione coatta del 10% dei salari appena imposta dal Governo. Governo ladro!

Intanto cercavo di mettere in ordine le idee. La capsula, per essersi trovata all'interno del ghiacciaio nel punto in cui ero caduto nel crepaccio nel 2009, doveva essere atterrata sul circo glaciale nel '27, il conducente ne era uscito e per qualche motivo non aveva più fatto ritorno. Nel mio viaggio a ritroso nel tempo ero riemerso dal ghiacciaio subito dopo che il conducente si era allontanato, ma prima che il calore della capsula la facesse affondare nel ghiacciaio e che questo le facesse percorrere in 82 anni - dal '27 al 2009 - il tratto fino al crepaccio.

Mi ritenni fortunato di non aver proseguito il viaggio nel tempo più a lungo di quanto fatto, perché mi sarei imbattuto in un alieno ed avrei dovuto forse contendergli l'angusto spazio della capsula.

Non sapevo nulla di viaggi nel tempo. Una volta avevo orecchiato, in una trasmissione di Discovery Channel, che sono stati teorizzati viaggi nel futuro, mi pare con scorciatoie in uno spazio-tempo accartocciato su se stesso, ma si ritenevano impossibili viaggi nel passato.

Mi sentii quasi sollevato, poiché siccome un viaggio nel passato l'avevo appena concluso, poter viaggiare nel futuro mi sembrava dover essere una cosa scontata, possibilissima.

Forse, pensai, c'era la possibilità di tornare a casa.

***

- Tu ci credi? - mi chiese Angela.
- Mah! Per forza di cose. Almeno le date cominciano a tornare. Fritz è andato all'indietro nel tempo, ha fatto fortuna e ha com-

binato le cose per farci avere una rendita. Ma perché parlo in terza persona? Dopotutto sono sempre io; non è che un benefattore mi abbia donato qualcosa, è sempre denaro mio, guadagnato col sudore della fronte, che ho trasferito nel futuro come fosse una pensione, per vivere una vecchiaia più serena. -

- Pfui! Lo vedremo il sudore della fronte; è più facile che tu sia andato in una sala scommesse per puntare sui risultati delle partite, ed in ogni caso non ho capito una mazza di cos'è successo. -

- Io l'ho capita così: nel 2009 finirò in un crepaccio, entrerò nella macchina del tempo e tornerò al '27, ma restando con i miei 54 anni, sennò sarei sparito, e con le conoscenze di una vita. La macchina doveva essersi appena posata sul ghiacciaio, sennò qualcuno l'avrebbe vista, oppure avrebbe fatto in tempo a sprofondare nel ghiaccio, cosa questa che è avvenuta subito dopo che Fritz se n'era andato, ed il ghiacciaio la sta trasportando verso il crepaccio. Oggi dovrebbe trovarsi in qualche parte del percorso. -

- Come ha fatto Fritz a farci avere il malloppo? -

- Non ne ho idea, penso che ce lo dirà lui. Quanto alle sale giochi, cara mia, ci pensavo proprio mentre stavo leggendo. Conosco pochissimi risultati delle partite di calcio di allora, solo un paio, quelli della nazionale italiana ai Campionati del Mondo del '34 e del '38, troppo pochi per arricchire. -

- Che cosa sono le fotocamere digitali ed i cellulari? -

- Non lo so; una specie di evoluzione di macchina fotografica e qualche specie di walkie-talkie credo. -

- Ordunque; vengo a sapere che soffrirai di cuore e che avrai la pressione sballata, e ciò nonostante continuerai a fumare ed a bere… la grappa a colazione poi! -

- Bei tempi quelli, senza velleità salutiste. Intanto che dai da mangiare al pupo, vado avanti a leggere… ah! quasi dimentica-

vo... hai sentito che Massimo avrà dei fratellini? Cosa ne diresti
se, in ottemperanza alla profezia...
- Scordatelo! -

***

Arrivai al capolinea, situato di fronte alla stazione ferroviaria di
Domodossola. Dovevo stare molto attento perché c'erano poliziotti, finanzieri, carabinieri e chissà chi altri un po' dappertutto,
perché quella di Domo era un'importante stazione di confine.
Fu con un certo timore che chiesi ad un vigile urbano dov'era il
monte dei pegni. Volevo infatti realizzare quanto più possibile
dall'unica cosa preziosa e vendibile che mi era rimasta: un orologio d'oro Eberhardt, il mio regalo di laurea, rifacimento d'un
modello in uso alla marina tedesca nel 1912, con movimento
ovviamente meccanico. Ne ricavai poco più di 800 Lire, solo un
terzo del suo valore, ma abbastanza per potermi travestire.
Nella mente stava prendendo forma un disegno: potevo far
fruttare al meglio la mia posizione , perché ero l'unico a sapere
cosa sarebbe successo nei prossimi anni in parecchi Paesi del
mondo. Il mio potere contrattuale era immenso, mi bastava trovare chi fosse interessato, che mi credesse sulla parola e che mi
pagasse la giusta mercede. Dovevo studiare bene le mosse, non
dovevo farmi fottere, non dovevo commettere errori.
Come prima cosa mi recai in un negozio di abbigliamento ove
acquistai un completo giacca-pantaloni di buona qualità, camicia, cravatta, un cappotto più che dignitoso ed un Borsalino. Il
proprietario mi serviva guardandomi con malcelata perplessi-
tà, combattuto fra la speranza di un cospicuo guadagno ed il
sospetto, indotto dai miei abiti dimessi, di perder del tempo.
Prevalse la speranza, perché l'abito non fa il monaco, e lui i suoi

abiti doveva pur venderli. Per fortuna non occorsero ritocchi ai vestiti, pagai 380 Lire ed uscii, tra mille sorrisi ed arrivederci. Quindi andai in un negozio di calzature e di pelletterie, ove acquistai un paio di scarpe eleganti, un paio di guanti ed una borsa da viaggio di pelle, spendendo altre 170 Lire. Acquistai anche un portafogli dozzinale, per poter simulare, se fossi incappato in un controllo dei documenti, un tutt'altro che raro borseggio con la sostituzione dell'oggetto trafugato; naturalmente non misi denaro nel nuovo portafogli.

Così agghindato mi avviai verso la stazione ferroviaria; c'era molta gente, in divisa e no, ma non ero più preoccupato, ormai ero travestito da notabile. Mancava però il tocco finale: feci tappa dal barbiere per farmi radere e pettinare all'Umberto, con una riga evidentissima ed una quantità spropositata di brillantina: ora ero un notabile DOC.

In biglietteria, costituita da alcuni sportelli non più grandi d'un tabernacolo sui quali ci si doveva chinare e parlare col collo storto, acquistai un biglietto di prima classe per Roma, con cambio a Milano, e dato che dovevo attendere un paio d'ore, andai al ristorante della stazione.

Per scoraggiare ogni tentativo di conversazione con gli altri avventori, mi rivolsi al cameriere in un italiano stentato, maccheronico, che mi faceva classificare immediatamente come tedesco. Il sotterfugio funzionò egregiamente: le numerose occhiate che mi sentivo addosso non riuscirono a penetrare l'armatura di riservatezza e di sussiego che mi ero creato.

Mi trattenni in tempo dall'usare l'accendino usa e getta, ed acquistai dal tabaccaio delle Nazionali, un bocchino e dei fiammiferi.

Salii sul rapido Zurigo-Milano e mi sedetti in uno scompartimento di prima classe per fumatori; fino ad allora era filato tutto liscio. Biglietteria a parte, tutto era molto più comodo ed efficiente di quanto fosse nei tempi che mi ero lasciato alle spalle: uno arrivava, faceva il biglietto e partiva, senza quella stupida macchinetta obliteratrice; il fumo non era stato bandito, i treni erano pulitissimi ed in perfetto orario, non c'erano zotici con le scarpe appoggiate sul sedile di fronte, nessuno strillava al cellulare raccontando i fatti propri, dei suoi amici e di cento altre persone; ogni scompartimento aveva il riscaldamento che funzionava, e questo - udite, udite - era persino regolabile.

Fino a Milano guardai fuori dal finestrino, cercando di ravvisare qualche cambiamento nel paesaggio; entrammo in stazione in perfetto orario e trovai subito la coincidenza. Ad ennesima riprova che non si trattava di un sogno, la stazione Centrale era completamente diversa da quella imponente e ridondante che conoscevo.

Nel cambiare marciapiede comprai un giornale tedesco, per meglio immergermi nella parte, che però ripiegai senza leggere poiché mi accorsi che era composto con i caratteri gotici, che detestavo.

Nel mio scompartimento del rapido per Roma c'erano due giovani donne - due strafiche dell'epoca - coi capelli tagliati corti alla garçon, gonne appena sopra il ginocchio, calze di seta trasparenti con la cucitura in vista. Continuarono a starnazzare fino a Bologna, dove per fortuna scesero lasciandomi solo, così da poter mettere ordine nei miei pensieri senza distrazioni.

All'arrivo, puntuale alle 22.30, avevo già elaborato un progetto di vita che forse mi avrebbe consentito di tornare a casa; nel frattempo avrei cercato di combinare qualcosa di buono e, perché no, anche di arricchire, giusto per non tornare a casa a mani vuote.

Appena sceso dal treno, come prima cosa lasciai la borsa con la fotocamera ed il cellulare presso il deposito bagagli - aperto anche a quell'ora! un miraggio - poi uscii dalla stazione e mi accinsi a passare la dozzina d'ore che mi separava dal momento in cui avrei dato l'avvio al Piano Odisseo, come l'avevo chiamato, sperando di non trovare i Proci ad attendermi al ritorno. In una trattoria tirai l'una con dei saltimbocca alla romana e carciofi alla giudea, centellinando del vino dei Castelli, poi, fingendo un malessere ed offrendo al trattore una lauta mancia, trascorsi la notte steso su un divano nel retro.

Il mattino successivo recuperai la valigetta in stazione, mi infilai in un taxi e mi feci portare all'Ambasciata di Germania; qui giunto varcai l'ingresso a precipizio, per evitare di essere intercettato da qualche agente in borghese e di essere sottoposto a tragici controlli.

Non mi aspettavo di poter incontrare l'Ambasciatore senza un appuntamento, così ripiegai sul Terzo segretario d'Ambasciata, che nei romanzi di spionaggio è sempre uno dei Servizi Segreti con funzione di Addetto militare o Addetto navale. Dovetti attendere quasi fino alle 10 che si presentasse in ufficio; non v'era alcun dubbio che lo spione, per meglio mimetizzarsi, si era perfettamente adeguato all'orario di lavoro romano.

Il capitano Müller mi risultò simpatico a prima vista, ed era una fortuna perché avrei dovuto passare con lui molto tempo. Ci presentammo e ci scambiammo pochi convenevoli, poi gli misi sulla scrivania la fotocamera digitale ed il cellulare. Rimase ovviamente sbalordito.

Come tutti i tedeschi, anche lui adorava le macchine fotografiche e quella, con il display mobile, con lo zoom azionato da un micromotore, con le esposizioni, i tempi e le altre funzioni leggibili direttamente nel mirino durante l'inquadramento del soggetto, non aveva un solo particolare che fosse men che sensazionale ed incredibilmente innovativo.

Quanto al cellulare, era sconcertato dallo schermo a cristalli liquidi, dalla velocità di calcolo della calcolatrice, dalle musichette delle sonerie, dal costatare quante cose fossero racchiuse in quel piccolo aggeggio. Se solo avesse saputo che si poteva usarlo anche come telefono portatile, sarebbe stramazzato al suolo.

Lo invitai ad inviare i due oggetti a chi di dovere a Berlino, affinché si potesse valutarne la tecnologia, dato che questa poteva avere ricadute in campo militare.

Al capitano brillavano gli occhi. Finalmente - pensava - aveva una spia tutta sua da gestire. Avrebbe potuto offrire all'Abwehr - il Servizio Segreto - nuovi dispositivi all'avanguardia suscettibili di un uso bellico; avrebbe consegnato ai superiori invenzioni sensazionali, che l'avrebbero messo al centro dell'attenzione dei capi e proiettato in alto, verso l'élite, forse anche verso le stellette.

Mi chiese come li avevo avuti e per che motivo li consegnavo alla Germania. Gli risposi che per ora non potevo soddisfare la sua curiosità - i suoi superiori non l'avrebbero gradito - e anche perché non mi avrebbe creduto; ma che sarei stato a sua disposizione fino a che, da Berlino, non avessero mostrato qualche interesse per i due oggetti, che costituivano dunque le mie credenziali.

Aggiunsi che non volevo nulla in cambio, e di considerarli un dono alla Germania da parte di un mezzosangue svevo-pugliese, ma che avevo bisogno di un asilo sicuro e di documenti.

Lo informai infine di essere in possesso di informazioni vitali per il futuro della Repubblica di Weimar, per la Germania e per il Popolo tedesco.

Il capitano ci pensò su alcuni secondi, facendo scorrere gli occhi da me ai due oggetti, incerto sul da farsi. Allora gli raccomandai di limitare la diffusione delle informazioni all'ingegner Martini - capo delle ricerche radio della Marina - ed all'ammiraglio Canaris - dell'Abwehr - al che lui mi fissò e si decise. Mi accompagnò in un edificio limitrofo, la foresteria dell'Ambasciata, e mi diede due sole disposizioni: non dovevo andarmene, e di aspettare.

Non ebbi nessun problema ad ubbidire.

Passarono così quattro lunghe settimane che impiegai per leggere le ultime novità letterarie: Fiesta, di Hemingway, e Gita al faro, di Virginia Woolf. Passai ore ad oziare ed a perfezionare quello che era diventato un vero e proprio Piano, da realizzare per fasi successive, in un periodo d'una ventina d'anni.

Soprattutto cercai di ricordare quanto possibile di molti libri, letti ormai da alcuni decenni, relativi alla Seconda Guerra Mondiale. In particolare la Storia di questa, scritta da Churchill, era un'opera che conoscevo e ricordavo molto bene, anche per averla riletta di recente: le informazioni in essa contenute sarebbero state determinanti per la riuscita del Piano.

Capitolo IV - Berlino

Verso la metà di dicembre il capitano Müller venne a liberarmi dalla prigione dorata: ero richiesto a Berlino con la massima urgenza e lui mi avrebbe accompagnato; saremmo partiti la sera stessa.

Mi diede anche i nuovi documenti: ero diventato il Prof. Friedrich Fischer, nato nel 1873 a Tübingen, nel Baden-Württemberg, come pure di questa regione risultavano nativi i miei genitori. Da mezzosangue, ero diventato uno Svevo al 100%.

Il lungo viaggio in treno col capitano fu molto interessante; chiacchierammo per tutto il tempo di politica interna tedesca e della situazione economica internazionale. Approfittai della conversazione per rinfrescare il mio tedesco, che non usavo da parecchi anni, ma elusi molte sue domande dichiarandole premature, e lui si adeguò di buon grado.

Dalla frenesia che aveva preso quelli di Berlino, aveva capito che ero una gallina dalle uova d'oro troppo preziosa per essere gestita da un semplice capitano, e si era rassegnato al ruolo di semplice accompagnatore.

Venni parcheggiato in una caserma alla periferia di Berlino; la sorveglianza cui ero sottoposto era serrata, ma il trattamento sempre gentile - almeno per lo standard di un carceriere tedesco - tanto da non farmi sentire un prigioniero, bensì un ospite.

Nei due mesi successivi partecipai a numerose riunioni alle quali assistettero dapprima esponenti dell'Abwehr, scienziati e tecnici, quindi anche alcuni esponenti delle Forze Armate.

Chiesi loro, già dalla prima riunione, che a queste non fosse mai presente alcun simpatizzante nazista, e non ebbero difficoltà ad accontentarmi.

Alle domande di natura tecnica relative ai due oggetti consegnati, risposi quanto sapevo, che non era molto, ma seppi per contro indicare con precisione, tra lo sbigottimento generale, quando essi sarebbero apparsi sul mercato e quanto sarebbero costati. Cercai di illustrare le caratteristiche dei materiali che li componevano, dalla plastica del corpo macchina a quelli dei circuiti stampati, dei chip di memoria, delle fotocellule, dei micromotori e delle batterie di litio.

Entusiasmo particolare mostrarono per la rapidità di calcolo, per i cristalli liquidi e per lo schermo touch screen del cellulare. Alla fine digerirono tutto, anche le date approssimative della comparsa di altre apparecchiature dotate di tali tecnologie, come se si fosse trattato di un modello particolarmente moderno di Mercedes, disponibile però dall'autunno successivo.

Rifiutai sempre di fornire spiegazioni di come fossi arrivato dal futuro, ma mi dichiarai disponibile a raccontare cosa sarebbe successo, in Germania e nel resto del mondo, dal momento che, per loro fortuna, ero un appassionato di storia contemporanea anziché di entomologia o di musica classica.

Per altri due mesi si susseguirono riunioni con i capi di Stato Maggiore ed altri alti ufficiali delle Forze Armate, fra questi il generale von Fritsch, l'ammiraglio Räder e, su mia richiesta, il maggiore Rommel, il colonnello Guderian e il capitano Dönitz.; l'ammiraglio Canaris era sempre presente, soddisfatto della "sua" gallina dalle uova d'oro. Ero contento della sua benevolenza, sapevo che in cambio gli avrei salvato la vita, insieme a quella della moglie.

In questi incontri esposi quanto sarebbe accaduto nei successivi venti anni, sempre che con le loro azioni non fossero riusciti a modificare il futuro.

Raccontai dell'ascesa impetuosa delle Camicie brune, che sarebbe avvenuta entro un paio d'anni; della collusione di gran parte della classe militare con Hitler - Si! proprio con quel cialtrone spiritato che ritenevano poter manipolare e da cui, invece, sarebbero rimasti soggiogati! - Parlai dell'ascesa al potere del nazismo nel '33 e di come questo, in modo più o meno legale, sarebbe diventato una dittatura. Dissi degli eccidi degli oppositori al regime, dei raduni oceanici di Norimberga, delle moltitudini deliranti ed adoranti, della propaganda di Göbbels, subornatrice di vasti strati di popolazione. Raccontai delle prime persecuzioni di ebrei, per poter additare un nemico su cui scaricare le frustrazioni popolari, e per fare cassa. Mi inchiodarono per ore a raccontare il come, il perché ed il quando, per lo più diffidenti, ma incuriositi ed in qualche misura anche preoccupati, come quando accennai al destino personale di alcuni di loro.

- Lei, generale von Schleicher - dissi - soccomberà sotto i colpi di una pistola, protetto invano dal corpo di sua moglie che troverà la morte fra le sue braccia, fra poco più di sei anni; forse, credendosi più scaltro dei nazisti, pagherà per qualche sgarro o per qualche accordo tradito.

A lei invece, generale von Fritsch, capiterà una sorte ancora peggiore; dopo una vita integerrima ed austera sarà nominato capo dell'Esercito, ma nel '39 un falso dossier allestito da Himmler, capo delle SS, la indicherà come sospetto di relazioni omosessuali con un altro ufficiale dell'esercito. Al che si indignerà moltissimo e pretenderà di apparire davanti ad un Giurì d'onore, ma gliene mancherà il tempo, perché una pallottola nella schiena impedirà ogni sua difesa.-

Mi guardarono entrambi increduli, ma continuarono ad ascoltare.

Raccontai della politica di progressiva demolizione del Trattato di Versailles, della rapida ricostruzione dell'Arma aerea e, inopinatamente pronuba la Gran Bretagna, anche dell'Arma sottomarina; della politica favorevole al disarmo praticata dalle democrazie occidentali, opposta a quella di riarmo accelerato praticata dalla Germania. Parlai della ricostituzione ufficiale dello Stato Maggiore e del servizio militare basato sulla leva obbligatoria; dissi della militarizzazione della Renania e della sua fortificazione, senza che vi fosse alcuna reazione alle flagranti violazioni di specifici articoli del Trattato.

Elencai quindi i passi successivi di Hitler: l'Anschluss dell'Austria nel '38, l'annessione dei Sudeti in seguito al patto di Monaco sempre nel '38, il Protettorato stabilito prima sulla Slovacchia e poi sulla Boemia-Moravia nel '39, il Patto di non aggressione con l'Unione Sovietica e quindi lo scoppio della guerra pure nel '39.

Spiegai come era stato possibile per Adolf Hitler portare la Germania ad un punto tale di potenza quale nessun militare avrebbe mai ritenuto possibile aspirare. Anzi, buona parte della gerarchia militare avrebbe voluto contrastare il dittatore nel seguire disegni così arditi, arrivando ad un passo dall'effettuare un colpo di stato, per disarcionarlo e per non perdere quanto guadagnato da Hitler a colpi di bluff. Però non avrebbero mai compiuto quel passo, costatando che i continui azzardi del dittatore, incredibilmente, continuavano ad avere successo, fino all'ultimo, questo non riuscito, contro la Polonia.

Raccontai come la più grande macchina bellica mai vista si sarebbe avventata sulla Polonia sopraffacendola in dieci giorni e conquistandola interamente in un mese, e questo non sarebbe stato che l'inizio.

Parlai della drôle de guerre - una guerra per finta - nella quale nessuno pareva voler combattere sul serio, in terra come nell'aria, mentre sul mare la guerra iniziava attivamente con le prime azioni dei sottomarini e delle corazzate tascabili contro il traffico mercantile britannico.

Sembrò quasi che Dönitz volesse abbracciarmi quando raccontai del forzamento della base navale britannica di Scapa Flow, nelle Orcadi, da parte dell'U47 del comandante Prien e dell'affondamento della Royal Oak, e passai alcune ore a fornire particolari dell'impresa.

Räder invece era fuori di sé per come l'ammiraglio Langsdorff, con la corazzata tascabile Graf von Spee, si fosse fatto imbottigliare a Montevideo dopo la battaglia del Rio de la Plata. L'ammiraglio prese perfino appunti per far modificare la posizione delle prese d'acqua di raffreddamento dei motori, posizionate troppo in basso per poter navigare sui fondali sabbiosi di quell'estuario, che impedirono alla corazzata di rifugiarsi più a monte, a Buenos Aires, in un'Argentina filotedesca.

Fu un vero spasso galvanizzare i generali coi dettagli dell'invasione della Danimarca, per mettere al sicuro gli accessi al Mar Baltico, della conquista della Norvegia, per assicurare il rifornimento di minerali di ferro necessari all'industria bellica tedesca, e delle incredibili incertezze dei contrattacchi britannici a Narvik, a Namsos e ad Andelsnes.

I generali ormai ascoltavano pendendo dalle mie labbra, non stavano più nella pelle. Intanto continuavo nell'esposizione degli avvenimenti: l'occupazione dell'Olanda in quattro giorni; la conquista del Belgio, iniziata dalla presa del forte di Eben Emael da parte di una sola compagnia di specialisti; l'aggiramento della linea Maginot attraverso le Ardenne ad opera di un cuneo di divisioni corazzate, il conseguente isolamento, accerchiamento e distruzione di metà dell'esercito francese nelle Fiandre, nell'Artois ed in Piccardia.

Rommel e Guderian non furono più capaci di trattenersi e, scambiandosi gran pacche sulle spalle, si misero a ballare, fermandosi solo, sgomenti, quando appresero della riuscita evacuazione del Corpo di spedizione britannico dalle spiagge di Dunkerque.

Passai ore a fornire particolari sull'attraversamento della Mosa a Sedan ed a Dinant, per poi continuare con lo sfondamento dei fronti sempre più improvvisati sulla Somme, sull'Aisne, sulla Senna, fino all'ingresso in Parigi ed alla sfilata di reparti della Wehrmacht sotto l'Arc de Triomphe e sugli Champs-Elysées.

Ai generali brillavano gli occhi; valutavano se ci sarebbe stato abbastanza spazio sulle loro divise per far posto alle mostrine delle campagne che li attendevano. Quando infine appresero dell'armistizio di Compiègne, nello stesso vagone ferroviario ove erano stati umiliati alla fine della guerra precedente, non si trattennero più: era tutto un ballare, un gridare, un battere le mani sul tavolo, uno stappare bottiglie di birra, un intonare inni patriottici; fra questi, il "Deutschland über Alles" fu cantato a squarciagola, con i volti paonazzi, neanche fossero ad una finale della Champions League.

Nelle riunioni successive provvidi a smorzare alquanto i loro entusiasmi. L'Italia si era accodata ai vincitori del momento, ma non aveva portato molta forza militare all'alleanza, il Patto d'Acciaio, e l'Italia sarebbe stata più d'impaccio che d'aiuto.

La Battaglia d'Inghilterra non era stata vinta dalla Luftwaffe, che aveva perso il doppio degli aerei ed il triplo dei piloti rispetto alla RAF; non fu possibile realizzare l'invasione dell'Inghilterra - l'Operazione Leone Marino - per mancanza di condizioni favorevoli alla sua attuazione; i bombardamenti terroristici notturni non avevano piegato i britannici costringendoli alla resa.

La Battaglia dell'Atlantico, pur esiziale per i britannici, a causa della carenza di U Boote non riusciva né ad affamare l'isola, né ad ostacolare gli ingenti rifornimenti che vi giungevano dagli Stati Uniti e da altre parti dell'Impero.

Dall'Italia non veniva niente di buono. S'era impegolata in una difficile guerra invernale con la Grecia, e solo con disperati sforzi non si era fatta estromettere anche dall'Albania, Stato che

aveva occupato prima della guerra. A Taranto s'era fatta sorprendere dagli aerosiluranti britannici ed aveva perso tre corazzate; la Regia Marina tendeva a sottrarsi al contatto con la Royal Navy, e non riusciva a dominare il Canale di Sicilia.
Dichiarata la guerra, non tentò neppure di prendere Malta di sorpresa. Una timida avanzata italiana in Egitto si era risolta in una catastrofe, con la perdita dell'intera Cirenaica e con centinaia di migliaia di prigionieri.
- Schweinhund! – esclamò un generale con disprezzo, e non si poteva neppure dargli torto, ma sarebbe capitato anche a lui di mordere la polvere.
Il morale dei generali tornò alle stelle quando raccontai dell'occupazione della Jugoslavia e della Grecia, dell'eroica impresa dei paracadutisti a Creta; delle alterne avanzate e ritirate dell'Afrika Korps di Rommel.
Passai ore e ore a fornire dettagli, spiegando come si fossero perse occasioni propizie in Siria ed in Iraq, avendo spuntato in precedenza, a Creta, l'arma aerotrasportata; e come iniziassero ad apparire i primi gravi errori tattici e strategici causati dalle velleità di un caporale che aveva indossato i panni dello stratega. Ma spiegai anche come, in definitiva, la colpa maggiore era stata quella di aver permesso a Hitler di diventare il loro padrone, per avergli giurato fedeltà ed obbedienza.
Poi iniziai a parlare dell'Operazione Barbarossa, cioè dell'invasione dell'Unione Sovietica con un esercito sterminato, ma con un obbiettivo irraggiungibile. Trascorsi giorni interi a raccontare dei successi iniziali, delle grandi sacche con centinaia di migliaia di prigionieri, dei mille giorni d'assedio di Leningrado, dell'avvistamento delle cupole del Kremlino da parte di una pattuglia avanzata; ma anche di come non fu possibile piegare la resistenza sovietica e di come la Blitzkrieg si impantanasse prima, e si bloccasse poi, di fronte al generale Inverno.

A salvare l'Unione Sovietica dalla sconfitta contribuirono numerosi fattori - dissi loro - ma soprattutto fu il popolo russo, prima ancora del regime bolscevico, ad alimentare la resistenza ed a difendere la Rodina, la sacra madre Russia, da un avversario disumano: l'esercito di Hitler.

Raccontai anche, per rispettare la cronologia, delle operazioni belliche del Giappone in Estremo Oriente, nell'Oceano Pacifico e nel Sud-Est Asiatico. La repentinità dell'espansione nipponica li sorprese non poco, e vollero sapere tutto anche di questa.

- Allora abbiamo vinto! - esclamò un generale - Con gli Stati Uniti attaccati dal Giappone, la Gran Bretagna in ginocchio in Asia, la Russia invasa fino a Mosca e tutta l'Europa nelle nostre mani, non possiamo che aver vinto.-

- Non proprio. - risposi - Dopo ancora un anno di vittorie in Russia, per ottenere le quali la Germania si sarebbe dissanguata, come per la presa di Sebastopoli e di Stalingrado, i Russi vi inchioderanno proprio in questa città, accerchiando e distruggendo tutta la sua armata, generale von Paulus.

Quanto a lei, magg. Rommel, dopo aver riconquistato Tobruk e la Cirenaica, si lancerà verso il Delta del Nilo per cercare di raggiungere il Canale di Suez, ma verrà bloccato e battuto ad El- Alamein, anche a causa degli scarsi rifornimenti che le giungevano.-

Tracciai quindi a grandi linee il momento di riflusso della marea: l'Afrika Korps in ritirata fino a Tunisi, dove si sarebbe arresa ai britannici ed agli americani, che nel frattempo erano sbarcati in Marocco e in Algeria; la ritirata della Wehrmacht dalla Russia incalzata dall'Armata Rossa, ritirata che si sarebbe protratta per due anni e mezzo e che si sarebbe conclusa a Berlino, dove la Bandiera Rossa avrebbe spodestato quella con la Svastica sulla Cancelleria del Reich, semidistrutta dai bombardamenti col resto della città. Descrissi gli sbarchi anglo-americani in Normandia, la liberazione di Parigi, il passaggio del Reno a Remangen, le innumerevoli battaglie di retroguardia condotte dalla Wehrmacht per rallentare l'avanzata russa e quella anglo-americana, fino all'incontro dei due eserciti nemici sull'Elba.

Non potei tacere delle città tedesche rase al suolo con bombardamenti a tappeto, notturni e diurni, delle industrie ed delle infrastrutture polverizzate, delle centinaia di migliaia di civili morti, dei milioni di profughi in fuga davanti all'avanzare dell'Armata Rossa, ed infine del suicidio di Hitler e di Göbbels, della divisione della Germania fra le potenze vincitrici e del processo di Norimberga, in cui furono giudicati e condannati i responsabili del conflitto e delle molte atrocità commesse.

Qui mi fermai, perché non volevo svelare troppe carte.

***

- Perché? che carte avevi? - chiese Angela curiosa.

- Come faccio a sapere cosa mi passerà nella mente fra quasi cinquant'anni. Forse se avessero saputo che, appena finita la guerra, americani e russi si sarebbero messi a litigare come cani e gatti, e che loro sarebbero ritornati a galla, un po' da una parte ed un po' dall'altra, se avessero immaginato che la Germania avrebbe bruciato le tappe e che sarebbe stata riammessa nel novero delle nazioni civili solo pochi anni dopo essere diventata una caccola mondiale, beh, magari avrebbero lasciato andare le cose come sono andate. Perché affannarsi tanto a cambiare le cose, se sai che qualcuno ti avrebbe comunque pagato la pensione? -

- E se ti avessero torturato per farti parlare?-

- Torturare una gallina che fa le uova d'oro? ma per chi li prendi? Ormai ero diventato il Santo Graal; potevano decidere cosa fare da grandi, i condottieri o gli industriali.

Scommetto quello che vuoi che decideranno di fare entrambe le cose, ma per prima veniva la gloria militare. Sennò che razza di prussiani sarebbero stati? -
- Dai, va' avanti a leggere.-

Capitolo V – Il Putsch

- Ma com'è stato possibile? - fece un generale che si era appena visto sfuggire il serto della vittoria dalla fronte.

Spiegai loro che i motivi della sconfitta erano innumerevoli, alcuni prettamente politici, molti di natura economica, moltissimi di strategia militare. Non aveva certo giovato all'economia delle forze in campo l'aver schiacciato sotto il tallone la popolazione di mezza Europa; l'aver considerato come Untermenschen (sottouomini) da schiavizzare gli Ucraini, che avrebbero anche potuto combattere i Russi ed i Sovietici al fianco dei Tedeschi; l'aver disperso tante forze per guardarsi le spalle, per proteggere le linee di rifornimento e per dare la caccia agli ebrei; l'aver saputo seminare solo odio, senza dare ai paesi occupati qualche speranza, qualche progetto in cui avrebbero potuto in parte ritrovarsi, che non fosse quello d'essere schiavi a perdere.

La brutalità, la crudeltà, la tracotanza, l'imbecillità, il razzismo, la disumanità dei nazisti, erano stati i chiodi con cui era stata sigillata la bara del nazismo stesso e del militarismo tedesco che lo aveva assecondato; la bara della loro intera casta militare.

I nazisti, direttamente o per il tramite delle Forze Armate, avevano schiavizzato popolazioni intere ed avevano instaurato un sistema economico di rapina nei territori occupati, senza dare in cambio nessun vantaggio, anche proiettato nel futuro, che potesse rendere meno drammatica la perdita dell'indipendenza.

Tutto ciò, se anche aveva fatto guadagnare qualche miliardo di Marchi alle esauste finanze tedesche, non era stato certo vantaggioso per vincere la guerra.

La sproporzione fra le forze umane ed economiche della Germania, che era diventata evidente con l'ingresso in guerra degli Americani e dei Russi, non poteva che condurre alla sconfitta, nonostante armi segrete e rivoluzionarie arrivate troppo tardi, nonostante l'ammirevole tenuta del fronte interno, nonostante le indubbie capacità militari.

- Come militari non vi si può imputare quasi nulla dal punto di vista professionale - dissi - non avete fatto grandi errori, ma non potevate nulla contro una schiacciante superiorità aerea. Avevate le armi migliori alla fine della guerra: il carro Tiger da 45 t, l'aereo da caccia con motore a reazione, di gran lunga superiore a ogni caccia nemico, i missili da crociera V1 e quelli balistici V2, che hanno inaugurato una nuova categoria di armi; i nuovi sottomarini con propulsione a perossido d'idrogeno, i siluri acustici, le bombe radioguidate, tutte armi rivoluzionarie che vi sono state date almeno con alcuni anni di ritardo per poter influire sull'andamento della guerra. Arrivando tardi, tra l'altro, non c'erano più fabbriche per produrle in massa, perché rase al suolo dai bombardamenti. -

Sembravano tanti bambini cui era caduto per terra il gelato dalla cialda che tenevano in mano.

- Ma perché hanno condannato anche noi a Norimberga? - gridarono in tanti - Noi abbiamo solo obbedito agli ordini.-

- Come funzionavano le armi segrete? -

- Che cos'è successo all'Italia e al Giappone? -

Risposi solo a quest'ultima domanda, descrivendo gli avvenimenti in Italia, dallo sbarco alleato in Sicilia alla caduta del fascismo; dissi dell'occupazione fulminea dell'Italia da parte della Wehrmacht, seguita dal lento ritirarsi di questa, incalzata dagli Alleati, su fronti sempre più settentrionali lungo la penisola; parlai della nascita della Repubblica di Salò e della guerra civile, fino all'epilogo di piazzale Loreto.

Rimasero indifferenti al disumano trattamento riservato a Mussolini.

- Déjà vu! Cola di Rienzo ha avuto la stessa epopea ed ha fatto la stessa fine - commentò un generale in uninconsueto sfoggio di cultura storica italiana.

- Allora è proprio vero - ribadì un ammiraglio più sarcasticamente - la diceria che vuole vincitore della prossima guerra, la Nazione che non avrà l'Italia come alleata.-

- E il Giappone? - chiese un terzo - non ci dirà che loro ce l'hanno fatta? -

Raccontai succintamente lo svolgimento della guerra nel Pacifico e del tragico epilogo di Hiroshima e di Nagasaki, che portò alla resa dell'Impero nipponico.

- Però i capi americani non sono stati processati come criminali di guerra per quelle due stragi. - costatò un quarto generale, in vena di polemiche - Perché solo noi tedeschi dobbiamo sempre pagare e gli altri mai? - Infine venne la domanda che aspettavo.

- Perché viene a dirci tutte queste cose? Come può essere sicuro che tutto si svolgerà come ci ha detto? -

Risposi semplicemente che, come già sapevano, provenivo dal futuro; le prove le avevo già fornite e queste erano state vagliate dai loro esperti. Non ero un veggente, io c'ero passato di persona attraverso quegli avvenimenti, vedendone direttamente le conseguenze, oppure attraverso libri di storia. Non ero disponibile a fornire altre informazioni su questo argomento, dovevano fare un atto di fede, comunque di gran lungainferi ore a quello fatto giurando fedeltà a Hitler.

Non avevo la minima ambizione di comando, ma volevo solo avere la parte di consigliere ascoltato.

Quanto alla motivazione che mi spingeva, gli ricordai che ero mezzo tedesco, che amavo la Germania e che volevo evitare il ludibrio che il nazismo le avrebbe causato, con la sua smania di conquista e di pulizia etnica, con i massacri inutili ed infamanti: i trenta milioni di morti in Europa, l'olocausto di sei milioni di ebrei, delitto questo per il quale i Tedeschi non sarebbero mai stati perdonati.

Volevo evitare alla Germania, oltre le distruzioni ed i milioni di morti, l'esperienza tragica di sperimentare la deformazione morale ed etica con cui il nazismo avrebbe contaminato l'intera popolazione.

Sostenni anche che non si poteva neppure rimanere con le mani in mano ed attendere l'evolversi degli eventi, perché ciò avrebbe condotto ineluttabilmente all'affermazione del nazismo ed al verificarsi delle sciagure descritte. Era pertanto urgente e vitale per il Paese trovare il modo che potesse sbarrare la strada ad Hitler ed ai suoi accoliti, e nel contempo potesse annullare le sanzioni imposte alla Germania dal Trattato di Versailles.

A quel punto un applauso scrosciante mi interruppe: sapevo di giocare sul velluto.

Continuai dicendo che, anche potendo prevedere un'attenuazione delle sanzioni, la Germania si sarebbe trovata in condizioni di semi-schiavitù economica per anni, anche per il tracollo finanziario ed economico che si sarebbe verificato in tutto il mondo entro pochi anni.

Ero sicuro di poter aiutare la Germania in mille modi nel campo scientifico, economico, sociale, militare,persino nel campo artistico ed in quello sportivo, se volevano; se poi si fosse giunti ad una guerra, avevo la certezza di fargliela vincere. Sarebbe stato facile, bastava evitare tutti gli errori commessi da Hitler.

Innanzi tutto, dissi, si sarebbe dovuto instaurare un regime paternalistico anziché una dittatura feroce, eseguire un lifting facciale allo Stato di polizia, procedere ad un restyling della politica estera, celando ogni velleità imperiale, diffondere idee e principi universalmente accettabili anziché ottuse e ridicole ideologie. Si sarebbe poi dovuto procedere ad un'accelerazione nello sviluppo di certi progetti ed abbandonarne altri, che non avrebbero portato a nulla. Bisognava concentrare le risorse su pochi punti risolutivi, anziché disperderle in mille rivoli, ma soprattutto si sarebbe dovuto far condurre la guerra ai generali e non ai caporali.

Un mormorio si levò fra i convenuti, qualcuno mi applaudì ancora. Io continuai l'illustrazione, rassicurato dalla consapevolezza di avere l'approvazione dell'intero consesso.

Volevo un'Europa nuova, guidata dalla Germania nel modo più soft possibile, con un profilo basso. Un'Europa che non dovesse passare attraverso decenni di sciagure e di tribolazioni; scherzando aggiunsi che preferivo un'Europa che parlasse tedesco anziché inglese. Con questa affermazione li conquistai definitivamente.

Per me stesso non volevo nulla di particolare - assicurai - mi sarebbe bastato lo stipendio di consulente dello Stato Maggiore o dell'Abwehr, essere associato come socio di minoranza in alcune delle nuove attività industriali, quelle per le quali avrei potuto fornire qualche utile dritta, e poterne impiantare alcune in prima persona. Conditio sine qua non, dovevano organizzare un putsch che mettesse subito fuorilegge il Partito Nazionalsocialista e quello Comunista, e dovevano eliminare dalla scena politica i principali esponenti nazisti.

- Impossibile! - sbottò il magg. Rommel, trattenendo a stento il riso - Non potrà mai riuscire una rivoluzione in Germania, perché "fare la rivoluzione è severamente vietato". -

- Fareste bene a riuscirvi invece - risposi - perché quando nel luglio del '44, a guerra ormai persa, deciderete di rovesciare il regime nazista iniziando da un attentato a Hitler, purtroppo fallirete, e nella successiva repressione troveranno la morte, spesso dopo atroci torture, almeno settemila congiurati, fra i quali lei, amm. Canaris, e anche lei, maggiore Rommel. -

Dovetti far luce anche su questo episodio, anche perché interessava numerosi presenti; poi ci lasciammo, per alcune settimane non fui più convocato e non seppi più nulla di quanto accadeva.

***

- Ma tu sei matto! - sbottò Angela - Ma com'è possibile voler far vincere la guerra ai tedeschi? ma cosa ti è venuto in mente? ma non ti vergogni? -
- Beh, fatte salve tutte le premesse, tutto sommato mi sembra un'idea intelligente. A chi doveva rivolgersi Fritz per cambiare le cose? a Mussolini? a Stalin? alle stentate democrazie occidentali? a quei coglioni di americani? -
- Se avesse voluto salvare gli ebrei dall'olocausto, avrebbe potuto rivolgersi al Papa. -
- E cosa poteva fare Pio XI? una Via Crucis? un'altra enciclica? t'immagini, sarebbe passata alla storia col titolo "Damnatus cruccus". -
- Scherza, scherza pure; ma come farai a piegare alla tua volontà tanta gente? E poi, se devo dirtela tutta, pensavo che, visto che ne avevi la possibilità, ti saresti dedicato a cose più elevate che non fossero quelle per arricchire. -
- Pecunia non olet. Lascialo lavorare in pace questo Fritz, possibile mai che non appena mi accingo a fare qualcosa, devi metterti in mezzo per dirmi come devo farla? -

***

Nella prima metà di aprile del '28 fui convocato dall'ammiraglio Canaris che, dopo avermi fatto accomodare nel suo inaccessibile ufficio di Capo dell'Abwehr, mi spiegò come stavano le cose.

I generali non si fidavano ancora di me; non capivano il motivo per cui avrebbero dovuto compromettersi facendo un putsch basandosi solo su due oggetti, per quanto stupefacenti potessero essere. Alcuni poi ritenevano conveniente lasciare che le cose andassero per il loro verso fino a quando fossero rimaste positive, per poi chiedere un armistizio da una posizione di forza. Gli risposi che non ci sarebbe stata nessuna possibilità di realizzare quella soluzione. Ci aveva provato lo stesso Hitler dopo l'armistizio con la Francia, avanzando proposte di pace, ma invano. La guerra sarebbe continuata anche se si fosse riusciti a conquistare la Gran Bretagna, perché i britannici avrebbero fatto base in qualche altro Paese dell'Impero, fino alla distruzione del nazismo e della casta militare tedesca.

Gli lasciai un memoriale, scritto nei giorni precedenti, che avrebbe eliminato ogni dubbio sulla mia conoscenza di avvenimenti futuri. In esso riportai in modo molto particolareggiato l'unico avvenimento che sapevo essersi verificato nel '28: l'avventura del generale Nobile e degli altri scampati della Tenda rossa sul pack artico.

Nel memoriale scrissi che il dirigibile Italia sarebbe partito da Milano di lì a qualche giorno per una missione al Polo Nord, e che il 25 maggio si sarebbe schiantato sul pack dopo aver sorvolato il Polo, perdendo la navicella contenente i membri della spedizione, mentre l'involucro e l'equipaggio sarebbero stati portati via dal vento e mai più ritrovati.

Descrissi l'epopea di quelli rimasti nella navicella caduta sul pack, di come costoro avrebbero montato una grossa tenda, colorandola di rosso per renderla più visibile ai soccorritori; di come, passando le settimane e disperando di ricevere aiuto, tre di loro, fra cui il prof. Malmgrem, si sarebbero diretti a piedi verso terra. Il radiotelegrafista Biagi, dopo aver riparato un apparecchio rice-trasmittente di soli 30 W, avrebbe trasmesso in continuazione la posizione della Tenda rossa, che andava però continuamente modificandosi a causa della deriva dei ghiacci, finché i segnali radio sarebbero stati raccolti da un radio-amatore russo, di Arcangelo, ai primi di giugno.

La Tenda rossa sarebbe stata raggiunta dall'aviatore svedese Lundborg, che avrebbe subito portato in salvo Nobile e la sua cagnetta Titina, poi, tornato per salvare gli altri, si sarebbe capottato con l'aereo durante l'atterraggio sul pack, rimanendo anch'egli isolato. Il 18 giugno il famoso esploratore artico Amundsen, partecipando ai soccorsi, si sarebbe perso fra i ghiacci dell'Artico con il suo aereo e non avrebbe più fatto ritorno. Infine il rompighiaccio russo Krasin avrebbe raggiunto e raccolto i superstiti della Tenda rossa, i due - essendo morto Malmgrem - che avevano tentato la sorte a piedi, ed anche i membri di una squadra di soccorso partita a piedi dall'Isola degli Orsi.

Chiesi all'ammiraglio Canaris di mostrare il memoriale agli scettici e di aspettare, che di lì a qualche settimana avrebbero forse cambiato idea.

Nei quattro mesi successivi godetti di una notevole libertà, andai a molti concerti e visitai alcuni musei; la Berlino notturna era decisamente elettrizzante per chi poteva permetterselo. Mi mancava moltissimo Angela, e le ninfette con cui flirtavo in locali notturni ed in altre occasioni mondane non riuscivano minimamente a lenire l'angoscia per la sua lontananza.

Mi fu assegnato un cospicuo stipendio per collaborare con l'Abwehr, che Canaris stava già ristrutturando e plasmando secondo le mie indicazioni. Con i soldi dello stipendio riuscii finalmente ad integrare, con prodotti alimentari italiani, una dieta teutonica divenuta ormai insopportabile.

Prima della fine d'agosto, all'improvviso, le misure di sicurezza che mi circondavano si fecero più serrate; in pratica ero agli arresti domiciliari. Presto scoprii che il putsch era già avvenuto, il Presidente della Repubblica si era dimesso, la Costituzione era stata sospesa e si era insediata una Giunta, costituita per metà di "tecnici" e per metà di militari. Il Partito Nazista e quello Comunista erano stati messi fuorilegge, insieme con tutte le formazioni paramilitari; inoltre era stato decretato il coprifuoco per una durata di quindici giorni.

Violenti scontri si ebbero in numerose città: esercito e polizia dovettero affrontare militanti nazisti soprattutto a Monaco ed a Norimberga, mentre ad Amburgo, ad Essen ed a Dortmund gli antagonisti furono operai comunisti. Nazisti e comunisti, che da quasi dieci anni si scannavano l'un l'altro, si trovarono a combattere insieme nelle strade e, dopo una settimana di violenti scontri con l'esercito e la polizia, a soccombere insieme.

I combattimenti ed i disordini causarono quasi 20.000 vittime fra esercito, polizia, SS, Camicie brune, Sthalhelm, nazisti, comunisti e semplici cittadini coinvolti loro malgrado. Gli incendi e le devastazioni fecero milioni di Marchi di danni, poi tutto si acquietò, almeno in superficie, lasciando il nuovo governo padrone del campo.

Il Partito cattolico e quelli socialisti, peraltro ben rappresentati nella Giunta tramite i "tecnici d'area", appoggiarono con vigore il putsch, sperando di trarre vantaggi indiretti dalla scomparsa di due così pericolosi concorrenti com'erano comunisti e nazionalsocialisti.

Hitler, Bormann, Göbbels, Himmler ed una cinquantina di gerarchi nazisti furono prima arrestati e subito dopo fucilati; Göring si salvò solo per non urtare la suscettibilità dei militari, che non vollero assassinare un asso dell'aviazione della Grande Guerra, ma fu fatto comunque uscire di scena. Thälmann ed un centinaio di comunisti ebbero miglior sorte, e furono rinchiusi in un campo di concentramento a Dachau, presso Monaco. Disciplinatamente, anche se con non poca emozione e con qualche mugugno, i Tedeschi accettarono la nuova situazione.

***

- Porco! brutto porco! - mi accusò Angela - Un vero vecchio satiro sporcaccione! Io qui a casa a piangere la tua scomparsa, a disperarmi per la tua probabile morte... e tu dove sei? ... in un tabarin, a sgavazzare con delle troie. -
- Ma cara... ti assicuro che non farei mai nulla di men che... mi ci avranno trascinato per i capelli... in una circostanza del genere sarei stato profondamente imbarazzato... naturale che capivo cosa potevi provare... giuro che sarei profondamente afflitto se mi trovassi... chissà cosa avrei dato per poterti vedere... poi mica sempre andavo al night, c'erano anche i vernissage, le mostre, noiose conferenze, persino dei funerali. Inoltre, se debbo essere sincero del tutto, qui lo dico e qui lo nego, dubito che in un universo parallelo abbia ancora pieno valore la promessa matrimoniale...
- Porco! vecchio porco e fedifrago! -

Capitolo VI – Il Comitato esecutivo

Di lì ad alcuni giorni divenni consulente del Comitato Esecutivo della Giunta, una sorta di cabina di regia ante litteram, composto di un numero ristretto di militari ed esteso di volta in volta a civili quali scienziati, industriali, professori universitari, finanzieri, esperti in propaganda ed in cento altre materie. Mi fu assegnato il grado di maggiore dell'Abwehr e, con l'ammiraglio Canaris, partecipai a tutte le sedute dell'Esecutivo.

Si cominciò subito a lavorare ed in una serie infinita di riunioni si gettarono le basi di un "Piano operativo generale" di durata quindicennale. Si era infatti convenuto di far accadere gli avvenimenti importanti, per quanto possibile, nella stessa data in cui si sarebbero verificati nell'universo parallelo, ma di presentarsi a questi appuntamenti nelle migliori condizioni possibili, approntando anche soluzioni alternative nel caso in cui le cose si fossero presentate diversamente.

La nuova Germania venne chiamata "Bundesrepublik Deutschland", Stato federale articolato in Länder dotati di una limitata autonomia, situazione molto più tranquillizzante di uno Stato centralizzato sotto controllo prussiano.

La Costituzione ed i Codici furono riscritti ed in numerosi articoli si misero in risalto finalità elevate ed universali, quali quelle sulla protezione della natura e dell'ambiente, sullo sviluppo eco-compatibile, sull'effettiva parità dei sessi, sul diritto alla salute, alla casa ed all'istruzione.

Altri articoli enunciarono ruoli e limiti delle assemblee elettive, delle libertà civili e politiche, della libertà d'opinione, d'espressione, di stampa e di culto. Fra le elevate enunciazioni, qua e là, figuravano limitazioni ragionevoli, tanto da poter non solo essere accettate, ma anche fatte proprie dai tedeschi.

Ogni forma di razzismo e di discriminazione furono categoricamente bandite, tutt'al più vi era qualche modesta limitazione per la pratica di alcune sedicenti religioni, per i soggetti con alcune patologie, per alcune forme di protesta e di dissenso. Decine di leggi furono promulgate dalla Giunta sotto l'usbergo di articoli transitori della nuova Costituzione, approvati da un Parlamento provvisorio nominato dalla Giunta, e pubblicizzate insieme con una martellante campagna propagandistica orchestrata dalla Giunta stessa.

Ero il suggeritore molto ascoltato di un Comitato Esecutivo che, di suo, avrebbe partorito una Repubblica delle banane; invece la Germania divenne il Paese con la legislazione più avanzata del mondo, faro di libertà, di tolleranza e di solidarietà. Né gli Stati Uniti, con i loro problemi con le minoranze etniche e le moltitudini di nullatenenti; né la Gran Bretagna, con i suoi problemi coloniali; né la Francia, con i suoi Governi balneari e ballerini; né l'Unione Sovietica, col suo sistema politico-economico, nessuno Stato in quel 1928 poteva vantare una Costituzione ed un Corpo legislativo avanzato quale quello tedesco.

Certo, tra il dire e il fare... Berlusconi qualcosa mi aveva certamente insegnato. (Federico, tu Berlusconi, nel '81, non puoi averlo ancora conosciuto, ma fra vent'anni ti accorgerai perché l'ho citato).

I tedeschi approvarono a larghissima maggioranza quanto la Giunta stabiliva in sua vece, per il suo bene, esprimendosi non con costose e manipolabili elezioni, ma con sondaggi d'opinione tenuti con cadenza mensile e condotti per campione, molto più comodi ed economici.

Fatto sta che quasi tutti: tradizionalisti, nazionalisti, radicali, riformisti, socialisti, cattolici, borghesi, intellettuali, giovani, reduci, pensionati, trovarono nei provvedimenti governativi elementi che li favorivano grandemente. Elementi che erano messi ancor più in evidenza da una tamburreggiante propaganda governativa e dal raffronto con quanto avveniva, gruppo per gruppo, nei Paesi limitrofi.

Poi si passò dalla politica all'economia. Per poter reggere il confronto con ogni possibile coalizione di avversari non ci si poteva basare sulla sola Germania, neppure se alleata con l'Italia e col lontano Giappone; si decise pertanto di creare segretamente una sorta di Seconda Germania Economica in una serie di Paesi stranieri, per fornire alla Germania palese una sostanziale integrazione di risorse.

A coordinare l'enorme processo furono appositi dipartimenti dell'Abwehr, che divenne una struttura mastodontica, chiusa in comparti stagni, che operava in tutto il mondo con triangolazioni, prestanome, società fittizie, agendo sotto doppia e tripla bandiera, rendendo di solito impossibile, agli sprovveduti controspionaggi del '28, risalire alle vere proprietà ed ai veri burattinai. In tale costruzione si lasciarono volutamente aperte alcune finestre che mostravano una qualche attività segreta, la cui assenza sarebbe stata sospetta, ma erano tracce che portavano in vicoli ciechi e che tenevano occupati i Servizi segreti stranieri distraendoli da indagini più pericolose.

Si riuscì anche a fare cospicui risparmi sulle abituali attività spionistiche, poiché spesso potevo fornire le informazioni richieste senza difficoltà ed in modo gratuito.

L'Abwehr, articolato come sarebbe stato il KGB sovietico o la CIA americana, raggiunse presto i 100.000 impiegati ed agenti, in massima parte reclutati fra gli ufficiali dell'esercito e della marina, rimasti sottoccupati dalle limitazioni imposte dal Trattato di Versailles.

Le risorse finanziarie furono reperite più facilmente di quanto si paventasse; furono infatti falsificate, con quindici anni d'anticipo su quanto si sarebbe comunque fatto, circa quattro miliardi di Sterline, che però non furono messe subito in circolazione, ma si restò in attesa del momento opportuno.

Qualcuno della Giunta - il solito vecchio rincoglionito - propose di usare quel denaro per pagare le inique sanzioni del Trattato, poiché le Sterline false avevano superato brillantemente la prova d'autenticità eseguita da funzionari della Banca d'Inghilterra, ma fu sbeffeggiato e tacitato.

C'era un grosso problema però. Come potevamo essere diventati di colpo così ricchi da investire soldi a palate in tante attività industriali, dopo aver pianto miseria per anni al fine di non pagare le sanzioni? Se altre Nazioni fossero venute a conoscenza della falsificazione ci avrebbero spellati vivi, soprattutto se ciò fosse emerso prima di aver raggiunto un sufficiente riarmo; perché se fosse emerso dopo, sarebbe stato di vitale interesse per la Banca d'Inghilterra negare la possibilità che potesse circolare moneta falsa.

Occorreva perciò disporre di un modello finanziarioatipico che potesse giustificare la recente e la prossima ricchezza, ma che non fosse confrontabile con quelli più tradizionali. Si inventò un sistema complicatissimo d'ancoraggio del Marco a beni materiali ed immateriali, al demanio disponibile ed a quello indisponibile, si diede un valore ai brevetti, al know how, alle risorse minerarie presunte, alle opere d'arte, alle bellezze paesaggistiche, ai diritti d'autore; ogni aspetto della finanza creativa fu esplorato e sfruttato al massimo grado.

Per alcuni anni il Marco, fuori dalla Germania, fu considerato carta straccia, ma all'interno l'inflazione era sotto controllo e, col passare del tempo, visto che non soccombevamo al nostro nuovo sistema finanziario, anche all'estero cominciarono a non disprezzare la nostra moneta, informandosi persino sul funzionamento dell'ancoraggio del Marco a riserve auree virtuali.

Ben presto, attraverso prestanome, cominciammo a comprare oro in tutto il mondo, sfruttando il basso prezzo di questo. Si emisero sei miliardi di Dollari di obbligazioni aventi un rendimento del 10% - molto elevato per l'epoca - ma non riscattabili in modo vantaggioso per almeno un quindicennio; obbligazioni che furono collocate quasi interamente negli Stati Uniti.

Fra gli uffici dell'Abwehr e quelli di vari ministeri, in primis quello del Tesoro, si giunse a livelli di collaborazione e di interdipendenza elevati, con decine di migliaia di persone che, operando in tutta segretezza, si preparavano alla botta finale, quella del crollo di Wall Street del '29. Prima di allora ci fu appena il tempo di fondare e di acquistare alcune banche, fra cui due svizzere ed una decina di piccole banche americane, che avrebbero svolto un ruolo importante nel successivo ciclone finanziario.

Quando finalmente, il 25 ottobre 1929, la Borsa di New York crollò gettando nel panico gli operatori finanziari di mezzo mondo, già da tempo i finanzieri tedeschi, coordinati dall'Abwehr e sotto mentite spoglie, giocavano abilmente al ribasso, realizzando in pochi giorni guadagni enormi, subito reinvestiti nelle più diverse attività agricole ed industriali.

Nello stesso tempo, approfittando della sua debolezza, si cominciò a speculare sulla Sterlina, ma senza dare nell'occhio, mese dopo mese per quasi due anni, fino ache qu esta abbandonò la sua convertibilità in oro nel settembre del '31. Un mese prima che ciò accadesse, una massa enorme di Sterline false fu immessa sul mercato per acquistare, quasi simultaneamente, beni in tutto il mondo: enormi estensioni forestali in Québec, vastissime aziende agricole e zootecniche in Argentina, cantieri navali in Svezia, Norvegia e Stati Uniti.

La Francia si rovinò per mantenere la parità del Franco con l'oro; gli Stati Uniti, pur non abbandonandola del tutto, in pratica annullarono le loro operazioni in oro; la Banca d'Inghilterra resistette fin che poté, dissanguandosi. Prima che un minimo di coordinamento e di controllo fosse messo in atto dalle autorità finanziarie dell'Occidente, i buoi erano scappati dalla stalla ed il mondo si ritrovò sommerso di Sterline.

Se pur qualche funzionario della Banca d'Inghilterra nutrì il sospetto di una colossale falsificazione di Sterline, fu senza dubbio messo a tacere, per non distruggere completamente la residua affidabilità della Sterlina, che dovette essere svalutata del 60%.

Nell'universo parallelo, la svalutazione fu solo del40% , tutto sommato il danno per la Gran Bretagna non fu troppo diverso, ma il beneficio per la Germania fu colossale.

Ovunque, in un mondo schiacciato dal peso della crisi economica e della disoccupazione, si potevano acquistare cantieri navali, materie prime, aziende industriali e minerarie a prezzo di liquidazione, bastava pagarle in Sterline, prima del '31 perché ancora forte in quanto non svalutata, e dopo la sua svalutazione perché sempre ancorata all'oro.

Furono gli anni in cui si riuscì a moltiplicare per due il potere economico-finanziario della Germania, tanto che la popolazione di questa, vista dall'esterno, pareva subire solo marginalmente la grave recessione che aveva colpito il resto del mondo.

Con la scusa della crisi economica e finanziaria, dal '31 cessammo i pagamenti che dovevamo alle Nazioni vincitrici della precedente guerra, anche nella forma saltuaria, ridotta e simbolica con cui erano stati effettuati negli ultimi anni, e nessuno si fece avanti per richiederne altri, come previsto.

Di ciò i tedeschi non furono però grati ai creditori, troppo grande era stata la loro ira per l'occupazione francese della Renania nel '23, fatta a titolo di cauzione sui debiti di guerra; il merito dell'annullamento dei pagamenti andò tutto al Governo.

Già dal '30 dunque, ed ancor più negli anni successivi, il Governo ebbe finalmente i capitali per avviare una politica economica di forte sviluppo, che moltiplicò le infrastrutture, che assorbì la crescente disoccupazione e che si sviluppò come un New Deal in salsa teutonica, anticipando di alcuni anni quello di Roosevelt.

Si iniziò a costruire una estesa rete di autostrade, si potenziò la Marina mercantile con nuove costruzioni di navi veloci, sorsero dal nulla alcune centinaia di nuove aree industriali al fine di delocalizzare i centri produttivi, con le relative infrastrutture stradali, ferroviarie ed energetiche.

Si inventarono nuove produzioni ed attività, quali lamo vimentazione delle merci tramite container e si costruirono le macchine speciali relative, tra cui le navi porta-container. I container sarebbero stati anche molto adatti al fine di contrabbandare armamenti pesanti, mentre le navi porta-container si sarebbero potute trasformare, senza insormontabili difficoltà, in portaerei d'appoggio.

Ai militari, impazienti, tali anticipazioni facevano drizzare le orecchie come degli alani.

Si gettarono le basi per un'aviazione civile sproporzionata alle reali esigenze, e che si sarebbe potuto facilmente convertire alle esigenze belliche; furono addestrati al volo ed al lancio col paracadute migliaia di giovani in decine di club aeronautici ed amatoriali.

Si triplicarono le fabbriche di meccanica fine, di meccanismi oleodinamici, di macchine speciali per l'edilizia, per il movimento terra e per l'industria estrattiva. Spettacolare sviluppo ebbe l'industria elettromeccanica ed iniziò a muovere i primi passi la neonata industria elettronica.

Una marea di prodotti, quali frigoriferi, radio, giradischi, registratori a nastro, condizionatori d'aria, elettrodomestici, proiettori, cineprese e molti altri, tutti con un elevato contenuto tecnologico ed un ancor maggiore valore aggiunto, invase il mercato interno ed i pochi aperti alle esportazioni; tutti erano dotati di un design d'avanguardia, che spesso io stesso avevo contribuito a tracciare. Mi divertii infatti moltissimo a proporre il restyling di diversi modelli di Mercedes e di Audi, a fornire traguardi di potenza e di consumo per i motori a scoppio, a suggerire in anticipo soluzioni tecniche che, in un altro universo, sarebbero state sviluppate molto più tardi.

Ubriacai di compiti da svolgere a casa un numero enorme di tecnici, che dovevano sviluppare chi il registratore a nastro, chi un circuito stampato, chi un visore all'infrarosso, chi un transistor, chi alcuni prodotti plastici, chi un idrofono, chi un sistema di radio-localizzazione. Non esagerai nel chiedere troppo, mi era sufficiente porre obbiettivi raggiungibili in breve tempo, il resto l'avrebbero fatto da soli, per affinamenti successivi.

L'anticipo sui tempi della tecnologia tedesca rispetto all'altro universo stava diventando sempre più sensibile.

Dopo aver suggerito le zone più promettenti ove effettuare prospezioni petrolifere, si sviluppò, a partire dal '33, un'industria petrolchimica sia estrattiva sia di raffinazione. Fu necessario ricorrere a tecnici ed a macchinari olandesi ed americani, ma presto la Deutsche Öl fu in grado di produrre e di raffinare oltre due milioni di tonnellate di greggio dai pozzi situati attorno alla costa del Baltico, da Hannover a Königsberg, col programma di un ulteriore sviluppo della produzione.

Parimenti in Austria ed in Ungheria si perforarono pozzi altrettanto promettenti, ma per il momento non demmo pubblicità alle scoperte. In questi ultimi due Paesi gli investimenti tedeschi, molto ben accetti, avvenivano alla luce del sole, così come gli investimenti petroliferi ed agroalimentari in Argentina, quelli cantieristici in Norvegia, quelli siderurgici e meccanici in

Svezia, quelli dell'industria della cellulosa in Finlandia. Tali investimenti erano un toccasana per quelle economie così colpite dalla crisi mondiale.

Importanti iniziative relative alle energie rinnovabili furono attuate sotto falsa bandiera, come lo sfruttamento dell'energia eolica in Islanda e nelle isole Fær Øer ad opera di un'azienda danese solo di nome, e lo sfruttamento dell'energia delle correnti marine e delle onde in alcune località della Scozia da parte di imprese di prestanome autoctoni. Quei modi di produrre energia venivano derisi come antieconomici rispetto al costo della stessa energia prodotta con fonti tradizionali, ma non veniva messo in conto il fatto di disporre in loco di basi operative, con depositi, magazzini, officine e personale che, in caso di guerra, si sarebbero rivelati oltremodo utili.

Col Governo provinciale del Québec fu stipulato un accordo in base al quale, con capitali forniti delle banche svizzere ed americane da noi controllate, si sarebbero avviate grandi aziende minerarie, forestali e per la lavorazione della cellulosa, tutte dotate di officine meccaniche, centri di stoccaggio di carburanti, villaggi operai, depositi e magazzini; l'accordo prevedeva di allocare tali strutture su entrambi i lati dell'estuario del San Lorenzo.

Tutti i macchinari necessari vennero acquistati negli Stati Uniti, pagati con Sterline false spacciate dalle nostre banche americane, ed in parte dirottati nelle nostre neonate industrie in Norvegia, in Svezia, in Finlandia ed in Danimarca. Anche le navi che effettuavano i trasporti erano nostre, ma battevano bandiera argentina o norvegese; erano state costruite nei nostri cantieri negli Stati Uniti che accettavano che il pagamento avvenisse in Sterline, ovviamente false. I poligoni si chiudevano su se stessi senza lasciare alcuna traccia di coinvolgimento o di responsabilità della Germania.

In base all'accordo stipulato col Québec, per esempio, erano tedeschi solo i dirigenti, e metà della manodopera, costituita da 30.000 lavoratori-miliziani, militarmente inquadrati nell'Arbeitsdienst, che prestavano il loro lavoro con contratto di leasing ventennale; mentre l'altra metà della manodopera doveva essere solo francofona. Almeno due terzi dei lavoratori-miliziani potevano da un giorno all'altro togliersi gli abiti da lavoro, indossare un'uniforme e costituire venti battaglioni, non propriamente di truppe d'assalto, ma dotati di un prolungato addestramento e di armi leggere già contrabbandate; quelle pesanti sarebbero giunte in container al momento opportuno.

Approdi anche extra-portuali furono allestiti su ambo i lati dell'estuario del San Lorenzo, furono costruiti villaggi, scuole, cinema, ospedali, sale di ritrovo e da ballo, per far partecipi anche i lavoratori quebecchesi degli stessi vantaggi goduti da quelli tedeschi.

La disposizione di rigar dritto e di fraternizzare quanto più possibile con gli abitanti del posto fu rigorosamente rispettata; un paternalismo benevolo e la solidarietà nei rapporti di lavoro e fra lavoratori stridevano all'estremo rispetto a quanto avveniva ai lavoratori di Paesi vicini. Le disinvolte e bellissime infermiere, le insegnanti e le segretarie, inquadrate nell'Arbeitsdienst, fecero strage di cuori.

Andava formandosi una comunità tedesca benvoluta, che non suscitava il minimo problema o timore, e che anzi aveva portato lavoro e benessere, in una popolosa e separatista Provincia canadese. Il viavai di persone e di merci fra il Québec e la Germania fu ininterrotto per un decennio.

Lo stesso avvenne in Galizia, da La Coruña a Vigo, ove il pool di aziende americane e svizzere da noi controllate edificò dal nulla fabbriche di munizioni e di siluri, depositi anche sotterranei di automezzi e di aeroplani, officine meccaniche, aeroporti turistici, un terminal petrolifero con annessa piccola raffineria ed un porto per navi porta-container, il tutto all'insegna della trasformabilità in valide strutture di una base aeronavale.

I villaggi turistici e per operai erano trasformabili in caserme, gli alberghi potevano divenire ospedali od alloggi per ufficiali, e si riuscì anche a mascherare - all'insegna della tutela del paesaggio - ogni struttura importante che potesse essere bombardata: così s'interrarono i depositi di carburante ed alcuni hangar. Purtroppo non fu possibile mascherare un enorme bunker in grado di ospitare sommergibili fino a 8000 t di stazza.

Anche in questo caso non vi era traccia di proprietà tedesche, mentre erano senz'altro tedeschi il personale direttivo delle varie aziende ed industrie, i tecnici del porto e della raffineria e una forza-lavoro in affitto di circa 30.000 militi dell'Arbeitsdienst. I galiziani fornirono solo la mano d'opera meno qualificata: autisti, manovali, muratori, operai, giardinieri; tutti felici di avere salari e condizioni di lavoro migliori di quelli delle regioni vicine, arretrate e povere.

L'impatto delle numerose bionde valchirie impiegate nelle varie attività, l'effetto di giunoniche giovani disinibite ed emancipate sui "macho" di una delle regioni più bigotte della Spagna, fu dirompente; amando loro, i galiziani amavano la Germania, insieme ai modelli e la cultura essa propugnava.

La Galizia, per inciso, costituiva un trampolino sull'Atlantico di immensa importanza strategica, ed a Dönitz, il solo pensiero di poter disporre di una base simile per i suoi U Boote, procurava un orgasmo.

Altre iniziative, seppure di minor rilevanza, si ebbero sotto falsa bandiera in Scozia, ove ai progetti energetici si aggiunsero aziende agrituristiche per l'allevamento di cavalli e per il turismo equestre in ambiente collinare e montano. Ciò permise di avere in loco, oltre che molte dozzine di cavalli, anche ottime piste d'atterraggio in erba ed una serie di resort e di châlet distribuiti fra le Highlands ed i Monti Grampiani, con capacità ricettiva esagerata rispetto al turismo dell'epoca, in una regione poco ospitale e dal clima particolarmente rigido. Tutto era gestito da personale fidato, autoctono e filo indipendentista.

In parecchi, di qua e di là l'Atlantico, si chiedevano come fosse possibile che degli impresari potessero effettuare investimenti così rilevanti ed offrire contratti di lavoro così vantaggiosi in un mondo in piena crisi economica, dove la miseria regnava sovrana e la disoccupazione raggiungeva livelli record anche fra le nazioni più sviluppate. Le indagini, condotte anche da valenti giornalisti, si arenavano di fronte all'intricatissima serie di triangolazioni, di società di comodo e, in ultima istanza, di fronte al ferreo segreto bancario svizzero, reso ancor più ferreo dal fatto che le banche erano tedesche.

La colpa di esportare i capitali all'estero per investirli a qualunque costo, anche in iniziative strampalate, fu attribuita infine a banchieri senza scrupoli, probabilmente giudei, ed a riciclatori di denaro di dubbia provenienza. Le decine di scandali finanziari che afflissero la Francia in quegli anni, il fallimento della grande banca viennese Kreditanstalt, non fecero che certificare l'egoismo e la pericolosità sociale di un capitalismo arrembante, e ad evidenziare invece la bontà di un modello dirigistico dell'economia come quello tedesco, ma senza le aberrazioni di quello sovietico.

Agli industriali tedeschi fu ordinato di arricchire pure, ma di reinvestire quanto guadagnato e di tenere sempre un profilo basso, ed essi obbedirono. Riuscirono a drenare ogni capitale ancora non impiegato che fosse in cerca di un sicuro rendimento e furono rastrellati prestiti a lungo termine, con scadenza successiva al '40, a tassi di interesse elevati. Fluirono così nell'industria tedesca oltre dieci miliardi di Marchi.

Centinaia di nuove fabbriche iniziarono a sfornare manufatti innovativi, sia per il mercato interno, sia per quello estero; quando esso fu ostacolato dall'imposizione di elevate tariffe doganali, molte si volsero alla produzione di armamenti leggeri, di munizioni, di nuovi strumenti bellici, di componentistica di base.

La disoccupazione in Germania fu assorbita completamente con l'istituzione dell'Arbeitsdienst, operante soprattutto all'interno, che giunse a disporre di due milioni di operai-soldati.

L'istruzione d'ogni ordine e grado, già di qualitàelevata, fu ulteriormente potenziata con lo scopo di quintuplicare il numero di ingegneri e quello di tecnici specializzati; la ricerca tecnico-scientifica, soprattutto quella militare, ebbe uno sviluppo esponenziale con una profusione di cattedre universitarie, di centri di ricerca, di laboratori, tutti dotati di finanziamenti pressoché illimitati.

Si riuscì a triplicare, in un quinquennio, il numero di scienziati e di ricercatori, attirando verso i nostri laboratori, come una sorta di calamita, gli scienziati di Paesi vicini e lontani. Nessuno scienziato ebreo lasciò la Germania per paura di persecuzioni, essi non avevano alcun motivo di preoccuparsi. Il primato che la scienza tedesca già deteneva, fu ulteriormente consolidato, fino a divenire irraggiungibile.

Un'iniziativa dirompente fu l'istituzione, a Berlino, dell'Università Martin Luther per stranieri - antesignana dell'Università Lumumba di Mosca - riservata soprattutto agli studenti delle Colonie e dei Protettorati franco-britannici e frequentata, mediante borse di studio del nostro Governo, da studenti arabi e neri che erano stati segnalati dal Corpo consolare e dai nostri missionari. In essa si insegnava, tra l'altro, economia, storia del colonialismo, scienze politiche, tattiche rivoluzionarie e soprattutto la lingua e la cultura tedesca. Doveva preparare i rivoluzionari e la classe dirigente delle nazioni d'appartenenza, da scagliare, al momento opportuno, contro le potenze che colonizzavano i loro Paesi.

Ad eccezione di quelli dell'Africa del Sud-Ovest (Namibia) non c'erano studenti delle ex-colonie tedesche, sarebbe stato piuttosto imbarazzante data la pessima qualità del colonialismo tedesco; ma d'altra parte in quei Paesi non c'erano neppure risorse tali da far gola alla politica neo-colonialista che si stava allestendo.

Con l'Università per stranieri la Germania divenne, ad un costo molto basso, un faro per tutte quelle popolazioni che anelavano all'indipendenza od a condizioni d'esistenza migliori.

L'abile propaganda con cui si illustrarono al mondo le nostre idee in materia di decolonizzazione riempì di imbarazzo le democrazie occidentali, sia nelle rispettive colonie, sia in patria, dove l'opinione pubblica plaudiva sempre più a quell'incredibile evoluzione prodottasi nei Tedeschi: da ottusi colonialisti a paladini della libertà dei popoli.

***

- Io ho sentito abbastanza. - proclamò Angela - Adesso devo dare da mangiare a Massimo. Vai avanti tu a leggere e se trovi qualcosa d'interessante, avvisami. -
- Oltre che al pupo, non è che fai da mangiare anche al tuo pupone? -
- Guarda nel frigo; c'è l'insalata di riso e la carne all'albese, il vino è da stappare. -
- Recioto dal peduncolo rosso allora; ti va? -

Capitolo VII – il riarmo segreto

Intanto quel che doveva accadere nel mondo accadeva puntualmente. Nel settembre del '31, con pretesti privi di consistenza, i giapponesi occuparono la Manciuria; l'anno dopo bombardarono Shanghai e crearono lo stato fantoccio del Manciukuò, poi superarono la Grande Muraglia e iniziarono l'invasione della Cina.

Le reazioni indignate che si ebbero negli Stati Uniti ed altrove, non ebbero nessuno sbocco, prevalse la politica isolazionista. La Società delle Nazioni mostrò una tragica impotenza a far valere il diritto e non seppe neppure raggiungere un compromesso al ribasso. Non furono prese sanzioni d'alcun tipo nei confronti del Giappone, ciò nonostante questo si mostrò insofferente alle critiche ricevute durante una seduta plenaria della Società delle Nazioni, e con una sceneggiata diplomatica abbandonò la Società nel '33.

Novamente rassicurato dall'avverarsi degli avvenimenti che avevo pronosticato, il Comitato Esecutivo affrontò con entusiasmo la politica di riarmo.

Già nel '21 il generale Seeckt, senza che i vincitori della Grande Guerra ne sapessero niente, aveva approntato la struttura di un esercito di un milione di soldati, a dispetto delle ispezioni della commissione di controllo delle clausole armistiziali. Era giunta l'ora di riempire, in segreto e con mille sotterfugi, i posti vacanti che eccedevano i 100.000 soldati ed i 4000 ufficiali concessi dal Trattato di pace. Fare tutto in segreto però, superati certi numeri, era praticamente impossibile e sussisteva il rischio di turbare la voglia di disarmo delle democrazie occidentali, in primis della Gran Bretagna.

Si fondarono scuole clandestine per ufficiali e sottufficiali, furono istituiti Corpi speciali, truppe d'assalto, paracadutisti, Kommando, Seelöwen - i nostri Marines - che con addestramenti intensivi e di lunga durata iniziarono a fornire a getto continuo temprati combattenti. Divisioni di fanteria debitamente motorizzate, ma ancor prive dell'artiglieria divisionale, furono imboscate sotto le insegne di una Landswehr (una sorta di Guardia Nazionale) dopolavoristica e dilettantesca, oppure spacciate per corpi speciali di polizia antisommossa.

Armamenti pesanti semoventi, carri armati di tipo medio e pesante, autoblinde, trasporti truppa, camion, lanciarazzi multipli e soprattutto munizioni d'ogni tipo furono prodotti ed accantonati, anche all'estero, nell'attesa di poter essere distribuiti alle truppe.

Fu creata nel massimo segreto l'aviazione dell'Esercito, che ebbe nello Stukas, il cacciabombardiere di picchiata, la sua arma di punta, nella "Cicogna" il suo ricognitore tattico, ed in vecchi ma robustissimi trimotori i suoi muli volanti.

Di palese, vi fu solo l'affiancamento all'Esercito di un corpo di ausiliari non combattenti - autisti, amministrativi, attendenti, segretari - con un elevato numero di donne in divisa. Il fatto destò l'ilarità generale in mezza Europa, e si sprecarono le vignette umoristiche riportate da molti giornali - il britannico Punch in testa - ove figuravano procaci ausiliarie tedesche mettere fuori combattimento plotoni interi di gagliardi soldati britannici.

Vi furono persino voci britanniche che plaudirono all'iniziativa, quale indubbia apportatrice di un benefico disarmo, e femministe, pure britanniche, che invidiarono alle ausiliarie tedesche la raggiunta parità fra i sessi.

Riguardo alla Marina da Guerra - la Kriegsmarine - fu facile superare il limite di 15.000 marinai imposto dal Trattato di Ver-

sailles, nascondendo gli eccedenti fra le tante attività civili mari-
nare, mentre per le navi il discorso era completamente diverso.
Da un lato, man mano venivano messi in disarmo i pochi antiquati incrociatori concessi dal Trattato di pace, furono costruiti
nuovi incrociatori e cacciatorpediniere dotati di un'adeguata
difesa contraerea, secondo moderni dettami pienamente accet-
tati dagli ammiragli. Dall'altro volli che si approntassero anche
rampe e postazioni per armi e per strumenti ancora in fase di
progettazione, che si ipotizzava sarebbero stati disponibili solo
alcuni anni dopo. Inoltre pretesi che sulle nuove costruzioni navali, eccedenti un certo dislocamento, venissero istallate anche
attrezzature particolari, come le piazzole per elicotteri - anch'essi in fase di progetto - che avrebbero ridotto il numero di torri
girevoli delle navi; ma naturalmente la cosa mise in grande allarme gli ammiragli, che avrebbero preferito avere a disposizione una maggior potenza di bordata.

Occorse tutta la mia pazienza, ed un grande sforzo d'immagi-
nazione dei progettisti navali, per far digerire agli ammiragli la
nuova strategia navale ed i nuovi armamenti, tanto che scom-
misi con loro che, per tutta la durata della futura guerra, non
avrebbero mai tracciato il trattino della "t", cosa per la quale
avevano studiato tanto. Scommisero, sicuri che mai avrebbero
dovuto rinunciare ad attraversare la fila di navi nemiche e scaricare su di esse la potenza di tutti i loro cannoni; ma secondo
gli ammiragli le nuove navi, prive sia di una torretta, sia delle
nuove armi e dei nuovi strumenti - lanciamissili e radar di navigazione e di tiro - sarebbero state più simili a degli yacht che
a delle navi da guerra.

Fu inevitabile trovare un compromesso con i desideri degli ammiragli, ché altrimenti non sarebbero mai usciti in mare aperto;
inoltre disporre di navi dotate di un potente fuoco di bordata, per alcune azioni militari, sarebbe stato utile. L'ammiraglio

Räder, per esempio, che scalpitava come un puledro per vedere realizzate le sue corazzate tascabili, ufficialmente di sole 10.000 t, in realtà dislocanti quasi il doppio, era felicissimo che su queste navi non fosse opportuno montare la piattaforma per l'elicottero, e faceva la ruota come un pavone per non aver dovuto rinunciare ai suoi sei cannoni da 280 mm in tre torrette binate.

Furono impostate anche unità più tradizionali, ma suggerii che si cominciasse da quelle di piccolo tonnellaggio: posamine, fregate, corvette; mentre i caccia oceanici e gli incrociatori leggeri, entrambi con piattaforma porta-elicotteri e predisposti per le future armi e strumenti, si sarebbero costruiti man mano si fossero liberati i cantieri, ed avrebbero avuto un tonnellaggio più che doppio rispetto a quello consentito dal Trattato di Versailles. Infine si convenne che il naviglio più grosso, come le portaerei, sarebbe stato impostato alcuni anni dopo, per non svelare troppo presto le nostre ambizioni di poter dominare l'Atlantico settentrionale in una eventuale guerra.

Quando, a poco a poco, si resero disponibili i primi rudimentali radar di navigazione e di scoperta, il puntamento radar dei cannoni navali e di quelli antiaerei, gli idrofoni antisom, un'intera famiglia di mine e di siluri magnetici ed acustici, i primi missili, solo allora gli ammiragli si rassegnarono a far posto alle nuove tecnologie. Non avrebbero avuto di che pentirsi, ma fu comunque arduo evitare di costruire grosse navi che sarebbero diventate vecchie solo pochi anni dopo aver finito di costruirle.

Fu istituita, in assoluta segretezza, un'aviazione di marina che si addestrava su pontoni ancorati nelle lagune di Königsberg; fu costituito un corpo di Seelöwen della consistenza iniziale di due divisioni, dotato di mezzi anfibi e da sbarco; fu perfino addestrato un nucleo di incursori subacquei dotato di mini- sommergibili.

L'arma sottomarina, vietata dal Trattato, prese vita costruendo all'estero i pezzi che si sarebbero assemblati in Germania in tutta segretezza. I primi esemplari servirono per addestrare gli equipaggi ed i comandanti alle nuove tattiche di combattimento. Prima del '35, si poté disporre di una dozzina di U Boote da 500 e da 800 tonnellate e di altrettanti equipaggi addestrati.

Giusto per veder Dönitz gongolare, io stesso proposi che la prima flottiglia di U-Boote si chiamasse "Weddingen" in ricordo di un celebre comandante di U Boot della guerra precedente.

L'aviazione militare - la Luftwaffe, anch'essa vietata a Versailles - fu l'ultima Arma a svilupparsi compiutamente, per non far diventare obsoleti aerei che, progettati negli anni trenta, dovevano mantenersi competitivi o superiori con quelli avversari almeno per un decennio.

Si iniziò pertanto dagli aerei da trasporto, da ricognizione e da addestramento, per passare quindi ai bombardieri leggeri, agli aerosiluranti e, da ultimo, ai caccia-bombardieri ed ai caccia-intercettori. Alcuni modelli privilegiavano la velocità ascensionale, altri la potenza di fuoco, altri la maneggevolezza, altri l'autonomia, altri ancora la velocità pura; la maggior parte costituiva un intelligente compromesso dei fattori precedenti. Furono realizzati dispositivi per azioni belliche particolari e, man mano che la miniaturizzazione lo consentiva, alcuni aerei furono dotati di radar e di visori notturni all'infrarosso.

Nel '36 si svilupparono i primi motori a turbina, che furono montati prima sui caccia e qualche anno dopo anche sugli elicotteri. La produzione di aerei a reazione superò, già nel '39, quella di analoghi velivoli ad elica. S'iniziò anche la progettazione di caccia intercettori notturni e di quadrimotori da trasporto e da bombardamento strategico.

Dall'Aeronautica dipendevano due divisioni di paracadutisti, le nostre truppe migliori, e due di truppe aerotrasportate anche con alianti trainati. Di sua competenza era anche il coordinamento delle ricerche e delle sperimentazioni d'ogni tipo di razzo, utilizzabile anche da altre Armi, dei missili da crociera e di quelli balistici; queste ultime avvenivano nel vastissimo poligono segreto di Peenemünde, sul Mar Baltico.

Investimenti colossali furono fatti in ogni settore militare, risparmiando solo su quei progetti che sapevo non avrebbero fornito risultati apprezzabili o che erano troppo prematuri per lo stato della tecnologia. La massima precedenza nell'assegnazione delle risorse fu data alle armi di distruzione di massa e, fra queste, a quelle basate sulla fissione nucleare.

Si ebbero anche numerose discussioni sull'impiego di piloti suicidi, ma alla fine si decise di lasciar perdere, per non intaccare lo spirito di sacrificio degli altri piloti, non votati al suicidio.

Quando fosse venuto il momento saremmo stati pronti, con ampio margine di sicurezza, per conseguire un successo rapido, indiscutibile e completo.

Intanto la storia macinava il suo corso. Nel '32, in una conferenza sul disarmo, la Germania chiese l'abolizione delle limitazioni al suo diritto a riarmarsi fino a raggiungere un livello di armamenti pari a quello dei Paesi vicini, e l'opinione pubblica britannica, con grande spirito sportivo, appoggiò la richiesta in base al principio di parità di armamenti fra gli Stati. La risposta francese non poteva che essere negativa, così il nostro Governo fece ritirare la sua delegazione dalla conferenza sul disarmo, e per mesi i britannici si baloccarono con proposte inconcludenti volte a farla ritornare al tavolo delle trattative.

Fu un tira e molla che mise a nudo i tentennamenti e le debolezze franco-britanniche, anche perché, a un certo punto, non fu più possibile tenere celato il nostro spettacolare riarmo, tanto che, non potendoci più difenderci dalle accuse francesi, nel '33 uscimmo dalla Società delle Nazioni, accusandola di essere la mera esecutrice delle ingiuste clausole vessatorie imposte alla Germania dal Trattato di Versailles.

La Francia già da tempo aveva delle avvisaglie del pericolo che l'avrebbe sovrastata se la Germania fosse tornata forte e minacciosa, ma non aveva mai denunciato le infrazioni al Trattato di cui veniva a conoscenza per non polemizzare con i britannici, fautori questi di una politica di disarmo, poiché avendo il dominio dei mari, nella loro isola erano perfettamente al sicuro.

Nel '34, in un altro scenario, la serenità e la fiducia regnavano invece nelle relazioni austro-tedesche. Stretti legami economici univano le due nazioni, e l'Unione doganale, vietata a Versailles, era superata in pratica da una politica doganale coordinata, vantaggiosa per entrambe le nazioni; ciò dopo che il nostro Governo aveva dichiarato la sua avversione all'Anschluss, ovvero all'annessione dell'Austria alla Germania.

Insieme agli austriaci avviammo numerose attività industriali, nel campo degli armamenti leggeri, in quello minerario, nel settore petrolchimico ed in quello turistico, che assorbirono gran parte della disoccupazione causata dalla dissoluzione dell'Impero asburgico e dalla recessione mondiale. Il livello della qualità della vita degli austriaci era passato in pochi anni da quello di una nazione alla fame, a quello di un dignitoso anche se ancor limitato benessere.

L'Italia non era affatto vista dall'Austria come la garante della sua indipendenza, bensì come la potenza vincitrice della precedente guerra che le aveva sottratto il Südtirol e l'importante porto di Trieste, suo unico sbocco al mare. L'assimilazione forzata degli Altoatesini all'Italia, con l'imposizione della lingua italiana e lo sradicamento di quella tedesca, non rendevano affatto simpatico Mussolini, e sentimenti filotedeschi si diffondevano tra la popolazione austriaca.

Non ci fu nessun attentato a Dollfuss - il Cancelliere austria-co - nel luglio di quell'anno, come avvenuto nell'altro universo e neppure un tentativo di colpo di stato filonazista, Mussolini non dovette muovere alcuna divisione fin sul Passo del Brenne-ro per proteggere l'indipendenza della piccola Repubblica.

Anche in Germania, in quel '34, Röhm non venne assassina-to, anche perché lo si era già eliminato sei anni prima; non ci fu nessuna "notte dei lunghi coltelli", il volto del Governo era sempre più rassicurante, solo i preparativi militari continuava-no serrati.

Furono acquistate o create aziende nei settori più disparati per mimetizzare siti atti al rifornimento di sommergibili nella peni-sola dello Yucatan, in Honduras, nei fiordi della Patagonia ci-lena, nel golfo di Darién in Colombia, nella Giunea portoghese, nelle Azzorre.

Si trattava per lo più di piccole aziende agro-forestali, minerarie o di itticoltura, intestate ad insospettabili imprenditori locali, con magazzini malmessi per i siluri, con depositi di carburante arrugginiti, con locande e dopolavori fatiscenti, ma in grado di immagazzinare e conservare prodotti alimentari. In alcuni casi la base clandestina consisteva di piccoli mercantili con gravi avarie, in cui solo la radio e quanto occorreva al rifornimento dei sommergibili erano perfettamente in efficienza. Occorsero anni, ma tali modeste strutture, con i loro occupanti, divennero presenze tanto abituali per le poche e corruttibili autorità locali, da non destare alcun sospetto. Al massimo le autorità ritene-vano che fossero le basi di un'organizzazione di contrabbandieri o di narcotrafficanti, e come tali lasciate in pace, dopo aver incas-sato il pizzo di prammatica.

Decine di "talpe" furono piazzate negli Stati Uniti, tutte con "storie" ineccepibili e con documenti perfetti; centinaia di agen-ti segreti varcarono l'Atlantico per sparire nei meandri della

Grande Mela (New York) ed in decine di altre città, pronti ad intraprendere le missioni loro affidate al solo ricevimento di segnali prestabiliti.
Tutti gli agenti si tennero lontano dall'Ambasciata tedesca e da ogni altro contatto compromettente.

***

- Vedi cosa succede a guardare così tanti film di spionaggio? - pontificò Angela, che si era raggomitolata sulla poltrona di fronte alla mia ed ascoltava distrattamente la mia lettura ad alta voce - Uno vede tre film di James Bond, legge due libri di Le Carré e pensa: "'Sta roba chi, a sun bôn da fala anca mi!"-
- Certo. A riprova della funzione educativa del cinema della letteratura gialla. Se invece mi fossero piaciute le opere, invece di lavorare per i Servizi Segreti a Berlino, mi sarei trovato a Bayreuth per fare il ...
- Non starai dicendomi che avresti fatto il tenore, stonato come sei? -
- Baritono prego. Stai a sentire: Lucean le stelle, ed olezzava la terra, stridea l'uscio dell'orto, un passo sfiorava la rena, entrava ella fragrante, e mi cadea fra le braccia. Oh dolci baci e languide carezze, mentr'io fremente, le belle forme ti sciogliea dai veli, svanì per sempre il sogno mio d'amore. Lora è fuggita, e muoio disperato... Allora che te ne pare? -
- Penoso! Per non dire di peggio. -

Capitolo VIII – il ripudio dei trattati

Nel '34, su proposta del Comitato Esecutivo, la Giunta si ritenne abbastanza affermata da indire libere elezioni; le prime in sei anni, che si svolsero in assoluta regolarità.

Nel nuovo Parlamento trovarono posto vecchi e nuovi partiti; per la parte di parlamentari eletta direttamente dai votanti, i socialisti ed i socialdemocratici ebbero rispettivamente l'8% e il 12% dei seggi, i cattolici il 10%, mentre i nazionalisti, i federalisti, i radicali, i naturisti ed i liberali, insieme raggiunsero il 20%. Il restante 50% dei seggi fu riservato a deputati nominati da una dozzina di organizzazioni professionali e di categoria, le maggiori fra quelle del mondo del lavoro, comprese le Forze Armate ed i Sindacati dei lavoratori.

Il Senato federale, costituito dai rappresentanti dei Länder in numero proporzionale agli abitanti, fu invece eletto direttamente dai soli elettori. Il Presidente della Repubblica non venne più eletto direttamente, bensì dalle Camere riunite, ed ebbe poteri di semplice rappresentanza. In questa occasione fu nominato von Papen, più che altro per togliercelo di torno.

I tedeschi erano abbastanza soddisfatti di come andavano le cose, soprattutto in considerazione delle drammatiche condizioni in cui versavano nel dopoguerra, quelle difficili di non più di un lustro prima e quelle che erano tuttora presenti in grandi nazioni europee. I socialisti, rafforzati da schiere di ex- comunisti, erano soddisfatti per la piena occupazione, per il sistema mutualistico e per le due settimane di ferie pagate che avevano ottenuto prima delle elezioni.

I socialdemocratici sperimentavano uno stato di protezione sociale diffuso ed all'avanguardia. I cattolici apprezzavano la moderazione del Governo ed il recente concordato con la Santa

Sede. I federalisti avevano una nazione che, anziché chiamarsi "III Reich", si chiamava Bundesrepublik Deutschland, articolata in Länder dotati di non poca autonomia amministrativa.

I nazionalisti erano fra i più entusiasti estimatori del Governo, perché aveva rigettato alcune inique sanzioni e perché già intravedevano le prossime demolizioni del Trattato di Versailles; anche se non riuscivano a capire perché il Governo mantenesse un "sacco di negri e di beduini" all'Università per Stranieri.

I radicali non sarebbero stati contenti di nessun governo, tuttavia il conseguimento delle pari opportunità per le donne, il tollerato liberalismo dei costumi sessuali, la rigida normativa antirazzista e la generale tolleranza nei confronti dell'eterodossia, faceva sì che non fossero "radicalmente" intransigenti nel giudicare l'operato governativo.

Stralunati ed entusiasti, quasi vivessero in un futuro lontano cinquant'anni, erano i naturisti, che avevano già ottenuto - teleguidati dal Governo - l'istituzione di molti parchi naturali, la riduzione delle piogge acide attorno alla Ruhr e la bonifica di alcuni corsi d'acqua molto inquinati.

I liberali, presenti soprattutto fra i deputati nominati dalle organizzazioni professionali, erano più che soddisfatti per la loro consistenza numerica, nettamente superiore a quella che avrebbe potuto esprimere il proprio elettorato.

La Giunta si trasferì armi e bagagli a costituire il nuovo Governo, con poche sostituzioni volte a ringiovanire la compagine governativa.

Io fui promosso Sottosegretario senza portafogli, dovendomi però occupare appieno degli Affari Esteri, della Difesa, dell'Industria e di molto altro. Il restyling della mia posizione fu sanzionato dal mio ingresso nella "casta", con l'acquisizione di un titolo nobiliare: adesso ero Friedrich von Fischer. Cazzo!

Ero già ricco, possedevo una holding di minima visibilità, ma ricca di pacchetti azionari di minoranza di vecchie e nuove imprese che stavano vivendo uno sviluppo straordinario. Vi figuravano la IG Farben, la Deutsche Öl, la Siemens, la Volkswagen, la Audi, ma soprattutto le nuove aziende di componentistica di base, di circuiti stampati, di meccanismi oleodinamici ed elettromagnetici, di metallurgia speciale di elementi come il titanio, il tantalio, il berillio ed altri. Esclusivamente mie erano imprese che producevano macchine fotografiche Polaroid, penne a sfera, blocchetti di post-it e rotoli di Scotch marrone per imballaggi.

Lavoravo come un matto e non vi era il minimo spazio per il divertimento anche se, essendomi circondato di nugoli di strafiche, avevo almeno di che lustrarmi gli occhi. Non mi importava che il lavoro mi assorbisse tanto, in fin dei conti stavo giocando al più grande war game mai visto, per ora solo politico ed economico, ma se è vero, come sostenuto da Clausewitz, che la guerra è la prosecuzione della politica con altri mezzi, allora il vero divertimento sarebbe arrivato tra breve.

Nell'ottobre del '34, a Marsiglia, fu assassinato da terroristi croati il Re di Jugoslavia e il ministro francese Barthou. Quest'ultimo stava propugnando un fronte comune con le piccole Nazioni orientali per contenere la Germania minacciandola da Est ed alleviando quindi la pressione tedesca sul confine francese. Gli succedette Laval, che al contrario voleva conseguire lo stesso contenimento tramite accordi con l'Italia e la Gran Bretagna. Inoltre Laval sarebbe stato, di lì a poco, un elemento fondamentale per indurre Mussolini ad attaccare l'Abissinia. Entrambi gli avvenimenti - puntualmente previsti, anche per rimarcare il mio ruolo di Profeta - erano funzionali al Piano.

Fu a quel punto, nel dicembre del '34, che un insignificante scontro armato fra abissini e italiani ai pozzi d'acqua di Ual Ual, sull'incerto confine somalo- abissino, distolse l'attenzione delle democrazie europee dalle politiche di contenimento della Germania, per focalizzarla sull'espansionismo italiano in Africa.

In uno scenario differente, i nostri rapporti con l'Unione Sovietica, ideologicamente tesi e conflittuali, erano volti alla collaborazione economica, con accordi commerciali vantaggiosi per le due Nazioni, ed a quella militare, con centinaia di avieri e di carristi che da alcuni anni si addestravano segretamente alle nuove tattiche di guerra con i colleghi dell'Armata Rossa in varie località sperdute nell'immenso territorio sovietico.

All'inizio del '35 un plebiscito suggellò il ritorno della Saar alla Germania, ed il confine franco-tedesco si spostò verso Ovest di alcune decine di chilometri, anche se la Saar non poteva essere militarizzata a causa delle clausole del Trattato di pace.

Nel marzo del '35, a breve distanza una dall'altra, due dichiarazioni del nostro Governo allarmarono come non mai l'Europa. La prima affermava che la Germania disponeva di un'aviazione militare superiore, in numero ed in qualità, a quella francese e quella britannica pur riunite; non era del tutto vero, ma è sempre stato difficile valutare la reale potenza dell'arma aerea. La seconda preannunciava un servizio militare formato sulla leva obbligatoria.

Entrambe le cose costituivano una flagrante violazione del Trattato di Versailles. Ora le potenze vincitrici della Grande Guerra non potevano più fingere di non vedere, scegliere di minimizzare le infrazioni costatate per quieto vivere, decidere di accondiscendere alla mancata corresponsione dei risarcimenti pattuiti. Ormai dovevano prendere atto che il Trattato di pace era stato sconfessato unilateralmente.

Negli stessi giorni l'Abissinia denunciò le intimidazioni italiane presso la Società delle Nazioni, chiedendo a questa di tutelare la sua sovranità.

L'unica reazione dei franco-britannici fu la convocazione di una conferenza a Stresa, per esternare a Mussolini le loro preoccupazioni causate dalla sua politica africana, e per indurlo anche a far fronte comune contro il riarmo tedesco.

Furono tutti d'accordo che le violazioni al Trattato di Versailles non erano tollerabili, ma i vecchi alleati rifiutarono fin da subito l'idea di sanzionare i tedeschi, e men che mai di intervenire militarmente contro il trasgressore.

Mussolini però volle approfittare del momento che riteneva essergli favorevole: schierandosi con i franco- britannici a contrastare la Germania solo verbalmente, e parlando a mezza bocca, ebbe l'impressione di ricevere l'accondiscendenza di Laval e del britannico Hoare alle sue future iniziative in Abissinia. Per quanto incredibile possa sembrare, una pausa densa di significati nello stilare il comunicato finale congiunto, un rapido giro di occhiate per raccogliere la complicità muta dei convenuti, il tentennamento di Hoare - perché a Laval dell'Abissinia non importava nulla - nel far chiarezza sull'effettivo significato di una frase, attentamente studiata per essere interpretata subdolamente, creò i presupposti di future recriminazioni a proposito di accordi traditi.

Così al Giappone, già aggressore della Cina e minaccioso con tutti i Paesi vicini, alla Russia, isolata ed emarginata per il suo sistema politico-economico, si sarebbe presto aggiunta l'Italia fra i fuorusciti dal campo degli Alleati della Grande Guerra.

Nessuno fece alcunché di concreto per ristabilire la precedente situazione di sicurezza; neppure il Governo francese, data la nebulosità di un patto franco-sovietico, discusso in gran fretta e turandosi il naso, che prometteva solo una generica assistenza reciproca in caso di aggressione tedesca, ma nulla di più impegnativo.

In quei frangenti, nel giugno del '35, il Governo britannico compì un gesto incredibile, ma che sapevo benissimo che avrebbe fatto. Su pressione del suo Ammiragliato, che aveva scoperto che la Kriegsmarine disponeva di navi che eccedevano grandemente i limiti imposti da Versailles, e che riteneva di essere più salvaguardato se si fosse raggiunto un accordo diretto coi tedeschi, il Governo britannico stipulò con noi un Trattato navale che, regolando la materia, avallava le nostre infrazioni al Trattato di Versailles.

Esso consentiva alla Kriegsmarine di raggiungere un tonnellaggio pari al 35% di quello della Royal Navy, purché si conteggiassero anche le formidabili navi appena varate - le corazzate tascabili - ma non ancora in linea.

Per noi era una vera manna: il nuovo trattato ci permetteva di costruire, legalmente ed in barba a Versailles, 5 navi da battaglia, 5 incrociatori pesanti e 11 leggeri, 2 portaerei e ben 64 cacciatorpediniere. Si potevano costruire sommergibili fino al 60% del tonnellaggio complessivo di quelli britannici, percentuale elevabile al 100% se si fossero verificate determinate condizioni. Le navi da battaglia non avrebbero dovuto superare le 35.000 t .

Neppure facendo lavorare al massimo della potenzialità tutti i nostri cantieri per un decennio avremmo potuto avvalerci di tali concessioni; inoltre le nostre navi sarebbero state tutte nuove, mentre gran parte di quelle britanniche conteggiate sarebbero state antiquate, se non addirittura vetuste, per essere state costruite prima del '14.

Accettando un rapporto di forze di 3 : 1, l'Ammiragliato britannico riteneva di aver migliorato sensibilmente il rapporto di 1,6 : 1 con cui aveva vinto l'ultima guerra, ma non aveva ben considerato che, con il nuovo rapporto di forze, avrebbe forse dovuto fronteggiare anche altre Marine nemiche - come quella italiana e quella giapponese - che nell'ultimo conflitto erano

Marine sue alleate. Inoltre con le sue navi l'Ammiragliato britannico doveva provvedere a mantenere libere le rotte commerciali in tutto il mondo, perché non poteva limitarsi a garantire la sicurezza della Gran Bretagna, ma doveva garantirla anche al resto dell'Impero. Infine, nel Mar Baltico e nel Mare del Nord, la Germania avrebbe potuto facilmente concentrare le proprie unità e prendere il sopravvento, con la flotta britannica sparpagliata negli oceani.

Ma l'errore più grave commesso dai britannici fu politico: accordandosi con noi circa le infrazioni "navali" del Trattato - sommergibili, quantità e tonnellaggio delle navi, numero di marinai - il Governo britannico mostrò di guardare solo alla propria sicurezza ed ai propri interessi, e di non curarsi delle esigenze francesi, rimasti soli a lagnarsi delle infrazioni "terrestri" del Trattato.

Si misero subito in cantiere 2 portaerei d'attacco da 40.000 t - chi mai poteva pesare una portaerei? - oltre a 2 incrociatori da battaglia da 30.000 t, 4 incrociatori leggeri e 10 caccia oceanici, oltre a quelli più piccoli in corso d'approntamento. Più di così, di nuovo naviglio di superficie, non potevamo costruire.

Alcuni giorni dopo l'accordo divenne già operativa la prima squadriglia di 6 U Boote costieri e da addestramento da 500 t, quella di 6 U Boote medi da 800 t e 6 sommergibili da rifornimento da 3000 t, questi ultimi non rientranti nella definizione di "sommergibili" del Trattato navale, in quanto privi di armamento. Entro la fine dell'anno venivano costruiti quattro sommergibili al mese, quasi tutti oceanici.

Lo studio dello Schnorchel, per permettere la navigazione subacquea col motore diesel, e della propulsione col motore Walter a perossido d'idrogeno, che teoricamente consentiva al sommergibile di non dover riemergere mai, procedeva rapidamente, tanto che i primi prototipi di Schnorchel erano già stati montati per i collaudi.

Non si volle iniziare la costruzione di nuove corazzate, oltre a quelle tascabili in fase di completamento, sia per l'intasamento dei cantieri, sia per non monopolizzare l'impiego di piastre d'acciaio. Non ci sarebbe stata nessuna corazzata Bismarck o Tirpitz, ed i due prestigiosi nomi sarebbero stati destinati alle due superportaerei.

Gli sfregi al Trattato di Versailles continuarono in ottobre quando, con una solenne cerimonia, venne riaperta l'Accademia Militare, in precedenza dispersa in scuole militari camuffate.

Un mese dopo prese servizio la prima classe della leva biennale obbligatoria e con questa l'esercito raggiunse, fra ufficiali e sottufficiali di carriera, specialisti a lunga ferma, truppe d'assalto e Kommando addestrati segretamente, quasi un milione di soldati, che nell'anno successivo, con l'ingresso della seconda classe di leva, sarebbero divenuti 1.400.000. Conteggiando anche il personale ausiliario, gli autisti, la sanità, la sussistenza e quanto altro, il numero di soldati a disposizione saliva a 1.800.000 unità, senza dover procedere ad alcuna mobilitazione.

Di fronte, i francesi disponevano solo di 400.000 fanti; per aumentarne il numero avrebbero dovuto procedere ad una mobilitazione che avrebbe richiesto non meno di una quindicina di giorni.

All'inizio del '36, una volta raggiunta ed effettivamente superata l'aviazione franco-britannica, tutto fu più facile per noi: da quel momento i futuri avversari non sarebbero più stati in grado di recuperare lo svantaggio. Nel prendere qualsiasi decisione, i governanti dei paesi antagonisti della Germania avrebbero dovuto considerare le conseguenze procurate dalla perdita della superiorità aerea, considerare gli scempi della popolazione civile nelle città bombardate, la distruzione delle infrastrutture e delle fabbriche.

È vero che i bombardamenti, in quel periodo, erano molto sopravvalutati nei loro tragici effetti, ma proprio per questo la loro minaccia era più che sufficiente a trattenere i governanti delle democrazie occidentali dal prendere iniziative coraggiose.

Per tutta la prima parte del '35 truppe italiane attraversarono il Canale di Suez senza che i britannici, controllori del Canale, le contrastassero minimamente; raggiunta l'Eritrea si ammassarono sui confini dell'Abissinia, pronte ad invaderla.

I politici occidentali iniziarono a chiedersi cosa fare nel caso Mussolini avesse attaccato l'Abissinia. La posizione britannica, espressa da Eden, era dichiaratamente favorevole ad imporre all'Italia delle sanzioni finanziarie ed economiche, ma questo poteva significare il definitivo passaggio dell'Italia in campo avverso, la qual cosa avrebbe nociuto gravemente soprattutto alla Francia.

Alcune mosse navali britanniche nel Mediterraneo non fecero che far salire la tensione, tanto che Mussolini asserì persino di disporre di frotte di aspiranti piloti suicidi che non vedevano l'ora di potersi schiantare, con aerei carichi di bombe, sulle navi nemiche.

In ottobre Mussolini attaccò, e la Società delle Nazioni, che non aveva mosso un dito per le infrazioni al suo Statuto operate dai tedeschi e dai giapponesi, emanò contro l'Italia quelle sanzioni economico-finanziarie che Eden aveva preannunciato; ma furono sanzioni che, volutamente, non incisero sulla possibilità di prosecuzione dell'attacco. D'altra parte Mussolini stesso aveva preavvertito che non avrebbe tollerato sanzioni troppo severe (nel senso che in quel caso avrebbe dovuto ritirarsi!) così il blocco dei prodotti petroliferi, che avrebbe paralizzato in poche settimane, oltre che il fronte abissino anche l'Italia intera, non venne attuato.

Mussolini aveva giocato d'azzardo ed aveva vinto, ma aveva dovuto correre un rischio mortale. Da allora l'astio verso la "perfida Albione" divenne incancellabile. Ma l'inerzia, in definitiva, della Gran Bretagna a bloccare le iniziative italiane già nel Mediterraneo, con una minima esibizione di forza, precludendo all'Italia l'uso del Canale di Suez, era stata notata e valutata, in Germania e in Giappone.

Da parte mia, avendo pronosticato con precisione cosa sarebbe accaduto, guadagnai la fiducia illimitata anche dei pochi membri dell'Alto Comando che ancora non avevano realizzato di stare giocando sul sicuro, con carte segnate.

Si approfittò subito della situazione: fu assicurato all'Italia ogni tipo di rifornimento per aggirare le sanzioni e ci dichiarammo pronti a dividere con essa la nostra modesta produzione di greggio, qualora questo fosse stato oggetto d'embargo; ne ricavammo una gran riconoscenza e simpatia, quale non era mai intercorsa fra le nostre Nazioni da quando, dopo aver battuto gli austriaci a Sadowa, nel 1866 "regalammo" il Veneto all'Italia.

Battendo sul ferro rovente proponemmo una joint- ventur al 50% fra ENI e Deutsche Öl, per la ricerca e lo sfruttamento di petrolio in Libia, per la quale si sarebbero anticipate le spese di ricerca. Naturalmente accettarono, convinti che ci apprestassimo a gettare al vento i nostri soldi, perché i loro geologi avevano escluso la possibilità di rinvenirne in quello "scatolone di sabbia". Riuscimmo quindi a strappare ottime condizioni per l'eventuale sfruttamento del petrolio scoperto e per la costruzione a Tobruk di una piccola raffineria.

Il patto franco-sovietico del '35, nonostante la sua nebulosità, era stato stigmatizzato non poco dal nostro Governo, che vantava la Germania come baluardo alla diffusione del bolscevismo in Europa, e non appena il patto venne ratificato dal Governo francese, lo si imputò essere contrario alla pace, quasi un invito fatto ai sovietici a marciare verso occidente mentre la Francia teneva occupato l'esercito tedesco sulla sua frontiera comune. Con questa scusa, oltre che rigettare quel che restava del Trattato di Versailles, intendevamo anche contestare il Trattato di Locarno del '25 (che contrariamente al primo era stato liberamente sottoscritto) nella parte ove si faceva riferimento alla smilitarizzazione della Renania.

In base a questo Trattato, sia sulla sponda sinistra del Reno, sia in una fascia di territorio di 50 km in sponda destra, non si potevano schierare truppe o costruire fortificazioni, non si potevano eseguire esercitazioni militari, non erano ammessi depositi di materiali bellici, né caserme.

Il 7 marzo '36 oltre 30.000 soldati della Wehrmacht, fra cui molte bande militari, compagnie di ausiliarie, reggimenti di cavalleria e trasporti ippotrainati, occuparono l'intera Zona smilitarizzata accolta festosamente dalla popolazione, in un'apoteosi di sfilate militari, di bandiere e di ghirlande di fiori. La marzialità dell'invasione fu delegata alle bande militari, per il resto il profilo fu mantenuto molto basso, tanto che l'occupazione stessa fu definita "simbolica" dai radiocronisti che diffusero la notizia.

I francesi si allarmarono come non mai; ebbero la tentazione di mobilitare subito, ma si trattennero, aspettando una solidarietà britannica che non giunse. Erano ad un bivio cruciale della loro esistenza, avrebbero voluto muoversi, ma li si consigliava di prender tempo per valutare meglio il da farsi. In fondo, come si espresse un politico britannico,"i tedeschi erano entrati solo nel giardino di casa".

Da due anni operavamo segretamente nella Zona smilitarizzata per costruire strutture atte ad accogliere truppe ed aerei, e per preparare depositi d'armi e di munizioni; tali attività erano state notate e segnalate - come risultò dai processi intentati contro i responsabili della sconfitta francese fatti nel dopoguerra - ma Parigi non aveva preso nessuna iniziativa. Da un anno il loro Servizio Segreto aveva pronosticato la nostra prossima occupazione della Renania, ma i francesi erano incerti, si sentivano traditi dai britannici che avevano stipulato alle loro spalle il Trattato navale coi tedeschi e non volevano essere solo loro a fare la parte dei poliziotti. Decisero di non far nulla, con la scusa che la Gran Bretagna non voleva correre il rischio di essere coinvolta in una guerra a causa di un loro intervento.

I miei generali, dopo qualche giorno di trepidazione, erano a dir poco euforici; fui insignito della Croce di Ferro di 2ª classe, per meriti presagistici scherzai nell'occasione, e dopo la cerimonia dovetti pagar da bere all'intero Alto Comando, anche se non aveva fatto ancora nulla per guadagnarsi la bevuta.

Per due settimane lasciammo depositare il polverone che aveva interessato mezza Europa, ridendo di gusto quando il Consiglio della Società delle Nazioni delegò il Tribunale dell'Aia per verificare le tesi contrapposte; quindi ci accingemmo a fortificare la nuova frontiera, per frapporre una barriera ad un eventuale attacco francese.

Si ebbero molte discussioni, in seno all'Alto Comando, circa la solidità che dovesse avere questa barriera; alcuni volevano investirci molte energie e molte risorse, in modo da contrapporre ai francesi una sorta di "Linea Maginot tedesca", con bunker corazzati, tunnel, postazioni fisse per cannoni di grosso calibro a scomparsa, e molto altro ancora. Altri, ed io per primo, erano per la tesi contraria; non si dovevano sprecare risorse per costruire un baluardo che non sarebbe mai stato attaccato, si doveva invece dare l'impressione che tale baluardo fosse formidabile, con grandi estensioni di filo spinato e di trinceramenti, con centinaia di piccoli bunker prefabbricati e con barriere anticarro amovibili, in modo da poter essere successivamente riutilizzate altrove, in modo molto economico.

Secondo me si doveva inoltre dare la massima pubblicità, in qualche caso ingannevole, alla robustezza della costruenda linea fortificata, per infondere un timore reverenziale a quell'esercito che avesse deciso di attaccarla. Agli eserciti che, nella guerra precedente, avevano già lasciato sulle difese tedesche milioni di morti e di feriti, poteva bastare la sola parvenza di saldezza; nessuno che si fosse scottato col ferro rovente nel '14 - '18, avrebbe voluto ripetere quell'esperienza.

Ma fu solo quando citai Napoleone, dicendo che "la parte che resta dietro le sue fortificazioni viene battuta", che riuscii a mettere fine alla disputa.

Quando poi nacque, la Linea Sigfrido tanto debole non era; alla minor quantità di fortificazioni fisse rispetto alla Linea Maginot, faceva da contrappunto un elevato numero di cannoni e di lanciarazzi semoventi, che potevano cambiare di postazione dopo aver sparato alcune decine di colpi; vi erano centinaia di nidi di mitragliatrici pesanti in bunker prefabbricati, campi interi di zone minate e migliaia di chilometri di filo spinato. Tutto ciò che doveva essere visibile, era evidenziato, il resto era magistralmente mimetizzato, tanto da far sospettare l'esistenza di strutture militari anche là ove non vi era nulla. Si risparmiarono così miliardi di Marchi, che furono utilizzati per produrre altri armamenti.

Con la Linea Sigfrido la Germania veniva a disporre d'una barriera che le avrebbe fatto risparmiare centinaia di migliaia di soldati in una guerra contro la Francia; questa invece avrebbe avuto estrema difficoltà ad attaccarla per andare in aiuto alle nazioni dell'Est europeo alle quali aveva fornito la propria garanzia. La guerra su due fronti diventava molto più facile da vincere, dato che su uno dei fronti era stata messa una saracinesca.

Gli avvenimenti che precedettero l'occupazione della Renania tennero tanto occupato il Governo e l'Alto Comando che non mi riuscì di sviluppare un'interessante possibilità.

A fine gennaio '36 transitò da Berlino il generale Tuchačevskij diretto a Londra per partecipare, a nome di Stalin, ai funerali del Re d'Inghilterra Giorgio V. Era filotedesco ed aveva un vastissimo seguito; sarebbe stato un interlocutore perfetto per scalzare Stalin dalla guida dell'Unione Sovietica e per una contro-rivoluzione che annientasse il bolscevismo. Era una possibilità che avevo lungamente accarezzato, discutendo con Canaris ed altri dei pro e dei contro. Non riuscivamo a stabilire se fosse preferibile avere un avversario ideologico pazzo ma prevedibile, come Stalin, oppure avere un estimatore in grado di trasformarsi in un pericoloso concorrente.

Il tempo che passammo con il generale fu troppo breve per impostare qualsiasi iniziativa, e se pur ci lasciammo con l'intesa di risentirci, sapevo che appena rientrato in patria sarebbe stato arrestato ed eliminato dopo un processo-farsa; ma come fare a trattenerlo? L'occasione per evitare a più d'un miliardo di persone, e per oltre 50 anni, le sorti magnifiche e progressive del comunismo, si era affacciata ed era subito svanita.

Fu l'inizio di una serie di "purghe" nell'entourage militare sovietico che nell'arco di un anno portò alla decapitazione dell'Alto Comando dell'Armata Rossa e di quello delle sue Regioni militari, con migliaia di vittime fra gli alti ufficiali. La forza militare sovietica, per qualche anno, sarebbe stata ai minimi termini, la qual cosa non poteva che essere positiva per la realizzazione del nostro Piano; anche se tale debolezza non era avvertita né dagli occidentali, né dagli stessi dirigenti sovietici che l'avevano provocata.

***

- Allora cosa scrive di bello il nostro vecchietto? - chiesa Angela, zompettando nella sala con indosso un mio pigiama, pronta per andare a dormire.
- Fino ad ora ha raccontato quello che è successo nella realtà, con poche varianti; è arrivato al 1936 .-
- Cioè praticamente non ha fatto niente. Tutto quel blaterare sul sudore della fronte... -
- Ma se ha appena inventato persino lo Scotch marrone. Inoltre rivoglio il mio pigiama! -
- Vieni a prenderlo! -
Al mattino ripresi la lettura, mentre Angela sfamava Massimino.

Capitolo IX – Galizia e guerra civile spagnola

Il 19 luglio '36 scoppiò la Guerra civile in Spagna. Nel Marocco spagnolo il generale Franco si ribellò al Governo repubblicano, la rivoluzione franchista si estese molto rapidamente alla Spagna continentale, nella città di Siviglia e nella regione dell'Andalusia.

L'area portuale ed industriale che controllavamo segretamente in Galizia con 30.000 operai-miliziani dell'Arbeitsdienst, sparsi in una dozzina di località, era già passata indenne dall'incruenta rivoluzione che aveva spodestato la monarchia nel '31. In quella occasione appoggiammo la nuova Repubblica, mentre questa volta il nostro Governo si schierò col generale ribelle perché garantiva l'ordine in un periodo di anarchia, di violenti disordini e di omicidi politici. Inoltre, mentre il Governo legittimo repubblicano era dominato in larga parte dai social-comunisti, che avrebbero potuto facilmente interferire con i nostri progetti in Galizia, magari nazionalizzando la nostre prospere industrie, col generale Franco, ferocemente antibolscevico, la nostra area industriale e portuale sarebbe stata al sicuro.

Il Governo spagnolo legittimo chiese subito aiuto all'omologo Front Populaire appena insediatosi in Francia, che si dichiarò pronto ad inviare tutte le armi di cui poteva privarsi, purché ciò avvenisse segretamente. Lo stesso giorno Franco chiese a Mussolini 12 aerei da trasporto, per portare in Spagna le sue truppe bloccate in Marocco dalla Marina spagnola rimasta lealista, e questi glieli concesse previo il pagamento di un milione di Sterline, un'enormità.

Giorno dopo giorno diveniva sempre più chiaro come si sarebbero posizionate le potenze europee sullo scacchiere spagnolo, a conferma di quanto avevo pronosticato. L'opinione pubblica francese aveva subito scoperto che il proprio Governo stava contrastando il generale Franco attivamente, ed era preoccupata, divisa fra l'appoggio alla rivoluzione franchista e il sostegno al Governo legittimo.

L'Unione Sovietica vedeva nella Guerra civile spagnola una insperata occasione di estendere la sua influenza fin sulle sponde dell'Atlantico, perciò aveva inviato decine di aerei, di piloti, di consiglieri militari e di carri armati per difendere il Governo legittimo.

I britannici tenevano un basso profilo, temendo che l'ingerenza nel conflitto spagnolo innescasse un conflitto europeo, e cercavano di scoraggiare l'intervento di potenze straniere nella disputa.

Gli italiani appoggiavano apertamente Franco per motivi ideologici e di immagine, con il continuo invio di aerei da caccia e da bombardamento, con carri armati e specialisti.

Noi inviammo a Franco un centinaio di aerei da bombardamento e da caccia con i relativi piloti, tecnici e munizioni, una cinquantina di carri armati piccoli e medi ed una ventina di cannoni semoventi; ma all'offerta fattaci da Franco di usare Siviglia come base operativa, preferimmo le comode postazioni della Galizia, perfettamente attrezzate.

A metà novembre il Governo italiano e quello tedesco riconobbero ufficialmente quello franchista insediatosi a Burgos. Mussolini, senza alcun obbiettivo strategico, ma per pura demagogia politica, aveva deciso di intervenire in Spagna in forze, con un Corpo di spedizione composto da tre divisioni della milizia, piuttosto scalcagnate, e da una dell'esercito regolare. Noi inviammo un ulteriore contingente di aerei a costituire, con quelli già presenti, la "Legione Condor", con un organico che non superò mai 12.000 uomini.

La guerra civile costituì un ottimo campo di addestramento dei nostri piloti, dei pochi carristi e degli addetti alle trasmissioni Per tutta la sua durata organizzammo un elevato ricambio fra i "volontari" che determinò, unitamente all'usura dei mezzi, un continuo traffico di veicoli e di uomini con la Germania. Nel viavai, gran parte dei carri armati e degli automezzi danneggiati, dopo essere stati riparati, venne imboscata nei nostri magazzini sparsi nella regione.

A Pontevedra, in Galizia, proseguimmo la costruzione di una base corazzata per sommergibili; a Vigo, al terminal petrolifero ed alla raffineria appena ultimati, aggiungemmo una sezione con i serbatoi di carburante totalmente interrati; a La Coruña costruimmo diversi grandi depositi che presto si riempirono di cannoni antiaerei, di veicoli militari e di scorte.

Stretti rapporti vennero instaurati con i notabili galiziani che, anche se conservatori, ritenevano eccessiva l'intransigenza politica di Franco, temendo che questa potesse compromettere il benessere che da qualche anno andava diffondendosi nella Regione, e crebbe in loro - sapientemente suggerita dai nostri Servizi Segreti - la voglia di una maggior autonomia.

Sponsorizzammo iniziative di ogni genere, soprattutto quelle relative alla tutela dei regionalismi, in primis la lingua, ma anche la cultura, la storia, l'arte, il paesaggio, i costumi tradizionali, le sagre paesane ed i mulini a vento. Santiago de Compostela ed il relativo "camino" ebbero una valorizzazione particolare; tutto era sfacciatamente targato "Bundesrepublik Deutschland".

Addestramento dei piloti a parte, più che in una guerra civile, che peraltro non aveva toccato minimamente la regione, si era nelle lontane retrovie del fronte, in una zona di riposo e di ricreazione fra un' esercitazione e l'altra. Non ci sarebbe stata nessuna Guernica ad infangare la nostra presenza in Spagna; Picasso si sarebbe dovuto ispirare a qualcos'altro.

Fin dall'inizio della guerra civile, nel concedere aiuti a Franco, non volemmo in cambio pagamenti di sorta, pretendemmo invece di avere delle facilitazioni navali in Galizia, con l'affitto di un porto riservato con le relative pertinenze, comprendenti campi d' aviazione, depositi, magazzini, ecc.. I colloqui per la definizione delle aree interessate, quelli sulla durata dell'affitto, sul suo ammontare e sulla modalità per conguagliare tale somma con l'affitto della Legione Condor e degli altri armamenti forniti, durarono a lungo e, da "prossimi alla conclusione" com'erano quando Franco aveva disperatamente bisogno d'aiuto, divennero più problematici man mano che la rivoluzione franchista prendeva piede.

Verso la metà del '37, dopo ulteriori massicci invii di armamenti, perdurando i temporeggiamenti di Franco nel concederci la base navale, proposi all'Alto Comando di salvare la vita al gen. Molas, che di lì a poco sarebbe stato eliminato mediante un incidente aereo.

Molas aveva molte più possibilità di divenire il capo supremo della Spagna, essendo più popolare, più intelligente e meno gretto di Franco; ma per una serie di contrattempi non si riuscì ad avvisare il generale in tempo, ed il 3 luglio questi precipitò con l'aereo, come stava scritto nel libro del destino. Noi ci rassegnammo a tenere Franco.

Hitler, in un universo parallelo, dopo la sconfitta della Francia e dopo aver parlato con Franco per nove ore difilate, pregandolo di lasciargli conquistare Gibilterra, disse che piuttosto che ripetere quella esperienza avrebbe preferito togliersi tre o quattro denti. Chi gestiva le nostre trattative per l'ottenimento della base aeronavale sarebbe stato d'accordo con lui.

La situazione di impasse durò per tutta la durata della guerra civile, fino alla sua conclusione nel marzo '39. Nonostante riuscissimo ad ottenere vantaggiosi contratti commerciali, non fu possibile stipulare il contratto desiderato. Avremmo dovuto quindi agire diversamente.

Anche gli italiani, che nella guerra civile avevano profuso oltre 8 miliardi di Lire, a parte alcuni accordi commerciali non riuscirono ad ottenere nulla di concreto.

Per tutto il '37 ed oltre, in Germania la produzione di armamenti di ogni tipo proseguì con la massima intensità possibile. Nuove navi e nuovi sottomarini vennero impostati, man mano che si liberavano posti nei cantieri, la produzione di carri armati medi e pesanti era imponente e parimenti quella di aerei di ogni tipo. Le apparecchiature radar erano state miniaturizzate e venivano montate su un gran numero di aerei da caccia e da bombardamento. La Kriegsmarine proseguiva ad effettuare addestramenti intensivi e quelli specifici per missioni particolari.

Si accumularono scorte di materie prime strategiche, dallo stagno al nichel, dall'uranio alla gomma; si svilupparono alcune metallurgie speciali, come quella del titanio e dell'uranio.

La produzione di beni per uso civile non era affatto assente: automobili, furgoni, autobus, elettrodomestici, radio, televisori, registratori e molti altri prodotti erano presenti sia sul mercato interno, sia su quello estero.

I carburanti non erano razionati, ma fortemente tassati, come d'altra parte avveniva per numerosi prodotti importati. La produzione agricola, grazie ai nuovi fertilizzanti e fitofarmaci, era aumentata in modo considerevole; la meccanizzazione dell'agricoltura si sviluppava in modo esponenziale, tanto che era consistente il numero di addetti espulso dal settore agricolo e prontamente assorbito da altri settori.

Importante era la produzione di camion di ogni portata, di macchine speciali quali auto-betoniere, auto-gru e macchine per il movimento-terra, su gomma e cingolate.

L'industria chimica e petrolchimica erano in piena espansione, e decine di nuove materie plastiche venivano prodotte in centinaia di aziende grandi e piccole. Tali industrie, capillarmente decentrate in duecento aree industriali di nuova formazione, erano pronte per essere convertite o per essere di supporto alla produzione bellica in un lasso di tempo brevissimo, al massimo di un mese.

La ricerca nei settori più avanzati, da quello atomico a quello dei nuovi materiali plastici e metallo-ceramici, da quello elettronico a quello missilistico, si giovava di fondi inesauribili ed assorbiva migliaia di scienziati e di tecnici provenienti da tutta Europa.

Le Olimpiadi di Berlino, nell'agosto '36, in un'Europa squassata dalla Guerra civile spagnola e dalle preoccupazioni suscitate dall'occupazione della Renania, furono uno straordinario palcoscenico per il regime tedesco.

L'insuperato medagliere tedesco, l'esordio mondiale della televisione, anche se solo via cavo, le riprese filmate della Riefenstahl, l'organizzazione perfetta e l'ospitalità berlinese, costituirono un tutt'uno mai visto in precedenza. La cordialità dei politici ed il clima di tolleranza e di apertura della società contribuirono a creare un moto di simpatia e di voglia di emulazione in consistenti strati di popolazioni straniere. Una impressionante ma intelligente propaganda orchestrata dal Governo, oltre che più antiche trame dei nostri Servizi Segreti, alimentava movimenti filotedeschi negli Stati Uniti, in Gran Bretagna, Francia, Croazia, Ungheria, Austria, Norvegia ed Argentina.

In Francia il Front Populaire di Blum non aveva vita facile; subiva opposizioni di ogni genere, alcune palesi, altre malcelate, altre ancora preconcette, per opera soprattutto dell'entourage militare. L'accordo franco- sovietico fu sabotato, l'aiuto che potevano offrire i russi fu giudicato pernicioso e foriero di problemi maggiori di quanti potesse risolvere.

Il gen. Gamelin ed altri esponenti dell'Esercito francese, onusti di gloria per essere usciti vincitori dalla Grande Guerra, avevano impiegato anni di studi sull'opportunità di modernizzare le forze armate - come venimmo a sapere dalle memorie di alcuni alti ufficiali edite nel dopoguerra - e specificatamente se dotarsi di carri armati nell'eventualità di uno scontro con la Germania.

Tali studi prima avevano affermato che non valesse la pena allestire divisioni corazzate, giudicandole di utilità limitata, poi che bisognava studiarne bene la composizione prima di investirci molte risorse, infine erano giunti alla conclusione che, anche disponendo di tali divisioni, sarebbe stato comunque importante cercare di salvaguardare l'allevamento di cavalli per la cavalleria. Alla fine i generali francesi, per non essere da meno dei tedeschi, si dotarono di un gran numero di carri armati, anche di ottima qualità, ma senza saper bene come utilizzarli, avendoli suddivisi fra le divisioni di fanteria.

Un'identica indecisione e superficialità si ebbe anche da parte dell'Aeronautica militare, che pur sapeva di essere inferiore a quella tedesca che, presto o tardi, avrebbe dovuto affrontare. Ma le risorse finanziarie della Difesa erano state fagocitate dalla costruzione della Linea Maginot, ed il senso di sicurezza che questa Linea dava alla nazione faceva sì che non si volesse investire in altri armamenti.

In Francia la produzione industriale era in forte crisi; ingentissimi capitali venivano esportati e la nazione era sull'orlo della bancarotta, ma nessuno pareva farci caso. Tutto ciò accadeva quando, dall'altra parte del confine, in Germania, la macchina bellica procedeva a tutto regime.

In Gran Bretagna l'attenzione dell'opinione pubblica era concentrata sull'abdicazione di Re Edoardo VIII per poter sposare la divorziata Wally Simpson, e sull'incoronazione del nuovo Re Giorgio VI. Il nostro fiero oppositore Eden si era dimesso dal Governo ed era stato nominato Primo Ministro Neville Chamberlain, l'uomo con l'ombrello. Un posto decisivo al tavolo da gioco era stato finalmente occupato dal giocatore giusto, e la partita poteva tranquillamente continuare.

L'unico a nutrire simpatie per le democrazie occidentali, in un mondo percorso da crisi e da tensioni, era il nuovo presidente degli Stati Uniti Franklin D.

Roosevelt, ma questi in materia di politica estera aveva le mani legate da un Congresso fermamente isolazionista. Il Neutrality Act infatti, emanato nel '35, prevedeva un atteggiamento neutrale in caso di conflitto europeo.

Un'iniziativa personale di Roosevelt per proporsi come mediatore fra le parti al fine di scongiurare un possibile conflitto, era stata maldestramente lasciata cadere dal Governo britannico, cui era stata indirizzata in forma confidenziale. Roosevelt sì che sarebbe stato un giocatore pericoloso, ma non si era ancora potuto sedere al tavolo di gioco.

Col Giappone, dopo mesi di incontri e di trattative, la Germania non stipulò alcun Trattato Anti-Comintern - come invece si sarebbe verificato in un universo parallelo - con grande soddisfazione di Stalin che lo paventava. Vennero invece stipulati numerosi contratti commerciali relativi alla fornitura di alcune materie prime e di manufatti ad alto contenuto tecnologico, che furono subito imitati e prodotti dall'industria nipponica a prezzi più vantaggiosi dei nostri.

Con l'Italia si sviluppò sempre più un'Asse, detto Roma-Berlino, dal carattere molto politico e per nulla militare. Aveva lo scopo di estraniare definitivamente l'Italia dalle avances che continuavano a pervenirle dalla Francia e dalla Gran Bretagna, ora che la questione abissina era finita e che quella spagnola volgeva al termine.

Soprattutto l'Asse doveva rassicurare Mussolini nel caso di una unificazione dell'Austria con la Germania. L'obbiettivo fu raggiunto facilmente, quando il nostro Ministro degli Esteri, von Neurath, ebbe contatti con Mussolini per discutere l'argomento, e questi gli fece capire che, purché si salvassero le apparenze e si tutelassero i cattolici, non vi sarebbero state opposizioni da parte sua. E così fu.

***

- Ambarabà ciccì coccò/ tre civette sul comò/ che facevano l'amore/ colla figlia del dottore/ il dottore s'ammalò/ Ambarabà ciccì coc... cò. - contò Angela, sfiorando col dito alternativamente, seguendo il tempo della cantilena, un barattolo di fagioli Borlotti ed una verza.
- Cosa fai? ti è venuta una crisi di nostalgia per i tuoi verdi anni? per la tua innocenza perduta? -
- Stavo decidendo cosa farti per cena. -
- Si, ma se poi truffi nel fare la conta... ti ho sentito benissimo dire coc...cò anziché coccò. Cos'è uscito comunque? -
- Pasta e fagioli, ma volevo farti una sorpresa. -
- Yauu! E cosa sarebbe dovuto uscire? -
- Pasta e cavolo, con la besciamella. -
- Yauu! Se mi giuri che la pasta e cavolo la preparerai domani a pranzo, ti perdono per aver truffato nel fare la conta. -
- Che vino vuoi con la pasta e fagioli? -
- Proporrei del Sassella, oppure dell'Inferno, fai pure la conta per scegliere, e truffa pure, ché uno vale l'altro. -

Capitolo X – Anschluss e Monaco

Il 10 febbraio '38, dopo dieci anni di intensi rapporti politici, economici e culturali, il Presidente della Repubblica ed il Ministro degli Esteri austriaci furono invitati a Berlino per discutere del futuro politico ed economico delle nostre Nazioni.

Si parlò dello sfruttamento di nuovi giacimenti petroliferi di cui si era a conoscenza, di nuovi cospicui investimenti in vari settori industriali, il tutto in una nuova cornice politico-istituzionale. Fu prospettata una soluzione "A", che prevedeva una Unione doganale, una comune politica estera, uno spinto coordinamento delle Forze Armate, delle attività finanziarie, della politica fiscale e della legislazione relativa a numerosi argomenti che spaziavano dall'ambiente alle interruzioni di gravidanza. L'Austria avrebbe mantenuto la bandiera, l'inno nazionale, il Parlamento ed altre istituzioni, sarebbe stata autonoma e formalmente indipendente, ma sarebbe stata inserita, insieme alla Germania, in una Confederazione Mitteleuropea alla cui realizzazione si sarebbe subito messa mano.

La soluzione "B" invece prevedeva l'Anschluss, che l'avrebbe posta sullo stesso piano di un Länder della Germania. In entrambi i casi ed a tempo debito, la Wehrmacht sarebbe entrata in Austria ed occupato l'intero paese; si trattava di invadere il paese in modo festoso e amichevole o come nemici.

Non esisteva alcuna soluzione "C".

I due tornarono a Vienna confusi e preoccupati. Si tennero innumerevoli riunioni governative per decidere il da farsi, si sondarono vari politici, fra cui Mussolini, che scoraggiò ogni resistenza; infine si stabilì che, per una questione di quell'importanza, fosse necessario un referendum, da tenersi il 13 marzo successivo.

Ma il Governo tedesco non poteva permettere quel passaggio democratico, non senza un'adeguata preparazione propagandistica, perché facilmente il referendum avrebbe fatto emergere una maggioranza contraria ad entrambe le alternative; perciò il 12 marzo ordinammo alla Wehrmacht di occupare il Paese.

Ad eccezione di pochi scontri alla frontiera, che causarono un pugno di vittime, fu una trionfale passeggiata di truppe che, nei paesi attraversati, ritrovarono i camerati della precedente guerra, e che vennero acclamate da fanciulle - le figlie dei membri del partito filotedesco - che coprirono con ghirlande di fiori i carri armati, in un tripudio di bandiere tedesche e austriache. Tutto fu diligentemente ripreso dai cineoperatori per una campagna propagandistica da spendere all'estero. Passò alla Storia come "Blumenkrieg", la guerra dei fiori.

Ora la Germania era insediata al centro delle vie di comunicazione di tutti i Paesi che avevano costituito l'Impero Asburgico, e da lì dominava l'Europa Sud-orientale. Un lungo tratto del Danubio, ferrovie, strade, reti commerciali, erano tutti sotto il controllo diretto o indiretto della costituenda Confederazione, ed in attesa della nascita di questa, la supplenza veniva svolta dal Governo tedesco.

Fu comunque adottata la soluzione "A", che prevedeva una indipendenza formale dell'Austria e si mise subito mano alle modifiche istituzionali, organizzative e legislative, necessarie al suo ingresso nella Confederazione, ed anche di questa, parimenti, si approntarono la Costituzione, gli organi istituzionali, i codici e le procedure. Il Parlamento austriaco fu chiuso fino alle successive elezioni, che si sarebbero tenute di lì a un anno secondo le leggi elettorali tedesche.

Nei cinegiornali, sulla stampa, nei discorsi, fu accuratamente bandita la parola "Anschluss", annegando quanto si stava realizzando con una terminologia più rassicurante, che metteva in risalto più il grado di autonomia degli austriaci che il loro assoggettamento alle leggi tedesche. Le bandiere degli edifici pubblici continuarono a essere quelle rosso- bianco-rosse austriache, le Ambasciate ed i Consolati all'estero non mostrarono cambiamenti di sorta, le bande militari tedesche riposero gli spartiti con le marce militari e sonarono arrangiamenti di valzer viennesi. In Austria non vi furono molti problemi ed i fuorusciti politici furono meno di cinquecento.

All'estero la preoccupazione era somma e proveniva soprattutto dall'Unione Sovietica; i suoi tentativi di fare qualcosa con le democrazie occidentali, per tutelare la pace e per contenere la Germania, non producevano risultati. La Francia era in piena crisi governativa - la ricorrenza delle crisi di Governo era una caratteristica tutta francese - avrebbe voluto agire, ma ne era scoraggiata dai suoi stessi generali; i britannici le avevano infatti fatto sapere che non si sarebbero spinti oltre alla protesta formale, per cui, se anche i francesi avessero voluto fare qualcosa, con la dichiarazione britannica ebbero un buon motivo per non far nulla.

Una tal inerzia nella reazione franco-britannica stupì non poco il nostro Governo, per quanto gli avessi già detto quanto sarebbe accaduto, tuttavia rimasero sorpresi per l'indecisione, l'acquiescenza ed in definitiva la debolezza mostrate nella circostanza.

Ne trassi ancor maggior autorevolezza, soprattutto negli ambienti militari, per fugare ogni possibile timore, poiché le fortificazioni della Linea Sigfrido, in Renania, pur sviluppandosi con grande rapidità, erano ancora lungi dall'essere ultimate, e la consistenza delle nostre Forze Armate, nel loro complesso, non era ancora tale da poter rischiare di essere messa alla prova.

Io attendevo con impazienza che un'altra tessera, favorevole alla Germania ed esiziale per la Gran Bretagna, venisse posizionata nel puzzle.

Il 25 aprile, fra Gran Bretagna e Irlanda fu concluso un accordo secondo cui la prima rinunciava ad impiegare per fini bellici due porti, Qeenstown e Berehaven, situati nell'Irlanda meridionale, e la base navale di Lough Swilly, in quella settentrionale. Entrambi i porti e la base erano essenziali per la difesa delle rotte marittime di approvvigionamento della Gran Bretagna, in quanto in essi facevano rifornimento i cacciatorpediniere adibiti alla lotta antisommergibile ed alla scorta di convogli diretti verso i porti della Mersey e della Clyde. Senza tali approdi, il raggio d'azione dei mezzi navali di scorta ai convogli veniva a ridursi di centinaia di chilometri, dovendo essi partire da basi ubicate in Gran Bretagna.

Solo Churchill si erse per denunciare l'enormità del fatto, ma non venne ascoltato, ed i tragici avvenimenti che si sarebbero verificati di lì a due anni gli avrebbero dato pienamente ragione.

L'inerzia delle democrazie occidentali consentiva ora di mettere in cantiere la liquidazione della Cecoslovacchia, indispensabile per non avere una pericolosa lancia puntata contro il fianco in caso di conflitto con la Francia, con cui questa nazione aveva un'alleanza, o con la Russia, che considerava i cechi un popolo amico. In questo caso però, era necessario agire in modo diverso da quello adottato con gli austriaci, essendo troppo diverse le condizioni di partenza.

I cechi erano molto fieri della loro indipendenza, recentemente conquistata sottraendosi al dominio austro-ungarico, ed erano trincerati dietro una poderosa linea difensiva; essi avevano un feeling particolare con Stalin, che aveva un debito di riconoscenza con loro per l'affare Tuchačevskij; inoltre erano alleati dei francesi. La popolazione ceca non era affatto filotedesca, tranne che nella zona di confine dei Sudeti.

Io avevo un grosso problema: pur sapendo come si sarebbero svolte le cose, sapevo pure che queste - in un universo parallelo - si erano risolte a favore della Germania solo per un pelo, e che un nonnulla avrebbe potuto farle procedere diversamente. Non potevo e non volevo correre il rischio corso da Hitler nell'insistere a bluffare con Chamberlain in occasione del loro incontro a Godesberg, rifiutando le sue proposte più che vantaggiose. Sarebbe stato pazzesco ripercorrere la strada percorsa dal dittatore, occorreva fermarsi prima, rifuggire dal porre degli ultimatum, non mostrarsi truculenti, fingere di accettare le mediazioni, cercare di non essere irragionevoli, mostrarsi insoddisfatti ma abbozzare; al limite, ottenere meno di quanto ottenuto da Hitler, ma ottenerlo in modo più elegante e meno pericoloso per la pace dell'Europa.

Dovevo inoltre decidere quale strategia adottare nei confronti della Polonia e della Romania. Queste due nazioni si erano opposte - nell'universo parallelo - a che truppe sovietiche potessero attraversare il loro territorio, neppure per poche decine di chilometri, per intervenire in aiuto dei cecoslovacchi. Occorreva far sì che tale opposizione fosse mantenuta, ma come esserne sicuri? La diplomazia avrebbe fatto il suo lavoro con l'abituale abilità; si sarebbero trovati vantaggi commerciali per entrambe le nazioni, tuttavia dovevo tenere le dita incrociate. Con queste preoccupazioni, che celai al Governo per non crearmi ulteriori problemi, iniziai ad affrontare il non facile tema dello smembramento della Cecoslovacchia: prima tappa sarebbero stati i Sudeti.

In questa regione montuosa di confine erano state costruite poderose fortificazioni a protezione della Boemia e della Moravia; la regione era popolata da una comunità tedesca di quattro milioni di persone, che i cechi non amavano, ricambiati dai tedeschi, e che in qualche misura vessavano, con discriminazioni di vario tipo. Il loro leader, Henlein, teleguidato da Berlino, formulò una richiesta di estese autonomie per la comunità tedesca della regione; proposte tanto ragionevoli che ministri francesi e britannici si fecero premura di appoggiarle presso il Governo ceco, anche per eliminare motivi di tensione proprio nel centro dell'Europa. Intanto nell'intera regione aumentavano i disordini fomentati dalla quinta colonna tedesca.

In maggio Henlein si recò a Londra per esporre al Governo britannico le ragioni dei propri concittadini e le vessazioni cui erano soggetti. I cechi, quando ne furono informati, affermarono di poter pervenire ad un accomodamento sulla base della reciproca buona volontà, ed iniziarono una trattativa con Henlein e col Governo tedesco, che ritenevano, non a torto, essere il suo mandante morale.

Nel contempo, fra maggio e giugno, dovendosi tenere nella regione dei Sudeti le elezioni amministrative, il Sudetendeutsche Partei annunciò la formazione di milizie per la protezione dei propri comizi, ma con lo scopo effettivo di compattare il proprio elettorato e di compiere quelle irregolarità e quei brogli che gli sarebbero stati utili ai fini elettorali.

Come prevedibile, a un certo punto Henlein ruppe le trattative col Governo ceco e si rifugiò in Germania. Il Governo ceco, a sua volta, paventando operazioni come quella appena verificatasi in Austria, ordinò una parziale mobilitazione dell'esercito. L'uccisione di due propagandisti da parte dei cechi costituì un possibile casus belli che fece trattenere il respiro all'intera Europa.

Francia, Gran Bretagna ed Unione Sovietica reagirono istantaneamente. La prima ribadì la validità del patto stipulato a Locarno nel '24, e ribadito in più occasioni, che la vincolava strettamente alla Cecoslovacchia. La seconda, pur non essendo vincolata da un trattato, rese noto che si sarebbe schierata contro la Germania in caso di guerra, ma nei mesi successivi ammorbidì la propria posizione fino a renderla innocua, fornendo una volta in più alla Francia la scusa per traccheggiare.

La Russia si mostrò pronta a reagire, prospettò modi per indurre polacchi e rumeni a lasciarla transitare sui loro territori, e propose un patto a tre, con francesi e britannici, al fine di contenere la Germania.

Mentre francesi e britannici si consultavano, per stabilire quale potesse essere il loro apporto di truppe da schierare contro la Germania - 100 divisioni i francesi e 4 i britannici, secondo documenti resi accessibili nel dopoguerra - i disordini e gli scoppi di violenza nei Sudeti si susseguivano e la propaganda tedesca continuava a svolgere un ottimo lavoro, inondando l'Europa di una versione partigiana ed esagerata della realtà, a tutto vantaggio delle pretese dei sudetici.

C'era chi chiacchierava e chi tramava, praticamente non c'era partita. Infatti i franco-britannici continuarono a tessere le loro tele, a tenere mille contatti, a sentire i propri generali per essere da questi confortati, ad esaminare i vari piani ed i vari scenari di guerra, a raccomandarsi l'un l'altro di non prendere decisioni affrettate per non prendere quella sbagliata, a cercare alibi per la loro inazione, come quello di imputare ai sovietici la non volontà di intervenire in aiuto dei cechi, con la scusa delle difficoltà frapposte dai polacchi e dai rumeni.

Ma l'Unione Sovietica, che aveva solo un generico patto di mutua assistenza con la Cecoslovacchia, non aveva una frontiera comune con questa nazione; era la Francia, alleata sia della Polonia, sia della Romania, che doveva indurre queste nazioni a consentire il transito delle truppe sovietiche dirette verso i fronti della Boemia e della Moravia. Però nessuno, tanto meno i francesi, voleva assumersi la responsabilità di far arrivare l'esercito sovietico fin nel cuore dell'Europa.

Non vi era alcuna fiducia nei confronti dei sovietici, alcuni dubitavano perfino delle loro capacità militari, viste le recenti purghe che avevano decapitato l'Armata Rossa; nessuno voleva allearsi con loro, o stimolare la loro collaborazione. Quanto ai rumeni ed ai polacchi, essi temevano - e con parecchie ragioni - che una volta entrati nei loro territori i sovietici non se ne sarebbero più andati.

Non si fece nulla per imporre una soluzione a queste due nazioni; anzi, s'interpretò la riluttanza sovietica a marciare ugualmente attraverso la Polonia e la Romania, come una renitenza a rispettare il patto sottoscritto coi cechi, dimenticandosi che la Francia era legata alla Cecoslovacchia da un ben più vincolante trattato d'alleanza e che presentava, lei sì, una lunga frontiera con la Germania.

Si continuò a chiacchierare, a fare dichiarazioni, e ad effettuare cauti sondaggi; nei mesi estivi la tensione parve attenuarsi, tanto che il primo ministro britannico Chamberlain, che aveva velleità di essere un risolutore di problemi, prese l'iniziativa di inviare nei Sudeti un inviato - Lord Runciman - per farsi fare un quadro della situazione e vedere come fosse possibile mediare fra i sudetici ed il Governo ceco.

Lord Runciman non concluse nulla, perché la questione si era tanto ingarbugliata che persino l'accettazione, da parte del Presidente ceco Beneš, della quasi integralità delle richieste originarie di Henlein bastarono per far calare la tensione fra Germania e Cecoslovacchia.

Intanto la Francia iniziò a mettere in atto le prime fasi della mobilitazione.

Il Governo britannico ribadì la volontà di tutelare gli interessi dei Cechi, ma di sperare di giungere ad un accordo fra questi ed i Sudetici, e l'autorevole Times, che spesso rispecchiava il parere governativo, per scongiurare una guerra scrisse di auspicare che si pervenisse ad una redistribuzione del territorio ceco fra le etnie che lo abitavano.

Finalmente! Era la prima volta che qualcuno parlava di separare i Sudeti dalla Cecoslovacchia, e questo qualcuno era quanto di più britannico potesse esistere.

Il 15 settembre un aereo portò Chamberlain a Monaco, mentre su tutte le stazioni radio tedesche Henlein, leggendo una velina che gli avevamo preparato, chiedeva non più l'autonomia dei Sudeti nell'ambito della Cecoslovacchia, ma l'annessione dei Sudeti alla Germania.

L'incontro con il nostro Cancelliere - Räder per l'occasione - avvenne in un clima di squisita amabilità. La Germania si dichiarò disponibile a ricevere i Sudeti dalla Cecoslovacchia, venendo così incontro alle richieste di Henlein, anche se si rammaricava per le ingenti spese che ciò avrebbe comportato, trattandosi di una regione povera che necessitava di molte infrastrutture di base: ospedali, scuole, strade, ecc., per portarla al livello delle regioni tedesche limitrofe.

Al suo ritorno a Londra Chamberlain si incontrò con Lord Runciman, che gli consigliò il trasferimento dei territori con popolazione tedesca alla Germania, quale unico mezzo per dissuaderla dal compiere un'azione militare.

Gli scoppi di violenza in alcune città dei Sudeti avevano preso ora la forma di piccole rivolte, con assalti a posti di polizia ed a edifici pubblici, costringendo il Governo ceco a proclamare la legge marziale e ad inviare truppe per sedare le sommosse. Ci furono alcuni morti e decine di feriti da ambo le parti.

Fu allora stilato un piano franco-britannico che prevedeva il trasferimento alla Germania dei territori con oltre il 50% di tedeschi, con una linea di demarcazione garantita da entrambe le potenze; ma Beneš rifiutò di rinunciare così alle numerose fortificazioni a protezione della Boemia, facendo infuriare i francesi che gli dissero chiaro e tondo che, o accettava la loro proposta, o avrebbe dovuto cavarsela da solo coi tedeschi. Beneš, messo nell'angolo, accettò.

Intanto l'Unione Sovietica aveva rinnovato la sua decisione di intervenire a favore della Cecoslovacchia, però subordinandola ad un'azione francese; questi ultimi avevano deciso di tener fede ai patti sottoscritti solo se appoggiati dai britannici, che a loro volta erano decisi a non farsi coinvolgere in una guerra per far fronte ad impegni che non avevano mai assunto.

Dagli Stati Uniti giungevano chiari segnali di astensione da qualsiasi coinvolgimento negli affari europei.

Il 22 settembre, Chamberlain volò novamente in Germania, a Godesberg, per comunicare che le richieste di Henlein erano state accettate dai cechi e che tutti i territori con oltre il 50% di tedeschi sarebbero stati ceduti alla Germania dopo un plebiscito. Furono stesi memorandum circa la tutela delle minoranze etniche che si sarebbero trovate incluse nei territori da trasferire o in quelli rimasti, sulle modalità di risarcimento dei cechi che avessero voluto emigrare in Cecoslovacchia, persino sulla quantità di bestiame che questi ultimi avrebbero potuto portare con sé, perché era lapalissiano che le vacche sudetiche, ancorché appartenenti a contadini cechi che volevano rimpatriare, erano tedesche.

Si tirarono fuori le carte geografiche e fu tracciata una linea di demarcazione estremamente sinuosa che separava i distretti con più del 50% di tedeschi dagli altri, si contestarono le percentuali fornite dai cechi e fornimmo le nostre, dichiarandole molto più attendibili. Si arrotondò la linea sinuosa fino ad includere distretti ove i tedeschi erano a malapena il 35%, ma non si esagerò, e soprattutto si tenne un atteggiamento positivo, largheggiando in tutte le questioni non essenziali; per esempio, consentimmo ai contadini cechi che intendevano rimpatriare di portare con sé una vacca tedesca anziché nessuna.

Relativamente pochi, ma importanti, furono i varchi aperti nel baluardo difensivo dei cechi e questi, se avessero potuto, avrebbero senz'altro avuto di che eccepire; ma la trattativa intrapresa con Chamberlain passava completamente sulle loro teste, vincolando anche la Francia, e di riflesso anche l'Unione Sovietica, ad accettare quanto ottenuto dal Primo Ministro britannico.

Ci si diede appuntamento di lì ad una settimana a Monaco, per la stipulazione ufficiale del trattato che avrebbe regolato l'intera questione sudetica, ammettendo la possibilità di modeste variazioni che non alterassero la sostanza degli accordi. Si valutò positivamente l'ipotesi di invitare alla conferenza anche Mussolini e Daladier - il nuovo Premier francese - per dare maggior autorevolezza agli accordi, ma di escludere da questa i sovietici, per non riconoscergli alcun diritto o pretesto di intervenire nelle faccende europee, e di non invitare neppure i cechi, che avrebbero potuto aver da ridire.

Tornato in patria Chamberlain si diede subito da fare per convincere il suo Governo della bontà dell'accordo raggiunto, mentre in Francia questo non fu subito accettato dal Governo, che procedette nella mobilitazione scatenando il panico. Dopo qualche giorno di frenetici contatti però, anche i membri del Governo più riluttanti accettarono l'accordo, e Daladier poté partecipare alla Conferenza di Monaco visibilmente sollevato.

Mussolini nel frattempo era stato edotto di come comportarsi, e dei limiti di una sua eventuale mediazione.

Alla Conferenza, che si tenne il 29 settembre '38, alla fine furono invitati anche i rappresentanti cechi, ma solo in qualità di osservatori, relegati in una stanza limitrofa a quella della conferenza. Dopo una giornata intera di serrate discussioni, di modifiche ai testi e di rettifiche alle mappe, i nuovi accordi vennero sottoscritti dai rappresentanti delle quattro potenze. I cechi vennero informati solo a cose fatte, e non ebbero alcuna possibilità di influenzare le decisioni prese.

Dovemmo rinunciare ad alcuni arrotondamenti di troppo, ma non a quelli su cui sorgevano le fortificazioni che ci interessavano, e si demandò ad un'apposita commissione la definizione delle frontiere definitive, dopo i plebisciti che si sarebbero tenuti solo nei distretti etnicamente incerti. Aumentammo anche a due il numero di vacche tedesche che i cechi avrebbero potuto portare con sé.

In definitiva ottenemmo quasi tutto quanto desiderato, senza smargiassate, con ferma eleganza, senza gettare l'Europa nel panico con un ultimatum dietro l'altro. L'ultima settimana di quel settembre '38 fu molto diversa da quella drammatica vissuta dagli europei in un altro universo; i risultati furono pressoché identici.

Quattro milioni di Sudetici si aggiunsero ai Tedeschi, le miniere dei Monti Metalliferi ed i giacimenti carboniferi della Selva Boema entrarono a far parte delle ricchezze della Nazione.

La lancia nel fianco della Germania, anche se ancor presente, era spuntata. Il tutto in cambio di un pezzo di carta, una dichiarazione generica di buona volontà nel perseguire la pace, che rilasciammo a Chamberlain prima che partisse, e che questi esibì ad una folla esultante, al suo arrivo a Londra, come "la pace del nostro tempo".

Anche Daladier, al suo ritorno a Parigi, venne festeggiato da una marea umana alla quale lo scampato pericolo di una guerra aveva fatto dimenticare che, se c'era una parte che usciva disonorata dalla vicenda sudetica, era proprio la Francia. Lei sola aveva precisi impegni, liberamente sottoscritti, che la obbligava ad intervenire in soccorso dell'alleato minacciato; lei sola aveva la necessità di tenere occupate per sei mesi - com'era stato valutato - contro le fortificazioni ceche nei Sudeti almeno quaranta divisioni tedesche, che altrimenti si sarebbero scagliate contro le sue frontiere.

La Gran Bretagna, dal punto di vista strettamente formale, sarebbe stata vincolata ad intervenire in aiuto dei cechi solo in seguito ad una richiesta della Società delle Nazioni; ma questa non era stata neppure investita della questione, tanto la si considerava ormai inutile. Tuttavia, quale cecità aveva mostrato riguardo alla sua sicurezza!

Anche l'Unione Sovietica era formalmente impegnata nella vicenda, ma solo ad aiutare la Francia se questa si fosse mossa; vedendola non reagire, cominciò a chiedersi che valore avessero i trattati stipulati con essa. Inoltre capì benissimo di essere stata tagliata fuori dal concerto della Grandi Potenze, di essere la lebbrosa da non invitare alla festa, e non fece mistero, con Londra e Parigi, di una possibile variazione della sua politica estera che avrebbe potuto riavvicinarla alla Germania.

Fra i politici franco-britannici, molti fautori dell'accordo di Monaco sostennero che in quel modo si era guadagnato tempo utile per riarmarsi, ma non era affatto vero, perché nell'anno che sarebbe passato prima dello scoppio della guerra, noi ci rafforzammo molto più delle democrazie occidentali, sia per la nostra maggior produzione di armamenti, sia per le enormi scorte militari che i cechi dovettero abbandonare insieme alle fortificazioni, e soprattutto per le gigantesche officine meccaniche Škoda che, di lì a poco, avrebbero prodotto ogni tipo di armamenti per le nostre Forze Armate.

Io mi rallegrai di quanto realizzato, avendo corso molti meno rischi di quanti ne corse Hitler, ma soprattutto ero soddisfatto perché non si era mai promesso che quella dei Sudeti sarebbe stata l'ultima nostra rivendicazione territoriale.

In futuro non avrebbero potuto tacciarci di falsità, accusa questa che Hitler - in un altro universo - si era ben meritato.

***

- Vado a fare un giro con Massimo; cosa dice il mio vecchietto? - chiese Angela, spingendo il passeggino fino alla porta d'ingresso, sollevando il pupo e scaricandomelo in braccio.
- Ho appena concluso il Patto di Monaco. Massimo è da cambiare, puzza come una cloaca.-
- Uffa, l'ho appena cambiato. Allora non esco. Senti, cambialo tu, che comincio a preparare la cena.-
- Ecco, a lei l'hâute cousine ed a me tocca smerdare il pupo, non è giusto.-
- A ognuno secondo le proprie capacità ed inclinazioni.-
- Quindi io avrei una particolare predisposizione per…
- Già, proprio così; cosa vuoi che ti prepari?-
- Oh… allora, pappardelle al sugo di lepre, quaglie con purea e tiramisù con l'alchermes.-
- Il risotto di ieri allora, al salto.-

Capitolo XI – Confederazione mitteleuropea

Appena concluso il Patto di Monaco, la Polonia, ritenendo di poter approfittare della debolezza ceca di quel momento, strappò alla Cecoslovacchia il distretto di Teschen, con gran sdegno delle democrazie occidentali ed alienandosi la loro simpatia; noi invece non avemmo nulla da eccepire, perché ci saremmo impossessati di quel distretto, insieme a gran parte della Polonia, nell'arco di un anno.

Anche gli ungheresi avanzarono rivendicazioni sulla parte orientale della Slovacchia, ma in questo caso chiedemmo a Horthy - il capo dei Magiari - di pazientare. Per sedersi al tavolo del banchetto occorreva spendersi per la sua preparazione.

In Ungheria la Germania aveva da tempo ingenti interessi economici, e fra i due Paesi erano in atto vasti scambi commerciali. Esistevano spiccate affinità ideologiche fra i due regimi ed entrambe le nazioni, alleate nella Grande Guerra, erano state parimenti castigate col Trattato di Versailles e con quello del Trianon. Un senso di ammirazione verso la Germania, che era stata capace di stracciare il Trattato che la riguardava, si era diffuso tra i magiari, desiderosi di imitarla nello stracciare il loro.

Ventilammo ad Horthy la possibilità di riprendersi, entro un paio d'anni, parte dei territori magiari sottratti all'Ungheria dopo la sconfitta. Tirammo fuori le carte geografiche e tratteggiammo una Grande Ungheria che, non solo comprendeva la Rutenia ed altri distretti slovacchi, ma anche le città di Grosswardein e di Temesvar, la provincia della Vojvodina, parte della Transilvania, tutte in Romania. Occorreva però mantenere il più assoluto segreto e soprattutto era necessario esaltare e formalizzare l'amicizia fra le nostre Nazioni con un'alleanza, meglio ancora con l'adesione dell'Ungheria alla nuova Confederazione Mitteleuropea che la Germania stava costruendo con l'Austria.

All'Ungheria venne promessa la Rutenia ed alcuni distretti, abitati prevalentemente da magiari, sottraendoli alla Slovacchia; ma prima doveva stipulare con la Germania un trattato d'alleanza militare ed uno economico-commerciale. Nel caso poi l'Ungheria avesse voluto entrare nella costituenda Confederazione, le si sarebbe garantito un grado di autonomia elevato, e si promise un vasto programma di investimenti in campo petrolchimico che avrebbero fatto decollare la sua economia, rimasta fino ad allora essenzialmente agricola.

Horthy era entusiasta e non ebbe difficoltà a convincere il suo Paese ad aderire alla Confederazione, ma diluendo in un periodo di due o tre anni la cessione dei poteri e delle funzioni principali.

Timorosi delle brame ungheresi sul loro territorio, considerati dai Cechi alla stregua di parenti poveri, gli Slovacchi si gettarono nelle nostre braccia, sobillati in questo anche dai nostri agenti, da una propaganda asfissiante e dalla promessa di importanti investimenti che avrebbero cambiato il volto della regione.

Fu così che, ai primi di marzo del '39, il leader slovacco monsignor Tiso venne invitato a Berlino ove fu accolto come un Capo di Stato; qui giunto proclamò l' indipendenza della Slovacchia dalla Repubblica Ceca e contestualmente avanzò la richiesta di includere il nuovo Stato nella Confederazione.

L'indipendenza della Slovacchia fu subito riconosciuta dalla Germania, dall'Austria e dall'Ungheria. Il nuovo Stato - con capitale Pressburg (Bratislava) tutta impavesata coi colori nazionali bianco-blu-rossi - fu prontamente ammesso a far parte della Confederazione; ad esso furono però tolti la parte orientale - la Rutenia, eretta a Regione autonoma dell'Ungheria - ed alcuni distretti - Užgorod e Košice - pure trasferiti ai magiari;

ma vi rinunciò volentieri, in nome di una maggiore omogeneità etnica.

Gli Slovacchi non ebbero a pentirsi della nuova situazione, infatti furono invasi da una miriade di nuovi prodotti e servizi cui prima non potevano accedere, ed ebbero possibilità di lavoro, di studio, e di cura altrimenti impensabili.

A metà maggio il vecchio presidente ceco Hácha fu convocato a Berlino e lo si mise brutalmente con le spalle al muro.

Lo si accusò di costruire una nuova linea difensiva anti-tedesca, di vendere ai sovietici un esorbitante quantitativo di armi prodotte nelle officine Škoda, di maltrattamenti delle esigue minoranze tedesche rimaste nella Cechia. Si evidenziò come Boemia e Moravia costituivano ora una enclave circondata da territori della Confederazione, e come sarebbe stato facile procedere al completo isolamento del Paese con l'interruzione delle comunicazioni e di ogni tipo di commercio internazionale, compreso quello di prodotti alimentari. Gli si ricordò con sarcasmo che nessun aiuto straniero sarebbe giunto da parte dei suoi presunti amici franco-britannici, come aveva potuto direttamente costatare appena sei mesi prima.

Non ci fu bisogno di minacciare bombardamenti che radessero al suolo Praga, come aveva fatto Hitler, l'eventualità aleggiava tuttavia nell'aria. Accennammo anche che una soluzione indolore sarebbe stata possibile: la Repubblica Ceca abbandonava ogni velleità di indipendenza e chiedeva la protezione della Germania. In futuro, tanto più ravvicinato quanto prima si fossero sopiti gli odi e le recriminazioni, si sarebbero accolte la Boemia e la Moravia nella Confederazione secondo il modello austriaco.

La richiesta di protezione fu firmata alla fine dello stesso giorno, ed il 15 marzo le nostre truppe occuparono l'intero Paese senza essere ostacolate, e marciarono in parata per le vie di Praga.

La lancia che, ancorché spuntata, era sempre rivolta contro la Germania, ora era definitivamente spezzata.

I nuovi sudditi non furono affatto trattati male, ma si usò nei loro confronti quella condiscendenza che si riserva ad un avversario tradito dalla sorte e dagli amici; solo i pochi atti di sabotaggio furono duramente puniti, ma non in modo indiscriminato. Si fece il possibile per sviluppare ambiti di autonomia e per accontentare le più ragionevoli richieste della popolazione, soprattutto quelle degli operai. L'adozione di normative che rendevano ecologicamente compatibili alcune produzioni, quelle sullo stato sociale, quelle antinfortunistiche e salariali, ottennero un vivo consenso.

Le bandiere di Boemia e di Moravia continuarono a sventolare sul castello di Hradčany a Praga, accanto alla Svastica; Jan Huss e la Battaglia della Montagna Bianca furono oggetto di convegni sponsorizzati riccamente dal nostro Governatore. Persino la birra Pilsen fu dichiarata migliore di quella tedesca, e tanto bastò.

Gli avvenimenti successivi al Patto di Monaco scossero molto i Governi di Francia e di Gran Bretagna che, se da un lato comprendevano benissimo il disegno tedesco, dall'altro erano palesemente in difficoltà per contrastare la volontaria adesione di popolazioni e di Stati a nuove organizzazioni federali, effettuata con atti di liberalità non solo formale.

Lo stesso nome "Confederazione Mitteleuropea", volutamente rétro, era tranquillizzante, borghese, conservatore, antirivoluzionario; evocava più musiche di Chopin e di Mozart che non quelle di Wagner, più un caffè viennese che sfilate di soldati marcianti al passo dell'oca, più un paesaggio agreste che un'adunata oceanica di miliziani esaltati.

L'indeterminatezza geografica dell'aggettivo "Mitteleuropa" costituiva un fattore di dubbio: per chi ne era fuori, come i francesi, era un elemento di tranquillità, per chi ne faceva parte, come i polacchi, non poteva che costituire elemento d'allarme e di timore.

Anche la città scelta come capitale provvisoria della Confederazione, Vienna, contribuiva ad annacquare il carattere prussiano del sodalizio, come sarebbe accaduto se questo si fosse chiamato "III Reich" ed avesse avuto capitale Berlino. Solo la bandiera della Confederazione, la Svastica, era stata riesumata dieci anni dopo la messa fuori legge del Partito Nazionalsocialista che ne deteneva il copyright, in quanto logotipo di grande impatto.

Ciliegina sulla torta, ancora in quel mese di marzo '39, la Lituania, su nostra pressione, ci cedette volontariamente la città di Memel (Klaipeda) ed una striscia di territorio lungo la costa larga una trentina di chilometri. Era un tesoro prezioso, non tanto per l'abbondanza di ciottoli d'ambra del litorale, quanto per il grosso giacimento petrolifero che di lì a poco sarebbe stato scoperto. Quella di Memel fu l'ultima acquisizione territoriale prima della guerra.

Dopo qualche traccheggiamento, il 17 marzo, due giorni dopo l'ingresso dei tedeschi a Praga, in un discorso tenuto a Brighton il Primo Ministro Chamberlain capovolse la politica di accomodamento e di arrendevolezza nei confronti della Germania, intimamente conscio di essere stato giocato nel suo inseguire la pace ad ogni costo, e fornì alla Polonia le più ampie garanzie di intervenire con tutte le forze in suo possesso qualora fosse stata attaccata ed avesse voluto resistere.

La Francia, che dopo Monaco aveva intensificato la preparazione militare, essendo già vincolata alla Polonia da un trattato militare, ribadì la piena validità di tale accordo. Una settimana dopo, la garanzia franco-britannica venne estesa all'Olanda, al Belgio ed alla Svizzera. Il 13 aprile, subito dopo che Mussolini ebbe occupato l'Albania, Stato arretrato ma indipendente, tale garanzia venne ulteriormente estesa alla Romania ed alla Grecia. A maggio infine, le due potenze si accordarono con la Turchia per fornirsi reciproca assistenza.

Da alcuni mesi Mussolini aveva deciso di cedere alle nostre insistenze per stipulare un patto di alleanza militare offensivo e difensivo, ed il 22 maggio a Berlino venne ratificato il cosiddetto Patto d'Acciaio. Le trattative per giungere al Patto si erano prolungate fin troppo a lungo, e probabilmente solo la garanzia franco-britannica alla Grecia aveva indotto Mussolini a firmarlo. Prevedeva un'automatica reciproca assistenza con tutte le forza disponibili in caso di guerra, e non era prevista un'autonoma potestà di stipulare armistizi o paci separate.

Come forza militare il nuovo alleato non era da gettare; brillavano la Marina e l'Aviazione, ma la cooperazione fra le Armi era farraginosa, le capacità strategiche dell'Alto Comando erano scarse, quelle tattiche degli ufficiali erano scadenti, gli equipaggiamenti erano antiquati, l'addestramento era lacunoso, i carri armati erano ridicoli; ma soprattutto l'intero Stato Maggiore si distingueva per inettitudine e per una vergognosa sudditanza nei confronti di Mussolini.

Era una barzelletta di Esercito e solo pochi reparti d'assalto, se dotati di mezzi migliori, sarebbero stati all'altezza di quelli tedeschi; i sottufficiali e la truppa costituivano la parte migliore dell'Esercito, anche se la carenza di motivazioni si faceva sentire; ma era l'unico alleato che avevamo e bisognava accontentarsi.

Di formidabile gli italiani avevano il controllo di parecchi luoghi strategici: da Rodi alle isole del canale di Sicilia, ed erano saldamente attestati in Nordafrica; mentre più problematica era la loro posizione in Africa orientale. Un grosso problema, italiano solo di riflesso, perché era un problema esclusivo di Mussolini, consisteva nella sua invidia dei successi tedeschi e nel ritenersi uno stratega.

Mussolini non ci voleva nel Mediterraneo, neppure per farsi aiutare a conseguire i suoi obbiettivi, cercava una gloria militare che né i suoi ammiragli, né i suoi generali gli avrebbero mai saputo offrire; anzi, per obbedire supinamente ai suoi ordini, anche ai più demenziali, si sarebbero resi corresponsabili dei più catastrofici rovesci.

Eravamo restii a fornire all'alleato le nuove tecnologie, anche perché sapevamo che la possibilità di un tradimento esisteva, soprattutto tra gli ammiragli, ambiente questo che, se non antifascista, era certamente filobritannico. Tuttavia fornimmo agli italiani apparecchiature radar per uso navale analoghe per caratteristiche a quelle britanniche, allo scopo di rendere più equilibrato lo scontro fra la Regia Marina e la Royal Navy. Con una certa lentezza queste vennero montate sulle maggiori unità e non sulle minori, quasi si trattassero di premi alla carriera degli ammiragli; il radar era un riconoscimento che evidentemente non poteva essere assegnato anche ai capitani di fregata.

Mussolini rifiutò i progetti di sommergibili, perché disse di averne a centinaia; non volle quelli dei nostri carri armati perché consumavano troppo, né quello del nostro caccia intercettore ME 109, perché disse che deteneva già il record di velocità per idrovolanti. Ci ripagò i radar che gli fornimmo con un fantastico dispositivo atto a sganciare i siluri volando fino a 120 m di quota.

Non volle saperne di coordinare i piani d'attacco, e neppure stabilire una scaletta degli obbiettivi prioritari. Gli italiani volevano fare la guerra per conto loro perché - come affermato da Mussolini - se si doveva combattere, che si combattesse con la Germania, e non per la Germania. Per il momento dovemmo abbozzare.

Dopo Monaco, nonostante lo smacco di non essere stato invitato, il Ministro degli Esteri sovietico Litvinov aveva proposto una conferenza a sei - Francia, Gran Bretagna, Unione Sovietica, Polonia, Romania e Turchia - per costruire un fronte comune che potesse contenere l'espansionismo tedesco, in qualunque forma si esplicasse. La proposta non incontrò una positiva accoglienza, per antichi pregiudizi e per interminabili dispute su chi dovesse fare cosa e perché. Ai sovietici fu chiaro che gli occidentali volevano un loro impegno contro la Germania senza fornire garanzie di un loro pari sforzo. Stalin inoltre temeva che i franco-britannici agissero segretamente per indirizzare ad Est, verso l'Unione Sovietica, l'espansionismo tedesco.

Poi, dopo il completo smembramento della Cecoslovacchia, Litvinov propose una vera e propria alleanza a tre con le democrazie occidentali, tuttavia mentre ora la Francia pareva interessata alla proposta, la Gran Bretagna non intendeva concludere con i sovietici alcuna alleanza, pretendendo che essi fornissero garanzie preliminari alla Polonia ed alla Romania di non rimanere nei loro territori dopo aver combattuto i tedeschi.

Stalin aveva ormai esaurito la proverbiale pazienza russa, anche se era georgiano, ed all'inizio di maggio silurò Litvinov, mettendo al suo posto Molotov, che non aveva il chiodo fisso di allearsi con gli occidentali come il suo predecessore, e che vedeva chiaramente come, per contenere la Germania, sarebbe bastato tenerla più ad Ovest possibile dalle frontiere sovietiche. Non potendo entrare a Wilna (Vilnius) ed a Leopoli (Lvov) come alleato dei polacchi, poteva sempre entrarvi come nemico.

Ci rendemmo subito conto del capovolgimento della politica estera sovietica; già due settimane prima l'ambasciatore russo a Berlino ci aveva fatto strani discorsi sullo sviluppo delle relazioni economiche fra i nostri Paesi e sul fatto che le differenze ideologiche non dovessero necessariamente pregiudicare le relazioni politiche.

Era musica per le nostre orecchie e non ci lasciammo sfuggire l'occasione. Gli scontri con gli aviatori ed i carristi russi in Spagna erano ormai terminati ed avevamo, prigionieri in Galizia, una cinquantina di "volontari" russi che avevamo protetto dalle crudeltà di Franco. Avevamo anche una decina di capi comunisti che i nostri Servizi avevano protetto dalla repressione quando era fallita la piccola pseudo-rivoluzione scoppiata nelle Asturie prima della guerra civile, che pure avevamo relegato in Galizia. In Germania avevamo inoltre, nei lager più umani - per quanto possa essere umano un lager tedesco - un centinaio di esponenti comunisti ivi rinchiusi dal '28. Li mandammo tutti in Unione Sovietica, come gesto di buona volontà, di riconciliazione e di buon auspicio per i futuri rapporti russo-tedeschi.

Il gesto non giovò molto né ai volontari russi, né ai capi comunisti asturiani, né a quelli tedeschi, perché passarono, con poche eccezioni, da un lager tedesco ad un gulag sovietico, ben più duro. Erano infatti troppo occidentalizzati per poter essere graditi a Stalin, ed erano portatori di idee che non potevano circolare in Unione Sovietica.

Ma il gesto restò e fece un'ottima impressione. Vennero accelerati gli incontri relativi agli scambi commerciali e presto si giunse ad un vasto accordo: si sarebbero importati molti semilavorati e materie prime, quali lo stagno, il nichel e altri metalli, vari tipi di carburante, cotone, cellulosa e considerevoli quantità granaglie; in cambio avremmo fornito manufatti elettromeccanici e di tecnologia fine, ma non troppo sofisticata, anche di impiego militare.

Si tennero anche incontri preliminari con Molotov aventi carattere più propriamente politico, incuranti degli analoghi colloqui che questi intratteneva in contemporanea con una scalcagnata delegazione franco-britannica, che sapevo non avrebbe combinato nulla. Si giunse rapidamente alla definizione di un Patto di non aggressione, della durata decennale, rinnovabile salvo disdetta tempestiva.

I Protocolli segreti allegati al Patto richiesero maggiori discussioni che si protrassero fino a metà agosto, quando si arrivò ad un compromesso di gran lunga migliore di quello che - in un universo parallelo - il ministro degli esteri del Reich, von Ribbentrop, aveva raggiunto con Molotov sotto l'assillo dell'urgenza.

I Protocolli riguardavano la divisione in sfere d'influenza, fra Germania ed Unione Sovietica, dei Paesi che si affacciavano sul Mar Baltico e sul Mar Nero. Riguardo alla Finlandia, avremmo voluto tutelare l'indipendenza e la neutralità di quella fiera Nazione, in cui avevamo numerosi interessi economici e che era stata nostra alleata nella precedente guerra, e vi riuscimmo solo in parte, rimandando a successivi contatti bilaterali finno-sovietici la definizione delle questioni controverse fra le due Nazioni. Esse non erano poche, riguardavano la frontiera in Carelia, quella Sud-Est presso il lago Ladoga e quella dell'istmo di Carelia, il possesso della Penisola dei Pescatori sul mar di Barents e delle isole nel Golfo di Finlandia, la linea di difesa Mannerheim, troppo vicina a Leningrado, e la base aeronavale di Hangö, all'ingresso del Golfo di Finlandia; ma solo quest'ultima era di vitale importanza per i finnici.

Purtroppo l'Estonia venne assegnata ai sovietici, ma si riuscì a strappare un particolare status per la capitale Reval (Tallinn) che salvaguardasse le nostre attività cantieristiche ed industriali, e la smilitarizzazione dell'isola di Ösel (Saaremaa) che chiudeva il Golfo di Riga.

Circa la Lettonia, si attribuì la Curlandia, Riga con il suo circondario e la sponda sinistra della Düna (Dvina occ.) alla nostra sfera d'influenza, la città di Dünaburg (Daugavpils) ed il resto del Paese a quella sovietica; mentre la Lituania rientrò completamente nella sfera tedesca.

Attraverso la Polonia, che sarebbe sparita come Stato indipendente, venne tracciata una linea di demarcazione che lasciava Wilna, Grodno, Brest, Ternopol e Czernowitz (Černovcy) ai sovietici, ma che ci assicurava Varsavia, Lublino, Leopoli e Ivano-Frankovsk. Ci spiacque per Ternopol e per la Bucovina occidentale, ma per i sovietici rinunciare a Leopoli fu anche più duro.

La spartizione della Romania fu più semplice, ai sovietici toccarono la Bessarabia e l'intera Moldavia con il resto della Bucovina, noi ci assicurammo la Transilvania e la Valacchia. La fascia danubiana da Galati al mare, per una profondità di 30 km su entrambe le sponde, sarebbe stata smilitarizzata.

Eravamo preoccupati per i pozzi di petrolio di Ploieşti, in Valacchia, che fornivano la maggior parte di greggio alla Germania e che sarebbero stati ancor più vulnerabili da parte di un attacco aereo sovietico; inoltre eravamo rincresciuti per le enormi risorse alimentari che lasciammo ai sovietici con la Moldavia, e che avremmo poi dovuto acquistare da loro, ma ci rassegnammo.

La Bulgaria fu inserita nella nostra sfera d'influenza, mentre la Tracia, i Dardanelli ed Istanbul, col Bosforo, furono assegnati ai sovietici, increduli di aver ottenuto - almeno sulla carta - il placet tedesco a quello sbocco diretto nel Mediterraneo per il quale la Russia aveva tanto brigato e che Bismarck aveva sempre contrastato. Ma non sarebbe stato facile ai sovietici mettere effettivamente piede nei territori assegnati, senza dubbio i Turchi avrebbero combattuto duramente per non farsi estromettere da essi, ed il Mediterraneo si sarebbe rivelato un mare solo poco più aperto del Mar Nero.

Il Patto di non aggressione, con i Protocolli segreti, venne firmato in una cerimonia in pompa magna che si tenne al Kremlino il

23 agosto; tutti eravamo più che soddisfatti, sia noi, sia i russi, e solo gli innumerevoli brindisi a base di vodka riuscirono a rovinare la solennità dell'evento, al quale avevo insistito per poter partecipare.

***

- Come al solito! - protestò Angela - Ogni occasione è buona per fare bisboccia. Dato che non c'ero a curarti, subito ne hai approfittato per fare a gara su chi tracannava di più. Con i russi poi... che l'hanno inventata loro la vodka.-
- Quanto a questo ci sono voci dissenzienti; conosco un finlandese che ...
- Lascia perdere. Piuttosto non mi sembra che tu abbia fatto un grande affare coi russi, Hitler non gli ha lasciato né la Moldavia, né la Tracia e tanto meno Istanbul.-
- Tutt'altro! Hitler aveva autorizzato von Ribbentrop a calare le braghe su tutto, pur di avere una fetta di Polonia - minore di quella ottenuta da Fritz - e la Lituania, perché aveva una fretta disperata di concludere il patto con i sovietici e poter attaccare tranquillamente la Polonia; tutto il resto, Lettonia, Leopoli, Romania, lo aveva dovuto lasciare a Stalin. Invece adesso, trattando senza fretta, i tedeschi hanno ottenuto mezza Lettonia, Leopoli e Ivano-
Frankovsk, la Valacchia e la Transilvania ...
- Senti, conte Dracula, dove diavolo è Ivano- vattelapesca? -
- A Sud-Est di Leopoli, in un'area ricchissima di giacimenti di gas naturale.-
- Cosa vuoi mangiare?-
- A me andrebbe bene una spaghettata aglio, olio e peperoncino; ed a te? -
- Solo due forchettate, e poi la mia solita insalatona.-

- Visto che mangerai la pasta anche tu, mi vedo costretto ad aprire una bottiglia di Chianti Gallo Nero... io ne avrei fatto a meno, ma per non far torto alle tue papille gustative...
- Ma quanto sei generoso, proprio commovente. -

Alla fine di marzo '39 ebbe fine la guerra civile in Spagna; Franco aveva vinto, col nostro aiuto e con quello di Mussolini, ma si stava mostrando ingrato.
Già sei mesi prima, durante la crisi dei Sudeti, aveva comunicato a destra ed a manca che, in caso di conflitto europeo, avrebbe tenuto la più stretta neutralità. La cessione in affitto di una base aeronavale, data per certa nel '36, s'allontanava sempre più. La prosperità relativa della regione galiziana generava fastidio, e le caute richieste di autonomia, avanzate da questa, avevano prodotto un diniego perentorio.
Prima della fine della guerra, Franco aveva chiesto agli italiani di alleggerire la loro presenza sul territorio - elegantissimo modo per dir loro di sloggiare - inoltre, mentre esprimeva l'intenzione di avvicinarsi all'Asse, subiva le lusinghe della Gran Bretagna.
Dopo la sfilata per la vittoria, che si tenne il 19 maggio a Madrid, le truppe straniere dovevano ritirarsi, ma mentre il corpo di spedizione italiano si reimbarcò nei porti mediterranei, i tedeschi della Legione Condor si diressero lentamente verso i porti galiziani, con finti guasti e finti attentati a rallentare la marcia della colonna. Pochi aerei da trasporto presero la via del ritorno, quelli da caccia e da bombardamento rimasero negli aeroporti galiziani. Quando i piccoli contingenti corazzati e motorizzati, l'artiglieria da campo e quella pesante rientrarono da Madrid, semplicemente si trattennero in Galizia disperdendosi nella regione, in attesa del naviglio per il rimpatrio. Si giunse così alla fine di maggio.
Il 1° giugno, due mercantili scarichi d'un convoglio che avrebbe dovuto evacuare i veicoli e le truppe, ebbero degli incidenti ad-

debitati a mine collocate nei porti di La Coruña e di Gijón; uno affondò subito, l'altro si adagiò sul fondale ostruendo parzialmente la banchina dell'unico porto delle Asturie.

Gli altri mercantili si allontanarono per alcuni giorni, poi si diressero verso il nuovo porto di Pontevedra ove, invece di imbarcare truppe, iniziarono a sbarcare due reggimenti di Alpenjäger, una brigata meccanizzata, un reggimento d'artiglieria, apparecchiature radar, lanciarazzi multipli ed un completo comando di Corpo d'Armata. Tutti presero posizione nelle postazioni prestabilite.

Il giorno precedente infatti, 4 giugno, alcuni elementi filo-germanici, appoggiati da sinceri patrioti galiziani coordinati dai nostri Servizi Segreti, avevano proclamato l'indipendenza della Galizia dalla Spagna, nominato un Governo provvisorio e chiesto protezione alla Confederazione. Nello stesso tempo 25.000 operai- miliziani dell'Arbeitsdienst si tolsero le tute da lavoro, indossarono le divise da combattimento e si trincerarono a protezione delle poche vie d'accesso alla Galizia.

Le deboli guarnigioni franchiste furono facilmente sopraffatte o si dileguarono; non pochi furono i soldati spagnoli che optarono di restare nella regione, tanto si trovavano bene a lavorare ed a vivere in essa; le vittime, quasi tutte franchiste, furono inferiori al centinaio di soldati.

Da qualche settimana le aziende americane e svizzere che avevamo creato in Galizia erano state rilevate da società esplicitamente tedesche, in modo da non fornire alcun pretesto d'intervento agli Stati Uniti, che sulle questioni politiche erano neutrali ed isolazionisti, ma su quelle economiche riguardanti le loro proprietà sarebbero intervenuti eccome. Tutti i pagamenti vennero effettuati attraverso le nostre banche americane, che in tal modo riciclarono 80 milioni di Sterline false, consegnando ai venditori - cioè sempre a noi - 150 milioni di Dollari autentici.

Quando il nuovo Governo regionale, come primo atto, nazionalizzò alcune di queste aziende, quelle che avevano una produzione bellica e la raffineria di Vigo, gli unici ad essere colpiti dalla nazionalizzazione fummo noi, ma non ci lamentammo affatto, poiché avevamo suggerito noi stessi il provvedimento per giustificare il nostro intervento a tutela degli interessi tedeschi. Poi, una settimana dopo, annullate dal Governo le nazionalizzazioni, rimanemmo colla scusa di custodire le nostre proprietà; dopo altre tre settimane infine, dichiarammo di appoggiare l'indipendenza della Galizia e che saremmo rimasti per tutelarla.

In Galizia avevamo un tal numero di soldati - quasi 50.000 - con tanti rifornimenti da poter resistere per molto tempo; in ogni caso più dei dodici mesi di assedio che avevamo preventivato di subire.

Franco strepitò come un aquilotto e chiese aiuto a destra ed a manca. Il suo sponsor Mussolini, appena sfilatosi dalla palude spagnola e molto irritato per le incomprensioni ed i bocconi amari ingeriti durante i tre anni di guerra civile, non gli prestò ascolto, anche se cominciò a pensare di essere stato giocato dai tedeschi con i quali, solo dieci giorni prima, aveva firmato il Patto d'Acciaio, e che non lo avevano avvisato di quanto stavano architettando di fare.

Quei bastardi - pensava Mussolini, secondo le memorie di un suo stretto collaboratore pubblicate nel dopoguerra - ci hanno messo solo 10.000 uomini e quattro carri armati e si sono presi in pagamento la Galizia; mentre io, che di uomini ne ho messi 50.000 e Dio solo sa cos'altro, mi ritrovo con in mano un pugno di mosche.

I francesi erano preoccupatissimi, ma gli ripugnava fornire aiuto a Franco, dopo che per tre anni erano stati, con i sovietici, l'anima della resistenza repubblicana. Inoltre insieme ai britannici erano troppo impegnati a far fronte alle emergenze che si verificavano tutte insieme: la problematica trattativa coi sovieti-ci per giungere ad un'alleanza, il contenimento di Mussolini in Albania, la dissoluzione della Cecoslovacchia, la nascita della nuova Confederazione Mitteleuropea, ora anche la questione galiziana, tutte cose che si accavallavano. Non sapevano da che punto partire, non riuscivano ad approfondire gli argomenti, a valutare bene le possibili conseguenze, avevano persino dovuto rinunciare a parte del loro periodo di ferie; in definitiva erano paralizzati.

Gli americani, accertato che non avevano perso quattrini e che, al contrario, si erano liberati appena in tempo di fabbriche che sarebbero state nazionalizzate, si disinteressarono della questione; ma fiutando il momento giusto per fare buoni affari, approntarono col War Resources Board il sistema per rifornire di armi, di munizioni, di viveri e di materie prime la Francia e la Gran Bretagna, proclamandosi "l'arsenale della democrazia".

Per tutto il mese di giugno non accadde niente di particolarmente pericoloso per noi. Ai primi di luglio Franco, con truppe male in arnese, insufficienti e poco armate, tentò di entrare in Galizia per ristabilirvi la sua autorità, ma queste furono duramente battute a Ribadeo, lungo la litoranea del golfo di Biscaglia ed a Pontaferrada, nell'interno, al confine colla Castiglia.

Trovandosi di fronte ad un volume di fuoco mai provato prima, i nazionalisti spagnoli lasciarono sul terreno 8000 uomini e si ritirarono, inseguiti dalle nostre forze, fino alle porte di Astorga, già in Castiglia, ed a quelle di Gijón e di Oviedo, nelle Asturie.

A metà luglio le Asturie insorsero per espellere le truppe nazionaliste che si erano acquartierate a Gijón ed a Oviedo, memori dei massacri subiti negli ultimi cinque anni e sobillate da agenti dei nostri Servizi segreti. Agli insorti si affiancarono anche volontari galiziani, che avevano tutto l'interesse a favorire la libertà di altre regioni, anche per non essere i soli a subire il ritorno di Franco. Infine, prima della fine di luglio, la Regione proclamò anch'essa l'indipendenza, e chiese aiuto ai miliziani tedeschi presenti in Galizia, che entrarono in forze e la occuparono facilmente, espellendone le scarse forze nazionaliste.

Pur vedendosi in giro ben poche divise della Wehrmacht, ma principalmente divise dei "volontari" della Legione Condor e quelle dell'Arbeitsdienst, era ormai chiaro a tutti che la presenza tedesca, prima in Galizia ed ora anche nelle Asturie, era massiccia, superiore a quella fino ad allora supposta, ed il problema di come sloggiarli diventava sempre più serio.

Dopo la fine di luglio altri movimenti indipendentisti avevano cominciato a diffondersi nella Regione della Cantabria e soprattutto nei Paesi Baschi, che avevano già ottenuto uno statuto autonomo dal Governo repubblicano, e che, anche per questo, erano stati duramente castigati da Franco l'anno prima.

Quando truppe tedesche, quelle poche che potemmo distaccare, entrarono in quelle due Regioni chiamate dai Comitati di liberazione appena insediati, vennero accolte come liberatrici. Il bombardamento di Guernica non era mai avvenuto, ed il nostro ruolo era radicalmente cambiato, tanto da meritarci la riconoscenza dei suoi cittadini.

I francesi non sapevano proprio che pesci pigliare; se avessero aiutato il generale Franco a spegnere l'incendio nelle Regioni ribelli, avrebbero contribuito ad annegare nel sangue popolazioni che, fino all'anno prima, loro stessi avevano sostenuto contro i franchisti; se si fossero estraniati dagli avvenimenti si sarebbero trovati i tedeschi sui Pirenei, oltre che sul Reno.

A metà agosto, sperando ancora di riuscire a stipulare un buon trattato di alleanza con i sovietici, i francesi decisero di intervenire a favore dei nazionalisti al fine di cacciare i tedeschi almeno dai Paesi Baschi, permettendo così a Franco di riprendere il controllo sulla Regione e dell'intera frontiera franco-spagnola.

Se poi questi avesse infierito sui Baschi pazienza, così magari anche i baschi francesi di Biarritz si sarebbero dati una calmata. Spostarono dunque una divisione di Chasseurs des Alpes a Biarritz, assieme ad un reggimento d'artiglieria, ed allertarono una divisione della Legione Straniera di tenersi pronta a partire da Orano e da Algeri. Con Franco però sorsero subito gli stessi problemi che, a suo tempo, erano sorti tra Franco ed il Corpo di spedizione italiano, su chi dovesse avere il comando delle operazioni. Franco esigeva avere il pieno controllo delle truppe francesi e voleva impiegarle a spizzichi ed a bocconi, frammiste alle sue truppe; i francesi volevano invece essere impiegati come unità organiche. Si perse parecchio tempo in discussioni ed alla fine nessuno si mosse, solo il reggimento d'artiglieria varcò il confine, ma trovò le vie di comunicazione interrotte dai baschi, per cui dovette superare i Pirenei altrove.

I britannici sembravano avere le idee più chiare sul da farsi - sloggiare i tedeschi da qualsiasi porto si affacciasse sull'Atlantico, golfo di Biscaglia compreso -

non avendo pegni di amicizia con le popolazioni ribelli che potessero trattenerli dall'aiutare Franco, anche se ciò avrebbe causato una dura repressione.

Pertanto, fin dalla metà di giugno, avevano stretto prima la Galizia, poi anche le Asturie, in un cordone sanitario navale per impedire l'importazione di armamenti e l'arrivo di altri tedeschi. Nei primi giorni d'agosto, avendo scoperto che mercantili argentini e danesi avevano scaricato nei porti di Santander e di Bilbao rilevanti quantità di armi individuali e di munizioni, nascoste fra le derrate che trasportavano, resero più stretto il blocco, estendendolo a tutti i porti spagnoli del golfo di Biscaglia. Solo alcuni prodotti alimentari ed i medicinali potevano superare il blocco. A quelle britanniche si unirono presto navi da guerra francesi - una ventina di unità - ed a questo punto il blocco divenne un serio ostacolo al rifornimento delle nostre forze in Spagna e delle popolazioni delle Regioni ribelli.

Il 21 agosto, dopo feroci scontri a San Sebastian ed a Reinosa, fra miliziani baschi e cantabrici da un lato e soldati nazionalisti dall'altro, che conseguirono il risultato di bloccare provvisoriamente l'avanzata di questi ultimi, entrambe le Regioni proclamarono l'indipendenza e chiesero aiuto alla Confederazione Mitteleuropea ed agli Stati Uniti. Noi tardammo alcuni giorni a rispondere, occupati come eravamo col Trattato di non aggressione coi sovietici, ed incerti se modificare in misura così rilevante i piani prestabiliti.

Il giorno 26 agosto, ben dopo che piccole unità tedesche, con le divise più disparate, si erano posizionate per presidiare le principali vie d'accesso alle due regioni, la Confederazione riconobbe i nuovi Stati biscaglini e promise consistenti aiuti militari ed economici.

Non sarebbe stata più la Germania a dover combattere su due fronti, anche la Francia avrebbe sperimentato, sebbene in poca misura, siffatta situazione strategica. La Gran Bretagna invece non avrebbe più chiuso nel Mare del Nord la flotta tedesca d'alto mare, come in una tonnara, ora doveva guardarsi da una base aeronavale formidabile affacciata sull'Atlantico, difesa non più da poche divisioni tedesche, ma da milioni di loro nuovi alleati.

Quando venne reso noto il Patto di non aggressione con l'Unione Sovietica, l'intera Europa ebbe uno shock.

La probabilità che scoppiasse una nuova guerra era aumentata enormemente, ed il riconoscimento tedesco della Cantabria e dei Paesi Baschi, con la relativa promessa di protezione, aveva aumentato a dismisura la gravità della situazione.

Il 27 agosto il Governo tedesco rese noto che le trattative con la Polonia, avviate da alcuni mesi, relative alla cessione del cosiddetto Corridoio di Danzica per consentire la continuità territoriale fra la Pomerania e la Prussia orientale, erano da considerarsi concluse con un nulla di fatto.

La Francia sentiva che si era giunti agli sgoccioli ed era in preda al panico, sapendo che sarebbe scoppiata una guerra alla quale era vincolata a partecipare; sapeva di non essere pronta e non trovava nulla cui aggrapparsi per sottrarsi agli impegni presi.

La Gran Bretagna era invece decisa ad intervenire ed aveva già preso misure straordinarie, quali la mobilitazione della flotta, il potenziamento delle numerose guarnigioni d'oltremare e la conversione di una ventina di mercantili veloci in incrociatori ausiliari.

Chamberlain scrisse a Räder una lettera per ribadire che, se si fosse attaccata la Polonia, la Gran Bretagna avrebbe senz'altro dichiarato guerra. Si rispose che proprio a causa dell'incondizionata garanzia britannica fornita alla Polonia si rendeva impossibile ogni pacifica trattativa con questa Nazione; inoltre si invitava la Gran Bretagna a rimuovere il blocco alle coste spagnole, per non arrecare ulteriori patimenti a quelle popolazioni.

Da ultimo venne l'ora dei mediatori, degli uomini di pace e di quelli di buona volontà: ricevemmo messaggi di Roosevelt, del Papa, del Re di Svezia e persino di Mussolini. Quest'ultimo, irritato come non mai per gli sviluppi spagnoli, propose una conferenza come quella di Monaco, ma fu ignorato da tutte le parti. Il 29 agosto, come avevo predetto, Mussolini si sfilò dal Patto d'Acciaio, comunicandoci che, in caso di estensione del conflitto alla Francia ed alla Gran Bretagna, a meno che non gli avessimo fornito una quantità enorme di materie prime e di materiali - 170 milioni di tonnellate che avrebbero richiesto l'impiego di 17.000 treni per trasportarle! - avrebbe mantenuto una neutralità benevola. Era palesemente una richiesta impossibile da esaudire, per cui ci saremmo accontentati della non belligeranza italiana, ma chiedemmo a Mussolini di avvisarci per tempo qualora avesse voluto cambiar idea.

Il giorno stesso furono inoltrate al governo polacco una serie di richieste e di proposte alle quali questo doveva rispondere immediatamente, inviando a Berlino un plenipotenziario entro ventiquattr'ore.

Il Presidente polacco, non potendo trattare su proposte che avrebbero portato a privare la sua Nazione di uno sbocco al mare, ed in definitiva a condannarla ad una fine analoga a quella della Boemia e della Moravia, lasciò cadere la proposta ritenendola - giustamente - offensiva ed intensificò la mobilitazione generale, già in atto da alcuni giorni.

Il 31 agosto fu l'ultimo giorno di pace, non volendo conteggiare gli scontri avvenuti in Spagna ai primi di luglio. Non fu neppure necessario allestire un finto ed inverosimile attentato alla stazione radio di Gleiwitz, in Alta Slesia, come aveva fatto Hitler in un altro universo.

L'ora dell'attacco fu fissata alle 4.45 del 1° settembre.

***

- Allora, la vinci questa guerra? - mi sfotté Angela.
- Ma se ho appena cominciato. Possibile che tu debba sempre mettere fretta alla gente? -
- E tu sempre a prendertela comoda. Ho finito il latte di Massimo, esci tu a prenderlo? -
- Ecco, uno si siede e si accinge a vincere una guerra mondiale, è tutto preso da mille pensieri, è concentrato su cosa fare, tutti attendono una sua decisione... poi entra la moglie dello stratega e gli chiede di uscire per comperare il latte del pupo.-
- Ho capito, stratega, vado io. Tu intanto dagli un occhio, fra una battaglia e l'altra.-

- Brava. Già che ci sei, compra le sigarette, mi servono anche per torturare i prigionieri.-

Capitolo XIII – Scoppia la guerra: la Polonia

Mentre la politica si apprestava a lasciare il palcoscenico alla guerra, iniziative di carattere militare erano da tempo in essere, secondo un'agenda stilata nel corso degli anni precedenti.

Fin dall'inizio dell'anno 6 grosse navi porta-container erano state richiamate nei nostri cantieri per trasformarle in portaerei d'appoggio, e 6 mercantili veloci erano stati attrezzati per divenire incrociatori ausiliari. Ciò causò un certo intasamento nell'attività cantieristica, che fu possibile superare solo con grande difficoltà.

A maggio fu inviato un avviso a tutti i nostri mercantili ordinandogli di rientrare in Germania entro la fine di agosto, oppure, in caso di impossibilità, di dirigersi verso porti di nazioni amiche. Questa volta non ci sarebbero state catture di mercantili con la confisca delle merci da parte della Royal Navy.

Attorno alla metà di maggio partì la flotta di navi fantasma che doveva servire da base di rifornimento per le operazioni navali, soprattutto degli U Boote. Una nave si posizionò nei fiordi attorno a capo Farvel, l'estrema punta meridionale della Groenlandia, una si nascose nell'arcipelago delle Bijagós, di fronte alla Guinea portoghese, un'altra faceva la spola fra l'isola di Socotra e l'isola di Kuria Muria, allo sbocco del Golfo di Aden, un'altra ancora giocava a rimpiattino con un guardacoste portoghese fra le isole delle Azzorre, le altre due navi fungevano da rimpiazzo, o erano destinate a missioni particolari. Le loro crociere raramente sarebbero state più brevi di un anno.

Sei mercantili erano destinati al rifornimento delle basi segrete in nazioni neutrali, come quelle situate nello Yucatan, in Honduras, in Colombia, quelle situate lungo l'estuario del San Lorenzo, quelle in Islanda e nelle Fær Øer.

Fra maggio e giugno, prima del blocco navale britannico, 40 U Boote oceanici, due cacciatorpediniere ed alcune unità navali minori raggiunsero e si insediarono nella base navale di Pontevedra in Galizia, già pienamente operativa, in cui i lavori di corazzatura dei ricoveri e dei bacini di carenaggio per sommergibili erano pressoché ultimati.

In agosto partirono alla chetichella altri 13 U Boote oceanici e presero posizione al largo di Terranova, di fronte a Freetown in Sierra Leone e lungo la costa somala; essi dovevano entrare in azione dopo la metà di settembre.

Entro la fine di luglio le unità speciali dell'Abwehr ed i Kommando erano già arrivati nelle nazioni dove avrebbero operato a supporto delle forze già presenti in Québec, in Scozia, in Colombia, negli Stati Uniti. Appena arrivati scomparvero, mimetizzati in cento modi e dispersi in case sicure di quei Paesi.

La Germania si presentava al momento più cruciale della sua storia in una situazione migliore di quanto fosse quella di Hitler in un altro universo, sia per la sua differente politica interna, sia per una diversa immagine proiettata all'estero, sia per le dimensioni della sua economia, sia per la qualità delle sue forze armate.

L'Esercito della Confederazione contava 130 divisioni, di cui 10 corazzate, 16 meccanizzate e motorizzate, 8 di Alpenjäger. Ad esse occorreva aggiungere le truppe di II classe dell'Arbeitsdienst, sparpagliate in varie parti del mondo, con una consistenza di 10 divisioni, e truppe di fortezza equivalenti ad altre 5 divisioni, quindi un totale di 145 divisioni, ottimamente addestrate e ben armate, con i quadri completi di ufficiali e sottufficiali, e riccamente dotate di mezzi di trasporto.

Gli armamenti erano eccellenti: i carri armati erano quasi tutti del tipo medio e pesante, le autoblinde, a sei ed a otto ruote, per potenza di fuoco erano equiparabili a carri armati piccoli e medi.

I mezzi speciali, l'artiglieria da campo, i lanciarazzi multipli e l'artiglieria pesante su semoventi, i carri con mitragliatrici pesanti e con lanciafiamme, erano numerosi e non avevano concorrenza fra i mezzi nemici. Molti carri ed autoblinde montavano inoltre apparecchi per la visione notturna; tutti erano dotati di radio rice- trasmittenti.

Le armi controcarro, le mitragliatrici pesanti ed i fucili d'assalto erano all'avanguardia, le armi contraeree mobili erano diffuse ed in alcuni casi attrezzate anche col puntamento radar; c'erano enormi riserve di munizioni. I cannoni semoventi di grosso calibro - da 120 mm - erano numerosi, mentre quasi assenti erano i grossi calibri montati su affusti ferroviari - solo due pezzi da 170 mm - poiché a questi si erano preferiti i missili da crociera radioguidati e le batterie di lanciarazzi multipli.

L'aviazione dell'Esercito disponeva di circa 8000 velivoli, fra ricognitori, caccia e bombardieri tattici e, fra questi, numerosi erano quelli da picchiata, gli Stukas. Erano invece ancora in via di perfezionamento i primi elicotteri d'attacco e da trasporto, mono e birotori.

Le Trasmissioni erano perfette: ogni carro e autoblinda, ogni aereo, ogni unità, per quanto piccola, era dotata di moderne radio per tenersi in contatto fra di loro e coi loro comandi. Il Genio, soprattutto quello Pontieri, era ricco di macchinari speciali, spesso allestiti per particolari operazioni. La Logistica, pur annoverando ancora carriaggio ippotrainato ed animali da soma, svolgeva adeguatamente il compito di rifornire l'enorme macchina da guerra, la più grande che si fosse mai vista.

Gli altri servizi - il Controspionaggio, la Polizia militare, l'Amministrazione, la Sanità, la Sussistenza - erano all'altezza, ma soprattutto i Comandi di ogni livello, da quello di Brigata a quello di Gruppo d'Armate, erano di una professionalità superlativa.

La Marina da Guerra - la Kriegsmarine - era ancora piuttosto indietro rispetto ai programmi di allestimento, ma non era stato materialmente possibile fare di più.

All'inizio della guerra disponeva di 2 portaerei d'attacco da 45.000 t - la Tirpitz e la Bismarck - e altre 2 sarebbero state pronte per la primavera del '40, c'erano poi 2 portaerei leggere da 25.000 t, mentre le 6 portaerei d'appoggio, derivate da porta-container, erano state già ultimate.

I velivoli imbarcati erano poco meno di 600, quelli delle basi terrestri della Marina più di 1500 di tutti i tipi, da quelli da ricognizione, ai siluranti, agli Seestukas - la versione navale dello Stukas in grado di atterrare sulle portaerei - ai caccia-bombardieri adatti anche per un impiego notturno.

La Kriegrsmarine contava inoltre su 2 incrociatori da battaglia - lo Scharnhorst e il Gneisenau - 3 corazzate tascabili - la Graf von Spee, la Deutschland e la Scheer - 3 incrociatori pesanti - l'Hipper, il Blücher e il Prinz Eugen - 6 incrociatori leggeri, alcuni dei quali ancora impegnati nella sostituzione dei radar con modelli più recenti e per l'istallazione dei nuovi dispositivi lanciamissili, 20 caccia, per metà di tipo oceanico da 2000 t, 20 fregate, 20 corvette, 2 posamine e parecchio naviglio minore. Tranne le unità più piccole, quasi tutte le navi erano dotate di elicotteri, od erano predisposte a riceverli.

La Kriegsmarine disponeva anche di 4 trasporti speciali per lo sbarco di truppe e di mezzi corazzati direttamente sulle spiagge e di 4 giganteschi Hovercraft per gli stessi scopi. Essa aveva un proprio Corpo di fanteria da sbarco - i Seelöwen - equivalente a due divisioni; ma il fiore all'occhiello era la flotta subacquea, con 120 unità di tutti i tipi, e che ora cresceva di 2 unità al mese, essendo gli ultimi U Boote di costruzione più complessa.

L'arma subacquea era formata in gran parte dai modelli oceanici da 800 t e da 1600 t; stavano poi per prendere servizio i tipi da 3000 t detti Kilo. Tolti i sommergibili destinati all'addestramento e quelli per il trasporto di rifornimenti, erano disponibili per un pronto impiego bellico circa 90 unità.

L'Arma aerea della Confederazione - la Luftwaffe - contava circa 5000 velivoli, in gran parte bombardieri leggeri e pesanti, poi c'erano aerei per il trasporto di truppe e di merci, idrovolanti, alianti e 6 giganteschi dirigibili da trasporto, con una portata di 100 t ed una autonomia fino a 11.000 km.

L'Aviazione disponeva di una divisione di parà e di due divisioni aerotrasportate, e si prevedeva di raddoppiarne il numero entro la primavera del '40.

Il neonato settore missilistico strategico non era stato assegnato a nessuna Arma, ed era ancora in una fase di evoluzione troppo rapida per pensarci; solo le batterie di lanciarazzi multipli del tipo "Katiuscia" erano già operative ed assegnate alla Wehrmacht.

Il settore contraereo contava oltre 1600 caccia intercettori, un terzo dei quali a reazione, 1000 caccia bimotori notturni, 3000 batterie antiaeree fisse e mobili, parecchie delle quali dotate di puntamento radar, costituite da cannoni da 88 mm e lanciarazzi multipli.

Se proprio si volevano ravvisare dei difetti in una preparazione bellica altrimenti perfetta, questi stavano nello scarso addestramento dei piloti delle portaerei, nella scarsa esperienza dei comandanti di queste unità e di quella degli operatori radar e sonar, perché continuamente alle prese con strumenti sempre più moderni; inoltre era ancora insufficiente la dotazione di navi della Kriegsmarine.

Non vi fu nessuna defaillance nel sistema di crittografia dei messaggi, anche per aver cambiato meccanismi e procedure di codificazione della macchina Enigma fin dall'inizio del '39.

Il 1° settembre '39 la Wehrmacht partì all'attacco della Polonia. Dalla Prussia orientale 8 divisioni scesero verso Varsavia e Białystok, altre 12 divisioni mossero dalla Pomerania e prima sopraffecero le truppe polacche che difendevano il Corridoio, quindi occuparono Danzica e scesero anch'esse su Varsavia, costeggiando la Vistola sui due lati, occuparono Bromberg (Bydgoszcz) ed investirono Thorn (Toruń). Le nostre scarse truppe schierate in amplissimo semicerchio attorno a Posen (Poznań) rimasero invece sulla difensiva.

Più a Sud, 24 divisioni investirono prima Cracovia, quindi si allargarono sia verso Varsavia, sia verso oriente. Altre 14 divisioni, partendo dalla Slovacchia, puntarono prima su Przemyśl, quindi si allargarono a ventaglio puntando su Leopoli e su Chełm.

Già dalle prime ore della mattina la Luftwaffe aveva abbattuto, spesso al suolo, gran parte dell'antiquata aviazione polacca, e cominciato il martellamento dei concentramenti di truppe, di snodi stradali e ferroviari, in modo da ostacolare ogni movimento coordinato delle truppe polacche, ed impedire il completamento della mobilitazione.

Distribuite inopinatamente le loro forze lungo tutto il fronte - 30 divisioni contro forze doppie - i polacchi vennero travolti dalle puntate delle colonne corazzate e chiusi in sacche dalle quali non riuscirono più ad uscire, nonostante i furiosi tentativi di spezzare l'accerchiamento. Le eroiche cariche della cavalleria polacca si frantumarono contro l'acciaio dei mezzi corazzati. Il 13 settembre i tedeschi avevano occupato quasi tutta la parte di Polonia che il Patto russo-tedesco aveva assegnato loro, e le grandi sacche di soldati polacchi, isolati o in fuga, venivano progressivamente soverchiate dai bombardamenti e dai carri lanciafiamme. Così avvenne a Posen, a Litzmannstadt (Łódź) a Radom, a Leopoli, e non ci fu scampo per gli eroici polacchi. L'esercito polacco, di due milioni di uomini, era stato sconfitto in due settimane: era la Blitzkrieg, che prima destò stupore, poi incredulità, poi una grande preoccupazione in tutto il mondo. Il 6 settembre era caduta Cracovia, il 12 era stata raggiunta Leopoli; il 17 le avanguardie di un'armata che da Leopoli risaliva verso Nord, si incontrarono presso Brest, sul fiume Bug, con quelle che dalla Prussia orientale scendevano verso Sud. Il giorno dopo entrambe si congiunsero alle forze sovietiche che il 16 settembre erano entrate in massa lungo il confine orientale polacco lasciato completamente indifeso.

Lo stesso giorno 16 cominciò l'assedio di Varsavia e di Modlin, difese soprattutto dalla popolazione civile la prima, e dai resti ancora organizzati dell'esercito la seconda. Non fu necessario effettuare bombardamenti terroristici delle due città, come successo nell'analoga campagna condotta da Hitler; quando i difensori ebbero la piena consapevolezza che nessuno sarebbe venuto in loro soccorso, il 28 settembre cessarono ogni resistenza.

La campagna di Polonia fu un capolavoro militare: una duplice manovra di doppio accerchiamento condotta su scala gigantesca - una battaglia di Canne moltiplicata per cento volte - era riuscita perfettamente. I caduti tedeschi e quelli polacchi, soprattutto i civili, furono la metà di quelli che si ebbero nell'analoga campagna condotta da Hitler, a causa dell'assenza di bombardamenti ingiustificati e per un più cauto impiego della fanteria d'assalto. Contrariamente a Hitler infatti, noi non avevamo alcuna fretta di raggiungere rapidamente dei risultati, poiché sapevamo che i francesi non sarebbero intervenuti.

Il nostro Alto Comando gongolava, si era avverato un evento impensabile; i francesi, obbligati per trattato ad intervenire in aiuto della Polonia, avevano solo fatto finta di muoversi.

Le dichiarazioni di guerra da parte della Gran Bretagna e della Francia arrivarono il 3 settembre, a distanza di poche ore una dall'altra, e con la prima, per due settimane, si trattò di guerra solo sottomarina.

Furono affondati dagli U Boote una trentina di mercantili attorno agli Approdi Occidentali britannici, al largo della costa del Portogallo e lungo la costa africana a Nord di Dakar; si mieterono vittime anche lungo la costa brasiliana e nel golfo di Aden.

Dopo i primi giorni di guerra l'Oceano Atlantico si vuotò di navi britanniche ed i mercantili vennero organizzati in convogli, dotati però di un limitato numero di navi di scorta, insufficiente a proteggerli efficacemente.

Si evitò di affondare il transatlantico Athenia - come avvenuto per errore nell'altro universo - essendo riusciti ad avvisare in tempo il comandante dell'U 30, anche per non urtarci con gli Stati Uniti. Quando possibile si cercò di salvare gli equipaggi prima di silurare navi mercantili, ma in genere bastava che questi ultimi usassero la radio, procedessero a zig-zag o con luci spente, o che fossero organizzate in convoglio per essere attaccati. Due mercantili furono catturati e dirottati provvisoriamente verso l'Argentina meridionale; purtroppo gli U Boote non avevano un equipaggio tanto numeroso da poter distogliere più di pochissimi dei suoi membri per la cattura di mercantili.

Tre dei 6 incrociatori ausiliari appena trasformati operavano nell'Atlantico meridionale e nell'Oceano Indiano e colsero due successi ciascuno, mentre una dozzina di mercantili furono affondati dalle mine seminate nottetempo alla foce dell'Humber, nell'estuario del Tamigi e lungo la Rotta Orientale britannica.

Aerei della Marina con base a terra riuscirono ad affondare tre sommergibili in agguato all'uscita occidentale dello Skagerrak e nella baia di Helgoland, operando in cooperazione con golette a vela, attrezzate con idrofoni direzionali e battenti bandiera danese, che fingevano di allenarsi per l'America's Cup. Nelle prime due settimane di guerra furono affondati in tutto 50 mercantili per complessive 300.000 t.

La Francia terminò la mobilitazione di alcuni milioni di uomini già durante la prima settimana di guerra, ma non aveva intenzione di combattere, non da sola almeno; temeva un nuovo bagno di sangue come quello subito nella guerra precedente. Giungevano infatti notizie di tremendi bombardamenti in Polonia ed i generali erano restii a sprecare il sangue francese sui reticolati della Linea Sigfrido. Avevano garantito ai polacchi di attaccare in forze i tedeschi entro il quindicesimo giorno dall'inizio della mobilitazione, ed il giorno 8 lanciarono un'offensiva con 9 divisioni di fanteria, occupando due salienti indifendibili nel Palatinato, aventi una larghezza di 20 km ed una profondità di 8 km, finché i campi minati, le mitragliatrici ed i lanciarazzi multipli non sbarrarono loro la strada.

Gli attaccanti non insistettero oltre e Gamelin, incurante dei disperati appelli che gli giungevano dai polacchi, giunse perfino a mentire sulle dimensioni dell'azione militare intrapresa, asserendo di stare impegnando gran parte dell'aviazione tedesca; ma non era vero, i francesi non avevano levato in volo altro che pochi ricognitori, per tema di bombardamenti di rappresaglia. La rapida sconfitta della Polonia tolse Gamelin dal penoso imbarazzo, tanto che il 12 settembre bloccò l'offensiva, già costatagli 300 soldati, ed il 30 ritirò tutte le truppe dal territorio occupato fin dietro la Linea Maginot, nottetempo, per evitare una spiacevole propaganda.

In tutto questo periodo avevamo schierate di fronte ai francesi solo 10 divisioni, di cui appena la metà meccanizzate e di prima classe, essendo le altre composte da riservisti. Avessimo schierato un'armata di spaventapasseri, non saremmo stati meno al sicuro.

In Spagna le cose erano un po' più complicate, anche perché tutto ciò che accadeva in quel teatro di guerra mi era completamente sconosciuto, perché nell'altro universo non v'era accaduto nulla.

Personalmente consideravo la nostra presenza in Galizia, consolidata attraverso un decennio di sforzi politici ed economici, un elemento di importanza decisiva per la condotta della guerra. La proclamazione di indipendenza della Regione ed il ruolo di protettori del nuovo Stato che avevamo assunto, migliorava ulteriormente la nostra posizione e consentiva di toglierci di dosso l'etichetta di approfittatori stranieri e di ospiti traditori; etichetta che avevamo messo in conto di meritarci.

La Galizia doveva essere tenuta a tutti i costi!

Cittadella fondamentale per la sua difesa era la vasta base di Pontevedra, distribuita in un susseguirsi di strutture civili e militari che si estendeva da Ribeira a Vigo senza soluzione di continuità, inglobando alcuni aeroporti, tra cui quello enorme di Túy, sul confine portoghese. Molte strutture della base aeronavale erano sotterranee, come i grandi serbatoi di carburante, le sale radar, i comandi, i depositi di munizioni e di siluri; altre, come le torri radar, erano mimetizzate in vasti campi di pale eoliche. A meno di 100 km, a La Coruña ed a El Ferrol, si stavano ammodernando le strutture del porto commerciale e di quello militare, per consentire una utile dispersione delle nostre navi.

Eravamo pronti a sostenere un assedio anche di un anno e più, ed eravamo certi che non ci avrebbero mai gettato a mare.

La sollevazione delle Asturie, fomentata anche dai nostri Servizi segreti, ottenne di allontanare dalla Galizia il fronte degli assedianti e di privare Franco - ed eventualmente anche i franco-britannici - dell'uso del porto di Gijón, troppo vicino alla Galizia, tanto che, per raggiungere lo scopo, avevamo affondato un mercantile presso la banchina d'attracco.

Quando gli Asturiani ci chiesero aiuto, valutammo che, a causa della posizione di questa regione e della conformazione montuosa del suo confine meridionale, avremmo potuto difenderli con le stesse forze previste per la sola Galizia, guadagnando alla nostra causa il milione di abitanti della Regione.

La situazione divenne critica quando anche la Cantabria ed i Paesi Baschi ci chiesero aiuto, e per concederglielo fummo costretti a diluire le nostre forze; ma non potemmo sottrarci a tale decisione: troppo vantaggioso era l'apporto dei due milioni di abitanti delle due Regioni schierati con determinazione al nostro fianco. Era giocoforza quindi far affluire altre truppe, ma la pericolosità dell'impresa, le urgenze che si verificavano in altri teatri e la cadenza temporale richiesta da altre operazioni, rendevano difficile ogni mossa.

Si decise di rischiare il tutto per tutto. 5000 miliziani dell'Arbeitsdienst dei nostri cantieri in Argentina, muniti delle sole armi individuali, furono imbarcati su un piroscafo che da Buenos Aires doveva raggiungere Bordeaux, ma prima di giungervi, nottetempo, il piroscafo riuscì a violare il blocco franco-britannico ed a sbarcare i miliziani a Santander.

Inoltre due enormi idrovolanti da trasporto, carichi di due compagnie di Kommando, partendo dal lago di Costanza arrivarono a Bilbao all'alba del 3 settembre; fu l'ultimo volo "civile" che attraversò lo spazio aereo francese prima della guerra. Di più non potevamo fare.

Il generale Franco e quelli francesi alla fine si decisero ad accantonare i dissidi su come impiegare le proprie truppe e di chi dovesse comandarle e, pressati dall'urgenza, ognuno si mosse per conto suo.

I francesi fecero avanzare la divisione di Chasseurs des Alpes lungo la costa, venendo rallentati dalle interruzioni stradali e dalle scaramucce di piccoli reparti di combattenti baschi. San Sebastian fu cannoneggiata dal mare, quindi fu investita dai Chasseurs, che pensavano di avere buon gioco dopo le devastazioni ed i lutti causati dal cannoneggiamento, ma i baschi si batterono eroicamente e contesero loro la città, combattendo casa per casa.

Il cannoneggiamento di San Sebastian e le efferatezze di Franco determinarono un incarognimento della lotta in quel teatro di guerra, che fino ad allora si era mantenuta sui binari della correttezza, ma se Franco voleva metterla su quel piano, non ci saremmo certo tirati indietro. I nostri bombardamenti delle città di Pamplona e di Burgos, che fecero 4000 vittime fra i civili, vendicarono le vittime di San Sebastian, e raffreddarono alquanto le velleità di "reconquista" dei nazionalisti spagnoli.

Negli ultimi scontri aerei con i francesi, e ancor più coi nazionalisti spagnoli, non c'era stata partita: troppo elevata era la differenza qualitativa dei velivoli e dei piloti. Ben presto gli aerei abbandonati dai sovietici alla fine della guerra civile, e riutilizzati da Franco, vennero distrutti per lo più al suolo, ed i piloti francesi non si avventurarono più oltre confine.

Una divisione della Legione Straniera, sbarcata nei porti mediterranei, era stata posizionata insieme alle truppe spagnole a Sud della cordigliera Cantabrica, ma appena provò ad assumere l'iniziativa venne pesantemente bombardata, anche col napalm e dovette arrestare l'avanzata. Anche le città di La Bañeza e di León, che ospitavano i legionari, vennero danneggiate dai bombardamenti. Il 15 settembre, un'altra divisione di fanteria francese varcò il confine e si affiancò ai Chasseurs bloccati a San Sebastian ed ormai fiaccati dai bombardamenti.

Tanto le crudeltà perpetrate dalle truppe nazionaliste a San Sebastián, che giungevano appena un anno dopo quelle compiute dai franchisti durante la guerra civile, nel perseguire la "limpieza" politica delle regioni occupate, quanto quelle dei legionari francesi a La Robla, nei confronti di alcuni prigionieri, vennero ampiamente pubblicizzate in tutto il mondo, soprattutto negli Stati Uniti, contribuendo così a far passare in second'ordine il dramma dei civili vittime dei nostri bombardamenti.

Intanto in Bretagna ed in Normandia iniziarono a sbarcare le avanguardie del BEF - Il Corpo di spedizione britannico in Francia - le cui due divisioni stavano imbarcandosi da porti dell'Inghilterra meridionale.

La notte del 15 settembre, un U Boot silurò la portaerei Ark Royal in servizio di scorta; questa, colpita da tre siluri, affondò in dieci minuti portando con sé 700 marinai. Nella stessa azione, compiuta in un universo parallelo, i siluri avevano fatto cilecca per un difetto di funzionamento che solo dopo due anni si riuscì a eliminare.

**

- Come va la guerra del mio prode condottiero? - mi chiese Angela con un sorriso beffardo.
- Tutto secondo i piani, ma con meno boria, con più armi, e in un clima più politicamente corretto.-
- Capirai quanto può essere stato politicamente corretto il patto con Stalin; lo smembramento della Polonia poi...ma non ti vergogni? -

- Ma tu te la vedi Roxana dire queste cose ad Alessandro Magno? Cleopatra rimproverare Giulio Cesare dei suoi progetti di conquista? -

- Per caso ti stai paragonando ad Alessandro ed a Cesare? Ma mi faccia il piacere...

- Guarda che la stessa cosa si può dire di te e di Cleopatra.-

- Ah sì eh... penso che salterai la cena questa sera; anzi, c'è giusto un cesto di fichi con dentro un aspide sulla credenza.-

- Non ci posso credere. Dov'è finito il tuo delizioso spirito dell'umorismo? Non si può dire una innocente battuta che ti inalberi come una vipera, anzi un aspide. -

- Essere ricettiva alle tue battute è un lusso che non mi posso permettere, anche perché fai passare per battute considerazioni concrete, e quasi sempre oltraggiose. -

Capitolo XIV – Raid sulla Scozia settentrionale

Si giunse così al 16 settembre '39, la data più cruciale dell'intero conflitto. Si attendeva quel giorno da un decennio: tutte le politiche e le strategie, addirittura alcuni specifici strumenti bellici erano stati predisposti proprio per essere usati in quel fatidico giorno.

Era stato lo stesso Churchill, nella sua monumentale Storia della Seconda Guerra Mondiale, a fornirmi le informazioni che sarebbero state essenziali per la riuscita delle operazioni. Aveva infatti indicato con precisione dov'era ancorata in quel giorno la Home Fleet: nell'ancoraggio segreto di Loch Ewe (nella Scozia occidentale) nella base di Rosyth (nel Firth of Forth) e nella base di Scapa Flow (nelle isole Orcadi).

Churchill aveva pure scritto dell'inconsistenza delle difese antiaeree e la scarsità di aerei da caccia negli aerodromi di Wick, nella Scozia settentrionale; aveva persino indicato il calendario delle ispezioni che lo avrebbero impegnato, le condizioni meteorologiche e quelle del mare.

Ce n'era più che a sufficienza per sferrare una serie di attacchi aerei devastanti. Il motto:"Ne ferisce più la penna che la spada" non poteva risultare più calzante alla situazione.

A partire dalle 5.30 del 16 settembre, dalle basi aeree della Frisia e dello Schleswig-Holstein iniziarono a decollare i primi dei 1300 velivoli della 1ª Luftflotte: cacciabombardieri, siluranti, Stukas, molti dei quali con serbatoi supplementari, e poi ancora bombardieri leggeri e pesanti, in una serie ininterrotta di decolli che durò per tutto il giorno.

Il primo a decollare dalla Frisia fu uno stormo di 50 cacciabombardieri che aveva il compito di distruggere le poche stazioni radar della costa scozzese, dalle Orcadi a Bergwick, di colpire gli aerei di stanza negli aerodromi di Wick e di Hatson (presso Kirkwall, nelle Orcadi) e dirigersi quindi nelle isole Fær Øer, ove gli aerei sarebbero stati riforniti e riarmati per tornare a colpire obbiettivi sensibili nell'area di Glasgow e di Edimburgo, prima di rientrare alla base.

Subito dopo decollò uno stormo di 50 fra aerosiluranti e Stukas, tutti predisposti per una grande autonomia, con l'obbiettivo di distruggere a qualunque costo le quattro o cinque grandi navi ancorate a Loch Ewe, dopodiché dovevano cercare eventuali altre prede, atterrare alle Fær Øer e lì restare di stanza.

I due stormi, giunti a 120 km dalla costa, si abbassarono di quota fino ad una ventina di metri sulle onde, per "passare sotto" l'orizzonte dei radar nemici e togliere all'efficiente difesa antiaerea britannica quei 20-30 minuti necessari per un intercettamento sul mare; una volta superata la linea di costa, sarebbe stato troppo tardi per contrastare efficacemente l'attacco. Tutte le stazioni radar, indifese, furono distrutte o messe fuori uso. A Wick 20 aerei da caccia furono distrutti al suolo, vennero colpite le strutture essenziali degli aerodromi di Hatson, nelle Orcadi, e di Lerwick, nelle isole Shetland; anche gli aeroporti civili e militari di Glasgow e di Edimburgo subirono gravi danni.

Se il primo stormo conseguì un considerevole successo, quello del secondo fu smagliante. Arrivò a Loch Ewe dopo aver volato a pelo d'acqua e sorvolato le Highlands, sfiorando l'erica purpurea della sommità delle colline, dopo di che, coordinato sul momento l'ordine d'attacco, siluranti e bombardieri si gettarono sulle cinque navi all'àncora.

Erano i nostri migliori piloti, che per sei mesi si erano esercitati nelle lagune presso Königsberg con sagome galleggianti che simulavano le varie disposizioni che avrebbero potuto assumere le navi ancorate nel fiordo, ed erano sicuri di non fallire. L'attacco, anche se confuso, risultò devastante: due grandi navi furono colate a picco e tre, lasciate in preda alle fiamme fra scoppi di depositi di munizioni, divennero presto dei rottami a malapena galleggianti.

Oltre 3000 marinai persero la vita e altri 1000 furono gravemente feriti ed ustionati. In meno di dieci minuti le navi da battaglia della Home Fleet, la guardiana del Mare del Nord, erano state messe fuori combattimento.

La seconda ondata, composta da 200 Stukas, 50 siluranti e 200 bombardieri leggeri, non ebbe neppure bisogno di abbassarsi sotto l'orizzonte dei radar nemici per avvicinarsi agli obbiettivi, costituiti dalla base navale di Rosyth e dal naviglio minore che si trovava lì alla fonda, dagli incrociatori nascosti sotto il ponte sul Forth, e dalla base navale di Scapa Flow.

L'ondata si divise in più stormi che attaccarono ognuno il proprio obbiettivo, squadriglia dopo squadriglia, sfidando un fuoco contraereo sempre più debole ed in un cielo privo di caccia nemici. La base di Rosyth fu completamente devastata, le poche batterie contraeree, le attrezzature portuali, i magazzini, il naviglio all'attracco, le caserme e gli uffici amministrativi, tutto fu distrutto o reso inutilizzabile. Incendi si svilupparono ovunque e bombe a scoppio ritardato, anche di ore, ostacolarono le squadre dei pompieri e quelle di soccorso.

Delle navi ormeggiate sotto il ponte sul Forth, due incrociatori e quattro caccia furono affondati e si adagiarono sui bassi fondali, con le sovrastrutture che emergevano sghembe dall'acqua, un terzo incrociatore si capovolse mentre affondava e si adagiò sulla fiancata colpita, come un enorme cetaceo arenato. Un quarto incrociatore, colpito nella santabarbara, esplose con una violenza terrificante, scagliando brandelli di lamiere in tutte le direzioni e demolendo due caccia ancorati ai suoi fianchi. Quattro tra corvette e fregate, due caccia e due incrociatori furono gravemente danneggiati dai razzi aria-suolo e dai mitragliamenti.

Lo stesso ponte sul Forth venne danneggiato in più punti. Le vittime, quasi tutti marinai ed operai della base, ammontarono a quasi 2000 unità, quasi altrettanti furono i feriti gravi.

A Scapa Flow non c'erano molte navi in rada, solo alcune petroliere e due caccia che vennero subito affondati dalle soverchianti forze attaccanti, che si accanirono quindi sugli edifici, sulle due uniche batterie antiaeree e sui depositi. Trascurarono però volutamente di colpire gli enormi depositi di nafta, perché ne avremmo avuto bisogno presto. Sull'unica corazzata presente in rada - la Nelson - il capo dell'Ammiragliato Churchill fu sorpreso dall'attacco mentre faceva colazione insieme ai componenti dello Stato Maggiore che lo avevano accompagnato nell'ispezione, e riuscì a mettersi in salvo a stento. La vecchia nave infatti, colpita da tre siluri, si rovesciò in una decina di minuti, lasciando scampo a non molti marinai.

Giunto sulla terraferma Churchill, con i sopravvissuti del seguito, raggiunse la vicina Stromness ove trovò una lancia a motore che lo trasportò prima a Thurso, nella Scozia settentrionale, quindi a Gairloch ed a Mallaig, in quella occidentale, per raggiungere infine Glasgow in un'odissea di quattro giorni tremendi, con il continuo timore di essere avvistato dagli aerei tedeschi.

A Scapa si ebbero 1500 vittime fra i marinai delle navi ed i militari della base, oltre 2000 furono i feriti, molti dei quali non poterono ricevere alcuna cura. Solo 1500 sopravvissuti, fra marinai e soldati di varie specialità, armati con poche armi leggere e non addestrati al combattimento terrestre, si rintanarono nei depositi sotterranei in attesa di aiuti.

Gli aerei che avevano partecipato all'incursione di Scapa si diressero prima alle Fær Øer per rifornirsi, quindi in Islanda, nella nuova base aerea di Keflavík, presso Rejkjavík. Alcuni aerei però si diressero volutamente a Stavanger, in Norvegia, apparentemente per rifornirsi e ritornare in Germania, in realtà per essere internata in quel paese, fornendo alla Germania un pretesto per violare la neutralità norvegese.

La terza ondata era composta da 150 caccia a lunga autonomia e da 250 aerei da trasporto trainanti 200 grandi alianti, carichi di due reggimenti di paracadutisti e di due reggimenti aviotrasportati. Questi ultimi presero terra e occuparono facilmente gli aerodromi di Wick, poi rimossero dai campi d'atterraggio gli alianti da cui erano sbarcati per consentire altri atterraggi; nello stesso modo caddero l'indifeso aerodromo di Hatson, quello di Inverness, di Dingwall e di Aberdeen. In quest'ultima località la sorpresa fu tanto grande che non vi fu praticamente alcuna reazione britannica, e le due compagnie atterrate ebbero il tempo di neutralizzare anche le deboli difese del porto.

I paracadutisti invece si lanciarono, ad una o due compagnie per volta, lungo una direttrice che da Fort William tocca il passo Drumochter e segue le piccole catene laterali dei monti Grampiani fino a Montrose, sul Mare del Nord, tagliando così in due la Scozia.

La quarta ondata, di 200 aerei da trasporto, 50 caccia a lunga autonomia e 50 alianti, arrivò prima di sera e scaricò sugli aerodromi già saldamente in nostra mano, un reggimento ad Hatson, uno ad Inverness ed uno ad Aberdeen, mentre gli alianti atterrarono sui trotter delle finte aziende di allevamento equestre, sui campi di polo e sulle ampie spianate di quelle ippoturistiche; qui scaricarono 500 tecnici e specialisti dotati di ogni attrezzatura.

Nelle isole Orcadi la cittadina di Kirkwall fu presto occupata e costituì un utile punto di riparo e di ristoro in quelle lande fredde e desolate; anche Stromness fu occupata nel corso della notte. Gli enormi depositi di nafta della base furono occupati quasi intatti, solo parzialmente danneggiati da frettolosi tentativi di demolizione; si simularono allora vasti incendi per far credere ai britannici che non valesse la pena effettuare raid aerei per distruggerli.

L'ultima ondata arrivò che era già buio. Era composta da otto enormi idrovolanti, che planarono sulle acque del Loch Ness e scaricarono 500 Seelöwen che occuparono Fort August e procedettero oltre, fino a congiungersi con i parà scesi a Fort William. Nello stesso tempo, 100 bombardieri pesanti sganciarono un migliaio mine di ogni dimensione e tipo, acustiche, magnetiche, a contatto, nella parte più stretta del Forth, presso il ponte, imbottigliando il naviglio ancora in efficienza. Il ponte stesso fu preso di mira e subì danni talmente gravi da consentire il transito solo pedonale.

Quel 16 settembre, dopo mille anni, un esercito nemico aveva invaso la Gran Bretagna. Da quel momento sarebbe stato molto più difficile per il Governo britannico chiedere aiuti o risorse ad altre nazioni, spingere amici o alleati ad effettuare sforzi straordinari per sventare la minaccia di un'invasione, perché questa aveva già avuto luogo.

Le Highlands ed i monti Grampiani erano in mano tedesca, certo tutt'altro che saldamente, almeno per qualche giorno ancora.

La base aeronavale di Scapa Flow, di enorme valore strategico, non avrebbe più costretto nel Mare del Nord la flotta tedesca. Una parte consistente della Royal Navy era andata perduta o era rimasta imbottigliata nel Forth; la grande base navale di Rosyth era stata completamente distrutta: 7 grandi navi, 4 incrociatori, 3 caccia erano stati affondati, 3 sommergibili, 2 caccia, 2 incrociatori e 6 mercantili avevano subito danni gravi. Una batosta del genere la Royal Navy non l'aveva mai subita.

L'ottimo sistema difensivo aereo britannico era stato prima accecato dalla distruzione delle stazioni radar, poi fortemente limitato dall'impossibilità di impiegare aerodromi prossimi ai luoghi in cui si svolgevano le operazioni, il che comportava un lungo avvicinamento, una difficile ricerca del nemico, attacchi non coordinati ed un tempo di ingaggio molto limitato; tuttavia gli Hurricane della RAF si comportarono molto bene e negli scontri diretti con i nostri caccia di scorta ME 110 il risultato fu di parità.

Una parte dei nostri caccia, esaurito il loro compito, atterrarono negli aerodromi appena strappati al nemico; che sarebbero divenuti, di lì a qualche giorno, le loro nuove basi. Il totale delle nostre perdite fu inferiore alle previsioni: 10 caccia, 4 bombardieri e 2 trasporti truppe; i caccia ad opera dei duelli aerei con quelli della RAF, i bombardieri a causa del fuoco contraereo ed i trasporti a causa di atterraggi rovinosi.

Mentre le prime bombe cadevano sulla Scozia, militi dell'Arbeitsdienst impiegati presso l'azienda danese Artika - emanazione dei nostri Servizi Segreti - disarmarono il corpo di polizia danese delle isole Fær Øer e lo imprigionarono, insieme ad altri funzionari governativi. Poi, mentre una parte dei militi si apprestava a ricevere gli aerei provenienti dalla Scozia, per rifornirli, riarmarli e per ricoverare quelli che dovevano rimanere lì di stanza, l'altra parte cominciò a scaricare da due mercantili, giunti qualche giorno prima, armi di ogni tipo per la difesa contraerea e per la guarnigione della base, apparecchiature radar, bombe, siluri e munizioni che andarono ad incrementare le scorte già segretamente costituite nelle isole.

Il lungo lavoro sotterraneo della durata di parecchi anni, ammantato di realizzazioni d'avanguardia, eco- compatibili e futuriste, quali i campi di pale eoliche, gli stabilimenti per la produzione di ossigeno e di idrogeno mediante l'idrolisi dell'acqua, gli ostelli, le infermerie, i capannoni, i magazzini ed i fabbricati, tutti costruiti secondo gli standard di un'alta efficienza energetica, permise di ottenere in poche ore una base per il rifornimento di aerei e di U Boote.

Le due compagnie di Seelöwen che avrebbero dovuto disarmare i danesi, erano in ritardo sul programma ed arrivarono a cose ormai fatte; per pegno dovettero pagar da bere ai 500 militi dell' Arbeitsdienst ed ai dirigenti dell'Artika. A nulla valsero le proteste del comandante della nave che trasportava le truppe, il quale aveva dovuto dribblare più volte le navi britanniche che sorvegliavano quel braccio di mare. Quello fu l'unico contrattempo di una operazione altrimenti perfetta, ma non ci procurò alcun danno.

Gli aerei in arrivo dalla Scozia e quelli diretti in Islanda fornirono la posizione di due incrociatori ausiliari britannici che presidiavano, a Sud-Est ed a Nord-Ovest delle isole, gli sbocchi dell'Artico nell'Atlantico. Nel primo pomeriggio le due navi, prive di contraerea, vennero affondate ad opera di una squadriglia di siluranti appena giunta dalla Scozia, i cui piloti, ritenendo concluso per quel giorno il loro lavoro, e volendo festeggiare al bar della base il buon esito della missione compiuta, si lamentarono di dover vincere la guerra da soli. Quando rientrarono anche da quest'ultima missione, si rifecero alla grande della pausa d'astinenza, e per tutto il giorno successivo non fu più possibile riportarli in servizio.

Un'operazione analoga a quella condotta nelle Fær Øer, ma su scala ben maggiore, fu effettuata in diverse località dell'Islanda e principalmente a Reykjavík, ad opera di altre squadre della ditta Artika, qui presente in forze. Da quattro mercantili bianchi dell'Artika sbarcarono quattro compagnie di Seelöwen e due di truppe di fortezza, oltre che un completo Comando di divisione; esse occuparono rapidamente prima la capitale, quindi altri punti strategici dell'isola. Dai mercantili furono scaricate quelle armi pesanti che non era stato opportuno contrabbandare negli

anni precedenti: una decina di carri armati, autoblinde, cannoni antiaerei, missili da crociera radioguidati, impianti radar e
molto altro.

Quando un incrociatore ausiliario britannico, di pattuglia nello
stretto di Danimarca, avvisato per radio dal Console britannico
dell'isola, si avvicinò al porto di Reykjavìk per contrastare lo
sbarco, fu silurato ed affondò con 250 marinai.

Anche in Islanda il grosso del lavoro era stato svolto negli anni
precedenti, e fu quindi facile trasformare l'isola in una fortezza,
dotata di un grande aeroporto presso la capitale e di altri, più
piccoli, in posizioni eccentriche.

In un sol giorno e senza una sola perdita, una forza pari a dieci
reggimenti iniziarono a presidiare l'isola, il cui possesso da parte di un Paese ostile veniva considerato come una pistola puntata contro la Gran Bretagna. Svolti i compiti previsti per quel
giorno, ci si affrettò a costruire quelle strutture, per il ricovero
ed il rifornimento degli aerei e per la difesa del porto, che non
era stato possibile realizzare apertamente in precedenza. Di lì a
qualche settimana per sgomberare le forze tedesche dall'isola
sarebbe stata necessaria un'operazione in grande stile che nessun avversario, attuale o potenziale, sarebbe stato in grado di
intraprendere ancora per qualche anno.

Una nuova base per il rifornimento degli U Boote ed una base
aerea, non meno importanti ed attrezzate di quella di Pontevedra, dominavano ora l'Atlantico settentrionale. Le vitali rotte
marittime per il rifornimento della Francia e della Gran Bretagna si erano fatte improvvisamente molto più vulnerabili di
prima, perché esposte ad attacchi aerei con basi a terra.

Nelle prime ore di quello stesso 16 settembre, truppe tedesche
invasero la Danimarca, adducendo il motivo di proteggere la
Germania da un tentativo britannico di forzare gli stretti di
Øresund, del Grande e del Piccolo Belt. Garantimmo ogni pos-

sibile autonomia ai danesi, ma intendevamo allestire basi aeree nello Jutland, nelle Fær Øer, in Islanda e naturalmente controllare gli stretti.

La nostra non era una menzogna tanto spudorata, in quanto l'idea di forzare il Baltico era venuta a Churchill appena una settimana prima, o almeno così aveva scritto. Fatto sta che i Danesi, dal Re in giù, si indignarono grandemente, ma non opposero nessuna resistenza. Il Re fu invitato a restare, ma preferì andare in esilio; il governo rimase per la massima parte e ciò fu un bene per noi e per gli stessi Danesi.

Nei mesi successivi un grande aeroporto fu allestito a Thisted, nel Nord del paese, e l'importante produzione cantieristica danese fu reimpostata in chiave bellica.

***

- Allora come se la cava il mio novello Hitler senza baffi ed in vestaglia anziché in divisa? - mi punzecchiò Angela - Chissà se il mio Adolfo ha voglia di tenere per un po' il piccolo Massimino, mentre giro il risotto? -

- Volentieri Eva Braun; anche se non mi pare che nell'iconografia del dittatore figuri una sua foto con dei pupi in braccio; ripreso ad accarezzare un pastore tedesco sì, ma un pupo proprio no… soprattutto un pupo che l'ha appena fatta… ellamadonna! Guarda che è rimasto un solo pannolino, se questa sera la farà ancora, toccherà a te.-

- Ti do dieci minuti per fare un salto in farmacia per comprarne ancora, e dato che ci sei, prendi anche un altro biberon, che ho rotto l'ultimo.-

- Mani di merda!-

- La prossima volta li lavi tu i biberon; muoviti che la paniscia è quasi pronta. Non aprire dell'altro vino perché ho già aperto della Bonarda...
- Ah! si trinca fra una poppata e l'altra! -
- Ma quanto sei spiritoso... mi serviva per la paniscia, sennò rimaneva troppo pallida. E per favore, il pannolino sporco mettilo in un sacchetto, così quando esci lo butti...
- Certo! nel giardino del nostro vicino.-
- Come procede la guerra? -
- Ho appena castigato Franco, combatto per la libertà dei Paesi Baschi, ho rifilato una legnata colossale alla Marina britannica... poi ti racconto.-

Capitolo XV – Québec

Mentre la Danimarca veniva invasa, una immensa flottiglia di 400 lance a motore, non più lunghe di 20 metri e con una portata di circa 15 t, pilotate dagli allievi più anziani degli Istituti nautici, partendo dalle isole Frisone settentrionali cominciò a risalire la costa occidentale dello Jutland carica di ogni tipo di rifornimenti: viveri, carburante, tende da campo, coperte, munizioni, motocicli e quant'altro necessario alle truppe già attestate in Scozia ed a quelle che di lì a poco le avrebbero raggiunte a bordo di navi più veloci.

La flottiglia doveva attraversare lo Skagerrak, lasciare la costa della Norvegia all'altezza del 58°N, dirigersi verso Ovest ed attraversare il Mare del Nord, ed infine aprirsi a ventaglio e raggiungere gli approdi stabiliti lungo la costa scozzese, da Aberdeen alle isole Orcadi.

Era una "flotta zanzara" inaffondabile se si fosse tenuta alla larga dal naviglio sottile del nemico e se il mare non fosse stato troppo agitato, ma a questo riguardo disponevamo di un eccellente servizio meteorologico. Per compiere la traversata, richiedente tre o quattro giorni, sarebbe stata scortata da una trentina di unità tra fregate, corvette e motosiluranti, ed avrebbe navigato sotto una completa copertura aerea diurna.

Di buon mattino, il 16 settembre, da Wilhelmshaven e da Bremenhaven salpò un convoglio di venti mercantili carichi di armamenti pesanti destinati alla forza d'invasione: 50 carri medi e 50 leggeri, 100 autoblinde, 50 cannoni semoventi, 50 lanciarazzi multipli, 10 batterie antiaeree, autocarri, officine mobili, con i rispettivi equipaggiamenti.

Questo convoglio, anticipando la "flotta zanzara", avrebbe raggiunto nei due o tre giorni successivi Aberdeen, Inverness e

Scapa Flow; esso sarebbe stato protetto da sei caccia e da due incrociatori leggeri che trasportavano anche tre battaglioni di Alpenjäger.

Una volta sbarcate tali unità ed il materiale, la scorta si sarebbe ricongiunta con una squadra navale composta da due portaerei d'appoggio, un incrociatore da battaglia, un incrociatore pesante e due navi appoggio, in modo da costituire una Tascheflotte (l'equivalente teutonico della Task Force) a presidio del Mare del Nord lungo il 56°N, dal Forth alla Norvegia.

Sempre il 16 settembre, sul finire della giornata, gli U Boote sferrarono il loro micidiale attacco. Un piccolo "branco di lupi" composto da cinque unità oceaniche, attaccò un convoglio che era appena partito da Freetown in Sierra Leone, affondando 11 mercantili quella stessa notte. Il convoglio venne disperso, le navi isolate inseguite per tutto il giorno successivo, ed altre 7 mercantili vennero affondati.

Ancor più vistoso fu il successo di un altro branco di lupi che attaccò il convoglio partito due giorni prima da Halifax, nella Nuova Scozia, affondando 13 mercantili nella sola notte del 16, mentre altri 11 vennero affondati nei giorni successivi, finché le singole unità furono tanto disperse da non poter più essere rintracciate dagli U Boote.

I mercantili superstiti che fuggirono verso Nord vennero però avvistati dalla nostra ricognizione aerea, appena insediata in Islanda, che li segnalò ad un incrociatore ausiliario; questo, ben felice di fare qualcosa di emozionante, li catturò facilmente.

Davanti agli Approcci Occidentali britannici quella sera furono affondati 4 mercantili, altri 5 nei giorni successivi, inoltre il giorno 19 un U Boot affondò addirittura la portaerei Courageous.

Altri mercantili vennero affondati in varie parti dell'Atlantico meridionale, nel canale del Mozambico e nel mare Arabico. In una sola settimana i britannici avevano perso mezzo milione di tonnellate di naviglio mercantile, quasi quanto era stato affondato nei più critici mesi del 1917.

Mentre il sole tramontava sul mare in Galizia, la ricognizione aerea di Pontevedra individuò, a 100 km dalla costa, un incrociatore leggero del blocco franco-britannico che si riforniva di combustibile da una nave appoggio. La preda era troppo ghiotta per farsela sfuggire: partirono subito quattro siluranti che, volando a pelo d'acqua per restare sotto ai raggi solari, mirarono alle sagome sovrapposte delle due navi che si stagliavano nella luce del crepuscolo, finché giunti a ottocento metri lanciarono una salva di siluri che le centrò entrambe, affondandole in pochi minuti.

Da quel momento le navi che bloccavano le coste spagnole divennero delle prede, tanto più ambite quanto maggiore era la loro stazza, sicché furono ben presto spostate a distanza tale dalla costa da rendere inconsistente il blocco navale.

La notizia dell'attacco tedesco alla Scozia raggiunse gli austeri saloni dell'Ammiragliato britannico prima delle 9 di mattina e fu accolta con incredulità, poi con sbigottimento, infine, poco dopo le 10, quando pervenne una prima valutazione delle perdite, di pura disperazione. Oltretutto non si riusciva a contattare né Churchill, né i componenti dello Stato Maggiore che lo accompagnavano; si temeva fossero morti tutti con l'affondamento della Nelson.

Nel primo pomeriggio - secondo alcune memorie di ufficiali dell'Ammiragliato edite nel dopoguerra - quando si venne a sapere della perdita dei tre incrociatori ausiliari a guardia degli accessi dell'Atlantico, gli ufficiali in servizio entrarono in uno stato catatonico.

Intanto la grandinata continuava: il minamento del Forth, l'occupazione di Scapa, l'invasione della Scozia settentrionale e l'interruzione delle comunicazioni con questa regione, il doppio scacco in Galizia, infine l'attacco massiccio dei sommergibili ai convogli. Alcuni piangevano, altri si guardavano l'un l'altro inebetiti, altri cercavano di avere conferme e dettagli, altri facevano l'appello del poco rimasto.

Quella notte nessuno poté dormire, tutti erano alla disperata ricerca di una indicazione su che fare. Le due divisioni del 1° Corpo del BEF erano già imbarcate e sarebbero dovute partire, nell'arco di un giorno o due, per affiancarsi all'esercito francese. Bisognava forse dirottarle verso Nord, nonostante avessero i comandi e le comunicazioni già in Francia? In tal caso, dove impiegarle? Sarebbero state sufficienti per sloggiare i crucchi? Cosa avrebbero detto i francesi se gli unici aiuti promessi fossero stati dirottati? Non era più un problema solo militare, ma anche politico. E Churchill continuava a non dar segno di sé.

Poi qualcuno fece un po' di calcoli e si decise di far partire il 1° Corpo del BEF come programmato, ma di indirizzare in Scozia il 2° Corpo, che invece di imbarcarsi per la Francia di lì a due settimane, avrebbe raggiunto via terra Glasgow ed Edimburgo in una settimana, ed in un'altra ancora avrebbe preso contatto con gli invasori.

Chissà come, in quel momento tragico, a molti ufficiali tornò alla memoria il miracolo dei taxi della Marna, avvenuto nella precedente guerra, ma lo scacciarono subito: mica potevano spedire un Corpo d'Armata fino in Scozia in taxi; chi avrebbe pagato il conto?

Dannati crucchi! - pensarono in molti - Proprio dalla Scozia del Nord dovevano iniziare un'invasione! Era più comoda da raggiungere per loro dalla Germania che per noi dall'Inghilterra!

Noi però non ci movemmo. Se fossimo scesi più a Sud avremmo allungato, anche se di poco, le nostre linee di rifornimento già abbastanza problematiche, ma accorciato di molto quelle britanniche: che marciassero pure allo scoperto per 30 km prima di attaccarci.

La notizia dell'attacco fece il giro del mondo, lasciandolo sbalordito ed in ansiosa attesa di nuove informazioni. Per giorni i quotidiani non parlarono d'altro ed i titoli stessi, con i loro caratteri cubitali, contribuirono ad acuire la drammaticità delle notizie: Great Britain Invaded, Royal Navy Destroyed, Luftwaffe Angriff, Gli U Boote fanno strage di navi, L'Écosse envahie.

A Berlino, presso il Ministero della guerra, per tutta la giornata, si vissero ore di trepidazione frammista a scoppi di euforia.

Mesi di studi accurati, di piani meticolosi, di duro addestramento, si concretizzarono in una ininterrotta pioggia di messaggi che scandirono le fasi delle singole operazioni.

La mole di notizie era così grande che, anche volendo, sarebbe mancato il tempo di esaminare l'andamento delle operazioni e di ordinare, se necessario, le modifiche opportune. Il successo si sarebbe ottenuto realizzando i piani prestabiliti, peraltro abbastanza elastici, oppure, in caso di imprevisti, l'azione si sarebbe condotta secondo il giudizio di chi la comandava.

A notte inoltrata, quando la valanga di notizie si riversò sugli uffici del nostro Ammiragliato, la tensione si scaricò lentamente, con qualche improvvisato festeggiamento e con alcuni malcelati scoppi di gioia.

In quella notte solo pochi uffici continuarono a seguire il consolidamento delle posizioni, a piantare bandierine sule mappe per indicare gli obbiettivi raggiunti, a valutare i tempi necessari per infiggere la bandierina successiva. Mentre un intero dipartimento si concedeva una pausa di riposo, un altro si mise improvvisamente in moto, quello che doveva monitorare le operazioni in Canada.

Dopo la dichiarazione di guerra del 3 settembre, in Canada iniziarono subito i passi necessari per ratificare la cobelligeranza con la Gran Bretagna. Tutti i Parlamenti della Provincie anglo-fone si espressero a larga maggioranza - tranne che nel New Brunswick, dove questa fu più risicata - per la partecipazione alla guerra. Nella Provincia francofona del Québec invece prevalsero i contrari, anzi due partiti, quello "indipendentista" e quello "nazional-socialista", quest'ultimo finanziato dalla comunità economica tedesca e controllato dai nostri Servizi, rifiutarono di adeguarsi alle decisioni prese dalle altre Provincie, minacciando la secessione dalla Federazione Canadese.

Alcune manifestazioni semi-spontanee sfociarono in disordini ed in scontri sanguinosi, analoghi a quelli che si erano avuti 25 anni prima per la medesima ragione, ma questa volta la quinta colonna tedesca prese saldamente in mano la direzione delle dimostrazioni, fornendo ad esse una copertura politica, un cospicuo supporto finanziario, un coordinamento territoriale, una logistica imponente, tutti gli strumenti per una capillare propaganda, sedi sicure ove riunirsi e persino armi leggere.

A Montréal ed in altre città fu imposto il coprifuoco; il governo di Ottawa inviò alcuni reparti della polizia federale per tenere sotto controllo la situazione, ma la repressione non fece altro che acuire la tensione. Presto non si trattò più di manifestare contro la partecipazione alla guerra degli inglesi, ma di mettere fine a due secoli di vere o di presunte discriminazioni e di prendere in mano il proprio destino. Per intanto presero in mano i fucili e le mitragliette, che distribuivamo copiosamente, non essendo più sufficienti i revolver per affrontare le guardie federali. Ogni giorno si contavano molti morti da entrambe le parti. Il Primo Ministro della Federazione canadese - Mackenzie, un duro - proseguì per la sua strada e stabilì l'internamento dei 30.000 miliziani dell'Arbeitsdienst, distribuiti in una cinquantina di aziende e di cantieri sparsi nell'immensa Provincia; ma tale operazione non era pane per i denti della polizia e neppure per le esigue forze dell'esercito canadese.

Centinaia di "Giubbe Rosse" e di militari che si apprestavano ad eseguire l'ordine di internamento furono invece disarmati ed imprigionati, in alcuni casi anche uccisi. Da Trois-Riviére ad oriente, su entrambe le sponde del San Lorenzo, il controllo del territorio passò nelle mani di militanti dei partiti indipendentista e nazional-socialista, cui si unirono i miliziani tedeschi quali braccio armato del movimento separatista.

Come già in Galizia, anche qui i miliziani dell'Arbeitsdienst, e molti loro colleghi di lavoro quebecchesi, dismisero la tuta per indossare l'uniforme da combattimento, dirigenti e capisquadra, tolti gli abiti civili, indossarono divise da ufficiale e da sottufficiale, tutti vennero inquadrati provvisoriamente, insieme con decine di civili filo indipendentisti, nella nuova Milizia del Québec Libero.

La dichiarazione di secessione dalla Federazione Canadese, d'indipendenza del Québec e di neutralità rispetto alla guerra in corso, avvenne proprio il giorno 16 settembre da parte di un Governo provvisorio nel quale erano stati esclusi tutti gli elementi anglofoni.

Esso dichiarò anche lo stato di emergenza ed ordinò l'espulsione di tutte le forze federali presenti in Québec, per la maggior parte asserragliate nelle caserme di Montréal e di Sherbrooke.

Infine, per impedire l'arrivo di rinforzi federali, nella notte del 17, un piccolo gruppo di Kommando tedeschi, affiancato da scout quebecchesi, fece saltare l'enorme e novissimo ponte che scavalcava lo sbocco del fiume Ottawa nel San Lorenzo, isolando completamente il nuovo Stato e le Provincie del New Brunswick, della Nuova Scozia e, indirettamente, quella dell'Isola di Principe Edoardo, dal resto del Canada.

Lo stesso giorno una nuova bandiera - quattro gigli d'argento in campo grigio diviso da una croce bianca - venne issata sul castello di Frontenac nella capitale Québec, ed il nuovo Stato venne prontamente riconosciuto prima dalla Confederazione Mitteleuropea e qualche tempo dopo dal Giappone, dall'Italia e dall'Unione Sovietica.

Prima cura del nuovo Governo fu la formazione di un Esercito quebecchese, cui si affiancarono, pur senza farne parte, 25.000 miliziani tedeschi e 3000 scout locali filotedeschi - un decennio di cordiali rapporti fra lavoratori immigrati e comunità ospite aveva dato i suoi frutti -. I restanti 5000 lavoratori dell'Arbeitsdienst, più anziani, proseguirono nelle abituali attività.

In pochi giorni le nuove forze armate quebecchesi furono in grado di disporre di una cinquantina di caccia, giunti tempo prima in container sigillati, che vennero assemblati in capannoni limitrofi a scali merci con di lunghissimi piazzali di carico, che fungevano da piste d'atterraggio, di una cinquantina di veicoli semiblindati costruiti in loco e di altrettanti cannoni da campagna ed antiaerei, pure giunti in container. Piloti e personale specializzato erano arrivati prima dello scoppio della guerra.

Con tali forze fu possibile espugnare le caserme di Montréal, in cui si erano asserragliati i federali, facendo oltre mille prigionieri, respingere un malaccorto tentativo di forzamento del fiume Ottawa, ripulire dalle forze avverse il territorio anglofono di Sherbrooke e raggiungere così il confine con gli Stati Uniti. Ad un debole cannoneggiamento della città di Hull si rispose con il bombardamento di precisione del Parlamento di Ottawa, dall'altra parte del fiume omonimo.

Negli Stati Uniti le notizie straordinarie che giungevano dal Canada si assommavano a quelle sensazionali che arrivavano dall'Europa. Alla cruda e sintetica realtà dei fatti riportata dai giornali, qualche giorno dopo si aggiunsero approfondimenti e commenti di giornalisti iscritti nei nostri libri paga - era molto più conveniente comperare un giornalista che un giornale - che evidenziavano, con ragionamenti più o meno sottili e cinici, le opportunità offerte dalla nuova situazione, a tutto vantaggio degli Stati Uniti.

In Europa era stata falcidiata la Royal Navy con cui eventualmente doversi confrontare; un concorrente del calibro della Gran Bretagna si trovava in una condizione fortemente svantaggiata nella competizione economica mondiale; grandiosi affari si prospettavano con la Francia e la Gran Bretagna per fronteggiare una Germania sempre più minacciosa; una nuova nazione bisognosa di prodotti, di macchinari e di tecnologia era sorta sul confine settentrionale, e non aspettava altro che essere rifornita. Si poteva persino ipotizzare un futuro a Stelle e Strisce per le tre Provincie anglofone rimaste separate dal grosso delle altre, ed orfane di una Gran Bretagna ormai data per spacciata. Era un veleno sottile che, se non ingannava Roosevelt, veniva lentamente assimilato da milioni di americani, per i quali i quebecchesi erano quei simpaticoni che li avevano riforniti di whisky durante il proibizionismo. Ai giornalisti prezzolati presto si aggiunse qualche firma più autorevole, cui la nostra Ambasciata faceva pervenire promemoria e veline che rendevano oltremodo più leggera la quotidiana fatica di scrivere gli articoli. Poi il campionato NBA e gli incontri di boxe di Joe Louis finirono per spostare altrove l'attenzione degli americani. Ecchecazzo! mica si poteva pensare a tante cose tutte insieme!

La lobby di imprese americane da noi controllate magnificava la bontà della situazione, escludendo o minimizzando i possibili rischi per la sicurezza americana. Le banche che avevano concesso miliardi di Dollari di prestiti alla Germania erano riluttanti a provocare attriti di sorta coi tedeschi, ottimi e puntuali pagatori degli interessi annuali; perché era implicito - almeno per gli addetti ai lavori - che dietro a quanto accadeva in Québec c'era lo zampino dei tedeschi, dopotutto quanto era accaduto solo tre mesi prima in Galizia aveva insegnato qualcosa.

Solo Roosevelt ed il suo stretto entourage vedevano le cose nella giusta prospettiva, ma in quel momento le forze armate degli Stati Uniti, US Navy a parte, erano paurosamente al minimo, e sarebbe stato difficile intraprendere qualsiasi azione militare; anche un'azione dimostrativa avrebbe richiesto settimane.

L'unica cosa fattibile, e che il Governo fece dopo alcuni giorni, era di chiudere la frontiera dopo aver accolto il migliaio di agenti federali, di funzionari pubblici e di semplici civili anglofoni espulsi dalla zona di Sherbrooke, e permettere loro di rientrare nella Provincia del New Brunswick attraversando il Maine. Questa concessione tuttavia, riguardando non solo i civili, ma anche i militari, guastò i rapporti del neonato Stato del Québec con gli Stati Uniti.

In Francia gli avvenimenti canadesi suscitarono sentimenti contrastanti. Metà della popolazione, soprattutto la Destra, fu incantata dalla visione dei Gigli di Francia sventolare sul castello di Frontenac, cosa che li proiettava emotivamente nel XVIII secolo ed alla Guerra dei Sette Anni. Moltissimi, fra cui anche alcuni esponenti governativi, chiesero a gran voce il riconoscimento del nuovo Stato, a prescindere da altre considerazioni.

Alcuni poi cominciarono a chiedersi se stessero combattendo dalla parte giusta, e solo l'evidenza della parte avuta dai tedeschi nella vicenda gli impedì di proporsi come volontari pro-quebecchesi.

L'altra metà del Paese era muta ed impietrita, perché non poteva irritare gli alleati britannici con parole di plauso, neppure caute e calibrate, per l'indipendenza dei loro fratelli separati. Erano inoltre strabiliati per quanto erano riusciti ad ottenere i tedeschi con la loro abile e spregiudicata politica; per il lungo lavorio sotterraneo che li aveva portati ad affermarsi come paladini e difensori dei francesi del Québec.

Non potevano riconoscere il nuovo Stato, non subito per lo meno, ma erano nello stato d'animo di chi abbandona un figlio che viene prontamente adottato dal nemico.

***

- Ancora sei lì a leggere? - sbottò Angela - sono due giorni che non fai altro. Dai! Usciamo un po'.-
- Va bene. Immagino di non poter portarmi dietro il manoscritto da leggere mentre passeggiamo.-
- Devi solo provarci! Ma cosa ci trovi di tanto appassionante? -
- Beh; veramente non è che capiti a tutti di poter cambiare la Storia.-
- Spero solo che cambierai qualche cosetta anche qui. È un tal schifo...
- Cosetta? ti basta un miliardo all'anno? -
- Non intendevo quello. Piuttosto, ti sei già fatto qualche idea su come spenderlo? -
- No. Prima voglio finire di leggere. Però posso permettermi di portarti fuori a cena.-
- Non voglio portare Massimo in un ristorante; perché non esci a prendere due pizze? -
- Meno male che eri tu a voler fare quattro passi! Va bene... vado subito, non c'è bisogno di dire altro.-

Alle prime luci dell'alba del 17 settembre salparono dalla Germania 30 navi da guerra e 200 fra mercantili e trasporti di truppa. A parte i sommergibili, era quasi tutta la forza della Kriegsmarine e gran parte della nostra Marina Mercantile. Le navi da guerra erano raggruppate in due Tascheflotte, ognuna con una portaerei d'attacco ed una d'appoggio, una corazzata tascabile, un incrociatore pesante e due leggeri, quattro caccia oceanici, due petroliere veloci ed una nave appoggio.

I mercantili erano distribuiti in quattro convogli, sulla base delle rispettive velocità; trasportavano due brigate di carri medi e pesanti, due brigate motorizzate, due reggimenti d'artiglieria e due divisioni di fanteria dotate anche di equipaggiamento invernale. A bordo c'erano attrezzatura radar e per le comunicazioni, lanciarazzi multipli e tonnellate di munizioni.

La Tascheflotte salpata da Wilhelmshaven attraversò il Mare del Nord diretta a settentrione, intersecò la linea di pattugliamento della Nordsee Tascheflotte lungo il 56°N, circumnavigò la Scozia ed andò a posizionarsi ad Ovest delle isole Orcadi ed a Nord delle Ebridi, fra i due isolotti di Sula Sgeir e di Rona. L'altra Tascheflotte scortò i quattro convogli che aggirarono le isole Shetland, passarono a settentrione delle isole Fær Øer e dell'Islanda, scese lungo la costa orientale della Groenlandia ed attraversò il Mare del Labrador, zigzagando fra gli iceberg ancora presenti.

En passant vennero occupate le isole Shetland da parte di un battaglione di figli di papà, che passò il resto della guerra a "barbellare" dal freddo, ma senza correre alcun rischio.

Tanto le due Tascheflotte quanto i quattro convogli furono segnalati all'Ammiragliato britannico fin dalla loro partenza ad opera di informatori, ma esso non ne poté seguire il percorso poiché i cieli erano dominati dalla nostra aviazione, cosicché i britannici ne persero le tracce, oltre a perdere numerosi aerei da ricognizione che erano stati sguinzagliati nelle ricerche.

L'Ammiragliato britannico, ancora in preda allo smarrimento e privo del comando di Churchill, riteneva che volessimo sbarcare in forze in Scozia, avendovi già stabilito delle teste di ponte; l'occupazione delle Shetland, avvenuta il giorno 20, rafforzò il suo convincimento.

Il 22 settembre un sommergibile britannico segnalò la presenza di numerose navi da guerra presso Rona, ma i convogli non furono rilevati. Ricerche condotte da altri sommergibili davanti alle coste norvegesi non rivelarono altro che l'abituale traffico mercantile, e costarono l'affondamento di un sommergibile costretto a navigare in superficie da guasti meccanici. I convogli erano come svaniti nel nulla.

Il giorno 21 Churchill fece ritorno all'Ammiragliato con quel che restava dello Stato Maggiore, completamente provato dall'epopea della fuga da Scapa e da poco edotto delle terribili batoste subite dalla sua Marina.

Era da troppo poco tempo al Governo perché gli si potesse imputare qualche responsabilità, inoltre per sette anni era stato la Cassandra inascoltata che in Parlamento, nelle conferenze e nel suo stesso partito continuava a denunciare l'impressionante riarmo tedesco e l'estrema debolezza, se non l'assenza, delle contromisure politiche e militari disposte dai vari Governi che si erano succeduti in quegli anni. Aveva sempre avuto ragione, ed ora si trovava a governare il disastro; ma si mise immediatamente all'opera.

Per prima cosa (secondo le sue memorie pubblicate nel dopoguerra) dovette affrontare un problema che aveva continuato ad assillarlo durante la fuga da Scapa, ed aveva trovato conferma definitiva quando era stato ragguagliato circa l'esito degli altri attacchi tedeschi.

Com'era possibile che gli "Unni" - come lui chiamava i tedeschi - così meticolosi e cauti, avessero scatenato non uno, ma una serie perfettamente coordinata di attacchi così temerari e devastanti? Come potevano essere sicuri di superare le difficoltà nel portarli a termine, tanto da lanciarli con una cadenza temporale tale da impedire la valutazione degli effetti di un attacco prima di lanciare il successivo? Vi era un limite all'imprudenza ed alla temerarietà, che era stato superato di molto ed in più occasioni. Churchill sospettava la presenza di un traditore in seno all'Alto Comando, uno che era stato in grado di rivelare le caratteristiche e le prestazioni dei radar costieri, la presenza delle grandi navi a Loch Ewe, le carenze della contraerea a Rosyth e a Scapa, la scarsità di truppe in Scozia, e persino la sua intenzione di forzare gli stretti danesi. Perbacco! Quell'idea l'aveva avuta solo tre o quattro giorni prima che l'occupazione della Danimarca la rendesse vana.

Per non parlare di tutti i bluff andati a buon fine negli ultimi tre anni, dall'occupazione della Renania in poi. Doveva per forza esserci una spia che forniva ai tedeschi informazioni segrete di natura politica e militare, in modo da consentire loro di giocare sul sicuro, conoscendo in anticipo le mosse dell'avversario ed i suoi punti di debolezza.

Incaricò di indagare sulla questione un funzionario del Servizio Segreto di cui si fidava ciecamente - il maggiore Donovan - poi passò all'esame della situazione con una serie di incontri con i colleghi del Gabinetto di Guerra e coi Lord del Mare all'Ammiragliato.

La Scozia settentrionale era stata invasa da una settimana ed il 2° Corpo del BEF era già stato dirottato in quella regione e stava prendendo posizione nelle postazioni avanzate e nelle retrovie di quello che era diventato un vero e proprio fronte, che attraversava da una parte all'altra la regione. Lungo esso però le forze tedesche sembravano essere piuttosto deboli.

Le truppe di rinforzo, giunte per allargare le teste di ponte, parevano insufficienti alla bisogna, soprattutto in relazione al lungo tempo intercorso dai primi sbarchi, ed un ponte aereo ne faceva affluire di nuove quasi svogliatamente. Si erano visti tedeschi che scavavano alcune trincee, allestivano nidi di mitragliatrici, posavano qua e là dei campi minati, ma senza la febbrile attività che li contraddistingueva e che la situazione richiedeva. Nulla, in confronto alle perfette difese della Linea Hindenburg viste nella precedente guerra, con chilometri di reticolati spinti in profondità, bunker e tanto altro. Non vi era quasi traccia di artiglieria da campo e quella pesante era del tutto assente; anche se da alcuni mercantili erano stati scaricati alcuni carri armati e poche autoblinde, il numero dei mezzi disponibili era sicuramente inadeguato per un tentativo d'invasione che potesse essere coronato dal successo.

- Che vogliano farsi attaccare? - chiese Churchill interrogando sé stesso, mentre aspirava il fumo di un grosso Montecristo ed osservava la coppa colma di cognac, come se attendesse da questa una risposta - Che sia tutta una trappola e vogliano farci spostare le nostre poche truppe a settentrione, per poi effettuare la vera invasione in un posto più logico? Come potevano ritenerci così allocchi da pensare che fosse possibile un'invasione della Gran Bretagna partendo dalla Scozia? D'altro canto avevano occupato già un porto ed alcuni buoni approdi, il flusso di rifornimenti era incessante ed effettuato anche con mezzi estemporanei, come quella flotta zanzara... beh, almeno quella fra meno d'un mese si sarebbe arrestata, perché le condizioni del Mare del Nord sarebbero peggiorate tanto da impedire la traversata.-

Churchill bevve un lungo sorso di cognac compiacendosi per quell'unica buona notizia a breve scadenza, e continuò a rimuginare tra sé e sé:

- Tutte le località di una qualche importanza della Scozia settentrionale sono ormai in mano nemica, anche se presidiate debolmente, tranne i porti, invece fortemente difesi. Sarebbe stato facile attaccarle una per una, anche da parte delle scarse forze disponibili. Ma non era forse quello ciò che i tedeschi si aspettavano? ovvero che consumassimo le nostre forze per riconquistare località prive di interesse strategico. Che fare poi con le isole Ebridi, con quelle di Skye, di Mull, di Islay, di Jura, completamente indifese? valeva la pena disperdere le forze, già così scarse, per difendere tutto? chiaro che no.

Le forze tedesche già attestate in Scozia, ad una settimana dall'invasione, erano valutate equivalenti a due divisioni e mezzo, e stante l'andirivieni di mercantili e di trasporti aerei, aumentavano di una divisione alla settimana.

Il cielo era dominato dalla Luftwaffe, i cui caccia intercettori ME 109 riuscivano a impedire incursioni di aerei della RAF, anche se scortate dai caccia Hurricane; solo gli ancora scarsissimi caccia Spitfire potevano competere alla pari con essi.

Stukas e bombardieri leggeri, di stanza ad Aberdeen e ad Inverness, martellavano senza tregua la fascia di terreno scoperto tra il fronte e le città di Glasgow e di Edimburgo, colpendo concentramenti di truppe, comandi, depositi di materiali. Per le truppe britanniche che arrivavano da Sud, quella trentina di chilometri allo scoperto si era trasformata in una Via Crucis che poteva essere percorsa con una certa sicurezza solo col favore del buio. Stirling, Perth, Arbroath erano state violentemente bombardate, quest'ultima dal mare ad opera dei pezzi da 280 del Gneisenau. Ogni notte centinaia di bombardieri provenienti dalla Germania sganciavano bombe di ogni tipo su nodi ferroviari, stazioni e porti. Carlise, Newcastle e le fabbriche di motori d'aereo di Glasgow erano state duramente colpite. - Per Churchill era chiaro che i tedeschi disponevano in Scozia di una quinta colonna che forniva loro vitto e alloggio, che gli metteva a disposizione materiali, strutture, rifornimenti, scout, interpreti e persino una copertura politica; lo stava a dimostrare quella bandiera di Scozia che era stata vista sventolare sugli edifici pubblici ed al braccio degli scout. La cosa non lasciava presagire nulla di buono. Il 22 settembre infatti, un sedicente Governo provvisorio di Scozia aveva proclamato l'indipendenza ed aveva chiesto aiuto ai tedeschi per mantenerla e per liberare la parte meridionale della Scozia dalle truppe britanniche.

Poi c'era il problema di riconquistare quanto prima il dominio dei mari, assolutamente vitale per una nazione sovrappopolata che importava gran parte delle sue necessità, in primis quelle alimentari.

La Gran Bretagna importava ogni anno più di 35 milioni di tonnellate di merci, indispensabili alla sua economia ed alla sua alimentazione. Se i rifornimenti si fossero ridotti a livello di 31 milioni di tonnellate, occorreva scegliere se tagliare le forniture di materie prime all'industria, e far venir progressivamente meno i prodotti finiti necessari alla prosecuzione della guerra, oppure tagliare i rifornimenti alimentari. Se però questi ultimi si fossero ridotti sotto i 15 milioni di tonnellate, la popolazione sarebbe piombata nella carestia. In ogni caso non era possibile scendere al di sotto dei 27 milioni di tonnellate senza rendere obbligate entrambe le scelte.

Per trasportare queste merci dai luoghi di produzione, al netto di impieghi militari irrinunciabili, era necessario disporre di naviglio mercantile per 15 milioni di tonnellate, e dall'inizio della guerra era andato perso circa mezzo milione di tonnellate di naviglio britannico. Col ritmo di perdite avuto a settembre, già dopo sette od otto mesi la Gran Bretagna sarebbe stata in crisi di materie prime e di prodotti alimentari.

Ergo, prima di ogni altra cosa occorreva riaprire e proteggere le rotte commerciali, quella Nord-atlantica, quella del Capo di Buona Speranza, quella del Mediterraneo e quella del Sudamerica. Poi si poteva pensare anche ad altro, come produrre aerei per contrastare la Luftwaffe e per proteggere i porti ed i centri di produzione... la fila di cose da fare, tutte essenziali, tutte urgenti, tutte vitali, era interminabile, e nel frattempo la Germania diventava più forte di mese in mese.

Quando all'Ammiragliato britannico giunse notizia dell'avvistamento della Tascheflotte presso Sula Sgeir, e quella che stazionava lungo il 56°N nel Mare del Nord, si decise di affrontare per prima quest'ultima, avvalendosi anche di caccia e di bombardieri con base a terra, mediante 2 corazzate, un incrociatore da battaglia, 2 incrociatori pesanti, 4 leggeri e 12 caccia, subito salpati da Plymouth. Una seconda squadra di pari consistenza, ma con in più una portaerei, avrebbe raccolto unità provenienti dal Golfo di Biscaglia, quelle fatte rientrare da Halifax e da Gibilterra, nonché alcune unità francesi fatte convergere in tutta fretta verso il luogo dell'appuntamento, St. Kilda, poco più d'uno scoglio ad Ovest delle isole Ebridi, ed avrebbe dato battaglia alla Tascheflotte a Sula Sgeir. Era praticamente tutto ciò che era possibile fare.

Noi venimmo a sapere della prima squadra navale già il giorno stesso della sua partenza, e prima di sera un U Boot la avvistò di nuovo allo sbocco orientale del Passo di Calais. Nella notte facemmo allontanare verso Est le navi maggiori della Nordsee Tascheflotte, al fine di scongiurare attacchi da terra di siluranti, ed all'alba fummo in grado di sferrare un attacco aereo da tre aeroporti ubicati nello Jutland, nella Frisia orientale e nello

Schleswig-Holstein. All'attacco parteciparono circa 80 aerei fra siluranti e bombardieri leggeri dotati di bombe radioguidate.

Fu quest'ultimo ordigno, che nessuno aveva mai visto, a fare la differenza: 18 delle 40 bombe da 250 kg sganciate colpirono il bersaglio e non ci fu scampo per le grandi navi; solo 2 incrociatori e 10 caccia rimasero illesi dopo il raid. Questi ultimi vennero attaccati con siluri, razzi aria-suolo e lungamente mitragliati, finché rimasero a galla solo 4 caccia che, danneggiati, fecero dietro-front. Uno cadde comunque, colpito dal siluro dell'U Boot che aveva segnalato la presenza della squadra la sera precedente, e che l'aveva seguita in attesa della sua occasione.

Gli aerei della RAF, che in gran numero avevano cercato di contrastare gli attacchi partendo da basi terrestri, arrivarono in ritardo perché la loro azione potesse risultare efficace, ma riuscirono ad abbattere 2 bombardieri che si erano attardati, mentre la contraerea delle navi nemiche abbatté 4 siluranti.

La seconda battaglia di Dogger Bank, o dello Jutland, era stata stravinta.

Dalle austere stanze dell'Ammiragliato britannico l'andamento dell'attacco aereo alla propria squadra era stato seguito prima con allarme, poi con genuino stupore, quindi con la più profonda costernazione.

Quando gli ufficiali che seguivano le operazioni appresero che bombardieri nemici erano in avvicinamento ad una quota di 6000 m, ritennero stessero dirigendosi verso obbiettivi in Inghilterra, perché sarebbe stato del tutto inutile bombardare da quell'altezza navi anche di notevoli dimensioni.

Anche gli addetti alla contraerea imbarcati evitarono di aprire il fuoco contro bersagli che volavano a quota troppo elevata perché il tiro fosse efficace; furono però avvisate le basi dei caccia intercettori, ubicate nell'Inghilterra settentrionale, della prossima incursione aerea, fornendo posizione, velocità e quota di volo della formazione tedesca, ed augurandogli di fare una buona caccia.

Poi, quando i bombardieri stavano per raggiungere lo zenit sulle loro navi, troppo tardi per lanciare le bombe secondo calcoli e procedure fino ad allora in uso, i marinai si videro piovere addosso oggetti dalla coda di fuoco che, fulminei, correggendo via via la traiettoria quasi verticale, si abbatterono sulle navi con precisione, perforando corazze, attraversando ponti, scoppiando all'interno dello scafo, aprendo enormi squarci nella chiglia e determinando il rapido affondamento delle navi, alcune colpite anche da più ordigni.

Solo i cacciatorpediniere, più agili, riuscivano con manovre disperate a scansare le bombe all'ultimo istante, ma queste, esplodendo a contatto con l'acqua e nelle loro vicinanze, procuravano parimenti gravi danni. Alcuni incrociatori leggeri, dalla debole corazzatura, vennero trapassati da bombe che, scoppiando sotto la chiglia, li spezzarono in due.

Il calore rendeva roventi le strutture metalliche delle navi, e queste affondavano sfrigolando; l'acqua attorno alle navi era in ebollizione, ustionando le centinaia di naufraghi vi si dibattevano. Le vittime furono più di 4000 ed i feriti, quasi tutti con ustioni gravi, oltre 2000.

Fu allora che la tradizionale flemma britannica, celebrata da mille storielle, si sgretolò per lasciar posto ad una profonda disperazione, che contagiò tutti i presenti man mano procedeva l'azione delle siluranti contro i restanti incrociatori ed i caccia.

Il Primo Lord del Mare, chiuso nel suo ufficio dell'Ammiragliato, non riuscendo a sopportare il dolore straziante che lo attanagliava e non potendo inabissarsi anch'egli con la sua squadra, si suicidò con un colpo di rivoltella.

Quando Churchill arrivò all'Ammiragliato per seguire da vicino quella che doveva essere la seconda battaglia dello Jutland,

23 anni dopo la prima conclusasi in parità, pensando che questa volta la partita si sarebbe conclusa ai calci di rigore, trovò un ambiente devastato dallo sconforto e dall'angoscia per le perdite subite.

Un'intera squadra da battaglia, forte di cinque poderose navi, una squadra di incrociatori e una di cacciatorpediniere erano state polverizzate in un quarto d'ora, senza poter sparare un sol colpo di cannone, senza neppur aver avvistato la flotta nemica che doveva ingaggiare. Se a Scapa, a Loch Ewe ed a Rosyth l'attacco aereo a sorpresa aveva colto le navi all'àncora, praticamente inermi, la distruzione questa volta si era abbattuta su navi in mare aperto, in formazione, ben all'erta, pronte al combattimento.

Ora tutto era nelle mani della seconda squadra, che di lì a due giorni si sarebbe radunata a Sud di St. Kilda. Qualcuno già ventilava la possibilità di ritirarsi nei porti occidentali dell'Inghilterra e del Galles, per rifuggire da un nemico dotato di armi tanto micidiali, ma in un sussulto d'orgoglio e di determinazione quei pochi vennero tacitati con malcelato disprezzo.

Da Wilhelmshaven avevo seguito l'intero attacco, curioso di verificare sul campo l'efficacia delle bombe radioguidate; c'erano ancora molte cose da perfezionare e tattiche da ottimizzare, tuttavia il risultato conseguito dalla nuova arma era eclatante. Bisognava ancora verificare se fossero più vantaggiose le traiettorie verticali o quelle più inclinate, quale fosse la quota ottimale per lo sgancio, quale la quantità minima di esplosivo sufficiente per arrecare danni irreparabili, data la maggior forza di penetrazione rispetto alle bombe in caduta libera. Per questo attacco si erano adottate le specifiche tecnico-tattiche che - in un universo parallelo, nel '43 - consentirono l'affondamento della corazzata italiana Roma.

Soffocai il rimorso per l'ecatombe di uomini pensando a quanti altri marinai, spagnoli, olandesi, danesi, francesi ed anche tedeschi, erano periti negli ultimi quattro secoli per mano di valorosi ma spietati equipaggi britannici, dotati di un miglior comando, di migliori armi e di un miglior addestramento. Ora la ruota era girata ed i dominatori dei mari avevano perso lo scettro, la baldanza, ed in questo caso anche la vita.

Alla sera del giorno stesso, mentre era in atto una colossale festa per celebrare i piloti reduci dall'impresa, da parte della ricognizione aerea ad ampio raggio appena organizzata in Islanda, giunse la segnalazione di due incrociatori nemici diretti verso Est a tutta velocità. Quasi nello stesso momento, da un U Boot che rientrava a Pontevedra fu segnalata, a Nord-Ovest della Galizia, una squadra con una portaerei e quattro grandi navi - attraverso il periscopio e nell'oscurità il comandante non riuscì ad essere più preciso - che procedeva verso Nord.

Il mattino successivo i due incrociatori del primo avvistamento furono attaccati da siluranti e da Stukas di stanza nelle Fær Øer, che in un primo attacco li danneggiarono gravemente entrambi, ed in una missione successiva li finirono coi siluri.

Nella base di Pontevedra invece le opzioni per attaccare le navi dirette a Nord erano minori e scemavano col passare del tempo. Purtroppo non erano ancora arrivate dalla Germania le nuove bombe radioguidate, essendo appena entrate in produzione, ed anche un bombardamento tradizionale notturno, pur con l'ausilio di radar, non avrebbe dato garanzie di successo.

Alla fine, vedendo la preda sfuggire di mano, due equipaggi ridotti di bombardieri notturni vinsero la riluttanza dei superiori e si proposero per una missione suicida. Carichi di bombe e di carburante, al limite della capienza dei serbatoi, con una fiaschetta di acquavite per farsi coraggio e per allietare le loro ultime ore di vita - fiaschetta imbarcata sotto l'occhio condiscendente ed un po' commosso del comandante della base, accorso a dare l'estremo saluto ai suoi ragazzi - partirono verso Nord nel buio della notte. Rintracciarono col radar le navi nemiche 100 km ad Ovest di Capo Mizen, in Irlanda, dopo aver quasi esaurito il carburante nel lungo inseguimento e nella ricerca, quindi si lanciarono sulle navi, uno schiantandosi sul ponte di volo della portaerei e l'altro sulla plancia di un incrociatore pesante. Le esplosioni ebbero una violenza tale da squassare le navi, che si fermarono in preda a furiosi incendi.

Al mattino, quando le fiamme di incendi indomabili raggiunsero una delle santabarbare, la portaerei esplose, mentre l'incrociatore, ridotto ad un ammasso di lamiere contorte e con l'acqua che lambiva le sovrastrutture, fu rimorchiato per ore da un altro incrociatore della squadra verso Plymouth; ma non appena le due navi giunsero presso le isole Scilly, nel quadrante di mare pattugliato dall'U 47 del capitano Prien, un siluro venne lanciato per finire l'incrociatore danneggiato, ed altri tre nella fiancata dell'altro che lo trainava, affondandoli entrambi.

Nelle due azioni persero la vita oltre 2000 marinai, molti dei quali per ipotermia; ne riuscimmo a salvare solo 200, ripescandoli dalle gelide acque delle Fær Øer, che vennero fatti prigionieri e tenuti a lavorare nelle isole.

All'appuntamento di St. Kilda si presentò solo la metà delle navi attese, quelle salpate dalla Clyde e dalla Solvay; queste pure furono avvistate dal nostro U 30 che pattugliava lo sbocco del Canale del Nord, e che provò a tallonarle per un tratto, fin quando, distanziato e perso il contatto, segnalò esattamente al nostro Ammiragliato velocità, direzione e composizione della squadra. Il mattino successivo, all'alba, fu facile per gli Seestukas ed i siluranti della due portaerei della Tascheflotte posizionata fra Rona e Sula Sgeir avventarsi sulle navi prive di ogni copertura aerea e per di più scarsamente dotate di contraerea.

Fu un'altra strage per la Royal Navy; sia delle navi maggiori, sia dei caccia che le accompagnavano, le prime bersagliate da bombe e da siluri, i secondi mitragliati con proiettili da 25 mm e colpiti da razzi aria-suolo. Nessuna nave fu risparmiata, una corazzata ed un incrociatore da battaglia, colpiti da più siluri, vennero subito affondati; le altre navi, più o meno danneggiate, furono finite nelle ore successive dalla seconda ondata di aerei, che nel frattempo si erano riforniti e riarmati. Le navi della Tascheflotte inseguirono e cannoneggiarono le navi nemiche che, pur rallentate dai danni subiti, cercavano riparo fra gli stretti passaggi delle isole di Benbecula e di Barra, nelle Ebridi.

Circa 2000 marinai poterono essere salvati dalle acque gelide e fatti prigionieri, altri 3000 perirono, molti imprigionati nelle navi affondate troppo rapidamente perché potessero mettersi in salvo. Dell'intera squadra riuscì a salvarsi solo un caccia, oltre alle navi francesi ancora in viaggio verso il luogo dell'appuntamento.

Nell'occasione, due compagnie di Seelöwen, imbarcate sulle navi appoggio della Tascheflotte, sbarcarono a Tarbent ed a Stormoway con pochi veicoli ed armi pesanti, occupando ugualmente tutta l'isola di Lewis.

***

- Guarda un po' cosa ti ho preparato.- annunciò Angela portando in tavola una teglia fumante di lasagne al forno - Apri tu il vino? mi pare ci sia ancora quel Rubino di Cantavenna che hai preso due settimane fa.-
- Amore mio... ma così mi fai ingrassare come un porco, come faccio a mangiare tutto questo ben di Dio? Tu poi non mi aiuti per niente.-

- Questa volta le assaggerò anch'io; quanto a te, se non vuoi ingrassare, vedi di fare un po' di moto. Buono questo vino! dove sarebbe Cantavenna? -

- Non molto lontano da qui, sulle colline in sponda destra del Po, fra Chivasso e Casale; è uno dei vini che preferisco.-

Capitolo XVII – Provincie atlantiche canadesi

Non solo le navi da guerra britanniche erano state spazzate via dal Mare del Nord, ma la stessa Royal Navy era stata pesantemente ridimensionata. Nell'arco di soli dieci giorni, dal 16 al 26 settembre, in varie azioni a Rosyth, a Scapa, nel Mare del Nord, al largo delle Ebridi, attorno alle Fær Øer, ad Ovest dell'Irlanda, erano state affondate o gravemente danneggiate ben 3 portaerei su 7, 6 corazzate su 12, 2 incrociatori da battaglia su 3, 7 incrociatori pesanti su 15, 12 incrociatori leggeri su 45, 25 caccia su 185.

Con le forze rimanenti, nessuna delle quali era disponibile nell'Atlantico del Nord, a parte i caccia e gli incrociatori, la Royal Navy non avrebbe potuto svolgere il compito per il quale era appena sufficiente il naviglio che aveva prima di entrare in guerra.

Churchill era veramente nei guai. Non poteva sguarnire la base di Alessandria, per poter assicurare la vitale rotta del Mediterraneo; non poteva sguarnire ulteriormente Gibilterra ed Aden, perché queste basi erano già di molto al di sotto dell'organico; non poteva sguarnire Singapore, per non abbandonare l'intero Sud- Est Asiatico e l'Australia alle possibili mire giapponesi; doveva difendere l'Isola da ulteriori invasioni dal Mare del Nord, ora completamente dominato dai tedeschi; doveva difendere la vitale rotta Nord-atlantica, ora insidiata da ogni lato e con nuove minacce. A quella tradizionale dei sommergibili di stanza in Germania, come avvenuto nella Grande Guerra, si era aggiunta quella degli aerei con basi in Islanda, nelle Fær Øer ed a Pontevedra, basi che servivano anche per rifornire gli U Boote, raddoppiandone così le capacità operative.

Lo stillicidio di affondamenti di mercantili procedeva senza accennare a diminuire; la strage di marinai della Royal Navy e della Marina mercantile assumeva la dimensione di un'ecatombe... Un altro ammiraglio si era suicidato, in ufficio, dopo essersi scolato una bottiglia di whisky, con un colpo di pistola alla tempia.

Churchill proibì categoricamente ogni ulteriore segno di debolezza.

La patria versava in una situazione di pericolo mortale - pensava, esaminando spassionatamente la situazione - l'Invencible Armada del Duca di Medina- Sidonia stava veleggiando verso le coste britanniche e non c'era nessuna flotta di Francis Drake che potesse affrontarla; questa volta non sarebbe bastata una tempesta per disperdere gli Unni.

Churchill si chiuse in ufficio, si accese un sigaro e scrisse al presidente Roosevelt, con il quale era in confidenza fin dalla guerra precedente, un messaggio contenente una disperata richiesta d'aiuto. Terminato questo, chiese a Chamberlain di rivolgere alla nazione un messaggio radiofonico, ma il Primo Ministro si dichiarò indisposto e delegò lo stesso Churchill a rappresentarlo; pertanto prese a stilare un comunicato che avrebbe letto alla BBC in serata.

Sarebbe divenuto un proclama famoso, concludeva dicendo: "Prepariamoci dunque al nostro dovere ed a condurci in modo tale che, se l'Impero ed il suo Commonwealth avessero a durare mille anni, gli uomini possano dire: Fu la loro ora più bella."

Quando ascoltai alla radio la trasmissione della BBC, durante i festeggiamenti che avevano interessato un piano intero dell'Ammiragliato, non fui stupito di sentire quelle parole con nove mesi di anticipo rispetto a quando sarebbero state pronunciate in un universo parallelo. Di tanto si era in anticipo sui programmi e le cose stavano prendendo una piega tale da rendere necessaria una modifica dei piani, per meglio sfruttare la situazione.

Vista l'avvicinarsi della stagione sfavorevole, la flotta zanzara, al suo terzo viaggio, fu fatta restare in Scozia per rifornire le guarnigioni della costa Nord-occidentale ed i piccoli presidii delle isole che man mano venivano occupate: Uist, Lewis, Skye, Mull e le isole Shetland. Si raddoppiò il numero di mercantili che facevano la spola fra Bremerhaven e Wilhelmshaven da un lato e Scapa, Aberdeen ed Inverness dall'altro. Due brigate corazzate, una divisione di fanteria e due reggimenti di artiglieria, appena rientrati dalla Polonia, vennero inviati in Scozia con equipaggiamento invernale, portando le forze della Confederazione all'equivalente di quattro divisioni, oltre alle truppe di fortezza ed gli avieri della Luftwaffe. Si cominciò ad arrolare ed addestrare due reggimenti composti da giovani scozzesi in età di leva e da volontari, entrambi con comandanti scozzesi; erano gli Scottish Gards e gli Highland's Rifles.

La scarsa popolazione civile scozzese fu rifornita meglio di quanto lo fosse prima dell'invasione, si favorì l'esportazione di lana grezza, di tessuti e di ottimi whisky, pareggiando il valore dei manufatti e delle derrate fornite. A Culloden Moor, nella piana ove ebbe luogo l'ultima battaglia di patrioti scozzesi contro gli inglesi, si iniziò la costruzione di un sacrario, a totali spese della Confederazione, che ricordasse gli innumerevoli caduti per la libertà della Scozia.

Nel corso di tre missioni notturne il Passo di Calais fu minato con ordigni di ogni tipo, a contatto, acustici e magnetici. Convogli fortemente scortati, anche da portaerei, poterono rifornire le truppe ed i civili delle Asturie, della Cantabria e dei Paesi Baschi.

Per la fine di ottobre fu possibile inviare in quelle regioni, direttamente dalla Polonia e facendo il periplo delle Isole Britanniche, una divisione motorizzata ed una di Alpenjäger, che sbarcarono indisturbati in vari porti, tranne che in quello di Santander, troppo danneggiato dai cannoneggiamenti e troppo vicino agli aeroporti francesi.

Altri 200 mercantili, in parte tedeschi e per il resto affittati negli Stati baltici, erano sotto carico nei porti tedeschi del Mare del Nord per formare i nuovi convogli da inviare in Canada. Una intera divisione motorizzata e due di fanteria stavano già imbarcandosi con l'equipaggiamento invernale e la prospettiva di restare lontani da casa per parecchio tempo; altre attendevano di imbarcarsi nei porti del Baltico.

Gli ufficiali preposti alla logistica, numerosi e perennemente in preda a crisi di nervi, stavano facendo un ottimo lavoro; a loro sarebbe andato il merito maggiore del successo delle missioni.

Altri tre incrociatori ausiliari salparono per disturbare il traffico mercantile e mantenere così disperse, nella vastità degli oceani, le navi della Royal Navy già così duramente provata. Uno di questi, insieme alla Graf von Spee, al Blücher, ad una portaerei d'appoggio ed a due trasporti veloci carichi di truppe scelte, si diresse verso l'Atlantico meridionale per alcune operazioni previste per la fine di ottobre.

Il 1° ottobre l'enorme convoglio diretto in Canada giunse a destinazione e si infilò nello stretto di Belle Isle, che separa l'isola di Terranova dalla costa del Labrador. Fino ad allora nessuno lo aveva avvistato; era scortato dalla Nordatlantische Tascheflotte, destinata alla sua specifica protezione e, più in generale, a presidiare la rotta Nord-atlantica ad occidente dell'Islanda.

Il giorno stesso un caccia ed un mercantile entrarono nel porto di Saint John's, nell'isola di Terranova, sbarcando 500 Seelöwen che occuparono facilmente la città; lo stesso avvenne a Channel-Port-aux-Basques, nella parte opposta dell'isola. Dopo la Scozia, era il primo territorio britannico su cui mettevamo piede, e che avremmo difeso a qualunque costo, avendo un'importanza strategica enorme, ma non ci capitò di doverlo difendere, perché per tutta la durata della guerra, non fu fatto alcun tentativo di toglierci l'isola.

Il resto del convoglio si aprì a ventaglio nel golfo del San Lorenzo, dopo che le unità di scorta ebbero affondato e disperso alcune unità da guerra della Marina Canadese; delle barchette che avrebbero potuto evitare di farsi massacrare. Circa 500 Seelöwen sbarcarono a Sidney ed altri 500 a Mullgrave, ove minarono il ponte che collega l'isola di Capo Bretone al resto della Nuova Scozia, e lo presidiarono su ambo i lati con l'ordine di mantenere le posizioni per dieci giorni prima di essere rilevati. Intanto alcune unità navali bloccarono lo stretto di Caboto, catturando tutti i mercantili anglo-canadesi, ispezionando il naviglio neutrale in entrata ed in uscita dallo stretto, sequestrando le merci di contrabbando - praticamente tutte - insieme al mercantile che le trasportava. Prima che gli armatori e gli spedizionieri riuscissero a dirottare i mercantili in arrivo passarono alcuni giorni, mentre per quelli in uscita dallo stretto non vi fu nulla da fare, rimasero intrappolati nel golfo del San Lorenzo. Più di quaranta mercantili e quasi mezzo milione di tonnellate di merci furono confiscati; solo i mercantili battenti bandiera degli Stati Uniti vennero lasciati in pace per non stuzzicare lo zio Sam.

All'alba del giorno dopo, dalle due portaerei partì un devastante attacco di siluranti e di Seestukas al porto di Halifax, che danneggiò gravemente due incrociatori e molti mercantili attraccati alle banchine od alla fonda, in attesa di costituirsi in convoglio, colpendo le attrezzature portuali ed incendiando i dock. Anche Truro, Moncton e St. John, con il ponte sull'omonimo fiume, furono bombardati dai Seestukas con missioni che si protrassero per tutto il giorno.

Presi i principali porti dell'isola, poterono sbarcare a Terranova le truppe di fortezza, i tecnici radar e gli altri specialisti, con decine di container di armi pesanti, di apparecchiature e di macchinari d'ogni tipo, insieme a numerosi veicoli ed autoblinde. Erano i primi passi d'una operazione che, nel corso di alcuni mesi, ma prima dello scioglimento del ghiaccio nel golfo di San Lorenzo, avrebbe portato alla fortificazione dei pochi porti dell'isola.

A Saint John's si cercò, presso gli uffici del Governatore della Colonia, l'elenco del migliaio di civili che sapevo essersi resi disponibili per combattere al fianco dei britannici. Furono rintracciati quasi tutti e spediti a sbollire gli entusiasmi bellici nel campo di lavoro per prigionieri, che edificarono con le proprie mani, a Goose Bay, nel Labrador, appena occupata da una compagnia di Alpenjäger insieme ad altre località della gelida costa.

Le forze corazzate e motorizzate sbarcarono da apposite navi-trasporto a Bathurst ed a Chatham, nel New Brunswick, e discesero verso Moncton ove non trovarono anima viva perché la popolazione, ai primi bombardamenti del giorno precedente, si era nascosta nei boschi circostanti.

Sull'Isola di Principe Edoardo, il porto di Charlottetown venne cannoneggiato e parzialmente distrutto. Non intendevamo occupare l'isola, ma neppure potevamo perdonare al Governo di quella Provincia di aver deliberato di entrare in guerra a fianco della Gran Bretagna, così decidemmo di impedire ogni rifornimento della popolazione.

La sfilata di mercantili per lo stretto di Belle Isle durò alcuni giorni ed ogni nave trovò ad attenderla, negli attracchi di Mont-Joli, di Rimouski, di Rivière-du-Loup, di Levis e di Trois-Rivières, centinaia di miliziani e di portuali del nuovo Stato.

In contemporanea ai primi sbarchi a Terranova, il Governo del Québec, denunciando tentativi di invasione da parte delle forze federali che risalivano dal NewBrunswick e minacciavano la penisola di Gaspé, nonché lamentando l'appoggio che gli Stati Uniti avevano fornito alle forze filo-federali anglofone del Québec, avendole lasciate transitare attraverso il Maine senza che almeno i militari fossero internati, chiese aiuto alla Francia ed alla Confederazione Mitteleuropea. La risposta di quest'ultima, nel fornire truppe e mezzi, non poteva essere più tempestiva, dato che aveva addirittura anticipato di qualche ora la richiesta d'aiuto.

Qualche giorno dopo i primi sbarchi, piccolissimi contingenti di truppe e di tecnici - entrambi in punizione per qualche mancanza, riscattabile con servizi resi in località particolarmente disagiate - occuparono la miniera di Scorebysound, oltre il 70°N nella Groenlandia orientale, i villaggi di Godthåb in quella orientale, di Nutak nel Labrador, e persino di Frobysher Bay, nell'isola di Baffin; in tutte queste località furono allestiti campi di prigionia, stazioni meteorologiche e campi di punizione.

La notizia dell'invasione di Terranova e dell'attacco alle Provincie atlantiche del Canada raggiunse Londra appena dopo pranzo, e rovinò la digestione a milioni di britannici. Va detto che questi, dopo due settimane di eventi sciagurati, avevano quasi acquisito una sorta di insensibilità alle disgrazie, per quanto gravi fossero. Inoltre sapevano da secoli quale fosse il potere che derivava dal dominio dei mari e sapevano anche cosa significasse cedere tale potere ad un nemico.

Negli Stati Uniti invece, la notizia colse gli spensierati americani appena alzati dal letto, mentre facevano colazione con corn-flakes e succo d'acero. La sera prima si erano addormentati con un intero oceano che li separava dai drammatici avvenimenti europei ed appena svegli si ritrovavano una guerra a soli 200 km dal confine Nord-orientale.

Gli stessi soldati tedeschi che solo vent'anni prima erano riusciti così abilmente a sconfiggere - perché naturalmente ritenevano di aver avuto una parte determinante, anche se non esclusiva, nella vittoria alleata - erano ora affacciati in armi alla porta di casa e si erano fatti beffe della Dottrina Monroe, con quella risposta così tempestiva alla richiesta d'aiuto del Québec. E' pur vero che fino ad allora non era stato torto un capello ai cittadini americani, neppure un Dollaro era stato loro sottratto, ma quanto tempo sarebbe occorso prima di vedere il "disinteressato" campione della libertà dei popoli trasformarsi in un combattente in vena di rivincita?

Per un giorno intero gli americani seguirono sbalorditi i notiziari che di ora in ora aggiornavano sullo sviluppo delle operazioni, sui bombardamenti, sugli sbarchi, chiedendosi dove e se si sarebbero fermati i tedeschi. I militari invece si chiedevano chi li avrebbe fermati, e con che mezzi; qualcuno dubitava addirittura che fosse possibile fermarli.

Il 3 ottobre nella città di Panama si riunì la Conferenza delle Repubbliche Pan-Americane che, allo scopo di tenere la guerra distante dalle coste del continente, fissò una fascia ampia dai 500 ai 1000 km dalle rispettive coste, entro cui erano proibite operazioni belliche. Gli Stati Uniti stabilirono, quale propria frontiera di sicurezza, il 65°W; la Gran Bretagna accettò subito, a condizione che a fare la guardia nella fascia di sicurezza di Stati deboli fosse la US Navy.

Anche noi accettammo - per bocca degli argentini, dato che non eravamo stati invitati - con la precisazione che il meridiano in questione, il 65°W, si estendesse solo da Liverpool, in Nuova Scozia, al passaggio fra l'isola di Puerto Rico e le Isole Vergini americane, con l'esclusione dell'intero Mar delle Antille, ove c'erano numerosi possedimenti britannici. Anche così però, sempre per il tramite degli argentini, cui non pareva vero poter mettere le dita negli occhi dei britannici, chiedemmo la garanzia che nessuna base militare e nessuna azione bellica fosse costituita o prendesse avvio dalle isole Bermuda e dalle Bahama, essendo queste Colonie in guerra, insieme alla Gran Bretagna, contro la Germania.

Iniziò così un duro confronto con il Governo degli Stati Uniti - confronto diretto e senza intermediari argentini questa volta - che non voleva accettare le nostre logiche precisazioni, ma non aveva neppure la forza di imporre le sue pretese. Ogni nota, memorandum, proposta e promessa, avveniva per via diplomatica e passavano dai due ai tre giorni fra l'invio d'una comunicazione e la risposta. Era un sistema lento, ma che andava tutto a nostro vantaggio. Gli Stati Uniti infatti non ci avevano fatto pervenire nessun ultimatum, come paventavamo facessero; si stava trattando, e finché la trattativa durava potevamo stare tranquilli.

Il progredire del confronto diplomatico veniva pubblicizzato con indiscrezioni che fornivamo alla stampa ed alle stazioni radiofoniche americane, mentre ai giornalisti iscritti al nostro libro paga passavamo direttamente le veline dei pezzi che dovevano stendere. Prendere i soldi per non dover faticare a scrivere i pezzi: il sogno di ogni reporter! Così gli americani di ogni tendenza e di ogni classe sociale furono inondati di notizie e di considerazioni pro domo nostra, finché la maggioranza di americani fece proprio il nostro punto di vista.

Non era sportivo - scrivevano i "giornalisti" copiando pari pari la nostra velina - fare un match di boxe in cui uno dei pugili tira un pugno e poi si nasconde dietro l'arbitro, o dietro alla riga che questi ha tracciato sul ring. Perché non si applicava la Dottrina Monroe anche a quegli Stati che avevano ancora possedimenti coloniali in America? tanto per far dei nomi, come la Francia, come l'Olanda e soprattutto come la Gran Bretagna, che possedeva Terranova, un pezzo di Honduras, la Guyana, Giamaica, Trinidad ed un'altra dozzina di isole nel Mar delle Antille. Non era forse la Gran Bretagna una valida contendente della supremazia statunitense in America? rientrando quindi appieno nel novero degli Stati cui Monroe si riferiva? In fin dei conti erano stati proprio i britannici a incendiare Washington nel 1814. Accantonando ogni velleità di vincere il Premio Pulitzer, altri scribacchini continuavano ad interrogarsi con domande similari. Con che diritto gli Stati Uniti si arrogavano l'esclusiva della penetrazione economica in tanti Stati americani? Era forse quello di Cuba, trasformata in un bordello gestito da gangster mafiosi, dopo essere stata liberata dalla dominazione spagnola, il modello di decolonizzazione che si voleva propugnare? O forse il modello da riproporre era quello della Liberia, Stato creato per accogliere gli schiavi negri liberati ed attualmente dato in appalto alla Firestone, le cui guardie armate facevano lavorare i liberiani nelle piantagioni di caucciù dell'azienda in condizioni del tutto analoghe a quelle dei loro bisnonni schiavi? Il Governo non si vergognava di come si era comportato in Nicaragua, in Perù, in Bolivia, in Cile, nell'appoggiare governanti corrotti e liberticidi, ed a contrastare invece i movimenti democratici e popolari?

Alle nostre veline dense di interrogativi ne seguirono altre più propositive, ché non si doveva infarcire la testa dei lettori con domande troppo complicate.

La sicurezza degli Stati Uniti andava certamente tutelata, ma c'era modo e modo per farlo, se si voleva essere veramente neutrali e non sfacciatamente filo- britannici. Forse i britannici potevano affittare agli Stati Uniti le isole Bermuda e l'arcipelago delle Bahama, ed essi, se l'avessero voluto, potevano istallarvi basi militari proprie, cosa che le avrebbe sottratte al dominio britannico, almeno di fatto, e quindi le isole non avrebbero corso il rischio di essere occupate dai tedeschi.

Leggendo sui giornali del mattino considerazioni "autenticamente" yankee su quanto i tedeschi, due giorni dopo e per via diplomatica si sarebbero dichiarati disposti ad accettare, il Segretario di Stato Cordell Hull prese contatti segretissimi col nostro Ambasciatore, per sentire quali fossero le nostre intenzioni e quali garanzie potevamo fornire circa la sicurezza degli Stati Uniti. Hull sperava di uscire da tutta la vicenda in condizioni migliori di quelle precedenti la crisi.

L'Ontario meridionale non sarebbe mai stato invaso dai tedeschi - giurò il nostro Ambasciatore, tenendo le dita incrociate dietro la schiena - a condizione che cessassero le incursioni dei Federali canadesi attraverso il fiume Ottawa; altrettanto si poteva garantire per l'Ontario centro-occidentale, se fosse diminuita la pressione delle forze Federali che investivano il Québec da occidente. Per certo in Nuova Scozia le truppe tedesche non si sarebbero spinte fino a Yarmouth, e nel New Brunswick non avrebbero oltrepassato il fiume St. John. Anzi, la Germania era favorevole all'occupazione statunitense della fascia fra questo fiume ed il confine col Maine, con le città di Woodstock e di Fredericton. Forse si poteva convincere il Governo del Québec a cedere agli Stati Uniti alcuni distretti a maggioranza anglofona, con le città di Cornwall, di Grandby e di Sherbrooke, in cambio del riconoscimento del nuovo Stato e di un trattato ventennale di non aggressione.

Fu così che, in modo surrettizio e tenendo all'oscuro la Gran Bretagna, fu stabilito un Protocollo per la Sicurezza degli Stati Uniti che in pratica corrispondeva ad una spartizione del Canada in sfere di influenza. Non solo, il Mare delle Antille ad oriente del 79°W venne escluso dalla Zona di sicurezza americana, tranne che per la zona attorno al Canale di Panama per un raggio di 250 km. La funzione di poliziotto entro la Zona di sicurezza di Stati deboli sarebbe stata assunta dagli statunitensi, ad eccezione dei possedimenti britannici e francesi, in guerra con noi insieme alle rispettive madrepatrie, a meno che queste Colonie non avessero dichiarato l'indipendenza e la neutralità nella guerra in corso fra la Confederazione e le rispettive ex-madrepatrie, come aveva fatto il Québec. Se gli Stati Uniti non avessero voluto occupare le isole Bermuda e le isole Bahama, avrebbero comunque dovuto impedire a chiunque, soprattutto alla Gran Bretagna, l'impiego militare degli arcipelaghi.

Mentre si sviluppava la trattativa con Cordell Hull, le forze corazzate e motorizzate sbarcate nel New Brunswick, superata Moncton e Amherst, travolsero la debole resistenza frapposta dalle truppe federali a Truro e, a sei giorni dallo sbarco, investirono Halifax.

Per tutto il tempo i Seestukas avevano spianato la strada e protetto dal cielo l'avanzata delle colonne, e si erano accaniti sulle truppe che difendevano gli accessi al centro della città mediante blocchi stradali e con barricate, presidiate anche da civili.

Halifax fu presa l'8 ottobre e fortemente presidiata, mentre le colonne presero a muoversi verso Nord-Est, per congiungersi con le teste di ponte di Isola di Capo Bretone e verso Sud-Ovest, all'inseguimento delle truppe che cercavano di raggiungere altri porti per imbarcarsi verso gli Stati Uniti, insieme a moltissimi profughi.

La rapida avanzata delle colonne portò alla cattura di un migliaio di prigionieri, tutti spediti nei gelidi lager del Labrador, insieme ai civili trovati in possesso di armi, e si concluse a Port Mouton, un porticciolo appena ad oriente del 65°W, ma consentendo l'esodo dei civili diretti più a Sud, verso Yarmouth, in modo che se si fosse giunti ad un compromesso con gli Stati

Uniti, questi avrebbero trovato una situazione sul campo già conforme all'accordo.

Altre colonne motorizzate, insieme a contingenti dell'esercito quebecchese ed alle nostre milizie, liberarono la parte meridionale del Québec da ogni presenza Federale, catturando le poche guarnigioni che ancora resistevano presso casermette della polizia ed in edifici pubblici. Quando fu raggiunto l'accordo con gli Stati Uniti - il 27 ottobre - il Québec era stato ripulito dai Federali fin oltre la città di Hull, e qui il terribile inverno canadese fece sì che le operazioni di entrambe le parti si bloccassero.

Il Governo quebecchese accettò la cessione agli Stati Uniti dei distretti anglofoni, come gli avevamo consigliato di fare, ma pretese di formalizzare pubblicamente sia la cessione, sia il patto di non aggressione. Carta canta, che villan dorme! Pontificò un esponente del Governo. Verba volant, scripta manent! Chiosò un collega più erudito. Alla fine non se ne fece più nulla. Roosevelt non volle saperne di firmare ed i quebecchesi si tennero i distretti anglofoni, impoveriti degli esuli; poi gli avvenimenti bellici travolsero questo ragionevole compromesso con gli Stati Uniti.

Dopo oltre un mese di martellante propaganda, gli americani si divisero fra quelli che accettavano la situazione, e che anzi plaudivano chi ad una possibile espansione territoriale, chi al forte ridimensionamento dell'influenza della Gran Bretagna, chi ai probabili buoni affari con la nuova repubblica, e quelli che invece osteggiavano apertamente la novità, anche per aver combattuto i tedeschi, vent'anni prima, a Château- Thierry e sulle Argonne, in Francia.

Secondo i sondaggisti della Gallup, che monitoravano con cadenza settimanale l'orientamento dell'opinione pubblica, dopo la prima settimana di ottobre i primi erano in maggioranza su scala nazionale e crescevano in percentuale da un sondaggio all'altro; mentre, considerando i soli Stati del New England, i secondi erano più numerosi, e non solo fra i reduci di guerra.

Se la gran maggioranza di americani, a fine ottobre, era nettamente isolazionista, la minoranza, esigua ma combattiva, incoraggiata e foraggiata dall'Ambasciata britannica, era decisa a sloggiare i tedeschi dal continente, fossero o meno accorsi in aiuto dell'indipendenza del Québec o per qualsiasi altro motivo. Se poi ciò avesse comportato una dura repressione dei quebecchesi da parte dei Federali, beh! sarebbero stati cazzi loro, che diamine, dopotutto parlavano come delle checche di campagna.

Per tale motivo alcuni volontari, prima a decine, poi a centinaia, quindi a migliaia, presero a varcare il confine per affiancarsi ai Federali e combattere con questi, oltre i tedeschi invasori, anche i quebecchesi, considerati come una loro emanazione.

Roosevelt non era contrario alla bellicosità dei volontari, ma non poteva incoraggiarla, per non alienarsi la gran maggioranza isolazionista di elettori proprio un anno prima delle elezioni presidenziali. Ad ogni buon conto ordinò un riarmo accelerato, sia per quanto riguardava l'Esercito - l'US Army - che per l'Aviazione - la US Air Force - e visto quanto accadeva nell'Atlantico, ordinò anche la costruzione di nuove portaerei, oltre a quelle in via di completamento ed a quelle già previste dal programma di costruzioni navali.

Churchill da un lato era felicissimo dell'affluenza di tanti volontari - beh, anche di molti mercenari, ma era sempre stata una costante della politica britannica far combattere altri al loro posto - che fossero già sul posto per combattere i tedeschi e che non richiedessero lunghi, costosi e problematici trasferimenti da oltreoceano; d'altro lato aveva avuto sentore delle trattative fra gli Stati Uniti e la Provincia ribelle, nonché di quella coi tedeschi per la determinazione della Zona di Sicurezza, ed era furioso per l'implicita spartizione del Canada orientale. Per non parlare del vero e proprio Protettorato istituito dagli Stati Uniti sulle isole Bahama, colonizzate da britannici lealisti in fuga dalla ribellione delle Colonie americane, e di quello su Bermuda, a scapito di una sovranità britannica vecchia di quattro secoli. Stupidi yankee! Ma doveva trattenere lo sdegno ed ingerire il rospo, per non allontanare gli Stati Uniti da quella possibile alleanza che sola - se ne rendeva perfettamente conto - avrebbe potuto salvare la Gran Bretagna e l'Impero Britannico dalla distruzione.

Un altro problema che lo tormentava era costituito dalle truppe di cui la Gran Bretagna ed il Canada avevano disperatamente bisogno. Tutte quelle Imperiali erano a non meno di due mesi di navigazione e, per essere disponibili, dovevano attraversare lunghi tratti di oceano senza che fosse possibile dargli un'adeguata protezione. Inoltre, anche potendo disporre di queste truppe, dove si dovevano impiegare? Quale sarebbe stato l'atteggiamento del Giappone e dell'Italia? Che fare poi per il problema degli approvvigionamenti?

In ottobre - meditava Churchill - solo un terzo del fabbisogno era arrivato indenne nei porti, il resto era stato affondato dagli U Boote o catturato dai tedeschi o neppure partito, per paura di fare la stessa fine. Il costo dei noli era salito alle stelle, tanto da rendere quasi più conveniente l'acquisto tout court dei mercantili, ma i Lloyd non assicuravano più le navi che percorrevano la rotta nordatlantica, tanto era elevato il rischio di dover pagare risarcimenti enormi.

Per fortuna - concluse - da metà ottobre il tempo sul Mare del Nord era stato pessimo ed aveva rallentato il flusso dei rifornimenti alle truppe tedesche che occupavano la Scozia; forse in inverno non ci sarebbe stata un'altra invasione, e forse per la primavera successiva si poteva formare un vero esercito per cacciare gli Unni da casa e dal Canada, che era la casa di riserva.

I francesi, passato lo stupore iniziale e l'istintiva simpatia nei confronti del nuovo Stato, continuarono a seguire con interesse i progressi dell'avanzata tedesca nelle Provincie atlantiche, costatando che le colonne corazzate affondavano nelle difese come una lama nel burro.

Così non era sportivo - commentavano i militari francesi leggendo le notizie sui giornali - non c'era una seria difesa, neanche un campo minato, una trincea, un cavallo di Frisia, una barriera di reticolati. Era troppo comodo avanzare così, contro nessuno. In Francia sarebbe stato certo tutt'altra cosa; sarebbe stato divertente vedere le colonne corazzate cozzare contro le difese della Linea Maginot, ed assistere alla loro distruzione. Certi atteggiamenti dei tedeschi però erano sorprendenti, come quando non avevano disturbato la guarnigione di St.-Pierre-et-Miquelon, allo sbocco dello stretto di Caboto e come avevano persino concesso che questa fosse rifornita per l' inverno. Vai un po' a capirli i boches!

In Francia gli affari prosperavano con la vendita di derrate ai britannici; i caffè, i cinema ed i teatri della capitale erano sempre pieni, come pure i ristoranti famosi ed i negozi di lusso.

L'incessante lavorio dei comunisti francesi, neppur troppo sotterraneo dopo il patto tedesco-sovietico, e quello ancor più palese svolto dalla destra, che se non filotedesca era certamente anti- repubblicana, contribuiva concretamente a sgretolare la volontà di combattere dell'esercito.

La drôle de guerre s'era impadronita del lungo fronte franco-tedesco. A metà ottobre, quando i tedeschi rientrarono tranquillamente nel territorio abbandonato durante l'offensiva del Reno del mese precedente, non furono contrastati minimamente dai francesi.

Stalin si compiacque non poco per la lungimiranza avuta due mesi prima nell'aver rifiutato l'alleanza franco-britannica e di non essersi messo contro i tedeschi, dopo averli visti all'opera in Polonia e dopo la terribile batosta inflitta alla Royal Navy. Di sicuro - pensava - a quei bastardi di capitalisti occidentali sarebbe piaciuto veder scorrere a fiumi il nostro sangue proletario; beh, questa volta sarebbero stati i proletari sovietici a sedersi in prima fila per vedere i capitalisti scannarsi fra di loro.

Vista la situazione decise di accelerare i tempi, cominciando con l'attuare la spartizione degli Stati baltici concordata con i tedeschi, ed il 30 ottobre li invase fino alla linea di demarcazione stabilita dai Protocolli segreti del Patto di non aggressione. Poi ruppe le trattative che intratteneva con i finlandesi, rifiutando ogni ulteriore mediazione tedesca, ed il 30 novembre invase la Finlandia, che aveva mobilitato due giorni prima subodorando un'aggressione sovietica.

L'attacco si sviluppò su un lunghissimo fronte e, tranne che a Petsamo, sul Mare di Barents, che venne subito occupata, dopo scarsi successi iniziali si arenò a causa della neve e del magistrale impiego delle truppe finlandesi che si battevano con estrema energia, mettendo in atto nuove tattiche per bloccare l'avanzata delle colonne motorizzate sovietiche.

Per alcuni mesi quel fronte non si mosse più, anche se i combattimenti continuarono violentissimi in mezzo alla neve e fra i fitti boschi. Helsinki fu la prima capitale a subire massicci bombardamenti terroristici, volti a fiaccare il morale della popolazione. L'attacco sferrato dai sovietici alla piccola Finlandia destò profonda impressione in Gran Bretagna ed ancor di più in Francia. I Governi dei due Paesi, incuranti delle precarie situazioni in cui si trovavano, per settimane si baloccarono con l'idea di inviare un Corpo di spedizione dotato di armamenti adeguati per sostenere i finnici nella loro resistenza all'aggressione russa.

La Gran Bretagna non era in grado di fornire alcun aiuto, con i tedeschi in casa, ed anche il modo con cui far affluire armi e truppe in Finlandia era problematico, dovendo tra l'altro violare la neutralità della Norvegia e della Svezia. Però l'idea la intrigava ugualmente, perché così, con la scusa di aiutare la Finlandia, si sarebbe potuto sbarcare truppe a Narvik, entrare in Svezia e occupare en passant le miniere di ferro di Gällivare, situate appena oltre il confine norvegese, che fornivano gran parte del fabbisogno tedesco di questo minerale. Sarebbe stato un durissimo colpo per la Germania.

I francesi invece persero tempo a sragionare su un'invasione dell'Unione Sovietica a partire dalla Persia attraverso il Caucaso, o al bombardamento dei pozzi di petrolio di Baku, sul Mar Caspio. Naturalmente progetti tanto bislacchi non ebbero alcun seguito, ma si persero così tre mesi in inutili discussioni.

- Allora combatti o batti la fiacca? - mi sfotté Angela.
- Combatto, combatto. Ho appena invaso il Canada.-
- Ma dai! come in quella filastrocca che mi voleva insegnare la mia professoressa di tedesco. Chissà se riesco a ricordarla... "Hoppi hoppi reiter.... Wir fahren nach Amerika.... piff puff paff". Beh, non la ricordo proprio più.-
- Pari pari. La tua professoressa doveva essere la figlia di un sommergibilista, o magari l'aveva imparata in un campeggio estivo della Hitlerjugend.
Io avrei un po' d'appetito, non posso continuare a combattere a stomaco vuoto.-
- Ho messo delle vongole veraci a spurgare in acqua salata; le vuoi preparare tu? e per favore, stai leggero con l'aglio e col prezzemolo tritato, sennò mi costringi a baciare solo te.-
- E chi altro? -

Capitolo XVIII – Riorganizzazione

Il Giappone era stupefatto ed ammirato dei successi tedeschi. I filmati girati dai cineoperatori militari durante la campagna di Polonia e quelli ripresi dagli stessi piloti durante le incursioni aeree a Scapa Flow, a Rosyth, a Loch Ewe, nonché quelli della distruzione delle due squadre navali in mare aperto, proiettati durante un ricevimento all'Ambasciata tedesca di Tokyo, mandarono in estasi i generali e portarono gli ammiragli nipponici ad uno stato di esaltazione mistica. Vollero sapere tutto sulle bombe radioguidate, sui vari tipi di radar e su un prototipo di aereo a reazione di cui avevamo filmato il decollo.

Vendemmo loro prototipi e progetti - non dei modelli più recenti però - ad un prezzo sconsideratamente alto, che però venne subito accettato.

Ci avrebbero fornito un'intera squadra navale, con una portaerei d'attacco completa di aerei, un incrociatore pesante, due leggeri, quattro trasporti veloci ed un porto in cui far base, quello di Yokohama. Conguagliammo il valore delle navi e della base con quello delle nostre forniture, versandogli 30 milioni di Sterline false; ma sapevo che l'affare l'avevano fatto loro.

Progetti e prototipi partirono con un enorme dirigibile Zeppelin, che da un mese percorreva la nuova rotta commerciale che da Berlino raggiungeva Tokyo senza scalo, sorvolando la Russia col beneplacito di Stalin. L'equipaggio della squadra navale sarebbe invece giunto in seguito con la Transiberiana.

Ci accordammo infine per uno scambio di informazioni fra gli Alti Comandi ed Ammiragliati, ed in caso di tensioni con gli Stati Uniti, stabilimmo di coordinare le operazioni militari, pur in assenza di una formale alleanza.

Era fatta! La guerra sarebbe stata mondiale, e noi l'avremmo vinta.

Mussolini da due mesi era in uno stato di agitazione prossimo al parossismo, tanto gli roteavano gli occhi nelle orbite. - Così ci riferiva una spia che avevamo inserito nella sua stretta cerchia e che ci ragguagliava persino sui pensieri del Duce. - L'occasione che capita una sola volta in 5000 anni è arrivata. I francesi sono sulla difensiva e con scarsa voglia di combattere, la perfida Albione è in ginocchio ed invasa, persino il lontano Canada è invaso dai tedeschi, insieme a mezza Europa, e lui, pirla, si era sfilato dall'alleanza ed aveva dichiarato la non belligeranza. Si trovava con le casse vuote e l'esercito da ricostruire per aver voluto aiutare quel fetente di Franco e per insignire quel nanerottolo d'un Savoia col titolo di Imperatore d'Etiopia, ed adesso che era venuto il momento di approfittare della situazione, lui, il Duce che aveva sempre previsto tutto, che non sbagliava mai, che aveva sempre ragione, era in brache di tela.

Decise che non si poteva aspettare oltre. A metà ottobre ordinò che tutto fosse pronto, sulle Alpi, in Libia ed in Etiopia, per muovere guerra alla Francia ed alla Gran Bretagna entro la fine del mese. Invano il generale Badoglio, capo del Regio Esercito, cercò di far spostare la data più in là nel tempo, per prepararsi meglio, per inviare truppe in Libia, per guarnire le postazioni sulle Alpi e per mille cose ancora, ma riuscì a strappare una sola settimana in più.

L'8 novembre '39 l'Italia dichiarò guerra alla Francia ed alla Gran Bretagna, senza avvisarci se non a cose fatte. Nei successivi due giorni perse un terzo della propria Marina Mercantile, catturata dai franco- britannici o internata in porti neutrali, perché nessuno aveva provveduto a richiamare le navi in tempo. Né l'Esercito, né la Marina, né l'Aeronautica si mossero.

Chiedemmo subito un incontro urgente al Brennero con Mussolini e con Ciano, suo genero e Ministro degli Esteri. Volli anch'io far parte della delegazione, anche se in posizione defilata, perché sostenni di poter carpire qualche informazione dal borbottare dei due; ma in realtà avevo solo intenzione di prendermi una vacanza e farmi un'abbuffata italica.

Provammo ad aiutarli in tutti i modi, ma non ci fu verso; cercammo di indurli ad occupare Malta, praticamente indifesa, offrendo loro un reggimento di parà, ma dissero che non ne avevano bisogno, ché di parà ne avevano già a bizzeffe - forse di paraculi sì, ma di paracadutisti sapevo che ne avevano ben pochi - ci sorpresero invece quando ci chiesero di partecipare all'invasione della Gran Bretagna con cinque divisioni, e dovemmo glissare per non offenderli.

La notte fra il 14 ed il 15 novembre una squadriglia di vecchi biplani partiti da una portaerei britannica, in due ondate successive ed alla luce dei bengala, con un attacco magnificamente condotto silurò tre corazzate nella base navale di Taranto; queste si adagiarono sui bassi fondali della rada e rimasero inutilizzabili per sei mesi. Malta non fu invasa, probabilmente a causa del successo britannico colto a Taranto, ed ebbe tempo di rafforzarsi, seppure in modo ancora insufficiente.

Nel mese di novembre eravamo nel pieno dell'attività su molteplici fronti, alcuni militari ed altri politici.

In Spagna i fronti erano fermi per l'inverno e finalmente cominciavano ad arrivare quelle armi pesanti di cui avevamo gran necessità. Negli Stati del Golfo di Biscaglia avevamo l'equivalente di quattro divisioni articolate variamente, una brigata corazzata, una motorizzata, un reggimento di artiglieria e le altre forze perfettamente equipaggiate per la guerra in montagna. Erano anche disponibili 20.000 ausiliari e specialisti per le operazioni portuali, gli aeroporti, le officine, i trasporti e le comunicazioni.

I quattro nuovi Stati avevano fornito quattro divisioni, ancora debolmente armate, ma molto motivate e determinate a difendere l'indipendenza dei loro Paesi, non tanto dalla Spagna, quanto dal franchismo; infine altre quattro divisioni erano in corso di formazione od in fase di addestramento.

Il secondo convoglio di 200 mercantili era già partito e sarebbe giunto in Canada dopo aver ripercorso la rotta a Nord dell'Islanda scortato anche da alcuni rompighiaccio. L'obbiettivo era quello di portare le forze della Confederazione presenti in Canada a 6 brigate, di cui 2 corazzate e 2 motorizzate, oltre a 20.000 ausiliari ed ai 25.000 militi dell'Arbeitsdienst, Il neonato esercito quebecchese aveva già messo in linea 2 divisioni di fanteria con armamento ancora incompleto, ma determinatissime, ed altre 2 divisioni erano in formazione. In Québec le nostre forze erano piuttosto diluite nella vastità del territorio; ma il nemico, quello reale costituito dai Federali canadesi e quello potenziale costituito dagli Statunitensi, non poteva opporci un gran che, men che mai in inverno.

Avevamo intenzione di inviare almeno un convoglio di un centinaio di navi al mese per tutta la durata dell'inverno, al fine di portare rifornimenti di ogni tipo e per mantenere un vantaggio numerico sulle truppe avversarie, anche se erano pochi i porti sempre liberi dai ghiacci ove poter operare: quello di Halifax, che però era stato danneggiato dai nostri bombardamenti, ed in minor misura quello di Saint John's, che avevamo occupato intatto, ma che era piuttosto piccolo. Per tutti gli altri porti avremmo dovuto usare i rompighiaccio, ma per fortuna il ghiaccio non sarebbe stato spesso tanto da costituire un ostacolo.

Al ritorno i mercantili sarebbero stati caricati con minerali di ferro e di titanio, con cellulosa, pelli e soprattutto con legname; quest'ultimo sarebbe stato scaricato in vari porti della Groenlandia ed a Reykjavìk.

La rotta Nordatlantica veniva perlustrata giorno e notte da ricognitori dotati di grande autonomia; questi erano di stanza a Gander, sull'isola di Terranova, ma potevano anche decollare, muniti di pattini, da una pista di neve situata all'estremità meridionale della Groenlandia. Altre basi per la ricognizione si trovavano a Keflavík, presso Reykjavík, alle Fær Øer ed a Wick. Poi la rotta entrava nel Mare del Nord, in gran parte controllato dalle nostre forze navali ed aeree; ripulito anche dai sommergibili nemici.

Curiosamente le parti si erano invertite ed eravamo noi a voler tenere aperte certe rotte dal pericolo dei sommergibili. Come principale mezzo anti-som, l'elicottero si era mostrato insuperabile; era imbarcato ormai su tutte le unità navali superiori alle 1500 t ed operava normalmente insieme ad un cacciatorpediniere, ma anche da solo, come in genere facevano quelli con basi a terra. Ritenevamo che i britannici avessero già perso oltre la metà della loro flotta subacquea ed il rimanente non costituiva un grosso pericolo, almeno per le navi da guerra, per la loro rumorosità ed il limitato tempo d'immersione.

L'Islanda e le isole Fær Øer erano ben presidiate, rispettivamente da una divisione di fanteria con piccole unità di carri e di autoblinde la prima, e da un reggimento di fortezza parimenti arricchito di blindati la seconda.

Entrambe erano destinate a divenire il paradiso delle energie alternative, anche per ridurre al minimo la necessità di rifornirle di nafta. Interessante era la loro produzione di idrogeno e d'ossigeno in bombole, ottenuti per idrolisi dell'acqua sfruttando l'energia eolica; così pure la Groenlandia, che riusciva persino a fornirci un discreto quantitativo di criolite e di altri minerali. Stavamo progettando il teleriscaldamento di Reykjavík e di importanti strutture civili e militari utilizzando soffioni idrotermali, e si sperimentavano soluzioni per un mondo post-petrolifero, provando tecnologie e materiali, ottimizzando impieghi, forme e dimensioni. Studiavamo la possibilità di un collegamento fra il porto di Reykjavík e la base aerea di Keflavík impiegando un treno ad idrogeno; mentre un prototipo di peschereccio ad idrogeno stava fornendo una buona prova di sé.

Purché continuassero a star tranquilli, gli Islandesi sarebbero diventati il popolo più "ecologico" del pianeta, e forse anche il più ricco, per i considerevoli vantaggi che la presenza di numerose basi e di tanti militari recava all'economia dell'isola.

In Scozia avevamo 3 divisioni di Alpenjäger, una brigata corazzata e 2 motorizzate; inoltre erano in arrivo altre 2 brigate corazzate con carri medi e pesanti.

Si erano rilevate le unità di parà, per non farle arrugginire nel corpo e nello spirito, e per utilizzarle altrove, onuste di gloria e di Croci di Ferro. Da parte loro gli scozzesi avevano messo in linea l'equivalente di una divisione, ma erano indispensabili per il supporto che fornivano ai nostri soldati in qualità di scout, di interpreti, per l' acquartieramento e per la sussistenza; quanto a questa, erano efficientissimi nel reperire whisky ambrati ed invecchiati semplicemente favolosi.

Nella regione riuscivamo a far affluire uomini e mezzi più facilmente di quanto riuscissero fare i britannici. Giornalmente, se le condizioni meteo lo consentivano, cosa peraltro non molto frequente, il territorio a Sud del fronte, fino a Carlise ed a Newcastle, era battuto da aerei da caccia che impegnavano quelli della RAF in infiniti duelli. Questi finivano per la maggior parte dei casi alla pari, ma non era raro il caso di riuscire a sorprendere gli aerei nemici a terra con attacchi a bassa quota, poiché i tecnici britannici non avevano ancora sviluppato un efficiente radar di terra.

Non volevamo impiegare i nuovi caccia a reazione a Sud del fronte, per evitare che il loro eventuale abbattimento potesse fornire ai britannici, e magari anche agli americani, informazioni preziose sulla loro tecnologia; pertanto li utilizzammo solo sul mare o come intercettori a Nord del fronte.

Di notte, anche col brutto tempo, ondate di 300-400 bombardieri leggeri e pesanti colpivano a tappeto centri industriali da Glasgow a Liverpool, da Sheffild a Manchester, da Birmingham, a Coventry, causando ognuno distruzioni estese e, purtroppo, anche migliaia di vittime fra la popolazione civile.

Scapa Flow stava trasformandosi in un'importante base navale tedesca; fu rapidamente munita di batterie antiaeree, di un vero aeroporto militare con piste atte anche per i bombardieri, con radar, hangar e depositi. Vi lavoravano con ritmi forsennati 5.000 operai tedeschi e scozzesi e si prevedeva di ultimare i lavori per la primavera successiva.

Due settimane dopo che vi si erano rifugiati, i 1500 uomini asserragliati nei depositi sotterranei di Scapa si arresero. Nonostante si fossero cercate a lungo, non eravamo riusciti ad individuare due prese d'aria nascoste che permettevano il ricambio di questa nei corridoi ove si erano stipati i superstiti, così dovemmo attendere che esaurissero i viveri. I feriti gravi furono trasferiti sulla nave ospedale che tenevamo in rada; gli scozzesi poterono scegliere se cambiare bandiera o tornare a casa liberi; inglesi e gallesi furono portati prigionieri in Germania. Chi ebbe la possibilità di scegliere, scelse ovviamente di tornare a casa, ma qui giunto fu arrolato a forza nel neonato esercito scozzese.

A metà dicembre occupammo la Norvegia, col pretesto dell'indebito internamento degli aerei ivi atterrati dopo il raid su Scapa, e per prevenire lo sbarco di un Corpo di spedizione franco-britannico a Narvik, di cui avevamo avuto sentore.

Una flotta di mercantili e di caccia sbarcò contemporaneamente a Larvik, a Moss, a Kristiansand, a Bergen, a Trondheim ed a Narvik contingenti di 2-3000 soldati, mentre truppe paracadutate ed aviotrasportate si riunirono ai nostri miliziani dell'Arbeitsdienst a Stavanger ed a Trondheim. Nello stesso tempo altre truppe aviotrasportate occuparono la capitale, mancarono d'un soffio la cattura del Re, ma riuscirono ad intercettare l'oro della Banca nazionale che solerti funzionari intendevano nascondere perché non finisse nelle nostre mani.

Il Re e gran parte dell'esercito fuggirono verso Nord, inseguiti e mitragliati dagli aerei che appoggiavano l'invasione. La resistenza durò pochi giorni, poi il Re riparò in Svezia e l'esercito trattò la resa, comprendendo che ogni resistenza sarebbe stata vana e che nessun aiuto sarebbe giunto né dalla Francia, né dalla Gran Bretagna. Le vittime tedesche non raggiunsero le cento unità, quelle norvegesi il migliaio.

Ora un saldo bastione montuoso, difeso da quattro divisioni di Alpenjäger, con unità motorizzate e unità specializzate nei più disparati settori, proteggeva l'intera Europa settentrionale da improbabili incursioni americane o russe; quanto a quella franco-britannica ventilata negli inconcludenti incontri fra alleati, la possibilità di una sua riuscita era zero.

La Norvegia era un paese prezioso, oltre che per la sua posizione strategica, anche per le sue risorse minerarie di rame, zinco e titanio, per il legname, la cellulosa e le risorse ittiche. Aveva anche una caratteristica che la rendeva affatto singolare in Europa: era l'unica nazione vicina che avesse una regione - Finnmarks - abbastanza desolata, deserta, sicura ed accessibile, almeno dal mare, su cui poter allestire un poligono nucleare.

Cercammo di trattare i Norvegesi il meglio possibile, anche per fargli dimenticare la prepotenza subita e la perdita dell'indipendenza. Fornimmo loro possibilità di lavoro ben retribuito, li riempimmo di elettrodomestici, pagammo tutto quello che ci vendevano più di quanto avveniva in precedenza. Conquistammo i giovani fornendogli tutto ciò che un giovane poteva desiderare: radioline, registratori e giradischi portatili, scooter, calze di nylon e preservativi ultrasottili. Purtroppo gli avremmo lasciato anche un piccolo deserto radioattivo, ma questo ai giovani non fregava niente.

Le cose in Lituania ed in Curlandia, occupate ai primi di novembre con la scusa - molto apprezzata - di proteggerle dai sovietici, furono molto più facili. Troppo breve era stato il periodo trascorso come Stati indipendenti, e troppo elevato era il timore di tornare in grembo ai russi o, peggio ancora, ai sovietici.

I due staterelli entrarono subito a far parte della Confederazione, con capitali Kaunas e Riga. La loro frontiera con la Russia Bianca fu fortificata e presidiata da truppe autoctone molto motivate, ma che dovemmo riarmare ed addestrare ex novo. Ben distante dal confine furono costruiti enormi depositi per ricoverare materiali bellici, automezzi, semoventi, cannoni pesanti, tutti magistralmente mimetizzati ed in alcuni casi anche interrati. Piccoli aerodromi furono allestiti in entrambi gli Stati, ove ci limitammo a tenere di presidio due brigate corazzate.

Tutto sommato, Lituani e Lettoni ebbero tutto da guadagnare a farsi invadere da noi.

La parte di Polonia occupata dalle nostre truppe fu divisa in tre parti. Quella occidentale, con capoluogo Posen, si estendeva sui territori tedeschi - beh, tedeschi a partire dalle spartizioni della Polonia nel XIX secolo - trasferiti alla Polonia dopo la Grande Guerra; questa parte, unitamente a Danzica con il suo "corridoio", la Cassubia, divennero due Länder della Germania, che tornò così sui confini del '14.

La parte settentrionale, cui fu chiesto di scegliere se chiamarsi Polonia oppure Masovia - e che scelse il nome Polonia - con capitale Varsavia, si estendeva a Sud della Masuria e comprendeva le città di Lublino, Radom e Litzmannstadt (Łódź). Quella meridionale, a Nord dei Carpazi, si chiamava Galizia Carpatica, aveva una duplice capitale nelle città di Cracovia e di Leopoli, e si estendeva ad Est fino a comprendere la città di Kolomyja. Nelle tre regioni i Polacchi non furono trattati male. Nei Länder di Posen e di Danzica furono esaminati tutti i contratti d'acquisto di ogni tipo di proprietà immobiliare intervenuti negli ultimi vent'anni, in cui la parte venditrice fosse tedesca. Questa, se rintracciata, ebbe l' opportunità di riacquistare il bene venduto per lo stesso prezzo ricavato vent'anni prima, rivalutato dell'inflazione intercorsa, ma indipendentemente dalle migliorie apportate alla proprietà; in alternativa avrebbe avuto diritto ad un ulteriore pagamento pari al prezzo ricavato dalla vendita, ovviamente rivalutato, da effettuarsi entro due mesi. Nel caso non si fossero rintracciati i venditori, il nostro Ministero delle Finanze sarebbe subentrato nel diritto.

Molti tedeschi, pagando cifre modeste, rientrarono così in possesso delle proprietà alienate per quattro soldi quando il territorio divenne polacco e furono indotti ad emigrare; ma moltissimi non furono rintracciati, consentendo al nostro famelico Ministero delle Finanze di fare la parte del leone. I polacchi che subirono la vendita forzosa emigrarono, e con quattro soldi in tasca ricominciarono da capo.

Lo stesso avvenne in alcuni distretti dell'Alta Slesia e nella Galizia Carpatica, spiritosamente chiamata dai funzionari del nostro Ministero delle Finanze "Carpe Gallæciam", quando questo, subentrando nel diritto di rientrare in possesso di terreni incolti, riuscì anche ad incamerare gratuitamente gli impianti industriali costruiti su di essi, che vennero messi all'asta e spesso riacquistati dagli stessi imprenditori polacchi.

Fu un lavoro improbo, ma si riuscì a completarlo in un paio anni. Agli ex-polacchi venne a costare due miliardi di Marchi, ma non ci sarebbe stata nessuna Auschwitz nel loro futuro.

Dei più di due milioni di prigionieri polacchi, quelli tedeschi - ovvero i residenti nei Länder di Posen e di Danzica - vennero considerati mobilitati dai polacchi loro malgrado, per cui furono liberati e contestualmente riarrolati nel nostro esercito. I restanti prigionieri, per un terzo furono impiegati nel lavoro di ricostruzione delle infrastrutture distrutte o danneggiate, per un terzo furono destinati agli imponenti lavori di fortificazione della lunghissima frontiera con la Russia Bianca e con l'Ucraina, e per un terzo finì ai lavori semi-forzati nelle miniere, nei cantieri e nelle industrie tedesche.

È difficile dire quale gruppo se la passò meno peggio, ma tutti ebbero di che sfamarsi, vestirsi e curarsi, ovvero più di quanto alcuni avessero da uomini liberi.

Gran parte dei 200.000 militari di carriera fatti prigionieri furono impiegati come volontari di una forza di autodifesa, esclusivamente anti-sovietica ed a comando tedesco, schierata lungo il confine orientale dei due Protettorati. Sulle loro spalle gravava il futuro dei loro concittadini; dal loro comportamento dipendeva la durata della "cattività" della loro patria. Essi formarono 8 divisioni di fanteria a presidio della frontiera orientale, alle loro spalle c'erano 2 divisioni motorizzate e 3 di fanteria tedesche. Tale stato di cose durò due anni, finché i due Protettorati, spente le velleità irredentistiche e con le ferite della guerra, se non negli animi, almeno sparite dalla vista, entrarono nella Confederazione Mitteleuropea.

In due anni di lavori forsennati la frontiera coi sovietici divenne un discreto baluardo, che solo un attacco in forze lungamente preparato avrebbe potuto abbattere. Se i militari polacchi ex-prigionieri, ora in servizio quali volontari nelle nuove forze di autodifesa dei due Protettorati, avessero saputo la fine che Stalin aveva riservato ai loro colleghi fatti prigionieri dall'Armata Rossa, tutti massacrati a Kathyn per estirpare l'intellighenzia di una nazione, avrebbero sicuramente giudicato con più indulgenza il comportamento dei tedeschi. Un mese dopo la sconfitta, i polacchi erano di nuovo al lavoro con tutte le energie di cui erano capaci, e di quelle che i tedeschi riuscirono ad infondergli. Oltre 30 milioni di persone, use a non risparmiarsi mai, andarono a sommarsi ai 130 milioni di abitanti dei Paesi già confederati o che stavano per esserlo. Ormai la nostra forza-lavoro - l'obbiettivo strategico in tuta, com'era chiamato in America - era analoga a quella dell'Unione Sovietica ed a quella degli Stati Uniti, e non era lontano il momento del sorpasso.

Dalla Polonia il grosso della Wehrmacht rifluì lentamente verso il fronte francese, una divisione dopo l'altra, prendendo posizione lungo la frontiera franco- belga; le ultime ad arrivare furono 7 divisioni corazzate e 14 motorizzate, che rimasero ad un centinaio di chilometri dal fronte, nascoste nei boschi.

Nell'Oceano Atlantico ed in quello Indiano la lotta degli U Boote contro il traffico mercantile dell'Impero britannico procedeva senza tregua, ma nell'Atlantico settentrionale avvenne un fatto curioso.

Sulla base dell'esperienza fatta nella Grande Guerra, l'Ammiragliato britannico aveva stabilito che, per attraversare in sicurezza l'oceano, al riparo da attacchi sottomarini, i mercantili dovessero essere organizzati in convogli scortati. Nella presente guerra, sia l'aumentata velocità degli U Boote, sia nuove tattiche di ricerca e d'attacco messe in atto dai tedeschi, avevano ridotto grandemente la sicurezza del metodo di navigazione per convogli e solo la limitatissima capacità di ricognizione degli U Boote rendeva ancora accettabile tale scomodo accorgimento.

Ora però, ogni rotta di avvicinamento agli Approcci Occidentali dell'Isola era controllata da tante di quelle basi aeree, che un convoglio non aveva più la possibilità di non essere scoperto, o di essere avvistato troppo tardi e di riuscire così a passare l'oceano indenne. Il suo rilevamento da parte di un ricognitore ad ampio raggio era pressoché sicuro e ciò avrebbe comportato dover subire un attacco combinato di U Boote e di aerei per una durata di 10 - 12 giorni, ed essere di conseguenza sicuramente distrutto.

Gli armatori allora, d'accordo con l'Ammiragliato, provarono a imitare ciò che i tedeschi avevano fatto nel Mare del Nord con la "flotta zanzara", inaffondabile nel suo complesso, e fecero attraversare il lungo tratto critico della rotta - quello ad oriente del 65°W - da mercantili isolati che procedevano alla massima velocità, evitando persino di zigzagare, e destinando le navi più lente a rotte più tranquille in altri oceani. La dispersione delle navi così realizzata avrebbe reso più probabile portare a termine la traversata, e reso oltretutto inutili le navi da adibire a scorta, già scarse all'inizio della guerra ed ora del tutto insufficienti alla bisogna.

Era una buona tattica, che per due settimane diede buoni risultati, ma anche il nostro Ammiragliato cambiò tattica, sguinzagliando nell'Atlantico del Nord tutti gli incrociatori e le corazzate tascabili che potemmo distogliere dalle Tascheflotte; così ad un numero trenta- quaranta volte superiore di piccole prede - i singoli mercantili anziché i convogli - opponemmo un numero doppio di cacciatori due-tre volte più veloci.

Dopo due settimane si costatò che il metodo della dispersione delle navi, soddisfacente in pieno oceano, avvicinandosi agli Approcci Occidentali dell'Isola presentava degli inconvenienti, perché le singole navi tornavano ad addensarsi, facili prede che venivano attaccate proprio quando pensavano di aver attraversato l'oceano indenni.

La mattanza continuò: in ottobre furono affondati mercantili per 700.000 t e merci per 100.000 t vennero catturate; in novembre gli affondamenti comportarono la perdita di 600.000 t e la cattura di 150.000 t di merci; in dicembre il maltempo fece diminuire ulteriormente gli affondamenti a 300.000 t e le catture di merci a 50.000 t. Ma non si trattava solo di perdere le navi ed il carico, ad ogni affondamento corrispondeva la perdita anche dell'equipaggio, che veniva fatto prigioniero in quanto era stato militarizzato appena scoppiato il conflitto.

La Gran Bretagna non poteva permettersi simili perdite. Si pensò di costruire navi di cemento armato, di realizzare navi di ghiaccio mescolato con segatura e paglia, o di dotare le navi di "sottane" parasiluri; si provò anche a realizzare alcuni prototipi, ma nessuno fornì garanzie di poter superare un attacco aeronavale. Alcune di queste navi, oltre ad una certa dimensione, erano troppo fragili; altre presentavano una scarsa navigabilità appena superato un dislocamento minimo, altre erano troppo lente; in ogni caso sarebbero occorsi anni per dotarsi di una flotta simile. Solo aggiungendo ponti corazzati ed enormi cassoni sui fianchi delle navi si poteva ipotizzare un accettabile risultato, ma tale soluzione poteva adattarsi solo alle navi da guerra, e sempre a scapito della velocità.

Era un problema insolubile - pensavano in Ammiragliato - anzi, l'unica soluzione era di sloggiare i tedeschi dalla Scozia, dalle Fær Øer, dall'Islanda, da Terranova, dal Canada, e poi invadere la Germania. Perché i francesi, col loro poderoso esercito, se ne stavano con le mani in mano?

In Gran Bretagna le razioni alimentari vennero ridotte, come pure limitato fu il traffico automobilistico privato; fu fortemente ridotta ogni produzione civile che richiedesse l'importazione di materie prime, si misero a coltura anche le aiuole spartitraffico - il sapore di gas di scarico assunto dagli ortaggi non poteva peggiorare ulteriormente il gusto della cucina britannica - si chiese alla Repubblica Irlandese di poter usare i porti di Berehaven, di Queenstown e di Lough Swilly, per rifornire i propri caccia e poter così prolungarne il raggio d'azione.

Il Governo irlandese ci interpellò in merito, e rispondemmo che se avesse consentito in qualsiasi modo l'uso del suo territorio per fini bellici dei britannici, lo avremmo ritenuto cobelligerante; se invece lo negava, lo avremmo aiutato a far fronte ad un atto unilaterale della Gran Bretagna. Gli dicemmo anche di non avere il cuore troppo tenero, dato che gli inglesi li avevano quasi fatti morir di fame nel secolo precedente; e ricordammo loro che nel '19 i britannici avevano attuato un blocco navale esteso ai prodotti alimentari per sollecitarci ad accettare dure condizioni di pace.

Gli irlandesi negarono le basi ai britannici e questi, a gennaio, le occuparono usando il minimo di truppe necessario per l'operazione. Gli irlandesi strillarono come aquile, ma non fecero nulla per contrastare l'occupazione e non ci chiesero neppure aiuto.

Facemmo finta di niente, perché c'era sempre stato del feeling fra noi e quel fiero popolo, il cui Governo in quell'occasione si era trovato fra l'incudine ed il martello; ma non appena la Royal Navy prese possesso di Lough Swilly, due squadriglie di Stukas compirono un raid che sorprese due caccia mentre si rifornivano di nafta, affondandoli e danneggiando gravemente le strutture della piccola base, che da allora non fu più utilizzata.

In gennaio ed in febbraio il brutto tempo ostacolò la nostra caccia ai mercantili, tuttavia furono ugualmente affondate, in tutti gli oceani, navi per quasi 300.000 t e catturammo merci per 200.000 t. Non solo i porti della Galizia e delle Asturie, ma anche quelli del Canada, dell'Islanda, della Norvegia, della Scozia e quelli di casa erano intasati di navi e di merci catturate.

Avere il dominio dei mari era una cosa meravigliosa.

***

- Hai cambiato la batteria alla macchina? - mi affrontò Angela, piuttosto adirata – Ho dovuto scongiurarla in mille modi, mentre lei faceva: gar... gaar... gaaar.-
- Vedi che a chiedere, con le buone maniere, si ottiene tutto. Poi ti segnalo, Paperinus docet, che il verso di un'auto con la batteria semiscarica è: aruga...aruga.-
- Quale profondo sapere fumettistico sfoggi! ma che eclettico uomo di profonda cultura ho sposato! Magister cazzatorum! -
- Non voglio cambiare batteria, voglio cambiare macchina, ma volevo arrivare al mese prossimo per non regalare il resto del bollo allo Stato.-

Capitolo XIX – L'Italia entra in guerra

Mussolini non invase Malta, anche se questa era poco difesa. L'operazione richiedeva un coordinamento tale fra Esercito, Marina da Guerra, Marina Mercantile ed Aviazione, che le Forze Armate italiane non sarebbero mai riuscite a realizzare, chiuse com'erano in comparti stagni, ognuna gelosa dell'altra, con Alti Comandi privi di professionalità, pavidi ed incapaci. La legnata di Taranto fu presa a pretesto per indurre Supermarina - l'Ammiragliato italiano - a procrastinare l'impresa, e Mussolini, che già era riluttante a compierla, non fosse altro perché gli era stata raccomandata dai noi, scagliò altrove le sue quadrate legioni.

Queste, sulle Alpi coperte di neve non fecero un passo.

A Ventimiglia, dopo aver varcato il confine per neppure un chilometro, vennero inchiodate dietro una curva dell'Aurelia dal fuoco delle mitragliatrici pesanti, i cui proiettili passavano da una parte all'altra la corazza dei carri, non a caso chiamati dagli equipaggi "scatole di sardine". In risposta l'artiglieria pesante francese, posta sulla cima del monte Chaberton, colpì da una distanza di 30 km una stazione ferroviaria della Val di Susa, centrando un treno e facendo centinaia di vittime.

In Libia c'era l'imbarazzo della scelta circa la direzione verso cui muoversi: o attaccare la Tunisia, più vicina alla Sicilia e quindi sotto l'ombrello degli aerei di stanza nell'isola, o vendicare Taranto, facendo una puntata su Alessandria per sloggiare i britannici dall'Egitto, sostituirsi a loro e quindi occupare il Canale di Suez.

Mussolini era incerto sul da farsi, frenato da un Alto Comando che temporeggiava, che cercava di scoraggiarlo o almeno di ritardare le operazioni a quando si fosse stati perfettamente pronti - cioè mai - quindi per il momento non si mosse, ma fece affluire in Libia 6 divisioni di fanteria praticamente appiedate, 2 divisioni motorizzate con autocarri, autoblinde e motociclisti, ed una divisione "corazzata", che andarono ad affiancarsi alle 6 divisioni che già presidiavano la Colonia, per un totale di ben 15 divisioni. Il trasporto di queste forze e dell'ingente massa di rifornimenti pagò un duro scotto ai sommergibili nemici, che affondarono otto mercantili, tra cui un trasporto truppe; in tutto vi furono oltre 2000 morti.

Quando seppe dell'invasione tedesca della Norvegia, Mussolini non riuscì più a stare fermo ad aspettare che si fosse pronti, ed ordinò alle truppe in Abissinia di attaccare Gibuti, la Somalia britannica ed il Sudan anglo-egiziano. Sapeva bene che tutta l'Africa Orientale italiana, già a partire dal primo giorno di guerra, era piombata in una situazione di disperato isolamento, a 3000 km dalla madrepatria. Bastava che i britannici si sedessero sotto una pianta ad aspettare, fomentando la guerriglia abissina e rifornendola d'armi e di consiglieri militari, un classico del loro modo di combattere, perché l'intera Africa Orientale Italiana si consegnasse loro, anche se invitta. Senza nessuna possibilità di rifornimento delle truppe, imbottigliati per imbottigliati, tanto valeva che si combattesse. Ipse dixit!

Il 18 dicembre '39 truppe italiane investirono la Somalia britannica con l'equivalente di due divisioni coloniali, costituite prevalentemente da ascari, con molta artiglieria ed alcuni carri armati.

I pochi dello Stato Maggiore britannico che volevano resistere non prevalsero, ché non era tempo di sprecare truppe preziose visto che la minaccia italiana contro l'Egitto si faceva sempre più seria. Inoltre, se gli italiani volevano restare isolati in un territorio appena più vasto di prima, che facessero pure.

Le poche forze britanniche si ritirarono ordinatamente dal confine per difendere il valico di Tug Argan e guadagnare così tempo per attuare le previste demolizioni del porto di Berbera, per trasferire ad Aden quanto c'era di utile e per consentire l'evacuazione della popolazione bianca della Colonia, bagagli compresi. Quindi i difensori del passo, peraltro duramente impegnati dalle strabordanti forze attaccanti, ripiegarono la Union Jack e si imbarcarono anch'essi per Aden. Agli italiani non si lasciò altro che un territorio semidesertico, privo di ogni risorsa.

Lo stesso giorno gli italiani attaccarono anche Gibuti con una divisione di fanteria, movendo lungo la strada e la ferrovia che congiungono questo porto con Addis Abeba. I francesi fecero saltare i ponti dell'una e dell'altra al fine di rallentare l'avanzata delle colonne italiane e permettere la posa di mine nella baia, la distruzione della banchina portuale, quella delle infrastrutture civili della città, compreso l'acquedotto - che tanto gli Afar e gli Issa erano abituati a vivere senza acqua - ed imbarcarono la popolazione bianca coi suoi bagagli; tranne il pianoforte della figlia del Governatore, che si sfasciò durante le operazioni di carico.

La guarnigione che aveva trattenuto le soverchianti forze italiane per una settimana, ripiegato il loro Tricolore, si imbarcò su due caccia che la portarono a rafforzare i presidi dell'Isola della Riunione e di Diégo Suarez (Antsiranana) in Madagascar.

In Sudan gli italiani investirono ed occuparono Gallabat e Kassala, ma qui rimasero bloccati sia dalla resistenza del nemico, sia dall'inadeguatezza delle loro forze, sia dalla logorante guerriglia abissina che tagliava di continuo le linee di rifornimento.

A Berlino seguivamo attentamente le campagne militari che Mussolini stava conducendo parallelamente alle nostre, ascoltando sia il notiziario della BBC, sia quello dell'EIAR, sbellicandoci dalle risate per le strategie strampalate degli italiani, per le loro tattiche inadeguate, per le rodomontesche descrizioni fatte dal conduttore del notiziario, con una fascistissima voce stentorea, di raid aerei inutili, di assalti a postazioni difensive ormai deserte, di sfondamenti di porte aperte. Quale differenza rispetto agli asciutti bollettini letti dallo speaker della BBC! Ma proprio con noi dovevano allearsi? Ma quando si decidevano ad occupare Malta? Ma la capivano o no, che non potevano tenersela tra i coglioni?

Ci spiaceva per lo spreco di un'ottima Marina Mercantile che continuava a subire dure perdite, di navi e di marinai, proprio nel posto più facile da dominare, a due passi dalla Sicilia. Costatammo che i radar forniti alla Regia Marina, più che per scovare le navi nemiche, venivano impiegati per fuggire da queste, e che durante il cannoneggiamento francese di Savona, di Genova e dei depositi costieri di carburante di Livorno, le navi da guerra italiane erano sempre troppo lontane dal luogo in cui si svolgeva l'azione per poter intervenire. Il confronto con la Royal Navy nel Mediterraneo, quando questa riusciva ad intercettare le squadre italiane, era sempre in sfavore delle seconde, che prima di fuggire subivano perdite importanti.

Almeno per quanto riguardava gli ammiragli, era una Marina da operetta. Capimmo che avremmo dovuto occuparci anche del Mediterraneo, ed elaborammo una variante al Piano che comprendeva anche quello scacchiere.

Fu giocoforza offrire agli italiani un aiuto che almeno riuscisse a limitare le perdite del naviglio mercantile che faceva la spola fra la Libia e l'Italia, e questa volta Mussolini accettò il nostro aiuto, però definendolo, sulla stampa ed alla radio, che riportavano pari pari le sue veline, come una cameratesca collaborazione fra le ordinate legioni romane e le gagliarde schiere teutoniche, unite nella pugna contro la perfida Albione.

Mussolini si era reso conto di essere entrato in guerra troppo in fretta, con un esercito molto più impreparato di quanto pensasse, avendo dato credito alle sue stesse fanfaronate, ed accettò di condividere con noi cinque basi aeree: Cagliari Elmas, Trapani, Còmiso, Tobruk e Rodi. Inoltre consentì, cosa ancor più dura da ingerire, lo stazionamento presso la piazzaforte di Tobruk, a protezione della costruenda rafineria della joint-ventur Deutsche Öl ed ENI, di un nostro reggimento corazzato ed uno di artiglieria antiaerea, con comandanti tedeschi rispondenti solo a Berlino.

Alla sua sorpresa, un po' indignata, per quest'ultima richiesta, spiegammo che erano le forze necessarie per la difesa di una piazzaforte e di una raffineria di importanza tanto vitale; quanto all'antiaerea, non volevamo che i nostri comandanti in capo facessero la fine di Balbo, abbattuto alcuni giorni prima dal fuoco amico proprio sul cielo di Tobruk.

Alle nostre spiegazioni Mussolini cambiò discorso, dando la chiara impressione che dietro all'abbattimento del S79 dell'eroe nazionale ci fosse qualcosa di poco chiaro o di inconfessabile, e noi non rimestammo più nel torbido.

Munimmo subito le basi condivise con la Regia Aeronautica mediante la 5ª Luftflotte appositamente costituita, dotata di 150 Stukas, 50 siluranti, 50 intercettori, 200 bombardieri leggeri e 100 aerei da trasporto. Lo spiegamento fu completato per la fine di gennaio, ma già dai primi arrivi, per le squadre navali di Gibilterra e di Alessandria, la musica cambiò di colpo. In un solo attacco, protrattosi per più giorni, vennero affondati due incrociatori ed una portaerei che scortavano un convoglio che riforniva Malta; anche molti mercantili vennero colpiti, purtroppo dopo essere riusciti a rifornire l'isola, mentre erano sulla via del ritorno.

A quel punto i britannici rinunciarono a tener aperta la rotta del Mediterraneo e Malta rimase isolata, anche se meglio difesa di quanto fosse in precedenza. Iniziò allora un intenso bombardamento italo-tedesco, della durata di due settimane, al termine delle quali le difese antiaeree dell'isola e molte difese costiere vennero distrutte.

Il 25 gennaio, 2 reggimenti di parà e 2 di truppe aerotrasportate della Luftwaffe occuparono gli aerodromi dell'isola dopo aspri combattimenti, mentre dal mare una flotta di piccole imbarcazioni, protetta da una poderosa squadra navale, scaricò 4 reggimenti delle migliori truppe italiane negli approdi e nei porticcioli dell'isola principale e di Gozo. Quest'isola, come si prevedeva, venne occupata senza alcuna difficoltà, ma a Malta lo sbarco fu contrastato da nidi di mitragliatrici, e solo dopo l'intervento di incrociatori che misero a tacere le postazioni nemiche ad una ad una, le truppe sbarcate poterono lasciare la costa rocciosa e spingersi verso La Valletta.

Non potendo ricevere soccorsi di sorta e non volendo sacrificare ulteriormente la popolazione civile, i difensori ebbero l'autorizzazione da Londra ad arrendersi, dopo aver effettuato le demolizioni previste; ma queste si poterono fare solo parzialmente per mancanza di esplosivi adatti e per il precipitare degli eventi.

Nel pomeriggio del giorno successivo, la guarnigione si arrese ad un colonnello tedesco dei parà, che cavallerescamente concesse l'onore delle armi, con gran scazzo di Mussolini, che avrebbe voluto recitare lui quella parte.

Da allora le rotte per il rifornimento della Libia furono molestate solo dai sommergibili, che tuttavia subirono anch'essi delle perdite quando portammo alcuni elicotteri a Malta e nelle altre basi condivise.

***

- Ciao. - mi salutò Angela - Io faccio un salto da mia mamma, ché non la vedo da una settimana. Porto Massimo con me.-
- Ehi, ma tornerai spero? -
- Certo che tornerò. Anche se tu non fai nulla per farti deside-rare; sempre intento a leggere, quasi come se io non esistessi. Devo dirle qualcosa da parte tua? -
- Salutamela, ovviamente. E dato che ci sei fatti dare un vasetto della sua salsa verde, che è la miglior cosa che abbia prodotto... dopo di te naturalmente.

Capitolo XX – Crociere australi

Già nei primi giorni di ottobre una piccola squadra, comprendente anche la corazzata Graf von Spee ed una portaerei d'appoggio, si era inoltrata nell'Atlantico meridionale tagliando tutte le rotte commerciali, catturando alcuni mercantili ed affondandone altri.

Ai primi di novembre due compagnie di Seelöwen sbarcarono simultaneamente nelle isole di Ascensione e di Sant'Elena - che sapevo essere pressoché prive di guarnigione - seguiti da un centinaio di miliziani dell'Arbeitsdienst che rilevarono subito quasi tutti i Seelöwen, troppo preziosi per lasciarli oziare per anni ai tropici. Scaricarono dei macchinari e si apprestarono a costruire due piste d'atterraggio ed alcune opere di difesa che rendessero molto più ardui eventuali sbarchi nemici per riconquistare le isole. Scaricarono pure siluri, munizioni e carburante per rifornimenti d'emergenza di sommergibili e presero possesso dei cannoni da 6" - uno per isola - che sapevo essere stati piazzati per proteggere gli approdi. I cannoni vennero subito spostati e mimetizzati accuratamente, mentre un finto cannone di legno fu montato ben in vista nella vecchia postazione.

La popolazione delle piccole colonie britanniche fu trattata il meglio possibile, le poche armi da fuoco furono requisite e gli isolani fecero buoni affari vendendoci prodotti orticoli, pollame, suini, nonché affittandoci alcune abitazioni; alcuni di loro furono impiegati nei lavori per la costruzione delle piste di volo e vennero regolarmente retribuiti. Nessuno però volle accettare pagamenti in Marchi, per cui ci rassegnammo a malincuore a pagarli in Sterline false.

Quattro giorni dopo gli sbarchi la squadra proseguì in direzione Sud-Est, ma prima affondò un incrociatore britannico che, ignaro dalla presenza di nostre navi da guerra tenute al largo, era sopraggiunto da Città del Capo per contrastare lo sbarco delle nostre truppe da un incrociatore ausiliario camuffato da mercantile; furono salvati 250 marinai che portammo prigionieri con noi, pigiandoli sottocoperta.

Quando riemersero alla luce del sole, a Rio Gallegos, scoprirono di essere finiti in fondo all'Argentina - il buco del culo del mondo, come ribattezzarono subito il posto - e di essere destinati ad un campo di prigionia e di lavoro coatto controllato da soldati argentini.

Era accaduto che il Governo argentino, spronato da quello tedesco, si era persuaso che la Gran Bretagna fosse ormai spacciata ed incapace di contrastare l'occupazione delle isole Malvine, Falkland per i britannici. Così, dopo aver stipulato un trattato di alleanza con la Germania, allestì un piccolo corpo di spedizione che si sarebbe affiancato alle due compagnie di Seelöwen trasportati dalla squadra tedesca. Luogo di incontro fra tedeschi e argentini, e punto di partenza della spedizione, era proprio Rio Gallegos.

I prigionieri vennero avviati ad un campo di ricerca e di estrazione petrolifera sito ad una cinquantina di chilometri nell'interno, ove fornirono una manodopera quasi specializzata, ma si accorsero che gli argentini non avevano mai sentito parlare della Convenzione di Ginevra sui diritti dei prigionieri di guerra. Essi ricordavano vagamente la fiaba di una principessa che si chiamava Ginevra e che era stata rinchiusa in una torre, ma come prigioniera non aveva nessun diritto, tanto che, per dar sfogo ai propri bollori giovanili, era costretta a baciare i rospi... insomma, quei prigionieri non se la passarono affatto bene.

I britannici della piccola base navale di Stanley, nelle Falkland, non si accorsero di nulla fin a che non fu troppo tardi, quando gli attaccanti erano già a ridosso della città, anche perché la notizia della dichiarazione di guerra argentina e quella della sua alleanza con la Germania gli era giunta solo poche ore prima. Quando l'incrociatore attraccato nel porto tentò di guadagnare il mare aperto per sfuggire ad una ignominiosa cattura, venne attaccato dagli Seestukas della nostra portaerei che lo danneggiarono rallentandolo tanto che fu semplice per la Graf von Spee finirlo a cannonate.

La piccola ma strategica base navale cadde nelle nostre mani pressoché intatta, 200 militi dell' Arbeitsdienst vi si insediarono, insieme agli argentini, per ammodernare le difese, soprattutto quelle antiaeree, praticamente assenti.

Oltre 500 uomini, fra marinai dell'incrociatore e soldati della guarnigione, furono catturati ed avviati in alcuni campi di ricerca mineraria e petrolifera sul continente. Anche in questi campi nessun secondino conosceva una tal Ginevra. Ines o Dolores sì, ma Ginevra non l'avevano mai sentita nominare.

Pur sconsigliati dal nostro comandante, gli argentini vollero inviare un piccolo distaccamento a prendere possesso della Georgia del Sud, 1500 chilometri ad oriente delle Malvine ed assolutamente inutile. Di tutti i presidi e le guarnigioni dei paesi in guerra, fu probabilmente quello che se la passò peggio dal punto di vista meteorologico; si ammalarono tutti e prima dell'inverno si dovette riportarli indietro.

Lo Zeppelin con i progetti ed i prototipi venduti ai giapponesi giunse a Tokyo insieme ad una trentina di ufficiali e di tecnici per prendere possesso della base di Yokohama e delle navi acquistate dai giapponesi. Esso trasportò anche gli strumenti che si dovevano montare sulle nuove navi per farle diventare di classe superiore a quelle che avrebbero potuto affrontare: radar di navigazione, di ricerca antiaerea e di tiro, idrofoni, visori all'infrarosso, apparati radio moderni e molto altro. Tutto fu montato e collaudato sotto gli occhi interessati dei giapponesi.

Poi cominciarono ad affluire gli equipaggi, i piloti e le truppe che erano arrivati con la Transiberiana, finché la nostra Squadra del Pacifico - non ce la sentivamo di battezzarla Flotta, era troppo minuscola - non fu al completo, pronta per le esercitazioni in mare.

Erano navi ben costruite, anche se le cuccette dell'equipaggio erano state progettate per marinai più piccoli, ma era l'unico difetto, anche se fastidioso.

I giapponesi ci chiesero di imbarcare una cinquantina di loro ufficiali per impratichirsi delle nuove apparecchiature e per saggiare, da una posizione privilegiata, la consistenza dei nemici che avremmo incontrato, poiché un domani potevano divenire i loro nemici. Li accontentammo con piacere, perché il gesto rivelava l'intenzione nipponica di entrare anch'essi nell'agone quanto prima, ma non li sistemammo nelle cabine dotate di letti spaziosi occupate dai nostri ufficiali, bensì li mettemmo nelle cuccette dei marinai, che qualcuno di loro aveva sadicamente progettato.

La Squadra del Pacifico salpò da Yokohama il 15 gennaio alla spicciolata, con rotta Sud-Sud-Est, e solo in alto mare issò la bandiera di combattimento della Kriegsmarine. Era stato impossibile tenere nascosta la presenza di tanti tedeschi - circa quattromila - alle spie nemiche, e si era cercato di mascherare tale numerosa presenza con la necessità di un miglior addestramento alla guerra aeronavale. La cosa, peraltro molto plausibile, parve funzionare, ma era anche vero che nessuno fino a quel momento aveva mai acquistato una squadra navale al supermercato, pagando sull'unghia con Sterline false.

Per 35 giorni la squadra non diede alcun segno di vita, filò le isole Marianne tenendole a babordo, attraversò le isole Caroline, passò ad oriente delle isole Salomone e delle isole Ebridi, quindi puntò sulla Nuova Zelanda, che discese lungo la costa orientale. Durante la navigazione i piloti presero confidenza con i caccia Zero ed i marinai con le loro navi. Fu tutto molto facile, eccetto la traduzione della miriade di targhette, di avvisi, di divieti e di istruzioni varie, che richiese una settimana di sforzi e lasciò irrisolti alcuni enigmi.

Attraversare il Pacifico senza essere avvistati fu più semplice del previsto, ma anche se li avesse rilevati, la forza navale più vicina in grado di impensierirli era a 7000 km di distanza, alle Hawaii od a Singapore.

La squadra giunse davanti a Wellington e ne cannoneggiò il porto, lasciandolo in fiamme insieme ai mercantili alla fonda, quindi proseguì lungo la costa orientale dell'isola Sud, cannoneggiando en passant le città di Christchurch, Dunedin, Invercargill.

Qui la squadra si divise in due gruppi: uno, con la portaerei, l'incrociatore pesante ed una nave appoggio si diresse verso Melbourne, ove lanciò un attacco aereo sul porto, colpendo o affondando tre mercantili, un trasporto truppe ed un vecchio caccia, proseguendo poi verso occidente. Il 19 marzo la portaerei lanciò un attacco aereo sul porto di Perth, ove vennero distrutti due mercantili, un vecchio incrociatore e danneggiate gravemente le strutture portuali.

Mentre le tre navi, incontrastate, seminavano morte e distruzione nell'Australia meridionale, i due incrociatori leggeri fecero un'incursione notturna nella baia di Sidney, cannoneggiando con tiro diretto tutti i bersagli che riuscirono ad inquadrare. Nei venti minuti dell'azione, ben 400 granate ad alto potenziale caddero sul porto, sui magazzini, sui mercantili; la devastazione causata fu sconvolgente, soprattutto per chi riteneva di essere immune dal dover fare simili esperienze.

I due incrociatori ripresero la loro navigazione risalendo la costa orientale, affondando due mercantili che facevano cabotaggio, cannoneggiando lungamente il porto di Brisbane e lasciandolo in fiamme ed in parte ostruito da due mercantili affondati. Qui subirono l'unico attacco aereo di tutta la crociera da parte di quattro vecchi biplani, che vennero abbattuti quasi con dispiacere, tanto fu eroico e velleitario il loro tentativo. Anche un vecchio incrociatore intercettò le due navi e prima di essere affondato riuscì a piazzare alcuni colpi che causarono pochi danni. Furono le uniche reazioni nemiche alla crociera, ma furono fortunati, in quanto vennimmo a sapere che le batterie costiere di Sidney erano fuori uso perché in fase di ammodernamento. Comunque, anche se fossero state in efficienza, avrebbero avuto troppo poco tempo a disposizione per mettere in difficoltà i due incrociatori, non di notte per lo meno.

Il giorno successivo i due incrociatori si riunirono ai tre trasporti veloci, rimasti prudentemente in disparte, e fecero rotta per Nord-Est verso la Nuova Caledonia, a 1500 km di distanza, per non indurre i francesi a credere che ci fossimo dimenticati di loro. Qui sbarcarono un reggimento di Seelöwen che occuparono l'isola, catturarono la piccola guarnigione e presero possesso della miniera e dei cumuli di minerale di nichel pronti per essere caricati e mandati in Francia.

Il nichel era uno degli elementi strategici che, nonostante le scorte fatte prima della guerra, ci mancava completamente, e nel caso i sovietici ce lo avessero lesinato, non avremmo più potuto ottenere vari tipi di acciai speciali indispensabili per la produzione bellica. Così i Seelöwen caricarono su un mercantile australiano trovato sul posto il minerale accumulato sulla banchina, insieme ai prigionieri francesi ed a migliaia di noci di cocco, ed inviarono tutto in patria, sotto bandiera svedese, con un viaggio che sarebbe durato quattro mesi attraverso il Pacifico e capo Horn.

Sull'isola venne scaricato quanto poteva servire alla guarnigione, che sarebbe rimasta isolata fino al nostro ritorno, o fino a quando i giapponesi fossero arrivati ad occupare le vicine Nuove Ebridi, prevedevo entro due anni al massimo. Finita la missione, i due incrociatori ed i trasporti fecero rotta Nord-Nord-Est, per tornare alla base di Yokohama.

Il gruppo con la portaerei, dopo essersi affacciato sull'Oceano Indiano, ritornò sui suoi passi, questa volta danneggiando il porto di Adelaide con il mercantile che vi trovava, ripassò al largo di Melbourne, bombardando novamente il porto ed altre infrastrutture trascurate nel raid precedente, sferrò un nuovo devastante attacco al porto di Sidney, questa volta aereo, esteso anche all'area circostante, per colpire gli obbiettivi militari trascurati dall'incursione notturna.

Mancava ancora un obbiettivo; la portaerei e l'incrociatore attraversarono il mare di Tasman e ripiombarono sulla Nuova Zelanda, colpendo il porto e la città di Auckland, quindi le navi fecero a ritroso la stessa rotta dell'andata giungendo a Yokohama il 24 aprile, il giorno seguente l'arrivo dei due incrociatori.

I giapponesi accolsero trionfalmente gli equipaggi della squadra; Yamamoto invitò tutti gli ufficiali a una grande festa al Ministero della Marina, alla quale parteciparono anche gli ufficiali giapponesi imbarcati. Furono proiettati i filmati dei bombardamenti e per ogni bomba che, sullo schermo, si vedeva esplodere, il salone scoppiava in fragorosi "banzai!" che facevano vibrare i vetri; furono tracannati litri di sakè.

Invitammo Yamamoto a Berlino per parlare di altre eventuali collaborazioni, ma rifiutò educatamente perché - disse - troppo preso a organizzare la "sua" crociera; avrebbe comunque inviato un suo fiduciario per prendere gli accordi opportuni.

La crociera aveva seminato il panico in tutta l'Oceania ed oltre, perché anche il Sudafrica riteneva di poter essere la vittima successiva. Le navi da guerra britanniche presenti nell'Oceano Indiano erano state sguinzagliate, in gruppi di tre-quattro unità, per intercettare la nostra squadra, che in un primo tempo era stata scambiata per giapponese.

Quei musi gialli - pensavano all'Ammiragliato britannico - come loro costume avevano lanciato il loro attacco a tradimento, senza una preventiva dichiarazione di guerra, travestiti da tedeschi. Tutte le navi erano senza dubbio giapponesi, si erano persino fotografati i loro caccia Zero mentre sganciavano bombe su Sidney. Avevano però vigliaccamente cancellato dagli aerei le insegne del Sol Levante e le avevano sostituite con la Croce bianco-nera degli aerei tedeschi; più bastardi di così non ce n'erano!

Il Governo giapponese, investito dalla bufera diplomatica che si era scatenata con gli americani e coi britannici, caddero dalle nuvole e si affannarono a proclamare la loro innocenza, spiegando come si erano limitati a vendere ai tedeschi le navi, le munizioni, i rifornimenti e gli aerei; gli avevano anche affittato due banchine portuali ed alcuni capannoni. Se poi, una volta usciti in alto mare, questi issavano la bandiera da combattimento e si mettevano a fare i cattivi, per quanto il fatto fosse deplorevole, non poteva certo essere imputato al Giappone.

Americani e britannici si adirarono ancora maggiormente. Non esisteva - dissero in termini poco diplomatici - che si potesse vendere ad una nazione in guerra un'intera flotta, perdio! E tanto meno affittargli una base navale, ecchecazzo! Che se le costruissero loro le loro fottute navi, sennò dove andremmo a finire? Uno staterello di un continente compra un'intera armata al mercatino di un altro continente, e con questa invade un altro Stato lì vicino e lo soggioga, poi torna al mercatino per rivendere l'armata come "usato sicuro"; non ci siamo proprio, alla lunga non si sarebbero vendute più armi. Che ognuno si costruisca da sé le sue armi e se le tenga ben strette.

I giapponesi evitarono a stento dallo sghignazzare, sentendo una tirata così tipicamente yankee, ed ebbero la diplomatica spudoratezza di rispondere che erano perfettamente d'accordo, ma che non avevano fatto altro che vendere armi ad una parte combattente, esattamente come gli americani le vendevano, in quantità ancor più rilevante, addirittura a due parti combattenti, Francia e Gran Bretagna. Business are business, baby! conclusero in tono neutro, ma con una venatura di sarcasmo. Non si riuscì a trovare falle nel ragionamento.

L'obbiettivo della crociera venne pienamente raggiunto, non solo per gli ingenti danni materiali procurati agli avversari, ma per aver fatto intendere ai Neozelandesi, agli Australiani e, a latere, pure ai Sudafricani, tutti sudditi di Sua Maestà britannica, seppur indipendenti e con Governi propri, che poteva essere un gravissimo errore quello di lasciar partire migliaia di soldati per combattere per conto della Gran Bretagna. Poteva essere esiziale sguarnire di truppe il proprio Paese per combattere su teatri di guerra sparsi per il mondo insieme a chi, in definitiva, non era poi in grado di proteggerli efficacemente nel momento del bisogno I governi delle tre Repubbliche australi dovettero amaramente costatare, chi più chi meno, che forse era stato un errore entrare così precipitosamente in guerra a fianco della Gran Bretagna, ed aver deciso di inviarle dei soldati, lasciando così i loro Paesi in balìa d'un nemico col quale non si avevano motivi di diretto contrasto.

Con diversi accenti, i Premier di quei Governi erano assillati dalla stessa domanda: Ma perché cazzo Chamberlain ha dichiarato guerra? Perché dobbiamo morire noi per Danzica, che lui ha garantito senza chiederci nulla? Perché la Gran Bretagna non ci protegge meglio?

Il messaggio dunque fu compreso appieno, ed il flusso di soldati dall'Impero verso la Gran Bretagna si ridusse fortemente, realizzando così una colossale dispersione di forze nemiche in tutto il mondo. La Gran Bretagna rimase di conseguenza priva di una "massa di manovra" da impiegare ove lo ritenesse opportuno, se non quella costituita dalle poche truppe inviatele fino a quel momento dalle tre Repubbliche australi, dalle truppe indiane con comandi britannici e da quelle ancora in via di formazione in madrepatria. Ovviamente le truppe della Federazione canadese, essendo già impegnate a combattere i tedeschi ed i ribelli del Québec, non potevano essere distolte dal loro teatro, anzi, si sarebbe dovuto aiutarle, ma con che truppe?

Come se ciò non bastasse, i Governi dell'Australia e della Nuova Zelanda chiesero il rimpatrio delle poche truppe e delle armi messe a disposizione dei britannici ed impiegate nei vari teatri di guerra, fatta salva la possibilità dei singoli soldati di offrirsi volontari.

Il grande esercito di 55 divisioni che il Governo britannico aveva da poco deciso di costruire, si era frammentato in piccoli eserciti nazionali, coordinabili con molta difficoltà. Churchill, nelle sedute del Gabinetto di Guerra, avversò in ogni modo tali richieste, spiegando perché erano militarmente e politicamente sbagliate, ma con scarsi risultati. Se i britannici riuscirono a mantenere il controllo sulle truppe imperiali già a disposizione, fu solo per le difficoltà e per i rischi che il loro rimpatrio avrebbe comportato.

Negli Stati Uniti l'invasione argentina delle Falkland, e ancor più l'alleanza che questa aveva stipulato con la Germania, per non dire dell'invasione tedesca della Norvegia, seminarono costernazione ed allarme in tutto il Paese.

I nostri giornalisti a tassametro ebbero un bel daffare - nel senso di riscrivere le nostre veline inserendo nel testo appropriate frasi in slang yankee - per fornire giustificazioni, per rassicurare i dubbiosi, per stigmatizzare i propositi interventisti, e coniarono per l'occasione lo slogan "America First". Per una modica cifra extra sull'abituale tariffa, il giornalista di una testata diffusa fra portoricani ed altri ispanici, commentando l'occupazione delle Falkland, coniò lo slogan: "Las Malvinas son Argentinas". Ma quando giunsero le prime notizie della nostra crociera in Oceania, pur continuando alacremente a gettare acqua sul fuoco ed a contrastare chi voleva gettare gli Stati Uniti in un conflitto - in verità, neppure molti - si resero conto di perdere credibilità nei confronti di larghi strati di lettori. Lo scherzetto cinese - che cinese non era perché a farlo erano stati i giapponesi, ma che per gli americani erano la stessa cosa - con la vendita di un'intera squadra navale ai tedeschi, proprio perché legalmente inoppugnabile, era troppo crudele per far ridere gli americani, che ritenevano di avere l'esclusiva di tali affari.

Da alcuni anni gli americani non nutrivano più quella simpatia verso i nipponici che l'ascolto dell'aria di Madame Butterfly aveva infuso loro; inoltre erano in pochi negli States a seguire l'Opera, i più avevano sentito parlare dei giapponesi solo come quegli operai- schiavi che avevano contribuito a costruire tante infrastrutture in tutta la West Coast, facendo spesso i crumiri.

Di colpo, nel '31, avevano visto gli umili, piccoli giapponesi trasformarsi in tanti soldatini in armi e sciamare prima in Manciuria poi, dal '37, addirittura in Cina, occupandone tutti i porti e penetrando profondamente nell'interno, con la chiara intenzione di conquistare l'intero Paese. È pur vero che il proposito si stava rivelando più grande di quanto consentissero i loro mezzi, e che si trovavano impantanati a combattere con una guerriglia tenace; ma le notizie di feroci rappresaglie di civili, portate in patria dai missionari espulsi dalle regioni occupate, alimentavano i sentimenti anti-nipponici e cresceva l'indignazione degli americani nei confronti del Giappone.

Roosevelt non poteva più tollerare un espansionismo tedesco come quello che vedeva realizzarsi sotto i propri occhi. Ad Est questo aveva interessato l'intera Europa centrale, sotto le vesti di Confederazione Mitteleuropea, ad Ovest agiva in combutta col Giappone, a Sud con l'Argentina, a Nord era giunto a lambire la porta di casa. Sapeva però di avere le mani legate dal Congresso, che non gli avrebbe mai consentito di entrare in guerra, non senza un fatto gravissimo, cieco nel non ravvisare la gravità di quanto già accaduto.

Decise perciò di fare il massimo che gli era consentito dalla Costituzione, ma senza dimenticare che quello era l'anno delle elezioni presidenziali, elezioni che doveva vincere se voleva contrastare in modo efficace i tedeschi. Poi, vinte le elezioni e con quattro anni davanti, ci sarebbe stato anche il tempo per dare una lezione a quei maledetti musi gialli.

Per prima cosa facilitò l'arrolamento di volontari ed il loro trasferimento in Ontario; fornì alla Federazione canadese armi pesanti, aerei e piloti della US Air Force travestiti da volontari; sospese le vendite di petrolio e dei suoi derivati a tutti i Paesi della Confederazione ed ai loro accoliti, Québec e Paesi del Golfo di Biscaglia.

Si interruppe un momento nel compilare l'elenco, per ricordare cosa si era dimenticato, poi aggiunse anche l'Italia, sottolineando il nome, ché quel buffone di Mussolini, con l'embargo petrolifero, l'aveva già fatta franca una volta. Soddisfatto riprese il lungo elenco di provvedimenti urgenti.

Chiese al Governo britannico di riaprire la Burma Road, la lunghissima strada che congiungendo Rangoon, in Birmania, con Chungking in Cina, serviva al rifornimento dell'esercito nazionalista cinese di Chiang Kai-shek; a costui inviò anche alcune squadriglie di aerei moderni con piloti "volontari". Quindi Roosevelt diede disposizioni per accelerare al massimo le ricerche in campo atomico che, secondo alcuni scienziati, avrebbero portato alla costruzione di una bomba di enorme potenza.

Si sapeva che, disponendo dei migliori scienziati del settore, la Germania percorreva la strada che conduceva alla bomba atomica con determinazione ed era probabilmente prossima a giungere a dei risultati. Non c'era quindi più tempo da perdere; si doveva precedere la Germania almeno in quel campo, procedendo a tappe forzate.

Furono stanziati due miliardi di Dollari per quello che sarebbe stato chiamato Progetto Manhattan, per dotare il Paese di una bomba atomica, e che vedeva coinvolti numerose Università e centri di ricerca, a Chicago, a Princeton, a Livermoore ed altrove; inoltre si iniziò la costruzione di enormi complessi per la produzione di materiale fissile a Oak Ridge, nel Tennessee. Infine, accelerò il trasferimento della flotta del Pacifico da San Diego, in California, in una posizione più avanzata: Pearl Harbour.

Più che la perdita delle Falkland e la scoperta di avere nell'Argentina un nuovo nemico, fu la crociera tedesca in Oceania a sgretolare l'abituale impassibilità britannica. La mazzata era stata terribile, non solo per il naviglio distrutto, che aveva portato le perdite di marzo alla paurosa cifra di 800.000 t, e neppure per gli ingenti danni causati ai porti australiani e neozelandesi, ma per la consapevolezza di non poter difendere l'Impero.

I Governi di quei Dominion - si diceva nel Gabinetto di Guerra - chiedevano sicurezza, e se non si fosse stati in grado di assicurargliela avrebbero cercato aiuto altrove; gli unici che avrebbero potuto fornirgliela erano i cugini-concorrenti americani.

Maledizione! Ci avevamo messo quattro secoli a costruire il più grande Impero mai visto, e nel giro d'un anno, due al massimo, potremmo dirci fortunati se riusciremo a mantenere l'Africa.

Però, anche se quelle parti dell'Impero erano destinate ad essere perdute, conquistate da nemici od allettate da cugini parvenu, le si sarebbero difese, con le unghie e coi denti.

Sul fronte scozzese, a metà aprile, i britannici riuscirono finalmente a schierare i mezzi e le truppe ritenuti sufficienti per sferrare un'offensiva. L'inverno era stato inclemente ed aveva ostacolato tanto i britannici nella loro marcia di avvicinamento al fronte, ora lunga più di 150 km per le estese distruzioni delle vie di comunicazione, quanto la nostra aviazione, per le avverse condizioni meteorologiche che l'aveva costretta al suolo per la maggior parte del tempo.

- Cu cu! Eccoci! - mi avvisò Angela entrando col pupo in braccio che strillava come un'aquila, probabilmente per la fame.
- Cicciolino lui... vieni dal paponzo... dissi alzandomi e togliendolo dalle braccia della mamma - ma chi è che ha fatto piangere il mio pupetto? Non sarà stata quella vecchiaccia...
- Ti diffido dal continuare! Eccoti la salsa verde... che non meriti proprio... se solo sapesse la metà di quello che le dici, sai dove te lo ficcherebbe il vaso col bagnetto? -
- Non dirmelo! Non lo farebbe mai! E' una santa donna... e mi vuole bene - risposi aprendo il vasetto ed intingendovi il dito, per poi succhiarlo golosamente - Uhm! semplicemente sublime... come la figlia d'altra parte... cosa abbiamo per cena?
- Nel padellone è rimasta una manciata di vongole con la puccia; ci verso degli spaghetti appena al dente e li faccio andare per un minuto, ti basta? - mi tentò Angela.
- Mi sembra una cosa buona e giusta. Che vino preferisci? -
- Müller Thurgau, naturalmente se si accontenta il mio condottiero. Che parte di mondo hai conquistato oggi? -
- L'ultima conquista è stata la Norvegia. -

Capitolo XXI – Attacchi e contrattacchi

Il 16 aprile i britannici attaccarono il nostro fronte in Scozia. Da Dundee una divisione corazzata ed una motorizzata si diressero su Aberdeen risalendo la costa; a protezione del fianco sinistro avevano due divisioni di fanteria, un reggimento di queste doveva conquistare il passo di Drumochter, mentre una brigata motorizzata doveva effettuare una finta, movendo da Dumbarton in direzione di Fort William.

Di riserva i britannici disponevano di due divisioni di fanteria ancora incomplete e con qualche carenza nell'armamento. Il cattivo tempo favoriva gli attaccanti, perché teneva a terra la nostra aviazione, per cui le deboli posizioni del presidio di Montrose furono in parte travolte ed in parte costrette a ritirarsi sulla linea di difesa, ben più robusta, di Stonehaven. Era una trappola che avevamo approntato da tempo, sapendo che quella lungo la costa era l'unica via percorribile per un'avanzata che potesse seriamente metterci in difficoltà.

Gli attaccanti furono molto rallentati dai campi minati, dai Panzerfaust - i nostri bazooka – e, quando si arrestarono di fronte alla linea di Stonehaven, anche dai pezzi da 88, nati come cannoni contraerei, ma ancor migliori contro i carri. Nel giro di un'ora i britannici persero più di cento carri; quando facemmo intervenire l'artiglieria pesante su semoventi, la situazione sulla linea del fuoco si fece insostenibile e gli attaccanti cercarono di ritirarsi rinculando fra i campi minati, imbottigliati anche dalla divisione che sopraggiungeva da tergo.

La situazione dei tommies si fece ancor più critica quando una schiarita sugli aerodromi di Wick permise il decollo di due squadriglie di Stukas, che fecero una strage di carri e di veicoli; e divenne addirittura drammatica quando da Wick giunsero alcuni bombardieri leggeri ME 110 con bombe al napalm. Le due migliori divisioni che la Gran Bretagna poteva schierare sull'Isola furono fatte a pezzi e sulle posizioni di partenza tornarono solo una cinquantina di carri e di semoventi, a causa anche dei numerosi guasti meccanici che ebbero a subire.

Le due divisioni di fanteria che dovevano proteggere quelle corazzate sul loro fianco sinistro, non riuscirono a superare le creste arrotondate delle alture e degli allineamenti montuosi su cui avevamo allestito e mimetizzato i nidi delle mitragliatrici ed i mortai. Anche qui l'intervento dei ME 110 con bombe al napalm si rivelò decisivo per stroncare il tentativo della fanteria, che tornò sulle posizioni di partenza senza accentrarsi troppo per non offrire un facile bersaglio.

Il reggimento di fanteria incaricata di prendere il passo di Drumochter, a metà strada dall'obbiettivo, venne travolto da due nostre brigate di carri medi sbucate dal passo stesso, che sospinsero i superstiti lungo il corso del fiume Tay, prima fino a Perth, quindi, sfruttando il successo, fino a Drumferline ed a Kirkcaldy.

Si trattava del nostro contrattacco che si stava sviluppando esattamente come previsto. Le due brigate furono seguite da una divisione motorizzata che si spinse fino a Stirling, e da una di fanteria che investì Dundee; fecero appena in tempo, perché il cielo su Wick si coprì di nubi, facendoci mancare il supporto aereo.

Nessun aereo della RAF era riuscito a decollare fino allora, inchiodato a terra dal maltempo; il fuoco contraereo divisionale del nemico era inadeguato, le truppe attaccanti erano impreparate a subire un fuoco così intenso, le loro tattiche di combattimento erano quelle della guerra precedente. Per i britannici le bombe al napalm costituirono una terribile novità, non riuscivano a trovare il modo di evitarle; non bastava più buttarsi nel cratere d'esplosione di una bomba per essere statisticamente al sicuro, quel maledetto napalm penetrava in ogni anfratto, aggirava i ripari occasionali, avvolgeva in una nuvola di fuoco adesivo tutto ciò che trovava in un'area vastissima.

Tre giorni dopo eravamo saldamente attestati ad un'estremità del ponte sul Forth, a Dumbarton, e premevamo sulla periferia di Glasgow. Il 60% delle truppe attaccanti era stato distrutto od imbottigliato o catturato; iniziò allora un difficile rastrellamento, al quale parteciparono anche le nuove unità scozzesi, che costituì la parte più sanguinosa della battaglia I britannici asserragliati a Glasgow decisero di resistere e di combattere casa per casa, obbedendo all'ordine dell'Alto Comando di resistere ad oltranza ed al limite, con l'ultimo colpo, di "portarsi dietro con sé almeno un tedesco", come ebbero a raccomandare nell'impartirlo. Fummo costretti, nostro malgrado, a far intervenire l'artiglieria di grosso calibro che spianò interi quartieri della città, cercando di risparmiare di colpire, per quanto possibile, gli edifici di interesse artistico ed il centro storico.

Il nuovo fronte andava consolidandosi in una linea lunga una cinquantina di chilometri, da Dumbarton a Edimburgo; era tre volte più corto del precedente e meglio ancorato ad ostacoli naturali, che ne riducevano l'effettiva lunghezza ancora della metà. I rastrellamenti durarono fino ai primi di maggio ed alla fine contammo più di 10.000 prigionieri, forse meno eroici, ma meno ottusi di quanto l'Alto Comando britannico riteneva.

All'inizio di maggio cadde il governo Chamberlain, travolto da otto mesi di tremende mazzate, di cui l'ultima, la fallita riconquista della Scozia, gli fu fatale, e Churchill divenne Primo Ministro.

Era giusto così: Churchill non aveva alcuna colpa delle disfatte politiche e militari dei britannici, anche di quelle subite dalla

Royal Navy, pur essendo capo dell'Ammiragliato fin dall'inizio della guerra.

Con la sua designazione a Primo Ministro capimmo che non si era voluto nominare un Governo che mirasse a concludere un armistizio, come sarebbe stato logico vista la situazione strategica generale; ma un Governo che, come mise in chiaro Churchill nel suo intervento in Parlamento, radiotrasmesso dalla BBC, "... che può offrire solo sangue, sudore, fatica e lacrime ... che ha per politica quella di battersi per terra, per mare e in cielo con tutta la nostra forza e tutto lo spirito battagliero che Dio può infonderci", per poi continuare: "Quali i nostri scopi? Posso rispondere solo con una parola: Vittoria, vittoria ad ogni costo, vittoria nonostante ogni terrore, per lunga e dura possa essere la strada; perché senza la vittoria non sopravvivremmo... non sopravvivrà l'Impero Britannico... e nulla di ciò che l'Impero Britannico sosteneva...".

A Berlino avevamo seguito il discorso per radio. Che meraviglioso oratore! Che determinazione! Per aiutarlo a non deludere la sua gente, avendo promesso lacrime e sangue, quella sera iniziammo il cannoneggiamento di Glasgow, che durò ininterrottamente per due giorni.

La popolazione civile fu evacuata fra gli scoppi delle granate, assieme a quella di Edimburgo e di altri centri esposti, ma non ancora interessati dal fuoco. Quasi un milione di persone, donne, vecchi, bambini, si mise in marcia verso Sud portando con sé le poche cose trasportabili su carrette e carrozzine, lungo strade ostruite dalle macerie, ammassandosi presso ponti distrutti, oltrepassando veicoli bruciati.

Ci guardammo bene dall'infierire su quella povera gente incolpevole, vittima, più che del nostro cannoneggiamento, dell'ostinazione di Churchill di non aver voluto dichiarare Glasgow "città aperta" e di averla così condannata alla distruzione.

Churchill per rappresaglia ordinò un bombardamento notturno di Amburgo con oltre cento bombardieri pesanti, ma non ebbe fortuna. Gli aerei vennero avvistati dal radar di un nostro caccia di pattuglia al largo delle isole Frisone, che diede l'allarme con largo anticipo, pertanto fummo in grado di intercettarli con tutta la nostra caccia notturna disponibile, dotata di radar e di visori all'infrarosso.

Due squadriglie decollarono da basi in Frisia e nello Schleswig-Holstein e, prima ancora di raggiungere la nostra costa, la formazione attaccante fu falcidiata dai ME 110. Solo trenta bombardieri raggiunsero Amburgo, che subì gravi danni per i numerosi incendi appiccati nel centro storico dalle bombe incendiarie, svelando così l'intento terroristico dell'incursione, poiché poche bombe caddero sul porto, obbiettivo militare legalmente suscettibile di bombardamento.

Sulla via del ritorno altri venti bombardieri vennero abbattuti e quelli che terminarono la missione risultarono tanto sforacchiati e malconci da non essere più schierati; ma fu soprattutto la perdita dei 90 equipaggi - oltre 600 avieri - a far sì che l'impresa non venisse più ripetuta.

Ad ogni buon conto la sera successiva, nel programma di bombardamenti notturni delle città inglesi, venne inserita la storica città di York, in gran parte costituita da vecchie case di legno, che fu completamente incenerita.

Come prevedevamo le macerie di Glasgow furono occupate dai britannici, che schierarono lungo il fronte tutto quello che avevano: due divisioni di fanteria, due ancora in formazione e reparti della Guardia Nazionale, un'organizzazione di recente costituzione poco più che dopolavoristica. I difensori avevano poche armi, pochi mezzi per tenere un fronte anche ridotto come l'attuale e nessuna esperienza di combattimento.

Ma noi non avevamo fretta di avanzare; gli inglesi si battevano bene, lo avrebbero fatto ancor meglio per difendere le loro città e le loro case, se avessimo dovuto combattere più a Sud, in Inghilterra. Inoltre non potevamo sfamare 40 milioni di inglesi, se li avessimo conquistati subito.

Mussolini apprese dalla radio della crociera della nostra squadra navale nel Pacifico e quasi gli venne un colpo apoplettico. Vedere che gli alleati tedeschi scorrazzavano per tutto il mondo, ora travestiti da argentini, ora da canadesi, ora da giapponesi, mentre i suoi generali poltrivano in Libia e la menavano per le lunghe, gli faceva venire il sangue alla testa.

Troppe stellette avevano addosso quei lavativi - pensava - non erano invogliati a conquistarne altre; ma ci avrebbe pensato lui a dargli la sveglia! Ordinò un'avanzata generale, sia sul fronte tunisino, sia su quello egiziano, da effettuarsi al massimo entro una settimana; ricordò anche che gli ordini del Duce non si discutono mai, si obbedisce e basta.

Così avvenne. Tre divisioni motorizzate - nel senso che gli stessi automezzi occorrenti per una normale divisione motorizzata, riuniti in autoparco, dovevano servire per tutte le divisioni di fanteria, che quindi potevano muoversi rapidamente solo a scaglioni, se non volevano farsela a piedi - presero ad avanzare verso occidente per circa 100 km lungo la costa, fino alla Linea del Maret, un uadi debolmente fortificato dai francesi. Qui si fermarono, dopo aver allungato a dismisura le linee di approvvigionamento, in una piana semidesertica, con il mare alla propria destra ed una zona di aspri rilievi alla sinistra.

I francesi fecero intervenire 20 carri pesanti e 50 autoblinde che avevano fatto arrivare dalla Francia subito dopo la dichiarazione di guerra italiana, e con questi mezzi, una divisione della Legione Straniera ed una di fanteria, il 10 aprile, sbucando dalla zona di aspri rilievi, ma evidentemente non così aspri da essere intransitabili per loro, aggirarono da Sud il Corpo d'armata italiano tagliandogli i rifornimenti con Tripoli. Pressata da ogni lato dai francesi, senza rifornimenti e senz'acqua, riforniti con quel poco che poteva raggiungerli per via aerea, dopo una settimana d'agonia gli italiani si arresero, consegnando ai francesi un centinaio di cannoni ed un migliaio di automezzi. Le vittime furono poche, meno di un migliaio di soldati, ma i prigionieri furono quasi 30.000.

Fu un disastro che i velleitari bombardamenti di Tunisi e di Biserta, anziché mitigare, contribuirono a peggiorare. I francesi infatti, che fino ad allora si erano opposti al bombardamento delle città del Norditalia, costringendo i britannici, che invece volevano effettuarli, a condurli per conto loro partendo dall'Inghilterra, quindi con uno scarso carico di bombe, per ripagare gli italiani bombardarono duramente Milano e Torino facendo centinaia di vittime fra la popolazione e causando gravissimi danni.

Liquidate le divisioni italiane, i mezzi corazzati e la divisione di fanteria volsero quindi verso Tripoli, fermandosi solo a Sabrata, ove si acquartierarono.

Il contemporaneo attacco all'Egitto seguì la falsariga di quello tunisino. Cinque divisioni, motociclisti in testa, varcarono il confine mentre le truppe britanniche, relativamente poche ma ben equipaggiate e molto mobili, si ritirarono verso Est. Furono riconquistate la ridotta Capuzzo e Sidi Omar, perse subito dopo la dichiarazione di guerra, e giunti a Sidi Barrani gli italiani si fermarono, con le linee di rifornimento allungate di 120 km.

I britannici dopo la dichiarazione di guerra italiana avevano fatto affluire in Egitto i rinforzi necessari alla difesa del Delta (del Nilo). Essi erano costituiti da una divisione indiana, una neozelandese e sei battaglioni provenienti dalla Palestina, tutti ottimamente motorizzati con mezzi adatti alla guerra nel deserto, nonché con 50 carri medi e pesanti fatti arrivare dalla Gran Bretagna con la circumnavigazione dell'Africa.

Appena giunti sulla linea del fronte, il 12 aprile, i carri aggirarono le posizioni italiane dal lato del deserto, travolgendo la eroica ma inutile resistenza di isolati avamposti, e circondarono 4 divisioni italiane tagliandogli i rifornimenti, anche quello della preziosa acqua. Solo la divisione più vicina all'autoparco si salvò, fuggendo precipitosamente e rifugiandosi a Bardia. In quel primo assaggio di guerra nel deserto egiziano gli italiani persero 50.000 uomini, quasi tutti fatti prigionieri, più di 200 cannoni, 70 carri armati ed un migliaio di automezzi.

Appena riorganizzate le forze, l'attacco britannico continuò ed il 15 aprile investì Bardia, che teoricamente era classificata come una piazzaforte, ma che si arrese in due giorni, consegnando un bottino di 30.000 prigionieri, 400 cannoni ed un migliaio di automezzi.

Una settimana dopo fu investita Tobruk, ove il reggimento di carri tedeschi ed i pezzi da 88 di quello antiaereo salvarono la piazzaforte dal fare una misera fine, ma non riuscì ad impedire che questa venisse assediata.

Il 30 aprile fu conquistata Derna, una settimana dopo le due divisioni, una tagliando per il deserto e l'altra costeggiando la costa, si ritrovarono ad Agedabia; infine il 9 maggio, con soli 5 carri e una ventina di autoblinde, i britannici giunsero ad El Agheila sul confine con la Tripolitania. Davanti a loro non c'erano più truppe italiane, se non due divisioni della milizia con pochi autocarri, ma dovettero fermarsi per ristabilire le linee di comunicazione e per sistemare la spina nel fianco che si erano lasciati alle spalle a Tobruk.

Gli Italiani avevano perso non solo la Cirenaica, ma anche 110.000 uomini, 400 carri, 900 cannoni e - detto molto francamente - anche la faccia. Se non fosse stato per le poche forze tedesche presenti a Tobruk, avrebbero perso anche questa piaz-zaforte, con altri 25.000 uomini e 300 cannoni, com'era avvenu-to, quasi un anno dopo, in un universo parallelo.

Mussolini era disperato. Malediceva il suo popolo imbelle che non gli permetteva di estrinsecare il suo genio militare; lo ac-cusava di essere una razza molliccia, che si faceva sfilar via da sotto il naso l'occasione giusta per pareggiare il conto con la Storia; costatava amaramente che l'incudine non poteva dive-nire martello.

L'Alto Comando tedesco aveva assistito un po' distrattamente alle campagne militari italiane in Nordafrica perché tutto preso a preparare altro, ma non poteva dimenticare le sue truppe im-bottigliate a Tobruk. Era anche indignato per le dimensioni del-la disfatta italiana, per il modo in cui questa si era determinata, non lesinando pesanti sarcasmi e lazzi volgari nei confronti de-gli "ex-alleati" che avevano voluto mettersi in proprio.

Comunque qualcosa doveva fare, e subito. Con un ponte aereo da Varsavia e da Leopoli fece affluire a Tobruk due battaglioni di fanteria e rifornimenti di ogni tipo, mentre altri due batta-glioni, con Panzerfaust e visori notturni, presero posizione ad El Agheila. Era il massimo che potessimo fare, perché ben più importanti eventi stavano verificandosi in Francia.

**

- Bisogna andare a fare la spesa perché ho il frigo quasi vuoto. - mi interruppe Angela mentre mi accingevo a leggere il più bello - Stacca il culo da quella poltrona e vai al supermercato prima che chiuda, e quando tornerai, non fermarti al bar per l'aperitivo, che sennò farai scongelare i surgelati.-
- Vado subito. Ha qualche desiderio particolare la mia Pompea?
-

- Basta che tu non prenda le solite vaccate piene di conservanti. E poi, dico, non ero Cleopatra fino a ieri? -

- Sì, ma era Pompea a dire a Giulio Cesare di andare al supermercato prima di invadere la Gallia. Cleopatra invece, lo sollazzava nei momenti di riposo.-

- Allora sei arrivato solo alla conquista della Francia. Ma quanto dura ancora 'sta storia? -

- E non mettermi fretta, che non posso sbagliare. Piuttosto, guarda che Cesarione, di là, si è svegliato.-

Capitolo XXII – La Campagna di Francia

L'Alto Comando francese era più che convinto che un attacco tedesco contro la Francia si sarebbe sviluppato attraverso il Belgio settentrionale, come nel '14, poiché Gamelin riteneva invalicabili le Ardenne, inespugnabile la Linea Maginot, complicato e non risolutivo un attacco attraverso la Svizzera. Il Governo belga però, non volendo fornire alcun motivo per essere accusato di venir meno alla neutralità, non attuò neppure un minimo di coordinamento con i francesi su cosa fare nel caso fosse stato invaso, se non quando fu troppo tardi.

Dopo mesi di discussioni ed influenzato anche da documenti fatti ritrovare apposta per depistarlo, l'Alto Comando alleato, in cui i francesi avevano la "golden share", stabilì che, in caso di invasione tedesca del Belgio, gli eserciti alleati entrassero in quel Paese per formare un fronte il più possibile ad Est, sul fiume Dyle, con piazzeforti ad Anversa, a Lovanio, a Namur e, se si fosse riusciti ad avanzare rapidamente, ancora più ad Est, sul Canale Alberto, che i belgi dovevano tenere finché non fossero sopraggiunti gli alleati.

A fronteggiarsi ed a muoversi l'uno contro l'altro, il 10 maggio '40, erano due eserciti enormi, quali non si erano mai visti per mezzi impiegati.

I tedeschi schierarono su questo fronte circa 130 divisioni, di cui 10 corazzate con carri medi e pesanti e 20 fra divisioni motorizzate e meccanizzate; 1500 Stukas dell' Esercito e l'intera 2ª Luftflotte, forte di 2000 velivoli di ogni tipo, avrebbero dovuto conquistare il completo controllo dei cieli sui vari teatri dell'immenso campo di battaglia.

Tali forze erano distribuite in modo asimmetrico; davanti alle Ardenne c'erano 33 divisioni di cui 7 corazzate, più a Nord, di fronte al Belgio, c'erano 17 divisioni di cui 2 corazzate e più a Nord ancora, di fronte all'Olanda, erano schierate 5 divisioni, di cui una corazzata. Dietro a queste forze, articolate in Armate e Corpi d'armata, 35 divisioni erano pronte ad intervenire di rincalzo, mentre 20 divisioni di 2ª classe sarebbero state di presidio e di guarnigione nei territori occupati.

A Sud invece, lungo la Linea Sigfrido ed il corso del Reno, stazionavano solo 20 divisioni in funzione esclusivamente difensiva: da ciò la rilevante asimmetria dello schieramento.

L'esercito francese era forte di 105 divisioni, di cui 5 corazzate, 6 di cavalleria e l'equivalente di 10 divisioni di guarnigione della Linea Maginot, esse pure articolate in Armate e Corpi d'armata, distribuite uniformemente lungo il confine, dal Passo di Calais alla Svizzera.

I carri armati francesi erano di ottima qualità, ma erano privi di radio per comunicare fra loro e con i comandi, e privi di dispositivi per la visione notturna. Dei 3000 aerei dell'Aeronautica francese, tutti inferiori a quelli tedeschi, solo 1600 erano schierati presso il fronte e pochi - incredibilmente - disponevano di radio; gli aerei francesi inoltre, come pure quelli britannici, non disponevano di radar e di altri strumenti per la visione notturna.

Il BEF, dopo le iniziali due divisioni sbarcate in Francia in concomitanza dei nostri raid in Scozia, era stato integrato da due divisioni di fanteria, inviate al solo scopo di mostrare la volontà di sostenere la Francia nonostante si avessero i tedeschi in casa, e per non lasciarla sfilar via dalla guerra come prospettato anche esplicitamente da tanti organi di stampa, e non solo.

Era stata una decisione molto sofferta, con l'invasione della Scozia in corso, ma l'inattività dei tedeschi in quella regione, il limitato afflusso dei loro rinforzi e la messa in linea di forze corazzate da contrapporre agli invasori, aveva fatto correre il rischio e così ci si era privati di forze che, dal punto di vista militare, sarebbe stato più opportuno trattenere in patria.

Anche riguardo all'arma aerea i britannici dovettero effettuare scelte dolorose, perché il confronto aereo coi tedeschi durava già da otto mesi e stava volgendo a favore di questi ultimi a causa delle elevate perdite di piloti da caccia addestrati. Degli originari 470 aerei inviati in Francia all'inizio della guerra, 200 erano stati riportati in patria ed erano rimasti a supporto dei francesi solo quelli meno moderni.

In ogni caso il BEF la sua brava e bella figura la faceva: schierato attorno a Lilla, per tutta la durata della drôle de guerre, mentre i francesi poltrivano, aveva fortificato il più possibile le sue postazioni. All'inizio dell'offensiva sarebbe scattato in avanti per prendere posizione lungo il fiume Dyle, fra Lovanio e Warve, e forse anche oltre.

I Belgi disponevano di 22 divisioni e gli Olandesi di 10; l'aviazione militare di queste nazioni era costituita da un centinaio di velivoli obsoleti.

Complessivamente le forze alleate che si opponevano ai tedeschi ammontavano a circa 140 divisioni.

All'alba del 10 maggio, mentre la nostra aviazione distruggeva al suolo quella belga e quella olandese, una divisione aviotrasportata ed una di paracadutisti prese terra presso i principali porti ed aeroporti olandesi; prima di mezzogiorno le principali postazioni della cosiddetta "Fortezza Olanda" erano in nostro possesso, come pure gli importantissimi ponti sul delta del Reno e della Mosa, prima che si potesse farli saltare.

L'Olanda era spacciata, in soli cinque giorni le nostre truppe la invasero completamente; una divisione corazzata raggiunse il ponte sulla Mosa tenuto dai parà e si diresse verso Breda. La sera del 14 gli olandesi si arresero, la Regina ed il Governo fuggirono su due caccia britannici che vennero intercettati da una squadriglia di Stukas che li attaccò, danneggiandone uno e mancando per un pelo l'altro; la Regina con metà dei componenti del Governo riuscì a salvarsi, mentre l'altra metà perì o venne catturata.

Più a Sud, la nostra VI Armata passò la Mosa sui ponti tenuti dai parà ed investì i belgi schierati lungo il Canale Alberto, facendo credere ai franco-britannici di voler puntare su Bruxelles, come avevamo fatto nel '14 e come i documenti fatti ritrovare indicavano.

Nelle prime ore del 10, una compagnia di Kommando trasportata da alianti atterrò direttamente sulle fortificazioni di Eben Emael, considerata la fortezza più potente d'Europa, cardine dello schieramento belga sul Canale Alberto e le espugnò utilizzando speciali esplosivi a carica cava.

Più a Sud ancora, la IV e la XII Armata varcarono il confine del Belgio meridionale e del Lussemburgo tra Liegi e la Mosella e cominciarono a filtrare nelle Ardenne, rintuzzando le sporadiche e mal condotte azioni di contrasto del nemico, rallentate solo dai giganteschi ingorghi creati dal serpentone di carri armati, di veicoli speciali di ogni tipo, di trasporti truppa, lungo quasi 100 km.

Un Corpo corazzato puntò su Dinant, un altro si diresse verso Revin, Monthermé e Charleville, un altro ancora su Sedan; tutti gli obbiettivi erano situati sulla Mosa, l'ultima barriera naturale prima di Parigi.

Gli alleati franco-britannici trascorsero quel 10 maggio movendo in modo disordinato le truppe verso la frontiera franco-belga, altra confusione si verificò per mancanza di coordinamento con i belgi, ma pur con qualche difficoltà le truppe alleate riuscirono a procedere con speditezza, stupendosi alquanto dei pochi mitragliamenti subiti ad opera dell'aviazione nemica e della tranquillità dell'avanzata. A mezzanotte del 10 la linea del Dyle venne raggiunta dagli automezzi e dai carri, ed essi si spinsero oltre come avevano sperato di poter fare, ma costatando che il fiume Dyle non costituiva una seria linea di difesa. Intanto le truppe appiedate erano rimaste molto indietro.

Visto dall'alto, l'esercito alleato sembrava un gigantesco portone che, incernierato a Sedan, si apriva in senso orario in direzione di Breda. Mentre la sua parte più esterna si moveva verso Nord-Est velocemente ed era fortissima con le sue 45 divisioni - 67 conteggiando anche quelle belghe - la parte prossima alla cerniera era molto debole, con truppe di seconda scelta, che per di più avevano difficoltà a prendere posizione sulla Mosa. Nessuno però si preoccupava più di tanto, perché a proteggere quel tratto delicato del fronte c'erano i rilievi e la foresta delle Ardenne, considerati invalicabili per un esercito moderno. I difensori sulla Mosa avrebbero dovuto limitarsi a controllare gli sbocchi della foresta da eventuali piccole scorribande di tedeschi.

Fino alla notte del 12 tutto pareva andare moderatamente bene per gli alleati, anche se, a causa del mancato coordinamento dei reparti, per ordini e contrordini mal ponderati e per i ritardi nell'eseguirli, molte occasioni per contrastare i tedeschi erano ormai sfumate, come quella, clamorosa, di non bombardare il "serpentone" di carri e di veicoli che attraversavano le Ardenne, pur avendolo avvistato fin dalla sua partenza.

L'Alto Comando alleato era soprattutto soddisfatto perché si sarebbero fermati i tedeschi molto più ad Est di quanto si riuscì a fare nel '14, evitando così che estese regioni francesi potessero trasformarsi in campi di battaglia e subire un'altra tristissima occupazione.

Anche il nostro Alto Comando era felice come non mai: il nemico aveva infilato la testa in un cappio.

Conquistato il forte di Eben Emael e dopo aver difeso due importanti ponti sulla Mosa dagli attacchi quasi suicidi condotti dall'aviazione alleata, la VI Armata investì il Canale Alberto, lo superò facilmente e due giorni dopo giunse sulla linea Tirlemont-Huy, dove si scontrò con le avanguardie alleate, per poi investire in pieno i franco-britannici fra Wavre e Namur; ma procedendo senza nessuna fretta, per dar modo agli alleati di imbottigliarsi sempre di più.

Saputo del cedimento belga sul Canale Alberto e dell'avanzata - per loro rapidissima - delle colonne tedesche verso la linea del Dyle, ritenendola non abbastanza robusta per trattenerle, gli alleati presero in considerazione l'idea di limitare la propria avanzata alla Schelda, più vicina alla frontiera franco-belga; ma era ormai troppo tardi. Non era più possibile far ritornare le molte truppe che avevano già oltrepassato questa possibile linea di difesa ed erano in marcia verso la destinazione iniziale sul Dyle, stabilita nei piani approntati prima della guerra.

Il portone si stava aprendo e la sua inerzia rendeva impossibile invertirne il movimento con rapidità.

Per poter avere il tempo di approntare valide difese sul Dyle ed al passo di Gembloux, fra Namur e Wavre, e per completare lo schieramento delle truppe che dovevano difendere questa linea, forze corazzate francesi affrontarono quelle tedesche in una grande battaglia, la prima fra soli carri armati. Il miglior impiego tattico di quelli tedeschi, permesso anche dalle radio di cui erano forniti, fece sì che venissero distrutti un gran numero di carri francesi, bersagliati oltretutto dagli Stukas durante il giorno e da incursioni notturne di carri con visori all'infrarosso. Micidiale fu anche l'impiego dei recenti cacciacarri "Panzerjäger" dotati di munizioni speciali a carica cava e quelle ad alta penetrazione; nonché l'azione dei già collaudati Panzerfaust individuali.

La battaglia durò due giorni, fino alla sera del 13 e comportò la distruzione di una divisione corazzata francese; numerosi furono anche i carri catturati perché rimasti senza carburante, mentre molto limitate furono le nostre perdite di carri. Il sacrificio della divisione corazzata francese consentì alle truppe alleate di trovarsi schierate sulla linea del Dyle a partire dal giorno 14, pressate senza troppa energia dalla VI Armata tedesca.

Più a Sud, appena giunti sulla Mosa i nostri Corpi corazzati cominciarono a battere le postazioni sull'altra riva, sia mediante il cannoneggiamento diretto delle casematte, sia con incessanti attacchi di Stukas su ogni obbiettivo individuabile nelle immediate retrovie. Quindi le unità d'assalto forzarono il fiume a Monthermé, a Revin, a Dinant ed a Sedan, qui addirittura in tre punti, ora utilizzando cortine fumogene e battellini gonfiabili, ora impiegando speciali veicoli cingolati dotati di rampe estensibili, carri anfibi ed anche carri sommergibili, tutti ancora allo stadio di prototipo.

A partire da quella notte i nostri genieri iniziarono a stendere dei ponti di barche che, ultimati con somma perizia e rapidità, già dal 15 consentirono il transito dei cingolati e dei veicoli.

A Sedan le nostre perdite furono contenute, mentre i francesi erano sottoposti ad un bombardamento continuo condotto con Stukas. Questi aerei quando entravano in picchiata producevano un sibilo lacerante che amplificava l'efficacia delle bombe, spezzando i nervi a chi lo subiva per periodi prolungati di tempo, azzerando la sua capacità di resistenza.

I francesi smisero presto di resistere e cominciarono a ritirarsi in modo disordinato. Non solo i soldati, ma anche sottufficiali ed ufficiali erano di seconda scelta, tanto che alcuni di questi ultimi vennero sorpresi a guidare la rotta dei propri reparti. Essa fu contagiosa e coinvolse anche le divisioni giunte a dar man forte; reparti di una divisione si polverizzarono senza neppure essere stati attaccati dai nostri carri, ma solo per sentito dire della loro presenza, altri non resistettero al veemente attacco di poche truppe d'assalto.

Ancora alla sera del 14 i messaggi inviati dai comandanti sul campo all'Alto Comando a Parigi erano tranquillizzanti e tendevano a minimizzare la situazione, che era invece già compromessa; così i reparti corazzati che avrebbero potuto intervenire subito, si mossero tardi e con lentezza, nel solito bailamme di ordini e di contrordini.

Durante la notte del 14, a Sedan, la fanteria d'assalto aveva aperto una testa di ponte profonda 8 km e larga altrettanto, ed approntati gli ultimi ponti di barche, i carri di Guderian iniziarono a passare uno dopo l'altro, seguiti dagli altri veicoli, per ricostituire le divisioni sull'altra sponda del fiume. Una si dispose a protezione della testa di ponte da contrattacchi che si verificarono con enorme ritardo e con forze insufficienti, le altre due volsero ad Ovest in direzione di Rethel, sul fiume Aisne, a 50 km di distanza, per spezzare in due lo schieramento francese. La spallata di Guderian aveva scardinato il portone proprio colpendo i fragili cardini.

A Dinant Rommel ebbe qualche difficoltà in più per la resistenza che i francesi opponevano ai tentativi di attraversare la Mosa, ma per mezzogiorno del 14 riuscì a portare al di là del fiume truppe sufficienti a costituire una sacca larga 5 km e profonda 3, che resistette ai deboli, tardivi e sconclusionati contrattacchi, fino a che fu completato il ponte di barche che permise il passaggio di due divisioni di carri già dalla mattina successiva. Il giorno 16, un'enorme sacca profonda fino a 30 km si estendeva fra Namur e Sedan,; il 17, il cuneo di forze corazzate seguito dalla fanteria motorizzata si era spinto fino al fiume Oise, travolgendo la debole resistenza che gli si frapponeva e rintuzzando i tentativi, effettuati sui lati, di strozzare la profonda insaccatura.

Usati maldestramente i pur ottimi carri francesi furono fatti a pezzi; venuti a mancare loro, una dopo l'altra le divisioni di fanteria si sfasciarono. La sera del 18 le colonne di carri tedeschi erano a Péronne, il 19 ad Amiens, il 20 entrarono ad Abbeville, all'apice dell'estuario della Somme.

Forze francesi, britanniche e belghe ammontanti a 60 divisioni erano state isolate dalle restanti forze francesi. I cappio in cui gli alleati avevano infilato la testa si era serrato sotto il mento.

Il giorno 19 il gen. Gamelin fu sostituito dal gen. Weygand, fatto rientrare dalla Siria ove era stato relegato. Era altrettanto vecchio ed incapace, ma più permaloso del predecessore e perse due giorni per rendersi conto di persona della situazione - tempi e metodi da Grande Guerra! - ma non fu un'idea intelligente, perché anche se ci fosse stata la possibilità di salvare la situazione, così facendo andò persa.

Il panico che era cominciato a circolare nel Quartier Generale francese già dal 15, si fece via via più incontrollabile man mano che giungevano le notizie. Si impartivano ordini per effettuare contrattacchi veementi, ma già in ritardo di uno o due giorni rispetto a quando si sarebbero dovuti impartire; erano ordini diretti a comandanti incapaci di eseguirli, se non con ritardi di ore o addirittura di giorni, perché le forze al loro comando erano già state semidistrutte o disperse. L'enorme battaglia si frantumò in scontri isolati volti a liberarsi dall'accerchiamento ed a mantenere comunque un fronte continuo, seppure mobile, che impedisse ulteriori infiltrazioni nemiche.

Intanto le nostre colonne corazzate da Abbeville presero a risalire la costa della Manica per isolare le truppe alleate dal mare.

Il cielo era dominato dai caccia dalla Luftwaffe che impegnavano duelli infiniti con quelli della RAF e quelli francesi, consentendo così agli Stukas dell'Esercito di compiere missioni di appoggio alla fanteria ed alle colonne motorizzate.

Il giorno 22 il territorio in cui erano imbottigliati gli alleati si era dimezzato; ora il fronte passava da Montreuil, da Arras e da Valenciennes. Il 23 fu investita Boulogne, che cadde il giorno successivo. Il 25 fu attaccata Calais, che resistette ad oltranza per permettere l'allestimento di postazioni difensive attorno a Dunkerque, ma il sacrificio della guarnigione consentì di guadagnare solo due giorni.

Il 28 maggio il Re del Belgio si arrese assieme al suo esercito, aprendo così un varco nel fronte alleato in cui si infilarono unità della VI Armata che premeva i belgi dappresso, esse raggiunsero rapidamente Ypres, scompaginando definitivamente le possibilità di difesa ordinata delle truppe accerchiate.

Il 29 Guderian investì il perimetro difensivo appena abbozzato attorno a Dunkerque, superando Gravelines e giungendo a ridosso di Dunkerque stessa; più a Sud grosse formazioni francesi erano isolate a Lilla ed in una vasta zona presso Armentiéres.

Per le forze alleate imbottigliate il 30 maggio fu l'ultimo giorno di agonia. Ridotti a sperare in un'evacuazione dalle spiagge fra Dunkerque e Nieuport, continuamente bombardati anche con bombe al napalm e mitragliati dagli Stukas, i francesi si arresero, insieme agli inglesi che non erano riusciti ad imbarcarsi; quelli che riuscirono a farlo dovettero però abbandonare sulla spiaggia tutto il materiale, portando con sé solo i fucili.

A partire dal 26, i britannici avevano cominciato ad evacuare la maggior parte possibile del BEF, iniziando dal personale non combattente. In un primo tempo inviarono alcuni piroscafi, ma il minamento del porto di Dunkerque, che causò l'affondamento di un piroscafo, costrinse all'impiego di naviglio sottile, persino di yacht privati, fatti giungere da ogni porto dell'Inghilterra. Fu inutile, solo 40.000 uomini furono evacuati, molti di questi feriti e ustionati; 50.000 invece furono fatti prigionieri.

La RAF cercò in tutti i modi di guadagnare il dominio del cielo, almeno nella ristretta area del reimbarco, ma fu soverchiata dal numero di aerei messi in campo dalla Luftwaffe. Ingaggiò centinaia di duelli aerei con un rapporto impari di uno contro due, fin anche di uno contro tre, e ne uscì a pezzi; nei soli quattro giorni dell'evacuazione perse 250 aerei da caccia e quasi altrettanti insostituibili piloti.

Negli stessi giorni, nel Passo di Calais, la Luftwaffe fece strage di navi e di imbarcazioni britanniche intente nell'opera di evacuazione, affondando un incrociatore, 12 caccia, 20 pescherecci e dragamine, 15 mercantili ed oltre 200 piccole imbarcazioni. Nei giorni successivi il mare gettò sulla costa i corpi di quasi 10.000 soldati appena evacuati dalle spiagge e di marinai intenti nel salvataggio di quanto restava del BEF.

Il 1° giugno, per evitare inutili stragi, fu interrotto il bombardamento delle truppe francesi accerchiate a Lilla ed ad Armentiéres, rimaste quasi senza viveri e munizioni. Si chiese la loro resa e dopo alcune ore passate a parlamentare - non ci fu nessun generale Cambronne a rispondere "Merde" - le truppe si arresero. Più di mezzo milione di soldati furono fatti prigionieri ed avviati in Germania.

**

- Allora Cesare, hai finito la campagna delle Gallie? - mi domandò Angela sfottendomi.
- Gallia est omnis divisa in partes tres… -
- Oddio! non lo tiene più nessuno… -
- Superior stabat lupus/ longeque inferior agnus… -
- Ma quello è Fedro. Cosa c'entra? -
- Stavo delimitando il confine fra Zona occupata e Francia di Vichy.-

- Cosa vuoi mangiare oggi? -

- Risotto allo zafferano con funghi, così stasera possiamo farlo saltare in padella senza perdere altro tempo; e zucchine, se ne vuoi anche tu.-

- Ti apro l'anfora col Falerno? -

- No! Dopo duemila anni farà schifo. Meglio il Bardolino dell'anno scorso.-

Capitolo XXIII – Il Salone degli specchi

Molti politici francesi cominciarono seriamente a pensare che tutto fosse perduto e che bisognasse preservare quanto restava dell'Esercito per tutelare l'ordine pubblico, essendo ciò il chiodo fisso di Weygand e di Petain, il vecchissimo eroe della Grande Guerra tornato alla ribalta del potere in quel tragico momento. Essi, pur proclamando di voler resistere ai tedeschi, sapevano che ormai sarebbe stato tutto inutile.

I britannici invece costatavano che, se le perdite di soldati erano state grandi, ancor di più lo erano quelle di armamenti; avevano infatti perso montagne di materiale a Dunkerque ed ancor di più in Scozia. Era impossibile rimpiazzare tanti armamenti in tempi brevi, occorreva poter armare urgentemente chi voleva combattere, anche volontari civili, ora che l'Inghilterra poteva essere invasa, oltre che da Nord e da Est, anche da Sud, non appena i tedeschi avessero liquidato la Francia.

Gli Stati Uniti non ebbero neppure bisogno di essere pregati; mezzo milione di fucili con 120 milioni di colpi, 900 cannoni da campagna da 75 con un milione di proiettili e 8.000 mitragliatori uscirono dai loro depositi militari per essere imbarcati su 12 mercantili che, a partire dall'11 giugno, salparono a coppie dal New Jersey. Nei confronti di una nazione che stava per tirare le cuoia, qual era la Gran Bretagna in quel momento, fu un grosso atto di generosità - perché non pretesero di essere pagati in anticipo - e di fiducia cieca.

Dopo la prima, altre coppie di mercantili sarebbero partite con cadenza settimanale, tenendo rotte sempre diverse, più meridionali di quelle abituali, ma fu tutto inutile. I tedeschi sapevano delle preziosissime spedizioni e della data di partenza della prima, poiché glielo avevo detto io stesso; non fu facile, ma prima scatenarono alla loro ricerca gli U Boote, che ne affondarono due presso le Azzorre, quindi formarono un'improvvisata squadra navale che sorprese la coppia successiva appena ad oriente del 65°W, catturando entrambe le navi. Gli altri mercantili, già sotto carico, furono trattenuti in attesa di nuove direttive e di tempi migliori, che non vennero.

Il 5 giugno i tedeschi, dalle loro posizioni sulla Somme e sull'Aisne, ripresero l'attacco lungo l'esteso fronte, disponendo di forze soverchianti rispetto a quelle francesi. Potevano schierare infatti 60 divisioni, di cui 6 corazzate e 14 motorizzate, cui si contrapponevano solo 28 divisioni, di cui 4 corazzate, queste ultime ridotte solo ad un terzo della forza originaria.

Nei cieli volavano solo aerei tedeschi, nonostante i francesi avessero ancora aerei a bizzeffe, più di quelli coi quali avevano iniziato la guerra, cosa che nessuna commissione d'inchiesta post-bellica riuscì a spiegare. Churchill respinse ogni insistente richiesta francese di inviare caccia moderni che potessero fermare le colonne corazzate, né poteva accoglierle se non voleva sguarnire completamente l'Isola. Era una battaglia senza speranza e Weygand, per stupidi motivi d'onore, aveva vietato ogni ritirata e resa.

Al centro dello schieramento i francesi seppero opporre una valida resistenza, ma ai fianchi cedettero ed i tedeschi il giorno 9 raggiunsero da un lato Rouen ed il basso corso della Senna, creando delle teste di ponte, e dall'altro Soisson, sull'Aisne. Da questa città, lasciate le tombe dei Re Merovingi, raggiunsero Château Thierry il giorno 10, Reims e Senlis l'11, Sézanne e Châlons il 12, St. Dizier il 13, attraversando luoghi troppo carichi d'arte e di storia per poterne scrivere; rispettando tutto ciò che di pregevole o di memorabile vi fosse, purché non costituisse scudo per una resistenza, dopo aver avvertito per radio e con altoparlanti delle loro intenzioni. Il 14 giugno la Wehrmacht entrò a Parigi, dopo aver trattato la resa della città.

Da una settimana Weygand e Petain volevano por fine alla guerra. Discussioni feroci si ebbero fra militari e membri del Governo, se fosse meglio arrendersi - questione meramente militare, quindi per essi disonorevole - oppure chiedere un armistizio - fatto tutto politico, che avrebbe reso impossibile la prosecuzione della guerra dal Nordafrica e dall'Impero .

Il giorno della caduta di Parigi il Governo si trasferì a Bordeaux in un clima di caos e di astiose recriminazioni; le comiche finali si raggiunsero quando un membro del Governo, per mettere tutti d'accordo, escogitò la trovata di non chiedere l'armistizio, bensì le "condizioni per un armistizio", come se le due cose non fossero un tutt'uno.

Il presidente del consiglio Reynaud, e con lui metà Parlamento, avrebbe voluto continuare la lotta in Nordafrica, ma prevalsero i militari, le camarille filofasciste e "forse" l'altra metà dei parlamentari (ho scritto "forse" perché non vennero mai contati) quindi il 16 giugno Reynaud rassegnò le dimissioni.

Petain ottenne i pieni poteri, fece subito un discorso radiofonico in cui annunciò che i combattimenti dovevano cessare - facendo così arrendere mezzo milione di soldati che vennero fatti prigionieri - quindi formò un nuovo Governo di ispirazione fascista e con elementi filo-tedeschi, che come primo atto chiese le "condizioni dell'armistizio" e, se possibile, anche quelle di pace. Pazzesco! Solo uno affetto da demenza senile poteva fare quelle cose, in quell'ordine e con quella fretta.

Frattanto i tedeschi, travolti i pochi ostacoli, sciamavano verso Sud e verso Ovest su strade invase da una marea di profughi che fuggivano davanti a loro, senza sapere dove andare. Quando li raggiunse la notizia della richiesta di armistizio erano arrivati a St.-Lô, a Laval, alla Loira, a Digione, a Besançon ed avevano accerchiato i 400.000 soldati di guarnigione della Linea Maginot. La marcia verso Sud fu arrestata, quella verso occidente continuò, avendo per obbiettivo il Cotentin e la Bretagna. Il 21 Brest venne raggiunta; in quel giorno furono presentate ai francesi le condizioni per l'armistizio a Versailles, nello stesso Salone degli Specchi in cui si costrinse la Germania a firmare il Trattato di pace del '19 e dove, nel 1871, il Kaiser era stato incoronato Imperatore.

Fra le condizioni d'armistizio si prevedeva che la Francia sarebbe stata divisa da una linea di demarcazione lungo il corso della Loira, dalla foce a Nevers, e da questa città, seguendo il 47°N, fino al confine svizzero presso Portalier. A Sud della linea di demarcazione la Francia avrebbe avuto le prerogative di uno Stato sovrano, tranne alcune limitazioni riguardanti l'Esercito e l' Aeronautica, ma con l'obbligo di mantenere un'assoluta neutralità nel conflitto in corso. Se il suo territorio metropolitano fosse stato minacciato o attaccato da qualsiasi potenza, autorizzava fin d'ora l'automatico intervento tedesco per difenderlo. Qualsiasi forma di collaborazione con la Confederazione sarebbe stata benaccetta ed avrebbe comportato migliori condizioni di pace.

La Zona a Nord della linea di demarcazione sarebbe stata occupata dalle forze armate tedesche e sottoposta ad un regime soft, con leggi quasi identiche a quelle della Francia Libera ed apparato amministrativo- giudiziario dipendente da questa. Le Regioni della Bretagna, delle Piccardia, dell'Artois, dell'Alsazia e della Lorena però avrebbero avuto lo status di Regioni a regime speciale, con minimi legami con la Francia, preludio non dichiarato di un possibile inglobamento di tali Regioni nella Confederazione.

Come contributo per le spese di occupazione sarebbero stati esatti, in oro od in altri beni, due miliardi di Marchi all'anno, cifra elevata, ma non esagerata per una nazione ricca come la Francia.

I tedeschi avrebbero avuto diritto di libero transito, per strada e per ferrovia, lungo la costa atlantica e lungo la valle del Rodano; avrebbero anche potuto tenere piccoli presidi a La Rochelle a Marsiglia ed a Bordeaux. Era prevista la restituzione del milione e mezzo di prigionieri alla firma del Trattato di pace.

La Flotta francese non doveva finire in mani britanniche o statunitensi, e per ogni nave che avesse avuto tale sorte, la Francia Libera avrebbe fornito ai tedeschi una nave equivalente. Naturalmente potevano usare la propria Flotta per proteggere l'Impero, e pari impegno avrebbe dovuto profondere l'Esercito.

C'era anche una clausola segreta: la Siria ed il Libano sarebbero stati divisi lungo il 34°N e la parte settentrionale di quei Protettorati francesi sarebbe passata sotto controllo tedesco a seguito di semplice richiesta, con un preavviso di 15 giorni.

Il giorno successivo i delegati furono autorizzati a firmare l'armistizio, che ebbe effetto immediato. I Francesi ebbero l'impressione che, alla fine della guerra, sarebbero tornati sui confini di 300 anni prima, ma che dopotutto poteva capitargli di peggio.

Era un armistizio abbastanza generoso, soprattutto se confrontato con la pace che i francesi ci avevano imposto nel '19, ma avevamo tutto l'interesse a tirare la Francia dalla nostra parte.

Stipulato l'armistizio, avvertimmo i francesi che sapevamo, da fonte sicura, che entro dieci giorni i britannici avrebbero tentato di impossessarsi o di distruggere le navi da guerra francesi alla loro portata.

I rapporti fra i due alleati, nelle ultime settimane, erano scivolati in una grave crisi. I francesi recriminavano di essere stati lasciati soli di fronte ai tedeschi, avendo schierato più di cento divisioni ed i britannici solo quattro, di aver portato in Francia 400 aerei e di averli subito ritirati, di aver sentito l'odore del mare ed il suo irresistibile richiamo per tutta la durata della lotta in Fiandra. I britannici accusavano i francesi di aver chiesto di gettare nella mischia i loro pochi e preziosi caccia moderni quando già ipotizzavano un armistizio, e di averlo infine stipulato, in spregio agli accordi presi che escludevano armistizi o paci separate. La tensione crebbe ancor più quando l'ammiraglio Darlan, capo della Marina da guerra francese, ordinò alle sue navi che stazionavano in porti britannici di uscire in mare aperto al più presto. Churchill, che paventava la cessione ai tedeschi della flotta francese, nonostante quanto previsto dall'armistizio che aveva avuto modo di conoscere, e temendo che clausole segrete dello stesso consentissero ciò che le clausole palesi escludevano, aveva in realtà appena deciso di effettuare un colpo di mano contro le navi francesi che aveva a tiro, ma non fece in tempo a mettere in atto il piano, se non in piccola parte.

A Plymouth ed a Portsmouth stazionavano parecchie unità della flotta francese: 2 navi da battaglia, 4 incrociatori, 8 torpediniere, sottomarini ed altro naviglio minore. Quando Darlan emanò l'ordine di prendere il largo, le grandi navi ci riuscirono solo di stretta misura; 2 incrociatori e 4 torpediniere furono danneggiati dal fuoco delle batterie costiere, entrate tardivamente in azione, i sommergibili ed il naviglio minore andò perso, intanto le navi uscite dal porto, dopo aver risposto al fuoco, si diressero verso Bordeaux e Casablanca.

Nella rada di Alessandria stazionava una squadra francese composta da una nave da battaglia e da 4 incrociatori, che pure riuscì ad uscire in mare aperto appena in tempo, ma che fu costretta a lasciare in rada due incrociatori scarsi di carburante.

L'episodio più grave si ebbe nella base navale di Mers el Kebir, presso Orano. Qui, ritenendo di essere al sicuro essendo sul territorio metropolitano francese, erano all'àncora ed attraccate alle banchine due navi da battaglia modernissime, una vecchia corazzata ed un incrociatore. Il 1° luglio una squadra britannica, partita da Gibilterra, sorprese le navi francesi affondandone due e danneggiando le altre.

La tensione franco-britannica crebbe fino al calor bianco e la guerra non fu dichiarata solo perché la Francia era troppo prostrata per farla, comunque questa effettuò un bombardamento aereo di Gibilterra che procurò pochi danni alle strutture del porto.

I due gioielli della Marina francese, lo Strassbourg ed il Dunkerque, incrociatori da battaglia superiori agli omologhi tedeschi - Scharnhorst e Gneisenau - proprio perché costruiti per poterli contrastare, a norma delle condizioni di armistizio appena stipulato, e dopo lunga trattativa, furono trasferiti alla Germania. Le due navi furono temporaneamente parcheggiate a Pola per essere riparate dei danni subiti e per essere equipaggiate con radar, idrofoni e quell'armamento moderno che fu possibile montare. La bandiera della Kriegsmarine tornava a sventolare nel Mediterraneo, e non più per epiche fughe, come quella del Göben della guerra precedente, ma per restarci.

***

- Caro, io porto Massimo a prendere una boccata d'aria. - mi disse Angela, spingendo il passeggino ed aspettandosi di essere aiutata a superare i quattro gradini dell'ingresso.
- Certo amore. - risposi alzandomi e sollevando passeggino e pupo. - Guarda un po'; uno non fa a tempo a nascere, che subito gli mettono una bella barriera architettonica da superare.-
- Ma le barriere architettoniche sono quelle che vanno in su, non quelle che vanno in giù, dato che è facilissimo ruzzolare e superarle bellamente.-

- Ma quanto sei spiritosa! ma ti pagano a cottimo per fare queste battute? -

- No, ma a furia di starti vicino, mi viene spontaneo sparare delle cazzate.-

- Che bello! Sono il tuo Nume ispiratore! Quando sei in giro, se ti senti ispirata, vedi di prendermi delle sigarette, così faccio a meno di uscire anch'io.-

Capitolo XXIV – Lavori e finanza

I tedeschi cercarono di comportarsi il meglio possibile nella Francia occupata, per non crearsi problemi e per far ripartire la produzione industriale, indirizzata anche ai fini bellici, soprattutto nelle Regioni Speciali.

In Bretagna 300.000 prigionieri furono impiegati per la costruzione di imponenti opere di fortificazione e per la realizzazione di infrastrutture di cui la regione abbisognava: strade, ferrovie, reti di telecomunicazione, ospedali, scuole.

A Brest ed a St.-Nazaire furono ampliate o costruite ex novo due basi navali in parte corazzate, atte anche a ricoverare sommergibili ancora in progetto, dislocanti fino a 20.000 t; furono scavate immense caverne che sarebbero servite da centri di comando e di trasmissione, da sili per missili, da hangar, da autorimesse anche per mezzi corazzati, da officine e da depositi di materiali bellici. Ogni rada, approdo e baia furono sorvegliati e difesi, anche contro possibili incursioni di Commando. 2 divisioni da fortezza, 2 brigate corazzate e 2 motorizzate presidiarono la regione, trasformandola in quel Baluardo Bretone su cui alcuni generali francesi, agli sgoccioli della guerra, contavano per proseguire la resistenza.

Nell'Artois ed in Provenza, altri 300.000 prigionieri furono destinati alla fortificazione dei porti di Le Tréport, di Boulogne, di Calais e di Dunkerque, alla ricostruzione di infrastrutture e di edifici pubblici distrutti dalla guerra, nonché alla costruzione di batterie costiere, in parte sotterranee e su affusti ferroviari, in corrispondenza del capo Gris-Nez.

In Alsazia ed in Lorena si esaminarono le variazioni di proprietà intervenute dopo il '19 con le stesse modalità già attuate in Polonia l'anno precedente. Si smontò dalla Linea Maginot quanto era riutilizzabile e la si adibì a deposito, rifugio, ospedale, caserma, carcere di sicurezza e quanto altro possibile fare, non potendo "girarla" di 180°; alcuni tratti di essa furono persino trasformati in museo.

Lungo la costa della Manica furono fortificati i porti di Cherbourg, di Caen, di Dieppe e furono allestiti aerodromi in ogni dove; furono ricostruite - per ingraziarci i francesi - le infrastrutture distrutte o danneggiate dalla guerra, compresi gli edifici pubblici; il tutto comportò l'impiego di oltre 200.000 prigionieri. Del milione e mezzo di prigionieri di guerra impiegato nella Francia occupata ed altrove, in pochi tentarono la fuga, anche in situazioni di scarsa o nulla sorveglianza, come accadeva a quelli che lavoravano presso fabbriche o erano utilizzati in mille corvée sul territorio. Essi godevano di vitto, vestiario, alloggio, cure mediche e gli veniva corrisposto un piccolo salario - rimborsato dall'amministrazione francese nel caso di lavori di pubblica utilità, o dai titolari delle fabbriche nel caso di lavoro in affitto - superiore alla precedente paga di soldato. I prigionieri stavano insomma meglio di prima, spesso anche meglio di come stavano da civili.

I francesi della Zona occupata accettarono la situazione venutasi a creare quasi con sollievo; paventavano un trattamento più duro da parte dei tedeschi, analogo a quello patito per quattro lunghi anni dalle popolazioni occupate durante la guerra precedente. Invece ora c'era lavoro a iosa, i generi alimentari non mancavano, le requisizioni riguardavano un numero limitato di tenute con castelli e grandi dimore, che venivano adibiti a centri di comando ed a luoghi di convalescenza, di ricreazione e di riposo per ufficiali.

Gli occupanti - ritenevano i francesi - pur severi in alcune circostanze, erano molto corretti; pagavano tutto ciò che compravano in Marchi e non erano per niente abituati a trattare sul prezzo. Ai francesi della Zona occupata costava meno mantenere 7 divisioni tedesche - tante erano le forze presenti - piuttosto che le 50 o 60 divisioni francesi che avevano dovuto mantenere indirettamente durante la drôle de guerre.

I tedeschi da parte loro amavano Parigi e lo stile di vita dei francesi; erano rimasti affascinati dalla bellezza dei luoghi e delle donne, dalla gastronomia e dai vini, da una cultura che riconoscevano essere superiore alla loro. In Francia, e soprattutto a Parigi, i tedeschi erano in vacanza, e non avevano intenzione di farla finire troppo presto.

Il Belgio venne diviso in una Regione Fiamminga ed una Vallone, entrambe con capitale Brussel/Bruxelles ed ambedue sotto controllo militare tedesco, con due amministrazioni civili provvisorie che preparavano anche l'ingresso nella Confederazione dei due Stati; cosa che si intendeva effettuare entro un anno per merito di Re Baldovino. Questi infatti volle rimanere vicino al suo popolo per fare da tramite fra le amministrazioni civili e l'occupante. Si auspicava che l'anno successivo, lasciata la carica di Re del Belgio, potesse assumere la duplice carica di Re dei Valloni e di Re dei Fiamminghi.

L'opera di ricostruzione degli edifici pubblici e delle numerose infrastrutture danneggiati dalla guerra fu impegnativa ed assorbì 150.000 prigionieri francesi; mentre i belgi, in risarcimento della neutralità violata, furono esentati dalla corvée.

Per sostenere il Franco belga e determinare un rapporto di cambio onesto fra questo ed il Marco, si pretese la restituzione della riserva aurea che i belgi avevano affidato alla Francia, per essere incamerata dalla Confederazione.

La Francia a sua volta aveva inviato il suo oro negli Stati Uniti insieme a quello belga, perché fosse al sicuro; per i francesi farsi restituire il loro non fu facile, e ancor di più non lo fu per l'oro che dovevano restituire ai belgi. Solo la minaccia di confisca di tutti i beni americani in Belgio ed il Francia riuscì a sbloccare la situazione; ma per più d'un mese i belgi dovettero subire un rapporto di cambio disastroso fra Franco belga e Marco.

Tre reggimenti dell'esercito belga non furono smobilitati, ma furono inviati in Congo insieme ad altrettanti reggimenti di fanteria tedeschi, tutti in divisa coloniale, per rafforzare le guarnigioni belghe presenti nella loro ex-Colonia, ora Protettorato della Confederazione, per difenderla da eventuali colpi di mano britannici provenienti dai Paesi limitrofi.

Le truppe erano accompagnate dal nuovo Governatore tedesco e da un folto stuolo di funzionari civili e dei Servizi Segreti incaricati di avviare il processo di decolonizzazione e di preparare fin d'ora il terreno alla nuova politica neocoloniale che avrebbe sostituito l'ottusa e rapace politica coloniale precedente.

Insieme a loro partirono una decina di laureati dell'Università per Stranieri di Berlino; erano rappresentativi delle numerose etnie e tribù presenti nel vastissimo territorio congolese ed avevano l'incarico di organizzare movimenti politici - mai meno di due, per poter garantire la possibilità di libera scelta da parte dei futuri elettori - che potessero governare il Paese, o le parti in cui si sarebbe potuto dividere una volta conseguita l'indipendenza.

Colsero l'occasione della spedizione in Congo, per avvicinarsi alle rispettive zone d'azione, anche una trentina di altri laureati dell'Università per Stranieri, originari delle Colonie britanniche e portoghesi limitrofe al nuovo Protettorato, e parimenti rappresentativi delle suddivisioni etniche e tribali. Una volta giunti in Congo si sarebbero introdotti clandestinamente nei rispettivi territori d' origine: 4 in Uganda, 6 in Rhodesia del Nord (Zambia), 4 nella Rhodesia del Sud (Zimbabwe), 3 nell'Africa del Sud-Ovest (Namibia), 2 in Beciuania (Botswana), 6 in Sudafrica, 6 in Angola, 4 fra Tanganika e Zanzibar (Tanzania).

Oltre che organizzare movimenti politici analoghi a quelli previsti per il Congo (Pannella li avrebbe definiti partiti trans-nazionali) questa intellighenzia di colore, filotedesca per indottrinamento, avrebbe dovuto organizzare movimenti di liberazione dotati di bracci armati per scacciare le elitarie amministrazioni coloniali britanniche e quelle ancor più ottuse e razziste portoghesi. Avrebbero dunque potuto mettere a frutto gli anni di duro studio e ripagare i tedeschi dell'investimento per mandarli a studiare all'università.

L'Olanda dovette cedere alla Germania l'appendice di Maastricht, che venne aggregata al Länder della Renania sett. - Vestfalia; inoltre, poiché la Regina ed il Governo, fuggendo in Gran Bretagna, avevano portato con sé la riserva aurea nazionale, i tedeschi misero un'ipoteca sulla provincia di Groningen - ricchissima di gas naturale - e dato che l'oro, pur richiesto, non venne restituito bensì trasferito negli Stati Uniti, inglobarono questa provincia nel Länder della Bassa Sassonia.

Nonostante tale guadagno si adottò nei confronti del Fiorino olandese un rapporto di cambio col Marco tale che l'amministrazione civile provvisoria, dopo qualche mese, chiese di adottare il Marco come moneta nazionale, a condizione di avere un rapporto di conversione più onesto nel cambiare i Fiorini in loro possesso. Vennero accontentai senza indugi, perché in tal modo l'intero patrimonio artistico di proprietà pubblica ed ogni bene materiale ed immateriale della ricca Olanda, paesaggi, mulini a vento e tulipani compresi, entrarono a far parte del complicato e traballante sistema di ancoraggio del Marco ad una riserva aurea virtuale, apportando a questa elementi di maggior solidità.

Gli Olandesi rinunciarono dunque alla proprietà del loro patrimonio artistico, ma non al suo possesso, perché continuarono ad usufruire di tutte le cose che avevano prima, pinacoteche,

musei, canali e mulini a vento, chiedendosi dove stava l'inghip-
po, e perché mai un rapporto di cambio onesto non fosse stato adottato da subito. La risposta l'ebbero quando un privato
provò a portare negli Stati Uniti un Van Gogh per venderlo: gli
venne sequestrato il quadro, comminata una forte multa, ma gli
fu lasciata la cornice, dato che questa non rientrava nel paniere
di "beni" cui era ancorato il Marco.

Con l'Olanda i tedeschi vennero anche a disporre di una ricca Borsa dei Diamanti, che apprezzarono molto più dei loro
tulipani e zoccoli di legno. Anche in Olanda si impiegarono i
prigionieri francesi per riparare i danni della guerra, peraltro
non molto estesi, e come i belgi, anch'essi furono esentati dalle
corvée.

Sistemata la questione del Fiorino, con gli Olandesi si stabilirono rapporti di buon vicinato, in fondo non vi era stato nessun
bombardamento terroristico di Rotterdam, non si erano spo-
gliati i commercianti di diamanti ebrei dei loro beni, nessuna
Anna Frank avrebbe tediato generazioni di adolescenti con il
suo Diario.

I pragmatici Olandesi avevano capito che, se avessimo agito
secondo le regole, dichiarando la guerra con un congruo anticipo invece di attaccarli di sorpresa, i danni e le sofferenze patiti
sarebbero stati ben maggiori. Ancor più pragmaticamente capirono che era loro interesse confluire quanto prima nella Confederazione e nel suo enorme mercato, essendo ricchi e sviluppati
come e forse più dei tedeschi, e potendo candidarsi alla sua guida insieme ai bellicosi vicini. Noi facemmo di tutto per facilitarli
nel loro percorso.

Subito dopo la resa olandese furono rastrellati oltre 500 chiatte e barconi che vennero nascosti nell'enorme delta del Reno e
della Mosa in vista dell'invasione dell'Inghilterra, e si terminò
l'operazione per la metà di giugno. Poi, una divisione corazzata

e due motorizzate provenienti dalla Francia, ove non servivano più, iniziarono a prepararsi nei siti d'imbarco.

**

- Cu cu! Siamo arrivati! - annunciò Angela - Vieni ad aiutarmi, che ho le mani piene.-
- Subito. Cosa ha fatto di bello il pupo? -
- Non ha fatto altro che lamentarsi per tutto il tempo, deve avere mal di pancia. Fai tu la cena che gli faccio il bagnetto? -
- Allora ti preparo la mia favolosa frittatona di cipolle. Ho aperto del Nero d'Avola, ti verso un bicchiere? -
- Si grazie. Cosa hai fatto di eroico mentre ero fuori? -
- Ho salvato la vita di Anna Frank, ma così facendo ho rovinato la sua carriera di autrice di libri per ragazzi.-
- E perché mai? Possono benissimo stamparle il suo diario anche se è viva.-
- È vero, ma non certo come libro per ragazzi; ancora qualche anno e avrebbe confidato al diario un sacco di fantasie erotiche e di porcheriole...

Capitolo XXV – La spartizione della Romania

A Londra Churchill non riusciva più a tamponare le emergenze, nonostante l'inesauribile energia.

Non era riuscito a tenere vincolata a sé la Francia, inducendola a trasferire il Governo in Nordafrica, neppure con la straordinaria offerta di Unione dei due Imperi, quello britannico e quello francese, proposta giunta forse troppo tardi e certamente non capita, tranne che dall'ex-Presidente Reynaud, e considerata dai più del Governo francese alla stregua di uno scippo delle loro Colonie.

Con l'intera costa della Manica in mano nemica la Gran Bretagna era ormai circondata da ogni lato; appena attrezzati i nuovi campi di volo, la Luftwaffe avrebbe avuto sotto tiro l'intera Isola, con un andirivieni continuo di bombardieri che avrebbero fatto la spola dalla Francia alla Scozia e ritorno, portando ogni volta un carico di bombe; si prevedeva un raddoppio dei bombardamenti rispetto a quelli in atto.

Nonostante il gravoso impegno dell'aeronautica tedesca in Francia, i bombardamenti dell'Inghilterra non avevano subito flessioni. La falcidia di aerei da caccia, anche quelli di alta qualità, come lo Spitfire, nonché quella ancor più grave di piloti di caccia esperti, rendeva probabile, fra breve, il completo dominio tedesco dei cieli inglesi.

Un ricognitore aveva appena scoperto la massiccia presenza di mezzi da sbarco nell'estuario del Reno. Le Isole del Canale - Guernsey e Jersey - erano state appena occupate. Tutto ciò era intollerabile.

La Gran Bretagna era spacciata, ma c'era ancora l'Impero, quasi intatto. In ogni caso, come promesso, avrebbe combattuto casa per casa, per far pagare il prezzo più alto possibile al nemico; ma non poteva costringere tutta la popolazione a fungere da esattore. Anziani, infermi, bambini, grandi invalidi, come avrebbero potuto opporsi agli Unni?

Anche le considerevoli derrate fino ad allora fornite dalla Francia a caro prezzo - grandissimi bastardi, pensò Churchill - erano venute meno; quanto agli irlandesi, in pochi mesi si erano rifatti di un secolo di prevaricazioni, tanto si facevano pagare per le cibarie fornite.

Per via marittima, attraverso l'Atlantico, giungeva appena un rivolo di derrate assolutamente insufficiente; i Paesi neutrali non fornivano più i mercantili a noleggio per quanto fossero più che triplicati i noli, per paura di vederseli affondare o catturare; se si voleva trasportare qualcosa, ora bisognava comperarsi pure la nave, che i Lloyd non avrebbero poi assicurato.

Entro un mese si sarebbe stati alla fame, entro due si sarebbe mangiato erba. Bisognava drasticamente ridurre le bocche da sfamare, a partire da quelle non combattenti.

I britannici ci sondarono, attraverso il Vaticano, per consentire un'evacuazione umanitaria di bambini ed altri soggetti deboli dall'Isola, ed accettammo a condizione che non si approfittasse dell'occasione per mettere al sicuro oro, preziosi e titoli negoziabili, quindi ci accordammo su come effettuare i controlli.

I primi tre piroscafi, ognuno con a bordo 4000 bambini, partirono prima della fine di giugno; nella prima settimana di luglio partirono 12 navi con oltre 40.000 soggetti deboli, tutte dirette in America. Le due navi che dovevano partire l'8 luglio furono però soppresse, per le mutate condizioni politiche.

In Unione Sovietica Stalin assistette alla disfatta della Francia ed alla palese incapacità della marina e dell'aeronautica britannica a fronteggiare i tedeschi, con un misto di soddisfazione e di forte timore. Soddisfazione perché due delle odiate democrazie capitaliste erano in ginocchio; preoccupazione perché sperava che, dopo mesi di duro scontro, anche la Germania si fosse indebolita, invece questa sembrava più baldanzosa che mai.

Lungo il confine con la Confederazione e coi Protettorati di questa, subito dopo la spartizione della ex-Polonia, Stalin aveva iniziato la costruzione di una linea fortificata impegnando nei lavori forzati 800.000 polacchi; ma vista la fine fatta dalla ben più munita Linea Maginot e dal forte di Eben Emael, decise di ampliare la sua linea anche in profondità e di allungarla verso mezzogiorno per ancorarla a robusti ostacoli naturali.

Ordinò la posa di estesi campi minati e di barriere anticarro, nonché la costruzione di bunker potentemente armati, estesi per parecchi metri nel sottosuolo e che, anche se aggirati ed isolati, potessero continuare a resistere per mesi. Aumentò a 1.500.000 il numero di operai polacchi da destinare a quella che chiamò autoreferenzialmente Linea Stalin, e che una volta ultimata si sarebbe estesa dal golfo di Riga ai Carpazi. Poi accelerò la produzione di carri armati di nuovo modello - l'ottimo T 34 - e quella di aerei da caccia; ma restava ancora una porta rimasta aperta che occorreva chiudere.

Approfittando della caduta della Francia, che l'aveva garantita, il 26 giugno Stalin mandò un ultimatum alla Romania per farsi cedere la Bessarabia e far entrare la Moldavia nella propria orbita.

I rumeni si rivolsero a noi per essere aiutati, ma li consigliammo di cedere all'atto di prepotenza e di chiedere l'ammissione nella Confederazione, per evitare ulteriori amputazioni del loro territorio; e così fecero.

I sovietici entrarono nelle regioni loro assegnate dai Protocolli segreti del patto russo-tedesco due giorni dopo l'ultimatum e lo stesso giorno la Confederazione accettò la richiesta di adesione presentata poche ore prima dalla Romania; grossolana testimonianza su come venivano assunte le decisioni importanti in seno alla Confederazione.

La Romania scomparve come entità politica. Le regioni Nord-orientali divennero due Repubbliche Socialiste Sovietiche; le città ed i distretti di Satu Mare, di Oradea, di Arad e di Timişoara furono assegnate all'Ungheria, che li ribattezzò con nomi impronunciabili; la Transilvania e la Valacchia entrarono come Stati distinti nella Confederazione, che così si affacciò sul Mar Nero col porto di Costanza.

L'ingresso dei due nuovi Stati nella Confederazione arricchì quest'ultima di considerevoli risorse minerarie; tra queste, una discreta produzione di oro dai monti Apuseni ed una rilevante produzione di petrolio a Ploieşti, che la Germania già importava interamente. Le numerose altre risorse dei due Stati erano tutte da scoprire o da valorizzare, cosa che la Confederazione si accinse a fare con uno stanziamento complessivo di 200 milioni di Marchi; una minima parte dei quali servirono per la trasformazione in casinò-albergo di lusso - ma con arredamenti piuttosto kitsch - del castello del Conte Dracula.

Mussolini era, se possibile, ancor più nero. I tedeschi - pensava sconsolato - si erano impadroniti di mezza Francia e lui, a Ventimiglia, non era avanzato neanche di un chilometro. E che dire di quanto successo in Libia? che vergogna! Ora avrebbe avuto tutto il suo daffare per stipulare un armistizio con i francesi; senza dubbio quelli, per togliersi di torno da Tripoli, avrebbero preteso la restituzione di Gibuti, e lui non poteva far altro che abbozzare.

E come fare a digerire l'invito di accettare un Corpo d'Armata tedesco per riconquistare la Cirenaica e liberare la guarnigione italo-tedesca di Tobruk, accerchiata ormai da otto mesi! Quanto alle pretese tedesche di come avrebbero dovuto combattere gli italiani, si era superato ogni limite. Chiedere l'assicurazione che, in futuro, si sarebbero dotate le truppe di armi e di mezzi adeguati, che sarebbero state addestrate meglio, che i loro comandanti si sarebbero scelti fra quelli giovani e preparati e non fra i vecchi tromboni. Come se fosse facile! Dove le trovava lui le armi adeguate? in pochi mesi poi! chiaro che volevano vendercele loro. E lui dove li trovava i soldi? Quanto all'allenamento poi... qui son capaci di allenarsi solo a fare delle gran seghe! Poi c'era la questione delle basi... prima la condivisione di cinque aeroporti, dalla Sardegna a Rodi, adesso anche le due navi rubate ai francesi parcheggiate a Pola... ma il Mediterraneo di chi era? Si chiamava ben Mare Nostrum, perdio, mica Mittelsee! Ma ci avrebbe pensato lui a raddrizzare le cose. Per intanto doveva abbozzare e promettere a Rommel - appena nominato capo dell'Afrika Korps - di mandargli il Corpo d'Armata, ben addestrato alla guerra nel deserto, che gli aveva chiesto.

Appena concluso l'accordo franco-italiano sul reciproco sgombero di Sabrata e di Gibuti, Rommel sbarcò in Tripolitania con l'intero Comando dell'Afrika Korps ed una divisione meccanizzata, che fu subito avviata al fronte di El Agheila, ove prese posizione a fine luglio '40. Il resto del Corpo, una divisione Panzer con i nuovi carri Tigre, ed una motorizzata, sarebbe giunto in seguito insieme al Corpo d'Armata promesso da Mussolini. Ma mentre le forze tedesche, seppur lentamente, continuavano ad affluire, di quelle italiane non c'era traccia; a disposizione di Rommel vi era solo la divisione di fanteria scampata al massacro della campagna precedente, a ranghi ridotti e con armamento antiquato.

Intanto il rifornimento della piazzaforte di Tobruk diventava di giorno in giorno sempre più problematico; l'evacuazione degli italiani feriti od ammalati per mare era impossibile, a causa del dominio della Royal Navy in quella parte del Mediterraneo, quella per via aerea procedeva a rilento; c'erano troppe bocche inutili da sfamare.

Il 15 agosto l'intero Afrika Korps era in Tripolitania, ma il Corpo italiano ancora non si vedeva, se non nelle persone degli ufficiali del Comando e dei loro attendenti; uno si era portato dietro pure il cuoco, bravissimo, e la sua palazzina di Tripoli era sempre gremita di alto- graduati in vena di abbuffate.

Il generale Rommel prese atto dell'andazzo e tornò in Germania per conferire coll'Alto Comando ed avere un colloquio riservato con membri del Governo.

***

- Caro, a che punto sei colla lettura? - mi sollecitò Angela - Raccontami qualcosa, ché sono tre giorni che non mi parli più.-

- Io veramente avrei preferito leggere il manoscritto con te, ma tu non riesci ad ascoltare per più di dieci minuti di fila, poi ti metti a far altro.-

- Per forza, qualcuno deve pur farle le cose. Tu per esempio, non è che ti faccia in quattro per aiutarmi.-

- Ma se ieri ti ho lavato i piatti...

- A parte il fatto che li hai lavati col culo, senza usare il detersivo, gli hai dato solo una sciacquata e via andare; ma è proprio quel "ti" che mi fa incazzare; non è che li hai lavati a me...

- Ma dai, volevo vedere se te ne accorgevi... come siamo permalosi oggi, uno non può dire una battuta che subito lo prendi sul serio.-

- Di' pure che ti è scappato, rivelando così il tuo vero spirito maschilista... e a proposito di "battute", la tua macchina è ancora giù di "batteria", temo che questa sia da "buttare". Ha! ha! -

Capitolo XXVI – D Tag in East Anglia

Il 28 giugno, Der Tag - 1, come venne battezzato dall'Alto Comando tedesco, una parte del Corpo d'Armata preposto all'invasione dell'Inghilterra si imbarcò sulle chiatte e sui barconi che attendevano nell'estuario del Reno e della Mosa. Era una seconda "flotta zanzara", più numerosa ma più lenta di quella che appoggiò i primi sbarchi in Scozia, e salpò fortemente scortata da fregate, corvette, siluranti; protetta a debita distanza da caccia e da incrociatori.

La notte stessa una divisione di paracadutisti e due aviotrasportate si abbatterono sulle regioni del Norfolk e del Sussex, occupando gli aeroporti di Norwich e di Ipswich, scendendo sui porti di Harwich, di Great Yarmouth e di Lowestoft, avendo rapidamente ragione delle difese; i parà calarono anche su alcuni nodi stradali e ferroviari più all'interno, per presidiarli fino all'arrivo delle truppe di terra ed ostacolare gli spostamenti dei difensori.

Poco prima dell'alba del 29 giugno, il D Tag, otto grossi Hovercraft scaricarono sulle spiagge dell'East Anglia mezza brigata corazzata per volta, iniziando una serie di traversate trasportando altre brigate corazzate e motorizzate e con interi battaglioni di fanteria, i cui soldati si divertirono un mondo ad essere trasportati su tali mezzi, dato che con essi non soffrivano neppure il mal di mare. Contemporaneamente da tre caccia sbarcarono nei porti appena investiti dai parà, ma non ancora saldamente occupati, compagnie di truppe d'assalto; mentre alcuni mercantili attendevano la completa messa in sicurezza dei porti prima di scaricarvi veicoli ed attrezzature di ogni tipo.

I cieli dell'East Anglia erano dominati da aerei della Luftwaffe, dopo che all'alba una massiccia serie di raid, condotti con centinaia di aerei per ondata, aveva spazzato via quanto restava della RAF in un raggio di 300 km dai luoghi di sbarco.

Quando venne la notte, 2 brigate corazzate, 2 motorizzate, una divisione di parà e l'equivalente di 3 divisioni di fanteria erano già saldamente attestate e si meritavano il meritato riposo. Il flusso di rinforzi e di rifornimenti, che durò per l'intera notte, fu ostacolato solo dalla confusione nei punti d'approdo. Già alla fine di quel primo giorno, sarebbe stato difficile buttarci a mare. Il mattino successivo, il D Tag + 1, l'East Anglia era occupata a macchia di leopardo da unità tedesche intente a completare il controllo del territorio. L'intera costa era saldamente presidiata assieme a tutti i porti, e continuavano ad affluire altre truppe utilizzando ogni mezzo aereo e navale possibile.

Gli Hovercraft si erano rivelati gli assi nella manica per il successo dell'invasione - che tuttavia avrebbe avuto esito favorevole anche in loro assenza - per la rapidità con cui apparivano dal nulla per scaricare carri armati subito operativi direttamente sulle spiagge, incuranti degli orari di marea; ciò fece saltare ogni possibilità di reazione coordinata britannica, che prevedeva la disponibilità di un maggior lasso di tempo per radunare truppe sufficienti ad inchiodare il nemico sulle spiagge.

Anche nei giorni successivi al D Tag la Luftwaffe mantenne un ombrello protettivo sull'intera regione, rintuzzando i tentativi di penetrazione dei pochi aerei della RAF di stanza in aeroporti lontani e pilotati da quelli che dovevano essere gli ultimi piloti da caccia rimasti. Essi vennero tutti abbattuti, nonostante si battessero come leoni, soverchiati dal numero, traditi dalla tensione dovuta alle troppe missioni continuative, senza pause di riposo, abbandonati dai loro stessi aeroplani necessitanti di manutenzioni che non si aveva tempo di fare, surclassati anche dai nuovi caccia a reazione, messi in linea per l'occasione. Alla fine del secondo giorno i duelli aerei cessarono del tutto. Dopo aver richiamato aerei da ogni parte dell'Isola, la RAF non aveva più nulla con cui contrastare la Luftwaffe: ormai era finita, e con lei era finita la Gran Bretagna.

I contrattacchi terresti, condotti con vigoria, furono tardivi e scoordinati; i carri britannici mostrarono tutta la loro inferiorità soprattutto durante le ore notturne, e vennero distrutti man mano si avvicinavano, o furono sorpresi mentre si rifornivano, o attaccati durante la notte. Anche i Panzerfaust, di giorno quanto di notte, si mostrarono armi letali in mano a truppe che disponevano di visori notturni. Questi ultimi dispositivi, miniaturizzati e resi portatili, avevano ormai privato la guerra dell'unica pausa di riposo e di tregua per la fanteria; senza una preventiva buona dormita, e senza beacon and eggs nello stomaco, gli inglesi non erano allenati a combattere, ed anche questo gli risultò fatale.

Nel pomeriggio del D Tag + 1, giunsero le chiatte ed i barconi della "flotta zanzara" che cominciarono a riversare sulle spiagge e nei porticcioli appena conquistati carri leggeri lanciafiamme, autoblinde, cannoni da campagna, veicoli di ogni tipo e truppe temperate da dieci mesi di campagne militari vittoriose. L'intera regione dell'East Anglia venne rastrellata senza che si incontrasse una seria resistenza e, non appena riordinate, le colonne corazzate e motorizzate si mossero a ventaglio puntando su Londra, su Luton, su Northampton e su Peterborough. Esse erano seguite dalla fanteria, che aveva il suo bel daffare a neutralizzare frotte di miliziani della Guardia Nazionale e perfino civili armati in modo sommario ed estemporaneo, come nel caso di un attempato maggiordomo che fu disarmato della mazza ferrata del XIV secolo con la quale intendeva dimostrare il suo coraggio e la sua determinazione.

I pochi reparti dell'esercito che cercarono di opporsi all'avanzata delle colonne furono fatti a pezzi o respinti, spesso con la via di ritirata bloccata dai parà a presidio degli incroci strategici; così avvenne a Colchester, a Chelmsford, a Bedford ed a Cambridge.

Alla periferia di Londra la difesa britannica si fece più serrata, con l' erezione di barricate presidiate dall'esercito. Centinaia di barriere anticarro, realizzate coi famosi autobus a due piani, parcheggiati o ribaltati da un lato all'altro delle strade, bloccarono tutte le vie d'accesso alla città, inoltre altre barriere analoghe vennero erette ad alcuni isolati dalle prime, per vanificare eventuali sfondamenti; anche le circonvallazioni e le vie laterali vennero bloccate nello stesso modo.

Migliaia di civili lavorarono come forsennati per irrobustire ogni barriera con miriadi di oggetti ingombranti, sotto la direzione di ufficiali; l'esercito stese chilometri di barriere di filo spinato per ogni dove, saldò gli uni agli altri i veicoli usati nelle barricate; allestì nidi di mitragliatrici protetti da sacchetti di sabbia nei crocevia. Presso finestre e terrazze dominanti le barricate si costituirono riserve di "bottiglie Molotov" - così battezzate dai finlandesi nella loro breve guerra contro i sovietici - per tirarle sui carri che si fossero avvicinati. Sui tetti degli edifici più elevati furono collocate mitragliatrici antiaeree, mentre l'artiglieria pesante fu nascosta sotto gli alberi dei parchi, collegata per telefono con gli osservatori di tiro nascosti nell'estrema periferia. Ogni iniziativa ritenuta utile a favorire la difesa attiva e passiva della capitale fu messa in atto.

Da giorni Londra era diventata un formicaio brulicante di frenetica attività, dove tre milioni di persone stavano trasformando la capitale in un enorme campo trincerato, una gigantesca ragnatela in cui poter prima bloccare, e poi distruggere chiunque vi si fosse avventurato. Altri tre milioni di persone, anziani, bambini e chiunque non fosse utile alla difesa, fu allontanato dalla città, diretto ad Est, per non sottrarre cibo ai combattenti in caso di assedio.

Il 30 giugno, D Tag + 1, in Scozia i tedeschi sfondarono la parte centrale del fronte presso Motherwell ed irruppero nella breccia circondando i difensori delle rovine di Glasgow. Sull'altro lato della breccia i britannici furono respinti lungo il Forth, subendo gravi perdite ad opera degli Stukas, fino dentro Edimburgo, ove giunsero a pezzi, avendo abbandonato ogni armamento pesante, con le soli armi individuali e con poche munizioni. Era chiaramente la fine, bastava rendersene conto.

Edimburgo fu dichiarata città aperta dal Sindaco, contro l'ordine diretto di Churchill, sempre intenzionato a tener fede alla promessa di combattere casa per casa. Il generale che comandava le truppe su quel fronte era morto, col suo Stato Maggiore, sotto un attacco di Stukas con bombe al napalm; per cui l'ufficiale più alto in grado fra i rifugiati in Edimburgo - un colonnello scozzese - dopo un lungo e drammatico confronto col Sindaco della città, trasgredì all'ordine di resistere fino alla fine e si arrese ai tedeschi; poi si chiuse in ufficio, scrisse una lunga lettera alla moglie e si sparò una rivoltellata alla tempia.

Le nostre truppe entrarono in Edimburgo il 2 luglio, ammainarono dagli spalti della Rocca la Union Jack ed issarono al suo posto la bandiera con la Svastica della Confederazione e quella con la Croce di Scozia. Il 4 luglio le nostre avanguardie corazzate raggiunsero il Vallo di Adriano, oltre il confine scozzese e già nell'Inghilterra settentrionale, e qui si fermarono.

A Nord di Londra le nostre colonne si erano già fermate il giorno prima. Non volevamo entrare in un ginepraio cittadino e neppure estendere troppo l'area occupata, per non avere l'onere di sfamare un numero esorbitante di persone; ma nell'enorme testa di ponte, che ora comprendeva anche tutto l'Essex, oltre che al Norfolk ed al Suffolk, continuammo a far affluire truppe e rifornimenti.

Fino al 4 luglio - il D Tag +5 - erano sbarcate in Inghilterra 2 divisioni corazzate, 2 motorizzate, 4 di fanteria e una di paracadutisti; quest'ultima però intendevamo ritirarla al più presto per impiegarla altrove.

A parte l'area metropolitana di Londra, dove erano trincerate due divisioni di fanteria con l'artiglieria divisionale ed almeno un milione di civili poco armati, di fronte a noi si trovavano l'equivalente di altre due divisioni di fanteria, posizionate nel Sussex e nel Kent, ad attendere una possibile invasione proveniente da Calais. Queste forze erano suddivise in decine di piccole unità, che appena cercavano di raggrupparsi venivano bombardate da aerei provenienti dai nuovi campi di volo della Francia settentrionale.

Churchill si convinse che doveva cambiare politica, suo malgrado. La notizia della Svastica che sventolava sugli spalti del castello di Edimburgo insieme alla bandiera di quei traditori di scozzesi, appena trasmessa da Radio Berlino, lo aveva finalmente deciso. Non c'era più alcuna speranza di cambiare la situazione restando in Inghilterra, doveva salvare quanto possibile per continuare la guerra e far base altrove, nell'Impero pressoché intatto.

La popolazione era quasi alla fame e non vi era nessuna possibilità di rifornirla; non si poteva determinare la morte di 45 milioni di persone e far radere al suolo le città inglesi per continuare a combattere in Inghilterra quando non c'era alcuna speranza di successo.

Fece uscire quel fanatico filonazista di Mosley dalla galera, ove era stato rinchiuso all'inizio della guerra, e gli affidò la tutela del Paese. Che trattasse lui coi suoi amici tedeschi; quanto alla sua persona, si sarebbe ritirato nell'Impero, col Re, il Governo ed i parlamentari che avessero voluto seguirlo, con lo Stato Maggiore e quanti più ufficiali fosse stato possibile evacuare.

Così il 5 luglio Churchill si imbarcò con il Re e le personalità succitate, ognuna con la propria famiglia e con dovizia di bagagli, attendenti e segretari al seguito; qualcuno riuscì ad imbarcare anche cani, gatti e maggiordomo. Le cinque navi da guerra della squadra reale partirono a tutta velocità per gli Stati Uniti da Cardiff. Suddiviso prudentemente fra le varie navi, era in viaggio verso l'America anche l'oro della Banca d'Inghilterra ed il Tesoro della Corona.

Altri 30.000 uomini, fra cui molti sottufficiali e soldati, nei due giorni successivi si imbarcarono su quanto restava in Inghilterra della Royal Navy - una ventina di unità - per raggiungere la squadra reale. A parte i militari, facevano parte degli esuli alti funzionari, eminenti personalità e scienziati, scelti dal governo per imbarcarsi con le famiglie, ed elencati da tempo in un tabulato assolutamente blindato, perché chi vi figurava avrebbe attraversato l'Atlantico su veloci navi da guerra, difficilmente intercettabili dagli U Boote in agguato nel mare Celtico, a Sud dell'Irlanda.

Le due squadre della Royal Navy per tutta la traversata si mantennero lungo una rotta molto meridionale, appena a Nord delle Azzorre, per evitare la ricognizione aerea a largo raggio di base in Islanda.

Due giorni dopo l'invasione dell'East Anglia, le classi privilegiate del Paese - ma non tanto privilegiate da essere incluse nel tabulato governativo - composte da noti intrallazzatori, riccastri cafoni, pasciuti benestanti, oziosi ereditieri, funzionari corrotti, furbi allibratori, subdoli finanzieri, avidi borsaneristi, rapaci commercianti, imprenditori bancarottieri, nobili neghittosi, avvenenti meretrici, decrepite cortigiane e molte altre categorie dotate di ricchezze difficilmente giustificabili, cercarono un imbarco su tutti i mercantili ed i piroscafi che riuscirono a raggiungere, pagando cifre spropositate per il biglietto, acquistato sulle passerelle d'imbarco.

Tutti questi personaggi riempirono sei piroscafi, altri sei si affollarono di persone più dabbene, ricchissime anch'esse, ma in grado di provare l'origine del denaro e dei beni che portavano con sé senza dover arrossire. Anch'esse dovettero acquistare ad un prezzo salato i biglietti per la traversata, ma lo fecero in modo più dignitoso, allungando una mancia al bigliettaio negli uffici dell'imbarcadero. Il dodicesimo piroscafo salpò la sera del 7 luglio, e quella fu l'ultima partenza dall'Inghilterra per un lungo periodo.

I tedeschi si lasciarono sfuggire le due squadre della Royal Navy per una serie sfortunata di circostanze - l'U Boot che operava nel quadrante delle isole Scilly era fuori posizione, un nubifragio aveva tenuto a terra la ricognizione aerea sulla Manica con base nel Cotentin, un black out aveva fatto altrettanto con quella di Brest - ma diedero una caccia spietata ai dodici mercantili, dirottando all'uopo parte della Tascheflotte di scorta ai convogli tedeschi diretti in Canada.

Le navi vennero tutte catturate, alcune quando erano a poche ore dalla salvezza - il 65°W - e condotte in Islanda per un controllo preliminare; tutti i militari, compresi i marinai dei mercantili, assimilati ad essi dall'inizio della guerra, furono fatti prigionieri. Ai passeggeri fu chiesto perché stessero espatriando portando con sé tante ricchezze ed alle loro risposte ritenute insoddisfacenti, ovvero tutte, fu loro confiscato il 90% delle ricchezze trasportate. L'operazione fruttò alle casse della Confederazione oltre un miliardo di Marchi, ed i 15.000 ex-esponenti della top class inglese vennero riportati in Inghilterra e consegnati a Mosley, per eventuali sanzioni accessorie.

Non so quanto abbia pesato sulla decisione di Churchill di andarsene e di affidare la tutela della Gran Bretagna a Mosley il bombardamento che effettuammo la notte del 1° luglio su Birmingham, quello del 2 su Liverpool e quello del 3 su Londra, tutti ad opera di 800 bombardieri leggeri e pesanti; ma la ritenni una decisione saggia, anche se Mosley non mi piaceva affatto.

Il 7 luglio ci pervenne una richiesta di "armistizio" da parte di Mosley - che si firmava Great Tutor - noi non chiedemmo chiarimenti circa le sue credenziali e l'autorità che esercitava sull'esercito britannico e sulle milizie, ed il giorno successivo gli presentammo le condizioni per interrompere i bombardamenti, condizioni che accettò la sera stessa senza discutere.

Veniva riconosciuta l'indipendenza della Scozia, il cui confine si sarebbe spinto fino al Vallo di Adriano e, sul Mare del Nord, fino a Blyth; nonché quella del Galles e dell'Irlanda del Nord.

Veniva altresì riconosciuta la Confederazione stessa ed i suoi Protettorati; si rinunciava ad ogni autorità, se non quella morale, su tutti i Paesi del Commonwealth e su tutte le proprie Colonie, Territori e Protettorati.

In Inghilterra fu tracciata una linea di demarcazione da Bristol al Wash, a Nord della quale al "Governo" di Mosley - che proprio perché filonazista non fu considerato un governo amico - fu riconosciuto un certo grado di libertà, inferiore tuttavia a quello della Francia di Vichy, potendosi dotare solo di forze di polizia.

L'Inghilterra meridionale, a Sud della linea di demarcazione, fu soggetta ad occupazione militare analoga a quella delle Regioni Speciali francesi e dotata di amministrazioni provvisorie che fecero da tramite con l'occupante. Le spese di occupazione furono stabilite in due miliardi di Marchi all'anno, piuttosto elevato, ma sopportabile per un territorio ricco che non aveva patito molto i danni dei bombardamenti.

L'Esercito e le milizie presenti in Inghilterra vennero smobilitate, le barricate ed i campi trincerati di Londra furono smontati e
tutto rimesso com'era prima. Si sequestrarono le armi in mano
ai miliziani ed ai civili, con pene severe per chi non le avesse
consegnate, ed una decurtazione dei bollini annonari agli abitanti dell'intero stabile in cui fossero state rinvenute.

Il Galles si trovò di colpo indipendente, senza aver fatto nulla
per guadagnarsela, e si rifugiò in una neutralità assoluta, di-
venendo terra di rifugio per quanti cercavano di sfuggire chi
da Mosley, chi dalle violenze scoppiate nella vicina Irlanda del
Nord.

In quest'ultimo nuovo Stato infatti, con Belfast grandemente
danneggiata dai bombardamenti, senza capitali da investire
nella ricostruzione, con poche possibilità di fornire lavoro e con
una considerevole parte della popolazione - quella cattolica -
che chiedeva di essere aggregata all'Irlanda per risolvere tutti i
loro problemi, scoppiò presto una sanguinosa guerra civile fra
cattolici e protestanti, combattuta a colpi di attentati terroristici
compiuti dai rispettivi bracci armati.

La fuga del Re, col Tesoro della Corona e l'oro della Banca d'Inghilterra, rese le Sterline circolanti in Inghilterra - anche a causa
delle nostre Sterline false, ma non più di tanto - men che carta
straccia. Per non farla fluttuare troppo verso il basso, perché
così si sarebbero rovinati i nostri amici scozzesi che le avevano
tesaurizzate, si stabilì un rapporto di cambio di 1:1 col Marco -
rapporto di rapina, ma di rapinatore gentiluomo - che permise
ai britannici, compresi i nostri amici delle Highlands , di non
sprofondare nella miseria al momento di cambiare le Sterline in
loro possesso.

Tale rapporto però, ebbe corso solo nella ex-Gran Bretagna; nel
resto del mondo la Sterlina, sorretta dalla riserva aurea emigra-
ta con il Re, mantenne un rapporto di cambio molto più favo-

revole e ciò ci consentì di fare ottimi affari nei nostri commerci con l'estero, effettuando i pagamenti con le Sterline ottenute cambiando il Marco in Inghilterra, senza più doverle falsificare. Il gioco di prestigio, che Tremonti avrebbe definito un capolavoro (Federico, tu Tremonti non l'hai ancora sentito nominare, ma ti assicuro che sarà capace di peggio) fruttò alle casse della Confederazione oltre 500 milioni di Marchi al mese.

Il blocco alimentare della Germania, praticato dalla Gran Bretagna dal '14 al '19, era stato ampiamente vendicato.

L'Inghilterra si trovò di colpo molto più povera di prima - anche Scozia, Galles e Irlanda del Nord per questo, ma erano Stati già poveri in partenza, quindi non ebbero a patirne troppo - ma ebbe di che poter pagare le derrate di cui aveva disperatamente bisogno, che giunsero appena in tempo a salvarla dall'inedia.

L'intero establishment britannico era in ginocchio; le classi sociali che per 300 anni avevano dominato ed affamato il mondo intero si ritrovarono, se non povere, seriamente ridimensionate ed intaccate nel portafogli.

Non ci stupì che molti appartenenti alle vecchie classi dominanti venissero a chiederci direttamente, by- passando l'amministrazione civile, prima a decine, poi a centinaia, la riconferma dello status precedente, pur con un ridimensionamento di facciata dei privilegi, offrendo in cambio una completa collaborazione. Noi li accogliemmo a braccia aperte, ma il ridimensionamento fu tutt'altro che di facciata, anche perché, essendosi già compromessi, non potevano più tirarsi indietro. Accettarono tutti, obtorto collo, riposero in soffitta gli Ordini del Bagno e della Giarrettiera, e si proposero quali paladini di un nuovo ordine, sotto il patrocinio tedesco, nel quale ritrovare, se non i privilegi, almeno la visibilità offuscata.

***

- Ellamadonna! - esclamò Angela, che si era messa a leggere con me - ma come si fa ad essere così fetenti? Prima li hai bombardati, poi affamati, poi invasi, poi rapinati, poi corrotti, poi ricattati... ma come ti vengono in mente queste cose? Ma chi ho sposato? -
- Tesoro mio, ma perché ti scaldi tanto? Vuoi che ti faccia l'elenco delle porcate fatte dagli inglesi negli ultimi 400 anni, a danno di milioni di poveri cristi in tutto il mondo? L'hanno sempre fatta franca, e questa volta pagano alla Nemesi un conto che hanno fatto lievitare per fin troppo tempo.-
- E tu saresti la Nemesi? -
- È una parte che mi va a pennello. Se sono tre giorni che continuo a leggere, è perché sono curioso di sapere a chi altri toccherà essere oggetto dell'attenzione della Dea.-
- E i tedeschi allora? farai abbassare la cresta anche a loro? -
- Mai! -

Capitolo XXVII – Libia e Spagna

Mussolini si stava affannando per esaudire le richieste di Rommel: una divisione corazzata leggera - che avrebbe subito ribattezzata "supercorazzata", perché non voleva nulla di leggero nel suo esercito - ed una motorizzata, ma con standard tedeschi e non italiani; inoltre doveva procurare gli automezzi per un'altra divisione di fanteria e completare gli organici e gli equipaggiamenti dell'unica divisione già in Libia.

Riuscì facilmente a soddisfare le ultime due richieste, racimolando 4000 camion e corriere in tutt'Italia, mentre i mezzi delle prime dovette chiederli alla Germania, che pretese in cambio, usato per usato, due incrociatori leggeri e quattro caccia moderni.

Quei bastardi – pensava il Duce esaminando la proposta di baratto - intendono persino addebitarmi il trasporto dei veicoli corazzati e di tutto il resto a partire dalla Normandia; non possono prenderli da un posto più vicino? e poi, perché per ferrovia? non hanno un motore per muoversi? Ah, ma li fotterò io! prestazione per prestazione, chiederò l'affitto per l'uso dei cinque aeroporti e dei miei mercantili per rifornire il loro fottuto Afrika Korps. Ecchecazzo!

Si persero 15 giorni in contrattazioni ed alla fine accettammo di pagare 10 milioni di Sterline false, che dicemmo di aver razziato in Inghilterra; però, per quella somma, pretendemmo anche di poter affittare 15 mercantili ed il porto di Fiume per la durata della guerra. Alla fine ci accordammo per 15 milioni di Sterline. Entro il 20 agosto le armi per formare il Corpo d'Armata italiano raggiunsero i porti d'imbarco dove vennero caricate e stivate, con italica lentezza, su 30 mercantili.

A Tobruk intanto la situazione degli assediati si faceva sempre più critica. Truppe fresche indiane con comandi britannici, ottimamente equipaggiate, avevano già posizionato attorno al perimetro della piazzaforte un parco d'assedio con parecchia artiglieria pesante che aveva già colpito duramente la raffineria in costruzione; mentre al Cairo si stavano allestendo due brigate di carri pesanti, giunte dopo un lunghissimo periplo dell'Africa.

Nella piazzaforte assediata si attendeva un attacco in forze non appena le due brigate fossero arrivate a Tobruk, probabilmente per la metà di settembre. I pochi rifornimenti erano possibili solo con rischiose missioni notturne dei dirigibili da trasporto che, rasentando la pista dell'aerodromo, lasciavano scivolare dietro sé una scia di grossi bancali - per complessive 70 t alla volta - schizzando subito verso l'alto.

Il 21 agosto Rommel, tornato da Berlino con nuove direttive, si mosse con le forze che aveva, senza attendere gli italiani se non per la divisione di fanteria già schierata ad El Agheila, cui erano finalmente arrivati gli organici, le armi e gli autoveicoli mancanti.

Aggirate sul lato del deserto, catturate e messe in fuga le forze schierate sul confine, con due divisioni di carri e con quella italiana, Rommel puntò su Agedabia all'inseguimento degli imperiali, battendoli duramente quando questi si fermarono per cercare di trattenerlo. Ad Antelat l'Afrika Korps si divise in due colonne, una puntò su Soluch, sulla costa, l'altra su Msus, all'interno.

Le forze imperiali, scompaginate ed in piena ritirata, dopo aver perso gran parte dei loro carri, retrocessero oltre Bengasi senza avere il tempo di fare le demolizioni prescritte del porto, lasciandolo quasi intatto all'Afrika Korps, che ottenne così un'ottima base di rifornimento.

Rommel proseguì rapido nella sua galoppata, per mantenere gli imperiali sotto pressione, il 28 raggiunse Cirene, il 29 Derna, il 30 agganciò la retroguardia imperiale poco prima che questa raggiungesse Bomba. Su questa località nello stesso giorno piombò la colonna proveniente da Msus, che aveva disfatto a Mechili un debole distaccamento imperiale che presidiava la scorciatoia per la costa. Il suo arrivo a Bomba, puntuale all'appuntamento fissato una settimana e 400 km prima, causò l'imbottigliamento di tutte le forze nemiche. Fu una battaglia senza storia, tanta era la disparità di forze, ed in quell'occasione vennero fatti 20.000 prigionieri.

Nel frattempo un'altra piccola colonna di carri leggeri, che subito dopo la partenza da El Agheila aveva tagliato per una pista nel deserto situata ancora più a Sud, il 30 agosto sbucò alle spalle degli assedianti di Tobruk in concomitanza di una sortita della guarnigione della piazzaforte. Gli indiani cercarono di resistere, ma non avevano armi adatte a contrastare un attacco di carri e, presi di fronte e da tergo, cedettero.

Il fronte degli assedianti si ruppe in due tronconi, uno ad Est ed uno ad Ovest di Tobruk; il primo si ritirò nella piazzaforte di Bardia, attestandosi su fortificazioni del confine libico-egiziano e portando con sé le poche armi pesanti che la ritirata permise di salvare; il secondo fu accerchiato dalle colonne corazzate reduci dalla battaglia di Bomba. 5000 indiani si arresero il giorno successivo e vennero fatti prigionieri.

Rommel entrò a Tobruk il 1° settembre e qui si fermò a rimettere in sesto le sue forze corazzate, seriamente provate dagli attacchi aerei che era stato costretto a subire, essendosi potuto difendere da essi solo con poche mitragliatrici multiple montare su semicingolati; ma per sua fortuna gli avversari non avevano abbastanza aerei per contrastare efficacemente la sua avanzata, che altrimenti sarebbe stata compromessa.

Ancor più danni aveva fatto la sabbia finissima che aveva intasato filtri e danneggiato motori e meccanismi, nonché il terreno accidentato che aveva logorato cingoli e rotto sospensioni. In futuro - relazionò il generale all'Alto Comando - sarebbe stato imperativo, se si voleva combattere nel deserto, apportare ai carri le opportune modifiche e protezioni; poi aggiunse, pensando alle uova al tegamino che aveva visto cuocere sulla lamiera ardente dei carri, di dotarli di aria condizionata.

La divisione italiana di fanteria motorizzata era stata intanto distribuita nelle città della costa per fronteggiare eventuali sbarchi anfibi appoggiati dalla Royal Navy, ancora padrona di quel tratto di mare, perdurando la latitanza della Regia Marina.

Con una lentezza degna di un bradipo, le divisioni italiane appena sbarcate a Tripoli si misero in movimento verso Est e raggiunsero Tobruk il 28 settembre; qui si fermarono per rimettere in sesto i mezzi, i cui motori erano pieni di polvere raccolta in 1700 km di strada litoranea, e per attendere ordini da Mussolini. Rommel i suoi ordini li aveva già ricevuti a Berlino. Una volta liberata Tobruk avrebbe dovuto fermarsi, per lasciare agli italiani il privilegio di scornarsi nella conquista del Delta del Nilo, a 1000 km di distanza, in un deserto privo di tutto, ma doveva mantenere il controllo della Cirenaica. Pertanto da un lato fece tornare fino a Bengasi la sua divisione motorizzata, dall'altro si arroccò su una linea che da Tobruk scendeva a Sud per 50 km; nel contempo migliorò il perimetro difensivo della piazzaforte utilizzando il parco d'assedio appena catturato al nemico.

Gli oltre 25.000 prigionieri furono utilizzati in Cirenaica per le riparazioni alle infrastrutture danneggiate negli ultimi sei mesi di guerra; ma un migliaio di questi, per lo più feriti, vennero inviati in Italia, richiesti da Mussolini in persona per poter essere esibiti alla nazione.

Dovendo trattare del teatro di guerra spagnolo bisogna fare un salto indietro nel tempo.

Quella primavera Franco era stato il primo a muoversi: dopo aver rastrellato truppe in tutto il Paese, il 3 maggio '40 attaccò le Regioni ribelli con 15 divisioni di fanteria ed un centinaio di carri, abbandonati dai sovietici alla fine della guerra civile, appoggiato da due divisioni francesi.

L'attacco si sviluppò lungo quattro direttrici; la prima, più orientale, da Miranda do Ebro aveva come obbiettivo l'importante porto basco di Bilbao; la seconda, ad occidente della precedente, da Palencia puntava su Santander, la capitale cantabrica; la terza ancor più occidentale, da León doveva riconquistare Oviedo, la capitale asturiana e l'ultima, in Galizia, da Zamora doveva svilupparsi lungo la frontiera settentrionale del Portogallo, in direzione di Orense ed aveva lo scopo di tenere le truppe tedesche nella regione, impedendo loro di accorrere in aiuto delle Regioni ribelli.

Le colonne nazionaliste si mossero simultaneamente lungo le rotabili, con autocarri preceduti da carri armati, finché non vennero bloccate da mine, cannoni anticarro e nidi di mitragliatrici. I tedeschi fecero entrare in azione gli Stukas, ora di base anche nei nuovi Stati, che bombardarono anche col napalm ogni raggruppamento attaccante. Dopo due giorni di inferno, le colonne si dissolsero ed i superstiti rifluirono in una rotta forsennata, inseguite da unità di carri leggeri e di fanteria motorizzata.

L'inseguimento della prima colonna proseguì oltre Logroño, fino a Tudela, ove i nostri furono costretti a fermarsi perché le truppe che seguivano le avanguardie si erano fermate a Logroño per saccheggiare le cantine di questa nota zona di produzione vinicola, pertanto non fu più possibile rimettere gli uomini in marcia dopo la colossale sbornia. L'inseguimento della seconda colonna si concluse a Palencia, quello della terza a Benavente e quello della quarta a Zamora, tutte città ben al di dentro della Castiglia settentrionale per una cinquantina di chilometri.

Non volevamo procedere oltre in Castiglia, perché non avevamo le forze, né l'intenzione, di conquistare la Spagna, anche se questa non aveva più truppe da contrapporci ed era completamente prostrata da quattro anni di guerra civile. Inoltre avevamo altri progetti: di lì a pochi giorni infatti, sarebbe iniziata la campagna di Francia.

L'8 maggio si stabilì una tregua d'armi, per aver modo di seppellire i morti e curare i numerosi feriti. Franco aveva perso 100.000 uomini, metà dei quali prigionieri, avviati ai lavori forzati negli Stati cantabrici; le due divisioni francesi persero tutta l'artiglieria e rientrarono in Francia malridotte, giusto in tempo per essere fatte a pezzi a Laon ed a Reims.

Venti giorni dopo, visto l'andamento delle operazioni belliche in Francia, non potendo mantenere un esercito privo di armi moderne, né potendone acquistare di nuove, Franco si rassegnò a non riconquistare le Regioni ribelli e chiese un armistizio.

Noi chiedemmo, come condizione per ritirarci dalle posizioni raggiunte nella Castiglia settentrionale e nella Rioja, una striscia di territorio a Nord di Gibilterra, da capo Trafalgar a San Roque, e l'intero Marocco spagnolo.

Franco temporeggiò come al solito, senza darci una risposta, per cui, scaduto il termine per l'accettazione dell'armistizio, effettuammo bombardamenti che devastarono prima Burgos, poi Valladolid, quindi Ávila. Temendo che il bombardamento successivo avrebbe interessato Madrid, Franco accettò le nostre condizioni, dedicandosi da allora in poi a fare il " caudillo", ad erigere monumenti e sacrari per esaltare le sue gesta nella guerra civile, ed a far sprofondare la Spagna, che tanto aveva sofferto, in una depressione economica e culturale che la avrebbe estraniata dall'Europa per anni.

Una clausola dell'armistizio prevedeva fosse indicata una via d'accesso terrestre al territorio a ridosso di Gibilterra. Il 15 agosto le prime batterie semoventi di cannoni di grosso calibro furono piazzate ad Algeciras, per battere la Rocca, ed a Tarfaia, per dominare lo Stretto. Insieme arrivarono due brigate di carri e due di fanteria, per tutelarci da possibili colpi di coda di Franco, con altre unità del Genio per l'assalto finale.

La conquista della Rocca di Gibilterra fu meno difficile del previsto. Per prima cosa, si interruppe il rifornimento d'acqua alla città ed alla fortezza, il cui dissalatore era insufficiente per soddisfare le esigenze di entrambe.

La città venne evacuata per motivi umanitari, in seguito ad un intervento della Croce Rossa, con gran sollievo dei difensori, non più costretti a condividere coi civili la scarsa acqua potabile. Trasportammo rapidamente i civili in Inghilterra, nella Zona Libera, dubbiosi di fargli un favore, tanto che gli assicurammo che, se in futuro avessero voluto tornare alle loro case, avremmo fornito ogni facilitazione; ma non ci credettero.

Frattanto il dissalatore cominciò a dar segni di malfunzionamento, fino ad essere del tutto inutilizzabile. Le uniche riserve d'acqua erano quelle contenute in vecchie cisterne, costruite subito dopo l'occupazione della Rocca all'inizio del XVIII secolo, che raccoglievano le acque piovane convogliate all'interno della fortezza.

Il 25 settembre chiedemmo la resa della guarnigione, offrendo a questa la possibilità di tornare in patria, alla sola condizione di non effettuare demolizioni di sorta, ma i difensori rifiutarono, ritenendo di poter resistere indefinitamente sfruttando l'acqua delle cisterne che le imminenti piogge autunnali avrebbero rinnovato.

Il 26 iniziammo a bombardare la sommità della Rocca con granate speciali, contenenti una miscela di sostanze tossiche organiche ed inorganiche in polvere che, sciolte dalle acque piovane e raccolte negli impluvi che alimentavano le cisterne, avrebbero reso tossiche le acque in esse contenute, essendo in grado di superare anche i filtri di potabilizzazione.

Il 29 settembre piovve, ed il 30 quel che rimaneva della guarnigione si arrese, in preda a dolorose ed debilitanti convulsioni. Quando il comandante della guarnigione, poco prima di morire, diede l'ordine di effettuare le demolizioni, l'ufficiale preposto all'azionamento dei detonatori elettrici centralizzati, ubicati in un locale dotato di porta corazzata, era già morto, e la fortezza ci venne consegnata intatta.

Negli stessi giorni occupammo Tangeri, ultimo residuato della Società delle Nazioni, e da qui l'intero Marocco spagnolo, compresa Ceuta e Melilla, i cui Alcalde (Sindaci) sostenevano di essere estranei alle clausole armistiziali e che loro, con quei marocchini di merda, non avevano nulla da spartire. Tentativo ben congegnato e non privo di buone ragioni, ma che non sortì alcun risultato; dopo che minacciammo di bombardarli, si rassegnarono al nuovo status, de jure oltre che de facto, di essere anch'essi divenuti marocchini, come i disprezzati vicini.

Impiegammo alcuni mesi di intensi lavori per ammodernare la fortezza ed il suo retroterra, e per la fine dell'anno successivo, non solo Gibilterra divenne una base aeronavale di prim'ordine, ma anche una formidabile testa di ponte per controllare la costa atlantica della Spagna, mentre il Marocco ex-spagnolo costituì un'analoga ed ancor più estesa testa di ponte per il controllo della costa atlantica del Marocco francese.

Oltre alla guarnigione della Rocca, sulle due sponde dello Stretto, 2 brigate corazzate, 2 motorizzate e 2 divisioni di fanteria presidiavano la porta del Mediterraneo ed avrebbero reso molto più complicato e sanguinoso uno sbarco nemico a Cadice o in Nordafrica. In questo universo non ci sarebbe stata nessuna

"Operazione Torch", gli anglo-americani non sarebbero sbarcati né in Algeria, né in Marocco, come accaduto in quello parallelo.

***

- Nooo! Non è possibile! Ma io ho sposato un mostro.- mi accusò Angela sdegnata - Ma si può bombardare delle città indifese solo per soffiare sotto al culo di Franco? E
poi avvelenare le cisterne d'acqua di Gibilterra... ma tu sei un criminale di guerra! -
- Tecnicamente sì, almeno per i canoni del processo di Norimberga, ma solo per aver contribuito a far scoppiare la guerra, e forse... dico forse... per i pochi bombardamenti terroristici; ma per essere condannato avrei dovuto perderla la guerra. In ogni caso non avrebbero potuto accusarmi certo di avvelenamento dell'acqua, essendo ciò una normale tattica di guerra. Ti ricordo che una volta, durante gli assedi, tiravano dentro le mura delle città sacchi pieni di topi appestati, e che nelle fonti idriche nemiche venivano messe carogne di animali per non renderle potabili. Inoltre la miscela di sostanze usate a Gibilterra non era velenosa, solo un po' caustica.-
- Capirai...te la raccomando! Non potevi limitarti ad assediarla e basta? -
- Per poi vedermela demolita dopo un anno o due? una così bella Rocca.-
- Comunque mi devi spiegare perché ce l'hai tanto con Franco e non con gli altri.-
- Forse perché è un fetente che non ha pagato dazio e l'ha fatta franca.-

Capitolo XXVIII – Balcani

In Canada le cose non procedevano affatto male per noi, nonostante gli ingenti aiuti militari statunitensi, in mezzi ed in volontari, che avevano rafforzato notevolmente le forze della Federazione Canadese; questa di suo aveva mobilitato i civili sotto i trent'anni atti alle armi.

Il Premier Mackenzie, dopo la resa della Provincia dell'Isola Principe Edoardo per l'impossibilità di ricevere rifornimenti, essendo situata nel Golfo del San Lorenzo, aveva capito che la lotta sarebbe stata lunga e dura. Dopo un inverno di scaramucce e di scontri fra pattuglie nelle foreste innevate, ai primi di maggio mosse le sue truppe contro i quebecchesi lungo la sponda sinistra del fiume Ottawa, espellendoli da Hull e giungendo a pochi chilometri da Montréal.

Qui i Federali furono fermati con qualche difficoltà, impiegando per la prima volta in combattimento elicotteri dotati di razzi aria-suolo e di mitragliatrici.

Intanto, 300 km più a Nord, fra foreste ancora in abito invernale, una colonna federale dotata di motoslitte, partendo da Timmins, penetrò in Québec giungendo fino a Val-d'Or, ove occupò le ricchissime miniere d'oro.

Gli scontri aerei con i piloti canadesi e con i "volontari" statunitensi erano giornalieri e finivano spesso in parità, trattandosi di bravi piloti e di ottimi aerei. Ad un bombardamento terroristico di Montréal rispondemmo con due raid analoghi su Ottawa e su Kingston.

Quando Churchill, la Famiglia Reale, Governo e parlamentari in esilio giunsero in Ontario, via New York, si domiciliarono a Windsor ed a London, all'estremità meridionale della Provincia, forse per sentire meno la nostalgia di casa. Li raggiunsero presto quasi 30.000 militari che in un modo o nell'altro erano riusciti a lasciare la Gran Bretagna; ma molti di questi erano ufficiali, anche di alto grado, soldati e sottufficiali erano una minoranza, quindi passò parecchio tempo prima che si riuscisse a formare quattro reggimenti drenando uomini dai Caraibi, dalla Guyana e da ogni dove, Il transito di militari britannici sul suolo americano, senza che fossero internati, violava le norme sulla neutralità, ma non volevamo rompere con gli Stati Uniti, almeno finché avessero continuato a rispettare il patto che interdiceva anche alle navi da guerra britanniche la zona ad occidente del 65°W.

Non potemmo però far passare sotto silenzio il fatto che quel che rimaneva della Royal Navy, una flotta ancora formidabile, composta da 4 portaerei, 5 corazzate, un incrociatore da battaglia, 6 incrociatori pesanti, 28 leggeri e 140 cacciatorpediniere, fosse ora per oltre la metà ancorata in porti statunitensi.

Questa sì che costituiva una colossale violazione della neutralità statunitense. Il fatto era esiziale per le nostre truppe in Québec, per quelle nelle Provincie atlantiche canadesi e per quelle di guarnigione a Terranova.

Protestammo energicamente con Roosevelt, cui mancavano quattro mesi alle elezioni, e questi alla fine si rassegnò a sloggiare la flotta britannica dai porti statunitensi; inoltre non permise alla Gran Bretagna di formare basi nell'isola Bermuda e nelle Bahama - pedissequamente a quanto previsto nel patto sulla sicurezza statunitense - ed i britannici ripiegarono su una base nell'isola di Giamaica, nel Mar delle Antille, essendo questa ad oriente del 79°W.

Fummo pienamente soddisfatti: concentrata in Giamaica, in una base raffazzonata, indifesa, piccola, con scarsi servizi, l'intera flotta britannica sarebbe stata molto meno pericolosa. Quello fu l'ultimo successo della nostra diplomazia e della stampa che controllavamo.

Churchill, deluso per l'incredibile ingenuità degli americani, dovette far buon viso ad un pessimo gioco.

Troppo prezioso sarebbe stato l'aiuto americano per la liberazione della Gran Bretagna e per la sopravvivenza dell'Impero, a costo di doverne cedere la disponibilità di qualche pezzetto: le Bahama e Bermuda, da secoli colonie britanniche! non doveva pensarci!

Gli sopravvenne l'eterno verso di Dante: "...quanto sa di sale lo pane altrui", ma scacciò il pensiero, si accese il sigaro e si accinse a dirigere la sua guerra, ancora solo, dal nuovo Quartier Generale di Toronto.

Uno dei quattro reggimenti appena formati fu mandato in prima linea di fronte a Montréal, uno a presidiare Trididad, uno in Giamaica; unità minori rafforzarono gli esigui presidi di Grenada, di Barbados, di Dominica, di Antigua e di Saint Lucia.

Aspettava che gli Stati Uniti venissero coinvolti nella guerra, o che Roosevelt vincesse le elezioni, meglio se si fossero verificate entrambe le cose.

Inviò anche una flotta a protezione dell'Australia e della Nuova Zelanda, prima che queste nazioni decidessero di uscire dal Commonwealth e di chiedere aiuto agli americani. Un'altra flotta la inviò nell'Oceano Indiano, per prevenire eventuali mire giapponesi e per rafforzare la base navale di Singapore.

La prima, composta da una portaerei, 2 corazzate, 2 incrociatori pesanti, 5 leggeri, 20 cacciatorpediniere e 5 trasporti veloci, con rifornimenti per una crociera di tre mesi, armi pesanti e l'ultimo reggimento appena allestito, salpò da vari porti delle Antille il 1° settembre. In parte attraversò l'Oceano Pacifico passando per il Canale di Panama, in parte costeggiò il Brasile e si diresse verso l'Argentina, per saldare un conto rimasto in sospeso.

La seconda flotta, di consistenza analoga alla prima, salpò la settimana dopo con rotta verso Città del Capo, ove si rifornì, imbarcò due brigate sudafricane e ripartì il 20 ottobre, separandosi in due Task Force; una trasportò le due brigate a rinforzare la guarnigione di Singapore, la seconda risalì la costa orientale dell'Africa, imbarcando a Dar es Salaam due brigate di truppe provenienti da varie colonie dell'Africa Orientale Britannica, ed il 1° novembre ripartì dirigendosi verso l'Africa Orientale Italiana, dove un altro vecchio conto era rimasto da saldare.

Churchill costatò amaramente che, senza il dominio del mare, anche muovere poche truppe da una parte all'altra del mondo richiedeva una fatica improba e costringeva a correre rischi enormi.

Nelle isole dei Caraibi, mentre si approntavano rudimentali ancoraggi, una terza flotta composta da due Task Force equivalenti, ciascuna composta da una portaerei, una corazzata o un incrociatore da battaglia, un incrociatore pesante, 4 leggeri e 10 caccia, avrebbero molestato i convogli che rifornivano le truppe tedesche in Canada, ed affrontato la Tascheflotte che li proteggeva. Tutto ciò in attesa, e con la speranza, che gli americani si svegliassero dal loro torpore e si accorgessero del pericolo mortale che li sovrastava.

Il 1° settembre, ad un anno dall'inizio della guerra, la Bulgaria chiese di essere ammessa alla Confederazione; tre giorni dopo anche la Croazia e la Slovenia, dopo essersi staccate unilateralmente dalla Jugoslavia, avanzarono la stessa richiesta, chiedendo inoltre protezione per tutelarsi dalle probabili reazioni di Belgrado. Furono tutti accontentati, con grandi cerimonie, sorrisi e brindisi a base di slivowitz.

Anche in Bosnia la parte di popolazione di etnia croata scalpitava per staccarsi da Belgrado ed aggregarsi alla Croazia, ma in questo caso la reazione di Belgrado per frenare le spinte secessioniste fu violenta, essendo la regione popolata da un ugual numero di serbi, e scoppiò una guerra civile.

La parte di popolazione musulmana, di consistenza analoga alle altre due, non sapendo a chi appoggiarsi, finì per buscarle dalle due parti.

La brutalità delle azioni militari rivolte contro la popolazione civile, chiamate esplicitamente pulizie etniche da serbi e da croati, scosse persino i tedeschi, che il 20 ottobre, prima ordinarono ai croati di Zagabria di far smettere il massacro di musulmani attuato dai cugini di Bosnia; poi fecero lo stesso coi serbi di Belgrado, diretti burattinai dei cugini bosniaci.

La richiesta perentoria, sotto forma di ultimatum, fu immediatamente esaudita da Zagabria e disattesa da Belgrado, che fu dunque bombardata per ore. Il giorno successivo, quando il numero di vittime serbe aveva già raggiunto le 7000 unità, ci pervenne la richiesta di armistizio da parte di Belgrado.

Fra le condizioni che ponemmo, oltre al riconoscimento dell'indipendenza della Croazia e della Slovenia, ci fu lo smembramento della Bosnia fra Croazia e Serbia secondo la prevalenza etnica della popolazione, la fornitura di grandi quantitativi di materie prime a condizioni vantaggiose - soprattutto minerali di cromo e di alluminio, di cui eravamo carenti - ed il diritto di libero transito stradale e ferroviario lungo la direttrice Belgrado-Salonicco.

Le condizioni vennero accettate, ma da qualunque lato si guardasse la situazione, questa rimaneva un ginepraio inestricabile per la presenza di zone con popolazione mista in cui l'odio atavico fra le etnie era reso insanabile a causa delle recenti stragi, per cui migliaia di persone, soprattutto contadini, dovettero forzosamente emigrare in Stati più accoglienti.

L'irresolubile problema costituito dalla presenza di popolazioni di religione musulmana in territori della Confederazione fu drasticamente risolto con l'espulsione di queste e la loro deportazione in Turchia, che dopotutto era la patria dei loro nonni. Di gran lunga peggiore fu la sorte delle genti di religione musulmana cadute sotto la dominazione serba, che vennero in gran parte sterminate.

***

- Ma dai! - interruppe Angela - Non ci credo. Vuoi dire che in Jugoslavia fra dieci anni succederà un simile casino? non è possibile.-
- Pare proprio incredibile. Forse è un'altra previsione di fantapolitica, come quella sulla fine dell'URSS.-
- Si, ma scannarsi per motivi etnici... e nel 2000 quasi.-
- Senza contare che sono tutti terroni in egual misura; è come se uno di Reggio Calabria volesse scannare uno di Catanzaro per motivi etnici.-
- Sentilo l'ariano! Guarda che sei terrone anche tu, anzi, doppiamente terrone, di padre e di madre: uno perché nato in Svevia, che è pur sempre nella terronia della Germania, l'altra è una terrona DOC.-
- Ah, ma allora provochi. Avrò anche origini terroniche, ma nobiliari...
- Senti, senti...
- Sono discendente illegittimo di Federico II di Svevia...
- Oddio, è impazzito. Così ti porti ancora dietro il nome dell'antenato, come un gioiello di famiglia.-
- Allora ti spiego. Mio padre è svevo, e per 800 anni la sua famiglia non si è mai mossa da un paesino vicino al castello degli Hohenstauffen...
- E con questo? -

- Mia mamma è di Oria, e per 800 anni anche la sua famiglia non si è mai mossa da lì, vicino al castello costruito proprio da Federico II...

- Non vedo il nesso.-

- Ordunque, le probabilità che Federico II, tornando da una battuta di caccia, d'estate al cinghiale nei boschi di Svevia, d'inverno col falcone, in Puglia, avesse trovato una contadinotta china a cercar funghi, oppure a raccoglier fave, in entrambi i casi col culo per aria, e l'avesse ingroppata, sono elevatissime, ergo...

Capitolo XXIX – Marmarica e Albania

Mussolini era fuori dalla Grazia di Dio. In Libia - gemeva - quei bastardi di tedeschi hanno riconquistato da soli la Cirenaica, con un apporto italiano minimo, senza aspettare le divisioni che ho pagato così care. Cosa le ho comprate a fare allora? Quei lavativi di generali dei miei stivali, raggiunta Tobruk, se ne stanno a poltrire all'ombra degli allori dei tedeschi, invece di liberare il resto della Cirenaica, conquistare Alessandria, il Delta, il Canale di Suez. Cazzo! Io ho bisogno di quello stramaledetto Canale. Devo rifornire l'Africa Orientale, sennò quelli sono fottuti.

E poi i Balcani! - s'indignava - i Balcani sono roba mia. La Slovenia e la Croazia rientrano nella sfera economica dell'Italia. Cazzarola! E la Dalmazia? cosa ci facevano i tedeschi in Dalmazia? in città italianissime come Spalato, Ragusa... bastardi!

E adesso anche la Bulgaria.- esplose - Cosa se ne facevano i tedeschi della Bulgaria? Ah, ma gliela avrebbe fatta vedere lui. Adesso basta prendersi tutta la ciccia e lasciarci le pelli.

Ordinò l'avanzata delle truppe in Libia, e si assicurò che questa volta i tedeschi non si movessero, che rimanessero pure a presidiare la Cirenaica, perché ad Alessandria ci dovevano entrare gli italiani. Già si vedeva in sella ad un cavallo bianco, con la spada dell'Islam sguainata, una figata di fotografia che sarebbe stata appesa nelle scuole, negli uffici pubblici...

Rommel acconsentì prontamente a non muoversi, ma il comandante del Corpo d'Armata italiano - il generale a tre stelle più giovane in circolazione, di soli 62 anni, primo del suo corso all'Accademia militare di Modena, ma con modesti agganci fascisti - di fresca nomina ed ingenuamente attaccato ai suoi doveri professionali, fece rilevare come si fosse tutt'altro che pronti: mancava l'addestramento sia dei reparti corazzati, sia delle truppe di supporto, la logistica era insufficiente, i velivoli che avrebbero dovuto assicurare la copertura aerea non erano collegati per radio alle forze corazzate a terra... insomma, sostenne l'impudente, senza i tedeschi l'impresa non sarebbe riuscita. Fu prontamente rimosso e sostituito con un altro generale, più docile e fedele, di antica militanza fascista.

Vennero comunque rastrellati altri 5000 camion e corriere, fatti saltar fuori da ogni dove, lasciando centinaia di paesini dello Stivale senza collegamenti pubblici; inoltre altre quattro divisioni partirono insieme agli automezzi, cosicché solo una parte di queste poté essere "mobile", la restante parte, come al solito, dovette rassegnarsi a marciare.

Il 28 ottobre, XVIII anniversario della Marcia su Roma, iniziò la marcia su Alessandria, con il grosso che procedeva su due colonne parallele lungo la costa, distanziate di una ventina di chilometri, ed un reggimento corazzato che, passando per Giarabub e Siwa, avrebbe dovuto aggirare l'intransitabile depressione di Qattára e piombare alle spalle del nemico ad El- 'Alamein.

Era finalmente una tattica "alla tedesca", com'era stata illustrata al Duce, solo che i comandanti intermedi italiani, e men che mai quelli superiori, non avevano alcuna esperienza dell'impiego di colonne corazzate nel deserto, non sapevano sfruttare le capacità tattiche derivanti dalla loro mobilità, e le impiegavano come semplici mezzi di locomozione per avanzare in tutta sicurezza anche su terreni accidentati.

Le uniche esperienze le avevano fatte contro gli abissini, che avevano cercato di resistere combattendo scalzi e con delle lance; anche se avevano avuto un lampante esempio di come andavano impiegati i carri in Polonia, in Francia e in Cirenaica dallo stesso Rommel, non avevano avuto il tempo di metabolizzare gli insegnamenti, e tanto meno di effettuare esercitazioni sul campo, per risparmiare i mezzi ed il carburante.

A Bardia il perimetro difensivo era troppo esteso per poter essere tenuto con qualche probabilità di successo dalle truppe indiane e australiane, per cui l'assalto italiano, condotto da ondate successive di carri in linea, che neppure Wellington avrebbe potuto disporre meglio allineati, in virtù del loro numero conseguì un completo successo. Questo assalto però, non essendo stato supportato dalla fanteria, venne pagato a caro prezzo per il micidiale fuoco dei cannoni anticarro che colpivano da distanza ravvicinata i fianchi e le terga delle linee di carri, man mano che queste oltrepassavano le postazioni difensive.

Metà dei difensori riuscì a rompere il contatto e si ritirò, insieme al velo di truppe indiane posizionati sul confine egiziano, fino ad attestarsi sul perimetro difensivo di Marsa-Matrûh, fortificato già dall'anno precedente, a quasi 300 km di distanza. Nella ritirata gli australiani depotabilizzarono i pozzi d'acqua, distrussero il manto stradale, là ove presente, con solventi e con cunette, e minarono i passaggi obbligati.

Se quella di Bardia fu quasi una vittoria di Pirro, che costò un quinto della divisione corazzata, il lento arrancare delle colonne fino a Matrûh costò un quarto dei veicoli, non tanto per le mine, ma per i guasti meccanici che ebbero a subire soprattutto le vecchie corriere, nonostante fossero abituate alle strade secondarie italiane. Giunti a Matrûh, le colonne motorizzate si attestarono per attendere le divisioni appiedate, attese da lì a una decina di giorni, dovendo queste percorrere una distanza di 400 km ed essendo impensabile autotrasportarle per non far ripercorrere, più e più volte a veicoli già in stato precario la disastrata strada appena percorsa. Ma non ci fu il tempo per attenderle.

Accortosi che i tedeschi erano rimasti a Tobruk e che gli italiani non avevano approntato alcun campo di volo avanzato, il

Comando britannico del Medio Oriente ordinò un contrattacco con una brigata corazzata e due motorizzate, appena fatte affluire dal Cairo. Squadriglie di caccia si abbatterono ad ondate successive sulle colonne corazzate, non ostacolate dal fuoco contraereo, facendo strage di mezzi; quindi intervennero i mezzi corazzati appoggiati dalle truppe uscite in sortita dal perimetro difensivo di Matrûh.

La battaglia fu confusa e feroce, ricca di episodi eroici e miserabili, avvolta in un fitto polverone che impediva di individuare in tempo la provenienza del pericolo e la direzione della salvezza; finché gli italiani si ritrovarono completamente soverchiati quando una brigata motorizzata britannica, non vista, aggirò il campo di battaglia e sbucò dal deserto, prendendoli sul fianco ed alle spalle. Attaccati da ogni lato, con i morti ed i feriti che si ammucchiavano dietro ai pezzi, il Regio Esercito crollò. In quella battaglia persero la vita 5000 soldati, altri 20.000 furono fatti prigionieri e tutto il materiale del Corpo d'Armata andò perso.

Ma non era ancora finita. Non si era ancora spento l'eco della battaglia, che le due brigate britanniche si gettarono verso Ovest per intercettare le divisioni appiedate che avanzavano sgranate verso di loro, cantando gagliarde canzoni fasciste e quelle più tristi della Grande Guerra. Ne intercettarono due su tre, senza colpo ferire; solo una divisione, appena partita da Bardia, riuscì a fare dietro-front ed a rientrare nella piazzaforte, per trincerarsi sulle stesse posizioni strappate ai britannici appena una settimana prima.

Altri 23.000 soldati vennero fatti prigionieri, furono catturate tutte le scorte, le armi e persino uno stupendo cavallo arabo ed una custodia contenente una spada ricurva dalla magnifica elsa dorata - la spada dell'Islam ed il cavallo di Mussolini -.

Le brigate inseguitrici, paventando una contromossa di Rommel, non proseguirono oltre e si attestarono sulle deboli fortificazioni del confine libico-egiziano.

Una sorte ancor peggiore capitò alla colonna che cercava di aggirare la depressione di Qattára. Rimasta attardata dai continui insabbiamenti, dopo essere avanzata nel deserto per oltre 150 km ad oriente di Siwa, saputo per radio della distruzione delle divisioni sulla costa, cercò di ritornare sui suoi passi, ma fu individuata dalla ricognizione aerea e mitragliata finché non vi furono più automezzi utilizzabili.

La disgraziata colonna dovette tornare a Siwa marciando su una pista sabbiosa ed arrivò a quest'oasi dimezzata; quindi proseguì per Giarabub, 100 km oltre, sotto un sole cocente e quasi senz'acqua. Solo alcune centinaia di soldati, dei 1500 partiti, sfiniti e disidratati raggiunsero Giarabub e riuscirono a salvarsi, per essere fatti prigionieri alcuni giorno dopo, quando gli australiani si impossessarono dell'avamposto.

Lo stesso 28 ottobre, dopo due mesi di preparazione occupati ad impartire ordini e contrordini, a dipanare equivoci ed a dirimere camarille fra generali e fascisti in cerca di visibilità, nonostante la palese e segnalata carenza di truppe, mancando di un chiaro obbiettivo strategico e nel mezzo della stagione più sfavorevole, Mussolini scagliò le sue truppe contro la Grecia, neutrale e di sentimenti non antifascisti.

Nelle intenzioni dello stratega fascista l'attacco doveva essere condotto dalle truppe di stanza in Albania - 5 divisioni di fanteria - rinforzate da 4 divisioni di Alpini; ma le divisioni erano meno della metà di quelle che sarebbero state necessarie per un'invasione della Grecia proveniente da Ovest.

La Regia Marina non ebbe nessun ruolo, se non quello di proteggere i rifornimenti che attraversavano il Canale d'Otranto; la Regia Aeronautica svolse egregiamente il compito di trasportare i gerarchi dall'Italia in Albania e per bombardamenti inutilmente indiscriminati.

Si sarebbe trattato dunque di un attacco solo terrestre, con modalità, tattiche e su un terreno simile a quello su cui si erano combattute tante battaglie della Grande Guerra, l'unica conosciuta da Mussolini per avervi combattuto - da sergente - e quindi l'unica che riteneva di essere in grado di dirigere.

Da un mese, ovvero da quando avevamo avuto sentore dei proponimenti del Duce, cercavamo di scoraggiare l'iniziativa italiana. Metáxas era un dittatore che sarebbe stato facile attirare verso l'Asse; da tempo subiva soprusi, violazioni della sovranità, persino il siluramento di una nave ad opera degli italiani, senza reagire col dovuto rigore, minimizzando gli episodi per timore di essere trascinato in guerra.

Non c'era nessun motivo - pensava il nostro Alto Comando - nessun interesse ad attirare i britannici in Grecia. Inoltre era un errore madornale attaccare in quella stagione, in montagna, con l'inverno alle porte, senza un obbiettivo strategico. Ma l'idiota no! lui voleva la gloria militare, voleva dirigere la guerra personalmente, voleva tenere testa alle nostre conquiste. Così facendo avrebbe attirato i britannici in una zona ove avrebbero potuto fare molti danni - erano maestri in questo - e dalla quale non sarebbe stato semplice sloggiarli se avessero potuto assestarsi.

Infatti, appena invasi i greci chiesero aiuto ai britannici che li avevano garantiti fin da quando Mussolini aveva invaso l'Albania, un anno e mezzo prima. Churchill, pur in esilio e con scarsi mezzi, non rinnegò la garanzia assicurata e si mise a rastrellare in tutto il Medio Oriente le forze per sostenere lo sforzo greco, tanto più che le notizie che gli pervenivano in quei giorni dall'Egitto erano più che gratificanti.

Dopo tre giorni di avanzata lungo due difficili direttrici, sotto la pioggia, con i fiumi da guadare in piena e con una sola divisione di Alpini al centro, a fare da cerniera, gli italiani subirono il contrattacco greco. Questo si sviluppò proprio al centro, dove la divisione di Alpini cedette e fu costretta a retrocedere fino al punto di partenza - il ponte di Perati, oggetto di una stupenda, triste canzone composta per l'occasione - dove arrivò praticamente distrutta, lasciando scoperti i fianchi delle colonne avanzanti, che a loro volta furono costrette a ripiegare.

Da Roma furono inviate altre divisioni per evitare quello che si stava delineando come un altro disastro, distogliendole dal confine Jugoslavo, e che arrivarono alla spicciolata in un pauroso disordine. Fu sostituito il Comandante dell'operazione con un altro più competente - e non ci volle molto per trovarlo - venne raddoppiato il numero di divisioni da impiegare per l'invasione, che vennero fatte affluire anche dall'Italia. Queste arrivarono al fronte con molta lentezza, tanto che l'arrivo di tre nuove divisioni greche al fronte rese novamente molto seria la situazione degli italiani.

Il 19 novembre si rese necessaria una ritirata generale di 50 km ed il 28 il fronte si trovò ben addentro nel territorio albanese. Lo stesso giorno il generale Badoglio diede le dimissioni, mentre la disperazione coglieva i comandanti locali, senza più equipaggiamenti, indumenti di lana, munizioni, armi pesanti. Alcune voci, mai ben individuate, giunsero persino a raccomandare un'iniziativa politica (cioè chiedere un armistizio).

Sotto Natale, dopo altri successi greci, il fronte si stabilizzò, anche per il freddo che causò migliaia di congelamenti in entrambi gli eserciti. Infine, mentre i comandanti italiani venivano decimati e sostituiti, i greci effettuarono un ultimo sfondamento il 10 gennaio, ma fu l'ultimo, poi tutto si fermò fino a primavera.

Una settimana dopo l'attacco italiano i britannici occuparono la baia di Suda, nell'isola di Creta, e cominciarono a far affluire alcuni aerei ed una brigata di fanteria. La Regia Marina non fece nulla per ostacolare lo sbarco, così noi - incazzati neri - dopo una lunga seduta al Ministero della Difesa per ridefinire i piani delle prossime operazioni, facemmo rientrare dall'Atlantico 10 U Boote medi e due portaerei d'appoggio, per costituire, con lo Strassbourg, il Dunkerque e con le navi appena acquistate dagli italiani, una Tascheflotte che potesse operare nel Mediterraneo, Mittelsee per noi tedeschi.

In questo mare però, non avevamo una base adeguata per accoglierla, inoltre condividere con gli italiani il porto di Fiume non ci entusiasmava affatto; chiedemmo dunque un incontro con Mussolini per la fine di novembre, al quale volli partecipare dato che, essendo stato fissato a Roma, non vedevo l'ora di farmi un'abbuffata romana.

Trovammo Mussolini abbattuto come pochi e sull'orlo della disperazione, nonostante cercasse di mascherare lo stato d'animo dietro posture ed atteggiamenti marziali, che però ogni tanto si sgonfiavano, lasciando trasparire i veri sentimenti. Non gli rimproverammo nulla, e dire che ne avevamo ben donde, ma lo trattammo con una condiscendenza che gli fece più male d'un cazzotto ben assestato.

Gli chiedemmo in uso esclusivo la base di Taranto, e lui - pensando al significato di quel "esclusivo" - ce la rifiutò, dicendo che gli italiani non avrebbero capito. Chiedemmo allora di poter utilizzare i porti di Bengasi e di Tobruk, ma per un periodo di tempo indefinito, dato che occorrevano importanti lavori di adeguamento degli stessi, che ci saremmo sobbarcati completamente.

Il Duce bofonchiò una risposta che non riuscii ad afferrare completamente, ma ero certo che le ultime parole fossero "… un càncher"; comunque non disse di no, e noi lo interpretammo come un sì sofferto.

Mussolini ci chiese invece se potevamo fornirgli, a titolo di prestito, alcune divisioni corazzate o motorizzate, ed anche qualche squadriglia di aerei da caccia; al che rifiutammo in modo sgarbato, lasciandoci scappare un "ma mi faccia il piacere!" che sentì benissimo.

Ci chiese allora se avremmo attaccato l'Egitto e preso il Canale di Suez, per riaprirlo al passaggio delle sue navi; e rispondemmo che lo avremmo fatto senza dubbio, ma prima avremmo dovuto eliminare la flotta britannica che operava nel Mediterraneo orientale, ricordandogli che non aveva mai tentato di affrontarla seriamente.

Quanto al Canale di Suez, aggiungemmo che la sua conquista richiedeva un'operazione lunga e complessa, che per ora non eravamo in grado di compiere. Comunque, se l'intento del Duce era quello di rifornire le truppe in Africa orientale, ora che lo Stretto di Gibilterra non era più chiuso alle sue navi, avrebbe potuto circumnavigare l'Africa ed in un paio di mesi raggiungere le Colonie isolate. Dall'espressione che fece fu chiaro che l'idea non aveva sfiorato nessuno del suo staff.

Ci chiese infine se saremmo intervenuti in Grecia, passando dalla Bulgaria - non poteva sapere dell'accordo che avevamo con i serbi circa la possibilità di utilizzare la strada e la ferrovia Belgrado-Salonicco - al fine d'alleggerire il suo fronte in Albania.

Alquanto ironicamente gli rispondemmo che lo avremmo fatto senz'altro, ma in primavera, con condizioni climatiche non così proibitive come le attuali.

La cena fu sontuosa ed apprezzai moltissimo il menù, a base di bucatini all'amatriciana, impepata di cozze e sorbetto al limone, con un vino dei Castelli molto plebeo, fra lo stupore degli altri commensali per quel menù così poco consono ad un vertice internazionale; dovetti allora spiegare che avevo telefonato da Berlino proprio per avere un menù su misura, avendomelo prescritto il medico. Dovevo tornare più spesso in Italia, mi ripromisi, il cibo che passava la mensa dell'Alto Comando faceva schifo, e poco migliori erano le altre mense governative che frequentavo.

Prima di accomiatarci, un ufficiale consegnò un messaggio a Mussolini che, dopo averlo letto, impallidì: i britannici avevano superato in forze il fiume Giuba ed investito Chisimaio, bombardandola anche dal mare.

Forse, anche facendo il periplo dell'Africa, gli italiani non sarebbero arrivati in tempo a rifornire il loro esercito isolato in Africa Orientale.

***

- Ho portato nettare ed ambrosia per la mia Nemesi - annunciò Angela, appoggiando sul tavolino che mi stava a fianco ciò che reggeva con destrezza: un piatto con cubetti di parmigiano e delle michette, un tagliere con un cacciatorino, coltello dentellato ed una bottiglia di Dolcetto del '78.

- Che amore! Mi hai portato gli stuzzichini e l'aperitivo prima di cena! - commentai felice, intenerito dal gesto.

- Veramente questa "è" la tua cena. Io vado da Irene, e probabilmente andrò in pizzeria con lei. Tu guarda Massimo. Ha mangiato e già dorme. Dove sei arrivato nel manoscritto? -

- Il Duce sta spezzando le reni alla Grecia.-

- Torno presto, ciao.-

Capitolo XXX – America

I nostri U Boote, nonostante l'accordo segreto con gli Stati Uniti che ci consentiva di operare nel Mare delle Antille fino al 79°W, avevano evitato di operare in quel teatro per evitare qualsiasi incidente con la US Navy; ma dopo la fuga del Governo britannico in America vi entrarono in massa e seminarono il terrore fra i mercantili che rifornivano le basi allestite nelle Piccole Antille, penetrando persino nella rada di Port of Spain, a Trinidad, per affondarvi due mercantili.

Giamaica era pressoché assediata dagli U Boote, che colsero molti successi, ma ebbero a subire anche alcune dolorose perdite. I depositi di greggio di Aruba e di Curaçao, isole controllate dagli olandesi in esilio, furono cannoneggiati e dati alle fiamme insieme a due petroliere.

Evitammo di disturbare il traffico di petroliere che si approvvigionavano in Venezuela perché sempre scortato da caccia statunitensi di stanza a Guantánamo, e non volevamo incidenti con navi da guerra americane, anche se avevamo tutti i diritti di fermare le petroliere, accertarne la destinazione, e affondarle se questa fosse stata un porto britannico.

In questo teatro di guerra sul mare, gli U Boote venivano riforniti da navi deposito malandate, delle vere carrette dei mari, dopo aver fissato con esse appuntamenti in posti lontani dalle rotte abituali; oppure si dirigevano essi stessi a rifornirsi presso gli ancoraggi delle piccole basi segrete camuffate da aziende che esercitavano le attività più innocenti, nello Yucatan, in Honduras ed in Colombia.

Uno di tali mercantili, battente bandiera colombiana, fu sorpreso da un caccia britannico nel golfo di Darién, ben dentro le acque territoriali colombiane, e ne nacque un incidente diplomatico che Washington tentò invano di mediare.

Il Governo colombiano, di tendenza liberale, rifiutò le nostre offerte politico-militari, ma ciò indispettì i militari e la destra, che stavamo corteggiando da tempo, ed insieme preparammo un colpo di stato, da effettuare alla prima occasione propizia.

Ai generali colombiani avevamo ventilato la possibilità della ricostruzione della Nuova Granada - Grande Colombia ci era sembrato provocatorio - estesa da Panama, che i "gringo" americani avevano estorto alla Colombia nel 1903 per costruirci il Canale, al Venezuela ed all'Ecuador. I generali colombiani, di fronte a una tal prospettiva, si gasarono come non mai e si misero alacremente a tramare per fare un golpe, per poi scatenare una guerra e mettere le mani sul Canale e sui ricchi pozzi di petrolio del lago di Maracaibo, appena al di là del loro confine orientale.

Alla fine di ottobre gran parte dei nostri U Boote dovette uscire dal Mar delle Antille, divenuto troppo angusto e pericoloso da quando erano entrati in servizio di ricognizione una flotta di dirigibili americani che segnalavano la presenza di U Boote alla Royal Navy. Ne mantenemmo solo tre, per tenere occupate le unità aeronavali che gli davano la caccia. Il grosso degli U Boote venne spostato lungo le coste brasiliane e quelle sudafricane, ove le prede a buon mercato erano ancora numerose.

Il 15 ottobre il conto che i britannici avevano con l'Argentina venne saldato, senza che si potesse avvertire gli argentini di quanto stava per capitargli, perché nell'altro universo l'invasione delle Falkland, che aveva così tanto irritato i britannici, non era avvenuta; non negli anni '40 almeno.

Da una portaerei posizionata a Sud-Ovest delle Falkland 40 caccia-bombardieri, volando a pelo d'acqua e sorvolando rasoterra l'isola orientale, si abbatterono sulla piccola base navale di Stanley, colpendo con micidiale precisione depositi, officine, caserme ed incendiando due mercantili che si trovavano attraccati alle banchine. Anche quattro aerei da caccia, due idrovolanti e tre aerei da trasporto andarono distrutti.

La nostra contraerea, colta di sorpresa, si mise in azione troppo tardi e patimmo gravi perdite, soprattutto fra gli insostituibili tecnici che stavano istallando nuovi radar. La successiva inchiesta mise in luce una serie di carenze, di errori e di responsabilità inammissibili per lo standard delle nostre Forze Armate e la giustizia militare ebbe il suo bel da fare, comminando una dozzina di condanne esemplari.

Un secondo raid colpì il campo di ricerche petrolifere di Rio Gallegos, distruggendo capannoni, camerate, attrezzature, causando molte vittime sia fra le maestranze argentine, sia fra i prigionieri di guerra britannici.

Il caso volle che la portaerei che aveva lanciato l'attacco, mentre si disponeva a ricevere gli aerei di ritorno dal raid, esponesse il fianco ad un nostro U Boot diretto a Stanley per rifornirsi, e che da un'ora cercava di superare la debole cortina di navi di scorta. Un lancio binato di siluri - gli ultimi rimasti - mise fine alla portaerei, che si inabissò con più di 500 uomini. Dell'equipaggio, 700 marinai riuscirono a salvarsi, insieme ad alcuni piloti degli aerei del raid che, di ritorno alla loro nave, trovandola sbandata ed in fiamme, furono costretti ad ammarare con un mare impossibile.

L'U Boot subì una caccia di 18 ore, e le bombe di profondità lo danneggiarono non poco, ma riuscì a sfuggire ed a rientrare nella base il giorno successivo, trovandola devastata.

Contemporaneamente al raid su Stanley, una piccola squadra di incrociatori entrò nel Mar della Plata e cannoneggiò per un'ora il porto di Buenos Aires, devastando i dock, gli edifici amministrativi, danneggiando ed incendiando 4 mercantili sotto carico ed affondandone 2 all'àncora; colpendo anche 2 piroscafi attraccati ai terminal passeggeri.

Nel proseguire l'incursione, filando verso Sud, la squadra di incrociatori continuò ad infierire su quanto incontrava: rimorchiatori, depositi costieri, sili per granaglie, tutto quanto valesse il costo di un proiettile e fosse a tiro veniva colpito.

L'aviazione argentina non fu all'altezza della situazione ed intervenne in ritardo con attacchi scoordinati, subendo alcuni abbattimenti. Una sola bomba andò a segno, danneggiando un incrociatore che uscì dalla formazione e si diresse verso il Sudafrica; il resto della squadra si allontanò dalla costa di qualche centinaio di chilometri per uscire dal raggio d'azione degli aerei argentini e proseguì verso Sud.

Due giorni dopo, un U Boot che si avvicinava alle Falkland per contrastare un eventuale sbarco britannico nelle isole, avvistò la squadra di incrociatori in arrivo e riuscì ad avvicinarsi di quel tanto da poter lanciare una salva di siluri contro due navi consecutive della fila. La prima non venne colpita, mentre la seconda, un incrociatore pesante, ricevette un siluro a poppa che gli mise fuori uso le eliche di tribordo, rallentandolo molto.

Non c'erano caccia a proteggere gli incrociatori, perché erano tutti distanti, per cui l'U Boot ebbe buon gioco ad inseguire la lenta nave ferita ed appena si presentò l'occasione riuscì a colpirla con una sventagliata di siluri insieme a una vecchia corazzata la cui sagoma si era sovrapposta a quella dell'incrociatore. Affondarono entrambi, portando con sé 600 marinai, mentre gli altri incrociatori, recuperati 800 naufraghi e ricongiuntisi con i caccia, filarono verso capo Horn e lo superarono tenendosi al largo per evitare altri agguati, quindi si riunirono ai mercantili che avevano già superato lo stretto di Drake rasentando le Shetland australi. La squadra così ricomposta si diresse verso l'Australia, tutt'altro che convinta di aver compiuto una missione di successo.

Non potendosela prendere con noi, Churchill aveva evidentemente voluto sfogare la sua frustrazione e la sua rabbia contro i nostri amici più deboli, ma per essere stata una spedizione punitiva il suo costo fu proibitivo per la Royal Navy. Noi purtroppo non avevamo potuto evitare ai nostri alleati tante distruzioni, ma alla fine potemmo regalargli tre scalpi, che contribuirono a mitigare il loro furore.

In Québec per tutta l'estate subimmo la pressione dei Federali canadesi di fronte a Montréal, soprattutto dopo l'arrivo delle nuove forze britanniche, non tanto per il reggimento caraibico, quanto per l'esuberanza di graduati in cerca di visibilità e di riscatto; ma si trattava di ufficiali che si erano guadagnati i gradi nella Prima Guerra Mondiale e non conoscevano nulla della Seconda, se non una serie impressionante di batoste.

Tuttavia la pressione su Montréal si fece insopportabile e solo la disponibilità di un consistente numero di elicotteri consentì di tenere le posizioni. Dovemmo tuttavia subire numerose perdite di questi velivoli, finché in autunno riuscimmo a disporre di elicotteri da combattimento corazzati, che si rivelarono micidiali. Con riferimento a quest'ultima arma il nostro vantaggio su quelli avversari - ancora allo stadio di progettazione - si misurava già in alcuni anni, e sarebbe aumentato ancora quando si fossero rese disponibili le nuove turbine metallo-ceramiche, ancora allo stadio sperimentale.

Per alleggerire questo fronte si mise in atto un diversivo. Una brigata motorizzata si mosse da Québec, toccò La-Tuque e dopo 500 km di boschi di abeti investì le deboli forze federali a Val-d'Or, sbaragliandole e respingendole fino a Kirkland Lake, già in Ontario, ove i resti di un reggimento di fanteria vennero annientati. Dopo essere stata rifornita nottetempo coi dirigibili, la brigata volse verso Sud su due colonne, procedendo a cavallo del confine fra Ontario e Québec; queste piombarono su Sudbury e su North Bay, che furono occupate, consentendo di intercettare grandi quantità di rifornimenti che dal Canada centro-orientale affluivano al fronte di Montréal.

Il successo della nostra azione fu strepitoso, ma per sfruttarlo appieno avevamo bisogno di rinforzi. Con un gigantesco ponte aereo notturno facemmo affluire due brigate di fanteria, mentre coi dirigibili trasportammo il massimo numero possibile di veicoli da trasporto truppe, di autoblinde, di cannoni da 88 antiaerei ed anticarro.

Il trasporto del materiale pesante occupò l'intera nostra flotta di dirigibili da trasporto e costituì un'impresa a sé, dentro l'impresa. Sei enormi Zeppelin, fatti arrivare appositamente dall'Europa non appena si era palesata la possibilità di poter affondare l'azione diversiva, per dieci giorni fecero la spola fra Trois- Rivieres e Sudbury, compiendo di notte l'ultimo tratto del viaggio di andata, lo scarico del materiale ed il primo tratto del ritorno, e percorrendo una rotta diurna molto all'interno del Québec, pressoché disabitato. Tutto andò bene finché uno Zeppelin, attardatosi a Sudbury fino all'alba, venne individuato dalla ricognizione aerea federale ed abbattuto poche ore dopo sulla via del ritorno, costringendoci a sospendere tale metodo di rifornimento.

Il ponte aereo aveva comunque assolto a gran parte del suo scopo, nonostante i mezzi meccanici trasportati fossero ancora insufficienti, quindi ci trinceraммо attorno a Sudbury con una brigata di fanteria, mentre le altre due brigate, entrambe motorizzate, si spostarono verso Est lungo le sponde del fiume Ottawa. Infine, con due reggimenti, ci dirigemmo verso Sud-Est, lungo la Georgian Bay del lago Huron.

La prima brigata sbaragliò le truppe federali che le si paravano davanti sul lato quebecchese del fiume Ottawa, aiutati anche da una sortita dei difensori di Montréal. Sul lato opposto del fiume i Federali si ritirarono precipitosamente, ed a Pembroke la ritirata assunse il carattere di una rotta che investì la stessa capitale Ottawa. Quando anche questa fu accerchiata, solo pochi reparti federali riuscirono a filtrare fra le nostre unità ed a sfuggire all'imbottigliamento.

Essi raggiunsero prima Kingston, all'estremità del lago Ontario, poi rifluirono ancora più a Sud-Est lungo lo stesso lago fino a Oshawa, a soli 50 km da Toronto, insieme a migliaia di civili in fuga. Qui era stata allestita una improvvisata linea di resistenza formata da volontari, che i federali in fuga andarono a rafforzare.

Canadesi e volontari statunitensi avevano abbandonato di fronte a Montréal un intero parco d'assedio ed enormi quantità di munizioni e di rifornimenti, non ultimo il preziosissimo carburante, ma ancor peggio avevano perso il fior fiore delle loro truppe, fatte prigioniere a migliaia. Sarebbe stato molto difficile rimpiazzarle, per la scarsa popolazione delle Provincie occidentali, e sicuramente non si sarebbero potuto rimpiazzarle con le allegre truppe caraibiche.

I due reggimenti che discendevano la Georgian Bay non trovarono nulla che gli si opponesse fino a Parry Sound, ove travolsero una grossa unità di reclute in fase di addestramento, ma vennero a loro volta fermati da una brigata di fanteria a Nord di Barrie, all'estremità meridionale della Georgian Bay, a 90 km da Toronto.

Per quanto nell'Ontario meridionale il fronte si fosse ridotto di molto, avevamo troppe poche truppe per procedere oltre, con le nostre linee di rifornimento così allungate e quelle nemiche così ridotte.

L'inverno canadese ci colse su queste posizioni e cristallizzò il fronte - oltre che rendere i resti del reggimento caraibico un'unità di ghiaccioli al tamarindo - ma riuscimmo ugualmente a far arrivare al fronte due brigate corazzate dotate di nuovi carri pesanti e di automezzi adatti ai climi rigidi, che presero posizione a Nord di Barrie e di Oshawa, insieme a quattro reggimenti di fanteria.

I quebecchesi si occuparono di fortificare le posizioni di Kingston e di Belleville sul lago Ontario, e quelle di Parry Sound sulla Georgian Bay, attingendo a piene mani dall'enorme arsenale abbandonato dallo zio Sam; inoltre rastrellarono l'intero territorio dai Federali rimasti isolati a Nord ed a Sud del fiume Ottawa.

L'aviazione federale - principalmente costituita da aerei e da piloti americani - ci diede molto fastidio nella fase iniziale della campagna, quando operavamo ad Ovest di Pembroke, in quanto i nostri caccia non avevano l'autonomia sufficiente per spingersi oltre quella località, avendo la base più vicina a Trois- Rivieres. Però appena fummo in grado di utilizzare l'aerodromo a Sudbury, sorprendemmo al suolo l'aviazione federale, che si riteneva al sicuro restando a Sud del fiume Ottawa, sia per la distanza dalle nostre basi, sia per l'accordo tedesco-americano di non condurre azioni militari in tale zona.

Vennero distrutti parecchi aerei e la battaglia si fece più equilibrata; poi, quando gli aerodromi federali furono minacciati dalle nostre colonne, gli aerei nemici dovettero fuggire in tutta fretta per trasferirsi a Sud di Toronto, lasciando ingenti quantità di materiale che ci affrettammo a riutilizzare.

Complessivamente la campagna richiese uno sforzo logistico tremendo ed ebbe successo solo per lo spirito di improvvisazione dei nostri ufficiali e sottufficiali, smentendo una nomea che li indicava essere incapaci di adattarsi a condizioni avverse o non previste. Il nemico era indietreggiato di 500 km, ma un nuovo problema sorse all'improvviso, proprio quando stavamo preparandoci per l'inverno: era l'8 dicembre '40 e gli Stati Uniti erano entrati in guerra.

***

- Cu cu, sono tornata.- annunciò Angela - Cos'ha fatto Massimo? -
- Ha dormito il sonno del giusto. Com'era la pizza? -
- Buona come al solito; peccato che due stronzi abbiano cercato di abbordarci per tutto il tempo.-
- Certo che insieme con una strafica come Irene...
- Guarda che ce l'avevano anche con me.-
- Difficile. Lo sai che le strafiche si accompagnano sempre con delle ciospe, per escludere ogni possibilità di concorrenza...
- Sai quanto ti costerà questa battuta? -
- Quale battuta? - volli infierire; poi dovetti rifugiarmi in bagno per un'ora, prima che Angela sbollisse.

Capitolo XXXI – Operazioni nell'Atlantico

Nel Nordatlantico la difesa dei convogli diretti in Canada funzionava a meraviglia, anche se assorbiva una gran quantità di forze navali ed aeree.

La ricognizione a largo raggio era di stanza in Nuova Scozia, a Terranova, in Groenlandia, in Islanda, nelle Fær Øer ed a Scapa Flow; 40 idrovolanti a lunga autonomia e muniti di radar - quelli in Groenlandia dotati anche di pattini - effettuavano lunghi voli di ricognizione giornalieri, d'inverno per lo più notturni, a ragione delle poche ore di luce, per la scoperta di naviglio nemico. Due Tascheflotte, ognuna con due portaerei, percorrevano circuiti a Sud dell'Islanda e di Terranova, garantendo la sicurezza dei nostri convogli. Essi, di 50 - 60 mercantili ciascuno, si radunavano a Scapa e compivano la traversata scortati da fregate e da corvette, senza neppure aver bisogno di zigzagare, tanto era sicura la rotta che passava a Nord delle Fær Øer e dell'Islanda.

Allestire due convogli al mese assorbiva gran parte della nostra capacità di trasporto, e non furono pochi i cantieri che dismisero le costruzioni di naviglio da guerra per dedicarsi a quello mercantile. Impostammo navi per il trasporto di carburanti e porta-container, tutte di grande tonnellaggio, ma tuttavia ancora inferiore alle 60.000 t per i bassi fondali di gran parte dei porti.

Perdemmo pochi mercantili, più per le burrasche, veramente infami a quelle latitudini, e per il ghiaccio, piuttosto che per gli attacchi di sottomarini nemici, condotti in un primo tempo nel tratto iniziale della traversata. Poi, dopo la caduta della Gran Bretagna, il pericolo sottomarino si spostò sull'altro lato della rotta, facendo essi base segretamente in porti degli Stati Uniti, che li accoglievano in palese violazione della loro neutralità e degli accordi sulla Zona di sicurezza americana.

Un nostro informatore, un negro imbarcato su una bettolina che raccoglieva le immondizie dalle navi nel porto di Portland, nel Maine, armato di macchina fotografica fornitagli da un nostro agente, riuscì a fotografare un sommergibile britannico alla fonda mentre veniva rifornito da un rimorchiatore. Così quando durante la nostra offensiva in Ontario si oltrepassò il fiume Ottawa ed il Governo statunitense ci accusò di violazione dell'accordo sulla Zona di sicurezza, avemmo modo di rispondere per le rime.

Esibimmo le foto del rifornimento clandestino al sommergibile britannico, tirammo in ballo le scorte fornite dalla US Navy alle petroliere dirette verso le basi britanniche delle Antille, la collaborazione dei dirigibili americani con la Royal Navy per dare la caccia agli U Boote operanti in zona di guerra. Avevamo mille ragioni per non considerare neutrale l'atteggiamento degli Stati Uniti, anzi per considerarlo apertamente partigiano, ma non ci fu verso: cercavano la rissa!

Da quando, il 5 novembre, il presidente Roosevelt aveva vinto le elezioni per la terza volta, ci eravamo accorti che sarebbe stato solo questione di tempo prima di ritrovarci in guerra con loro.

Il 5 dicembre '40 infatti, il Governo di Washington ci presentò un ultimatum: dovevamo sgomberare entro 72 ore tutte le forze tedesche presenti in Canada, Québec e Terranova compresi, trascorso invano tale periodo, la dichiarazione di guerra sarebbe stata automatica. Anche se avessimo avuto intenzione di ubbidire, sarebbe stato un compito tecnicamente impossibile da portare a termine; ma non avevamo alcuna intenzione di andarcene, tanto che il telex che inviammo a Cordell Hull, Segretario di Stato, allo scadere della 72ª ora, diceva: "Hic manebimus optime!"

Fu così che, dall'8 dicembre '40 ci trovammo in guerra con gli Stati Uniti. Noi eravamo preparati a combatterli, loro no. Io ero particolarmente contento per il fatto che ci avessero dichiarato guerra loro, perché noi non l'avremmo mai fatto, nonostante i recenti sgarbi, e la guerra si sarebbe protratta troppo a lungo.

Churchill impiegò più di un mese per risistemare la flotta, che aveva dovuto allontanare dalle comode basi americane durante l'autunno per acquartierarla nelle scomodissime anche se deliziose isole delle Antille. Il sole, il mare, le palme, il rum, ma ancor più le procaci creole costituivano un veleno che stava distruggendo a poco a poco l'efficienza bellica degli equipaggi; ma non poteva farci nulla, doveva tener duro ancora un po', fino alla rielezione di Roosevelt, perché dopo, ne era certo, gli Stati Uniti sarebbero entrati in guerra e la sua flotta sarebbe ritornata in basi militari anziché arrugginire in un gigantesco lupanare.

Un altro mese Churchill lo spese per reperire i mercantili, le truppe e l'equipaggiamento per un progetto che da tempo lo solleticava, ma non aveva avuto tempo e modo di attuare.

Prima dell'inizio della guerra, nell'ipotesi che Franco si fosse alleato con italiani e tedeschi ed avesse conquistato Gibilterra o, più probabilmente, che l'avesse fatta conquistare dai tedeschi lasciandoli transitare in Spagna, Churchill aveva sempre tenuto pronte quattro brigate di fanteria per occupare le isole Canarie e trasformarle in una base con funzioni analoghe a quella perduta. Poi, vista la piega che avevano preso gli eventi in Spagna, con questa a combattere i tedeschi insieme agli Alleati, le brigate erano state destinate in altri teatri, prima in Scozia, poi in Francia, quindi si erano dissolte con le altre truppe nella disperata difesa dell' East Anglia. Ne era rimasta intatta solo una, che lo aveva seguito in esilio e che ora era acquartierata in Giamaica, a sbronzarsi ed a scopare. Siccome Gibilterra era caduta, era ora di attuare il piano, ma non voleva privarsi delle sue forze migliori, ancorché debilitate dagli stravizi; in fin dei conti le truppe destinate alle Canarie avrebbero potuto non essere mai attaccate e passare anni in panciolle ad abbronzarsi.

Decise di spostare la brigata britannica dalla Giamaica all'Ontario meridionale, ove vi era un disperato bisogno di truppe valide, e di occupare le Canarie con truppe di dubbia efficienza e già abbronzate, andandole a prendere in Sierra Leone, in Costa d'Oro (Ghana) ed in Nigeria, naturalmente con ufficiali bianchi. Tuttavia andare a prendere delle truppe e trasportarle fin nelle Canarie, in un oceano infestato dagli U Boote, non sarebbe stato uno scherzo.

Churchill usò metà della flotta dei Caraibi per scortare un convoglio di 30 mercantili destinati alla missione, l'altra metà l'avrebbe impiegata per cercare di interrompere, almeno per qualche tempo, la linea di rifornimento tedesca nel Nordatlantico, con uno sbarco in Nuova Scozia. Per ognuna delle due missioni aveva escogitato dei diversivi, che avrebbero attirato i tedeschi lontano dai veri obbiettivi.

A novembre le squadre salparono; quella diretta in Africa si mantenne nella parte mediana dell'Atlantico per non essere avvistata dagli U Boote, e raggiunse l'isola di Ascensione, che costituiva il primo diversivo. Da due incrociatori sarebbe sbarcato un reggimento di Commando caraibici, tutt'altra cosa rispetto a quelli non-caraibici, mentre il resto della squadra e del convoglio si sarebbe diretto verso Nord-Est per raggiungere Accra, in Costa d'Oro, e Lagos in Nigeria. Il lungo giro gli avrebbe fatto dribblare alcuni piccoli branchi di U Boote, e si sperava di imbarcare facilmente le due brigate di colore, come da programma.

Per essere un diversivo, lo sbarco nell'isola di Ascensione si rivelò più ostico del previsto. L'iniziale cannoneggiamento distrusse subito il finto cannone da 6'', ma il primo tentativo di sbarco nello stretto ed unico approdo dell'isola fu respinto da mitragliamenti che falciarono la prima ondata di assalitori. Quando un incrociatore si avvicinò per individuare le postazioni delle mitragliatrici, ben mimetizzate, e cannoneggiarle da distanza ravvicinata, entrò in azione il cannone da 6'' autentico, sistemato in una grotta artificiale, che piazzò dodici proiettili sull'incrociatore, danneggiandolo gravemente prima che potesse prendere il largo celandosi dietro una cortina fumogena.

Il tentativo di sbarco fu ripetuto col favore delle tenebre ed ebbe miglior fortuna, nonostante l'impiego di bengala che illuminavano la notte a giorno, ed un'altra strage compiuta dalle mitragliatrici.

Circa 200 commando presero terra impadronendosi di Georgetown, ma non trovarono tedeschi né nell'abitato né nei dintorni, incontrarono invece decine di mine e di trappole esplosive con cui i difensori avevano disseminato le loro difese prima di abbandonarle. Dispositivi a scoppio ritardato distrussero le postazioni una dopo l'altra, causando la morte o il ferimento di una cinquantina di Commando. Nonostante il salasso, l'intera isola fu rastrellata, ma non fu trovata traccia dei tedeschi.

Costoro, due notti dopo, attraversata l'isola fino a raggiungere la scoscesa costa opposta all'approdo, si imbarcarono su tre gommoni oceanici, nascosti in una piccola caletta invisibile dal mare, approntati proprio per un'evenienza del genere. I gommoni si diressero verso Nord-Ovest, in un epico viaggio di 4000 km compiuti quasi interamente a vela, fino a raggiungere il Brasile.

Quella che doveva essere una semplice diversione costò a Churchill metà del suo reggimento di Commando caraibici e l'altra metà rimase sconvolta dalla facilità con cui era stata mandata al macello. Se i difensori dell'isola dovevano costituire l'esca con cui attirare un predatore, allora l'esca era riuscita vincitrice dello scontro con un punteggio strabiliante, poiché noi avevamo riportato solo cinque vittime contro le 250 degli attaccanti. Churchill tuttavia pubblicizzò l'azione come il primo territorio britannico liberato dai tedeschi. Forse, neppure Mussolini sarebbe stato capace di tanto.

Non chiedevamo di meglio che abboccare ai diversivi di Churchill, perché avevamo già deciso di spostare nell'Atlantico la Nordsee Tascheflotte, ormai inutile in quel mare sotto completo controllo tedesco.

Fu un'emozione particolare, per gli equipaggi della Kriegsmarine, filare lungo il Canale della Manica appena ripulito dalle mine deposte all'inizio della guerra, senza doversi preoccupare né della Royal Navy, né della RAF. Mentre la Tascheflotte lasciava Cherbourg a tribordo, venne raggiunta dalla notizia dell'azione britannica a Sant'Elena.

In quest'isola i britannici, non volendo subire una mattanza come quella di Ascensione, si limitarono a farsi vedere ed a cannoneggiare la città, ma tenendosi fuori dalla portata del cannone da 6″, distruggendo subito quello finto e facendo molte vittime fra i civili loro sudditi, considerandoli forse dei collaborazionisti. Intenti però com'erano ad individuare il cannone autentico, non si avvidero che un U Boot, che il giorno precedente si stava approvvigionando nell'isola e che era uscito in mare aperto non appena avvistate le navi britanniche, si era appostato all'esterno del circuito compiuto dalle navi. Quando queste giunsero a tiro, lanciò una salva di quattro siluri che colpirono un incrociatore ed un caccia, facendoli affondare entrambi.

Rimaneva un altro caccia, intento a ripescare i naufraghi. Immobile com'era, costituiva un bersaglio troppo allettante per il capitano dell'U Boot, che aveva passato ore ad essere cacciato, con bombe di profondità, proprio da una nave come quella che osservava attraverso il periscopio. Il caccia era intento in un'opera di salvataggio, ma per qualche motivo non aveva esposto i segnali prescritti; se l'U Boot fosse emerso per intimargli la resa, il caccia avrebbe potuto sparargli addosso ed affondarlo. Neppure poteva però lasciarlo andare. Il capitano ordinò il lancio di un siluro che affondò il caccia sovraccarico, facendo numerose vittime e rigettando in acqua i marinai appena ripescati. Almeno 500 uomini delle navi affondate furono raccolti dall'U Boot stesso e da barche di pescatori, che li condussero prigionieri sull'isola.

Poiché non era possibile mantenere a lungo sull'isola un così elevato numero di prigionieri, fu chiesto a Berlino di provvedere per trasportarli altrove, e dopo due settimane giunse un piroscafo argentino che li trasportò a Rio Gallegos. Se i prigionieri pensavano di trascorrere in ozio la restante parte della guerra, gli argentini gli fecero cambiare idea.

Per Churchill la duplice diversione costituì un disastro ancora maggiore di quanto la perdita di navi e di uomini potesse fargli pensare. Infatti dall'interrogatorio dei prigionieri si venne a sapere che numerosi mercantili stavano imbarcando truppe in Nigeria ed in Costa d'Oro e che la loro tappa successiva sarebbe stata la Sierra Leone, per poi occupare un arcipelago nell'Atlantico, ma non si riuscì a scoprire quale.

Il marinaio che ci aveva dato l'informazione - un cameriere giamaicano che serviva alla tavola degli ufficiali - fu ricompensato con la libertà e con un analogo lavoro sull'isola; la guarnigione ne magnificò la capacità di preparare cocktail, e fra questi il gin-fizz dell'Imperatore, Napoleone Bonaparte ovviamente.

Rimaneva il problema di sapere quale arcipelago fosse la meta della spedizione. I più probabili erano le Canarie o le Azzorre, il termine "occupare" ed il fatto che le truppe fossero tutte di colore faceva escludere che si volessero riprendere le Falkland. Le informazioni raccolte furono subito trasmesse a Berlino.

Terminato l'imbarco delle truppe a Lagos e ad Accra, la squadra navale ed il convoglio fecero rotta per la Sierra Leone, ma giunta davanti a Freetown fu avvistata dall'U Boot che presidiava quel quadrante di mare e che faceva base nelle isole Bijágos. Esso inviò subito il segnale di allarme agli altri lupi del branco, fornendo posizione e velocità delle navi britanniche.

Due giorni dopo, nottetempo, mentre alcuni mercantili caricavano una brigata di fanteria, un U Boot filtrò attraverso la forte scorta di caccia ed inquadrò la portaerei, lanciando una sventagliata di siluri che la centrò in pieno, affondandola in pochi minuti. I caccia di scorta si avventarono sulla presunta posizione di lancio dei siluri, iniziando una lunga operazione di scandagliamento acustico, ma aprendo così la guardia ai mercantili. Nel varco indifeso si infilarono altri due U Boote che si trovarono di fronte un intero convoglio alla fonda nella rada di Freetown, il bersaglio più facile del mondo.

Fu una strage! Lanciando sventagliate di siluri su bersagli che si sovrapponevano, in dieci minuti furono affondate dieci navi, ed altre due lasciate in fiamme. Migliaia di marinai e di soldati non riuscirono ad uscire dalle navi capovolte o affondate, altri morirono dilaniati dallo scoppio delle munizioni, altri bruciati dal mare di carburante fuoriuscito ed incendiatosi sull'acqua; i morti furono più di 6000.

Quando da Sant'Elena, via Berlino, giunse notizia dei progetti britannici, la Nordsee Tascheflotte, ribattezzata per l'occasione Südatlantischer Tascheflotte, uscì da Pontevedra, ove si era fermata per rifornirsi, e si posizionò ad Ovest dell'isola di Madeira, per coprire entrambi gli obbiettivi probabili.

Il convoglio britannico, pur duramente colpito, proseguì nella sua missione e dopo aver rastrellato un altro reggimento di truppe coloniali per rimpolpare il corpo di spedizione falcidiato, salpò per giungere a destinazione: le isole Canarie. Procedendo a velocità ridotta per la maggior lentezza dei mercantili appena reperiti, non riuscì però a distanziare gli U Boote, che poterono seguirlo con alcune unità.

Le Azzorre invece costituivano il diversivo dell'altra squadra navale di Churchill, quella che aveva per obbiettivo la Nuova Scozia. Due incrociatori si infilarono fra le isole per farsi notare, ed infatti furono avvistati da un U Boot che stazionava nell'arcipelago, non troppo segretamente, giocando a rimpiattino con un guardacoste portoghese fin dall'inizio della guerra, che subito segnalò l'avvistamento a Berlino.

Però il nostro Ammiragliato non abboccò, anche perché ci giunse la segnalazione degli U Boote che seguivano il convoglio con l'indicazione certa della sua meta finale: una o più delle isole Canarie, che avrebbero raggiunto entro le prossime 24 ore.

Il 3 dicembre 1940 la Südatlantischer Tascheflotte raggiunse le Canarie a tutta velocità e si posizionò in parte presso l'isola di Hierro ed in parte fra l'isola di Fuerteventura e la costa africana, entrambe fuori dalla portata dei radar navali nemici. Da quelle posizioni lanciò una serie di attacchi ai mercantili che si apprestavano a sbarcare le truppe a Las Palmas ed a Tenerife, nonché alle navi che proteggevano lo sbarco.

Ad ogni attacco parteciparono solo 25 velivoli per ciascuna portaerei, per non privarsi di quelli necessari all'autoprotezione, ma nel corso della giornata fu possibile lanciare tre ondate di aerei, data la relativa vicinanza degli obbiettivi, per un totale di 150 missioni. Praticamente ogni nave da guerra dovette proteggersi da sei attacchi e si salvarono solo sei caccia, chi più chi meno danneggiato. I siluranti si abbatterono, a gruppi di tre, prima su due vecchie corazzate, pressoché prive di difesa antiaerea, poi sui due incrociatori pesanti, quindi sui quattro leggeri, mentre gli Seestukas infierirono sui mercantili fermi per sbarcare truppe e su quelli che attendevano di attraccare alle banchine.

Con l'ultima ondata, prima di sera, si attaccarono i cacciatorpediniere, che furono mitragliati e presi di mira da razzi aria-suolo mentre fuggivano in ogni direzione, scansando tuttavia, con la loro maneggevolezza, le bombe indirizzategli.

Anche i nostri incrociatori pretesero la loro libbra di carne e si avvicinarono alla "plaza de toros" acquatica, proprio alle "cinco de la tarde", per finire a cannonate e con siluri le navi che, pur danneggiate, si ostinavano a galleggiare.

Il fuoco contraereo nemico ci costò solo quattro apparecchi. Più che uno scontro aeronavale, fu una mattanza in un'enorme tonnara che costò la vita a 6000 uomini, fra marinai e soldati; 4000 uomini si salvarono, molti dei quali gravemente feriti, e furono fatti prigionieri da noi od internati dagli spagnoli.

I caccia superstiti, privi delle navi appoggio e molto a corto di carburante, si diressero chi a Madeira, chi ad Agadir, in Marocco, chi, rimasto a secco di nafta, si auto-affondò. I tre caccia che raggiunsero Madeira non vi trovarono carburante ed avvicinandosi la Tascheflotte, sbarcarono l'equipaggio che fu internato, quindi si auto-affondarono. Identica sorte toccò ai due caccia rifugiatisi il giorno successivo ad Agadir.

Agli sfortunati comandanti che si inabissarono con le loro navi, Churchill non concesse alcuna Victoria Cross, come d'uso. Aveva perso un'intera poderosa squadra senza che dalle sue navi fosse sparato un sol colpo di cannone, o lanciato un siluro, ed era ben la terza volta in un anno che succedeva. La guerra navale, almeno per come lui la conosceva, era morta per sempre; la portaerei aveva preso il posto della corazzata e dell'incrociatore da battaglia quale regina dei mari, le altre navi servivano solo a proteggerla. Ora i tedeschi avevano, fra grandi e piccole, d'attacco o d'appoggio, ben nove portaerei, e lui una sola.

Decise di annullare la missione in Nuova Scozia per rientrare a Norfolk, in Virginia, perché nel frattempo gli Stati Uniti erano finalmente entrati in guerra con la Germania.

Era l'8 dicembre '40; per uno strano scherzo del destino i Giapponesi avevano attaccato Pearl Harbour il giorno precedente, ora delle Hawaii, esattamente con un anno di anticipo sulla data che conoscevo.

***

- Se ti do un bacio mi perdoni? - chiesi ad Angela con tono gigionesco.
- Mai! - rispose mentre tentavo di baciarla di frodo.
- Non fare la bocca a culo di gallina quando ti bacio.-
Mi ringhiò contro, ma ormai sorrideva, le fossette la tradivano.
Mi offrii di far io da mangiare.
Mentre preparavo l'impasto di carne macinata, pan bagnato, uova, pane e formaggio grattugiato, prezzemolo, sale e pepe, per fare le polpettine fritte, le parlai del manoscritto.
- Ma non era una storia di guerra? Mi sembra l'offerta di un tour operator…
- Hai ragione. Per seguire il racconto ho dovuto munirmi d'un atlante.-

Capitolo XXXII – Il Giappone attacca

Dopo la caduta della Francia i giapponesi chiesero al Governo di Vichy l'uso di porti e di aerodromi in Indocina, nonché il transito di truppe in quella regione, ed i francesi si consultarono con noi prima di rispondere.

Gli dicemmo che l'Indocina era indifendibile, anche se li avessimo aiutati, e di considerarla politicamente persa; quindi li consigliammo di trattare coi giapponesi per salvare quanto possibile dell'influenza francese nell'economia della Colonia. Dovevano invece concentrare i loro sforzi per difendere quanto già possedevano più a portata di mano dagli attacchi britannici condotti per il tramite del generale De Gaulle e del suo esercito di "francesi liberi", che gli aveva già sottratto il Camerun e minacciava di fare altrettanto con Dakar ed il Ciad. Anche il Madagascar era dubbio fosse difendibile da un serio attacco, ma se avessero accettato di collaborare con la Germania, alla ormai prossima caduta dell'Impero britannico, anche la Francia sarebbe stata risarcita dei territori sottratti.

I francesi capirono d'essere divenuti una potenza di second'ordine ed accettarono le richieste giapponesi, non prima di essersi lamentati con Washington dei soprusi subiti, ora da parte dei giapponesi, prima ancora da parte dei britannici, dei tedeschi e persino degli italiani.

Roosevelt avvisò i giapponesi di non entrare in Indocina con truppe o altro, anzi gli intimò di ritirare anche le truppe dalla Cina e di arrestare il loro espansionismo militare. Per rendere più perentoria la richiesta, il 26 agosto il Presidente ordinò il congelamento di tutti i crediti giapponesi negli Stati Uniti e l'embargo sulle forniture americane di petrolio a quella nazione. La stessa cosa fecero, dopo pochi giorni, i governi in esilio di Gran Bretagna e di Olanda.

Di colpo il Giappone si trovò senza petrolio e con riserve bastanti per soli 18 mesi. O cambiava la sua politica espansionistica che conduceva da dieci anni e si ritirava sulle posizioni del '30, perdendo la faccia al cospetto del mondo, o crollava su sé stesso precipitando nel XIX secolo. Non c'erano alternative alla guerra.

A metà settembre ci fece visita una delegazione della Marina e dell'Esercito Imperiali. Concordammo di coordinare le operazioni belliche nel caso le nostre nazioni fossero state coinvolte in una guerra con gli americani, suddividendoci i teatri di guerra come fossimo un solo pugile che colpisse con un micidiale uno- due i fianchi dell'avversario.

Ci accordammo per darci reciproca assistenza navale, per scambiarci materie prime e semilavorati, da effettuare con mercantili francesi o svedesi o di altri neutrali, e ci dividemmo l'Oceano Indiano lungo il meridiano 78°30' Est, quello di capo Comorin, all'estremità meridionale dell'India. Riconoscemmo l'appartenenza dell'Assam alla "Grande sfera di coprosperità dell'Asia" - che draghi però questi giapponesi! "Sfera d'influenza", evidentemente, la ritenevano una locuzione troppo imperialista - ma ci riservammo il possesso della Nuova Caledonia nel Pacifico. Per quanto riguardava il resto dell'India continentale, rimandammo ogni decisione alla fine della guerra.

Dopo le solite proiezioni dei filmati delle nostre imprese belliche in Canada ed in altri teatri, durante le quali traspariva in loro l'immedesimazione ed il desiderio di emulazione, nonché l'ammirazione per l'efficienza delle nostre forze armate, gli raccomandammo di cambiare quanto prima i codici diplomatici e militari, che sapevamo essere stati sfondati dagli americani. Dopo un lungo momento di sbigottimento e di costernazione, ci ringraziarono profondendosi in inchini esagerati, che se avessimo voluto ricambiare, parecchi dei nostri grassi delegati sarebbero ruzzolati in avanti.

Il 7 dicembre '40 una flotta di sei portaerei, partita dalle isole Curili, giunse 400 km a Nord delle Hawaii senza essere stata avvistata e lanciò sulla base aeronavale di Pearl Harbour un devastante attacco condotto da 360 aerei. Quattro corazzate vennero affondate, altrettante gravemente danneggiate, centinaia di aerei abbattuti al suolo, importanti strutture portuali distrutte; oltre 2000 furono i morti ed altrettanti i feriti.

L'intero Oceano Pacifico era passato sotto controllo giapponese, essendo le uniche forze che potessero contrastarli due sole portaerei che non si trovavano in porto nel momento del raid. Il Giappone ne approfittò con rapidità stupefacente, effettuando una serie di invasioni di territori americani, britannici ed olandesi; il giorno stesso di Pearl Harbour furono investite le Filippine, la Malacca e Hong Kong.

In Malacca sbarcarono a Kotha Baru, a 800 km dall'obbiettivo costituito dalla fortezza di Singapore. Con magistrali attacchi notturni, con marce nella giungla per aggirare le posizioni nemiche, con sbarchi improvvisi alle spalle delle linee dei difensori, sconfissero e respinsero forze britanniche superiori. Dopo sei settimane i britannici si ritirarono dalla terraferma e si rifugiarono sull'isola di Singapore, ad un chilometro appena dall'estremità della penisola di Malacca, e si trincerarono in un tratto di costa privo di fortificazioni, in quanto tutti i cannoni della base navale erano rivolti vero il mare aperto, dall'altra parte dell'isola.

Dopo due settimane di preparazione, i giapponesi varcarono lo stretto braccio di mare che li separava dall'isola, infiltrandosi fra i difensori ed attaccandoli di fianco ed alle spalle; costoro ressero solo una settimana poi, senz'acqua, senza munizioni e col cielo dominato da aerei giapponesi, si arresero; 90.000 militari, vennero fatti prigionieri.

Un'impresa analoga, seppure in scala minore, fu portata a termine ad Hong Kong, ove la guarnigione di sei battaglioni si arrese nel giorno di Natale.

Nelle Filippine, due grossi sbarchi ai lati della capitale Manila avevano costretto la guarnigione americana a ritirarsi dall'isola maggiore, Luzon, ed a rifugiarsi nella penisola di Bataan e nell'isola-fortezza di Corregidor, ove vennero assediati fino ad aprile, quando si arresero.

Intanto i giapponesi aveva investito le Indie Olandesi (Indonesia). Il 4 gennaio sbarcarono nel Borneo ed a Celebes, un mese dopo sbarcarono a Giava, occupandola in una settimana.

Era impossibile opporre agli invasori nipponici una forza capace di contendergli il dominio del mare e del cielo, e quindi capace di contrastare gli sbarchi, dopo che il 10 dicembre una corazzata ed un incrociatore da battaglia britannici erano stati affondati da ondate di bombardieri e di siluranti, operanti dagli aerodromi indocinesi appena estorti alla Francia. Per contrastare gli sbarchi, soprattutto a Giava, parecchie navi da guerra britanniche ed olandesi andarono perdute, affondate dalle soverchianti forze della Marina Imperiale che operava sotto cieli dominati dall'aviazione amica.

A questo punto la marea nipponica prese direzioni divergenti. Una parte si diresse verso occidente, ove prima investì il Siam (Thailandia) che accolse con favore gli invasori, quindi la Birmania, ove invece le truppe anglo-indiane opposero una resistenza accanita, ma furono battute e respinte. A Mandalay fu raggiunto il terminale stradale della Burma Road, interrompendo il rifornimento delle truppe nazionaliste cinesi di Chiang Kai-shek.

La capitale Rangoon cadde l'8 marzo, il 17 le retroguardie britanniche vennero ributtate fino ad Imphal, in Assam, dopo aver perduto tutti i veicoli e centinaia di uomini. L'arrivo del monsone bloccò ogni ulteriore avanzata giapponese e fornì ad attaccanti e difensori una bagnatissima tregua.

Più a Sud la Marina Imperiale entrò nell'Oceano Indiano con 5 portaerei e 4 corazzate, oltre a numerose unità minori, per estendere il dominio nipponico sul golfo del Bengala, isole ed arcipelaghi indiani compresi.

I britannici avevano fatto affluire nell'Oceano Indiano una squadra con 2 corazzate e 2 incrociatori pesanti, uno leggero e 10 caccia, ma aveva diviso la squadra in due tronconi: con uno di questi intendeva dare una lezione agli italiani in Africa Orientale, l'altro, già pesantemente ridimensionato di fronte a Giava, doveva difendere Ceylon (Srī Lanka) ed il golfo del Bengala. Persa Singapore, la base della Royal Navy divenne Colombo, nell'isola di Ceylon, in una situazione simile a quella sperimentata nei Caraibi, ma con un clima peggiore, con donne meno belle e senza rum.

Il 5 aprile i giapponesi attaccarono questo porto affondando due incrociatori e danneggiando gravemente le strutture portuali, costringendo così la Royal Navy a sloggiare da questa base ed a rifugiarsi a Bombay, mentre le navi più vecchie riparono a Perth, in Australia ed a Dar es Salaam, in Tanganika.

In questo trasferimento, en passant, i britannici strapparono ai francesi il porto di Diégo Suarez, all'estremità Nord del Madagascar, per impedire che questo potesse essere occupato dai giapponesi nella loro marcia verso Ovest.

I francesi ci chiesero ancora di aiutarli e promettemmo che l'avremmo fatto a tempo debito, perché prima dovevamo impossessarci del Canale di Suez, senza il quale ogni iniziativa nell'Oceano Indiano non sarebbe stata possibile. Per occupare il Canale avremmo dovuto sbarcare un Corpo d'Armata in Siria ed in Libano - secondo quanto previsto dall'armistizio franco-tedesco - ma al momento non disponevamo di mezzi sufficienti per intraprendere la spedizione, essendo le nostre forze disperse su troppi scacchieri. Tuttavia se ci avessero affiancato nella spedizione, fornendoci le truppe ed il naviglio mancante, avremmo accelerato i tempi rispetto al previsto. Gli dicemmo che ci avrebbero guadagnato parecchio: il 25% del Canale di Suez, la Giordania, la Palestina, il Sinai, la sponda orientale del Mar Rosso, il nostro scudo sul Madagascar e l'isola Maurizio, ad abundantia.

I francesi tentennarono, l'offerta era molto allettante e non vedevano l'ora di assestare una bella legnata sulle spalle degli inglesi, ma ciò significava anche allearsi coi tedeschi in modo esplicito e definitivo. D'altra parte, se non l'avessero fatto, avrebbero perso tutto l'Impero, a spizzichi ed a bocconi. Alla fine accettarono e si misero alacremente a raccogliere truppe e navi; non intendevano sfigurare nei confronti dei nuovi compagni d'armi.

In oriente i giapponesi, investite le isole minori delle Indie Olandesi e sbarcati in Nuova Guinea, ai primi di giugno iniziarono l'occupazione delle Salomone, ove intendevano allestire una base navale a Rabaul.

Gli americani però non stavano con le mani in mano; dopo la mazzata di Pearl Harbour si leccarono le ferite per qualche mese, poi cominciarono a reagire; il 3 maggio la flotta americana e quella giapponese si affrontarono nel Mar dei Coralli, a Sud delle isole Salomone, dopo essersi cercate a lungo a vicenda, ma lo scontro terminò in parità, con una portaerei ed una settantina di aerei persi per parte.

Il 4 giugno un altro scontro fra le due flotte, quasi decisivo, ebbe come teatro l'isola di Midway, all'estremità occidentale delle isole Hawaii; anche questo si concluse in parità, avendo perso entrambi i contendenti due portaerei a testa; ma gli americani non potevano permettersi di continuare a pareggiare, poiché fino a quel momento avevano perso due terzi delle loro portaerei nel Pacifico, mentre i giapponesi ne avevano perse solo un quarto. Inoltre questi ultimi erano riusciti a conquistare l'isola di Midway, con le sue strategiche piste di volo, minacciando l'intero arcipelago delle Hawaii.

Quattro giorni prima della battaglia di Midway, avevamo inviato a Tokyo un messaggio cifrato con la raccomandazione di inoltrarlo subito a Yamamoto; in esso si affermava di essere venuti a conoscenza del piano americano per la difesa di Midway, e di dove si sarebbero posizionate le portaerei americane il mattino del 4 giugno: qualche centinaio di chilometri a Nord-Nord-Est di Midway.

Yamamoto esitò, pensando alla versione nipponica dell'interrogativo "Ma come cazzo fanno a saperlo?" Poi, molto pragmaticamente, dato che un'ipotesi sulla posizione delle portaerei americane valeva quanto un'altra, modificò il suo piano d'attacco quel tanto da renderlo congruo con la nuova posizione delle portaerei nemiche, così misteriosamente pervenutogli.

L'attacco giapponese alle portaerei americane fu subito efficace, riuscendo a colpire e ad incendiare la Hornet e la Yorktown, ma mancando la Enterprise, rimasta attardata. Questa, appena seppe per radio dell'attacco alle altre portaerei, lanciò i suoi bombardieri ed i suoi siluranti alla ricerca di quelle giapponesi; la ricerca fu lunga, ma alla fine diede i suoi frutti e nonostante la strenua opposizione degli aerei a protezione delle portaerei e l'intenso fuoco contraereo, gli attaccanti riuscirono a piazzare due bombe sulla Hiryu e sulla Kaga. Tutte le portaerei colpite, divorate da incendi indomabili, alla fine affondarono; così come nessuno degli aerei della Enterprise riuscì a rientrare per mancanza di carburante. La portaerei americana, soprannominata non a caso"Lucky E", riuscì tuttavia a sfuggire all'accanita caccia da parte dell'intera flotta Imperiale, riuscendo a riparare a Pearl Harbour.

Alla fine di giugno il Giappone aveva raggiunto, con la conquista delle isole Kiska ed Attu, all'estremità occidentale delle Aleutine, l'estremo limite del perimetro difensivo che si era prefissato. Sarebbe stato molto difficile penetrare in quell'area per via marittima, ed impossibile entrarci per via terrestre.

Quando fu possibile visionare i filmati delle battaglie terrestri ed aeronavali all'Ambasciata giapponese di Berlino, ammirammo la determinazione e la professionalità delle truppe scelte, la manovrabilità del caccia Zero, la rapidità con cui erano stati raggiunti e consolidati obbiettivi così lontani.

Ci stupimmo compiaciuti di quanto poco fosse costata al Giappone la conquista di mezzo Pacifico e dell'intero Sud-Est Asiatico: 18.000 caduti, 400 aerei, 4 caccia e 3 portaerei, che con un po' di fortuna poteva essere una sola.

La proiezione si concluse con una colossale bevuta di sakè e con uno scambio di doni. Saputo vagamente del ruolo che avevo avuto nell'indicare la posizione delle portaerei americane nella recente battaglia delle Midway, l'Ambasciatore mi regalò seduta stante e con mille inchini una katana del XVII secolo.

***

- È pronto! Non ho fatto tutte le polpette per poterle cuocere col sugo di pomodoro questa sera.- cinguettò Angela - Che vino apri? -
- Primitivo di Manduria. Ti va? -
En passant la baciai sulle labbra. Niente culo di gallina questa volta; mi aveva perdonato.

Capitolo XXXIII – Panama

Il giorno stesso in cui ci pervenne l'ultimatum degli Stati Uniti demmo il via all'operazione "Forelle" (Trota).
In allegato è riportato il resoconto del nostro agente segreto responsabile dell'intera operazione.
OPERAZIONE FORELLE
(Solo per gli occhi dell'amm. Canaris)
Da cinque anni una delle nostre società di import- export con sede a New Orleans aveva acquistato una petroliera da 6000 t battente bandiera statunitense, con comandante ed ufficiali pure statunitensi ed al nostro soldo. Le avevamo fatto fare la spola fra il terminal petrolifero di Maracaibo e varie località del Perù e del Cile, caricando e vendendo prodotti petroliferi raffinati ed attraversando il Canale di Panama almeno una volta al mese. La prua della petroliera era stata rinforzata all'interno con putrelle di ferro e nella chiglia erano stati ricavati quattro comparti stagni, debitamente celati, pronti a ricevere quattro cariche esplosive da 300 kg l'una.
Tutto il personale del Canale, sia militare, sia civile, dai piloti che dovevano affiancare il comandante delle navi durante il passaggio, ai sovraintendenti alle manovre delle chiuse, agli amministrativi che riscotevano i pedaggi, ci conosceva ed aspettava i nostri passaggi per le stecche di sigarette, le bottiglie di whisky e le riviste pornografiche che gli regalavamo in cambio di un rapido passaggio del Canale, evitando le noiose code.
Era ormai diventata una routine consolidata.
Le autorità doganali sapevano benissimo che, oltre a trasportare prodotti petroliferi, contrabbandavamo piccoli quantitativi di alcolici e di cocaina, calze di seta, sigarette, preservativi, antichità incaiche, qualche smeraldo, ma niente di grandioso, giu-

sto qualche cosetta per arrotondare la paga. Le quattro o cinque grosse casse che stabilmente si vedevano a poppa fornivano la giusta dimensione del commercio illegale.

Quando Roosevelt impose l'embargo petrolifero al Giappone e ricevemmo da Berlino il segnale di preallarme per l'operazione, programmammo le tappe del percorso in modo tale da fare, da lì a due mesi, una lunga sosta a Buenaventura, sulla costa pacifica della Colombia, adducendo la necessità di effettuare riparazioni alle macchine per le quali si dovevano attendere l'arrivo di ricambi dagli Stati Uniti.

Il giorno della rielezione di Roosevelt, ricevuto il segnale di allarme, facemmo salire a bordo una nostra squadra di Kommando composta da otto uomini, che prese il posto di membri non indispensabili dell'equipaggio, piazzammo le cariche esplosive, controllammo i detonatori elettrici e ci mettemmo in ascolto per ricevere la parola d'ordine che avrebbe dato il via all'operazione, durante un'apposita trasmissione di Radio Berlino. Non avremmo dovuto perdere per nessun motivo i versi iniziali della poesia "Lorelei".

Questi giunsero un mese dopo, mentre si stava giocando a carte sottocoperta, e quella stessa notte del 5 dicembre salpammo alla volta di Panama. Il 7 dicembre, verso le 16.00, salì a bordo il pilota, una nostra vecchia conoscenza. Alle 19.00, a Balboa Heights, salì l'ispettore doganale, un vecchio impiegato accompagnato da un giovane tenente appartenente a qualche guarnigione dei numerosi forti della zona. Anche l'impiegato era una nostra vecchia conoscenza, il tenente no, ma evidentemente voleva unirsi all'allegra brigata di scrocconi. Furono accontentati entrambi, uno con una rivista pornografica danese, col paginone centrale a colori, il tenente con un nuovo modello di vibratore. Se ne andarono entusiasti, senza effettuare il benché minimo controllo.

Alle 21.30 passammo la chiusa di Miraflores e, mentre il pilota con un occhio curava il governo della nave e con l'altro guatava il paginone centrale a colori di un altro numero della rivista pornografica, scoperchiammo una delle casse impilate a poppa, rimovemmo alcune sculture incaiche e lasciammo cadere nella breve scia della nave una mina magnetica ad attivazione ritardata di 15 ore. Nessuno si accorse di nulla.

Alle 02.00 del giorno 8 dicembre passammo la chiusa di Pedro Miguel e subito dopo sei Kommando saltarono a riva da una passerella che avevano sganciato dai supporti e che sbandierava fuori bordo. Portavano con sé delle mitragliette, delle bombe a mano, delle pistole col silenziatore, 15 kg ciascuno di esplosivo al plastico e dei timer. Si misero subito in cammino di buon passo per la strada che conduce alla diga di Madden, che raggiunsero alle 06.50.

Qui giunti sorpresero nel sonno ed eliminarono l'addetto alle manovre delle paratoie di scarico del lago artificiale, fissarono l'esplosivo alle pareti in cui scorrevano le paratoie e fissarono i timer per le 08.00.

Furono fortunati perché, per il ritorno, poterono utilizzare il pick-up dell'addetto alle manovre, un vecchio Ford spompato, e fuggire con questo facendo a ritroso la strada appena percorsa a piedi. Alle 09.30 erano a Panama ed alle 10.30 a Pedregal, ove li attendeva la barca da pesca che li avrebbe portati al sicuro in Colombia.

Non sentirono l'esplosione che distrusse metà dell'edificio di scarico. L'acqua del lago, fondamentale per riempire i bacini delle chiuse, si precipitò nel varco, ora molto più grande di quello consentito e regolato dalle paratoie. A causa della violenza della corrente, i grossi frammenti delle pareti dilaniate dall'esplosione vennero trascinati a valle, mettendo allo scoperto il retrostante terrapieno. L'acqua che fuoresciva con violenza ebbe buon gioco ad intaccarlo aumentando sempre più la larghezza del varco, finché, in pochi minuti, quaranta metri di terrapieno franarono ed una valanga d'acqua e fango percorse il rio Chagres, travolse il ponte ferroviario di Gamboa e si esaurì in un ramo del lago di Gatún, sollevando un'onda di un metro, che si propagò in ogni direzione.

A bordo della petroliera sentimmo passare l'onda sotto di noi: era tempo di agire, anche perché mancava poco all'obbiettivo. Alle 13.00 mettemmo fuori combattimento il pilota, più di quanto lo fosse per conto suo avendo passato le ultime quattro ore a bere come una spugna; lo facemmo salire su una scialuppa assieme al resto dell'equipaggio, ben legato ed imbavagliato e rimanemmo sulla nave in sei. Oltre a me, il comandante, il vice, l'ingegnere di macchina e due Kommando.

Ormai eravamo all'ultima curva del percorso lacustre segnato da boe ed a 10 km di distanza potemmo vedere le chiuse di Gatún, con gli enormi portali che si stavano chiudendo per permettere la discesa del mercantile che ci precedeva.

La barriera parasiluri segreta era in fase di allestimento e sulla riva erano chiaramente visibili i capannoni del cantiere che doveva costruirla.

L'ingegnere mise le macchine a tutta forza e risalì in plancia, puntammo sulla paratia di sinistra, prendendo sempre più velocità e fissammo il timer sui 5 minuti.

Quando valutammo di essere a 2 minuti dall'impatto, scendemmo nella lancia che ci trascinavamo controbordo, e con una stretta virata di questa, protetti dallo scafo della petroliera, ci allontanammo dalle chiuse.

Intanto il suono lacerante di una sirena d'allarme riempiva l'aria e, con un certo ritardo sul previsto, una sventagliata di mitragliatrice pesante proveniente da Fort Davis crivellò la plancia con una gragnola di proiettili, ma era tutto inutile.

La petroliera, con le sovrastrutture a pezzi, percorse l'ultimo centinaio di metri sempre accelerando, a pochi metri dalla chiusa demolì i supporti della catena di sicurezza che veniva tesa dopo l'ingresso di una nave nella sua corsia, ed immediatamente dopo urtò uno dei portali con uno schianto terribile.

L'immane urto rimosse il portale dai perni e lo abbatté deformato sul fondo della chiusa, al di sotto della chiglia della petroliera. L'altro portale s'incastrò nel fianco della nave, poco dopo la prua, e venne a sua volta divelto dai perni, ma così incastrato spinse la petroliera a ridosso del diaframma in cemento che separava le corsie con un urto di enorme forza, che incrinò il diaframma stesso alla base.

La petroliera si arrestò in pochi metri, trasmettendo metà della sua energia cinetica al diaframma incrinato, mentre dall'altra parte il portale incastrato demoliva un tratto del rivestimento della corsia della chiusa, il tutto fra terrificanti sfregamenti e schianti di lamiere.

Dopo pochi secondi un silenzio di tomba scese sulla scena; la petroliera ostruiva completamente una corsia, a pochi metri dalla nave che la precedeva, con un portale piantato nel fianco e l'altro deformato sotto la chiglia.

Nell'altra corsia, quella che serviva per la risalita, l'acqua era a quota inferiore, ed un piroscafo veniva trainato all'interno della stessa da enormi locomotori a cremagliera. Non c'era spinta idrostatica sufficiente a contribuire alla stabilità del diaframma incrinato, e da alcune fessure longitudinali zampilli d'acqua sotto pressione si riversavano nella corsia inferiore, alleggerendo il peso del diaframma stesso. Così, quando le cariche della chiglia esplosero, per una lunghezza di 30 metri, il diaframma prima si spostò di alcuni metri, poi si ribaltò ostruendo la corsia di risalita e trascinando con se un portale ed un locomotore.

Nell'enorme varco del diaframma e, ancor di più, in quello dell'ultimo portale scardinato della corsia di risalita, si riversò l'acqua del lago Gatún con violenza inaudita, trascinando con sé il locomotore ed il piroscafo contro i portali che avevano appena oltrepassato, danneggiandoli entrambi e rimanendo incastrati fra questi, col locomotore sotto la chiglia del piroscafo, in un amplesso assurdo per la sua eterogeneità.

La scena di devastazione era apocalittica e solo in quel momento qualcuno notò la piccola bandiera della Kriegsmarine sventolare beffardamente a poppa del rottame della petroliera.

Per almeno un anno, forse due, il canale sarebbe stato inutilizzabile. Alle 14.00 la mina magnetica a scoppio ritardato, seminata dopo le chiuse di Miraflores, colse la sua vittima, un mercantile peruviano di 4000 t che affondò nello stretto canale.

Durante l'attraversamento della giungla per arrivare alla costa, alcuni membri del gruppo si attardarono e vennero sorpresi da una delle pattuglie sguinzagliate ovunque a dargli la caccia, e furono probabilmente uccisi in uno scontro a fuoco del quale sentimmo gli spari.

Solo io ed un Kommando, che avevamo preceduto gli altri per fare segnalazioni alla barca che doveva raccoglierci, riuscimmo a metterci in salvo.

Per quanto sopra riferito, è opinione di questo agente, che l'Operazione Forelle abbia avuto un successo superiore alle aspettative.

Rimanendo in attesa di altri ordini, si porgono i più devoti saluti.

Agente Condor Bogotá, 15/12/1940

Purtroppo non fu possibile effettuare riprese filmate dell'impresa, ma solo alcune fotografie per il nostro archivio storico-militare. Nel dopoguerra tuttavia, ben tre film furono girati sull'argomento, ma nonostante l'aggiunta di melense scene amorose con conturbanti attrici, di musiche wagneriane e di un totale lieto fine, nessuno poté esprimere in modo adeguato il rumore dello schianto, la drammaticità dei momenti e l'entità delle devastazioni.

Sulla sorte degli altri uomini venimmo a sapere molto più tardi. Come immaginato dal nostro agente, vennero sorpresi da una pattuglia ed uccisi nello scontro a fuoco; si salvò solo l'ingegnere di macchina che, ferito, fu fatto prigioniero, processato e infine impiccato per alto tradimento.

***

- Che figata! - esclamò Angela, che aveva letto il resoconto ad alta voce mentre cercavo di aggiustare la cappa aspirante, che non aspirava più nulla - Ma neanche James Bond è capace di fare queste cose.-

- E neanche mister Q sarebbe mai riuscito a far funzionare questa cagata di cappa.- sbottai, dopo aver raggiunto il filtro completamente "intarlaccato" di sostanze untuose.- Spero tu abbia il ricambio di questa schifezza.-

- No. Ho provato a procurarmelo quando ho comprato il filtro dell'aspirapolvere, ma non c'era. Dicono che il nostro è un modello uscito dalla produzione, e che non tengono ricambi di modelli non in vendita.-

- Molto furbo. Sai che ti dico? Dammi una borsa a rete e un rotolone di carta assorbente, che quelli non passano mai di moda.

Capitolo XXXIV – Duro scontro con gli Stati Uniti

Appena scaduto l'ultimatum americano Dönitz scagliò la sua flotta di U Boote contro le ricche prede che navigavano lungo la costa orientale degli Stati Uniti. Fece rientrare alcuni U Boote nel Mar delle Antille e altri li spedì nel Golfo del Messico, fino ad allora off limits.

Non meno di 40 U Boote erano sempre in attività nei vari teatri e nelle prime settimane di guerra con gli Stati Uniti si riuscirono ad effettuare anche attacchi diurni; poi, dopo che gli americani misero in atto le prime contromisure, si passò a quelli notturni, con i mercantili e le petroliere che si stagliavano contro le luci delle città costiere non oscurate; una vera pacchia!

Quattro piccoli branchi di lupi erano posizionati di fronte a Boston, a New York, a Norfolk, a Savannah ed avevano come base di rifornimento Halifax ed alcuni sommergibili d'appoggio.

Due branchi operavano nel Golfo, a Corpus Christi ed a New Orleans, facendo rifornimento nei piccoli approdi segreti nello Yucatan e nell'Honduras; cinque U Boote operavano invece davanti a Maracaibo, a Giamaica e nelle Piccole Antille.

La strage di mercantili e di petroliere fu colossale: 1.000.000 di tonnellate nelle tre settimane di dicembre, 1.200.000 t in gennaio, 1.100.000 t in febbraio, il tutto ottenuto con la perdita di soli tre U Boote. Gli americani allestirono convogli scortati e sorvegliati da dirigibili e da idrovolanti, cosa che ostacolò non poco l'azione dei sommergibili sui bassi fondali, ove si verificarono le perdite, ma la loro azione non subì rallentamenti; l'unico limite essendo la resistenza degli equipaggi ed il limitato numero di siluri imbarcato.

La mattanza continuò: 800.000 t in marzo, 900.000 t in aprile, neppure gli americani potevano permettersi un salasso simile.

A metà aprile vennero scoperti due punti d'appoggio segreti per i nostri U Boote in Yucatan, un peschereccio arrugginito ed un'azienda che trafficava in prodotti esotici, antichità maya comprese. Alla fine di maggio anche l'ancoraggio in Honduras, una ditta che lavorava ed esportava pietre dure, venne scoperto insieme all'U Boot che stava rifornendosi, che venne affondato. Una settimana dopo fu la volta di una vecchio battello a ruota in disarmo, nella parte più meridionale del golfo di Darién, nelle acque territoriali colombiane.

Anche lungo la costa atlantica le forti scorte ed il costante impiego di aerei dotati di un fortissimo faro resero la vita degli U Boote difficile ed aumentarono le nostre perdite. Quattro U Boote vennero affondati nel mese di maggio, a fronte di 500.000 t di naviglio affondate; cinque a giugno, contro 600.000 t; non era un risultato disprezzabile, ma non intendevamo avere un numero così alto di perdite di ufficiali e di equipaggi eccezionali.

Dovevamo battere il nemico con una nuova classe di U Boote silenziosissimi, di grande autonomia, più confortevoli, con un maggior numeri di siluri tradizionali e filoguidati, atti per attaccare in sicurezza anche le navi da guerra.

Dopo lunghi collaudi e perfezionamenti, la produzione dei nuovi sommergibili della classe Kilo III, da 3000 t di dislocamento in emersione, molto sofisticati e che richiedevano un lungo tempo per la loro costruzione, venne spinta al massimo, sostituendo quella di altri modelli.

Nel teatro americano i nuovi Kilo III affiancarono i vecchi modelli di Kilo e gli U Boote più tradizionali a partire dal mese di luglio, mostrando tutta la loro efficacia anche contro navi da guerra, ed in primis contro i cacciatorpediniere. Riguardo a queste unità, che in precedenza potevano essere attaccati solo eccezionalmente, divennero una preda ambita. La US Navy ebbe a subire, fra luglio ed agosto, la perdita di 2 corazzate, 6 incrociatori e ben 14 caccia, oltre rispettivamente a 600 e 700.000 t di naviglio mercantile, contro la perdita di un solo U Boot.

A fine agosto avevamo schierati contro gli Stati Uniti 50 U Boote, di cui 15 Kilo III, che si davano il cambio, ogni due-tre mesi, con altrettanti che venivano a rimpiazzarli attraversando l'Atlantico. Venute meno le basi segrete, per rifornirli nella loro zona d'operazione facemmo affidamento sugli U Boote da trasporto, previdentemente costruiti fin dal '36.

Non volevamo che gli americani, soprattutto i ruspanti texani del Golfo, stessero in panciolle mentre sul mare divampava la guerra; volevamo invece che sprecassero una parte delle loro immense risorse in lavori inutili, per esempio nella difesa passiva delle loro lunghissime coste. Per raggiungere lo scopo utilizzammo due dei nostri incrociatori ausiliari travestiti da vecchie carrette - solo la prua affusolata li tradiva parzialmente - non più utili nell'Atlantico in quanto non vi erano più rotte commerciali che valesse la pena molestare. Così lanciammo due incursioni contro le raffinerie di petrolio lungo la costa texana.

Il primo corsaro, il Michel, issata bandiera brasiliana entrò nel Mar delle Antille fra le isole di Martinica e di Saint Lucia, lo attraversò completamente fino al Canale dello Yucatan, quindi puntò su Port Arthur, al confine fra Texas e Louisiana, ove giunse nottetempo. Qui cannoneggiò per mezz'ora la raffineria ed i depositi di petrolio, quindi, prima che vi fosse alcuna reazione, si spostò di 130 km ad Ovest, entrando nel canale costiero di Galveston e ripeté l'azione precedente, colpendo in sovrappiù, con tiro diretto, numerose petroliere all'attracco.

Il cannoneggiamento durò un'ora ed i serventi dei pezzi da 150 mm dovettero raffreddare le canne con stracci bagnati, tanto fu rapido il tiro. Appena fu possibile, uscì dal canale costiero e si diresse a Sud-Est a tutta forza per raggiungere la Colombia, ma venne intercettato da un incrociatore salpato da Mobile, in

Alabama, che si era mosso appena saputo del primo cannoneggiamento. Issata a poppa ed alla sartia la bandiera della Kriegsmarine, il nostro corsaro affrontò l'impari duello e riuscì a piazzare parecchi colpi che danneggiarono l'avversario, ma quando il fuoco dell'incrociatore mise a tacere i suoi cannoni ad uno ad uno, il capitano si arrese e, fatto scendere nelle scialuppe l'equipaggio, auto- affondò il Michel inabissandosi con ess0. Per l'eroica azione ricevette la Croce di Ferro di 1ª classe alla memoria.

Il secondo corsaro, il Thor, camuffato da pacifica nave spagnola che proveniva dal Messico, si infilò nel canale costiero di Corpus Christi alcune ore dopo che si era scatenata la caccia al Michel, trovando la strada completamente sgombra da navi americane, tutte lanciate all'inseguimento del fuggiasco. Si ripeté su scala ancora maggiore lo scempio di raffinerie, di depositi e di petroliere all'àncora e sotto carico. Per oltre un'ora l'incrociatore scaricò 400 granate incendiarie e dirompenti sull'esteso terminal petrolifero, arandolo a tappeto. Era impossibile non andare a segno, ogni proiettile procurava danni gravissimi ed innescava furiosi incendi. Con i cannoni roventi il corsaro riuscì a fuggire verso Sud, mantenendosi nelle acque territoriali messicane; giunto a Tampico si consegnò ai messicani, che sequestrarono la nave ed internarono l'equipaggio in una graziosa hacienda presso Monterrey.

Furono gli internati di guerra più fortunati; passarono infatti il resto del conflitto a bere tequila sotto l'occhio compiaciuto dei messicani. Costoro infatti avevano guadagnato una nave da guerra, seppure da ridipingere, e che avevano subito ribattezzato col nome più latino di San Antonio, inoltre avevano visto i gringo d'oltre frontiera prendere una legnata memorabile ed avevano anche visto lievitare considerevolmente il prezzo di vendita del loro petrolio.

La duplice incursione dimezzò la capacità di raffinazione americana per quattro mesi; questo fatto ebbe notevoli ripercussioni sul consumo privato di benzina, con drastici razionamenti che fecero imbufalire milioni di automobilisti americani col proprio Governo, incapace di proteggerli e che gli razionava l'uso del loro giocattolo preferito.

Nelle due incursioni vennero affondate o gravemente danneggiate 12 petroliere per 100.000 t di stazza, che ostruirono gli approdi per lungo tempo; gli incendi furono domati solo dopo giorni di lavoro e lasciarono dietro a sé un deserto di lamiere contorte. Le vittime furono oltre 2000 ed altrettanti furono i feriti gravi.

Il Governo stanziò oltre due miliardi di Dollari per difendere l'intero arco costiero atlantico, pacifico e del Golfo, nonché per fortificare i porti, distogliendoli così da altri capitoli di spesa del bilancio della Difesa.

Il nostro obbiettivo fu pienamente raggiunto.

Dopo la dichiarazione di guerra anche la nostra linea di rifornimento del Nordatlantico venne fatta oggetto delle intenzioni bellicose americane, i quali presero a prestito il piano di Churchill di sbarco nella Nuova Scozia, da questi appena accantonato, ma con l'intenzione di attuarlo su scala molto più grande, facendolo appoggiare da una duplice offensiva terrestre per costringerci ad una dispersione delle forze.

Appena scaduto l'ultimatum degli Stati Uniti avevamo occupato la parte meridionale della Nuova Scozia, fortificato i porti di Yarmouth e quello di Liverpool con postazioni molto ben mimetizzate che si coprivano reciprocamente. Anche a Nord della baia di Fundy si occupò la città di Saint John e si fece saltare il ponte sul fiume omonimo, fortificando anche questa posizione. Non volevamo disperdere le nostre forze lungo la lunghissima frontiera del Maine, e vi lasciammo solo un velo di Alpenjäger, mentre concentrammo le nostre forze ad Halifax, a Moncton, nella penisola di Gaspé ed a Sud di Montréal.

In questo teatro potevamo contare su 2 divisioni corazzate, 2 brigate di carri Tiger, 2 divisioni motorizzate, 3 divisioni di fanteria e 2 reggimenti di artiglieria; mentre i due fronti dell'Ontario, quello occidentale e quello meridionale, erano in tutto tenuti da 3 brigate corazzate, 3 motorizzate e da 3 divisioni di fanteria. Era il massimo che potevamo fare, considerando che dovevamo mantenere delle truppe per presidiare Terranova. Non ci sarebbe stata la possibilità di ricevere rinforzi di una certa entità per tutto l'inverno, ma oltre a quelle in campo, 14 divisioni, non volevamo andare, per non scoprirci nei confronti dei russi e per presidiare adeguatamente i punti strategici in Inghilterra, in Francia, in Spagna, in Cirenaica e nel resto della Confederazione.

Rispetto alle forze americano-canadesi avevamo una superiorità schiacciante e molto sottovalutata, sia di uomini sia di mezzi. Forse la sola aeronautica poteva considerarsi alla pari, per quanto atteneva alla qualità degli aerei e dei piloti; loro erano avanti a noi per numero di aerei, ma noi potevamo schierare 50 elicotteri da combattimento e 50 da trasporto, inoltre disponevamo di due squadriglie di caccia intercettori a reazione.

Le nostre truppe, oltre che superiori in numero, lo erano anche in addestramento, in quanto veterane di molte battaglie, ed in materiali, soprattutto quelli necessari per i combattimenti notturni e quelli invernali; inoltre potevamo fare affidamento sull'equivalente di tre divisioni di quebecchesi, combattenti eccezionali nelle foreste, ed estremamente motivati.

La nostra riserva strategica, composta da due brigate motorizzate e da una divisione di fanteria, era ubicata nell'isola di Terranova ed a Nord del San Lorenzo; ciò ci consentiva di affrontare l'inverno in tutta sicurezza.

Sapevamo che il nemico avrebbe cercato di spezzare in due tronconi le nostre forze, interrompendo la strada e la ferrovia che correvano a Sud del San Lorenzo, per poi scacciarci dal New Brunswick e dalla Nuova Scozia, ed eravamo pronti a riceverlo. L'azione nemica cominciò attorno a Sudbury alla fine di maggio. I Federali canadesi tentarono per tre volte di aggirarci e per tre volte li respingemmo, con battaglie confuse che costarono agli attaccanti perdite elevate, tanto che, dopo un mese, li aggirammo noi con una colonna motorizzata.

Questa, con un ampio giro raggiunse Hearst, 400 km a Nord-Ovest, per poi scendere alle spalle delle forze federali a Michipicoten, sul Lago Superiore, tagliandogli tutti i rifornimenti. Per non farsi accerchiare i canadesi dovettero ritirarsi precipitosamente per raggiungere Saint Ste. Marie e rifugiarsi in Michigan; ma per quanto si affrettassero la colonna che discendeva dal Lago Superiore riuscì ad occupare per prima la città ed a far saltare il ponte che la collegava con l'omonima città statunitense. I violenti scontri successivi, con i canadesi che cercavano di raggiungere l'altra sponda con ogni mezzo, e noi che li contrastavamo efficacemente, durarono alcuni giorni, ma alla fine ottenemmo il sopravvento ed i Federali si arresero.

Il bottino fu immenso; i loro depositi nelle retrovie furono catturati intatti, pieni di ogni ben di Dio. Trasferimmo tutto nelle nostre retrovie, perché non potevamo pensare di poter tenere il territorio al di là di Saul Ste. Marie.

Il fronte dell'Ontario meridionale si accese tre giorni dopo il primo; ci limitammo a respingere un furioso attacco di carri armati Sherman che fu sferrato sia a Barrie, sulla Georgian Bay, sia ad Oshawa, sul lago Ontario. Distruggemmo decine di carri ed infliggemmo una dura lezione alla fanteria. Non volemmo approfittarne ed avanzare, anche per non abbandonare le stupende postazioni mimetizzate che avevamo approntato; poi questo fronte rimase tranquillo per mesi.

Più ad Est gli americani mossero su Montréal partendo dagli Stati di New York e del Vermont, ma andarono a sbattere contro le forti posizioni allestite a Sud della città, subendo elevate perdite. Mentre si trinceravano davanti alla nostra linea di difesa, numerose truppe fluirono verso Est ed a St.-Hyacinthe arrivarono al San Lorenzo, la loro meta, subendo tuttavia un micidiale fuoco dell'artiglieria pesante semovente che, posizionata sull'altra sponda, sparava attraverso il fiume. Essendo nascosti nei boschi e in fattorie, le ripetute azioni aeree americane non riuscirono ad individuare i cannoni semoventi che poterono così tormentare l'avanzata della fanteria prendendola di fianco per tutta la durata della sua azione.

Gli americani continuarono tuttavia ad avanzare, rimpiazzando le perdite con truppe fresche che affluivano dai valichi occidentali del Maine; il tratto fra Levis e Riviére-du-Loup fu per loro un vero Calvario, con azioni ritardatrici della nostra retroguardia ed anche con alcuni bombardamenti effettuati con gli Stukas. I carri Sherman e gli altri veicoli della colonna si fermarono uno dopo l'altro, chi in fiamme, colpito dai razzi dei Panzerfaust, chi squarciato dai tiri diretti dei cannoni da 88, chi rovesciato sul fianco o immobilizzato con i cingoli spezzati ad opera di mine, chi colpito dal fuoco dell'altra sponda o dalle bombe degli Stukas.

La loro fanteria continuava ad avanzare eroicamente, incurante degli ampi vuoti che si aprivano nelle sue fila, spingendo avanti mitragliatrici pesanti e cannoni da campagna, mentre altre truppe fresche venivano fatte affluire sempre più numerose. L'azione americana si stava sviluppando esattamente secondo le nostre previsioni.

A Riviére-du-Loup truppe quebecchesi contesero agli americani la città, riuscendo a fermarli ed imponendogli un elevato tributo di sangue; ma l'estuario del San Lorenzo andava allargandosi in corrispondenza di quella località, rendendo impossibile il fuoco dall'altra sponda.

Intanto dal Maine settentrionale due divisioni di fanteria varcarono il confine e presero Edmundston, all'estremo Nord del New Brunswick; una si diresse a Nord-Ovest, verso il San Lorenzo, per prendere di fianco Riviére-du-Loup, l'altra discese a Sud-Est, verso Moncton. Una terza divisione di fanteria da Houlton, nel Maine centro-orientale, attraversò il confine ed occupò Fredericton, poco contrastata dagli Alpenjäger, il cui compito consisteva solo nel ritardarla e di non far credere agli attaccanti di stare passeggiando, quindi la divisione americana proseguì anch'essa verso Moncton, punzecchiata dai cecchini nascosti nei boschi.

Contemporaneamente alle operazioni descritte, tanto ovvie da poter essere state ideate da un cadetto di West Point, i Marines sbarcarono due divisioni a Nord ed a Sud di Yarmouth, subendo gravissime perdite, ma conquistando la città dopo tre giorni di duri scontri.

Prima di evacuare la città e di ritirarci verso Nord- Est, facemmo saltare le strutture portuali per rendere più faticoso l'afflusso delle armi pesanti che sarebbe senza dubbio seguito.

In quei giorni gli scontri aerei su tutti i teatri di guerra furono incessanti e misero alla frusta la nostra Luftwaffe, inferiore di numero. Innumerevoli furono i duelli per guadagnare la superiorità aerea e per contrastare con bombardamenti le truppe a terra. Nei primi la sfida si concluse in parità, anche perché non volevamo rischiare i nostri caccia a reazione sul territorio nemico, nei secondi fummo molto più efficaci degli americani, perché questi si movevano in campo aperto, mentre le nostre postazioni difensive erano sempre ottimamente mimetizzate.

Ritenemmo comunque opportuno far arrivare dall'Europa dieci squadriglie di caccia intercettori e di cacciabombardieri per rimpiazzare le perdite e per costituire una più consistente riserva strategica di aerei a Terranova. Il trasferimento delle squadriglie fu complicato, con le nostre portaerei che facevano da punto d'appoggio intermedio, a mezza strada della tratta Islanda-Terranova, consentendo appontaggi, rifornimenti e decolli. Appena occupata Yarmouth, i Marines cominciarono i lavori per ridare agibilità al porto per poter sbarcare le armi pesanti necessarie per procedere nella conquista della Nuova Scozia, ma non fecero a tempo. Con due brigate corazzate, provenienti da Nord e da Est, gli fummo addosso, spazzammo via l'improvvisato perimetro difensivo ed inchiodammo i Marines superstiti in sacche di resistenza.

Un raid sui mercantili che attendevano di scaricare mezzi e rifornimenti portò all'affondamento di tre di questi, gli altri furono costretti ad allontanarsi ed i Marines sbarcati a Yarmouth rimasero isolati.

Quando le due divisioni americane che convergevano su Moncton raggiunsero questa città, trovarono ad attenderle una brigata corazzata ed una motorizzata nascoste nei boschi circostanti, e fu uno scontro senza storia. Le due divisioni, decimate a causa della testardaggine dei comandanti nel cercare di contrastare i nostri carri forti solo del coraggio e dei fucili dei loro uomini, volsero presto in una ritirata disordinata e precipitosa, incalzate dai mezzi corazzati. Al primo ostacolo in cui si imbatterono, una compagnia di Kommando fatta affluire dalla guarnigione di St. John, che gli sbarrò la via della ritirata, vennero raggiunte dalle avanguardie corazzate e fatte a pezzi.

Gli americani, ancor insufficientemente addestrati, si arresero a migliaia, i più fortunati vagarono per giorni nei boschi prima di riuscire a rientrare nel Maine, od a farsi catturare da pattuglie quebecchesi.

Facemmo oltre 50.000 prigionieri americani e canadesi nelle varie battaglie, ma siccome per il momento non avevamo la possibilità di trasferirli in Europa, li parcheggiammo in vari campi di lavoro ed in miniere del Quebec settentrionale, a ritemprarsi a contatto della natura ed a barbellare dal freddo in posti in culo ai lupi.

***

- Vorrei sapere perché il mio asciugamano "mani-viso" deve odorare della puzza dei tuoi piedi. - mi chiese Angela con intenti chiaramente bellicosi.
- Perché? Abbiamo degli asciugamani "mani-viso"? - chiesi facendo il finto tonto - Come si fa a riconoscerli? -
- Non fare il furbo; lo sai benissimo. Quelli chiari servono per la faccia e per le mani, quelli grandi blu per il corpo…
- Già…quelli rosa per la ciornia e quelli marroni per il buco del culo! -
- No! Porco! Quello te lo lavi! - e se ne andò esasperata.

Capitolo XXXV – Altri scontri terrestri e navali

Se sulla terraferma fino ad allora eravamo stati sulla difensiva, sul mare passammo da subito all'attacco della US Navy. Una grossa squadra navale americana si era posizionata 200 km a Sud di Halifax e doveva appoggiare i Marines sbarcati a Yarmouth nella loro avanzata verso Nord-Est, per liberare la Nuova Scozia. Tale squadra venne rilevata da un U Boot che stava raggiungendo il branco di lupi operante davanti a Boston, che comunicò la posizione alla nostra Tascheflotte; questa poté allora posizionarsi ancora più a Sud della squadra americana, fuori portata sia dell'aviazione di terra, sia dei radar navali.

Per i primi tre giorni dopo lo sbarco dei Marines a Yarmouth la nostra aviazione di terra cercò di fronteggiare i raid provenienti dalla base di Bangor, nel Maine, e quelli provenienti dalla squadra navale, con buoni risultati, ma soffrendo per il maggior numero di aerei avversari che minacciavano di soverchiarla.

La sera del nostro contrattacco spostammo dall'aeroporto di Gander, nell'isola di Terranova, ad Halifax due squadriglie di bombardieri notturni dotati di radar e di rilevatori all'infrarosso, appena arrivati dalla Germania; qui li rifornimmo e li armammo con bombe tradizionali e con quelle radio-guidate, ora disponibili in quantità. Alle 02.00 i bombardieri decollarono alla volta della squadra americana, rintracciandola facilmente col radar, ed alle 02.20 furono su di essa, trovandola completamente oscurata.

La squadra statunitense evitò di accoglierli col fuoco contraereo, pressoché inutile di notte, anche per non rivelare la loro posizione coi proiettili traccianti; ma erano accorgimenti che non diedero alcun frutto, perché i nostri piloti vedevano benissimo le navi nemiche attraverso i visori all'infrarosso: sagome grigie che si stagliavano sul nero dell'acqua, ed effettuarono numerosi passaggi a quote differenti, a seconda del tipo di bomba trasportata. Quelle radioguidate vennero sganciate da 2000 m di quota sulle due portaerei e sulle navi più grosse, quelle tradizionali invece, da bassa quota e sulle navi più piccole. Delle 40 bombe radioguidate sganciate, 34 colpirono l'obbiettivo, quelle tradizionali ebbero una percentuale di successo poco inferiore. Quando sorse il sole la dimensione della catastrofe apparve in tutta la sua gravità: 2 portaerei, 2 corazzate, un incrociatore pesante, 3 leggeri e 2 caccia erano stati affondati o gravemente danneggiati, o in fiamme e devastati dalle esplosioni. Le poche unità superstiti, quasi tutti caccia, si ritirarono, insieme ai mercantili che si erano allontanati da Yarmouth per evitare gli attacchi aerei da terra, e si diressero verso occidente per guadagnare i porti del New England.

A metà mattina le navi fuggitive furono raggiunte da quattro squadriglie di siluranti e di Seestukas, che silurarono le navi danneggiate, mitragliarono i caccia, bombardarono i mercantili, senza alcuna possibilità per l'aviazione di terra americana di poter intervenire in tempo in difesa delle navi. Fu necessaria una seconda missione per completare il lavoro, questa volta condotta da due squadriglie di siluranti con adeguata scorta di caccia.

Solo tre cacciatorpediniere giunsero malconci nel porto di Boston, trovando una schiera di radiocronisti ad attenderli, tenuti a bada con difficoltà dalla polizia militare. Oltre 18.000 marinai avevano perso la vita, ed appena un migliaio di naufraghi fu ripescato da nostre unità accorse sul posto e fatti prigionieri.

Una settimana dopo i Marines rimasti imbottigliati a Yarmouth, senza più munizioni e sottoposti ad un micidiale bombardamento effettuato dagli Stukas, si arresero. Erano meno di un terzo di quelli sbarcati; molti dei sopravvissuti erano feriti gravemente e non potevamo curarli adeguatamente in quanto anche i nostri ospedali traboccavano di feriti. Come gesto umanitario, restituimmo quelli gravi agli americani, che apprezzarono il gesto. Apprezzarono meno l'enorme pubblicità che facemmo, informando le principali reti radiofoniche americane sull'ora ed il luogo ove sarebbe avvenuto lo sbarco dei feriti; questo ebbe luogo a Boston per mezzo di un nostro caccia battente bandiera bianca.

Roosevelt era rimasto con una sola portaerei nell'Oceano Atlantico; due, se si contava quella che Churchill aveva portato con sé, e con queste doveva fronteggiare nove portaerei tedesche. Nell'Oceano Pacifico invece, con una sola portaerei doveva affrontarne sette giapponesi. A parte i caccia e gli incrociatori leggeri, le grosse navi ancora in forza, quelle che sarebbero state disponibili di lì a pochi mesi e quelle appena impostate, non sarebbero servite più a nulla.

Il divario tecnologico evidenziato dalle bombe radio-guidate, dai visori notturni, dagli aerei dotati di radar, per non parlare dei Kilo e dei siluri auto-cercanti, rendeva oltremodo difficile, quasi impossibile, il confronto con la Germania. La miglior qualità dei loro carri, la possibilità che questi avevano di effettuare combattimenti notturni, le migliori tattiche e strategie, i comandi, le truppe, la logistica, le trasmissioni, tutti fattori temprati ed affinati da due anni di campagne militari, erano elementi che facevano pendere la bilancia a favore dei tedeschi, che ora avevano anche il dominio dell'Atlantico.

Gli Stati Uniti avevano davanti a sé un futuro fosco - pensava Roosevelt dopo la batosta, secondo le memorie di alcuni stretti collaboratori - ma dovevano recuperare per forza, avevano le energie, le competenze ed i mezzi per farlo. Il tempo avrebbe lavorato per loro, perché di certo non avrebbero potuto essere invasi, com'era successo alla Francia e alla Gran Bretagna.

Roosevelt ordinò pertanto la costruzione di nuove portaerei, sia d'attacco che leggere, di nuovi caccia, di incrociatori leggeri, per due miliardi di Dollari; altri due miliardi li destinò alla progettazione ed alla fabbricazione di nuovi armamenti che potessero tener testa a quelli tedeschi, e possibilmente superarli in qualità. C'era un settore nel quale pensava di non essere troppo indietro rispetto alla Germania, quello della corsa alla bomba atomica. Decise di sopravanzare i tedeschi investendoci un altro miliardo di Dollari, in aggiunta alla barcata di soldi che il settore aveva assorbito fino a quel momento, senza aver prodotto neppure un petardo.

Churchill, con una piccola flotta di invasione, si riprometteva di sfruttare l'offensiva statunitense in Nuova Scozia, che avrebbe richiamato le forze tedesche in quella Provincia, per sbarcare truppe nell'isola di Capo Bretone, dopo aver compiuto un ampio giro attorno ad Halifax, e prendere così i tedeschi alle spalle. Occupata quell'isola, anche il transito nemico attraverso lo stretto di Caboto sarebbe stato problematico. Ma dovette rinunciare a tutti i suoi piani - chiamarli sogni sarebbe ingeneroso nei confronti del vecchio combattente - non appena seppe della distruzione della squadra americana e dell'assedio dei Marines a Yarmouth, fece rientrare la flotta da sbarco a Norfolk a tutta velocità.

Un U Boot del branco appostato al largo di questa base avvistò la flotta e diede l' allarme agli altri lupi, poi partì all'attacco, riuscendo ad azzannare la coda del convoglio di trasporti truppa prima che questo si rifugiasse nella baia di Chesapeake. L'U Boot riuscì ad inserirsi fra due colonne di navi, ed effettuando lanci multipli di siluri filoguidati ed autocercanti affondò sei mercantili e due trasporti truppa.

Anche la portaerei ed una vecchia corazzata vennero affondate da un Kilo II che aveva superato la cortina dei caccia di protezione, mentre un terzo U Boot, prima danneggiò un incrociatore pesante con un siluro, poi però venne speronato da un caccia mentre cercava di fuggire, ed affondò sui bassi fondali davanti all'imboccatura del porto di Norfolk.

Per non farsi sfuggire la preda, si era spinto troppo sottocosta prima di lanciare i siluri e gli venne a mancare il fondale sufficiente per battere in ritirata; un caccia che sopraggiungeva lo speronò casualmente sulla torretta, condannandolo a morte.

Pochi dell'equipaggio riuscirono a salvarsi e l'U Boot, affondato in venti metri d'acqua, fu facilmente recuperato dai sommozzatori e dai palombari della base, con l'ausilio di due pontoni. Così la US Navy riuscì al impossessarsi del Sacro Graal, ovvero di un U Boot abbastanza recente con tutti i suoi dispositivi segreti; fra cui la macchina crittatrice Enigma ed i nuovi siluri.

Per fortuna il libretto dei codici della macchina Enigma era stampato con inchiostro idrolabile, così pure le carte nautiche con i codici dei quadranti di mare, dei porti e delle rotte; ma il danno restava, perché molti dispositivi caduti nelle mani nemiche erano segreti importanti.

Dovemmo affannarci per cambiare tutto: macchine crittatrici, carte di navigazione, procedure operative e non solo per la Kriegsmarine, ma anche per la Wehrmacht, la Luftwaffe, il Corpo Diplomatico e Consolare e le varie Agenzie segrete. Fu un lavoro improbo, il più difficile dall'inizio della guerra, perché dovemmo anche accertarci che, nelle migliaia di messaggi importanti fino ad allora trasmessi, che ora avrebbero potuto essere decifrati anche se con non poche difficoltà, non vi fosse nulla che potesse compromettere operazioni future.

Ciò nonostante dovemmo considerarci fortunati per essere stati avvertiti in tempo dell'affondamento dell'U Boot sui bassi fondali, da parte di un Kilo II che aveva partecipato all'agguato e che aveva ascoltato con l'idrofono quanto accadeva sott'acqua, e ricostruito la sequenza di avvenimenti.

Comunque sia, con quell'azione la Royal Navy era stata spazzata via dall'Atlantico dopo quattro secoli di dominio assoluto. Sulla sponda meridionale del San Lorenzo era giunta l'ora della resa dei conti con l'US Army. Mentre due nostre brigate corazzate ed una divisione di fanteria si movevano da Rimouski per bloccare l'avanzata della fanteria americana su Riviére-du-Loup, 2 brigate corazzate, 2 motorizzate e 2 divisioni di fanteria uscirono dal perimetro difensivo meridionale di Montréal, in sponda destra del San Lorenzo, e travolsero con facilità le forze assedianti, che fuggirono in tutte le direzioni.

Gli americani non si aspettavano una sortita di quelle proporzioni ed avevano poche armi anticarro per contrastarla; ma soprattutto non si aspettavano un attacco notturno, per di più senza un preventivo ed adeguato fuoco di sbarramento - la cosa non era prevista dai loro manuali - e vennero travolti, lasciando scoperte le terga delle colonne che stavano attaccando Riviére-du-Loup.

Le truppe uscite da Montréal, disposte su due colonne corazzate, scesero verso Sud lungo entrambe le sponde del lago Champlain, dove qualche frescone di quebecchese aveva issato la bandiera con la Svastica e quella coi Gigli di Francia sulle palizzate bicentenarie del forte Ticonderoga.

Dal perimetro difensivo di Montréal uscirono anche altre tre colonne, ognuna composta da una brigata corazzata, una motorizzata ed una divisione di fanteria. Queste si separarono subito e presero direzioni divergenti. La prima si diresse verso Sherbrooke, varcò il confine col Vermont senza subire una seria resistenza, si diresse verso Berlin, che occupò con facilità e procedette verso il mare, ma venne fermata da una difesa disperata che sfruttò ogni piega del terreno attorno al monte Washington, a 100 km da Portland.

La seconda colonna si diresse a Nord-Est, inseguendo le truppe americane in rotta affannosa prima a Levis, poi oltre, fino a ridosso delle truppe che avevano circondato Riviére-du-Loup. Queste ultime, rimpolpate dalle truppe in rotta, da assedianti degli eroici quebecchesi si trovarono a loro volta circondate dalla nostra colonna, in una situazione che si era già vista duemila anni prima ad Alesia, in Gallia, ma con esito opposto; i gallo-quebecchesi erano al centro ed i gallo-teutoni all'esterno, mentre nell'anello intermedio i romano-americani, guidati da un Giulio Cesare uscito da West Point, cercavano di vender cara la pelle.

La terza colonna impegnò anch'essa duramente gli americani che assediavano Montréal e li costrinse in un'angusta fascia di terreno presso Cornwall, con il San Lorenzo alle spalle. La situazione degli americani era molto critica e riuscirono a sfilarsi con difficoltà, subendo molte perdite, rifugiandosi prima a Massena, già nello Stato di New York, quindi a Watertown, sempre incalzati dappresso, e poi ancora oltre, lungo la sponda meridionale del lago Ontario, riuscendo ad attestarsi solo a Syracuse.

La nostra punta di diamante, costituita dalle brigate corazzate e motorizzate, a Sud del lago Champlain travolsero ogni difesa improvvisata che le retrovie americane poterono opporle a Glen Falls, poi dilagò nella piana di Albany, arrestandosi solo lungo il canale che congiunge il fiume Hudson con il lago Ontario da un lato, ed alla città di Troy dall'altro. Davanti alle forze tedesche non c'erano più truppe organizzate a contrastarle. Utica, sul canale, era stata evacuata dagli abitanti e New York, a meno di 200 km dalle punte corazzate, era nel panico.

Enormi quantitativi di rifornimenti, di armi, di munizioni, di carburante, erano stati catturati o requisiti. Ad Utica, a Troy ed altrove, i nostri carri armati e gli altri veicoli facevano tranquillamente il pieno alle stazioni di servizio lungo le strade, rifiutando cortesemente i bollini premio e rilasciando semplici ricevute per il carburante requisito.

A Riviére-du-Loup, quando alle colonne corazzate che avevano disceso il San Lorenzo si unirono a quelle che lo avevano risalito da Rimouski, con quelle appena arrivate da Moncton, tutte insieme affondarono nell'anello di assedianti-assediati come lame nel burro e le improvvisate difese, dopo una breve resistenza, si disintegrarono; in quell'occasione furono fatti 25.000 prigionieri.

L'Esercito che gli Stati Uniti stavano approntando da un anno, con migliaia di ufficiali e centinaia di migliaia di soldati, era stato ripetutamente battuto. Non vi erano più truppe addestrate, né mezzi da opporre ai tedeschi, solo cannoni da campagna da 75 della Grande Guerra, quelli che si volevano cedere ai britannici e che poi si erano rimessi nei depositi. Occorreva ripartire da capo. Altri 3 miliardi di Dollari furono stanziati per ricostruire l'Esercito e per dotarlo di armi più valide, sperando che ci fosse il tempo per addestrare le nuove reclute.

Nelle condizioni in cui si trovavano, gli americani non potevano tenere un fronte così precario nel New England, quindi evacuarono le scarse truppe a Nord ed a Est di Augusta, praticamente da tutto lo Stato del Maine, e con queste cercarono di raccorciare il fronte senza perdere nel contempo troppo territorio. Decine di migliaia di civili si riversarono a Sud di questo fronte e trovarono rifugio nelle località della costa, accolti in modo tutt'altro che disinteressato.

Il Maine - tranne la capitale Augusta - e la metà settentrionale del Vermont, del New Hampshire e dello Stato di New York vennero occupati e fruttarono una gran messe di materiali bellici, dal carburante ai depositi per la distribuzione di prodotti alimentari. Fu qui che le nostre truppe scoprirono l'esistenza delle merendine ipercaloriche, e da allora non fu più possibile rifilargli le gallette d'ordinanza.

Non avevamo certo l'intenzione di invadere gli Stati Uniti, sarebbe stato impossibile. Avevamo solo reagito all'iniziativa americana per neutralizzare la lancia nel nostro fianco costituita dallo Stato del Maine; ma dopo aver visto quali fossero i punti deboli delle truppe che ci attaccavano, lo scoordinamento delle loro azioni, la lentezza con cui reagivano nell'adattarsi a nuove situazioni tattiche, e soprattutto dopo aver costatato la debolezza delle loro forze corazzate, solo allora pensammo di allontanare la minaccia che gravava su Montréal spostando molto più a Sud i futuri fronti, esercitando anche una pressione psicologica sulla popolazione del New England e di New York. Non volevamo infilare le nostre truppe in un territorio densamente popolato, con dozzine di città, ognuna delle quali poteva nascondere trappole; men che meno volevamo entrare con i panzer a New York o a Boston, per vederli sparire nel dedalo di strade. Non ci sarebbe stata nessuna Stalingrado americana, né per noi, né per loro.

Neppure volevamo causare troppi danni, materiali e no, anche per non esasperare troppo gli americani, e far sì che non decidessero di combattere una guerra all'ultimo sangue.

Ci affrettammo a fortificare la nostra parte del fronte, approntando due linee di difesa distanziate di 50 km, nascondendo nei boschi le nostre forze corazzate. Facemmo arrivare dall'Europa forze adeguate al nuovo tipo di battaglia che si sarebbe combattuta: una divisione panzer con carri Tiger, 5 divisioni di fanteria, composte da galiziani, asturiani e cantabrici, 4 reggimenti di artiglieria, 50 elicotteri da combattimento e 10 squadriglie dei nuovi caccia a reazione, con l'ordine tassativo di non sorvolare territori controllati dal nemico per evitare che un eventuale abbattimento potesse fornire agli americani importanti informazioni sulla loro tecnologia.

Furono posizionati centinaia di palloni frenati e quelli adatti a sostenere mine aeree, alcune batterie di missili terra-aria, già dotate di spolette di prossimità e nuovi radar di scoperta e di controllo del tiro. La catena dei si ruppe.

In patria, man mano che si liberavano i cantieri in cui venivano costruite le tradizionali navi da guerra, dopo sei anni si impostarono novamente navi mercantili, di cui avevamo disperatamente bisogno: veri porta- container, petroliere per il trasporto del greggio e quelle per i vari tipi di carburante, navi specifiche per tipologia di merce trasportata, tutte con stazza superiore alle 50.000 t, il quintuplo del dislocamento medio di quelle costruite prima della guerra.

Riducemmo di molto la produzione di armamenti convenzionali, munizioni comprese, ma aumentammo quella di armi "intelligenti", e fra queste il nuovo missile da crociera con dispositivo autocercante del bersaglio.

Sperimentammo con successo e mettemmo in produzione il primo missile balistico, che chiamammo V3, con una portata utile di 1500 kg . Dismettemmo la produzione dei primi modelli di U Boote e ci concentrammo sui Kilo III e su quelli strategici da 8000 t, i cui prototipi avevano dato ottima prova, dotati di propulsione tripla, diesel, elettrica ed a perossido di idrogeno, capaci di lanciare - in emersione e col mare calmo - missili da crociera e balistici.

Non trasferimmo in America neppure un bombardiere pesante, sapevo che non ne avremmo avuto bisogno, perché il bombardamento terroristico delle città non sarebbe mai riuscito a piegare una nazione con un Governo capace di far propaganda.

Nel febbraio '41, presso l'Istituto di Fisica Atomica dell'Università von Humboldt di Berlino, i nostri scienziati riuscirono ad accendere ed a mantenere una reazione nucleare controllata in una pila atomica.

Da anni alcuni minerali d'uranio venivano estratti dalle miniere in Boemia, altri ne venivano acquistati in Spagna, in Francia ed in Portogallo; tutti venivano e quindi arricchiti dell'isotopo U 239 mediante un lunghissimo processo richiedente migliaia di centrifughe speciali. Tutta la filiera era istallata in complessi sotterranei della Selva Boema ed in miniere di salgemma a Salzgitter; ogni fase della lavorazione dovette essere approntata ex novo e sperimentata a lungo, per individuare il modo corretto di procedere.

Il costo del progetto - che avevamo chiamato Zeus, in onore al lanciatore di fulmini - aveva assorbito, fino ad allora, 300 milioni di Marchi, un'inezia rispetto a quanto stavano investendo gli americani nel loro progetto Manhattan, per arrivare per primi alla meta: la bomba atomica.

Nei nostri impianti sotterranei 10.000 enormi centrifughe di acciaio inox erano perennemente in funzione per separare il prezioso isotopo da quello di massa 238, più plebeo, ma non per questo meno utile, dato che riuscimmo ad utilizzarlo per la produzione di munizioni molto più efficaci di quelle tradizionali.

Il livello di arricchimento per mantenere accesa una pila atomica era stato già raggiunto; alla fine della primavera del '41 si era arrivati al 90%, quanto doveva bastare per la bomba, se la teoria che fino ad allora ci aveva guidato, ed il ricordo di generiche letture che avevo fatto, fossero stati esatti. Alla fine dell'estate portammo una bomba del peso di tre tonnellate nel nostro poligono nella provincia di Finnmarks, all'estremità settentrionale della Norvegia.

Il 20 settembre '41 venne effettuata la prova, durante il giorno, per non fare vedere ai russi, a 150 km di distanza, il lampo dell'esplosione, che tuttavia si vide eccome! Si valutò che l'esplosione della bomba equivalesse a quella di 25.000 t di tritolo. Gli edifici costruiti a varie distanze e con diversi materiali rispetto al punto "OZ" - Ombelico di Zeus - mostrarono che la distruzione era totale in un raggio di 1,5 km, ed elevata in un raggio di 2,5 km. Misurammo il livello della radioattività alle varie distanze dal punto "OZ" e rilevammo che il fallout era stato trasportato dal vento sulla penisola di Kola, in Russia.

Procedemmo nella centrifugazione perché l'obbiettivo era quello di dotarsi di una ventina di bombe che pesassero meno di 1400 kg; per questo motivo miniaturizzammo quanto era possibile, infine potenziammo la filiera di produzione di materiale fissile, istallando altre 10.000 centrifughe.

Alla fine del '42 avevamo raggiunto l'obbiettivo di realizzare una bomba atomica del peso di 1400 kg ed eravamo in anticipo di oltre tre anni sugli americani, che non sapevano nulla dei nostri progressi.

Se dentro me ogni tanto si affacciava il dubbio di non riuscire a vincere la guerra che avevo contribuito a far scoppiare, la visione del fungo atomico della nostra bomba, attraverso i visori di un bunker in Norvegia, me lo aveva fatto passare.

***

- Allora sei stato tu! - proruppe Angela visibilmente indignata - gli hai spiegato come costruirla e li hai fatti anche risparmiare! -
- Perché? Cosa ho fatto questa volta? - mi difesi, fingendo di cadere dalle nuvole.
- Come cos'hai fatto? ma gli darai la bomba! a quei militari di merda! Una fa le marce pacifiste contro l'istallazione dei Per-

shing e degli SS20, va a fare i sit-in per togliere le atomiche da Ghedi e poi cosa scopre? di aver sposato il dottor Stranamore! - - Perché? volevi che fossero loro a tirarmene una sulla testa? E poi Stranamore non ha affatto contribuito alla costruzione della bomba, ma aveva solo prospettato un'interessante soluzione per trascorrere il periodo post-

esplosione. Pensa... prevedeva che si prendessero numerose strafiche e ...

- Porco! Guerrafondaio e porco! -

Capitolo XXXVI – America latina

Prima di affrontare un nuovo inverno volevamo consolidare le nostre posizioni in Ontario. Vi portammo due reggimenti d'artiglieria, costituiti utilizzando l'enorme armamentario abbandonato dagli americani, due divisioni di fanteria croata e slovena, appena arrivate dall'Europa, e creammo una seconda linea di difesa, molto robusta, a Parry Sound ed a Kingston, rispettivamente a 150 e 200 km dietro alla prima linea di Barrie e di Oshawa, nell'Ontario meridionale.

Fortificammo maggiormente Sudbury, ed in previsione di uno sbarco americano nella Georgian Bay vi facemmo affluire una divisione di fanteria basca ed una ventina di elicotteri. Anche Sault Ste Marie venne fortificata, sempre attingendo dalle armi americane catturate.

Volendo indirizzare un eventuale attacco nemico in una zona non pericolosa, con una piccola colonna corazzata e tre battaglioni di Alpenjäger slovacchi ci spingemmo verso Ovest di quasi 500 km, lungo la sponda settentrionale del Lago Superiore, attestandoci a Nipigon e, più a Nord, a Nokina, in mezzo a fitte foreste. Non incontrammo alcuna resistenza, e senza dubbio i canadesi si stupirono che non procedessimo oltre, fino a Thunder Bay, dove avevano allestito una trappola; ma non avevamo alcuna intenzione di spingerci tanto avanti. In ogni caso, per non dargli l'impressione di essere arrivati fin lì per pescare, bombardammo con un lungo raid i ponti stradali e ferroviari di Kenora, sul Lake of the Woods, quasi al confine della Provincia di Manitoba, altri 500 km ad Ovest delle posizioni raggiunte.

Poi l'inverno canadese sopraggiunse a bloccare tutte le operazioni su una lunghezza di 2000 km, dal Lago Superiore al Maine.

La batosta presa dagli americani, buona ultima dopo quelle rifilate ai britannici ed ai francesi, fece volgere decisamente al bello i rapporti con alcune nazioni sudamericane.

Con il Cile e la Bolivia stringemmo ampi accordi commerciali, che culminarono nell'estromissione delle società americane dallo sfruttamento delle immense risorse minerarie di queste nazioni, ed il nostro subingresso a condizioni meno esose.

Convincemmo il Cile, molto preoccupato per la nostra alleanza con l'Argentina, che non correva alcun rischio, ma lo inducemmo, fornendogli 2 fregate, 2 corvette ed un mercantile zeppo di armi obsolete, a cedere alla Bolivia una piccola striscia di territorio sul suo confine settentrionale, con il porto di Arica, per fornire a quella nazione uno sbocco al mare e pacificare così la regione.

La Bolivia ci ringraziò cedendoci, a condizioni molto vantaggiose, lo sfruttamento delle miniere che aveva appena nazionalizzato sottraendole agli americani, e lo sfruttamento di eventuali risorse petrolifere che fossero state rinvenute nel Paese, pensando di esserne priva; ma io sapevo già dove cercare.

L'Argentina, gelosa delle nostre nuove amicizie sudamericane e desiderosa di diventare la potenza egemone nel subcontinente, ci comprò armamenti obsoleti di ogni tipo, soprattutto aerei da caccia e Stukas, in cambio di nuove concessioni minerarie e petrolifere, nonché con commesse industriali di grande valore.

Anche col Brasile si riuscì a rompere il ghiaccio che si era formato fra i nostri Paesi all'inizio della guerra a causa dell'affondamento di alcuni suoi mercantili e gli strappammo alcune concessioni minerarie e contratti per la realizzazione di importanti infrastrutture, in cambio di montagne di armamenti obsoleti: carri armati leggeri e medi, Stukas, U Boote delle prime generazioni.

In Colombia una Giunta militare aveva preso il potere in concomitanza delle nostre vittorie sugli americani, e con questa, in cambio della cessione di armamenti obsoleti, di istruttori e di consiglieri militari, strappammo una lunga serie di concessioni minerarie e la gestione di importanti infrastrutture; contropartita che ci sembrò più etica della grossa fornitura annuale di cocaina con la quale intendevano pagare il conto.

Non appena ricevute le armi, la Giunta si imbarcò in una stupida guerra con l'Ecuador che ripropose in miniatura, nella giungla ed all'Equatore le stesse battaglie già viste in Piccardia nella Grande Guerra. Non venendo a capo di nulla, si imbarcò in un'altra guerra, appena meno assurda, contro il Venezuela, che portò ad una rapida ma contrastata invasione di quella nazione a Nord della cordigliera di Merida, fino alla sponda occidentale del lago di Maracaibo. Qui l'invasione si fermò per mesi, continuando però a consumare armi, che rimpiazzavamo volentieri in cambio della proprietà di enormi estensioni di territorio in Amazzonia.

Era tutto un altro vivere fare affari come gli americani avrebbero fatto in un universo parallelo.

**

- Ma che merda! - sbottò Angela traboccante di indignazione - ma sei proprio una gran merdaccia! Per una grama volta che uno ha la possibilità di comportarsi come una persona civile, cosa vai a fare? lo stronzo! -
- A cosa ti riferisci di preciso? -
- A cosa? Ma a tutto quello che hai combinato in Sudamerica. Ecco a cosa.-
- E dai! Mica posso fare le cose tutte d'un colpo. Per intanto ho buttato fuori gli americani, il che è già molto…

- Sì, ma per fare le stesse vaccate... tanto valeva allora.-
- Non è vero. Intanto siamo subentrati noi; poi, adagio adagio...
-
- Sì, campa cavallo.-
- Pensa che volevano pagarci le armi con la coca... -
- Ci mancava altro che tu avessi accettato. Guarda, per cena ti faccio una pappetta di tapioca, così impari! -
- E se per farmi perdonare ti regalassi un anello con uno smeraldo colombiano tagliato a navetta? Quello che non ti ho regalato prima di sposarci perché eravamo poveri in canna? -
- Non pensare di potermi comprare. Però accetto. -

Capitolo XXXVII – Grecia

Fra la fine di novembre '40 e quella di febbraio '41, in soli tre mesi, Mussolini vide svanire il suo sogno imperiale in Africa Orientale, senza poter far nulla per impedirlo.

Truppe indiane e sudafricane attaccarono gli italiani prima da Sud, a Chisimaio, poi al centro, sbarcando a Berbera, poi a Nord-Ovest, da Kassala, puntando su Asmara, e non fecero altro che inseguire gli italiani in ritirata, che opposero una seria resistenza solo a Cheren, in Eritrea, appoggiandosi ad una forte posizione difensiva naturale. Addis Abeba fu occupata a metà gennaio ed il grosso delle truppe, ritiratosi sulle posizioni forti, ma prive d'acqua, dell'Amba Alagi, si arrese dopo una inutile resistenza. Piccoli distaccamenti continuarono a resistere ancora qualche mese in posti isolati, poi tutto ebbe termine.

Oltre 100.000 italiani vennero fatti prigionieri, una sorte peggiore la subirono i 130.000 ascari che avevano combattuto per loro, e che tornarono sotto l'autorità del Negus Haillé Selassié, rientrato dal suo esilio in India.

Sul fronte albanese la guerra languiva, con gli italiani che, a partire dai primi di marzo, sferrarono alcune deboli offensive tutte facilmente respinte. Il fronte assomigliava stranamente a quello del Carso durante la Grande Guerra; anche le tattiche erano uguali, come uguale fu il risultato: un inutile massacro della fanteria attaccante.

Quando le truppe dell'Impero britannico cominciarono a sbarcare al Pireo, la Wehrmacht si mosse, non potendo tollerare che si accendesse un pericoloso focolaio d'infezione proprio in un'Europa ormai tutta sotto controllo.

Attraversata la Serbia e la Macedonia - ciò che, col Montenegro, restava della ex-Jugoslavia - colonne corazzate e motorizzate seguite dalla fanteria croata sfondarono le deboli difese greche della Macedonia (la parte greca) e piombarono su Salonicco, occupandola e procedendo rapidamente verso Sud senza essere ostacolate dai greci.

Intanto le truppe imperiali britanniche risalivano con lentezza l'Attica, riuscendo ad attestarsi alle Termopili prima del sopraggiungere della Wehrmacht.

Poi si mossero i bulgari che, con qualche difficoltà, sfondarono le forti difese a protezione della parte orientale della Macedonia greca, con l'impiego dei nuovi mezzi corazzati di cui si erano dotati dopo essere entrati nella Confederazione, e discesero lungo i fiumi Struma e Mesta. Le tre divisioni greche che difendevano tale confine si arresero dopo una difesa eroica, ed i bulgari raggiunsero il mar Egeo.

Mentre alle Termopili i britannici, sottoposti a incessanti bombardamenti, cedevano alla pressione tedesca, la nuova Tascheflotte mediterranea della Kriegsmarine - la Mittelseeflotte, una bestemmia per Mussolini - di stanza a Spalato ed a Ragusa, in Croazia, mosse verso Sud per uscire dall'Adriatico, tagliare le linee di comunicazione alle truppe imperiali sbarcate in Grecia e per occupare Creta prima che i britannici potessero fortificare l'isola.

Il corpo di spedizione era costituito da distaccamenti motorizzati e corazzati, da una divisione di Seelöwen, una di fanteria slovena, tutti imbarcati su 30 mercantili.

La Tascheflotte, giunta a Sud di capo Matapán, all'estremità meridionale del Peloponneso, lanciò un primo raid che distrusse a terra i pochi aerei della RAF sull'isola di Creta, attaccando quindi tutti gli obbiettivi militari che i Seestukas riuscirono ad individuare.

Appena rientrati e riarmati, mentre la Tascheflotte entrava nel mar Egeo per posizionarsi fra l'isola di Milo e quella di Santorino, effettuarono un secondo raid in appoggio ai nostri mercantili che iniziavano a sbarcare truppe, mezzi e materiali a Suda ed in altri punti della costa settentrionale di Creta, con la protezione di due incrociatori che, con tiro diretto ravvicinato, spianavano la strada alle truppe.

Alcuni cacciatorpediniere britannici che uscivano dal Pireo per contrastare gli sbarchi vennero intercettati dalla Tascheflotte ed affondati; bombardieri partiti da Salonicco, appena occupata, incendiarono ed affondarono quattro mercantili sorpresi in porto mentre scaricavano truppe e materiali per il corpo di spedizione britannico; un forte reparto di parà occupò il ponte sul Canale di Corinto, impedendo ai britannici un'eventuale ritirata nel Peloponneso.

Il giorno successivo l'intera flotta di stanza ad Alessandria cercò di sorprenderci aggirando Creta a Nord ed a Sud, ma era priva di portaerei - l'ultima l'aveva pretesa Churchill per sé - per cui bastarono poche decine di Seestukas e di siluranti per colpire duramente le due squadre, affondando una corazzata e danneggiando due incrociatori. Essi vennero poi intercettati dal Dunkerque e dal Strassbourg che li affondarono prima di mettersi ad inseguire le navi britanniche in fuga verso Alessandria. Prima del buio queste ultime dovettero subire un secondo attacco aereo, che colpì e rallentò altre due navi, poi finite a cannonate man mano che le nostre unità le raggiungevano.

Appena fece buio, due caccia fuggiaschi fecero dietro- front per attaccare con siluri gli inseguitori; fu un attacco coraggioso ma inutile, poiché il puntamento radar dei cannoni del Strassbourg e del Dunkerque consentì di farli a pezzi prima che potessero lanciare i siluri. Prima dell'alba interrompemmo l'inseguimento per non entrare nello spazio aereo controllato dalla RAF di Alessandria, rimpinguata di due squadriglie di aerei da caccia arrivate in casse dall'America dopo il periplo dell'Africa. Non valeva la pena rischiare, ora che si era padroni del Mediterraneo.

Il 18 aprile i greci ci chiesero un armistizio che fu subito concesso, ma che non prevedeva il ritiro delle loro truppe dall'Albania; su questo punto i greci si mostrarono irremovibili: si arrendevano a chi li aveva battuti, ai tedeschi e ai bulgari, non agli italiani, che da sei mesi non avevano fatto altro che buscarle.

Mussolini infatti, volendo un brandello di gloria militare e pensando che i greci si sarebbero ritirati per far fronte all'invasione tedesca, volle riconquistare con le armi il territorio albanese perduto; ma non ci riuscì, sacrificando nel tentativo 5000 alpini. Non osò neppure chiederci di trarlo d'impaccio e noi fummo lieti di lasciarlo nel suo brago, anzi, chiudemmo un occhio sui rifornimenti di uomini e di munizioni che dalla Grecia continuavano a giungere sul fronte albanese ad opera dell'esercito greco, formalmente in disarmo come conseguenza dell'armistizio greco-tedesco.

I britannici presenti in Attica erano in trappola, avendo di fronte i carri tedeschi che scendevano dalle Termopili, ad occidente i parà che presidiavano il ponte sul Canale di Corinto, alle spalle e ad oriente il mar Egeo, ma nessun mezzo per attraversarlo. Mentre le retroguardie cercavano di rallentare l'avanzata tedesca, i britannici cercarono di reperire piccole imbarcazioni, pescherecci, cacicchi, qualsiasi cosa potesse consentirgli di raggiungere la costa turca; in parecchi riuscirono ad allontanarsi, giocando a rimpiattino con le corvette tedesche ed i caccia italiani, ma pochissimi riuscirono a superare, dopo quelle greche, anche le acque del Dodecaneso, braccati e mitragliati dagli aerei di stanza a Rodi.

Creta cadde dopo pochi giorni di combattimento.

Anche i piccoli gruppi di soldati britannici che riuscirono a varcare le montagne dell'isola ed arrivare sulla costa meridionale, dopo estenuanti marce notturne per percorrere i 100 km scoperti e non farsi sorprendere dagli elicotteri che gli davano la caccia, non trovarono nulla con cui allontanarsi. Tranne pochi, che si diedero alla macchia, gli altri furono tutti catturati.

Fra l'isola di Creta, l'Attica ed il mar Egeo, vennero fatti più di 20.000 prigionieri, molti rispetto alle 2000 vittime ed ai 1000 feriti gravi che le truppe imperiali ebbero a subire. La cosa poteva anche significare che la determinazione delle truppe britanniche stava venendo meno. Soldati e sottufficiali avevano evidentemente un'idea dell'andamento della guerra più realistica di quella dei loro comandanti, dato che erano soprattutto loro, in definitiva, a rischiare la pelle.

Come Re Baldovino, anche Re Giorgio II di Grecia volle condividere il destino del suo popolo e rimase a rappresentare una Grecia territorialmente ridimensionata, amputata della Macedonia orientale, annessa alla Bulgaria, e di quella occidentale, con Salonicco, che fu unita all'omonima Regione della ex- Jugoslavia.

La Macedonia infatti aveva colto la palla al balzo, e subito dopo l'ingresso della Wehrmacht in Salonicco, aveva proclamato l'indipendenza dal residuato di Jugoslavia ed aveva chiesto di entrare nella Confederazione; richiesta che accogliemmo volentieri.

Avendo sott'occhio numerosi esempi in Europa di come erano andate le cose per le nazioni che si erano confederate più o meno volontariamente, e non giudicandole poi così negative, Re Giorgio, cui erano stati dati i poteri necessari per fronteggiare l'emergenza, il 25 aprile chiese anch'egli di essere ammesso alla Confederazione e, contestualmente, di essere aiutato a fronteggiare eventuali aggressori, italiani compresi.

La richiesta ci riempì d'imbarazzo e le discussioni in seno al nostro Esecutivo presero alcuni giorni, ma alla fine, dovendo scegliere fra gli eroici greci e quel pirla di Mussolini, che sfilandosi dal Patto d'Acciaio ci aveva lasciato le mani libere, non avemmo dubbi ed accettammo entrambe le richieste greche, spiacendoci solo di non poter assistere alla reazione di Mussolini.

Dai greci cercammo di farci perdonare fin dai primi giorni l'invasione del loro Paese, giustificandola con motivi di forza maggiore che non ci avevano lasciato altra scelta e che avremmo preferito una loro neutralità benevola; e scaricammo tutte le responsabilità di ciò che era accaduto su Mussolini. Gli assicurammo tuttavia che nella nuova Confederazione gli avremmo riservato il trattamento per VIL - Viele Important Leute, il nostro equivalente per la locuzione inglese VIP -. Ci parve che i greci concordassero con noi, e che si rammaricassero solo di non essere riusciti a buttare a mare gli italiani in Albania; al che gli raccomandammo di stare fermi sulla difensiva per un po' di tempo, che gli avremmo trovato noi una soluzione vantaggiosa.

Per un popolo come quello tedesco, amante dell'arte e della cultura classica, della storia antica, del sole e del mare caldo, avere sotto la propria ala un Paese come la Grecia, era quasi più bello che avere Parigi, o per lo meno le due cose si integravano alla perfezione.

Venuto a sapere che la Svastica sventolava sul Partenone insieme alla bandiera ellenica, delle clausole dell'armistizio e che la Grecia era stata accolta nella Confederazione, Mussolini esplose, provando le emozioni più disparate: vergogna, umiliazione, rabbia sorda, scoppi d'ira, voglia di rivalsa, desiderio di vendetta. Non sapendo quale sentimento assecondare, optò per una distaccata indifferenza.

Con nonchalance, nel farci le congratulazioni, ci chiese un incontro al vertice, ma essendo impegnati in America in una lotta mortale, avemmo buon gioco per rimandare l'appuntamento di alcuni mesi, lasciando Mussolini a friggere nel suo brodo, senza sapere che pesci prendere. Per fortuna, una volta tanto, se ne stette tranquillo ed evitò di lanciare attacchi in Albania, lasciando le sue truppe a pied-arm.

Stalin aveva assistito contrariato all'ultima espansione della Confederazione nei Balcani. Ora anche le sue rotte commerciali attraverso lo stretto del Bosforo potevano essere facilmente troncate, indipendentemente da una sua occupazione della Tracia e di Istanbul, da una ragnatela di isole greche che l'avrebbe ingabbiato nel Mar Nero, né più né meno di prima. Cominciava a sospettare di essere stato turlupinato dai tedeschi, con i Protocolli segreti, ma riconosceva che la colpa era sua: quando i tedeschi avevano voluto parlare della Grecia durante i colloqui di Mosca per stendere i Protocolli, lui e Molotov avevano glissato, per non mettere troppa carne al fuoco. D'altra parte, chi se lo sarebbe aspettato che i tedeschi arrivassero fin li, in neanche due anni poi.

Tuttavia continuavano a segnalargli gesti sempre più amichevoli da parte della Germania, come la traslazione a Mosca della salma di Marx, riesumata a Londra dove era sepolta, unitamente ad una cinquantina di esponenti comunisti greci e britannici. Forse è perché i comunisti non li vogliono neanche da morti e sepolti, commentò sarcasticamente Stalin con Molotov, mentre firmava l'ordine di deportare tutti in Siberia a disoccidentalizzarsi; tranne la salma, per la quale si sarebbe costruito un mausoleo accanto a quello di Lenin sulla Piazza Rossa.

Infine c'era la cosa più intrigante: l'invito a partecipare allo smembramento dell'Impero Britannico. Fino ad allora era sempre stato restio ad impegnarsi, aspettava che almeno in America i bellicosi tedeschi potessero prendere quella legnata che gli avrebbe fatto abbassare la cresta.

Anche la spettacolare espansione del Giappone - verso Sud, come gli aveva assicurato la sua spia Sorge - lo lasciò meravigliato per la rapidità con cui era avvenuta, e si chiese se non fosse il caso di aderire alle profferte tedesche, prima che non rimanesse più nulla da arraffare... cioè... nessun Paese da liberare dalla schiavitù del capitale e dell'arretratezza, e da avviare verso le sorti magnifiche e progressive del marxismo- leninismo.

Prese pertanto alcune misure militari urgenti: allestì due corpi d'armata corazzati e motorizzati, per rapidi interventi laddove ce ne fosse bisogno. Accelerò la costruzione di basi aeronavali fortemente corazzate ad Hangö, in Finlandia, quella di Paldiski, in Estonia, nonché quelle di Sebastopoli e di Vladivostok. Ordinò di fortificare alcune località strategiche lungo la ferrovia Transiberiana, quali Čita, Habarovsk, Blagoveščensk ed in misura minore altre città lungo il corso dell'Amur. Accelerò il rafforzamento della Linea Stalin e la spinse ancor più in profondità, con bunker, depositi interrati, magazzini mimetizzati.

Più di tre milioni di lavoratori coatti furono destinati a questi imponenti lavori, assolutamente inutili perché, anche se lui non poteva saperlo, noi non l'avremmo mai attaccato.

La produzione di carri armati e di aerei - entrambi di ottima qualità - già elevata, fu ulteriormente spinta al massimo della possibilità delle fabbriche, ed altre ne vennero costruite all'uopo; interi nuovi complessi industriali per produzioni militari vennero allestiti negli Urali.

I Russi non avevano nulla, ed ancor meno avevano gli abitanti delle altre Repubbliche Socialiste Sovietiche, con cui vestirsi, muoversi, e spesso anche nutrirsi, ma disponevano di un gran numero di caccia Mig o carri T34 pro capite. Se poi volevano sollazzarsi con qualcosa, c'erano i balletti del Bolšoi e la vodka.

**

- Sai che Samantha si sposa fra due settimane? - cinguettò Angela tutta contenta, tenendo in mano le partecipazioni - ci hanno invitati sia alla cerimonia, sia al pranzo.-
- Chi? quella zoccola? chi ha accalappiato? chi è lo sfortunato? -
- Ma dai! Solo perché una è carina, subito a bollarla come una poco di buono...
- No no, al contrario, non è che non sia bbona, anzi, è una strafica sopraffina, maestra di fellatio...
- Porco! Non mi dirai mica che tu, per saperla così lunga...
- Chi io? Mai! Beh, solo col pensiero. E ciò ben prima di conoscerti. Comunque, con quel nome, non può essere che una troia, a prescindere.-
- Ma non sarà mica colpa sua se l'hanno chiamata così. Secondo te come dovevano chiamarla? -
- Cunegonda! sai perché? -
- Sentiamo - fece con aria di sopportazione.
- Perché Cunegonda - declamai - con la fica fatta a fionda, uccideva gli uccellini. -

Capitolo XXXVIII – Egitto e Medio Oriente

Subito dopo la distruzione della Royal Navy nel Mediterraneo prendemmo gli ultimi accordi con i francesi per l'azione comune progettata in Medio Oriente.

I francesi, dopo l'attacco britannico subito a Mers el Kebir, a Plymouth, a Portsmouth, a Diégo Suarez e quello, recentissimo, all'isola di Martinica, in cui i britannici - o forse gli americani - avevano messo fuori uso la loro unica portaerei a colpi di siluro, erano decisi a restituire pan per focaccia e, perché no, a chiudere la partita in attivo.

Con Gibilterra in nostro possesso, fecero rientrare le corazzate Jan Bart da Casablanca e la Richelieu da Dakar, dove si erano rifugiate per sfuggire alla nostra cattura, al fine di essere completate a Tolone. Sarebbero state le navi più potenti del mondo, se non fossero già obsolete prima ancora di entrare in servizio, per cui gli fornimmo radar di navigazione e quello per il controllo del tiro.

Ci ringraziarono commossi e ci assicurarono che non sarebbero mai state usate contro di noi - cosa di cui eravamo assolutamente sicuri - poi ricambiarono il dono riconoscendoci il possesso della Nuova Caledonia e, prima che le occupassero i giapponesi, ci affittarono per 99 anni ed al prezzo simbolico di dieci milioni di Franchi, tutte le loro isole del Pacifico, sperando - dissero - che quanto prima si stipulasse un Trattato di pace. Gli assicurammo che l'avremmo fatto subito dopo la spedizione in Medio Oriente.

La flotta mista sarebbe stata composta da una ventina di navi da guerra grandi e piccole, tra cui 3 portaerei, essendo entrata in servizio una nuova portaerei leggera, ed avrebbe scortato 100 mercantili con a bordo un corpo di spedizione costituito da

4 brigate corazzate, 4 motorizzate, tre divisioni di fanteria. Lo scopo della spedizione era quello di strappare ai britannici Cipro, il Canale di Suez e l'intero Medio Oriente. I francesi costituivano solo un terzo delle forze attaccanti, ma avevano messo a disposizione la maggior parte dei mercantili.

Per attirare i britannici il più lontano possibile dal teatro dell'azione, il 1° maggio '41 Rommel uscì da Tobruk, aggirò le deboli difese schierate sul confine libico-egiziano, e con una divisione corazzata ed una motorizzata, seguita a da una seconda divisione corazzata trasportata da autoarticolati per non logorarsi, piombò sul perimetro fortificato di Marsa- Matrûh. Accerchiata questa posizione con la divisione motorizzata, lasciò il compito di liquidare la guarnigione assediata alla Luftwaffe, ora di stanza anche a Creta, quindi proseguì lungo la costa fino alla strettoia di El-'Alamein, ove fu fermato da vasti campi minati, estesi dal mare alla depressione di Qattára, dietro cui si stendeva l'ultima linea difensiva prima del Delta.

Qui si attestò per rimettere in sesto i carri, rimandò indietro gli autoarticolati ed attese che lo raggiungesse la divisione motorizzata. Questa arrivò dopo tre giorni, senza aver combattuto, perché a spegnere la volontà di resistenza dei difensori di Matrûh bastarono sei ore di bombardamento col napalm, il resto del tempo lo aveva passato a curare i feriti, scavare fosse, recuperare il materiale riutilizzabile e trasferire i prigionieri a Tobruk. Insomma, sapendo che le altre divisioni erano bloccate da campi minati, se l'era presa comoda. Per farsi perdonare il ritardo regalò a Rommel la mascotte del reggimento australiano, un canguro che il comandante dell'unità aveva portato con sé; ma Rommel rifiutò, dicendo che portava sfortuna, pertanto il canguro fu portato a Tobruk, ove divenne il beniamino della guarnigione.

I britannici schierarono ad El-'Alamein tutti gli uomini che riuscirono a rastrellare in Egitto ed in Palestina, impiegando persino la polizia militare e richiamando dall'Abissinia le truppe indiane e sudafricane che avevano appena sconfitto gli italiani. Il 12 maggio i tedeschi effettuarono un attacco concentrico sugli aerodromi del Delta, ad opera di cacciabombardieri a lunga autonomia provenienti da Rodi, da Creta e da Tobruk, insieme ai caccia delle portaerei.

Gli aerei della RAF furono distrutti in gran parte al suolo, poiché si era adottata una misura anti-radar tanto semplice quanto efficace. Consisteva nel far cadere, da grande altezza, milioni di striscioline di carta stagnola di lunghezza opportuna, che creava un "effetto neve" sui radar avversari, impedendo agli operatori di utilizzare le proprie apparecchiature. Siccome era una trovata che anche il nemico avrebbe potuto usare contro di noi, l'avevamo riservata per l'ultimo atto della tragedia della RAF.

In breve fummo padroni dei cieli sul Delta, ma non trovammo navi nel porto di Alessandria; neppure i due incrociatori catturati ai francesi, che erano stati riforniti di carburante ed erano entrati a far parte della Royal Navy. I britannici li avevano trasferiti nel golfo di Suez insieme a pochi caccia ed a un incrociatore pesante danneggiato, ma dietro a sé affondarono nel Canale tre mercantili pieni di cemento.

I nostri raid si trasferirono su Cipro e sui porti della Palestina, ove trovammo una decina di mercantili che però non disturbammo, perché tanto non avevano più posti ove rifugiarsi. Per loro il Mediterraneo era divenuto un grande lago salato, infatti vennero catturati tutti dalle nostre unità di superficie.

Mentre i francesi presero terra a Beirut ed a Tiro, unendosi alle loro truppe che già presidiavano il Libano, i tedeschi sbarcarono a Cipro, difesa aspramente da un reggimento di neozelandesi, riuscendo ad averne ragione solo dopo due giorni di accaniti combattimenti.

Fu una vittoria sanguinosa per i nostri uomini, che dovettero lamentare 300 fra morti e feriti; anche il rastrellamento dell'isola durò a lungo e la popolazione, sia quella greca, sia quella turca, ci fu di grande aiuto, forse per ingraziarsi il nuovo padrone ed acquisire vantaggi rispetto all'altra comunità. A furia di cortesie, le truppe di guarnigione se la passarono da Dio, ma stroncarono severamente ogni tentativo di attuare discriminazioni. Non ci sarebbe stata nessuna guerra fra greco-ciprioti e turco-ciproti, e nessuna Linea Verde a separare le due comunità, come nell'altro universo.

Quando, in contemporanea con Cipro, sbarcammo a Latakia ed a Tartous, in Siria, demmo il cambio alla guarnigione francese che si unì ai connazionali sbarcati più a Sud, quindi dirigemmo su Aleppo e su Homs con due colonne corazzate, accolti come liberatori dalla popolazione, che evidentemente ci preferiva ai francesi.

Intanto in Iraq, legato da un trattato con la Gran Bretagna, nel mese di marzo '41, era diventato Primo Ministro un nostro stipendiato, tal Rashid Alì, che come prima cosa cominciò a trescare con altri elementi filo- tedeschi, aiutato in questo da alcuni nostri agenti segreti, per rovesciare il Capo dello Stato filo- britannico, espellere le truppe dell'Impero presenti nelle basi di Bassora e di Habbaniya, e per portare infine l'intero Paese nell'orbita tedesca.

A metà di maggio un colpo di Stato rovesciò il regime, ed i pieni poteri furono assunti dal nostro uomo. Costui per prima cosa ci chiese aiuto, poiché i britannici, che qualcosa avevano subodorato, avevano inviato a Bassora, con la protezione di un incrociatore, una brigata di fanteria indiana ed un reggimento di artiglieria, oltre che alcuni vecchi carri armati. Queste forze si misero presto in marcia per Bagdad per ristabilire il controllo sul Paese.

Mediante un colossale ponte aereo dalla Germania, con tappe a Burgas, in Bulgaria, ed a Nicosia, nell'aeroporto appena occupato, facemmo arrivare tre reggimenti di parà che si impadronirono dei campi petroliferi di Mosul, di alcuni ponti sull'Eufrate e dell'aeroporto di Habbaniya. Con lo stesso ponte aereo facemmo affluire anche due brigate aerotrasportate di fanteria, perché potessero attestarsi a Bagdad, e per rinforzare i presidi dei ponti sull'Eufrate.

Le forze imperiali britanniche da Bassora avanzarono lentamente, e quando arrivarono al primo ponte sull'Eufrate, ad Ovest di Nassirya, furono stupite della velocità con la quale le avevamo precedute, e delle armi anticarro individuali con le quali distruggemmo i carri ed i veicoli da trasporto, nonché dal volume di fuoco che riuscivamo ad esprimere.

Già il giorno dopo intervenne la nostra aviazione da caccia ed i nostri Stukas, che sottoposero la colonna britannica ad un duro martellamento, finché questa non si ritirò fin dentro Bassora per trincerarsi nella città, protetta dai cannoni dell'incrociatore e dai pochi vecchi cannoni della base. Attendevano l'arrivo di altre due brigate dall'India, per il resto non c'erano altri rinforzi disponibili, né carri armati, né aerei da combattimento, nel raggio di migliaia di chilometri.

Le colonne francesi in Siria ed in Libano si mossero verso Damasco ed Acri, entrarono in Palestina ed ingaggiarono violenti scontri con i pochi britannici rimasti a presidiare quel Protettorato, spingendoli verso Sud ed incalzandoli sia lungo la costa, sia nella valle del Giordano lungo la direttrice Damasco-Amman. Le città di Tel Aviv, di Gerusalemme e di Amman furono occupate dai francesi il 4 giugno.

Il giorno precedente sei Hovercraft giganti, giunti dal Mare del Nord con una lunghissima navigazione attorno alla Francia ed alla Spagna, raccolto a Bengasi un reggimento corazzato, sbarcò i carri direttamente sulla spiaggia di El-'Arish, sulla costa mediterranea del Sinai, tagliando la via di fuga dei britannici dalla Palestina verso il Canale.

In quell'azione facemmo 5000 prigionieri, che non sapevamo proprio dove mettere, e dovemmo attendere che due mercantili venissero a prelevarli. Alcune migliaia di fuggitivi cercarono però di attraversare il deserto del Negev, dirigendosi verso Aqaba, ma qui giunti trovarono ad aspettarli i francesi che erano qui arrivati scendendo da Amman.

I francesi non poterono partecipare all'assalto al Canale perché in Palestina erano scoppiati violenti scontri fra arabi ed ebrei in decine di località. Evidentemente i primi avevano colto l'occasione della ritirata britannica per cercare di espellere gli ebrei insediatisi da decenni in Palestina, anche con la copertura politica britannica. Avendo poche truppe per opporsi alle nostre forze, i britannici avevano armato gli ebrei per farli combattere con loro, ma questi - che potevano essere tante cose, ma scemi proprio non erano - le armi le usarono per cercare di guadagnarsi l'indipendenza, sfruttando il vuoto di potere venutosi a verificare.

Quando i francesi, dopo aver respinto i britannici, cercarono di occupare le città, si trovarono in mezzo ad una guerra civile, che richiese tutta la loro energia, ed un'altra divisione della Legione Straniera fatta affluire dall'Algeria, per tenere sotto controllo la regione e le opposte fazioni. Pratici nel domare insurrezioni e sommosse, ci riuscirono tuttavia a stento, distribuendo una buona dose di violenza fra i seguaci di entrambe le religioni, con laica equità, indifferenti alle ragioni ed alle pretese delle due popolazioni. Quando alla fine di giugno riuscirono a sedare gli animi, più di 20.000 arabi ed ebrei avevano perso la vita, la metà dei quali ad opera della Legione Straniera; ma il problema, pur accantonato, non era stato affatto risolto.

Da El-'Arish il reggimento corazzato, sbarazzatosi dei prigionieri britannici, si reimbarcò sugli Hovercraft e si fece trasportare a Damietta, mettendo piede nel Delta senza colpo ferire e minacciando alle spalle le deboli forze britanniche che presidiavano il Canale.

Intanto compagnie di parà, decollati da Rodi, prendevano indisturbati possesso del ponte di El-Mansûra, ben addentro nel Delta, per presidiarlo fino all'arrivo del reggimento corazzato. Sembrava che in tutto il Delta non vi fossero più truppe nemiche organizzate; stava diventando tutto fin troppo facile.

L'Afrika Korps intanto aveva aperto un varco nei campi minati di El-'Alamein ed il 6 giugno sfondò la linea nemica, indebolitasi parecchio dal ritiro ordinato dei difensori verso Alessandria, subito iniziato quando era arrivata la notizia dello sbarco tedesco a Damietta. Con una brigata corazzata i tedeschi circondarono le restanti truppe rimaste ad El-'Alamein, che si arresero qualche giorno dopo; con un'altra brigata corazzata incalzarono i britannici in ritirata e li chiusero dentro Alessandria, bloccando sia la strada costiera, sia occupando la città di Damanhûr. Con una terza brigata corazzata, superato un ramo del Nilo su un importante ponte lasciato indifeso, occuparono la città di Tanta, nel centro del Delta, per scendere quindi verso Il Cairo. Rommel invece, con la divisione corazzata tenuta in bambagia, tagliò direttamente verso Il Cairo lungo il canale che delimita il Delta ad occidente, affacciandosi sul Nilo il 10 giugno, con il profilo delle Piramidi che si stagliava nella rosea luce dell'alba, bloccando la strada principale e la ferrovia che portavano a Sud e dominando, col tiro diretto dei cannoni, il Nilo e l'altra sponda. A quel punto tutte le forze imperiali nel Delta erano in trappola.

Violente manifestazioni anti-britanniche scoppiarono in tutta la regione del Delta ed una certa simpatia nei confronti dei tedeschi, visti come liberatori, veniva espressa dalla popolazione in mille modi; i carristi di Rommel furono costretti a sorbirsi litri di caffè dolcissimo, mai comunque così dolce come il gusto di ritrovarsi all'ombra delle Piramidi come Napoleone.

Quando si sparse la notizia che i tedeschi erano ad El- Gîza, una fiumana di civili dell'Amministrazione anglo- egiziana e di notabili locali, più o meno compromessi col regime, si mescolò con i militari dell'Alto Comando britannico del Medio Oriente - migliaia di graduati - in una disordinata fuga verso Suez, utilizzando ogni mezzo a motore su cui riuscirono a mettere le mani, per potersi imbarcare sui mercantili e sulle navi da guerra che li attendevano a Suez, all'estremità settentrionale del Mar Rosso.

La colonna di vetture private, di corriere, di camion, di taxi, tutti stracarichi, era sterminata ed avanzava lenta a singhiozzo a causa dei numerosi guasti che immobilizzavano le vetture più malandate, che dovevano essere spinte a forza fuori strada, il tutto avvolto da un polverone impenetrabile. La colonna fu mitragliata per ore e quando giunse a Suez trovò che i mercantili, su cui i fuggitivi avevano fatto affidamento, erano stati bombardati e si trovavano semisommersi e riarsi dalle fiamme, unitamente ai due incrociatori appena sottratti ai francesi.

In Egitto facemmo 50.000 prigionieri, fra cui migliaia di ufficiali. Insediammo un Governo provvisorio egiziano, imbeccato a dovere dal nostro Ambasciatore, il cui primo compito fu quello di ripulire l'amministrazione civile dagli elementi anglofili, ovvero dai capi di ogni ufficio pubblico, e di insediare al loro posto le seconde e terze file, costituite da elementi nazionalisti e, in minor misura, filo-tedeschi.

Andammo molto d'accordo con gli egiziani, che espropriarono ogni proprietà britannica e ci fecero subentrare in molti settori strategici; stipulammo decine di contratti per forniture di attrezzature di ogni tipo, per i servizi più disparati e per la realizzazione di importanti opere pubbliche. Ottenemmo in concessione aree per ricerche petrolifere, la gestione di reti telefoniche e per la distribuzione dell'elettricità e del gas, oltre che la gestione della rete ferroviaria.

Proponemmo anche di realizzare un'enorme diga sul Nilo, ad Assuan, e ci impegnammo a salvare, nel costruirla, i templi ed i monumenti, come quello di Abu Simbel, che sarebbero stati sommersi dal lago artificiale che si sarebbe formato.

Alla massa di fuggitivi le nuove autorità egiziane sequestrarono beni per parecchi milioni di Sterline, molti fuggiaschi finirono in carcere per arricchimento illecito, conseguito sulle spalle del popolo egiziano. Re Farûq fu fatto prigioniero e dovette riscattare con 20 milioni di Dollari la possibilità di andare in esilio in Turchia. Il Canale di Suez venne nazionalizzato per il 50%, mentre la proprietà della parte restante la dividemmo con la Francia. Con i francesi mantenemmo alcune guarnigioni ad Alessandria, a Port Said ed a Suez.

***

- Perché sei stato così generoso con i francesi mentre non hai aiutato gli italiani? - mi redarguì Angela.
- A parte il fatto che se ci avessero dato retta all'inizio della guerra si sarebbero trovati in tutt'altra situazione.
Hanno fatto male a sfilarsi dal Patto d'Acciaio, non hanno preso Malta subito, non sono rimasti sulla difensiva in Abissinia dopo aver preso Berbera, hanno molestato francesi e greci, hanno at-

taccato l'Egitto tardi e con mezzi inadeguati; avessero curato meglio le proprie forze armate...

- ... e se mio nonno avesse avuto le ruote, sarebbe stato una carretta.-

- E poi, guarda che se gli italiani avessero vinto, Mussolini se lo sarebbero tenuto per altri vent'anni.

Guarda Franco, guarda Salazar.-

- Si, ma trattarli così male... mi sembra indecente.-

- Ma scusa, hai presente che razza di classe dirigente avevano? ti rendi conto dell'inettitudine degli Alti Comandi? dal grado di maggiore in su, erano tutti da degradare, se non peggio. Non ce n'era neppure uno da salvare. Quanto a Mussolini poi...

- Ma anche i generali francesi hanno sbagliato, anche i loro politici hanno compiuto errori colossali.-

- Si, ma non in modo così irresponsabile, e poi loro facevano parte di una III Repubblica che era la degenerazione della Democrazia. Un dittatore come il Duce aveva molte più responsabilità di un Primo Ministro, che durava in carica mediamente nove mesi, che aveva molto meno potere e che doveva contrattare con altri le proprie decisioni. Infine, loro avevano noi come avversari, e con quel "noi", mi ci metto anch'io, e scusa se è poco.-

- Comunque non mi pare giusto lo stesso. Non avresti potuto far fuori Mussolini e...

- Per far diventare Duce Ciano? o Starace? o Farinacci? non scherziamo. Avrei dovuto eliminare il Fascismo, così come hanno provato a fare gli Alleati conquistando e distruggendo l'Italia passo passo. Anzi, i fascisti non sono riusciti ad eliminarli neppure loro, continuano a rispuntare fuori dalle fogne.-

- Già, e secondo quanto ci ha detto Fritz nella lettera, quella delle previsioni fantasiose per intenderci, parrebbe che la lezione non l'abbiamo capita affatto.-

Capitolo XXXIX – Arabia e Persia

In Siria le nostre due colonne motorizzate mossero da Aleppo e da Homs, rispettivamente verso Mosul, dopo aver attraversato l'Eufrate, e verso Abu Kemal, sulla sponda destra di quel fiume. Quest'ultima colonna discese l'Eufrate fino a Bassora, rifornita anche con gli Zeppelin da trasporto, e dopo averla raggiunta la cinsero d'assedio. Da Habbaniya intanto partivano raid quotidiani sulle difese di Bassora e sull'incrociatore che, danneggiato, dovette ritirarsi fino a Bombay. Quando anche i tre mercantili che trasportavano truppe indiane fresche vennero colpiti ed incendiati, in un raid di bombardieri a lunga autonomia, mentre si trovavano al largo di Bassora, gli indiani che difendevano la città si trovarono completamente isolati e dopo tre giorni di continui bombardamenti di arresero.

La colonna motorizzata, seguita da numerosi veicoli con la fanteria, con rifornimenti di ogni tipo, con agenti dei Servizi Segreti e del Corpo Diplomatico, si mosse verso Sud, impadronendosi via via dei campi petroliferi che incontrava sul suo cammino. Essi erano delle compagnie petrolifere britanniche e americane, la British Petroleum e la Standard Oil; sequestrammo le strutture di ricerca e di sfruttamento, considerandole bottino di guerra; al personale demmo la possibilità di tornare a casa coi loro mezzi personali, o restare a lavorare per noi a mezza paga. Naturalmente dovettero fermarsi tutti, perché allora non esistevano i SUV, ed i mezzi adatti al deserto erano tutti aziendali, quindi requisiti.

Mentre la colonna discendeva lungo la sponda del Golfo Persico, ancor più rapidamente scendevano le quotazioni in borsa delle società petrolifere operanti nella penisola araba, divenuta di punto in bianco, da Arabia Felix ad Arabia Infelix.

In Bahrein ed in Qatar bastò mezza compagnia per piantare la bandiera con la Svastica sul palazzo del Governatore; così avvenne in tutti i piccoli Emirati, così numerosi che dovemmo diminuire gli uomini dei presidi a due plotoni ciascuno per non rimanere senza truppe. Quando finalmente il 9 agosto venne raggiunta Mascate, nell'Oman, sul Mare Arabico, le truppe erano letteralmente sfinite, impolverate e cotte dal sole estivo dei tropici, ma avevano una luce di esaltazione negli occhi. L'altra colonna motorizzata, consolidato il possesso dei campi petroliferi di Mosul e rilevati i paracadutisti che li avevano tenuti fino a quel momento, discese il Tigri, superò Bagdad, su cui già sventolava la Svastica insieme alla bandiera irakena e, giunta ad Amara senza incontrare alcuna difficoltà, ebbe la sorpresa di veder atterrare davanti alle avanguardie una "Cicogna" dalla quale scese un ufficiale latore di nuovi ordini: doveva invadere la Persia.

Appena avuta notizia dello sbarco franco-tedesco in Medio Oriente, Stalin ruppe gli indugi ed una settimana dopo invase l'Iran, varcando il fiume Araks in due punti, per dirigersi verso Tabriz e Rasht. Gli iraniani poterono opporre solo una difesa di facciata, arretrando e rallentando l'avanzata sovietica, ma lanciando disperate richieste di soccorso che solo noi potevamo raccogliere.

Non volevamo urtarci coi Russi e magari doverli affrontare, con enorme dispendio di energie, proprio ora che, dopo aver abbattuto con tanta fatica la Gran Bretagna, con poche truppe stavamo raccogliendo un'ampia messe di territori del Commonwealth. Inoltre le nostre forze erano fin troppo disperse per prendere in considerazione un confronto con i sovietici; d'altra parte non potevamo neppure permettere ai Russi di affacciarsi sul Golfo Persico. Era un bel problema: occorreva un bluff che ci consentisse di ottenere il controllo del Golfo, ma che al contempo non umiliasse Stalin, fornendo anche a lui un bell'osso da rosicchiare.

Chiedemmo un incontro urgentissimo con Molotov - ché sapevamo che Stalin non moveva mai il culo da Mosca, per paura che gli sfilassero la poltrona da sotto -

e siccome temporeggiava, per dar modo alle sue truppe di penetrare più profondamente nel Paese, inviammo tre compagnie di parà ad occupare i ponti sul fiume Safid, a Nord di Qazvin, ed in altre località, per limitare all'Azerbaigian iraniano la penetrazione dei sovietici.

Purtroppo uno dei ponti, quello di Miyaneh, era appena stato superato da una colonna sovietica che aveva lasciato un plotone a presidiarlo; quest'ultimo accolse i nostri parà con un fuoco micidiale e, pur riuscendo a prevalere, dovemmo lamentare non pochi morti e feriti. Il ponte fu dunque conquistato, ed interrompemmo il flusso di rifornimenti sovietici che scendevano da Tabriz, isolando la colonna corazzata che era transitata sul ponte ed era in marcia verso Sud. Fu comunque necessario rinforzare il presidio con un'altra compagnia di parà dotata di Panzerfaust, che fu in postazione due giorni dopo. Per ogni evenienza il ponte venne minato.

Si trattava di un grave incidente che veniva improvvisamente a turbare le idilliache, ma sospettose, relazioni con i sovietici; mettemmo in stato di massima allerta l'intera frontiera con i sovietici, dal golfo di Riga al Mar Nero, sospendemmo tutte le licenze e chiudemmo la frontiera nei pochi punti di transito, a Dünaburg, a Brest, a Leopoli ed a Galati, ma non inviammo truppe per rafforzarla.

Inviammo invece una energica protesta per l'increscioso incidente, addebitando ogni responsabilità al sergente dell'Armata Rossa dal grilletto troppo facile, e rinnovammo l'invito a vederci quanto prima in territorio neutrale; che scegliessero loro dove. Questa volta accettarono, dopo aver ordinato di fermare l'avanzata sulle posizioni raggiunte, e ci incontrammo con Molotov all'Ambasciata svedese di Istanbul.

I convenevoli presero poco tempo, come pure le schermaglie preliminari di accuse e controaccuse, così quando Molotov ci rammentò che più volte avevamo invitato l'Unione Sovietica a partecipare allo smembramento dell'Impero Britannico e che il loro scopo principale era quello di guadagnare uno sbocco in un mare caldo, capimmo che ci saremmo accordati.

Rispondemmo che l'offerta era sempre valida, ma la Persia non faceva parte dell'Impero britannico, anzi era una nazione neutrale nostra amica; per cui, come già fatto con la Polonia, sarebbe stato opportuno raggiungere un accordo preventivo sulle rispettive sfere d'influenza. Sostenemmo che tra la Confederazione e la Persia erano in atto da tempo trattative politico-economiche che non erano ancora sfociate in una vera e propria alleanza proprio per non darle una valenza antisovietica. Inoltre, avendo conferito alla Persia la qualifica di "nazione più favorita", intendevamo con ciò considerarla inclusa nella nostra sfera d'influenza.

Non ci conveniva però far tornare Molotov a Mosca con un "niet" da riferire al suo padrone, per cui riconoscemmo ai sovietici il diritto a "riunificare l'Azerbaigian" aggregando quello iraniano a quello sovietico, perché mai stato persiano - inventammo lì per lì - a condizione di restituire alla Persia le città di Rasht e di Ardabil, appena occupate dall'Armata Rossa.

Quanto allo sbocco in un mare caldo, ritenevamo che il porto di Karachi, o qualunque altro porto situato nella costa del Makran, costituisse la miglior soluzione alle loro esigenze. Anzi, come gesto estremo di buona volontà, volto al proseguimento pacifico degli ottimi rapporti fra le nostre grandi nazioni, dicemmo di essere anche favorevoli a che la Persia cedesse all'URSS la baia di Chahbahr, nel Makran iraniano, anche questo mai stato persiano, asserimmo con maggior ragione. Che indirizzassero dunque le loro Armate verso l'Afghanistan, il Belucistan, il Sind e anche il Punjab se volevano, ma che lasciassero in pace i nostri amici.

Non era poco quel che Molotov portò al suo padrone: era la realizzazione di un sogno russo vecchio di cent'anni, ed infatti Stalin diede il suo placet all'accordo e passò i mesi successivi a bolscevizzare la regione appena acquisita ed a preparare le nuove conquiste suggerite.

La colonna motorizzata tedesca che ad Amara aveva ricevuto l'ordine di invadere la Persia piombò senza indugio sull'enorme raffineria di Abadan, prima che i tecnici britannici che la gestivano avessero il tempo di danneggiarla seriamente, e la fecero rimettere in funzione dopo averla confiscata ed aver precettato il personale con la solita formula: o al lavoro per noi, o a casa a piedi.

Lo Scià non fu troppo deluso del risultato ottenuto; è vero che aveva perso l'Azerbaigian, ma quella era una provincia che gli aveva dato sempre delle rogne; inoltre, abbandonando una difficile neutralità e mettendosi sotto la protezione tedesca, avrebbe risolto ogni problema di contenimento dell'Unione Sovietica. Infine, per quanto riguardava la sua persona, nessuno lo avrebbe più schiodato dal trono del Pavone.

Una cosa però lo Scià non riusciva a capire, per quanto si sforzasse: i tedeschi si erano raccomandati, con particolare insistenza, di dare un'impronta nettamente laica allo Stato, più laica ancora di quanto già stava facendo, e di dare un bel giro di vite agli ayatollah di Qom, tanto che aveva dovuto promettere che li avrebbe esiliati tutti, ma i tedeschi, per tutta risposta, avevano sostenuto che sarebbe stato meglio eliminarli. Miscredenti che non erano altro!

Con lo Scià stipulammo un'alleanza militare e gli vendemmo armi di ogni tipo, tutte obsolete; inviammo degli istruttori militari, dei consiglieri politici ed i nostri esperti di propaganda e di manipolazione delle masse. Subentrammo ai britannici nello sfruttamento di estesi giacimenti petroliferi ed ottenemmo nuove concessioni, anche per la ricerca di altri minerali. Stipulammo contratti miliardari per la costruzione di infrastrutture ferroviarie, stradali, ospedaliere, telefoniche, aeroportuali, energetiche; la Persia, ancor più dell'Egitto, si rivelò essere un vero Eldorado.

A Bandar Abbas si iniziò a costruire un terminal petrolifero ed un porto militare, per dominare lo stretto di Hormuz e l'intero Golfo Persico. Dall'altro lato dello stretto, sulla punta dell'Oman appena assoggettato, si stava invece progettando una fortificazione analoga alla Rocca di Gibilterra: non sarebbe stato affatto facile toglierci la serratura della cassaforte appena rubata ai britannici.

Coi francesi iniziammo i lavori per liberare il Canale di Suez dalle navi affondate. Infatti non potevamo fare più nulla in Medio Oriente senza aver prima riaperto quella via d'acqua, e la cosa non si rivelò affatto facile; dovemmo attendere che da Amburgo raggiungesse il Canale la nostra novissima nave-gru, capace di sollevare fino a 8000 t, e farla procedere all'indietro fino al posto dell'ostruzione; fu molto più difficile che parcheggiare in retromarcia un camion con rimorchio.

In quella torrida estate del '41 avevamo numerosi amici sparsi in tutto il mondo - quasi tutti interessati, ma faceva lo stesso - moltissime risorse da sfruttare, enormi contratti per lavori e forniture, la possibilità di indirizzare, politicamente ed economicamente, una grossa fetta di mondo nella direzione desiderata. Purtroppo poco o punto potevamo fare in campo culturale ed in quello sociale, ma adagio adagio avremmo forse potuto influire anche in quei campi. Volevamo lasciare un'impronta migliore di quella lasciata dagli Americani nel dopoguerra in un universo parallelo. Era un mio obbiettivo irrinunciabile.

Le risorse finanziarie della Germania erano però limitate a causa della guerra; eravamo troppo piccoli per sfruttare un successo troppo grande ed arrivato troppo rapidamente; dovevamo, prima ancor che la guerra finisse, poter vincere la pace.

Riducemmo ancora la produzione di materiale bellico per armamenti a basso contenuto tecnologico, ed aumentammo quella di beni ad uso civile, affidandola in parte alle nazioni amiche ed alleate. La smobilitazione di circa un quarto delle divisioni di fanteria della Wehrmacht, rese disponibile quasi un milione di lavoratori da impiegare nel settore civile. La meccanizzazione dell'agricoltura riprese imponente dopo la pausa bellica in Europa, ed altri milioni di lavoratori furono espulsi dal settore ed avviati in quello industriale, che sembrava insaziabile nella sua fame di manodopera.

La Mitteleuropa intera ed i Paesi ad essa associati si trovavano già in pieno dopoguerra ed all'inizio di uno sviluppo economico che si prospettava dirompente. A godere maggiormente della situazione furono i paesi più poveri ed arretrati della Confederazione, anche perché partivano da una posizione molto più bassa.

La Francia Libera era tagliata fuori da tale sviluppo generale e lo sarebbe stata finché perdurava la condizione uscita dall'armistizio; le occorreva fare la pace con la Germania e riavere il milione e passa di prigionieri da rimettere al lavoro. Per questo motivo il suo Governo aveva voluto partecipare all'operazione militare congiunta in Medio Oriente - beh, anche per dare una legnata agli inglesi e vantare qualche successo militare - per questo ci aveva affittato per poco la Polinesia francese - persa per persa, che almeno servisse a qualcosa - per questo avrebbe accettato anche dolorose e definitive amputazioni territoriali.

Eravamo al corrente dei sentimenti e delle intenzioni del Governo di Vichy, sapevamo che mai e poi mai avrebbe rinunciato alla sua sovranità per entrare nella Confederazione, non fino a quando questa fosse stata dominata dalla Germania, e forse neanche allora. Non era bastata ai francesi la legnata della sconfitta per far tramontare la loro mania di grandeur. Comunque dovevamo decidere cosa fare della Francia, e farlo mentre era in atto la guerra con gli Stati Uniti non era cosa facile; ma visto l'andamento dell'offensiva statunitense in Canada e dei positivi progressi raggiunti in campo nucleare, insistetti per la stipula di un trattato di pace.

Questo fu firmato il 3 settembre '41, secondo anniversario di guerra, nel solito Salone degli Specchi di Versailles, specchi che avevano riflesso gli alti e bassi dei rapporti franco-tedeschi da settant'anni; insieme ad esso fu firmato anche un patto di non aggressione di durata ventennale.

Restituimmo a Vichy 1,3 milioni di prigionieri, mentre i 200 mila prigionieri residenti nelle Regioni Speciali furono liberati e poterono rientrare nelle loro case, perché tali Regioni erano state staccate dalla Francia e costituite in Stati aggregati alla Confederazione: erano l'Alsazia-Lorena, la Piccardia-Artois e la Bretagna.

Mantenemmo i diritti di transito lungo la sola direttrice costiera atlantica, ma rinunciammo a tutti i presidi in territorio francese. Annullammo anche ogni tipo di vessazione economica e finanziaria. Parigi tornò ad essere la capitale dei Francesi entro la fine dell'anno, e per l'occasione nella cattedrale di Notre-Dame si tenne una messa con un memorabile Te Deum.

Risparmiammo così quattro divisioni che vennero smobilitate per soddisfare le esigenze del settore industriale, sempre più affamato di manodopera; ma dopo un anno di sgavazzamenti parigini, la nuova forza lavoro ebbe qualche difficoltà a reinserirsi nel mondo produttivo e molti si misero in proprio, aprendo in ogni dove tabarin, café-chantant, bistrot, restaurant e mille altri locali ove ingannare piacevolmente il tempo.

A fine luglio non fu più possibile procrastinare ulteriormente l'incontro con Mussolini e gli chiedemmo di vederci a Costanza, sul lago, che in quella stagione era stupendo.

I recenti successi tedeschi in Medio Oriente, in Persia ed in Egitto, lo avevano prostrato oltremodo, per tacere di come aveva vissuto l'offensiva americana, tifando sfacciatamente per questi ultimi, e rimanendo di stucco ed incredulo che i tedeschi fossero riusciti a superare una prova così severa. Per cercare di ridimensionare l'impresa, sentenziò che il livello intellettuale di un americano medio corrispondeva a quello di un ragazzo italiano di 14 anni.

Per quanto si fosse assuefatto all'intesa franco- tedesca, che aveva prodotto un Corpo di spedizione misto ed una Flotta comune, non poteva che rammaricarsi, al limite della disperazione, per non esserci lui al posto dei francesi. Se solo - pensava - avessi fatto la guerra "per" i tedeschi e non "con" i tedeschi, come avevo proclamato in un discorso particolarmente riuscito, ora sarei in ben altra situazione.

Era indignato per il comportamento di Rommel, che non lo aveva aiutato durante la sua sfortunata offensiva, anche se era stato lui stesso ad ordinargli di non muoversi - ma Santamadonna, gli ordini vanno interpretati con un po' di buon senso - poi scattava all'attacco da solo e conquistava l'Egitto ed il Canale, lasciando gli italiani a Bardia a giocare a rubamazzo. Era chiaro che i tedeschi stavano facendogli le scarpe; oltretutto si facevano negare per mesi per poi convocarlo a Costanza da un momento all'altro, come un fattorino.

Ma ci andò, pilotando di persona, per una lunga tratta, l'idrovolante che lo trasportava insieme al fido Ciano, che invece avrebbe preferito fare il viaggio in treno, magari in wagon-lit. Sapevano entrambi che, per come si erano messe le cose, non sarebbe stato un incontro gradevole.

Avevano perfettamente ragione. Li trattammo con una sufficienza che rasentava il disprezzo, respingemmo ogni loro tentativo di recriminazione nei nostri confronti, ricordando invece tutte le loro inadempienze, a cominciare dalla prima, l'essersi sfilati dall'alleanza appena prima dell'inizio della guerra, ed a seguire tutte le altre: non averci avvisati prima di entrare in guerra, non aver occupato Malta quando era indifesa, non aver voluto coordinare le operazioni belliche, aver iniziato campagne militari senza averne i mezzi e le capacità, non aver raccolto le nostre offerte d'aiuto preventivo, quando non avrebbe comportato versamento di sangue tedesco, come a Malta. Gli esternammo come ci sentissimo profondamente delusi di uno pseudo-alleato imbelle, vanaglorioso e fanfarone, privo di una pur minima capacità militare.

Mussolini incassò tutto, con stoica sofferenza, poi ci chiese qualcosa con cui tornare in Italia, altrimenti sarebbe dovuto uscire dalla guerra ed il regime non sarebbe sopravvissuto allo smacco dei continui insuccessi ed alla perdita dell'intera Africa Orientale.

Non volevamo, io per primo, che l'Italia uscisse dalla guerra, non ancora almeno, perciò lo rassicurammo. Lo avremmo riarmato con due divisioni motorizzate ed una corazzata, gli avremmo dato una piccola portaerei d'appoggio, così avrebbe riconquistato l'Africa Orientale e guadagnato quella gloria militare cui tanto ambiva; però combattendo contro dei valorosi sudafricani bianchi, al limite contro degli indiani ben comandati, non contro quei negri scalzi che aveva schiacciato nel '36 facendo ricorso ai gas asfissianti.

Con tali mezzi avrebbe potuto conquistare anche l'intero Kenya, sempre che fosse riuscito a battere i negri che combattevano per i britannici. Per quanto riguardava l'Albania, ci saremmo prodigati per trovare una soluzione favorevole per entrambe le parti, ma di ricordare che la Grecia faceva parte della Confederazione, e l'Italia no.

A Mussolini non parve vero poter rientrare in gioco, gli brillavano gli occhi, poi, memore di quanto fossero costosi gli armamenti tedeschi, chiese timidamente quanto gli sarebbe venuto a costare tutto quel ben di Dio, aspettandosi un conto salatissimo. Questo fu ancora peggiore di quanto paventasse: l'intera Cirenaica e Rodi sarebbero stati trasferiti alla Confederazione, de jure oltre che de facto; il resto del Dodecaneso ai Greci, che si sarebbero ritirati dall'Albania. A titolo di conguaglio gli avremmo corrisposto 80 milioni di Sterline - false - o prendere o lasciare.

Mussolini bevve per intero il calice di fiele e firmò l'accordo che avevamo già pronto, ci chiese solo di tener segreta la cessione della Cirenaica e di Rodi fino a quando avesse messo di nuovo piede in Africa Orientale. Quando rientrò in Italia in treno, ché Ciano non ne volle saperne di fare novamente il viaggio in idrovolante perché il suocero non lo lasciava mai pilotare, con quattro bauli pieni di Sterline, il Duce era più ringalluzzito che mai.

I Francesi seppero della pace che il Governo aveva stipulato coi Tedeschi solo a cose fatte, e non furono dispiaciuti più di tanto della perdita delle Regioni trasferite alla Confederazione. Da un anno sapevano che sarebbe finita così, ed avevano metabolizzato la cosa. L'Alsazia e la Lorena, in trent'anni, erano costate un fiume di sangue; in Artois ed in Piccardia la popolazione era francese per modo di dire, di certo non parlava un francese comprensibile; quanto alla Bretagna, beh, quelli erano burini che non lo parlavano affatto: che se ne andassero pure.

Durante l'occupazione tedesca si erano accorti di quanta influenza la Francia, con la sua cultura, col suo charme, con la sua eno-gastronomia, esercitava sul mondo teutonico. Quelle sarebbero state in futuro le armi vincenti: il pâté de foie gras anziché la fanfara delle marce militari, la voce roca di Edith Piaf e le ballerine del Moulin Rouge invece delle sfilate sotto l'Arc de Triomphe. Basta guerre! Era ora di rimettersi a lavorare e godere la vita. Questo era ciò che pensava la gente; naturalmente il Governo la pensava in tutt'altro modo.

Il Governo di Petain, lasciata Vichy e reinsediatosi a Parigi, si mise subito di buzzo buono per occupare Colonie britanniche, avvisandoci sempre prima di muoversi, per evitare ciò che era successo coi russi in Persia, così all'inizio del '42 occuparono Bathurst, in Gambia, senza scontri di particolare rilievo, mettendo la parola fine ad un'altalenante serie di passaggi di mano con i britannici che si protraeva da secoli. Invece a Freetown, in Sierra Leone, la conquista della Colonia si rivelò più ostica del previsto, per la guerriglia che si sviluppò all'interno del Paese, che fu domata solo alla fine del '42, al prezzo di 2000 legionari caduti e di 20.000 civili massacrati, per lo più neri.

Il tentativo di conquistare la Costa d'Oro fu ancor più contrastato, e feroci combattimenti furono ingaggiati con due reggimenti di forze indigene e di coloni comandati da valenti ufficiali britannici, che si diedero presto alla guerriglia. Solo nel '43 i francesi riuscirono a venirne a capo, al prezzo di 4000 legionari morti e di 40.000 civili uccisi, naturalmente quasi tutti neri, macchiandosi per di più di numerose atrocità condotte contro la comunità dei coloni britannici, con stupri e saccheggi.

Dovemmo raccomandare ai francesi di darsi una calmata e ci obbedirono prontamente; inviammo comunque nelle loro colonie i nostri Consoli, nei cui entourage c'erano sempre dei laureati della nostra Università per Stranieri, per preparare il terreno in vista di una non lontana decolonizzazione.

Insieme ai francesi riaprimmo il Canale di Suez e ci spartimmo la penisola Arabica secondo una direttrice NW-SE che passava 100 km ad occidente di Riyad; questa demarcazione lasciava ai francesi il monopolio del trasporto dei pellegrini islamici alle loro città sante di Medina e di La Mecca, ma lasciava a noi i maggiori giacimenti di petrolio del pianeta - allora i giacimenti erano stati solo scalfiti, e non se ne conosceva l'enorme potenzialità -. Fu con particolare soddisfazione che confiscammo alla Standard Oil anche questi pozzi, con impianti e strutture varie, facendo lavorare alacremente per noi il personale addetto alla produzione, dopo averlo messo di fronte alla solita scelta. Nel '42 si estrassero quattro milioni di tonnellate di greggio, ed era solo l'inizio.

A fronte dell'occupazione francese della costa orientale del Mar Rosso - forse il posto climaticamente più infame della Terra - noi occupammo quella orientale e meridionale dall'Arabia, da Mascate ad Aden, anche se per occupare questa base navale dovemmo combattere brevemente gli indiani ed i neozelandesi che la difendevano.

Un'azione aeronavale anfibia condotta con gli Hovercraft portò a sbarcare 2 reggimenti di Seelöwen e 2 di parà a ridosso delle difese della città e questa, dopo un duro bombardamento navale, si arrese. I resti della Royal Navy, di stanza a Bombay, non osarono farsi vedere per portare aiuto alla guarnigione e non mancammo di farlo notare agli indiani che facemmo prigionieri.

Questi ultimi li lasciammo sul posto per riparare i danni e per adeguare le fortificazioni a standard moderni, fino a far divenire Aden una piazzaforte di prim'ordine.

***

- Che bravo il mio Adolfuccio - mi sfotté Angela - neanche Alessandro... ma che dico... neanche Tamerlano...
- Puoi ben dirlo Eva. - risposi per non essere da meno - Bisognava approfittare del fatto che gli Stati Uniti erano nella fase iniziale del loro riarmo, e soprattutto che erano senza portaerei, per cui bisognava fare in fretta. Hai notato come si sono incazzati quando si è toccato il petrolio che stavano rubando agli arabi? Senza contare i loro interessi in Sudamerica andati a puttane.-
- Quella di raccomandare l'eliminazione degli ayatollah poi... ma non ti vergogni nemmeno un po'? sono dei sant'uomini... ho visto alla televisione, due o tre anni fa, un'intervista a uno di loro, un tal Khomeyni, esule a Parigi, e non mi sembrava uno da buttare, anzi.-
- Dimentichi la crescita dell'integralismo islamico di cui parla la lettera? Deve essere cominciato tutto da lui.-
- Cosa vuole il mio Grande Satana per cena? Ti andrebbero degli spaghetti alla carbonara, con quei bei cubetti di sacrilega pancetta fritta? -
- Certo! Sacrilegio per sacrilegio, aprirò anche una bottiglia di Cabernet; ti va?

Capitolo XL – Australia

Roosevelt e Churchill rimasero entrambi sgomenti dall'insuccesso dell'offensiva per espellere i tedeschi dal Canada, evidentemente avevano sopravvalutato le proprie forze e sottovalutato quelle nemiche.

Vedere gli Stati del New England invasi e le metropoli di Boston e di New York minacciate produsse un'ondata di panico nella popolazione, seguita da un sentimento di straordinario patriottismo in milioni di americani, che affluirono a centinaia di migliaia ad arrolarsi. Ma non era un problema di uomini e, in una certa misura, neanche di armamenti, a mancare era l'addestramento, e questo non lo si poteva improvvisare, non certo contro i tedeschi, come s'era visto.

Una cosa inquietava Roosevelt: negli ultimi scontri aerei i duelli, che prima finivano grosso modo in parità, venivano ora vinti dai nemici, con un rapporto di 2:1 ed oltre. Ciò era dovuto, secondo i suoi esperti militari, alla comparsa sul teatro canadese dei nuovi caccia a reazione, e solo il loro esiguo numero aveva evitato alla Air Force di essere spazzata via dai cieli sui campi di battaglia; il rischio che ciò potesse verificarsi in futuro, era tuttavia alto.

Comunque, nonostante la superiorità delle loro forze armate e la palese debolezza di quelle americane che avrebbero dovuto contenerle, pareva che i tedeschi non volessero spingere a fondo la controffensiva ed investire le metropoli, e questo era motivo di conforto. Come pure lo era il fatto di aver assunto una posizione difensiva, fortificandosi in profondità, perché stava a significare che sarebbero stati gli americani a dover attaccare quando fossero stati pronti; pertanto c'era tempo per prepararsi. Per contro gli americani avrebbero dovuto sudare sette camicie e sputar sangue per superare quelle fortificazioni, sapendo con quale minuzia i tedeschi sapevano approntare linee difensive; Roosevelt le aveva sperimentate di persona nella Grande Guerra.

Aveva tirato un sospiro di sollievo quando aveva costatato che i tedeschi evitavano di bombardare deliberatamente la popolazione civile e questo, se da un lato lo rassicurava sulla sorte di tante città americane, ed in particolare di Boston e di New York, dall'altro gli impediva di bombardare i pochi centri abitati di qualche importanza del Québec.

Gravissimo era infine il problema delle sue comunicazioni coast to coast, a prescindere dal fatto di avere il Canale di Panama inutilizzabile. Infatti verso la fine dell'estate c'erano stati alcuni attacchi terroristici, condotti da piccole unità di agenti segreti che avevano fatto saltare sei ponti stradali e ferroviari sul Mississippi e sul Missouri, congestionando e rallentando oltremodo il trasporto di merci e di passeggeri lungo la direttrice Est-Ovest. A distanza di pochi giorni poi, due esplosioni avevano distrutto due treni merci mentre attraversavano in galleria le Montagne Rocciose, facendo crollare lunghi tratti dei tunnel. Evidentemente i tedeschi impiegavano dei Commando all'interno del Paese, aiutati da traditori americani, come era stato assodato; a un fatto del genere, mai successo prima e neppure ipotizzato, Roosevelt era impreparato.

Più di mezzo milione di soldati della Guardia Nazionale, addestrati in modo sommario, fu destinato alla sorveglianza di circa 35.000 strutture sensibili e strategiche, ben sapendo che quelle truppe dopolavoristiche avrebbero potuto fare ben poco se avessero dovuto affrontare dei Kommando tedeschi.

Altri 50.000 uomini, tra forze di polizia e FBI, furono specificatamente destinati a dar la caccia ai sabotatori in tutto il Paese. Mezzo milione di soldati, ancor meno addestrati, vennero adibiti a presidiare le fortificazioni ed i trinceramenti costieri, e passarono il resto della guerra a scavare trincee, bere birra e ad oziare.

Gli attentati tuttavia continuarono per tutto l'autunno e l'inverno, al ritmo di 4-5 alla settimana, cambiando spesso tipologia di obbiettivi: un giorno tralicci per l'alta tensione, un altro giorno piccoli depositi di idrocarburi, per continuare con sottostazioni elettriche, con isolate stazioni di pompaggio di oleodotti ecc.; non c'era che l'imbarazzo della scelta. Solo in un'occasione si era riusciti a mettere le mani su un attentatore rimasto ferito, che però si suicidò prima di poter essere interrogato mordendo una capsula di acido prussico.

Cento agenti segreti e cento Kommando stavano tenendo impegnati oltre mezzo milione di soldati, avevano scompaginato i trasporti di una grande nazione e l' esistenza di decine di milioni di suoi abitanti.

Impotenti ad intraprendere serie azioni contro i tedeschi ed i giapponesi, salvo che disturbare con i sommergibili le loro lunghe vie di rifornimento, Roosevelt e Churchill si proposero di contrastare gli alleati dei tedeschi nei Caraibi, per mettere al sicuro almeno quella delicata area, cominciando dai colombiani e dai francesi.

Una divisione di Marines sbarcò nella penisola di Guajira, affacciata sul Mar delle Antille, e cacciò le forze colombiane dal Venezuela, per poi dirigersi verso Bucaramanga; un'altra divisione sbarcò a Cartagena, prese alle spalle la guarnigione di Barranquilla, quindi si mosse verso Medellin, ma prima che vi giungesse, un golpe rovesciò la Giunta precedente e ne insediò un'altra filo-americana.

Il trasporto dei Marines e dell'imponente massa di rifornimenti e di veicoli dovette pagare un duro scotto ai nuovi Kilo III, tanto che a un certo punto, dopo l'affondamento di 3 caccia e di

4 mercantili, gli americani pensarono di annullare la missione, che tuttavia fu fatta proseguire essendosi i Kilo ritirati per l'esaurimento dei siluri.

A metà settembre truppe coloniali britanniche, appoggiate dalla US Navy, occuparono le isole francesi Martinica e Guadalupa; le guarnigioni delle isole si batterono accanitamente ed infersero gravi perdite agli attaccanti, e solo coi grossi calibri delle navi si riuscì a piegarle. Anche quest'impresa costò molto alla US Navy, che perse 2 incrociatori e 3 mercantili ad opera del Kilo che stazionava in quel quadrante di mare.

Anche un maldestro tentativo anglo-americano di sbarco a Bermuda, che fino allora era stata considerata terra di nessuno, si tramutò in un disastro. Il convoglio che trasportava la guarnigione, composto da quattro mercantili carichi di attrezzature per la costruzione di nuove piste d'atterraggio, fu colato a picco. In tutto morirono 1000 uomini ed altrettanti furono tratti in salvo dai pescatori dell'isola, giunti appena in tempo. La partenza della spedizione ci era stata segnalata via radio da un nostro agente che "gestiva" una spia che lavorava nel porto di Norfolk, per cui avemmo tutto il tempo per allestire una trappola.

Alla fine di gennaio '42 gli americani riuscirono tuttavia a completare una pista di volo e si affrettarono ad inviare aerei da caccia e da ricognizione, rifornendo l'isola di carburante mediante sottomarini.

A noi non stava affatto bene che gli americani potessero consolidarsi in quell'avamposto in pieno Atlantico, pertanto dirottammo due delle portaerei di scorta ai nostri convogli che lanciarono un raid sull'isola cogliendo di sorpresa le scarse difese, distruggendo al suolo gli aerei e danneggiando le strutture appena approntate. Il tentativo di fare dell'isola una base aerea non venne più ripetuto.

La marea giapponese nel Pacifico, dopo la battaglia di Midway, proseguì contrastata solo dai sommergibili, che imposero tuttavia un salato pedaggio alla Marina Mercantile nipponica. Furono occupate le isole Gilbert, Ellice, Figi e Tonga, mentre presso le isole Samoa si ebbe l'unico scontro con la US Navy, che tentava di tenere aperta la linea di comunicazioni degli Stati Uniti con l'Australia e la Nuova Zelanda, e per isolare i giapponesi sbarcati nelle isole Tonga.

La carenza di portaerei, essendo ancora in costruzione quelle impostate prima della guerra, si fece sentire drammaticamente nella strategia americana che, per preservare la loro unica unità - la Enterprise - la mantennero troppo distante dalla piccola squadra da battaglia che doveva contrastare un tentativo di sbarco giapponese ad Apia.

L'Enterprise fu avvistata dai ricognitori delle portaerei che da due mesi le davano una caccia spietata nell'immenso oceano e, nonostante una strenua difesa, venne affondata insieme a due caccia di scorta. Poi fu la volta della squadra da battaglia ad essere intercettata ed attaccata per due giorni consecutivi mentre tentava la fuga, per essere affondata, una nave dopo l'altra, quando il cappio formato da tre portaerei giapponesi, si chiuse su di essa. L'inutile tentativo americano gli costò la perdita dell'ultima portaerei, di 2 incrociatori pesanti, di 2 leggeri, di 6 caccia, nonché della restante parte di Oceano Pacifico.

Per contrastare i giapponesi agli americani rimanevano i sommergibili, peraltro molto efficaci, ma con basi distanti migliaia di chilometri a Perth, a Brisbane, ad Auckland, e con poche navi appoggio sempre intente a sfuggire la caccia che gli davano i nipponici.

Dopo le isole Samoa, i giapponesi rinunciarono ad occupare altre isole, quali quelle della Fenice e le Line Island, giudicandole troppo lontane per essere difese. Il loro perimetro di sicurezza nel Pacifico si era già fin troppo esteso e la loro Marina Mercantile, continuamente falcidiata, non riusciva più a far fronte al suo immenso compito. Infatti oltre al rifornimento delle guarnigioni sparse nel Pacifico, doveva rifornire l'Esercito Imperiale dislocato in tutto il Sud-Est asiatico e quello impegnato nell'invasione della Cina, oltre naturalmente ad approvvigionare la madrepatria di derrate e di materie prime per l'industria. Era un compito immane, che avrebbe richiesto un numero doppio di mercantili rispetto alla consistenza della propria Marina Mercantile, e lo stillicidio di affondamenti non faceva che peggiorare sempre più la situazione.

Dopo alcuni mesi di tentennamenti, quasi spaventati dall'enormità dell'impresa, decisero di occupare le Hawaii, per approfittare del periodo in cui gli americani sarebbero stati senza portaerei e si mossero il giorno dell'anniversario di Pearl Harbour. Due flotte con due portaerei ciascuna, accompagnate da una imponente squadra da battaglia di cui faceva parte la Yamato, una supercorazzata ritenuta non affondabile, erano a supporto di 60 fra trasporti truppa e mercantili, e si abbatterono sulle isole principali dell'arcipelago attaccando per primi gli aeroporti e sorprendendo al suolo - anche questa volta - gli aerei disposti in bell'ordine sulle piste.

Lo scherzetto delle striscioline di stagnola che gli avevamo insegnato li aveva prima stupiti, poi entusiasmati e lo avevano sperimentato per la prima volta proprio in quell'occasione, ma non fidandosi delle diavolerie occidentali, per sicurezza il grosso degli aerei arrivò sulla base volando rasente alle onde.

Dopo la distruzione degli aerei fu il turno delle strutture militari del porto e di quelle all'interno dell'isola, con un carosello di raid che durò un'intera giornata, mentre i grossi calibri delle corazzate demolivano quanto fosse a tiro, spianando la strada agli sbarchi delle truppe: due divisioni a Oahu e tre reggimenti nelle altre isole principali. Formate delle solide teste di ponte, sotto un cielo dominato dagli Zero, le due divisioni si allargarono verso l'interno incontrando difficoltà solo fin quando non furono distrutti i pochi carri armati dell'isola. La resistenza fu comunque accanita e si protrasse in una guerriglia che durò alcuni mesi.

La resa degli americani avvenne alla spicciolata, man mano che venivano esaurite le munizioni; alla fine si contarono 15.000 vittime fra i difensori ed altrettanti prigionieri che vennero impiegati per la ricostruzione del porto e delle altre strutture militari danneggiate, per l'approntamento di nuove difese e per far divenire Pearl Harbour, ribattezzata col ben più altisonante "Porto del Divino Mikado" una delle più importanti basi della Flotta Imperiale.

Gli americani persero oltre 400 aerei di ogni tipo, oltre che montagne di materiale bellico che poté essere riutilizzato, tranne il vestiario, risultato essere troppo lungo; i depositi di carburante per navi ed aerei però vennero incendiati prima di essere abbandonati.

Quel poco che rimaneva della flotta del Pacifico aveva lasciato la base due giorni prima dell'attacco, per rifugiarsi nella base di San Diego, in California, lasciando dietro a sé una dozzina di sommergibili che, come goal della bandiera, affondarono 4 mercantili e 2 trasporti truppa mentre ritornavano in Giappone.

La parte più degradata del capoluogo Honolulu divenne un gigantesco campo di concentramento per la popolazione bianca delle isole, per ripagare di ugual moneta la segregazione dei nippo-americani fatta negli Stati Uniti, ma il rapporto di cambio non fu affatto uguale, per le condizioni di vita molto più dure imposte dai giapponesi; gran parte della popolazione indigena invece, quasi non si accorse della differenza.

Gli ufficiali giapponesi si istallarono come pascià nelle ville e negli alberghi, rigidamente divisi per grado, e se la passarono da dei per un paio d'anni, scoprendo persino l'aria condizionata ed innamorandosi della macchina per fare i gelati. Ebbero tuttavia a lamentarsi per i letti troppo morbidi e per le fontanelle per dissetarsi, che gli americani avevano collocato poco igienicamente in bagno, a fianco del water-closet, e che avendo l'ugello posizionato così in basso, ogni volta che le azionavano si spruzzavano la faccia.

Con la conquista delle Hawaii, il Giappone aveva posto 5000 km di oceano vuoto di isole fra sé e gli Stati Uniti e riteneva, non senza buone ragioni, di poter tenere indefinitamente alla larga i barbari yankee.

Il loro passo successivo fu l'occupazione di Darwin, sulla costa settentrionale dell'Australia, ove si trincerarono ma senza procedere oltre, accontentandosi di aver sottratto agli americani una base di rifornimento dei loro sommergibili.

Nel frattempo la nostra Squadra del Pacifico non oziava. Appena ricevuti per via aerea dalla Germania tre reggimenti di fanteria - gli Zeppelin si rivelarono prodigiosi al proposito - si allestì una nuova spedizione che aveva per obbiettivo Perth.

La Squadra salpò da Yokohama, insieme a quattro mercantili veloci, e si diresse a Sud, in un mare completamente dominato dai giapponesi. Aveva appuntamento con un altro convoglio proveniente dall'Europa, composto da 40 mercantili e trasporti truppa, scortato da una portaerei, 2 incrociatori pesanti e 2 leggeri.

Durante il passaggio a Sud del Capo di Buona Speranza, dalla portaerei di quest'ultimo convoglio furono lanciati due attacchi aerei sui porti di Città del Capo e di Durban, che produssero relativamente pochi danni - due mercantili dati alle fiamme, un bacino di carenaggio danneggiato, insieme alla nave che vi si trovava, una ventina di aerei distrutti al suolo - ma che diede l'impressione ai sudafricani di essere prossimi ad un' invasione; ma potevano stare tranquilli, non era ancora giunto il loro momento. Invece il convoglio sparì nella fascia dei 50° urlanti per congiungersi, davanti a Perth, con quello che scendeva da Yokohama.

L'attacco aereo sul porto e sull'aerodromo di Perth fu lanciato all'alba del 5 giugno e colse tutti di sorpresa; le poche postazioni antiaeree furono individuate e distrutte, gli aerei, ben allineati sul bordo della pista, mitragliati e lasciati in fiamme. Le navi di scorta intanto catturarono i mercantili appena usciti dal porto, o che vi giungevano provenienti dal Sudafrica o dall'India, ed ingaggiarono una battaglia navale vecchio stile con un incrociatore leggero e due caccia, che furono affondati dopo sei ore di manovre, contromanovre e scambi di cannonate a distanza sempre più ravvicinata.

Prima che la radio diffondesse la notizia di una squadra navale tedesca davanti a Perth, 5 mercantili vennero catturati carichi, altri 2 cercarono di fuggire e vennero affondati a cannonate; fu possibile salvare solo pochi naufraghi in quelle acque infestate dagli squali.

Gli incrociatori appoggiarono lo sbarco demolendo a cannonate quanto era stato tralasciato dagli aerei, cosicché le truppe poterono sbarcare direttamente sulle banchine unitamente ai veicoli. I difensori della città nulla poterono opporre al cannoneggiamento diretto delle navi, ed evacuarono la città ritirandosi verso Est, mitragliati dai caccia. Le due brigate motorizzate appena sbarcate si misero al loro inseguimento e li raggiunsero a Northam, 100 km ad Est, dove li accerchiarono e li fecero prigionieri.

Intanto, mentre si assemblavano gli aerei da caccia trasportati in container, la Squadra si diresse verso Est fino al largo di Adelaide. Qui subì un violento attacco aereo - evidentemente eravamo stati avvistati da un sommergibile che aveva comunicato la nostra posizione e la velocità - effettuato da venti apparecchi obsoleti arrivati volando a pelo d'acqua, che vennero tutti abbattuti dalla contraerea, tranne uno che si schiantò sul ponte di volo di una portaerei, esplodendo con la bomba da 250 kg che trasportava.

I danni subiti furono gravissimi, con incendi che si protrassero per tutto il giorno e che distrussero tutti i 40 aerei trasportati. Non sapendo di quanti aerei disponessero gli australiani e non volendo rischiare la portaerei restante, ritirammo questa verso Sud di 300 km, con un incrociatore di scorta, mentre quella danneggiata, essa pure scortata da un incrociatore, fece ritorno a Perth. Prima di allontanarci però, con una squadriglia di Seestukas, volando a bassissima quota, effettuammo un'incursione che incendiò i due mercantili trovati nel porto di Adelaide e distrusse due importanti ponti che consentivano il collegamento della città con Melbourne.

Arrivata a Perth con estrema lentezza, ma senza subire ulteriori attacchi, la portaerei fu rimessa in condizione di navigare con una certa sicurezza ed inviata a Yokohama per le riparazioni definitive, ma giunta in vicinanza dell'isola di Lombok, nelle ex-Antille olandesi, quando riteneva di essere al sicuro, fu sorpresa da un sommergibile che la affondò con una raffica di siluri; l'equipaggio si salvò raggiungendo l'isola, da poco tempo in mano giapponese. Essi furono così gentili da prestarci una loro portaerei, completa di apparecchi, piloti ed equipaggio, per consentirci di proseguire la missione; ci chiesero in cambio i progetti ed i prototipi di alcune apparecchiature radar avanzate, delle bombe radio-guidate, dei visori notturni, degli ultimi tipi di idrofoni ed altro. Noi, più che riconoscenti, inviammo tutto per dirigibile, lungo la solita rotta diretta.

Alla fine di luglio, con l'arrivo della nuova portaerei giappo-nese - che, en passant, aveva lanciato un raid sul porto e sulla città di Sidney, per farci una cortesia - potemmo riprendere il nostro attacco all'Australia. Da Northam cominciammo a spin-gerci verso Est lasciando indietro i mezzi cingolati ed avanzan-do solo con quelli su ruote, ché 3000 km di sterrato erano trop-pi anche per i nostri carri armati. Occupata Kalgoorie e le sue numerose miniere d'oro, ci spingemmo nella Nullarbor Plain e dopo 1500 km di "nulla", giunti a Port Augusta, all'apice del golfo di Spencer, trovammo una brigata con parecchia artiglie-ria a sbarrarci il passo.

Una brigata si fermò a fare da bersaglio da debita distanza; l'al-tra, dopo un lungo e faticoso giro fra pantani salati, irruppe alle spalle dei difensori occupando la città mineraria di Broken Hill. I difensori di Port Augusta retrocedettero in tutta fretta, presi completamente di sorpresa; avevano infatti ritenuto impossibi-le per delle autoblinde fare il percorso che avevamo fatto, ma le nostre autoblinde avevano sei ed otto ruote, le loro solo quattro. Bersagliati dai Seestukas ed incalzati dappresso, gli Australia-ni abbandonarono l'artiglieria ed iniziarono un ripiegamento che si concluse ad Adelaide, dove si asserragliarono avendo alle spalle il fiume Murray, i cui ponti erano stati appena distrutti.

Ci fu chiesta una tregua per permettere alla popolazione civi-le di evacuare la città a piedi, ma non fu concessa; se voleva-no tutelare i civili potevano dichiarare Adelaide città aperta e sgomberarla loro. Dopo un violento bombardamento operato dai Seestukas, nottetempo la brigata australiana lasciò la città attraversando il Murray su passerelle, ed abbandonando tutte le armi pesanti.

Per occupare Adelaide impiegammo solo tre compagnie, che concentrammo nella zona del porto, e dopo alcuni giorni co-minciarono ad arrivare i rifornimenti via mare, fra cui la cinquantina di carri e di altri cingolati che avevamo lasciato a Perth, oltre che tre reggimenti freschi appena arrivati dalla Scozia dopo aver fatto il giro di mezzo mondo in Zeppelin.

Una volta raggruppatesi, le due brigate corazzate proseguirono prima verso Ivanohe, poco disturbate da sporadici raid di alcuni vecchi aerei, poi verso Bathurst. Qui incontrammo l'ultima forte resistenza prima di Sidney, che non ritenemmo opportuno superare frontalmente, ma che cercammo di aggirare; però anche la diversione su Canberra venne bloccata da un infernale fuoco dell'artiglieria nemica, ottimamente piazzata e diretta, e nonostante i bombardamenti con gli Stukas non riuscimmo a sfondare. Provammo allora molto più a Nord, per raggiungere la costa a Newcastle, ma anche ciò si rivelò impossibile per la determinata difesa oppostaci.

Dovevamo trovare una soluzione, perché anche le nostre forze si erano nel frattempo logorate; quelle australiane si erano mostrate le truppe migliori che l'Impero britannico fino ad allora ci aveva opposto: determinate, accorte, ben armate e comandate.

Fu deciso di usare i grossi calibri della marina per venire a capo della situazione; messe fuori uso con i Seestukas le batterie costiere di Sidney, quelle che erano in fase di ammodernamento in occasione dell'incursione notturna, un incrociatore entrò nella baia e prese a cannoneggiare la città. Dopo sei ore di fuoco tutt'altro che intenso, ma abbastanza dimostrativo da indurre a rapide decisioni il Governo australiano, questo chiese un armistizio.

Le condizioni non furono dure: fu tracciata una linea di demarcazione lungo il 143°Est ed il 19°Sud, dividendo l'Australia in quattro parti. Quella Sudorientale, affacciata sul mar di Tasman e più popolosa, sarebbe rimasta libera ma con forze armate ridotte, atte solo a svolgere compiti di polizia, di guardia costiera e di ricognizione aerea. Gli Australiani dovevano mantenersi neutrali e smobilitare le truppe che combattevano contro di noi in vari teatri di guerra. Eventuali australiani in armi contro la Confederazione, se catturati, sarebbero stati considerati franchi-tiratori, e giustiziati sul posto. Le altre tre parti del continente sarebbero state controllate dalla Confederazione.

Tranne la clausola dei franchi-tiratori, che fu ammorbidita, le altre vennero accettate perché, dalle esperienze fatte da altri Paesi, finire sotto controllo tedesco non era poi la fine del mondo per la scarsa popolazione di quelle regioni desertiche. Infatti, a parte le città di Perth e di Adelaide, i tedeschi si erano impadroniti di due grandi deserti e di due steppe desertiche altrettanto estese, di un enorme numero di canguri, di sciacalli e di risorse minerarie.

Non vi furono esodi di popolazioni verso la Zona libera, solo un migliaio di persone prossime alla linea di demarcazione, che non fu mai possibile controllare e che rimase tracciata solo sulla carta, caricarono le masserizie su autocarri e si spostarono verso Est.

Quelli che rimasero non ebbero di che pentirsene; in poco tempo si accorsero che, avevano sì rinunciato a prendere le decisioni importanti, come quella sciagurata di intervenire in guerra insieme alla Gran Bretagna, ma avevano guadagnato uno Stato sociale più avanzato di quello che avevano prima, un mercato ancor più affamato delle loro risorse ed un laboratorio naturale immenso ove si intendevano sperimentare tecnologie avveniristiche, dai villaggi ipogei, allo sfruttamento dell'energia solare.

Alcune migliaia di soldati australiani si imbarcarono su un gran numero di piccole imbarcazioni che riuscirono facilmente a filtrare attraverso il debole blocco navale che avevamo cercato di attuare lungo la costa orientale, per rifugiarsi in Nuova Zelanda. Entro la metà di dicembre le principali località dell'immenso Paese erano sotto nostro controllo.

A Darwin il presidio giapponese voleva cederci il controllo della città, perché se ci fossimo istallati noi i sommergibili nemici non avrebbero parimenti potuto rifornirsi; ma preferimmo che rimanessero lì loro a farsi divorare dalle zanzare.

**

- Senti bene! - mi apostrofò Angela, col tono di chi non ne poteva più, di qualsiasi cosa si trattasse e che avesse una pur minima relazione con me - Io, la tua macchina da pappone non la sopporto più! Non ho abbastanza spazio per tutto l'armamentario di Massimo. Appena fai una coda si scarbura subito; e poi fora in continuazione. Anche oggi ho dovuto cambiare una ruota! -
- Amore mio, hai perfettamente ragione su tutto, tranne che: Uno, la mia non è una macchina da pappone, ma un'agile vettura sportiva adatta anche per la città.
Due, quando l'ho presa, intendevo farci salire delle fiche, non dei pupi. Tre, invece di fare code per prendere la strada più corta, fai giri più lunghi, che sono più scorrevoli. Quattro, prima di conoscerti non sapevo neppure dove fossero i buchi per infilarci il cric; hai forse una tresca col gommista? -
- Abbiamo bisogno di un'altra macchina! -
- Una familiare ti andrebbe? una Volvo nuova? o una Citroën DS Break usata? -
- Fai un po' tu. A me la Citroën piace.-

Capitolo XLI – Africa Orientale

Alla fine di dicembre Mussolini fece salpare gran parte della flotta italiana, con la portaerei d'appoggio che gli avevamo venduto, per scortare 150 mercantili e piroscafi alla riconquista dell'Africa Orientale.

Era raggiante come non mai, impettito nella divisa di ufficiale della milizia, pugni sui fianchi e gambe divaricate, mascella e petto in fuori, sguardo fiero e cappello fuori ordinanza. Da un'ora se ne stava immobile come una statua su una predella che lo innalzava di trenta centimetri sul resto del palco coperto da un telone; era insieme ai suoi gerarchi, ammiragli, autorità cittadine e provinciali, membri del partito fascista locale e l'immancabile Vescovo dotato di tutto l'armamentario per impartire le benedizioni di rito. Osservava sfilare la flotta e l'immenso convoglio che, in lunga fila, attraversava lo Stretto di Messina, come Serse, più di 2400 anni prima, aveva osservato da sotto un tendone montato sulla cima di un'altura i persiani varcare l'Ellesponto per invadere la Grecia.

Purtroppo, mentre a Serse il tendone serviva per ripararsi dal sole, qui serviva a proteggere il palco col Duce da una pioggia persistente che oltretutto rovinava le riprese dei cineoperatori dell'istituto Luce che dovevano immortalare l'evento. Sopravvenne poi un increscioso incidente a rovinare tutto, quando il telone carico di pioggia prima si inarcò paurosamente, poi si lacerò, rovesciando una cateratta d'acqua sui notabili ed infradiciando lo stesso Duce.

L'accaduto, di pessimo augurio per la riuscita dell'impresa, fece esplodere la tribuna all'aperto affollata di lupetti, avanguardisti e giovani fascisti, costretti ad assistere alla cerimonia senza ombrelli, in una irrefrenabile, colossale risata.

Gli operai che avevano montato il palco, subito individuati, finirono tutti al confino e Mussolini, fuori dalla Grazia di Dio, dopo essersi cambiato continuò ad assistere alla parata di navi, roteando gli occhi per scrutare chi dei presenti osasse abbozzare un sorriso. Fu l'unico episodio di pura ilarità in una guerra altrimenti tragica per gli italiani.

L'incazzatura per il gavettone gli era appena passata, che un'altra tegola si abbatté su di lui: la nuova società mista franco-egizio-tedesca del Canale di Suez pretendeva il pagamento integrale ed anticipato per il transito della flotta e del convoglio. Era un oltraggio! Anche perché gli avevano detto che ad una flotta franco- tedesca non avevano fatto pagare nulla. La tentazione di far cannoneggiare Port Said fu repressa a stento; abbozzò e cercò di pagare con le Sterline appena ricevute dai tedeschi; queste però vennero rifiutate e l'amministrazione della Società, pretese il pagamento in Marchi o in altra moneta forte.

- Come sarebbe a dire moneta forte? - lamentò Mussolini trasecolando, quando venne avvisato del contrattempo da un ufficiale di collegamento - me le hanno date i tedeschi, più forte di così...

Ma non ci fu nulla da fare; mentre l'immensa flotta si accalcava attorno a Port Said, dovette sottoscrivere contratti per forniture di bauxite, di riso, d'olio d'oliva e di tessuti pregiati per il controvalore del pedaggio.

Mussolini ebbe la certezza d'essere stato fregato ed il suo morale sprofondò sotto le scarpe. Gli avevano rifilato una patacca! - si tormentò - A lui! E proprio da dei tedeschi! Era imbufalito come non gli era mai successo, ma non poteva farci nulla, non poteva denunciare alcunché se non voleva restare col cerino acceso in mano; soprattutto non poteva farlo sapere agli italiani, che gli avrebbero perdonato tutto, tranne che di essere fatto fesso.

Passò tre mesi a smaltire le Sterline fino ad allora incassate, utilizzandole come stipendi, tredicesime, liquidazioni degli impiegati statali, adeguatamente ridotti perché corrisposti in valuta pregiata, in deroga a tutte le leggi che vietavano agli italiani di detenere valuta straniera. Gli impiegati statali non credevano ai propri occhi: il Governo li pagava sì meno del dovuto, ma in moneta forte, in Sterline addirittura, ricordando quanto avevano dovuto tirare la cinghia, anni prima, per raggiungere la fatidica "quota 90" (90 Lire per una Sterlina). Accettarono all'unanimità il sotterfugio, con smaliziata complicità, e tesaurizzarono le Sterline nascondendole sotto il materasso, come Mussolini si aspettava facessero. Non sarebbe stato lui, alla fine, a rimanere col cerino in mano.

L'Alto Comando italiano non riusciva a mettersi d'accordo su dove cominciare la riconquista dell'Africa Orientale. Dove sbarcare le truppe? In un posto comodo, ma con una forte difesa, oppure in un approdo scomodo probabilmente difeso solo dagli abissini? Dovevano restare nel Mar Rosso al riparo dai sommergibili britannici, o dovevano sbucare nell'Oceano Indiano ed esporre a pericoli la portaerei? Si optò di restare nel Mar Rosso e di aspettare che francesi e tedeschi si consolidassero ben bene ad Aden e altrove, prima di uscire nell'Oceano Indiano; in Somalia sarebbero sbarcati in un secondo tempo.

Lo sbarco italiano ebbe luogo dunque ad Assab ed a Massaua e fu duramente contrastato da un pugno di britannici e di eritrei, che avevano effettuato estese demolizioni delle strutture e delle attrezzature portuali, rendendo lo sbarco dei veicoli e dei mezzi corazzati oltremodo lento. Nonostante il cannoneggiamento dei grossi calibri per allontanare i difensori dai punti di sbarco, dalla riva giungevano scariche di mitragliatrice che mietevano vittime e bloccavano le operazioni.

Dalla portaerei partirono alcuni aerei da ricognizione e da bombardamento per missioni che furono tuttavia presto sospese per il verificarsi di incidenti in fase d'appontaggio. Usare una portaerei era un'arte del tutto sconosciuta ai piloti e soprattutto agli ammiragli; mancava completamente l'addestramento degli uni e degli altri.

Ai piloti tedeschi erano occorsi due anni di continui addestramenti prima di essere in grado di affrontare una battaglia aeronavale; avevano avuto decine di incidenti e patito molte vittime fra i piloti ed i marinai, ed avevano capito - anche per averglielo suggerito io stesso - che a comandare una portaerei doveva essere un pilota d'aereo di marina che avesse studiato da comandante di nave, e non un ammiraglio con nessuna esperienza di volo; concetto questo palesemente assurdo per la Regia Marina, nella quale il comando delle unità maggiori veniva conferito, nel caso migliore, per anzianità di servizio.

Dopo una settimana di penosi tentativi, i due porti furono comunque occupati e le teste di ponte allargate, in modo da rendere sicuri gli sbarchi. A Massaua, appena fuori dalla portata dei cannoni delle navi, l'avanzata su Asmara si arenò di fronte ad una fortissima posizione difensiva britannica e, nonostante i tentativi di aggiramento, questa si rivelò imprendibile.

Ad Assab le cose andarono meglio, anche se le distruzioni effettuate, le mine ed i trabocchetti esplosivi resero oltremodo difficile lo sbarco dei mezzi pesanti; ma dopo dieci giorni una colonna motorizzata poté mettersi in marcia attraverso il deserto della Dancalia. Anche se si era nella stagione meno calda, fu una marcia lentissima su una pista lunga 400 km; alla base dell'acrocoro su cui si trovava la loro meta, Dessiè, dopo venti giorni giunse la metà dei mezzi in efficienza, con gli uomini disfatti dal caldo e dalla fatica fatta per trarre dalla sabbia i veicoli insabbiati, per sistemare sospensioni rotte, per cambiare cingoli consumati e per sostituire motori fusi; non per niente la Dancalia era considerata un inferno per uomini e veicoli. Lungo la pista che risaliva la ripida scarpata, bastarono poche compagnie con mitragliatrici e cannoni da campagna per bloccare per due mesi nel deserto gli italiani che giungevano alla spicciolata.

Anche i francesi, giunti per rimettere piede nel loro possedimento, dopo un contrastato sbarco a Gibuti avevano trovato grosse difficoltà a proseguire verso l'interno, a causa della tenace resistenza anglo-abissina, e riuscirono a superarla solo con uno sbarco nella vicina Zeila, in modo da minacciare il fianco dei difensori, che si ritirarono sulla forte posizione di Diredaua. I francesi quando raggiunsero i vecchi confini del possedimento non procedettero oltre, lasciando agli italiani, sbarcati anch'essi a Zeila, il compito di avanzare fino a Diredaua, ed anche qui, come a Dessiè, si fermarono alla base della scarpata, bloccati per due mesi da poche compagnie di ascari stupendamente dirette da ufficiali sudafricani.

Mussolini era in piena ebollizione; quasi tre mesi erano passati da quando aveva proclamato che la riconquista dell'Africa Orientale doveva essere considerata come cosa già fatta, ma quegli imbecilli di suoi generali erano là, nel deserto, tenuti in scacco da un pugno di negri, con la logistica che gli costava un occhio della testa in passaggi e ripassaggi in quello stramaledetto Canale.

Ordinò un ulteriore sbarco a Mogadiscio, prelevando l'ultima divisione motorizzata che gli restava, di stanza a Tripoli, e facendo affluire dall'Italia cinque divisioni di fanteria, dotate di un decimo degli automezzi necessari per renderle mobili. Solo 2000 vetusti camion, alcuni residuati della Grande Guerra, saltarono fuori dal terzo rastrellamento di tali mezzi effettuato in un'Italia ormai a corto di trasporti pubblici su gomma.

A marzo un altro grosso convoglio italiano fortemente scortato stazionava davanti a Mogadiscio, che stranamente venne presa con meno difficoltà del previsto, perché il cannoneggiamento preventivo aveva distrutto il porto e l'area circostante, mettendo in fuga migliaia di civili. Le truppe sbarcate, organizzate in quattro colonne, dopo una settimana si mossero, non contrastate dai britannici, ma neppure accolte come liberatori dai loro ex-sudditi negri, forse perché avevano fatto appena in tempo a respirare una boccata di stato di diritto sotto l'amministrazione militare dei sudafricani, il che è tutto dire.

La prima di dette colonne, costituita da una divisione di fanteria, si diresse a Sud verso Chisimaio, presidiando tutti i centri della costa; la seconda, di consistenza analoga, risalì lo Uebi Scebeli fino al confine dell'Ogaden, quindi proseguì verso Nord-Est occupando lungo il percorso decine di villaggi di nessun interesse strategico e disperdendo completamente la propria forza, ma riuscendo a non avere neppure una perdita; altrettanto fece la terza colonna, di due divisioni, che risalì la costa fino a Bosaso, 1000 km più a Nord, seminando presidi in tutti i porticcioli ed i villaggi che incontrava.

Lasciata una brigata di stanza a Mogadiscio, la quarta colonna, con la brigata motorizzata e due di fanteria, si diresse verso Nord-Ovest, lasciando piccoli presidi nelle poche località di una certa importanza che incontrava, come a Baidoa ed a Dolo, e nei due mesi successivi avanzò di 700 km, raggiungendo Neghelli con metà dei veicoli fuori uso.

Fu così che gli italiani si trovarono ad avere in Africa Orientale l'equivalente di 13 divisioni, con pochi automezzi per trasportarle, e quei pochi immobilizzati in posti desertici, ai piedi di scarpate montuose, o dispersi in un territorio enorme. Dopo innumerevoli legnate, il ciuco non aveva ancora capito nulla.

Mussolini però, che ogni settimana emanava ordini perentori per accelerare le operazioni, aveva finalmente qualcosa da mostrare agli Italiani: la Somalia era stata riconquistata.

Nello sbarcare rifornimenti a Mogadiscio, questa volta la flotta fu oggetto di un attacco tesole da due sommergibili britannici partiti da Dar es Salaam, in Tanganika. Uno sorprese la portaerei che manovrava senza aver posizionato correttamente la scorta, e le piazzò tre siluri nella fiancata, affondandola insieme ai 40 aerei e 700 marinai imbarcati; l'altro affondò tre mercantili all'àncora, che attendevano di essere scaricati. I rifornimenti comunque, anche se ridotti, raggiunsero le varie colonne; quella di Neghelli riuscì a proseguire quasi fino al lago Abaja, dove venne definitivamente fermata di fronte ad una forte posizione difensiva abissina.

Intanto sull'altra sponda del Mar Rosso i francesi finirono di occupare l'intera costa, mentre i tedeschi, insediatisi ad Aden, si impossessarono della costa dell'Hadramaut e del Dhufar, praticamente deserte, nonché dell'isola di Socotra, senza incontrate traccia di resistenza britannica. Solo qualche agente del Servizio Segreto britannico provò ad organizzare la guerriglia antitedesca e antigovernativa pagando capotribù locali; ma dato che disponevamo di molte più Sterline di loro, anche se false, non fu difficile rilanciare la puntata e prenderci il piatto; nella fattispecie farci consegnare l'agente per cederlo al sultano o allo sceicco od all'emiro filotedesco che voleva spodestare, che li giudicò secondo tradizione, ovvero facendolo sgozzare.

Inutile dire che tali governanti ci furono molto grati per aver sventato tentativi miranti a scalzarli dal potere, e con loro stipulammo lucrosi contratti d'ogni genere.

Lo sbarco a Port Sudan da parte d'una nostra brigata motorizzata e di una divisione di fanteria fu invece duramente contrastata da truppe sudafricane, che nel lasciare la città distrussero il porto e, nel ritirarsi verso Atbara, sul Nilo, distrussero la ferrovia e minarono la strada in innumerevoli punti, tanto che invece di inseguirli piegammo a Sud e prendemmo Kassala, sul confine con l'Eritrea.

Qui decidemmo di farci perdonare da Mussolini qualche torto e di dargli una mano - anche se lui non osava chiedercelo - per sbloccare una delle sue colonne, quella sbarcata a Massaua, che sembrava essere la più provata. Avanzammo dunque da Kassala verso Est, raggiungendo la forte posizione difensiva naturale di Cheren, quella in cui anche gli italiani avevano mostrato, l'anno precedente, che se ben diretti la loro bella figura potevano farla anch'essi.

Riuscimmo a superare le difese di Cheren solo perché i sudafricani erano troppo pochi per presidiarla efficacemente e non avevano fatto in tempo a far affluire rinforzi per guarnire meglio le postazioni. Da qui i sudafricani si ritirarono fino ad Adua, per non farsi imbottigliare in Asmara e liberando quindi il passo alla colonna corazzata italiana, da mesi bloccata più in basso.

Mussolini non ci ringraziò neppure, tanto era incazzato con noi, e sbandierò la ripresa dell'avanzata come fosse frutto delle eroiche gesta delle sue quadrate legioni, comunicando inoltre che, di lì a qualche giorno, si sarebbe colta una vittoria ancor più importante.

La colonna fece un ingresso trionfale in Asmara, anche se i festeggiamenti degli eritrei furono assai contenuti; mentre la divisione di fanteria moveva su Macallé, la colonna corazzata si diresse subito verso il fatale campo di battaglia di Adua, per giocarsi lo spareggio d'una partita iniziata più di sessant'anni prima.

Noi avremmo fatto il contrario, anzi ci saremmo concentrati solo su Macallé, per procedere quindi lungo il bordo dell'acrocoro fino a Dessiè e liberare il percorso all'altra colonna imbottigliata, ma il richiamo del nome di Adua fu troppo forte per Mussolini e l'Alto Comando italiano.

I sudafricani non vollero giustamente affrontare la colonna corazzata in campo aperto, ed indietreggiarono oltre Adua ed Axum, seminando però la strada di mine, e si fermarono per affrontarla trincerandosi all'attraversamento del Tacazzé, ove con pochi cannoni anticarro riuscirono ad infliggere pesanti perdite ai carri italiani, che andarono ad aggiungersi a quelle procurate dalla lunga marcia di avvicinamento.

La divisione che marciava su Macallé fu disfatta da un violento attacco condotto da forze abissine tre volte superiori, armate con l'immenso bottino catturato agli italiani l'anno prima; la rotta dei superstiti si concluse ad Asmara, ove i resti della divisione si asserragliarono nella città resistendo per parecchi giorni alla pressione abissina, finché dovettero arrendersi quando esaurirono le munizioni. Con gli abissini padroni di Asmara, anche la colonna corazzata ferma sul Tacazzé si trovò imbottigliata.

Mille chilometri più a Sud, alla colonna ferma in vista del lago Abaja, gli abissini tagliarono i rifornimenti occupando Neghelli ed altri presidi lungo l'interminabile pista, e catturando quanto rimaneva intrappolato su di essa. Non gli fu neppure necessario attaccare la colonna perché questa si era isolata da sola, gli italiani infatti, in attesa d'aiuti, si erano trincerati sulle loro posizioni.

Mussolini, in preda al panico per l'ombra di un nuovo disastro che andava chiaramente delineandosi, cercò di rifornire per via aerea la brigata corazzata ferma sul Tacazzé e quella motorizzata trincerata al lago Abaja, ma fu possibile paracadutare solo un quarto dei rifornimenti necessari e, di questi, almeno un terzo finì in mani nemiche per le difficoltà ambientali in cui vennero effettuati i lanci. Disperato, il Duce ordinò alle colonne ferme a Diredaua ed a Dessiè di rientrare immediatamente, reimbarcar-

si e dirigersi di volata in soccorso alle colonne rimaste imbottigliate.

Dopo 15 giorni di ritirata, quelle che raggiunsero la costa per il
reimbarco erano l'ombra delle poderose unità che si erano bal-
danzosamente spinte nell'interno mesi prima; tuttavia si reim-
barcarono, con gli scarsi mezzi ancora in efficienza, per correre
in soccorso dei commilitoni in pericolo. Il reimbarco dei veicoli e dei rifornimenti prese quasi una settimana, un'altra se ne
andò per scaricarli a Massaua e dopo alcuni giorni la colonna
motorizzata si ritrovò bloccata sulle stesse posizioni che avevano tenuta inchiodata per due mesi la colonna corazzata che li
aveva preceduti.

Mussolini aveva anche ordinato che le due divisioni che presidiavano la Somalia si mettessero subito in viaggio con ogni
mezzo verso la colonna del lago Abaja, ma i mezzi erano un decimo di quelli necessari, e per radunare le due divisioni sparse
in tutta la Somalia occorsero 10 giorni, altri 10 ne occorsero per
raggiungere Dolo, sul fiume Giuba; di quel passo, entro 15 o 20
giorni avrebbero raggiunto il lago Abaja.

Purtroppo il tempo della colonna isolata era scaduto ed il giorno successivo i soccorritori vennero raggiunti dalla notizia della resa dei superstiti, piegati dalla sete, dalla dissenteria e dalla
malaria.

Era un disastro enorme: una colonna corazzata era imbottigliata senza alcuna speranza di liberarla, una colonna motorizzata
era inchiodata a Massaua, un'altra era stata polverizzata al lago
Abaja, 10 divisioni di fanteria erano praticamente appiedate,
l'intera Africa Orientale era disseminata di rottami di automezzi militari e civili. Gli abissini si erano impossessati di altre armi
moderne, come se non bastassero quelle che i britannici gli avevano ceduto dopo averle prese agli italiani.

Dei 20.000 prigionieri che gli abissini fecero marciare per 250 km fino ad Addis Abeba ed a Gimna, solo 15.000 relitti umani in divise lacere, sfiniti e coperti di piaghe raggiunsero i campi di prigionia già affollati dei 5000 prigionieri fatti a Macallé ed Asmara e dei 100.000 fatti dai britannici nella campagna precedente.

Di tutti i combattenti fatti prigionieri nel corso della guerra furono quelli che ebbero la sorte peggiore:
persino i prigionieri americani e britannici fatti a Bataan ed a Singapore ebbero una "strada della morte"
molto più corta.

***

- Quel bastardo di cane del vicino ha scagazzato di nuovo sul nostro zerbino - abbaiò Angela furiosa - pulisci tu per favore, ché sullo stronzino ci sono dei mosconi che mi fanno troppo schifo.-
- È perché sei prosaica e poco poetica.-
- Perché? Cosa ci sarebbe di poetico in uno stronzo con su dei mosconi verdi? Sentiamo.-
- Il quadretto che hai descritto è già stato immortalato da Gioacchino Belli, poeta dialettale. Senti un po'... e mi misi a declamare: - 'N coppa u marciapiede te ne stai,/ sotto u sole e sotto u viento,/ e nu muschiglione ca te ruonza attuorno,/ te canta a ninna nanna,/ e tu t'adduorme, struonzo!-

Capitolo XLII – Unione Europea e Nazioni Unite

Nonostante si fosse tentato in tutti i modi di tenere gli italiani all'oscuro del disastro, le notizie trapelarono ugualmente, sempre più esagerate passando di bocca in bocca, più orribili ancora di quanto già non fossero in realtà.

Alcuni gerarchi, sperando di salvare sé stessi e forse anche il Fascismo, si convinsero che era venuto il momento di cambiamenti al vertice, e per la prima volta in vent'anni, il 25 luglio '42 - incredibile coincidenza, anche se con un anno d'anticipo su quando sarebbe accaduto in un altro universo - esautorarono Mussolini con un complicato e tortuoso colpo di Stato, che ebbe come congiurati anche il Re e l'Alto Comando.

Mussolini venne arrestato con un vergognoso sotterfugio e fatto uscire di scena. Il nuovo Governo militare, guidato dal redivivo generale Badoglio, tanto per fare chiarezza dichiarò che la guerra continuava, ma per il tramite del Vaticano intavolò trattative segrete con il Negus per ottenere un armistizio.

Questi non si degnò neppure di sentire i britannici, che tutto sommato l'avevano rimesso sul trono, e neppure i sudafricani, che così superbamente lo avevano difeso dal ritorno degli italiani. Egli avrebbe posto fine alle ostilità in cambio del ritorno ai confini del '35, solennemente garantiti, del risarcimento di un miliardo di Sterline-oro, pagabili in dieci anni, del possesso del porto di Zeila - che per la verità era britannico de jure - come sbocco al mare, e della restituzione della stele di Axum, rubata agli abissini e trasportata a Roma. I 120.000 prigionieri sarebbero stati restituiti man mano si fosse ottemperato alle clausole armistiziali.

Badoglio accettò tali condizioni obtorto collo, costretto dai gravi fatti che stavano accadendo in Italia.

Alle prime comprensibili manifestazioni di gioia per la caduta di Mussolini, erano seguite manifestazioni antifasciste dilaganti a macchia d'olio, che negli ultimi giorni avevano assunto anche un chiaro carattere anti-monarchico. Tutto ciò sia nelle metropoli, sia in molti capoluoghi di provincia, con scoppi di violenza sempre più numerosi che né i Carabinieri né la Polizia riuscivano più a contenere; con regolamenti di conti, vendette, saccheggi, esecuzioni, incendi.

Il Partito Comunista, uscito dalle catacombe dove era stato relegato per un ventennio, guidato da esponenti di secondo e terzo piano appena liberati dal confino o dal carcere, e nell'assenza di quelli più importanti in arrivo da Mosca, minacciava la rivoluzione. Altrettanto faceva il Partito Socialista che, in attesa di questa, attaccava duramente, oltre che la monarchia, anche il clero e la Chiesa. I risorti Democristiani, aggrappati invece a quest'ultima, si scagliavano contro i comunisti ed i socialisti, i primi perché mangiavano i bambini, i secondi perché mangiavano i preti; loro erano per poter mangiare e basta. Partiti vecchi e nuovi, movimenti, anti-partiti qualunquisti, anarchici, per venti anni costretti al silenzio, si misero a strillare tutti assieme ed a litigare l'un l'altro. I fascisti, quei pochi che si definivano ancora tali, chiusi in casa osservavano come evolvevano le cose, incerti ancora sul da farsi.

Il Negus Hailé Selassié, attraverso un complicato giro che toccò la Chiesa Copta, il Vaticano e la nostra Ambasciata a Roma, ci chiese informazioni sulle nostre intenzioni circa la sua nazione. Noi gli fornimmo le più ampie assicurazioni che non avevamo alcuna mira sul suo Paese, che non lo avremmo attaccato mai e che auspicavamo di poter allacciare i normali rapporti diplomatici; come atto di buona volontà, riconoscemmo il suo Governo ed il ritorno dell'Abissinia ad essere uno Stato libero. Dopo qualche settimana inviammo ad Addis Abeba il nostro Ambasciatore, nel cui entourage figuravano due laureati dell'Università per Stranieri.

A questo punto il Negus espulse i sudafricani - che lo trattavano come un negro - pur con mille ringraziamenti, con altisonanti riconoscimenti nobiliari e dopo averli colmati di doni, quali spade e scudi del Tigré, naghirlé in argento martellato e bellissime schiave Amara.

I sudafricani non presero affatto bene il tradimento, e solo il rimasuglio di britannico che era rimasto in loro li fece desistere dall'impadronirsi dell'intero Paese. Essi rifluirono con le armi, i doni e le schiave Amara, chi in Sudan, chi in Kenya, e ci fu anche chi mandò tutti al diavolo e tornò fino a casa, in Sudafrica, per poter difendere la sua di patria, anziché quella di quei negri di merda. Furono gli unici a doversi liberare delle schiave Amara di loro spettanza prima di ricongiungersi alle famiglie, e lo fecero con un certo rammarico.

Le truppe italiane rientrarono nei confini che avevano nel '35 in Somalia ed in Eritrea; la Somalia ex- britannica fu l'unico loro trofeo di guerra, pur decurtato del porto di Zeila. I soldati rimasero a presidiare queste Colonie, a ricostruire quanto distrutto da due campagne militari, a riaffermare un'autorità morale grandemente intaccata, ed a regolare i conti con chi aveva approfittato della loro cacciata per collaborare coi britannici.

Ascoltavano preoccupati le notizie che giungevano dall'Italia, edulcorate e distorte dalla propaganda badogliana. Pareva che l'Italia li avesse abbandonati a sé stessi. Dalla caduta di Mussolini neppure un mercantile era approdato per rifornire le Colonie e l'esercito; correva voce che non ci fosse più nafta per le navi, né rifornimenti da trasportare, né soldi per i pedaggi e per la loro paga. Badoglio gli aveva detto di portare pazienza, che presto si sarebbe aggiustato tutto; ma intanto da due mesi non ricevevano più il soldo e fra la truppa cresceva il malcontento.

Le diserzioni erano in crescita, tanto da non venire più denunciate. Tutte bocche in meno da sfamare, meno piantagrane e mugugni da sopportare - pensavano gli ufficiali - intenti a preparare la propria exit-strategy.

Churchill, da Toronto, aveva seguito le vicende abissine con una profonda indignazione.

Evidentemente - pensava - il Negus aveva giudicato già persa la partita della Gran Bretagna contro la Germania, nonostante l'appoggio degli Stati Uniti; pensava che i tedeschi potessero intervenire in aiuto degli italiani, magari riarmandoli dopo aver fatto finta di riconoscere il suo Governo, e quindi aveva preferito chiudere prima la partita. Così il Negus aveva colto l'occasione anche per sfilarsi dalla doverosa riconoscenza verso chi lo aveva ospitato in India quando era andato in esilio - esilio che, fra lui e la sua corte, era costato un occhio della testa - ed una volta riavuto il trono aveva dato un calcio in culo a chi aveva versato sangue per lui e per il suo Impero di merda.

E ci aveva guadagnato anche un sacco di quattrini, che si sarebbe diviso coi suoi capitribù. Imperatore di merda!

I tedeschi entrarono a Khartoum senza difficoltà, a parte quella di aver dovuto sminare 400 km di strada, anche per merito di una sollevazione anti-britannica che indusse il reggimento sudafricano ivi di stanza a lasciare la città.

Quanto stava accadendo ai sudafricani in Abissinia, espulsi proprio da chi erano venuti a rimettere sul trono, li aveva colpiti come un pugno nello stomaco ed avevano deciso, dopo aver consultato il loro Governo, che il Sudan non era difendibile e che era ora di tornare a casa per difendere la patria da un attacco che, erano sicuri, non sarebbe tardato. Risalirono dunque il Nilo Bianco su piccoli battelli fluviali, superando con estrema difficoltà lunghi tratti paludosi invasi dalla vegetazione acquatica, giungendo in Uganda dopo due mesi, senza schiave Amara come i colleghi espulsi dall'Abissinia, ma con tutte le armi che erano riusciti a trasportare.

Le recenti conquiste germaniche ed i numerosi Stati che chiedevano di essere associati in un modo o nell'altro alla Confederazione, rendevano urgente trovare una differente cornice istituzionale per trattare una simile realtà, anche in previsione di futuri sviluppi.

Un abitante dei Paesi Baschi che si proclamasse Mitteleuropeo faceva morire dal ridere, lo stesso per un Macedone od un Islandese; non parliamo poi se, ad affermarlo, fosse stato un Egiziano, un Omanita o un Persiano. Occorreva assolutamente creare qualcosa in cui tutti potessero riconoscersi senza chiedersi "cosa cazzo sto dicendo?"

L'aggettivo "Mitteleuropea" dato alla Confederazione era superato e non volevamo dare l'impressione che il "centro" dell'Europa, e la Germania nello specifico, volesse esercitare un'influenza particolare sulle parti più periferiche di essa; così scegliemmo il nome di Unione Europea, che tra l'altro avrebbe potuto attrarre altre nazioni ancora indipendenti, senza che queste potessero paventare di divenire delle Colonie, o che potessero frapporre ostacoli di natura psicologica e geografica.

La capitale dell'Unione fu stabilita a Vienna, che finalmente tornò ad avere il ruolo centrale che si addiceva alla sua storia, alla dimensione, alla bellezza, ai servizi, all'urbanistica ed ai palazzi della città. Berlino, naturalmente, se ne ebbe a male, almeno fino a quando non si trovò per essa un ruolo ancor più importante, almeno sulla carta, come capitale delle Nazioni Unite.

Con questo nome era stato battezzato l'insieme degli Stati che già facevano parte dell'Unione Europea e quelli extra-europei che erano nostri alleati, associati o controllati.

Il Parlamento dell'Unione Europea e quello delle Nazioni Unite erano di natura federale e gli Stati che ne facevano parte erano rappresentati proporzionalmente ad una congerie di fattori quali l'estensione della superficie agricola-forestale, la popolazione di età superiore a 15 anni e con un minimo d'istruzione, il PIL, il grado di adeguamento della legislazione dello Stato a quello caldeggiato dall'Unione, ed altri ancora. I due Parlamenti potevano sembrare dei doppioni, nel momento in cui si insediarono, ma si sarebbero via via differenziati col tempo.

A titolo d'esempio, in entrambi i Parlamenti la Germania disponeva di 23 rappresentanti ed era l'unica nazione ad avere diritto di veto; l'Austria ne aveva 2, l'Ungheria 3, l'Olanda 3, la Danimarca 2, la Norvegia 2, l'Islanda ed i paesi del Golfo di Biscaglia uno ciascuno e così via, fino al totale di 55 membri il Parlamento europeo, e di 85 membri quello delle Nazioni Unite. Era implicito che molti Stati, quali il Giappone, gli Stati Uniti, l'Unione Sovietica, la Cina, in quest'ultimo consesso non sarebbero mai entrati, e noi neanche li avremmo voluti.

Berlino non era divenuta Caput Mundi, ma un bel passo avanti lo aveva indubbiamente fatto.

Gli Stati Uniti avevano passato l'inverno '41 - '42 a prepararsi per attaccare a Nord, ma anche per fortificarsi, per proteggersi da un nostro sfondamento del fronte e da una nostra possibile discesa verso New York e Boston. In primavera non si erano ancora mossi, anche perché continuavamo a mantenere su di essi un netto vantaggio in uomini ed in mezzi. Anche i quebecchesi avevano messo in campo, a due anni dall'indipendenza, l'equivalente di 5 divisioni ben armate, articolate in 15 brigate di fanteria.

Ogni tanto l'US Air Force saggiava i nostri tempi di reazione, che si dimostravano soddisfacenti, mentre loro, ogni volta che effettuavamo qualche missione verso Sud, si facevano trovare spesso in brache di tela.

I nostri aerei a reazione erano quelli che facevano la differenza ed aumentammo il loro numero di squadriglie, distribuendoli in una decina di aerodromi piuttosto arretrati rispetto alla linea del fronte, per non che fossero sorpresi con facilità. Da quando riuscimmo a collocare presso la vetta del monte Washington, sulle Green Mountains e sugli Adirondack delle antenne radar, per quanto possibile mimetizzate, tenemmo sotto controllo lo spazio aereo sul lato americano del fronte per oltre 200 km, mettendoci al riparo da possibili sorprese. Solo una di queste venne individuata, dopo vari mesi di attività, e distrutta dal nemico in un raid che gli costò sei aerei, ma le altre rimasero efficienti fino alla fine della guerra, contribuendo in modo determinante al suo esito finale.

Il traffico marittimo costiero degli Stati Uniti era stato completamente bloccato dai nostri U Boote, tranne quel poco che percorreva l'Intracoastal waterway; nei Caraibi i mercantili erano costretti a muoversi sotto forte scorta, ma anche così ogni tanto riuscivamo ad infilarci sotto ai convogli con i Kilo III ed a fare strage di mercantili e di petroliere, con lanci multipli di siluri filoguidati ed acustici.

I nostri convogli del Nordatlantico venivano sempre spiati e disturbati dai sommergibili nemici, ma l'entrata in servizio sulle grandi navi della scorta di nuovi elicotteri mono e birotori armati di bombe e di missili aria-suolo, causò la distruzione di diverse unità nemiche, che alla fine si ritirarono per operare solo davanti ad Halifax. Tuttavia erano poche le nostre navi che utilizzavano quel porto, la maggior parte dei convogli preferiva entrare nel golfo di San Lorenzo attraverso lo stretto di Belle Isle.

Quando i nostri convogli si resero conto che la rotta Nordatlantica era ormai sgombra, ne approfittarono per evitare di compiere il lungo e scomodo periplo dell'Islanda, percorrendo la più economica e corta rotta lossodromica.

Anche nei confronti dei giapponesi gli americani erano fin troppo tranquilli, non opponendosi che passivamente alla loro avanzata verso oriente nelle isole Aleutine, con l'occupazione nipponica dell'isola di Kodiak; sembrava infatti che avessero delegato la difesa dell'isola alla nutrita colonia di grizzly, che effettivamente qualche problema alle pattuglie giapponesi lo diedero pure.

A metà giugno la grande offensiva americana lungo l'intero fronte canadese, a lungo attesa, prese avvio con gradualità. Prima fecero attraversare il Lago Superiore e l'Huron da due brigate corazzate, sbarcandole ai fianchi di Sault Ste. Marie, con l'intento ambizioso di liberare tutto l'Ontario, ma il tentativo si infranse contro i nostri mezzi anticarro individuali, gli Stukas ed i nuovi caccia muniti di cannoncini da 30 mm alimentati con munizioni all'uranio impoverito e dotati di missili aria- suolo. Nell'occasione gli americani persero 200 dei loro aerei, contro 50 dei nostri ed al bombardamento di Salisbury effettuato dai canadesi rispondemmo con quello di Thunder Bay.

La ritirata dalle coste settentrionali dei grandi laghi costò agli americani gravi perdite di uomini e di tutti i materiali ed i veicoli. Non dovemmo richiamare neppure un'unità dagli altri fronti, come forse si aspettavano i valenti strateghi di West Point, e neppure dovemmo attingere dalla nostra riserva; per cui, quando gli americani sferrarono un violentissimo attacco lungo le due sponde del fiume Hudson, con due divisioni corazzate, fummo pronti a contenerle sia con un micidiale fuoco diretto delle nostre armi anticarro, sia con i lanciamissili multipli che devastarono le loro retrovie e le città di Albany e di Springfield, dove le divisioni si erano acquartierate prima di attaccare.

Anche su questo teatro lo scontro aereo fu durissimo e durò diversi giorni, ma le stazioni radar sugli Adirondack e sulle Green Mountains ci furono di enorme aiuto per vincere la battaglia aerea, con 300 abbattimenti e 60 perdite. La US Air Force non poteva sostenere tali perdite a lungo, di aerei e di piloti, anche perché i duelli aerei avvenivano principalmente sul nostro territorio; i nostri caccia più moderni, quelli a reazione ed il ME 109, avevano il seggiolino eiettabile per il pilota, quelli americani ancora no. Ben presto su tutto questo fronte scese la calma, i carri americani arretrarono su posizioni più protette e per il resto dell'estate e dell'autunno non subimmo altri attacchi.

Prima che l'inverno giungesse a bloccare le operazioni belliche, un altro attacco fu effettuato a Berlin, nel New Hampshire, approfittando del maltempo che teneva a terra entrambe le aviazioni. Il tentativo intrapreso da una divisione alpina di aggirare le nostre posizioni sul fondovalle, percorrendo i ripidi fianchi boscosi del monte Washington, si rivelò velleitario e fu stroncato dai quebecchesi, insuperabili nella guerra nei boschi.

Tanto per non farli ritenere troppo al sicuro se fossero rimasti acquattati a casa loro a banchettare col tacchino, per Natale lanciammo un attacco aeronavale su Norfolk, condotto da tre portaerei, durante il quale causammo molti danni alla base ed alle numerose navi attraccate alle banchine, alcune delle quali si adagiarono sul fondo rendendo inagibili le stesse. Affondammo tre mercantili, alcuni sommergibili e distruggemmo un grosso bacino di carenaggio. Non fu una Pearl Harbour atlantica solo perché non trovammo altre navi, e la cosa ci stupì, essendo Natale e sapendo quanto ci tenevano gli americani a passarlo in famiglia.

Sempre nello stesso mese, il 31, ripetemmo l'attacco su Charleston e su Savannah, in questa occasione però sperimentammo ciò che non avevamo potuto fare in Germania: l'impiego dei nuovi missili intelligenti con autoguida fornita da un"occhio elettronico", su un obbiettivo navale entro un porto.

Tali missili da crociera si rivelarono sensazionali, anche se era necessario lavorare ancora molto sulla miniaturizzazione dell'apparato di ricerca e di agganciamento del bersaglio, perché solo queste due componenti occupavano più di un terzo della lunghezza del missile. Anche così tuttavia, ad ogni lancio effettuato a 100 km di distanza corrispondeva ad un centro sicuro, magari comportante la distruzione d'un fabbricato anziché di una nave, o di un grosso magazzino dal tetto piatto anziché di una portaerei - il missile non era così intelligente da poterli distinguere - ma considerammo la prova riuscita. Se anziché essere attraccate alle banchine le navi si fossero trovate in mare aperto, non avrebbero avuto possibilità di scampo.

Fummo aspramente criticati dalla stampa e dalle radio americane per aver scatenato l'attacco proprio nei giorni di festa, di Natale addirittura, quando tutti dovrebbero sentirsi più buoni e nutrire sentimenti di fratellanza. Rispondemmo che avevano perfettamente ragione; i nostri ragazzi, lontani da casa da due anni, si erano scordati di cosa fossero le feste natalizie, e per radio promettemmo una tregua per il successivo Giorno del ringraziamento e per le altre feste a venire.

***

- Ehi! Ti comunico che la famiglia è aumentata! - annunciò Angela tutta giuliva.
- Oh no! Sei ancora incinta…
- Ma no, stupido, è Scarpebianche che fino ad ora ne ha scodellati due. Dai, vieni a vedere.-
Mi alzai giusto per compiacerla, perché di quella troia di Scarpebianche e della sua prole non me ne fregava assolutamente

niente, ma finsi un vivo interessamento per la puerpera e per il frutto d'un parto multiplo, ché altrimenti Angela mi avrebbe accusato di scarso amore per le puerpere e per le neo-mamme.
- Oh guarda, sono già tre! Che carini...
- Già, già... ma quello è il mio maglione! Quella vacca si è sgravata sul mio caro maglione color amaranto!-
- Ma se era uno straccio pieno di buchi, che non usavi più da anni... guarda, guarda, sono quattro! Uau.-
- Se non lo usavo era perché non lo trovavo più. Per forza, l'avevi sistemato nel cestino del gatto... me ne andai, lasciando le due amorevoli madri a confabulare fra loro, ripromettendomi di pisciarle nell'orecchio... alla gatta, non all'Angela.

Capitolo XLIII – India e Cina

L'Unione Sovietica, nella primavera del '42, iniziò l'occupazione dell'Afghanistan senza incontrare resistenze di sorta. Un Corpo d'Armata motorizzato scese dal Turkmenistan su Herat e da qui mosse su Kandahar, mentre un altro, superato il fiume Amudarja, scese su Mazar-i-Sharif, superò i Budda rupestri di Bamiyan ed occupò Kabul, da qui si diresse verso il passo Khyber, per entrare nel Punjab, ma venne bloccata nello stretto passaggio da truppe indiane che tennero validamente la fortissima posizione difensiva.

Meno facile, perché sempre contrastata dagli indiani, fu l'invasione del Sind da parte del primo Corpo che, dopo essersi riorganizzato, dalla città di Kandahar avanzò prima su Quetta, quindi raggiunse il fiume Indo a Sukkur, dove si scontrò con un grosso contingente di truppe indiane in una feroce battaglia in cui i russi ebbero ragione degli avversari in virtù delle loro forze corazzate. Gli indiani vennero disfatti, lamentando oltre 30.000 perdite e rifluirono, inseguiti dai sovietici, fino ad Hyderabad.

Anche le truppe sovietiche però avevano non pochi problemi; la lunghissima linea di rifornimento, di quasi 2000 km, si era troppo allungata e l'avanzata stessa aveva logorato oltremodo i pur robusti mezzi meccanici sovietici molto più di quanto avessero fatto le armi nemiche. Ancor più preoccupante era il fatto che, sia in Afghanistan, sia nella regione di Quetta, stavano organizzandosi gruppi tribali di guerriglieri che avevano iniziato a contendere agli invasori il controllo del territorio. Servivano rinforzi di tutti i tipi.

Stalin li mandò subito: un altro Corpo motorizzato, 5 divisioni di fanteria, 200.000 operai-prigionieri per migliorare le strade percorse dai rifornimenti, per costruire ponti ed aerodromi nella regione e 400.000 operai per costruire una linea di comunicazione stradale e ferroviaria che, dall'antica città di Mary, in Turkmenistan, attraverso Herat, il deserto del Registan e la steppa desertica del Belucistan, raggiungesse il Mar Arabico a Chahbahar, collegando finalmente la rete ferroviaria sovietica a quel mare caldo e aperto tanto desiderato.

Per affrettare i tempi Stalin inviò per via marittima in questo porticciolo, adatto ai sambuchi ed alle feluche, 100.000 prigionieri dei gulag nonché i materiali per iniziare la costruzione della nuova base navale. Fu un'impresa titanica, un vanto per una nazione che non aveva scarpe decenti da fornire alla sua popolazione.

Karachi fu occupata dai sovietici alla metà di luglio e, con l'approntamento di un aerodromo a Kabul, fu possibile sbloccare il passo Kyber sottoponendo i difensori a continui bombardamenti. Il Corpo motorizzato ivi bloccato poté così discendere verso la città di Peshawar e l'Indo, respingendo gli indiani nelle valli dello Jammu da un lato ed espellendoli dalla riva destra dell'Indo dall'altro.

Ai sovietici poteva bastare, avevano già fin troppi musulmani tra le balle, figurarsi se avessero dovuto riempirsi anche di induisti, come si espresse Stalin mentre esaminava con Molotov le prospettive spalancate dalla sconfitta degli indiani. Agli Indiani, privi di aerei moderni, di piloti, di carri armati, dotati solo di fucili antiquati, di cannoni da campagna vetusti e di ufficiali britannici ottusi, poteva bastare altrettanto; ma comandavano i britannici e questi, non contenti di aver fatto combattere mezzo milione di indiani sui campi di battaglia di mezzo mondo, irrorandoli col loro sangue, ora pretendevano di usarli come carne da cannone per difendere l'India dai Russi.

I soldati indiani però avevano capito da tempo come stavano le cose e si ribellarono in massa, quasi all'unisono. Uccisero od imprigionarono gli ufficiali britannici ed insieme a numerosi leader politici si misero alla testa di una rivolta violentissima, ad un tempo anti-britannica, indipendentista e nazionalista. Immediatamente il fronte patriottico si frantumò, perché induisti, musulmani e sikh, per citare solo le fazioni più numerose, non avevano affatto un'identica visione di come procedere, né di quali priorità dare, ma su una cosa erano tutti d'accordo: non sarebbero più stati i britannici a determinare il loro destino.

L'India si dichiarò indipendente il 1° agosto '42 - una decina d'anni prima di quanto sarebbe avvenuto in un altro universo - fu chiesto un armistizio ai sovietici e questo stabilì il nuovo confine sull'Indo, a Sud di Peshawar, in cambio del pieno riconoscimento del nuovo Stato.

Anche coi giapponesi, peraltro poco attivi in Assam perché impegnati nella loro interminabile campagna in Cina, gli indiani riuscirono a stipulare un armistizio che fruttò loro persino un ingrandimento territoriale a spese della Birmania - il porto di Sitwe e la costa dell'Arkan - ma ottenuto con la rinuncia alle isole Andamane ed alle isole Nicobare.

Tutte le proprietà britanniche in India furono confiscate, come quelle dei rajah che si spacciavano essere autonomi e non soggetti al Viceré imposto da Londra, ed il sacco fu considerevole. Ancor più lo divenne quando tutti i britannici, militari e civili, furono espulsi dal Paese potendo portare con sé solo gli effetti personali e 25 Sterline a testa. I loro conti correnti, titoli e cassette di sicurezza vennero confiscati e le banche ove erano custoditi nazionalizzate a costo zero per il nuovo Stato. In un colpo solo gli abitanti del subcontinente si rifecero di due secoli di rapine perpetrate nei loro confronti.

Esterrefatti per il salasso subito, ma contenti almeno di poter portare a casa la pelle, i britannici rifluirono quasi tutti a Ceylon ed in Sudafrica, ma erano tuttavia profondamente indignati per essere stati considerati alla stregua di ladroni e per la poca riconoscenza di un popolo cui avevano addirittura insegnato a giocare a cricket.

L'Unione Europea e le Nazioni Unite riconobbero con entusiasmo il nuovo Stato, contro i cui soldati i nostri avevamo ingaggiato tante battaglie, e gli restituimmo i numerosi prigionieri di guerra, anche quelli detenuti dagli italiani che, essendo in pieno caos, si erano dimenticati di loro, lasciandoli quasi senza viveri.

Gli Indiani, stretti fra Russi, Giapponesi e Cinesi - che essendo alleati anche della Gran Bretagna non avevano riconosciuto l'indipendenza indiana - scelsero noi per promuovere il loro sviluppo industriale.

I Cinesi continuavano la loro sanguinosa guerra contro l'invasore giapponese con buoni successi difensivi, ma necessitavano di rifornimenti militari, soprattutto di armi pesanti, munizioni, aerei moderni e piloti. Con la strada della Birmania chiusa da più d'un anno, tali rifornimenti non potevano che arrivare dalla Russia.

Stalin non lesinò nulla, ma riservando i rifornimenti alle truppe comuniste di Mao Ze-dong che, proprio in virtù di questa preferenza, ben presto riuscì a prendere il sopravvento nel comando delle forze cinesi che si opponevano all'invasione, strappandolo al concorrente nazionalista Chiang Kai-shek, lasciato all'asciutto di aiuti anglo-americani.

Da più d'un anno inoltre, era in atto una rottura fra comunisti e nazionalisti cinesi nella conduzione della guerra, rottura che i giapponesi non riuscirono a sfruttare, né politicamente, né militarmente, troppo ottusi per cogliere con rapidità le occasioni e troppo intenti a fare inutili rappresaglie nei confronti della popolazione civile; quando se ne accorsero il momento era passato e l'occasione sfumata.

Nel '42 i comunisti cinesi erano meglio armati di quanto lo fossero gli invasori stessi, e questi ultimi cominciarono a temere che fosse troppo tardi per piegare i cinesi, anzi, avrebbero dovuto sudare sette camicie per non farsi travolgere.

Per il Giappone infatti non c'era più speranza di vittoria in Cina, soprattutto in seguito al fallimento dell'esercito collaborazionista di Wang Ching-wei, forse l'ultima carta giocabile per poter chiudere positivamente un'avventura iniziata dieci anni prima. La Cina infatti era troppo grande e troppo popolosa per poter essere conquistata, soprattutto se una grande potenza limitrofa decideva di aiutarla con ingenti forniture militari.

Poi c'era il fattore petrolio, quello che aveva fatto scoppiare la guerra, che stava diventando sempre più grave. Dopo un anno e mezzo di guerra le scorte strategiche di nafta e di benzina erano agli sgoccioli; i pozzi petroliferi strappati agli olandesi in Borneo e che erano stati danneggiati prima di essere abbandonati, erano stati rimessi in funzione, ma di greggio in Giappone ne arrivava solo un rivolo, per la falcidia delle petroliere che lo trasportavano. Se si fosse acquistato petrolio dai tedeschi nel Golfo Persico, il pericolo arrecato dai sottomarini nemici sarebbe stato ancora più grave, a causa del maggior percorso che le petroliere avrebbero dovuto effettuare.

Mediante due sommergibili da 8000 t acquistati dai tedeschi, ed al ritmo di 6000 t per volta, per un viaggio di andata e ritorno della durata di 2 mesi, era stato possibile rifornire almeno gli aerei ed i cacciatorpediniere, ma le grandi navi erano costrette all'immobilità nelle loro basi per non consumare la poca nafta rimasta. Servivano petroliere veloci per andare a prendere il carburante bell'e pronto ad Abadan, ma non c'erano mercantili per rifornire di minerali di ferro e di carbone le acciaierie per produrre lastre d'acciaio per costruire le petroliere... Era tutto un giro vizioso.

Maledetti barbari - si dolevano gli ammiragli giapponesi - noi combattiamo come samurai, lanciando i nostri sommergibili contro le loro navi da guerra e loro invece, come dei briganti, se la prendevano con delle innocue petroliere. Ormai hanno fatto strage della nostra Marina Mercantile, appena sufficiente, due anni fa, a rifornire di materie prime il Paese, ed ora oberata di molti altri compiti, come quello di rifornire le guarnigioni sparse in mezzo Oceano Pacifico, quelle sparse nel Sud-Est asiatico, l'esercito di occupazione in Cina... Che terribile errore non aver pensato per tempo a queste cose, invece di costruire quelle stupide supercorazzate che non hanno sparato un solo colpo e che ora non si possono muovere.

I pensieri dei generali nipponici non erano dissimili:
come potevano sconfiggere i cinesi se non arrivava abbastanza nafta per muovere i carri armati ed i camion? La Cina era immensa, le distanze enormi, gli armamenti cinesi, una volta rudimentali, erano ora migliori dei nostri. Se non fosse arrivato del carburante si sarebbe dovuto ripiegare sulla costa, ma ciò non sarebbe stato mai autorizzato, perché considerato disonorevole.

Il generale Tojo - capo dell'Esercito Imperiale - avrebbe dovuto trattare, ma come fare a trattare con Mao Ze-dong, determinato a contenderci la Cina distretto per distretto, Provincia per Provincia, fino alla vittoria finale che ci avrebbe ributtati a mare. Se almeno Chiang Kai-shek fosse rimasto a capo dell'esercito cinese, con lui si sarebbe potuto trattare e forse ottenere un onorevole compromesso, ma ora il suo potere era completamente surclassato da quello di Mao. Ma il ragionamento era puramente accademico, perché Tojo non avrebbe trattato comunque, non sarebbe stato onorevole.

Il Giappone, vittorioso in terra come in mare, era all'asciutto di carburante e quasi inerme, come un gigante affondato nelle sabbie mobili fino alla cintola; aveva disperatamente bisogno di pace, purché questa fosse onorevole.

***

- Uffa, che barba! – ma non finisce più questa storia? ma che palle!- sbuffò Angela.
- Beh, almeno Fritz ci ha graziato degli scontri fra le fazioni cinesi durante la guerra col Giappone. È uno dei pochi libri di storia che non sono riuscito a finir di leggere.-
- Non è che ti sia dato molto da fare per evitare ammazzamenti, anzi...
- E cosa diavolo avrei potuto fare più di così. Evidentemente, ad un certo punto ho lasciato andare le cose per il verso loro.-
- Come sono le schiave Amara? -
- Non so. Ma scommetto che hanno le tette di bronzo ed i ricciolini ispidi sulla... -
- Porco!-

Capitolo XLIV – Dissoluzione dell'Italia

In Italia l'imposizione della legge marziale non aveva per nulla contribuito a placare la situazione politica esplosiva. Le grandi città industriali del Nord erano in mano ai comunisti ed ai socialisti, che ormai disputavano a colpi di fucile il controllo del territorio ai Carabinieri, mentre quel che restava del Regio Esercito era stato per metà smobilitato, per permettere la ripresa della produzione agricola e industriale, e la parte restante - che giustamente si riteneva vittima dell'ennesimo sopruso - era evaporata in alcune settimane a causa di massicce diserzioni. Gravissimo era il fatto che i disertori abbandonavano sì la divisa, ma non le armi individuali, per rivenderle e rifarsi così del soldo che tardava da oltre tre mesi, oppure per andare ad arricchire gli arsenali delle varie fazioni politiche.

Chi non era armato e sentiva il bisogno d'esserlo partecipava all'assalto dei depositi militari lasciati incustoditi, o nei quali gli stessi sottufficiali, in aste improvvisate, battevano lotti di armi leggere, ma anche qualche mitragliatrice pesante, che venivano aggiudicate a chiunque avesse di che pagare. Fu una vera fortuna che i depositi fossero pressoché vuoti, prosciugati dalle tante campagne militari.

I finanzieri, senza stipendio da mesi, si erano dimessi dal servizio e fatto comunella coi contrabbandieri ed i borsaneristi, mentre i gradi superiori, che lo stipendio l'avevano regolarmente percepito, seppure ridotto ed in Sterline, in modo molto gattopardesco cercavano di stabilire contatti con le nuove realtà politiche emergenti, o di essere assunti quali commercialisti dagli industriali o dai faccendieri che ancora avevano voglia di lavorare. Solo i Carabinieri, quei pirla, rimanevano fedeli alla Monarchia, che da Roma assisteva alla frantumazione della

Nazione, al dissolvimento dell'autorità, allo scollamento della società, alla nascita di potenti forze antagoniste, spesso decisamente rivoluzionarie.

Per un certo periodo, per fortuna limitato a qualche mese, tutto il Sud, da Napoli in giù, fu completamente controllato dalla Mafia, dalla Camorra, dalla Sacra Corona Unita e dalla congerie di unità a queste associate, costituite da cosche, famiglie, 'ndrine, ecc..

La modesta presenza di banditi solitari o in piccole bande fu rapidamente stroncata nel Sud, facendo trionfare la pax maphiosa, mentre nel Nord, non così organizzato al proposito, la banda del passo del Bracco continuò per mesi a taglieggiare i viaggiatori che percorrevano l'Aurelia.

Fra le Alpi ed il Gran Sasso nacquero Governi regionali e provinciali con caratteristiche spiccatamente di sinistra, da quelli bolscevichi di Torino e di Genova, dominati dai soviet subito eletti nelle grandi fabbriche dopo la caduta di Mussolini, a quelli socialdemocratici e socialisti di Milano, delle Marche e degli Abruzzi.

L'inizio della caccia al fascista fu questione di poche settimane, giusto il tempo di assicurarsi che il fascismo non sarebbe più tornato al potere. Se tale caccia fu relativamente incruenta fu solo perché nessuno ammise mai di aver fatto parte volontariamente del partito fascista, ma sempre perché costretti dalle circostanze, perché così facevan tutti, perché tenevano famiglia. Nessuno ammise mai di aver tratto un vantaggio economico dal regime, ma di averci anzi rimesso assai; tutti si prodigarono a millantare resistenze ed attività antifasciste, pochi riuscirono anche a fornire qualche prova di tale sotterraneo lavorio. Anni passati in galera per i reati più disparati, dall'abigeato alla truffa aggravata, dallo spaccio di banconote false all'uxoricidio, vennero più nobilmente ascritti all'aver svolto attività sovversive contro il regime.

Ad ogni buon conto ogni tessera del Partito Fascista, ogni fotografia del Duce appesa in casa, ogni camicia nera fu rintracciata e distrutta; cataste di divise della milizia furono abbandonate per strada, nonostante fossero confezionate con costoso orbace; ai bambini fu intimato di tacere sempre su cosa si dicesse a casa, e furono riletti e censurati i quaderni di scuola dei ragazzi, con scritti inneggianti al Duce.

Motti fascisti, affrescati su migliaia di edifici, furono frettolosamente coperti con mani di calce, per riapparire smaglianti dopo qualche decennio ad attestare come, nel ventennio, almeno qualcosa di buono si fosse prodotto. Più definitiva, ma per forza di cose tutt'altro che completa, fu la rimozione dalla facciata degli edifici e dalle piazze di statue, medaglioni, alto e bassorilievi, fasci littori, busti, aquile imperiali, ecc.

Fu tutto inutile, perché erano troppe le cose da distruggere e da coprire, ma soprattutto, quella più importante, ovvero distruggere quel che di fascista si annidava nella mente della gente, quello rimase intatto, pronto a riemergere sotto altre spoglie, più sottili, più attraenti, più efficienti, ma altrettanto cialtronesche di quelle di prima.

Gli epuratori capirono che vent'anni di fascismo erano penetrati nei meati della vita quotidiana della gente ed era impossibile rimuoverli tutti, a loro bastò la buona volontà; non però per quelli che avevano detenuto cariche pubbliche importanti o per chi si era notoriamente arricchito col regime.

Dopo un'ubriacatura di giustizialismo, declinato in misura differente a seconda dell'inquisitore, del giudice, e della giurisdizione in cui venivano scovati e sommariamente giudicati i reprobi, si annoverarono alcune decine di fucilazioni "legali", alcune centinaia di esecuzioni "illegali", oltre trecentomila anni di galera comminati in tutto a circa ventimila rei, variamente condonati negli anni immediatamente successivi a quelli del grande repulisti. Questo tuttavia ebbe luogo solo nell'Italia centro-settentrionale, perché in quella del Sud i capetti fascisti si mimetizzarono con estrema abilità e con atavica predisposizione fra i notabili della nuova società.

Non potevamo tollerare una situazione del genere, col rischio che un satellite di Mosca potesse prendere consistenza sul nostro confine meridionale, in mezzo al Mediterraneo.

Dal passo del Brennero, completamente sguarnito, scesero verso la Pianura Padana due brigate motorizzate e quattro di fanteria che non furono minimamente ostacolate. In poche ore furono a Verona, poi si aprirono a ventaglio, con il grosso che si diresse su Milano, entrò nella città e ne occupò i punti chiave, sbarazzandosi facilmente della debole opposizione di improvvisati soviet di soldati. Alcuni reggimenti proseguirono per Novara e per Pavia, per arrestarsi rispettivamente sulla Sesia e sul Po, non prendendo neppure la precauzione di far saltare i ponti, che ad ogni buon conto vennero minati.

Nel contempo altre due brigate motorizzate e due di fanteria scesero da Tarvisio e da Lubiana per occupare il Veneto e l'Istria; solo quest'ultima colonna fu oggetto di qualche colpo di fucile, per il resto la resistenza fu del tutto assente. In due giorni tutti i capoluoghi di provincia delle Regioni invase furono saldamente occupati. Entro la settimana successiva controllavamo ogni parte del territorio.

I sentimenti anti-tedeschi che gli italiani si portano dietro da quando Arminio sterminò le legioni di Varo, il 9 d.C. nella selva di Teutoburgo, erano diffusi in tutta la zona occupata e sempre più palpabili man mano ci si spostava ad oriente, mitigati solo dal vedere come andavano le cose nel resto dell'Italia. Non appena si capì che non intendevamo spingerci oltre nell'occupazione della penisola, non venimmo molestati dai Governi delle varie entità cispadane, e la zuffa fra un'entità e l'altra, nonché quella interna fra le opposte fazioni, poté continuare più determinata di prima.

Solo la Repubblica Socialista Sovietica del Piemonte, di recente istituzione, memore di un trascorso sabaudo che aveva a lungo lottato per impadronirsi del Lombardo-Veneto, elevò un grido di dolore e chiese a Mosca di intervenire; ma quando questa rispose che non poteva aiutarli militarmente, ma che poteva inviare dei commissari politici per guidarli, decisero di lasciar perdere, e passarono a cose più concrete, come la confisca delle residenze sabaude disseminate nella Regione.

Facemmo sapere a Togliatti - in transito da Berlino mentre rientrava in Italia proveniente da Mosca per riorganizzare e ricompattare il Partito Comunista, che sembrava volersi frazionare il partitini di sola rilevanza locale - che non li avremmo molestati in alcun modo a condizione che non si fossero portati i russi in casa. Togliatti, che non a caso aveva fama di essere "il Migliore", ci assicurò che non ne aveva la minima intenzione; che dopo tanti anni di esilio moscovita, di Stalin ne aveva pieni i coglioni ed altrettanto degli spuntini a base di cetrioli che aveva dovuto sorbirsi per tutto il tempo; ma elevò una vibrata protesta per il Lombardo-Veneto che, belìn, doveva restare italiano.

L'Alto Adige venne subito annesso all'Austria ridiventando il Südtirol; venne tracciato un nuovo confine fra Veneto e Slovenia lungo lo spartiacque naturale delle Alpi Giulie e, riguardo all'Istria, lungo approssimativamente il 14°Est; la città di Fiume fu assegnata alla Slovenia, quella di Zara e la Dalmazia alla Croazia.

Dopo un anno di Amministrazione militare molto blanda, Trentino, Veneto, Friuli e Venezia Giulia costituirono la Repubblica Serenissima, con il Leone di San Marco sulla bandiera color amaranto - sicuramente la bandiera più bella fra quelle delle Nazioni Unite - mentre la Lombardia, col Novarese ma senza l'Oltrepo pavese, divenne la Repubblica Longobarda, con una Rosa Camuna rossa sulla bandiera bianca. Entrambi i nuovi Stati entrarono a far parte dell'Unione Europea, felici come non mai nel costatare come fosse migliore la loro situazione rispetto a quella del resto dell'Italia.

I soviet di Milano e di Brescia furono arrestati e spediti ai nostri amici sovietici, perché Togliatti ci aveva fatto sapere confidenzialmente che non voleva altri rompicoglioni, stante il fatto che attorno ne aveva già fin troppi; qui giunti furono accusati di collusione col fascismo e di essere di tendenze revisioniste, quindi processati e spediti in alcuni gulag siberiani.

A Roma il Re si vide restringere man mano il territorio controllato dai Carabinieri, sia ad opera di Governatorati di sinistra, che arrivavano ormai alle porte della ex-Capitale con la provincia auto- proclamatasi "Viterbese Rossa", sia dalle organizzazioni criminali del Sud, come quella, dalla denominazione più esplicita, di "Magliari di Isernia", fintanto da rimanere per qualche mese, Re di Roma, dell'Agro Pontino e della Ciociaria.

Vietammo ai francesi di occupare la Sardegna, che voleva essere indipendente e pretendeva che la chiamassimo Tiscalia; l'accontentammo e la facemmo entrare nell'Unione a titolo provvisorio, in attesa che si disinselvatichissero, però continuammo a chiamarli sardi, perché ogni volta che gli europei, non avvezzi a parlare Italiano, invece che tiscaliani li chiamavano tisici, li facevano incazzare'di brutto.

A Malta non avemmo difficoltà ad espellere gli italiani, tutti rimasti da mesi senza paga; bastò assicurar loro che avremmo provveduto noi al versamento del soldo e degli arretrati, ma non vollero essere pagati in Lire, che negli ultimi mesi si era fortemente svalutata, e pretesero una valuta forte: le nostre Sterline - che circolavano già in Italia come moneta di riferimento ed erano preferite a quella ufficiale - andavano benissimo.

Le Navi della Regia Marina di base nei porti del Sud si erano dissolte, sparite senza lasciar traccia, e per mesi, molto preoccupati per la loro sorte, non ne sapemmo più nulla. Solo quelle di stanza a La Spezia, rimaste senza nafta perché rivenduta alla borsa nera, furono prese in consegna dai vari Governi locali, dopo furiose discussioni sul come e su fra chi dividersele; nell'impossibilità di giungere a decisioni salomoniche, furono messe all'asta per fare cassa.

Se le accaparrarono tutte armatori greci, turchi ed egiziani, e sul momento non riuscimmo a capire cosa volessero farsene, dato che erano veloci unità da guerra con una capacità di carico molto limitata; solo molto tempo dopo capimmo che, per le merci che intendevano trasportare, questo fattore era del tutto ininfluente rispetto ad altri.

In Tripolitania le truppe di guarnigione, quasi due divisioni, anch'esse senza paga da mesi, saputo di come i commilitoni in patria avevano risolto il problema, vendettero le armi in dotazione a capitribù beduini del Fezzan, della Tunisia e persino a tuareg dell'Algeria, che essendo molto poveri gliele pagarono in cammelli o, in alternativa, in giovinette berbere, stupendosi assai che queste ultime erano preferite ai primi.

I capitribù riuscirono a rivendere una parte delle armi ad altri capitribù più meridionali, finché l'Africa Occidentale e quella Centrale Francese furono disseminate di armi leggere vendute dagli italiani, che divennero così i principali fornitori delle armi per la guerra d'indipendenza che questi popoli avrebbero sostenuto, di lì a qualche lustro, per liberarsi dal dominio francese.

Riportammo in Italia molti soldati - ché i mercantili italiani erano tutti senza nafta - ma nessun cammello, che pertanto dovette essere venduto in fretta e furia prima dell'imbarco, smenandoci assai. Non pochi, per lo più di tendenze fasciste, si trasferirono in Tunisia per arrolarsi nella Legione Straniera; mentre quelli che si erano impossessati delle giovani berbere restarono in Libia e misero su famiglia.

I civili italiani della Colonia iniziarono subito a litigare su tutto: se dovessero restare una Colonia italiana e, nel caso, di quale Italia far parte, oppure se diventare indipendenti, su che tipo di Governo instaurare, se si dovessero epurare i capetti fascisti; soprattutto su chi dovesse cacciare i soldi per far funzionare le cose.

Alla fine decidemmo di occupare militarmente la Tripolitania ed il Fezzan e li mettemmo tutti d'accordo, poiché erano fra i pochi italiani non anti-tedeschi, avendoli tratti dalle peste un paio di volte negli ultimi tempi.

In Somalia ed in Eritrea l'enorme numero di soldati presenti, fra truppe di guarnigione, presidi e truppe rientrate dall'Abissinia, in tutto 250.000 uomini, era in piena ebollizione per il fatto di essere senza paga ormai da quasi sei mesi, finché scoppiò la rivolta. Tutti gli ufficiali superiori, che si era scoperto che la paga l'avevano percepita per tutto il tempo ed in Sterline, vennero imprigionati e tenuti in ostaggio. Sotto la guida di improvvisati masanielli, vendettero ai britannici in Kenya le armi che potevano interessarli, tanto che, paventando un'operazione del genere, inviammo un caccia da Aden per scoraggiare siffatti commerci, ma le armi - l'armamento completo di 13 divisioni - erano già state tutte imboscate e non trovammo nulla da sequestrare.

Rimpatriammo tutti quelli che vollero tornare, previo il rilascio degli ufficiali in ostaggio, anticipammo il soldo alle le truppe, ufficiali inferiori e sottufficiali compresi, e per non fare discriminazioni, pagammo anch'essi in Sterline.

Molti però vollero restare, insieme alla moltitudine che aveva già disertato; si tolsero le mostrine e si misero a gestire lucrose attività, fra cui il commercio delle armi imboscate, che vendevano a chiunque avesse di che pagarle: Ras etiopi ribelli, milizie e signori della guerra locali, nuclei di combattenti islamici, ribelli anti-britannici Mau-Mau ed altri. Essi non ebbero nessuna nostalgia dell'Italia, sentendo per radio cosa vi accadeva, anche perché dovendo scegliere fra mogli e fidanzate barbute, o colla faccia cavallina, o col culone basso, e le native Veneri Nere, assomiglianti tutte a Naomi Campbell, non ebbero alcuna esitazione.

Soltanto alla fine del '43 riuscimmo a rintracciare le navi della Regia Marina sparite dai porti dell'Italia meridionale. Come paventavamo, in parte erano state vendute dalle grandi cosche alla Turchia, rateizzando il pagamento con una fornitura costante di oppio e di marijuana per i vent'anni successivi. Parte delle navi se le tennero le varie famiglie mafiose - soprattutto le unità più veloci, come i MAS, alcuni caccia, ed anche due sommergibili - che adibirono al trasporto di alcaloidi per tutto il Mediterraneo ed oltre, fino in Nordamerica.

Nel dicembre '42 apprendemmo che scienziati americani, sotto la guida di Enrico Fermi, avevano realizzato una pila atomica e che nelle località di Los Alamos, in New Mexico e di Oak Ridge, nel Tennessee, fervevano lavori per la costruzione di strutture imponenti, sotto stretto controllo militare ed in condizioni di massima segretezza. Inoltre scoprimmo che gli americani stavano rastrellando scienziati e tecnici da ogni dove, con un unico elemento che li accomunava: erano fisici, matematici, metallurgisti, chimici ed altri tecnici specialisti necessari per realizzare la bomba atomica.

Bene! Le nostre enormi centrifughe che continuavano a girare in inaccessibili caverne e miniere avevano raggiunto il ragguardevole numero di 20.000 unità, fornendoci sempre maggiori quantitativi di uranio arricchito dell'isotopo U 239. Festeggiammo il capodanno '43 con lo scoppio di una bomba atomica che fu fatta esplodere in un pozzo, alla profondità di 130 m, nel poligono di Finnmarks.

Pesava 1400 kg e funzionò benissimo.

**

- Ma dai! è inverosimile! - sbottò Angela - L'unità d'Italia non può essersi volatilizzata così, in quattro e quattr'otto. Accettare così di staccarsi dall'Italia per associarsi ai Tedeschi ed agli Austriaci... Ma dove siamo! Passi per l'Alto Adige, passi per Fiume e Zara. Ma il resto proprio no. Guarda, posso ancora capire la Sardegna, o la Tiscalia, come pare vorranno chiamarla; però che strano nome, chissà perché ne hanno scelto uno così?... E poi il Sud disintegrato ed in mano alle cosche... ma il Sud aveva il fior fiore di politici abilissimi, di pensatori che avrebbero potuto unirsi, stilare documenti su cui confrontarsi, dialogare coi Governi social-comunisti del resto d'Italia, fissare una scaletta d'obbiettivi da raggiungere, fare convegni, seminari, proporre una bozza di Costituzione, divulgare documenti, presenziare a conferenze, darsi degli ordini del giorno...
- ...aprire la porta e trovarsi un brutto ceffo con la coppola che ti spiana la lupara sotto il naso...
- Ma la mafia non può sostituirsi allo Stato.-
- Su questo ti do pienamente ragione. Costerebbe troppo. Meglio infiltrarsi in uno Stato e succhiarlo dall'interno.-

Capitolo XLV – Sud Africa e Svizzera

All'inizio del '43 ci facemmo cedere dal Portogallo le isole Azzorre e l'Angola, in cambio di 100 milioni di Sterline, le ultime di quelle che avevamo falsificato. Il Governo di Salazar si piegò senza neppure protestare troppo; aveva disperato bisogno di denaro e sapeva che, prima o poi, una cosa del genere sarebbe successa. In fin dei conti giudicava che se se la fosse cavata solo con quel sacrificio, visto cosa stava accadendo nel mondo, sarebbe stato fortunato. Nello stesso tempo la nostra Tascheflotte del Pacifico lasciò Yokohama definitivamente, perché come base navale non aveva più nulla da rifornire: il Giappone era ormai alla canna del gas. Da più d'un anno infatti un convoglio di 20 mercantili fortemente scortato riforniva la base di quanto le necessitava partendo da Salonicco, via Mar Rosso, e la nafta trasportata la dividevamo coi giapponesi, commossi perché non in grado di ricambiarci. Alla fine ci proposero un accordo per la fornitura mensile di 100.000 t di carburanti vari, per la durata di nove mesi, effettuato con nostre petroliere scortate, in cambio della Nuova Guinea e di tutte le isole del Pacifico a Sud dell'Equatore.

Accettammo, costatando che dovevano essere messi veramente male per proporci uno scambio del genere, ma d'altra parte erano isole che non sarebbero mai riusciti a difendere quando gli americani si fossero riarmati a dovere. Insieme alle isole ci lasciarono anche le guarnigioni, purché le sfamassimo, ed il nostro convoglio aveva appunto lo scopo di prendere possesso dello sterminato spazio disseminato di isole di ogni taglia, lungo quasi 10.000 km, dalla punta occidentale della Nuova Guinea all'isola Pitcairn.

Ci insediammo nella base di Rabaul, appena allestita dai giapponesi nelle isole Bismarck, una vecchia colonia del Kaiser, che eleggemmo a nostra base principale; un incrociatore e due caccia li dislocammo ad Apia, nelle isole Samoa, un altro pezzo della Germania guglielmina.

Il convoglio toccò anche la Nuova Caledonia, ove trovammo la guarnigione, che avevamo lasciato quasi tre anni prima, abbronzatissima e molto legata alla popolazione, poiché i soldati si erano quasi tutti accasati con le bellezze locali ed erano sommersi da frotte di poppanti. Non ce la sentimmo di allontanarli dalle nuove famiglie e portammo con noi solo due compagnie che lasciammo a Rabaul e ad Apia a proseguire la cura elioterapica.

Le truppe che occupavano l'Australia le facemmo rifornire con piccoli convogli debolmente scortati provenienti dal Mediterraneo, che nel viaggio di ritorno avrebbero trasportato bestiame, lana grezza, minerali di ferro e granaglie. Tali convogli non furono mai molestati, contrariamente alle petroliere che rifornivano il Giappone, che solo in virtù degli elicotteri della scorta riuscirono a non farsi attaccare dai sommergibili americani.

Cercammo di rendere l'Australia il più possibile autonoma per la sua difesa. Vi portammo aerei in container, sistemi radar, missili da crociera autocercanti e grandi quantitativi di carburante; lasciammo anche due incrociatori e due caccia, tutti dotati di elicotteri, con l'ordine tassativo di non farsi affondare.

Lasciata l'Oceania, la Squadra navale del Pacifico fece rotta verso l'Atlantico meridionale, ove aveva appuntamento con una delle Tascheflotte che operavano in quell'oceano. Quest'ultima aveva scortato un convoglio di 120 mercantili per il trasporto di truppe che avevano il compito di occupare il Biafra, l'intero delta del Niger e l'altipiano di Jos, ove sapevo esserci cospicue risorse minerarie e petrolifere, inoltre volevamo anche rilevare l'Angola dai portoghesi che ce la custodivano. Per ogni missione dedicammo il minimo indispensabile di truppe poiché, tranne che in Nigeria, non ci aspettavamo resistenze di sorta. Insieme alle truppe sbarcammo anche folti gruppi dei nostri laureati di colore, per organizzare partiti politici filo-tedeschi.

Il grosso della spedizione era però diretto a rimpossessarci dell'unica colonia ex-tedesca che ci interessava: l'Africa del Sud-Ovest. Sbarcammo a Walvisbaai ed a Lüderitz senza incontrare resistenza da parte dei sudafricani, che evidentemente volevano affrontarci all'interno, lontano dalle navi e su un fronte più ristretto, ma trovammo i due porti devastati dalle demolizioni e minati, così come erano state minate le strade e le piste che si dipanavano d essi; ciò rallentò molto le operazioni, ma non le bloccò.

Per mezzo di elicotteri affondammo due sommergibili in agguato, e tramite questi stupendi mezzi sorprendemmo alcuni plotoni di sudafricani che, 100 km davanti alle nostre avanguardie, minavano le strade che avremmo potuto percorrere.

Era giunto il momento di far pagare al Sudafrica trent'anni di politica anti-tedesca ed il suo intervento, invero molto efficace, a fianco della Gran Bretagna in ben due guerre.

L'attacco aereo sui porti di Città del Capo, di Port Elisabeth e di Durban fu coordinato e simultaneo, al fine di sorprendere i pochi aerei dell'aviazione sudafricana, per poi accanirsi sulle difese portuali, di recente costruzione; infine per colpire mercantili, dock, caserme, scali ferroviari, in un susseguirsi di missioni che proseguì per due giorni. Poi ci rivolgemmo all'interno, ove colpimmo i ponti ferroviari e stradali sul fiume Orange ed altri minori. Visto che non ci perveniva alcuna richiesta di armistizio, passammo a cannoneggiare direttamente le città sulla costa, mirando soprattutto ai quartieri abitati dai bianchi, facilissimi da distinguere dai ghetti per neri, e per due giorni interi non demmo requie. Alcune città, come Durban ed East London, furono praticamente distrutte ed incendiate. Quando iniziammo a lanciare missili da crociera sulle città distanti fino a 100 km dalla costa, come Pietermaritzburg, ci pervenne una richiesta d'armistizio. Le condizioni di questo furono dure, ma meno di quanto si aspettassero.

In Africa del Sud-Ovest, britannici e sudafricani furono espulsi, le loro proprietà immobiliari requisite al prezzo con cui ci erano state espropriate 28 anni prima; fu anche annullato ogni contratto di concessione per lo sfruttamento del territorio stipulato dopo il '15.

Il Sudafrica ci dovette cedere la Provincia del Transvaal ed il territorio a Nord del fiume Orange, pagare la somma di 2 miliardi di Sterline-oro per i 28 anni di sfruttamento dell'Africa del Sud-Ovest, accettare un disarmo spinto, con forze di polizia appena sufficienti per tenere sotto controllo i ghetti neri. Avrebbe dovuto mantenere una neutralità assoluta nel corso di questa guerra, e ordinare alle sue truppe, sparse per il mondo, di cessare le ostilità contro di noi.

I sudafricani accettarono le condizioni, ma una considerevole parte di bianchi che abitavano le città del Transvaal non vollero rimanere, e con un esodo biblico che durò alcuni giorni evacuarono la Provincia e rifluirono in quella del Capo, nell'Orange e nel Natal. Quanto lasciato dagli esuli bianchi fu spesso saccheggiato dai negri, prima che arrivassimo ad impedirlo ed a mettere in salvo le famiglie bianche rimaste. Per far ciò dovemmo usare la mano pesante, anche a ragione del nostro scarso numero. Prima di riuscire a riportare l'ordine, 50.000 negri furono uccisi, mentre le vittime bianche causate da questi ultimi furono un migliaio.

Solo allora si poté cominciare a ragionare; cercammo i leader neri per poter trattare con loro e non fu cosa facile poiché si nascondevano nell'ombra pensando volessimo arrestarli, invece gli demmo ogni diritto politico e civile, con eliminazione di ogni tipo di apartheid. I negri esultarono, i bianchi rimasti si ammutolirono ed in parte se ne andarono, ma con quelli rimasti ed i leader neri si riuscì in poco tempo a costruire uno Stato plurietnico moderno, anche perché tutti coloro, bianchi o neri che fossero, che ritardavano la costruzione di tale Stato venivano severamente sanzionati dal nostro Governatore militare, Per riuscire nell'intento facemmo arrivare con gli Zeppelin, con un gigantesco ponte aereo, due brigate di fanteria, una cinquantina di autoblinde ed altrettanti elicotteri di vecchio modello, non più utilizzabili in battaglia, oltre che i nostri onnipresenti laureati negri.

In tutte le città ed i distretti insediammo amministrazioni promiscue, elette fra chi aveva un minimo di istruzione, con competenza sulle questioni meramente locali; l'amministrazione civile delle Province occupate invece fu formata da un esecutivo in cui bianchi, negri e nostri laureati erano in parti uguali.

Ai sudafricani bianchi delle Province libere venne un colpo, per il dirompente effetto che le novità politiche del Transvaal avrebbero avuto sulla loro popolazione nera, che infatti iniziò subito a scalpitare.

Dopo tre mesi dall'Europa arrivò un secondo convoglio, con una divisione motorizzata e due di fanteria; lasciate metà delle nuove forze a presidiare il Transvaal, ci rimettemmo in marcia verso Nord. La Beciuania (Botswana) cadde nelle nostre mani senza colpo ferire, mentre la conquista di Bulawayo, in Rhodesia del Sud (Zimbabwe) ci fu contesa dai coloni bianchi di quella colonia, preoccupati che volessimo portare la buona novella anche presso di loro, per cui dovemmo spazzarli via col napalm, che non conoscevano affatto.

I loro timori erano però infondati, perché di problemi inter-et-
nici ci bastavano già quelli causati in Transvaal, per cui, presa
Bulawayo e presidiatala con una robusta guarnigione, procedemmo oltre: ci godemmo en passant la stupenda visione delle
Cascate Vittoria ed entrammo nella Rhodesia del Nord (Zambia) dove incontrammo la colonna tedesca che scendeva dal
Congo.

I nostri laureati di colore, allevati per tanti anni, erano appena
sufficienti alla bisogna, ed un esercito di giovani, provenienti
da ogni paese dell'Unione, invece del servizio militare poté pre-
stare un servizio civile - di durata doppia - nelle vaste regioni
appena acquisite. I giovani di leva, in gran numero optarono
per una tal naja esotica e non furono pochi quelli che, finito il
servizio civile, restarono in loco.

I francesi non cessarono di ammonirci che stavamo sbagliando
tutto, che non era quello il modo di trattare i negri, e così ci dissero i portoghesi, i belgi e la maggior parte del nostro Esecutivo,
ma prevalsero le mie idee.

Avevo per la testa una teoria che intendevo verificare sul campo; pretesi ed ottenni che il comportamento di ogni bianco
dell'Unione, militare o civile, fosse identico a quello che era stato tenuto a Montréal, a Copenhagen o a La Coruña, e che aveva
dato così buoni risultati. Potevano scopare con chiunque, ma
che trattassero con rispetto i negri, perché questi sarebbero stati
i nostri futuri clienti ed alleati.

Nell'estate del '43 la situazione finanziaria dell'Unione era giunta ad un punto di rottura. E' vero che il nostro riarmo iniziale era
stato pagato dai risparmiatori americani e che, in seguito alla
dichiarazione di guerra degli Stati Uniti, non corrispondemmo
più gli interessi di quanto prestatoci, e tanto meno rimborsam-
mo i capitali - circa 6 miliardi di Sterline prima della loro svalutazione - ma da allora erano stati tutti soldi nostri quelli che

avevamo dovuto usare per condurre le varie campagne militari, e le Sterline di nostra produzione non le voleva più nessuno; le ultime avevamo dovuto anticiparle ai soldati italiani in Africa e versarle a Salazar.

La guerra durava ormai da quattro anni ed assorbiva una quantità spaventosa di denaro, che solo in parte veniva compensato da quanto estorto alle nazioni vinte. Dagli Stati confluiti nella Confederazione e via via da quelli aggregatisi in seguito, fino alla Unione attuale, non ci veniva alcun apporto finanziario significativo, in quanto tali nazioni erano già assoggettate ad una fiscalità di peso analogo a quello tedesco, non ulteriormente aggravabile.

La Francia aveva pagato per un anno, poi aveva accettato una pace che aveva intaccato non poco il suo territorio, la sua popolazione e la sua economia per essere sollevata da ulteriori pagamenti; solo il Transvaal e l' Australia avevano fatto affluire rilevanti quantità d'oro nelle esauste casse dell'Unione.

Avendo portato il suo oro negli Stati Uniti, l'Inghilterra meridionale era costretta a pagarci in natura le spese d'occupazione, ovvero in mobili antichi, in Rolls Royce d'epoca, in servizi da tè d'argento, ecc., ma erano tutte cose che fruttavano denaro solo molto lentamente; inoltre l'intera Germania era già sepolta di sedie Chippendale, di armature medievali e di pitali di ceramica finemente decorati.

Avevamo messo le mani su di una quantità immensa di risorse minerarie e petrolifere, e ciò era stato positivo per sostenere il valore del Marco, ad esse ancorato nel paniere della Riserva Aurea Virtuale, ma gran parte di queste era ancora da sfruttare, e per farlo occorrevano investimenti colossali.

Oltretutto le risorse minerarie in corso di sfruttamento, per essere veramente utili, necessitavano di un impiego che non fosse quello bellico. La produzione industriale per impieghi civili da due anni era in forte crescita, ma ancora lontana da quella che sarebbe dovuto essere per generare, anche mediante il commercio internazionale, della vera ricchezza.

Era chiaro che la guerra era durata fin troppo e che non appena fosse finita si sarebbero resi necessari capitali immensi, decine di miliardi di Marchi, da investire nella riconversione della produzione da militare in civile, nell'assorbimento produttivo di milioni di reduci, per valorizzare le nuove risorse, per lo sviluppo di territori sconfinati, per la costruzione delle infrastrutture necessarie.

Solo se avessimo avuto questi capitali da investire avremmo vinto la pace. Anche senza spingerci troppo oltre nel tempo, restava il fatto che i soldi servivano, tutti e subito, in primis per vincere la guerra.

Come aveva sintetizzato efficacemente Al Capone col dire che "i soldi si prendono lì dove stanno, in banca", nell'estate del '43 intimammo alla Svizzera, se voleva mantenere un certo grado di autonomia e di agiatezza, di entrare nell'Unione e di adeguare alcune sue leggi, fra cui quelle bancarie, a quelle europee, altrimenti sarebbe stata invasa militarmente.

Nello stesso tempo isolammo la Svizzera dal resto del mondo, interrompendo tutte le comunicazioni ferroviarie, stradali, telefoniche e telegrafiche. La Francia collaborò con noi, dal suo lato del confine, senza sapere di preciso cosa volessimo fare, ma allettata dalle lucrose promesse che le facemmo.

Due plotoni di Alpenjäger, trasportati da elicotteri, occuparono anche il passo del Gran San Bernardo, per troncare ogni collegamento con la Val d'Aosta, e per giocare colla nutrita schiera di cani da valanga - appunto i San Bernardo, allevati dai frati del convento situato sul passo - stravaccandosi nelle chiazze di neve rimasta dall'inverno, e fingendosi in difficoltà per scroccare una bevuta di cognac dalla botticella che i cani avevano con sé.

I due plotoni, per punizione, trascorsero il resto della guerra alle isole Svalbard, alla latitudine di 80°N, dato che il pieno di bevande corroboranti l'avevano già fatto. Comunque dal passo non transitò nessuno.

La risposta all'ultimatum ci giunse tre giorni dopo.

La Svizzera accettò le nostre condizioni e rinunciò all'indipendenza, dopo secoli di quasi ininterrotta sovranità, indignata, ma consapevole di cosa accadeva a chi disattendeva ai nostri ragionevoli diktat, e di come la sua prospettiva non fosse poi così disastrosa, rispetto ad altre situazioni.

La discussione che precedette l'accettazione del diktat fu tormentata, fra chi interpretava la parte dei migliori banchieri del mondo e chi non capiva perché avrebbe dovuto vedere il proprio Paese invaso e devastato per proteggere il bottino di una manica di farabutti che avevano razziato, rapinato, rubato, evaso, truffato denaro in tutto il mondo.

Al limite, fosse dipeso solo da loro, fosse stata solo per una questione di principio, in un delirio di professionalità bancaria, avrebbero anche resistito all'ingiunzione e corso i rischi conseguenti. Per un comportamento così eroico avrebbero poi ritoccato all'insù considerevolmente le commissioni bancarie per i capitali depositati; ma il benessere delle loro famiglie, le loro ville sul lago, i loro châlet in montagna, quelli no, non potevano essere sacrificati in nome della schifosa ricchezza dei peggiori farabutti della storia contemporanea. Ecchecazzo! anche i banchieri tengon famiglia!

Forse poi, col nuovo ordine - pensavano i piccoli gnomi - nel fare i banchieri secondo delle nuove regole, la loro autorità si sarebbe potuta esercitare in un contesto lavorativo più gratificante, senza essere costretti continuamente a leccare il culo a clienti capricciosi, esigenti, maleducati, pieni di boria, che pretendevano che le banca fosse al loro servizio; pensa tu cosa si inventa la gente!

La prospettiva di operare in un nuovo tipo di banca, dove i clienti sarebbero entrati col cappello in mano, che avrebbero accettato, con supina rassegnazione, i cento balzelli che si sarebbero applicati per le operazioni bancarie, come avevano visto attuare da quelle sanguisughe della Deutsche Bank, li intrigava decisamente. Erano o non erano i migliori banchieri del mondo? Sicuramente, nel nuovo ordine, loro sarebbero stati sempre a galla. A dettare le regole, da che mondo è mondo, era sempre stato il denaro.

Fu così che la Svizzera, da un giorno all'altro, da paradiso fiscale del mondo intero, divenne l'incubo degli esportatori illegali di valuta, dei celatori di ricchezze ingiustificabili, dei detentori di patrimoni illeciti; da luogo sicuro ed anonimo in cui depositare i propri averi, al peggior posto ove smarrire il portafogli pieno di denaro. Ma non fu solo una questione di soldi; per alcuni la gogna pubblica fu fatale, sia politicamente, come avvenne a parecchi esponenti governativi, sia fisicamente, come nel caso di alcuni trafficanti e malavitosi che si erano improvvisamente trovati nell'impossibilità di saldare debiti o pagare forniture, e che pertanto dovettero pagare con la vita.

Fu il più grande Sacco della storia, al cui confronto quelli precedenti erano paragonabili a degli scippi da strada.

La riserva aurea Svizzera fu immessa in quella dell'Unione Europea. Ogni banca dovette aprire i suoi forzieri e fornire le più esaustive informazioni sui clienti stranieri. I conti correnti di imprese degli Stati Uniti furono confiscati, così pure le cassette di sicurezza riconducibili a cittadini di Paesi in guerra con noi, che vennero svuotate di ogni cosa di valore, mentre il resto, ricordi, lettere, testamenti, vecchie fotografie ecc. fu restituito.

Anche le cassette di sicurezza anonime e tutti i conti numerati vennero confiscati, in quanto non riconducibili ad alcuno e quindi dichiarati di provenienza illecita - e nella maggior parte dei casi lo erano effettivamente -.

Siccome i gioielli contenuti in tali cassette anonime non sfuggirono alla confisca, molte nobildonne, matrone, attricette, mantenute, ecc. cercarono di rivendicarne la restituzione, asserendo che si trattava di una forma di retribuzione o di pensione per i servizi resi in tanti anni: per le funzioni di compagnia e di rappresentanza, per la diligente direzione della magione ed anche per anni di penosi rapporti sessuali. Escludemmo fosse possibile fare una tal estensione del concetto di rapporto di lavoro, almeno non con la legislazione vigente e comunque non imboscando all'estero quanto guadagnato col sudore... diciamo della fronte; quindi non restituimmo nulla, lasciandole nude dei loro orpelli, per i quali si erano tanto industriate, e loro dovettero ricominciare daccapo.

I beni mobili ed immobili di persone e società degli Stati Uniti furono confiscati; quelli di indiani ed italiani furono presi in custodia e sottoposti ad indagine, per evitare di restituire a rajah od a mafiosi il frutto di spoliazioni di sudditi o di attività criminali. Fornimmo ai francesi quasi tutti i documenti che potevano interessarli, trattenendo solo quelli che avremmo potuto utilizzare come arma di ricatto politico o economico; lo stesso facemmo con i Governi di Paesi amici o alleati, che ci ringraziarono molto, ma con sorrisi tirati sul volti, come se ne avessero fatto volentieri a meno, probabilmente perché la confisca di alcuni conti numerati li aveva toccati personalmente nel vivo.

Fu l'occasione di pettinare anche molte società e cittadini dell'Unione Europea, fra cui, duole dirlo, anche migliaia di tedeschi. Tutti questi, oltre che alla perdita dei beni esportati o detenuti illegalmente all'estero, furono assoggettati anche a una serie di severe sanzioni penali che, nel caso dei militari ed essendo in tempo di guerra, poteva consistere anche nella fucilazione; ma non si giunse mai a tanto, preferendo costoro suicidarsi per conto proprio.

L'unica difficoltà dell'operazione, diretta da me e da Canaris e svoltasi nel mezzo delle vacanze estive dell'Esecutivo e del Governo, che seppero di quello che accadeva dai giornali, era consistita proprio nel tenerla segreta a quanta più gente possibile, soprattutto a quelli che potevano essere coinvolti o che avrebbero potuto tradire anzitempo il segreto e permettere agli uccelli di fuggire dalla gabbia.

Per certo, se qualche generale o politico, in panciolle in un'isola greca o in barca lungo i fiordi norvegesi, avendo già rotto il ghiaccio nel '28, fu tentato di organizzare un putsch per liberarsi dei novelli roberspierre, come fummo chiamati da alcuni reprobi, non ebbe il tempo per tentarlo: quando rientrarono trafelati a Berlino gli ispettori erano già all'opera a spulciare i documenti che li avrebbero incastrati.

Però l'accusa rivoltaci di essere dei nuovi roberspierre non si rivelò fondata. Non tutti gli incartamenti comprovanti l'arricchimento illecito e l'esportazione di valuta di politici astri nascenti dell'Unione e di militari tedeschi, anche eroi di guerra, furono passati ai Pubblici Ministeri per istruire i processi, o vennero forniti al Ministero del Tesoro per la confisca dei beni; trattenemmo una trentina di dossier comprometenti, e da allora io e Canaris ci assicurammo la completa collaborazione degli interessati, sotto schiaffo per il resto dell'esistenza.

Avevamo in mano tutti gli assi e avremmo potuto giocare la partita per vincere la pace come avremmo voluto, potendo contrastare ogni evoluzione sgradita.

L'arma del ricatto, se usata a fin di bene, è cosa buona e giusta!

Fra riserve auree, confische, sequestri provvisori che, dopo processi-farsa sarebbero divenuti definitivi, al netto delle sanzioni amministrative a carico dei cittadini dell'Unione, l'operazione di ricapitalizzazione fruttò l'equivalente di 200 miliardi di Marchi-oro. Dovemmo ammettere che ora le risorse, non solo per finire la guerra, ma anche per affrontare adeguatamente la pace, c'erano ed erano abbondanti.

In tutto il mondo una ventata di costernazione, di ira e di sete di vendetta percorse le classi privilegiate, molti componenti delle quali si erano ritrovati rovinati dall'oggi al domani. Alla costernazione seguì l'abbattimento, per la definitività dell'evento; l'ira dovette essere repressa, per celare coinvolgimenti e relative indagini ancor più dannose della perdita subita; la sete di vendetta dovette essere accantonata, nella speranza che la guerra finisse con la sconfitta della Germania, per rifarsi con gli interessi sui suoi beni.

L'odio verso i tedeschi da parte degli espropriati raggiunse vette incredibili. A New York un distinto ed attempato signore entrò in un negozio di tessuti gestito da un tedesco-americano e gli sparò nel petto prima di suicidarsi; a Chicago invece, alcuni malavitosi di origine tedesca furono ripescati presso la riva del lago Michigan con i piedi incapsulati in una zavorra di cemento; in Brasile ed in Argentina se la presero con i missionari tedeschi, ed in Cina un Signore della guerra giunse ad incendiare una missione protestante condotta da religiosi svizzero-tedeschi.

In tutto il mondo si contarono 2000 suicidi riconducibili all'esproprio dei conti numerati, alcuni dei quali sorprendenti, come quello di un patriarca della Chiesa ortodossa e quello del capo del sindacato dei metalmeccanici di Detroit.

La Francia si profuse in ringraziamenti per le informazioni trasmesse ed iniziò subito a sanzionare gli evasori e gli occultatori, per recuperare denaro di cui aveva anch'essa disperato bisogno, ma si fermò subito quando si rese conto di dover sanzionare l'intera classe dirigente del Paese e più della metà dei componenti del Governo. Lei, un Roberspierre l'aveva già avuto: le bastava ed avanzava.

L'Italia social-comunista ci chiese gli elenchi degli affamatori del popolo e fummo ben lieti di fornirglieli anche se, alla fine, non poterono utilizzarli come avrebbero voluto, perché vi erano elencati molti industriali che, tra mille difficoltà, mandavano avanti la baracca.

Ritenemmo invece inutile fornire alcunché al Savoia, nel suo piccolo reame latino, per non metterlo in imbarazzo perché negli elenchi figuravano molti appartenenti alla famiglia reale, alcuni acquisiti mediante il conferimento del Collare dell'Annunziata, gran parte dell'Alto Comando militare che lo circondava, la maggioranza delle persone in vista di Roma e la nobiltà capitolina al gran completo. Tenemmo pertanto per noi le informazioni, casomai si fosse verificata l'occasione di poterle utilizzare. Altrettanto facemmo con le organizzazioni mafiose del Suditalia e della Sicilia, perché temevamo che numerosi conti numerati confiscati appartenessero proprio ai capi delle stesse e volevamo evitare di veder finir male i latori degli elenchi.

Alla Santa Sede fornimmo tutto, senza eccezioni, nelle mani del Cardinale di Stato al quale, appena ebbe scorso il breve elenco di ecclesiastici compromessi, si disegnò sul viso un ghigno satanico. Ci ringraziò e ci benedisse, chiedendoci con nonchalance se l'elenco fosse completo - 2000 anni di storia della Chiesa non erano passati invano quanto ad intrighi, dossier e ricatti - ed alla nostra affermazione, non ci credette.

In Unione Sovietica, probabilmente non toccata dalla retata, Stalin elogiò pubblicamente il colpo mortale inferto al capitalismo egoista ed affamapopolo, nonché ai traditori della classe operaia e mi insignì, insieme a Canaris, dell'Ordine di Lenin.

Pubblicizzammo le varie fasi della retata, con dovizia di spiegazioni, ad un'opinione pubblica americana già abbastanza frustrata per l'andamento della guerra, fornendo ai nostri vecchi amici giornalisti degli scoop, questi sì da premio Pulitzer, sui nominativi degli esportatori di valuta e sull'entità dei sequestri, nome per nome e settimana dopo settimana, creando uno stillicidio di scandali che danneggiò il Governo più dell'affondamento di una intera flotta.

Quell'estate non ci fu l'attesa offensiva terrestre sul fronte canadese, ma semplici scaramucce fra pattuglie in perlustrazione. Noi sperimentammo un aereo senza pilota da ricognizione fotografica e vari dispositivi per disturbare le loro trasmissioni. Eravamo riusciti a ridurre il numero di convogli fortemente scortati che percorrevano la rotta Nordatlantica perché avevamo rifornimenti a profusione ed i quebecchesi erano diventati autosufficienti anche relativamente alla produzione agricola.

Il riconoscimento del Québec da parte della Francia aveva riappacificato con essa i nostri alleati, che si erano sentiti traditi ed abbandonati quando, quattro anni prima, avevano dichiarato l'indipendenza. Fra la comunità tedesca, che contava ormai parecchi civili, e quella francofona si erano instaurati rapporti stretti, cementati dall'aver combattuto insieme una guerra tanto difficile.

Incredibilmente le piccole comunità americane del New England erano quasi felici dello status di occupati:
noi non interferivamo negli affari loro, e loro non dovevano pagare le tasse federali; probabilmente ci avrebbero messo la firma a restare occupati.

***

- Non ho parole!- mentì Angela, che quando si trattava di criticarmi trovava vocabolari interi di parole - Sono proprio allibita a venire a sapere così, praticamente in confessione, le cose diaboliche che hai fatto e che, mi pare chiaro, sotto sotto stavi architettando da una vita, magari fin d'ora, sempre con quei libri di storia in mano...

- Signor Pubblico Ministero, riservi queste considerazioni all'arringa finale ed illustri a questa Corte di cosa, precisamente, è accusato l'imputato.-

- Ha derubato mezzo mondo di un fantastiliardo di Franchi svizzeri, e non contento ricatta i malcapitati piegandoli al suo volere; inoltre attua un comportamento discriminatorio, villano ed oltraggioso nei confronti del lavoro femminile svolto in casa, privando le casalinghe dei risparmi occorrenti per una dignitosa vecchiaia.-

- Ma quale lavoro domestico, Vostro Onore, quelle erano zoccole di mezza tacca, delle baldracche scalcagnate, alcune anche delle grandissime troie; se l'immagina una casalinga che risparmia sulla spesa e accantona quanto occorre per comprarsi uno smeraldo da venti carati; e quanto al furto, lo dice anche la legge del Menga, rubare ai ladri, non è reato! -

- Avvocato, non conosco la norma da lei citata, potrebbe rendere edotta questa Corte degli estremi della legge del Menga?-

- Certo Vostro Onore, si riferisce alla causa intentata dallo Stato contro un tal Menga, accusato di aver truffato centinaia di persone, che si difese con le parole che costituirono l'essenza della legge che da allora prese il suo nome.-

- Avvocato, si limiti a riferire a questa Corte quali furono le parole pronunciate da questo Menga. -

- Disse: Chi l'ha in culo, se lo tenga.

Capitolo XLVI – Los Alamos e Oak Ridge

In ottobre del '43 venimmo a sapere che erano entrati in piena attività i centri di Los Alamos e di Oak Ridge; non sapevamo per certo, ma sospettavamo che gli americani disponessero anche di altri laboratori simili, quindi decidemmo di far finire la guerra.

Usammo un Mitchell B 25, che gli americani avevano fornito ai britannici e che noi avevamo catturato; gli adattammo il vano bombe, gli aumentammo l'autonomia, togliendo quanto era inutile alla missione e gli applicammo dei retrorazzi, per avere un ulteriore margine di sicurezza per il decollo. Quindi lo imbarcammo su una portaerei d'attacco e lo coprimmo con un telone, per celare le insegne ed i colori della US Air Force, dato che era troppo largo per gli elevatori della nave. La bomba sarebbe stata caricata sull'aereo all'ultimo momento, per adesso giaceva tranquilla in una stiva; qualche musicomane aveva dipinto su di essa un nome appropriato:"Gotterdämmerung".

Una Squadra navale partì a metà ottobre; comprendeva, oltre alla portaerei, 2 incrociatori, 2 caccia oceanici e 2 rifornitori di flotta; si diresse verso l'Atlantico meridionale, doppiò capo Horn e risalì lungo la costa sudamericana, tenendosi all'esterno del traffico che, col Canale di Panama ancora chiuso, faceva la sua stessa rotta tenendosi più sottocosta. Giunta all'altezza dell'Ecuador si diresse verso Nord-Ovest fino al punto stabilito per il decollo, 200 km a Sud-Ovest dell'estremità meridionale della Penisola di California.

Intanto si era già caricata la bomba. L'equipaggio era composto da quattro volontari esperti, ma con patologie incurabili; nessuno di loro poteva sperare di sopravvivere per più di un anno, tanto che, per precauzione, disponevamo di un equipaggio di riserva con gli stessi problemi, ma appena più in salute; per loro la massima possibilità di vita era inferiore ai due anni. L'equipaggio aveva ricevuto la Croce di Ferro di 1ª Classe in anticipo, perché sarebbe stata una missione senza ritorno, occorreva non lasciar traccia dell'aereo e dell'equipaggio.

La mattina del 20 gennaio '44, all'alba, il B 25 decollò senza difficoltà, mezz'ora dopo sorvolò la punta della Bassa California dirigendosi a Nord, volando a 3500 metri e con una visibilità perfetta, alle 9.30 superò il confine con gli Stati Uniti fra l'Arizona ed il New Mexico senza venire rilevato. Proseguì verso Nord finché ebbe sotto di sé la strada e la ferrovia che da Albuquerque portano a Los Angeles; qui virò in direzione Est-Nord- Est verso l'obbiettivo, perdendo di quota in modo progressivo, per arrivare sull'altipiano ove sorgeva il complesso di Los Alamos volando a meno di 300 m d'altezza sul terreno.

Era stato appena avvistato l'obbiettivo, quando il B 25 fu intercettato da due caccia decollati da Santa Fé, che gli ordinarono di farsi riconoscere; al suo silenzio radio gli intimarono di cambiare rotta, ripetendo più volte l'ordine, mentre uno dei caccia si avvicinò alla cabina di pilotaggio per dare un'occhiata, ma ormai era troppo tardi.

Il B 25 sorvolò la base a 250 m dal suolo, facendo un rumore infernale che fece guardare tutti all'insù. 15.000 paia d'occhi erano fissi sull'aereo quando questo, giunto al centro della base, esplose in una luce accecante, vaporizzandosi all'istante insieme all'equipaggio. I

caccia che lo avevano intercettato sparirono anch'essi nella sfera di luce che si dilatava con velocità esplosiva, raggiungendo il suolo e aprendo una voragine grande quanto un campo di calcio, spazzando come fuscelli ed incenerendo i fragili edifici prefabbricati, innumerevoli laboratori, i depositi, gli uffici, i posti di guardia. L'onda d'urto e di calore spianò tutto quanto esiste va nel raggio di due chilometri: nulla della base rimase in piedi o integro. Nel raggio di un chilometro nessuno sopravvisse e nel raggio di tre i pochi sopravvissuti furono orrendamente ustionati; sarebbero morti nell'arco di poche settimane a causa delle radiazioni e del fallout.

L'intera comunità tecnico-scientifica che stava costruendo la bomba atomica americana era stata sterminata. Gli studi più recenti, le prove, le sperimentazioni, le metodologie, gli appunti, la massima parte del lavoro svolto a Los Alamos erano andati perduti e, quel ch'era peggio, anche le menti che avevano diretto il lavoro e le braccia che lo avevano realizzato non c'erano più. Circa 25.000 persone, alcune delle quali non rimpiazzabili, erano defunte, insieme alla speranza americana di vincere la guerra.

Una settimana prima, a Pontevedra, fu caricato sul nuovo sommergibile Alpha da 8000 t due missili balistici V3, aventi un raggio d'azione di 1400 km. Sia l'Alpha sia il V3 costituivano il non plus ultra della nostra tecnologia, anche se sapevo che non erano che una tappa intermedia nella costruzione di un sottomarino lanciamissili e di un missile strategico fatti come Dio comanda; anche se dubitavo che costui si fosse mai cimentato in tali creazioni.

L'Alpha, oltre che una dozzina di siluri filoguidati ed autocercanti, disponeva di 8 missili da crociera autocercanti e 2 missili balistici attrezzati per permettere una fase di rientro dalla stratosfera guidata da un radiofaro posizionato a terra presso il bersaglio. I I due V3 avevano un carico utile di 1500 kg costituito, per quella missione, da due bombe atomiche da 20 chilotoni.

Il sommergibile disponeva di una vasta gamma di attrezzature difensive, come i falsi bersagli, una elevata silenziosità data dalla trasmissione a cinghie trapezoidali, un rivestimento dello scafo fono e radar- assorbente, un'elevata velocità subacquea, un lunghissimo tempo d'immersione ed una motorizzazione tripla, diesel, elettrica ed a perossido di idrogeno. Presentava alcune limitazioni e punti deboli, quali la bassa profondità massima d'immersione, dovuta agli ampi portali per la messa in posizione di lancio dei missili, che poteva avvenire solo in emersione e col mare calmo, la non breve durata delle operazioni di lancio - circa 20 minuti - l'estrema pericolosità della fase di caricamento del carburante dei V3 e di quella del lancio.

Anche il V3 aveva un limite considerevole nella precisione: a 300 km poteva facilmente centrare una città, ma altrettanto facilmente poteva mancare una grossa fabbrica, ed il suo lancio da una piattaforma galleggiante amplificava l'imprecisione; alla massima gittata e per un obbiettivo terrestre richiedeva il posizionamento di un radiofaro anche di debole potenza vicino all'obbiettivo.

L'Alpha salpò il 13 gennaio ed il 23 stazionava a 200 km a Sud-Est della città di Savannah. Il giorno precedente alcuni nostri agenti avevano collocato tre radiofari sotto altrettanti veicoli che avevano accesso all'enorme complesso di Oak Ridge, dove veniva arricchito l'uranio per le bombe. Uno era l'automobile di un capo della sicurezza interna del complesso, un altro era il furgone che lo riforniva di bottiglioni d'acqua, il terzo era quello della macelleria che riforniva la mensa interna di hamburger. L'abitudinarietà del capo guardie e dei fornitori era stata studiata per un mese e non una sola volta avevano cambiato il programma o il veicolo; anche se i veicoli si fossero trovati a qualche chilometro di distanza uno dall'altro, il dispositivo di ricezione nella testata del missile avrebbe "stupidamente" fatto la media delle posizioni quando sarebbero mancati uno o due secondi all'impatto, troppo tardi per modificare la traiettoria e mancare l'obbiettivo. L'esplosione si sarebbe verificata a 500 m dal suolo.

La notizia dell'esplosione a Los Alamos ed il ritardo con cui arrivavano i dettagli gettarono Roosevelt e l'Alto Comando nell'angoscia più profonda. Nessun testimone diretto era in grado di parlare. Da Santa Fé, la città più vicina, si descriveva l'accaduto senza trovare le parole adatte per descrivere un avvenimento che fino ad allora nessuno aveva mai visto. A parte il lampo abbacinante e la nuvola a forma di fungo, nessuno riusciva a fornire altre informazioni. Tutti però ricordavano di aver esclamato:"Oh! My God!"

Finalmente giunse il resoconto del responsabile della torre di controllo dell'aeroporto di Santa Fé. Un aereo era penetrato nella "No Fly Zone" del centro di ricerche atomico ed era stato intercettato da due caccia, i cui piloti avevano riferito trattarsi di un Mitchell B 25, con insegne e colori americani, che non aveva risposto ai numerosi inviti ad allontanarsi, poi più nulla; la trasmissione fra i piloti e la torre di controllo si era interrotta ed il segnale radio era sparito; i piloti erano dati per dispersi.

Tutta l'area era fortemente radioattiva, ma venne ugualmente inviata una squadra a cercare i rottami dell'aereo e per investigare. Non trovarono nulla dell'aereo e di qualsiasi altra cosa, solo piccoli oggetti di metallo e di vetro; si riuscivano appena a distinguere le carcasse semifuse delle automobili e solo gli isolatori di ceramica erano intatti; ad un chilometro dal cratere, su un moncone di muro di cemento, c'era il negativo della sagoma di una forma umana. Tutti i membri della squadra si contaminarono gravemente e morirono nei due mesi successivi.

Poteva essere un incidente? - si chiedeva Roosevelt - Molto difficile. A nessuna base aerea mancava un B 25 e si era ancora lontani dall'avere la bomba. Poteva essere un'esplosione accidentale verificatasi nella base? Non certo proprio quando un misterioso B 25 la sorvolava. Dovevano essere stati i tedeschi per forza.

Quei bastardi li avevano battuti in velocità. Come avevano fatto a trasportare una bomba con un B 25? Per quanto ne sapevano i nostri scienziati, la bomba doveva pesare 4 o 5 tonnellate. Da dov'era partito il B 25? Da una portaerei non sarebbe stato possibile, non con un carico di 5 tonnellate ed il carburante per andare e tornare dal mare; da San Diego poi, il mare più vicino, con tutte le nostre navi che gironzolavano in zona e dove nessuno aveva avvistato una portaerei e neppure un B 25. I crucchi dovevano essere in combutta con quei porci di messicani, non c'era altra possibilità. Non erano forse state trovate basi per il rifornimento per sommergibili nello Yucatan? E quell'incrociatore che aveva scatenato l'inferno a Corpus Christi, non si era forse rifugiato in Messico? Anche se l'equipaggio era stato internato, sapeva che erano trattati coi guanti, tanto che passavano le giornate a mangiare tortillas, a bere tequila ed a scopare.

L'ordine di scatenare una rappresaglia sul Messico fu dato troppo in fretta e del tutto illegalmente da un colonnello dell'US Air Force il cui figlio, un aviere di stanza a Santa Fé, quel giorno era di servizio nella base di Los Alamos ed era stato dato per disperso. Una squadriglia di bombardieri al suo comando decollò da San Antonio, in Texas, e scaricò su Monterrey 100 bombe da 250 kg che rasero al suolo il centro cittadino causando 8000 morti ed altrettanti feriti.

Intanto Radio Berlino aveva trasmesso la notizia che un'immane esplosione, forse una bomba atomica, aveva distrutto un centro di ricerche nel New Mexico, causando 30.000 vittime e rendendo radioattiva tutta l'area. Si riteneva che la causa dell'esplosione fosse riconducibile ad un errore nella manipolazione di sostanze tanto pericolose da indurre gli scienziati tedeschi, che pure avevano condotto esperimenti similari, ad abbandonare le ricerche in quel settore. Come ultima notizia la radio riferì del bombardamento terroristico subito dai messicani. Poi al cronista seguì un commentatore che diffidò gli Stati Uniti dal proseguire gli studi sulla bomba atomica e su eventuali altre armi di distruzione di massa; costui disse anche che non era stata la Germania a dichiarare la guerra, che gli obbiettivi tedeschi erano stati raggiunti e pertanto, per evitare nuovi lutti agli americani e nuove spese ai contribuenti, la pace sarebbe stata benvenuta.

Roosevelt, in attesa che una commissione gli comunicasse di quanto sarebbe stato ritardato il progetto Manhattan a causa dell'ecatombe di scienziati e di tecnici, si aggrappò allo spunto fornitogli dal notiziario tedesco.

I crucchi - pensava - non hanno rivendicato l'azione, come sarebbe stato logico per terrorizzarci, per dirci che avrebbero potuto distruggerci facilmente a colpi di bombe atomiche, che hanno i magazzini pieni di tali armi; anzi ci hanno detto che avevano abbandonato il progetto; anche se chiaramente hanno mentito. Chissà perché si sono comportati così? per intanto però mi hanno fornito la possibilità di far cessare il panico che sta attraversando la nazione, ingigantito man mano passava il tempo, senza che una voce tranquillizzante consentisse alla popolazione di tornare al lavoro per vincere questa maledetta guerra.

In un radiomessaggio alla nazione imputò l'esplosione di Los Angeles ad un incidente aereo; disse che non era esplosa nessuna bomba atomica e che l'esplosivo trasportato dall'aereo era di un nuovo tipo, potentissimo, ma tradizionale. Disse anche che la guerra sarebbe continuata finché il New England fosse stato liberato e la Germania, il Giappone e gli altri loro alleati fossero stati ridotti all'impotenza. Riaffermò che l'America era un grande Paese, il Paese della libertà e dove ogni americano doveva poter realizzare il proprio sogno di felicità. Concluse con l'abituale "Dio benedica l'America".

Non trasmettemmo nessun contrordine all'Alpha in attesa e questo proseguì nella sua missione. Accertatosi dell'assenza di navi nei paraggi, che altrimenti avrebbe dovuto affondare, alle 08.00 emerse in un mare sufficientemente calmo ed aprì il portale della rampa di lancio, lungo 15 metri e largo 4; questa si alzò in posizione verticale, spinta da pistoni idraulici, sollevando con sé anche il V3, alto 13 m, ed una piattaforma idraulica innalzò il missile fin sopra alla superficie esterna dello scafo.

Ebbe subito inizio la delicata operazione di carico del propellente che durò una dozzina di minuti, mentre alcuni specialisti regolavano i giroscopi dell'apparato di guida, sistemavano gli ultimi contatti e liberavano quasi completamente il V3 dalla rampa. Tutto era pronto per il lancio. Durante i primi 45 secondi il missile sarebbe stato guidato via radio, per compensare l'inevitabile rollio dell'Alpha, poi sarebbero entrati in funzione i giroscopi ed infine, esaurito il propellente e rientrando in caduta libera dalla stratosfera, sarebbe entrato in funzione il dispositivo di aggancio del sistema di guida al segnale del radiofaro, che avrebbe diretto il missile sull'obbiettivo.

Il tecnico addetto al travaso del propellente, appassionato di esegesi biblica, aveva dipinto sulla fiancata del missile un nome adeguato e di buon auspicio: "Armageddon".

Il lancio, perfetto, avvenne alle 08.18 e l'Alpha, dopo aver fatto rientrare gli apparati di lancio, s'immerse e sparì nell'oceano diretto verso l'obbiettivo successivo, tornando a sfiorare la superficie ogni sei ore per tenersi in contatto radio con la base di Pontevedra.

Il V3 superò la linea di costa fra Savannah e Charleston, raggiungendo la velocità di Mach 3,5 e superò i monti Appalachi ad un'altezza di 70 km, pochi minuti dopo un ricevitore situato sulla testata del missile captò il segnale che proveniva dal radiofaro collocato sotto il furgone dei bidoncini d'acqua, non proprio nitidamente, ma con una specie di eco che trascurò. Meno di un minuto dopo, ad un'altezza di 500 m sul suolo, il V3 sparì in un lampo di luce, disintegrato assieme al furgone parcheggiato presso l'edificio principale del complesso, proprio quello dove l'uranio veniva arricchito.

Una superficie di 100 ettari di edifici, di capannoni, di depositi, di laboratori, venne completamente distrutta, insieme alla grande centrale elettrica ed agli uffici amministrativi, anche se qui, a differenza di Los Alamos, essendo le strutture costruite in cemento armato, rimasero gli scheletri smozzicati degli edifici. Migliaia di macchinari pesanti vennero ridotti a rottami semifusi, 25.000 fra tecnici specializzati, ingegneri ed uno stuolo di scienziati passarono dalla piena attività alla morte senza rendersi conto di nulla, data la velocità supersonica del V3. Altre 20.000 persone subirono danni di estrema gravità, sia per effetto della nostra bomba, sia per il rilascio di grandi quantità di uranio in vari stadi di arricchimento. Quasi tutti i sopravvissuti all'esplosione morirono entro i due mesi successivi. Il letale fallout investì Knoxville e si allungò, portato dal vento, fino a Chattanooga ed oltre.

Il progetto Manhattan, per dotare gli Stati Uniti della bomba atomica, era tornato indietro di più di un anno, forse di due, se si considerava la perdita di materie prime per le quali si dovevano ricostituire le scorte. Si sarebbe dovuto ripartire da capo, ma senza i migliori scienziati e tecnici, dovendosi accontentare degli scienziati di terza e quarta fila, vivendo nella continua incertezza di poter o meno farcela, a costruire la loro bomba.

Quando fu raggiunto dalla notizia della nuova tragedia, Roosevelt era in riunione col suo staff per valutare il da farsi, e si accasciò sulla sua carrozzina da invalido, in preda al più totale sconforto.

Questa volta non c'era stato nessun aereo camuffato - ragionò esaminando i fatti - nessuna lacuna nella difesa, l'intero Paese era in stato di massima allerta, nessuna portaerei nemica era stata vista a meno di 700 km dalla costa, nessun oggetto più grande di una scatola da scarpe era stato introdotto all'interno del complesso, eppure era successo ancora. Un lampo accecante ed il maggior edificio in cemento armato del mondo si era sbriciolato, insieme all'intero complesso in cui erano riposte le possibilità di poter battere la Germania. Essa aveva dimostrato di poter colpire come e quando voleva, anche molto all'interno del Paese; probabilmente non vi erano aree da poter considerare sicure. Inoltre, almeno fino a quel momento, gli obbiettivi dei tedeschi erano stati prettamente militari, leciti, secondo le norme di guerra; cosa sarebbe successo se avessero cominciato a colpire le città, le metropoli?

La lotta, bisognava riconoscerlo, era ormai impari, senza possibilità di vittoria, occorreva por fine alla guerra, almeno a quella che aveva dichiarato alla Germania; quanto a quella col Giappone, no! quei musi gialli avrebbero dovuto pagare! avrebbero pagato anche per i tedeschi.

Ma questo sarebbe stato compito del suo successore, perché lui aveva fallito. Aveva persino mentito agli americani con quel suo radiomessaggio. Aveva mentito al fine di rassicurarli e riportarli al lavoro, per fargli recuperare lo svantaggio che avevano coi tedeschi; ma ora la palla sarebbe passata ad altri, che avrebbero potuto giocarla meglio di quanto aveva saputo fare lui.

Alla sera, nel suo ultimo messaggio alla nazione, Roosevelt comunicò che una nuova arma di terribile potenza era stata scagliata sugli Stati Uniti e che si era inermi di fronte ad essa; confessò anche che non si poteva neppure ripagare il nemico di ugual moneta. Pertanto, non essendo riuscito a difendere in modo adeguato il suo Paese, presentava le sue dimissioni, per far in modo che il nuovo presidente, il suo vice Truman, nel trattare col nemico potesse agire in piena libertà. Concluse con le solite parole "Che Dio benedica l'America", augurandosi, a microfono spento, che si desse anche una mossa perché nell'ultima settimana era intento a fare tutt'altro.

Il giorno successivo, 24 gennaio, dopo aver giurato da Presidente davanti ad un pubblico ufficiale, Truman ci chiese una tregua d'armi ed un incontro diretto, per verificare la possibilità di giungere ad un armistizio.

Accettammo e proponemmo come sede dell'incontro Dublino; inviammo anche un messaggio cifrato all'Alpha, che di lì a tre giorni avrebbe lanciato il secondo missile su Washington - V3 battezzato"Dies Iræ" dal giovane biblista - per fargli interrompere la missione e mettersi in stand-by.

Gli Irlandesi furono felicissimi di dover ospitare un incontro tanto importante. Da poco tempo avevano risolto il problema Nord-irlandese, che aveva visto i cattolici ed i protestanti combattere quasi una guerra civile, schierandosi decisamente coi primi. L'Irlanda del Nord era stata occupata ed annessa al resto dell'isola, le teste calde protestanti furono espulse e trovarono rifugio chi in Scozia, chi in Galles a seconda del rito d'appartenenza.

Le simpatie degli irlandesi erano divise fra gli Stati Uniti, che avevano accolto così tanti loro emigrati, e la Germania, che li aveva sempre appoggiati nella loro lotta per l'indipendenza dagli Inglesi, così entrambe le delegazioni vennero ospitate in modo regale. Truman arrivò il 30 gennaio col nuovo quadrimotore B 29, e noi lo stesso giorno, con un quadrimotore praticamente identico, il Focke Wulf 300.

Il pragmatismo di Truman ci fu di grande aiuto, quello dei canadesi della delegazione meno, tanto che a furia di rompere i coglioni, Truman se ne liberò rispedendoli in America, così che, in definitiva furono questi ultimi a pagare il prezzo maggiore, ma erano stati loro a contrastare l'indipendenza del Québec.

Gli Stati Uniti rinunciarono a riavere il New England occupato, riconoscendo al Québec la necessità di avere un confine meridionale più sicuro e più distante dal San Lorenzo. In compenso avrebbero potuto tenersi l'Ontario meridionale, a Sud del fronte consolidato. Con riferimento al Canada centro occidentale, si stabilì il confine orientale degli States sulle posizioni del fronte, che passava per il lago Nipigon, ed il confine settentrionale lungo il fiume Saskatchewan ed il 53° Nord fino all'Oceano Pacifico.

Nulla ostava a che gli Stati Uniti si incamerassero la parte meridionale della Columbia Britannica, dell'Alberta, del Saskatchewan, del Manitoba e dell'Ontario occidentale; ma se non lo avessero fatto e le popolazioni di quei territori ci avessero dato dei fastidi, li avremmo invasi noi, fino a Vancouver.

Il territorio a Nord di tale confine, le Provincie atlantiche dell'ex-Canada ed i territori ex-statunitensi del New England, sarebbero entrati a far parte delle Nazioni Unite, insieme al Québec, con status diversi, da quello di Protettorato a quello di Stato associato. Tutti i possedimenti britannici dell'America centro meridionale, tranne le isole Bahama e l'isola Bermuda che riconoscemmo agli Stati Uniti, ovvero Giamaica, Trinidad e le altre Antille, la Guyana e l'Honduras britannico (Belize) sarebbero stati amministrati dalle Nazioni Unite in attesa di un assetto definitivo. Idem riguardo alle ex-Antille olandesi, mentre Martinica e Guadalupa sarebbero tornate alla Francia.

Gli Stati Uniti avrebbero riconosciuto gli Stati dell'Unione Europea e quelli delle Nazioni Unite uno per uno ed anche i loro confini, fotografando la situazione de facto; avrebbero rinunciato alla Dottrina Monroe; avrebbero restituito all'Unione la riserva aurea della Banca d'Inghilterra ed il tesoro della Corona britannica, per il quale non riconoscevamo la natura di proprietà privata. Esigemmo che fosse stipulato un patto ventennale di non aggressione, al fine di far sedimentare gli odi e le acredini, e non avremmo tollerato loro accordi militari con paesi neutrali in Europa.

Assicurammo loro di non aver stretto alleanze militari col Giappone, poiché pensavano il contrario, e pertanto potevano proseguire la guerra contro di esso, augurando loro, perfidamente, un miglior successo. Non avremmo ceduto al Giappone tecnologia nucleare se loro si fossero impegnati a lasciar perdere il criminale progetto di impiegare pipistrelli incendiari contro i villaggi giapponesi e di non usare neppure armi di distruzione di massa qualora fossero riusciti - aggiungemmo da veri stronzi - a costruirne qualcuna.

Non era vero che in tal caso le armi nucleari non sarebbero servite più a nulla, a noi, per esempio - e qui raggiungemmo vertici di carogneria eccelsi - erano servite eccome; ma non appena una seconda, o una terza potenza ne fosse venuta in possesso, insieme ai relativi vettori, non sarebbero servite ad altro che come deterrente, perché nessuno le avrebbe più usate per primo.

Truman non recepì chiaramente il ragionamento, ma capì che, in soldoni, ne usciva addirittura con un ingrandimento territoriale tutt'altro che trascurabile. L'Ontario meridionale era la zona più popolosa e ricca del Canada; portare poi il lunghissimo confine settentrionale degli Stati Uniti da 48°30' Nord a 53° Nord, significava mettere le mani su immense risorse minerarie, perché era chiaro che quei bifolchi, quei montanari, quei taglialegna di canadesi, non avrebbero saputo far funzionare uno Stato.

Quanto alla parte settentrionale degli Stati del New England occupati dai tedeschi, cosa importava a lui, contadino, piccolo negoziante e, per lunghi periodi di tempo, morto di fame, di quegli snob del New England. Che si fottessero! Lui aveva una grossa libbra di carne da gettare in pasto al Congresso.

Truman, il 10 febbraio '44, firmò l'accordo di armistizio, preliminare di una futura pace, ma pretese che gli consegnassimo gli elenchi completi di esportatori di valuta; cosa che facemmo volentieri, consegnandoglieli quasi tutti.

Ci accomiatammo fra strette di mano e sorrisi, ma prima di ritornare nei rispettivi Paesi, avvisammo Truman che, se il Congresso non avesse convalidato l'accordo entro venti giorni, avremmo ripreso i lanci da dove li avevamo interrotti, ed il sorriso di Truman si volse in un ghigno amaro.

Churchill non era stato invitato all'incontro, ché altrimenti non si sarebbe giunti a nessun accordo, e neppure era stato tenuto al corrente dell'andamento della trattativa; quando ebbe in mano il testo dell'accordo e l'ebbe scorso in fretta, lo appallottolò e lo gettò lontano, in fondo al suo studio. Si riempì un bicchiere di whisky per cacciare dalla bocca il sapore della disfatta, ma non riuscì a farlo sparire.

L'Impero Britannico - meditò mentre sorseggiava il whisky - costruito con tanta dedizione, con tanto coraggio, con estrema abilità, da generazioni di fedeli servitori della Corona, ingranditosi via via per quattrocento anni fino a diventare il più grande impero mai visto sulla terra, una fonte inesauribile di favolose ricchezze, ricambiate esportando uno stile di vita, beni immateriali, l'habeas corpus, la democrazia, le parrucche bianche dei giudici, il cricket, era ormai finito.

La Gran Bretagna, per la quale aveva così brillantemente combattuto un suo antenato, il Duca di Marlborough, era finita; non sarebbe più stata quella di prima. Ma la cosa che più lo faceva andare in bestia era l'appropriazione indebita della riserva aurea britannica appena fatta da Truman, per comprarsi la pace coi tedeschi. Quanto ai gioielli della Corona poi... quella era una rapina bella e buona.

Infatti quando Re Giorgio, messo sull'avviso da un sesto senso che solo le persone ricchissime posseggono, incaricò un Beefeaters del corpo degli Yeomen di farsi dare alcuni gioielli che aveva depositato in una banca di New York, questi gli furono negati da un maleducato direttore di banca che gli rimproverò di aver fatto entrare illegalmente negli Stati Uniti beni di incerta provenienza, e gli mostrò il decreto di sequestro firmato da un giudice federale che, senza dubbio, mentre firmava il decreto si aggiustava il parrucchino bianco sulla testa.

Il Re con la sua famiglia si rifugiò in Nuova Zelanda; Churchill invece scelse Sidney, ove iniziò a scrivere le sue memorie. La Regina riuscì a salvare alcuni gioielli che portava sempre con sé, esportandoli clandestinamente cuciti nei suoi abiti regali.

***

- Ma dai! Poverina! Ma erano i suoi gioielli.- si lamentò Angela - come fa una così magra ad andare in giro senza qualcosa al collo, senza orecchini. Dai, sembrerebbe nuda.-
- Eh già, una va in discoteca a fare quattro salti e si porta appresso una parure di diamanti... –
- Ma dai! Erano un simbolo di potere, di autorità... –
- E adesso che l'autorità la esercitano solo in Oceania, fra pecore e canguri, mi pare più che giusto che rimettano gli emblemi del potere... –
- Si, ai tedeschi.-
- E a chi sennò; sono loro a sostenere il valore della moneta nell'Inghilterra libera. Poi guarda che il tesoro della Corona è confluito in quello dell'Unione, non dei tedeschi.-
- Si, ma l'Inghilterra ne è fuori.-

- E neanche ci entrerà per chissà quanto tempo, con la testa di cazzo che si ritrovano; ti rendi conto che se c'è un modo giusto di fare le cose, loro scelgono sempre quello sbagliato. In tutto: nelle misure di ogni tipo di grandezza, dalla temperatura alla pressione, nei prezzi, nella circolazione stradale; per non parlare della pronuncia ... sembra che parlino con un nocciolo di pesca in bocca.-

Capitolo XLVII – Conferenza di Pace

Per noi la guerra era finita, ma nel Pacifico ed in Cina durò ancora un anno.

Gli Stati Uniti poterono disporre ben presto di un gran numero di portaerei, d'attacco e leggere, e col loro immenso potenziale industriale sfornarono un numero incredibile d'aerei d'ogni tipo, di navi da guerra e da trasporto, quindi iniziarono a riconquistare il Pacifico ed i territori perduti, tralasciando quelli che il Giappone ci aveva ceduto a Sud dell'Equatore.

Prima logorarono la flotta nipponica in una serie di battaglie aeronavali che, anche se si concludevano nella maggior parte dei casi in parità, consumavano molto più rapidamente le forze giapponesi di quelle americane; poi conquistarono basi aeree su isole distanti 5-600 km una dall'altra, sempre più vicine al Giappone, mediante sbarchi anfibi in cui i soldati del Sol Levante contesero il terreno ai Marines palmo a palmo.

La Marina Mercantile giapponese, dalla fine del '43, era stata spazzata via dal Pacifico ad opera dei sommergibili ed i pochi mercantili ancora in servizio non uscivano dal mar Cinese orientale e dal mar del Giappone. Da quel momento non fu più possibile rifornire le guarnigioni sparse su un territorio enorme, se non in minima quantità con i cacciatorpediniere. Anche le armate in Cina dovettero subire la riduzione dei rifornimenti e rimasero quasi abbandonate a sé stesse. L'aviazione giapponese si logorò via via col passare del tempo, nonostante l'entrata in servizio degli aerei a reazione mono e bimotori, ancor migliori dei prototipi che gli avevamo fornito, ma questi venivano prodotti in quantità troppo limitata per poter contrastare la US Air Force; mancavano piloti addestrati, poiché quelli migliori se n'erano andati con le portaerei man mano che venivano affondate.

Alla fine del '44 i cieli attorno al Giappone erano dominati dagli americani e, da qualche mese, il Giappone stesso subiva bombardamenti notturni che ridussero fortemente la sua non grande capacità industriale. Dal dicembre del '43, come da contratto, non fornimmo più carburante al Giappone, anche perché la rotta che le nostre petroliere avrebbero dovuto percorrere era diventata troppo pericolosa; così i giapponesi dovettero rassegnarsi a venirselo a prendere ad Abadan con i due sommergibili cisterna da 8000 t che gli avevamo venduto. Essi tuttavia, dopo un paio di viaggi, non si fecero più vedere, con tutta probabilità essendo stati affondati.

Dopo un anno di "salti della rana" dei Marines, da un arcipelago all'altro, il cerchio attorno al Giappone si stava chiudendo. Gli americani avevano ripreso le Hawaii dopo sanguinosi combattimenti, avevano liberato le Filippine e Formosa, dove si era insediato l'alleato Chiang Kai-shek, portandosi dietro dalla Cina un immenso tesoro in opere d'arte. Le prossime tappe sarebbero state Saipan, nelle isole Marianne, ed Okinawa, nelle isole Ryūkyū. Man mano che le operazioni si avvicinavano alla loro patria, i giapponesi combattevano con sempre maggior accanimento, persino fino alla morte, senza arrendersi e senza ritirarsi.

Le perdite americane, anche se inferiori a quelle nipponiche, si misuravano a migliaia di Marines per ogni isola conquistata; a decine di migliaia come era avvenuto per le isole più grosse come le Hawaii, Luzon e Formosa, ove era stato possibile ai giapponesi protrarre la lotta per mesi. Fino a quel momento, nella riconquista del Pacifico, gli americani avevano già patito 300.000 morti, fra Marines, piloti e marinai ed altrettanti erano stati i feriti gravi. Statistiche alla mano, prevedevano di perderne altri 30.000 per la conquista di Saipan e di Okinawa ed almeno 300.000, fors'anche 500.000, per l'assalto finale alla fortezza giapponese. Non erano cifre che l'opinione pubblica americana avrebbe digerito facilmente, non dopo averne già persa una di guerra, contro i tedeschi, anche se quest'ultima era stata meno cruenta.

A parte le truppe in Cina, 100.000 soldati giapponesi erano isolati in Birmania ed in Indocina, senza possibilità di ricevere alcun rifornimento. Perse le portaerei e gran parte della Flotta Imperiale in grandi scontri navali, per contendere agli americani prima le isole delle Indie ex olandesi, poi le Hawaii, le Filippine, Formosa, erano ora rimasti soli col loro coraggio, e come dei veri samurai si sarebbero sacrificati fino all'estremo per l'Imperatore. La loro ultima tattica per fermare gli americani, l'impiego dei kamikaze, che aveva causato l'affondamento di decine di navi americane, non aveva fatto altro che affrettare la distruzione degli ultimi aerei da caccia. Ma per loro la resa non esisteva, non sarebbe stata onorevole.

In Cina Mao Ze-dong, rifornito da Stalin in modo massiccio, avanzava come un rullo compressore. I suoi armamenti, soprattutto il carro T 34, erano fin troppo per le mitragliatrici ed i cannoni da campagna con cui i giapponesi avevano intrapreso la conquista della Cina, dieci anni prima. Quando le truppe comuniste cinesi raggiunsero Canton, isolarono dalla madrepatria 150.000 giapponesi, poi fu la volta di Shanghai e degli altri porti, tutti difesi fino all'ultimo, ma i comunisti disponevano ora anche di ottimi piloti ed aerei, forniti da Mosca senza risparmio, ed alla fine ebbero il sopravvento.

Alla fine dell'estate del '44 Stalin denunciò il patto di non aggressione col Giappone e, travolte le deboli truppe di confine, dilagò in Manciuria con tre Corpi d'Armata motorizzati ed in poche settimane la occupò completamente, insieme all'isola di Sahalin.

Nello stesso tempo Mao giungeva a Tsinan ed occupava l'intera provincia di Shandong. Sembrava una corsa, fra comunisti russi e comunisti cinesi, di chi sarebbe arrivato per primo a Pekino. Cinesi e giapponesi morivano come mosche; sarebbe stato bene intervenire prima che i giapponesi, perso per perso, commettessero qualcosa di tragico e di irreparabile, anche se coerente con la loro cultura del bushido.

Proponemmo a tutte le parti in conflitto una tregua d'armi, sulle posizioni raggiunte, ed una conferenza per mettere fine alla guerra e per porre le basi di una pace duratura. Tutti accettarono, perché non ne potevano più di combattere, forse tranne Stalin, che avendo appena cominciato, avrebbe continuato volentieri ancora per un po' di tempo.

Gli Stati Uniti erano in guerra da quattro anni ed avevano perso 600.000 uomini, fra morti e feriti gravi, senza contare le 50.000 vittime causate dalle due bombe atomiche e quelle che le radiazioni avrebbero continuato a causare per chissà quanto tempo. La loro industria era da riconvertire, perché non sapevano più che farsene delle portaerei, dei bombardieri e dei carri armati che decine di cantieri e di fabbriche continuavano a sfornare, ora che la guerra con la Germania era stata persa malamente e quella col Giappone era praticamente vinta, ma avrebbe potuto ancora richiedere un enorme tributo di sangue.

Il debito pubblico americano aveva raggiunto livelli astronomici - oltre 500 miliardi di Dollari - e non c'erano nazioni su cui scaricarlo in qualche modo; anche il Dollaro traballava, oppresso da tale debito, e non era più tesaurizzato da quelle nazioni che gli preferivano ormai il nostro Marco, cosicché non potevano neppure batter moneta, per non far decollare l'inflazione. Dovevano fermarsi per forza, al fine di rimettere in ordine l'economia.

Il Giappone da dieci anni aveva scagliato le sue folgori in tutte le direzioni, aveva finora sacrificato più d'un milione di soldati e si ritrovava a dover proteggere la patria, semidistrutta dai bombardamenti, dall'invasione che non sarebbe tardata a venire. La guerra era ormai persa, e la tregua proposta dai tedeschi non era una cosa disonorevole.

L'Unione Sovietica, che pure aveva fatto delle passeggiate piuttosto che delle campagne militari, si era dissanguata economicamente prima per costruire la linea Stalin, paventando un attacco tedesco, poi fortificando il suo confine con la Manciuria, temendo le mire giapponesi sulla Siberia, ed ancora armando Mao, per far trionfare il comunismo in Cina, infine per costruire infrastrutture ciclopiche nei 2000 km di montagne e di deserti in Afghanistan ed in Pakistan.

Se tuttavia Stalin fosse riuscito a mantenere il possesso della Manciuria il bilancio sarebbe stato positivo, perché lui - esternava col suo entourage - ne aveva pieni i coglioni di quegli islamici di merda che erano entrati da poco nel suo impero ateo e che, sommandosi agli altri islamici già presenti, presto o tardi sarebbero divenuti più numerosi dei russi stessi, dato che le loro donne figliavano come delle scrofe; non che le mancesi fossero da meno, ma almeno non si intabarravano dentro ridicoli lenzuoli.

Mao Ze-dong vedeva la vittoria vicina, ma vedeva anche i russi in Manciuria e prossimi ad entrare a Pekino; inoltre la conquista dei nuovi territori era stata troppo rapida, l'indottrinamento politico delle truppe e della popolazione delle Province liberate dai giapponesi, o quelle sottratte ai nazionalisti cinesi, era lacunoso ed approssimativo, occorreva procedere con più gradualità, oppure fermarsi del tutto; purché si fermassero anche i russi.

La Conferenza che avrebbe messo fine alla guerra si tenne a Berlin0 dal 20 novembre '44 e durò fino alla vigilia di Natale. Al termine di innumerevoli sedute e riunioni, bilaterali e plenarie, si giunse ad un assetto che non soddisfece nessuno e che pertanto ritenemmo essere il più giusto ed equilibrato.

L'Unione Sovietica dovette restituire alla Cina le Province mancesi occupate, ma si tenne l'isola di Sahalin che aveva strappato al Giappone.

Mao diventò padrone dell'intera Cina, ma non di Formosa (Taiwan), che divenne indipendente - Cina temporaneamente separata, come insisteva a chiamarla Mao - sotto l'autorità di Chiang Kai-shek, che però dovette restituire il tesoro imperiale; cosa che fece a spizzichi e bocconi, e solo dopo essere stato minacciato d'invasione, con la scusa di inventariarlo e di restaurarlo.

L'India ritornò in possesso delle isole Andamane e delle Nicobare. La Birmania, il Siam (Thailandia), l'Indocina, le Indie ex-olandesi (Indonesia) divennero Stati indipendenti, o lo sarebbero diventati dopo un decennio di amministrazione fiduciaria americana o francese.

Gli arcipelaghi del Pacifico a Nord dell'Equatore, tranne le Marianne e le Ryūkyū che restarono al Giappone, e le Filippine che divennero indipendenti, furono assegnati agli americani; quelli a Sud dell'Equatore, compresa l'intera Nuova Guinea, ma con esclusione della Nuova Zelanda, entrarono nelle Nazioni Unite come Protettorati dell'Unione Europea.

Non ci fu alcun risarcimento per nessuno. Si pose un macigno sul passato facendo inserire nel trattato il motto "chi ha dato, ha dato, chi ha avuto, ha avuto, scordammuce o passato", che diede qualche problema ai traduttori.

Anche il Giappone non era uscito troppo male dalla Conferenza, visti i crimini di guerra commessi, dei quali solo allora si venne a conoscenza. In un primo tempo si sarebbe voluto affidargli almeno l'amministrazione fiduciaria della Corea per cinque anni, ma l'epidemia di peste bubbonica scoppiata in Manciuria, causata da esperimenti giapponesi di guerra batteriologica finiti malamente, mise fine ad ogni discussione; così anche la Corea divenne subito uno Stato indipendente.

Stalin gongolava sotto i baffi, anche se aveva dovuto restituire la Manciuria, che avrebbe voluto tenersi. Il suo discepolo Mao - meditava davanti ad una bottiglia di vodka - in compenso aveva ottenuto il controllo della Cina, presto il marxismo-leninismo si sarebbe potuto espandere in Birmania, in Indocina, in Corea. Sarebbe bastato il solito lavorio sotterraneo, un paio di leader usciti dalle nostre scuole politiche, poi sarebbe scoppiata una bella rivoluzione popolare... ed era fatta. Chissà, forse anche le Filippine e le Indie ex-olandesi sarebbero venute buone al momento opportuno.

Mao invece era furioso con Stalin, come solo un glabro sa esserlo con uno coi baffi. Quel bastardo di un maestro - meditava dietro un sorriso enigmatico tutto cinese - aveva tentato di fregargli la Manciuria, non si era opposto a che Formosa fosse separata dalla Cina, aveva apertamente delle mire sul Sinkiang e sulla Zungaria, non si era speso affinché qualcuno dei nuovi Stati sorti a Sud, per esempio la Corea o l'Indocina, ci fossero affidati per una decina d'anni... ma ci avrebbe pensato lui! Altro che ideologia comune, altro che marcia, fianco a fianco, verso le sorti magnifiche e progressive. Gli Stati che Stalin aveva in mente di arraffare confinavano tutti con la Cina e sarebbe stato lui a tramare per arraffarli; in più si sarebbe preso anche il Tibet, dato che era impensabile lasciare una così vasta regione strategica nelle mani di monaci parassiti.

Molotov, già al tempo dell'armistizio con gli Stati Uniti ci aveva chiesto di acquistare i progetti della bomba atomica e noi, dopo esserci fatti pregare per mesi, sapendo che gli scienziati sovietici erano sulla strada per ottenerla per conto loro, gli avevamo venduto quello della nostra prima bomba sperimentale e la relativa filiera per l'arricchimento dell'uranio, per noi già obsoleti, in cambio dell'azzeramento del nostro passivo commerciale con l'Unione Sovietica, ammontante ad oltre due miliardi di Marchi. A parte i progetti datati, sapevamo che esistevano tempi tecnici per l'arricchimento dell'uranio misurabili in anni, poi si sarebbe dovuto iniziare il lungo processo di miniaturizzazione e di costruzione del vettore; cinque anni di spese colossali non glieli avrebbe tolti nessuno.

La cosa divertente era che sapevo che i russi non avrebbero mai usato per primi la bomba, la loro dottrina militare, nell'altro universo, prevedeva solo una "risposta" ad un attacco nucleare, per cui potevamo stare tranquilli.

Appena avuti i progetti, Stalin destinò 200.000 russi a lavorare giorno e notte alla realizzazione dell'impresa, e 2 milioni di operai a scavare bunker antiatomici a profondità non inferiore a 70 metri dalla superficie, per sé, per il Governo, per i comandi militari, per i centri di comunicazione, per gli stabilimenti di produzione dei componenti, quelli per l'arricchimento dell'uranio e per lo stoccaggio delle bombe. Furono costruite intere città sotterranee, segretissime, persino per le loro poste.

Erano tutti soldi ed energie gettate al vento. Le nuove bombe che stavamo costruendo avrebbero distrutto un bunker anche a 80 m di profondità, i nostri scienziati poi, stavano arzigogolando su una certa bomba all'idrogeno... ma non posso parlarne, neanche a me stesso, che è tutto top secret. Poi, cosa se ne facevano di un bunker che li avrebbe protetti per uno o due mesi al massimo? Presto o tardi, sarebbero dovuto uscire.

Anche gli Stati Uniti, con un investimento di altri 2 miliardi di Dollari, nel '46 riuscirono ad avere la loro bombetta, e già dall'armistizio del '44 avevano destinato 5 miliardi di Dollari per la costruzione di bunker sotterranei - alcuni dei quali a meno di 60 m di profondità - per difendersi da altri nostri attacchi. Inoltre, poiché avevano dichiarato detraibili dai redditi le spese sostenute per costruire bunker privati, scatenarono un vero boom di costruzioni e di vendite di strutture assolutamente inutili, inadatti a qualsiasi uso, neppure per farci invecchiare il vino. In aggiunta a queste spese colossali, spesero cifre ancor maggiori per rinnovare i loro armamenti tradizionali, per costruire altre portaerei, sommergibili silenziosi ed aerei da caccia dalle prestazioni straordinarie, non solo per vincere la guerra nel Pacifico, ma per raggiungerci e per superarci nella competizione tecnologica, riuscendo talora nell'impresa.

Fu così che, quando la guerra finì, si ritrovarono con un debito pubblico stratosferico, insostenibile per un'economia priva in pratica di un mercato estero, perché erano ben pochi i Paesi cui vendere beni, risorse minerarie e derrate, oppure gli Stati che non avessero innalzato dazi elevati per le importazioni, o quelli che avessero soldi per pagarle. Per di più si erano assunti pesanti impegni con molti dei nuovi Stati del Sud-Est asiatico e del Pacifico, giusto per non farli cadere nella nostra orbita, o in quella comunista, russa o cinese che fosse. Al loro ritorno a casa, i veterani americani trovarono un paese in piena crisi economica, se non in una fase di acuta depressione, col solo settore della difesa a tirare l'economia.

Noi non ci sognavamo minimamente di occuparci di quei Paesi, ché ne avevamo in carico già fin troppe di popolazioni sottosviluppate, alcune addirittura all'inizio dell'evoluzione umana, come nel caso della Nuova Guinea, ed eravamo ben lieti che a contrastare i comunisti fossero gli americani e non noi.

Il Giappone per un po' ci tenne il broncio, per non averli abbastanza sostenuti contro gli americani, per averli quasi costretti a lasciare Formosa e la Corea, ma soprattutto per non avergli dato la bomba che, quella sì, avrebbe sistemato quei bastardi yankee. Poi però, dopo il suicidio dei generali e degli ammiragli che avevano perso la guerra, cambiato il Governo, riconobbero che li avevamo salvati da un destino di gran lunga peggiore ed il clima cambiò. Concludemmo con loro un trattato di alleanza solo difensivo e importanti trattati commerciali per la fornitura di materie prime, in cambio di navi mercantili, di cui anche noi avevamo estremo bisogno.

La Thailandia, che aveva ripudiato il vecchio nome Siam insieme alla dinastia regnante, e la Malacca, anch'essa divenuta indipendente, stipularono con noi trattati che prevedevano la loro difesa anche da infiltrazioni comuniste o da pseudo-rivoluzioni popolari, e dopo alcuni anni entrarono nelle Nazioni Unite, perché necessitavano di rilevanti capitali per il loro sviluppo.

In Indocina i francesi tornarono con l'intenzione di restare ben oltre il decennio stabilito, e governarono la Colonia così come avevano fatto fino a cinque anni prima, anzi con l'intento di recuperare il lustro di guadagni persi a causa della guerra. Mai si sarebbero aspettati di dover profondere miliardi di Franchi per la difesa della Colonia dai comunisti e dagli indipendentisti, così come mai si sarebbero aspettati, da lì a pochi anni, di essere sconfitti a Dien Bien Phu e di perdere la Colonia, che si sarebbe frantumata nel Vietnam, nel Laos e nella Cambogia, tutti sotto controllo cinese, qualche anno prima di quanto sarebbe successo anche in un universo parallelo.

***

- Ma che stronzo! - mi accusò Angela - ma hai lasciato tutte le rogne agli americani ed ai francesi ed hai tenuto per te le amene località di villeggiatura.-

- Beh, qualche mugugno filocomunista c'è stato anche in Malacca, mi pare. E poi la Thailandia… vuoi mettere… con tutte quelle ballerine piene di sonaglietti, dalle movenze flessuose… –
- Scordatele. Piuttosto, sei andato a ritirare la macchina? -
- Sì, è una figata, anche se d'occasione, è praticamente nuova. Ti consiglio di leggere attentamente il modo di cambiare le ruote perché è completamente diverso rispetto alle altre.-

Capitolo XLVIII – Il recupero della capsula

A Berlino, l'11 novembre '44, data non proprio casuale essendo l'anniversario della resa della Germania nella Grande Guerra, fu allestita una grandiosa sfilata per la Vittoria, in grado di soddisfare l'intera casta militare che da un quarto di secolo aspettava quel momento.

Sotto alla Porta di Brandeburgo e per tutta la Unter den Linden, reparti di fanteria, brigate corazzate, reggimenti di cavalleria e di artiglieria, Kommando, Seelöwen, Alpenjäger, sfilarono dall'alba a sera tarda, alla luce delle torce, mentre in cielo sfrecciavano i caccia a reazione e gli elicotteri da combattimento.

Erano tutti gasati come non mai e l'euforia contagiò presto i nostri alleati ed i nuovi amici che avevamo invitato alla sfilata e sistemato in una tribuna riservata.

Finita la sfilata, la cerimonia si mutò prima in kermesse, poi in baldoria sfrenata, man mano che passava la notte e si prosciugavano le scorte di tutte le birrerie della città. Il giorno successivo la gente lo passò a smaltire i postumi della sbornia, ma il 13 si rimise al lavoro, innanzi tutto per preparare la Conferenza di Pace.

Giudicando esaurito il mio compito volevo ritirarmi a vita privata, come Cincinnato, ma il Governo insistette a tenermi come consulente per gli anni a venire, i primi di pace, forse meno eroici, ma senza dubbio più difficili di quelli di guerra.

Su questo tema si imperniò il discorso che tenni in occasione dell'insediamento del nuovo Consiglio dell'Unione Europea. Sostenni che, come in guerra eravamo stati professionisti, così occorreva esserlo in tempo di pace, nei confronti di tutti i Paesi che controllavamo direttamente; pertanto l'Unione non avrebbe consentito nessuna smargiassata, prepotenza, sopruso, ingiustizia nei confronti delle genti che avevamo assoggettato, ma la correttezza, la solidarietà e l'amicizia dovevano guidare la propria azione. Gli esempi di quanto proficuo fosse tale atteggiamento erano numerosi, uno fra tutti, quello del Québec. Ogni forma di corruzione sarebbe stata duramente colpita, soprattutto in quei paesi ove questa era prassi comune; ogni violenza gratuita operata dai militari sarebbe stata punita con severità maggiore che se fosse stata commessa in patria; ogni contratto stipulato da aziende dell'Unione con Paesi delle Nazioni Unite avrebbe dovuto superare il vaglio della congruità, per impostare i nuovi rapporti Nord-Sud nel Mondo nel modo più etico possibile. Le moltitudini che governavamo non dovevano lamentare trattamenti ingiusti, o non sarebbero mai state buoni cittadini, buoni contribuenti e buoni consumatori.

Soprattutto la Germania, che nel Parlamento dell'Unione aveva il ruolo di guida, oltre che la golden share, doveva sprovincializzarsi ancora di più di quanto fatto fino a quel momento, ed essere degna della responsabilità che si era assunta.

Non esistevano altri modi d'agire, se non quello illustrato; non c'erano strade più dirette, meno impervie, più economiche, se non quella indicata. In caso di dubbio su come comportarsi, in caso di dicotomia della via da prendere, si doveva agire come dei buoni padri di famiglia, e non come dei figli di puttana.

Fra applausi scroscianti, i Consiglieri approvarono all'unanimità le mie raccomandazioni.

Mi dedicai molto più di prima agli affari; lo staff che curava i miei interessi in numerose aziende di tecnologia avanzata, dalla metallurgia di metalli rari, ai transistor, ai primi microchip ed ai primi rudimentali computer, occupava ormai un piano intero in un edificio nel centro di Berlino e fu necessario occuparne altri due, sloggiando gli uffici di rappresentanza della Ford e della Coca-Cola, da poco riaperti.

Acquisii importanti pacchetti azionari di aziende che effettuavano prospezioni minerarie e petrolifere, mettendomi a cercare nuovi giacimenti in giro per le Nazioni Unite e scoprendoli quasi a colpo sicuro. Così "scoprii" giacimenti di ogni tipo in Canada ed in America latina, in Australia ed in Africa, tanto che qualche miniera, come quella d'uranio a Rössing, in Africa del Sud-Ovest, ed i giacimenti petroliferi dell'Oman e del Kuwait, dopo averli scoperti, li sfruttai in proprio.

Alternavo le attività imprenditoriali con consulenze di programmazione economica, urbanistica e sociale per conto del Governo, e dedicandomi anche ad un mio progetto del tutto particolare.

Con le mie guardie del corpo ed una squadra esperta in prospezioni minerarie, nell'estate '46 impiantai un cantiere nella piana della Pedriola, vicino al rifugio Zamboni. L'ampio vallone venne chiuso ai privati, formalmente per delle ricerche aurifere, ma in realtà per individuare una massa metallica, oppure una cavità, del diametro di circa tre metri, nel ghiacciaio del Belvedere, a Macugnaga, nella nuova Repubblica Longobarda.

Con gli strumenti adatti a disposizione fu uno scherzo individuare il posto dove c'era qualcosa nel ghiaccio, a 12 m di profondità, e fu altrettanto facile, con trivelle portatili e motoseghe, raggiungere in un paio di giorni di lavoro, senza dare molto nell'occhio, la capsula che aveva dato origine a tutta la storia.

Questa era troppo pesante per farla sollevare dall'elicottero che ci portava i rifornimenti dal fondovalle, così facemmo ricorso ad un pallone frenato per sbarramento antiaereo, ed a una serie di palloni sonda per ricerche meteorologiche nell'alta atmosfera, il tutto messoci a disposizione dalla Luftwaffe. In tal modo ottenemmo una forza di sollevamento di una cinquantina di chili maggiore del peso della capsula, in modo che una squadra di quattro uomini, imbragata a dovere la sfera, poté trasportarla nottetempo fino alla frazione Pecetto di Macugnaga, trattenendola mentre fluttuava a mezz'aria. Qui giunti la caricammo su un autocarro dotato di gru idraulica e la coprimmo con un telone.

Avevo personalmente insistito con il Governo longobardo, due anni prima, che uno degli interventi prioritari della viabilità dello Stato dovesse consistere nel prolungamento della strada camionabile della val Anzasca fino a raggiungere la frazione Pecetto di Macugnaga. Il nuovo Governo longobardo obbedì senza battere ciglio, ch'era prassi abituale decidere la costruzione di nuove strade secondo criteri clientelari, chiedendosi solo perché non era stato preavvertito che un personaggio tanto importante qual ero avesse scelto Macugnaga come " buen retiro". Non ci fu il tempo per sgonfiare il pallone frenato e lo lasciammo andare, insieme ai palloni sonda. Sulla portiera del camion colla gru spiccava la scritta "Istituto di limnologia dell'Università von Humboldt - Berlino" e tutti i documenti di trasporto facevano riferimento ad una batisfera che serviva per fare studi nel Lago Maggiore; ma non occorsero. Quando il camion, scortato da un paio di macchine con le insegne dello Stato Maggiore ben in vista, quattro ore dopo entrò in Svizzera, la guardia di servizio al posto di controllo che sostituiva la dogana scattò sull'attenti e lasciò passare il piccolo convoglio.

Raggiungemmo così il fabbricato rurale che avevo appena acquistato a Locarno, ad un paio di chilometri dal centro, lungo la strada per le Centovalli; era composto da una villa padronale, da una foresteria che permetteva di alloggiare una dozzina di persone, e da una stalla lunga una trentina di metri, il tutto in discreto stato di manutenzione.

La capsula fu spinta in un angolo in fondo alla stalla, la si celò alla vista costruendo un tramezzo di mattoni forati con al margine una porticina in ferro, ricavando un locale a forma di trapezio con basi di quattro e di un metro. Balle di fieno ammucchiate contro il tramezzo servirono a mascherare la porticina oltre che a rendere verosimile l'ambientazione. Solo una misurazione accurata, dell'interno della stalla ingombra di fieno, e dell'esterno invaso dai rovi ed occupato da attrezzi agricoli arrugginiti, poteva rivelare, a chi sapesse già cosa cercare, l'esistenza di un vano segreto.

Il passo successivo mi prese un mese del periodo di vacanza che mi ero concesso.

Entrai con una certa emozione nella capsula da cui ero uscito 19 anni prima, l'oblò si rinchiuse alle mie spalle ed ebbi un tonfo al cuore. Con estrema prudenza mi sedetti sulla poltrona da barbiere ed osservai le poche spie che segnalavano, probabilmente, lo stato di stand-by delle apparecchiature; ritrovai il pulsante celato nel bracciolo, quello che avevo premuto inavvertitamente, e lo pigiai. Molte altre spie luminose si accesero, alcuni monitor e display si illuminarono e, fra questi, quello che avevo ipotizzato essere un orologio e quello a fianco, che pensavo fosse un timer.

Riportai i caratteri, che ritenevo essere delle cifre, su un blocco note; poi, armato di cronometro, mi accinsi a determinare con una certa precisione la durata di un "secondo" dell'orologio alieno. Questa risultò essere di circa mezzo secondo.

Passai quindi ad esaminare la consolle ed i quadranti degli strumenti, con le relative indicazioni ed unità di misura in lingua aliena; fui subito preso dallo sconforto, non ce l'avrei mai fatta a decifrare quelle scritte, a capire cosa indicavano gli strumenti.

Fui tentato di rivolgermi a un papirologo, oppure ad un esperto di scrittura dei Maya, ma mi trattenni e riesaminai il problema.

Tutto sommato c'erano troppi pulsanti e troppe leve per una macchina semplice come doveva essere una macchina del tempo. I comandi fondamentali dovevano essere: "avanti", "indietro", "per quanto tempo", al massimo, dato che la capsula sembrava essere un modello di lusso, poteva essercene uno del tipo "quanto tempo ci vuoi mettere".

Certo la pedaliera, la cloche ed un'infinità di altri comandi che occupavano l'intero spicchio della sfera alla destra della poltrona da barbiere, non c'entravano nulla col tempo, quanto piuttosto con lo spazio, alla navigazione interstellare, a fare una bella sterzata, a piantare un colpo di freno ed a sgommare appena il semaforo diventava verde. Non avevo mai capito bene come facesse un tranviere a far scattare il deviatoio di uno scambio con un colpetto sulla manetta del gas, ma una postazione di guida di una navetta spazio- temporale, dopo aver visto tanti film di fantascienza, potevo immaginarmela molto bene: era lì al mio fianco.

Anche qui c'erano molti comandi in più del necessario, più monitor, più strumenti di misura con tanto di lancette e zone colorate, ma non più di quelli di una berlina di lusso dell'anno 2000, full optional. I quadranti, per esempio, potevano fornire indicazioni sulla qualità dell'aria esterna e sulla presenza di agenti patogeni... uno scherzo in confronto al dispositivo di parcheggio automatico in dotazione di alcune berline. In ogni caso, non avevo bisogno di andare da nessuna parte e mi concentrai sul timer, che segnava una serie di "Ω". Non poteva che trattarsi del loro "Zero".

Ricordai - non me lo sarei mai dimenticato - che al primo scossone di tanti anni prima, mi ero appoggiato a qualcosa con la mano destra protesa in avanti, e subito dopo un altro scossone avevo perso l'equilibrio ed ero caduto su una pulsantiera, aggrappandomi ad una leva. Era tutto lì davanti a me. Simulai di essere stato urtato, ed istintivamente la mano destra scattò verso un tastierino sotto il timer; a sinistra e più in basso, comodissima da essere afferrata per aggrapparsi a qualcosa, una leva emergeva dalla consolle. Su quest'ultima, mezzo metro a destra, in mezzo a spie e pulsanti, un grosso bottone arancione spiccava come una boa sull'acqua; aveva una protezione di "vetro" parzialmente divelta dalla sede e rotta, con piccoli frammenti sparpagliati fra i pulsanti.

Con una buona dose di ottimismo mi parve tutto chiaro: al primo scossone, con la mano protesa, avevo premuto i tasti sotto il timer che avevano determinato la durata del viaggio; aggrappandomi alla leva l'avevo tirata verso me, in posizione "indietro", e cadendo sulla consolle avevo sfondato la protezione e premuto il pulsante arancione, che mi aveva spedito nel passato. Ergo, se avessi impostato il tempo di viaggio, spinto la leva in avanti ed pigiato il pulsante arancione, sarei stato proiettato nel futuro.

Fui preso dalla frenesia. Esisteva la concreta possibilità di tornare a casa! Dovevo solo fare una verifica. Il timer era composto di 12 cifre, sotto ognuna di queste c'erano due pulsanti, uno sotto all'altro; iniziai dagli ultimi due a destra, a colpo sicuro, perché l'orologio mi aveva indicato come progrediva la serie numerica aliena, ed in questa le unità erano a destra, come in quella che mi aveva insegnato la maestra alle elementari.

Con un colpetto dell'indice pigiai il pulsante superiore, trattenendo il fiato, e sul timer apparve l'"Uno", che aveva la forma di un serpente; diedi un altro colpetto ed apparve il "Due", delle ondine; mantenni la pressione per qualche istante e vidi comparire il "3", il "4", il "5", rispettivamente col simbolo di una sommatoria, di una sedia e di una mela.

Con il notes posto a fianco del timer, confrontai che la progressione crescente fosse identica a quella dell'orologio, com'era naturale. Meno male che gli alieni non erano inglesi, altrimenti avrebbero messo le cifre della progressione alla rinfusa. Diedi un colpetto col dito sul pulsante inferiore ed il "5" divenne "4";

tenni pigiato più a lungo, e le cifre scorsero a ritroso: "3", "2", "1", "Zero", e qui si fermarono. Molto più semplice che usare il telefonino. Proprio per un eccesso di prudenza ripetei l'intera operazione con i pulsanti corrispondenti alle "decine" e con quelli delle "centinaia"; il risultato fu identico.

Era fatta, presto sarei tornato a casa, dovevo solo fare quattro conti e pensare a cosa dire ad Angela, magari che avevo dovuto girare a lungo prima di trovare un tabaccaio aperto.

Rientrai a casa, passando per la foresteria, per avvisare della mia presenza le guardie del corpo, e le trovai a letto, uno con la cuoca e l'altro con la governante, reduci da una giornata di amplessi sfrenati. Mentre le valchirie si sfilavano di torno nudissime, guadagnando a saltelloni le loro camere, chiesi ai miei gorilla cosa avrebbero fatto se una capsula spaziale aliena fosse giunta a rapirmi, e quelli, serissimi, mi risposero che avrebbero fatto rapporto ai superiori di quanto accaduto, confessando anche i dettagli degli amplessi, e avrebbero scontato la giusta punizione. Non c'era speranza per i tedeschi, non sarebbero cambiati mai.

Quella notte ero troppo stanco per affrontare una serie di calcoli, non volevo fare errori ed avevo altro cui pensare. Avevo 73 anni, non potevo correre il rischio di fissare una data che potesse essere successiva alla mia morte, perché non sapevo se si sarebbe arrestato l'invecchiamento nel procedere nel futuro, nello stesso modo in cui non ero ringiovanito procedendo verso il passato; inoltre non potevo riapparire neanche troppo presto, per non essere scambiato per un nazista in fuga, ed essere oggetto delle attenzioni di agenti israeliani.

Mi resi conto di colpo che sarei comunque giunto troppo presto per rivedere la mia Angela, che non era neppure nata, e neppure riuscivo ad immaginare cosa sarebbe successo se mi fossi spinto fino all'80, quando l'avrei sì rivista, ma essendo nel frattempo comunque invecchiato, non sarei stato riconosciuto. Inoltre se mi fossi incontrato con me stesso, di una cinquantina d'anni più giovane, temevo di annichilire, nel senso scientifico del termine.

Stabilii che un salto che mi avesse fatto emergere nel '51 fosse il massimo che si potesse ragionevolmente tentare. Mi misi a preparare una tabella di conversione fra il nostro tempo, in secondi, e quello alieno, in "mezzo-secondi", ma con un sistema metrico a base 12 e non 10; così che il "100" alieno (Serpente, Omega, Omega) corrispondeva al nostro 144, il "1.000" al 1.728 (144 x 12) il "10.000" al 20.736 (1728 x 12) il "100.000" al 248.832 (20.736 x 12) ecc.

Ordinai per telefono al mio staff di Berlino di procurarmi, con la massima urgenza, oro in monete ed in lingotti, nonché diamanti di elevata purezza e di varia caratura, il tutto ben impacchettato ed insacchettato, per un volume di circa mezzo metro cubo. Assicurai che nessuno era stato rapito e che non ero minacciato da chicchessia, ma che mi era venuto il ghiribizzo di fare anch'io i tuffi in una vasca da bagno piena di monete d'oro e di gemme preziose, come Zio Paperone del suo deposito blindato. Lo staff fece miracoli, e dopo una settimana ricevetti quanto richiesto, scortato da due autoblinde e da un plotone di Kommando, che mi aiutò a sistemare i sacchi nella stalla, sotto uno strato di fieno.

Intanto avevo chiesto di trasferire la residenza in Svizzera, poiché questa avrebbe mantenuto validi ancora per dieci anni i documenti emessi prima del suo ingresso nell'Unione, insieme ad altri documenti quali carta d'identità, patente internazionale di guida e passaporto, su cui quindi non vi sarebbe stato alcun riferimento all'Unione Europea, né ad altre cose strane o compromettenti.

Ora ero pronto per il salto.

***

- Verme! - mi classificò Angela indignata - Pusillanime! Caca-
sotto! Hai avuto la possibilità di tornare a casa da me e l'hai
scartata per rimanere nel tuo universo a sgavazzare con le tro-
iette che ti circondavano.-
- Ma cara, non potevo - cercai di rabbonirla - non sarei stato il
Federico che hai sposato, ma un vecchietto di 73 anni, mentre
tu saresti rimasta sempre la strafica che ho conosciuto; non mi
avresti neanche cagato.-
- Non è vero! Ti avrei accolto con amore, come Penelope aveva
accolto il suo Ulisse dopo vent'anni, proprio il tempo della tua
mancanza. E' inutile che tu cerchi di indorarmi la pillola.-
- Sì, ma mentre Ulisse era via, Penelope invecchiava ella pure,
tanto che i Proci che la insidiavano, vedendola sfiorire, stavano
esaurendo la pazienza.-
- Chissenefrega! Ti avrei rivisto con immensa felicità! Ti avrei
coperti di baci anche se eri diventato un vecchietto…
- Ed io, tornando dal lavoro, vedendoti sbaciucchiare un vecchietto, cosa avrei dovuto pensare? Che giustificazioni avresti
addotto? Che pensavi di sbaciucchiare me che provenivo dal
futuro? Quando si inventano delle balle, che queste abbiano almeno un minimo di credibilità.-

Capitolo XLIX – Ritorno a Locarno

Una mattina di fine settembre '46, trasferii nella capsula pacchi e sacchetti di preziosi facendo una fatica improba, sia per il peso trasportato, sia per l'angustia dell'interno della capsula. Dal resoconto fornitomi dal mio staff, risultava che avrei portato con me, nell'altro universo, l'equivalente di circa 150 milioni di Marchi, che all'arrivo sarebbero diventati di valore doppio. Non dimenticai di caricare sulla capsula una serratura identica, anche nelle chiavi, a quella che avevo istallato sulla porticina metallica del tramezzo, e portai con me anche due teloni, uno grande ed uno piccolo.

Entrai nella capsula a malapena, dato che tutto lo spazio libero era occupato da preziosi fino al livello della consolle, con un minimo spazio per le gambe e per l'accesso alla postazione di guida. Dopo alcune contorsioni mi sedetti nella poltrona da barbiere, attaccai un post-it con le cifre da digitare ed appesi ad una levetta una copia della tabella di conversione, nel caso avessi dovuto improvvisare.

Ero pronto! Per scaramanzia non avevo neppure fatto testamento, perché ero sicuro di tornare. Premetti i tasti relativi alle "centinaia" e alle "decine di milioni", spinsi la leva in avanti e pigiai il bottone arancione, trattenendo il fiato.

La capsula si riempì di luci ed udii una sorta di cinguettio che terminava in un gorgheggio, era la prima volta che lo udivo, probabilmente la volta precedente la botta in fronte e lo spavento non me lo avevano fatto sentire. Pensai che la "voce" mi avesse raccomandato di allacciare le cinture di sicurezza, quindi non ne tenni conto. Il viaggio fu brevissimo e senza scossoni, non dovendo più seguire un percorso subglaciale.

Riemersi nel luglio '51, di prima mattina; uscii con difficoltà dalla capsula ed ancora più faticosamente trasportai il tesoro in un angolo della stalla, coprendolo con il telone piccolo che avevo portato ed ammucchiandovi sopra della paglia, mentre col telone grande coprii la capsula.

Uscii dalla stalla che era quasi l'una, esausto, giurando che quella sarebbe stata l'ultima faticaccia della mia vita.

Il rustico era deserto, come speravo, altrimenti avrei dovuto acquistarlo a tutti i costi dal proprietario, ma con tutti i preziosi che avevo con me ero sicuro che, alla fine, avrei avuto quello che volevo. La casa, così come la stalla e la foresteria, erano vuote come le avevo trovate anni prima quando le avevo acquistate: ogni ambiente sapeva di chiuso e c'erano numerose ragnatele sul soffitto.

Uscii dal cancello della proprietà e rimossi il cartello con su stampato "VENDESI" e più sotto l'indirizzo di una agenzia immobiliare di Locarno cui rivolgersi per informazioni. La conoscevo bene per esserci stato nell'altro universo proprio per acquistare il rustico; allora il titolare mi aveva messo premura, dicendomi che se non lo avessi acquistato subito, c'erano altre tre persone interessate all'acquisto. Sapevo che non era vero, ma il posto mi piaceva assai; ed ora ero curioso di sapere se anche questa volta mi avrebbe detto la stessa cosa, almeno cinque anni dopo aver avuto l'incarico di venderlo, quindi mi avviai a piedi verso Locarno.

Il paesaggio era come lo ricordavo, d'altra parte erano passati solo cinque anni dall'ultima volta che avevo percorso quella strada; c'era qualche costruzione in più e qualche barca a vela in meno sul lago e nel porticciolo. Alla stazione di servizio, che fungeva anche da ditta di autonoleggio, affittai una Volkswagen Maggiolino; conoscevo il titolare per averlo già visto nell'altro universo, ma lui non poteva riconoscermi. Guardandomi in giro notai che sulle pompe e sulla tettoia, anziché il logotipo della Deutsche Öl, spiccava la conchiglia della Shell. Si, qualche cambiamento era intervenuto.

Gli chiesi se conosceva una famiglia che potesse prendersi cura di me e della casa, e che si potesse trasferire nella foresteria adiacente al rustico; il meccanico fu felicissimo di segnalarmi la sua stessa figliola, appena sposata e già in dolce attesa, brava cuoca, ottima governante, ecc,. me l'avrebbe fatta conoscere nel primo pomeriggio insieme al marito, che faceva l'apicoltore. Mi sembrava una soluzione perfetta, gli dissi, lo salutai e mi diressi verso l'agenzia immobiliare, in centro città.

Il titolare non poteva riconoscermi, e come previsto mi raccomandò un sollecito acquisto per non perdere una stupenda occasione di fare un affare; io abboccai, concordando però un prezzo inferiore a quello pagatogli un mese prima nell'altro universo, ma questa volta lo pagai con Franchi svizzeri veri e non in Sterline false come avevo fatto allora; ma non ero pienamente soddisfatto, dopotutto avevo dovuto pagare due volte per la stessa casa.

Incaricai il titolare dell'agenzia, che aveva anche una piccola impresa edile, di costruire nella stalla un tramezzo di mattoni con una porticina di ferro, di cui gli diedi la serratura da istallare. Feci uno schizzo dell'opera e gli raccomandai che i lavori non venissero iniziati prima del pomeriggio dell'indomani, e che si concludessero in un tempo ragionevole.

Mi diede le più ampie garanzie in merito ed aggiunse che per il tramezzo mi avrebbe fatto un prezzo di favore; quindi lo salutai e mi avviai verso il solito ristorante affacciato su una graziosa piazzetta, con i tavoli all'aperto sotto un fresco pergolato.

Anche qui il ristoratore non mi riconobbe, anche se nell'altro universo ero un habituée del locale, ma fui accolto ugualmente con calore dalla moglie che, cuoca sopraffina, mi onorò con un risotto allo zafferano - fatto col midollo! - ed un'insalata di funghi porcini squisita, il tutto innaffiato con del Grignolino di due anni prima.

Nel pomeriggio visitai una banca d'affari che aveva fama di massima serietà e vi aprii un conto, poi mi accordai col direttore per venire a prendere presso il rustico un grosso quantitativo di preziosi, incaricandolo fin d'ora di venderli e di investire il ricavato al meglio, inviandomi annualmente un resoconto dettagliato degli investimenti fatti, e di considerare automaticamente approvato il suo operato salvo disposizione contraria. Poi gli spiegai cosa volevo che facesse la banca di tutto il patrimonio e dei suoi utili. Mi consigliò la forma giuridica più adatta allo scopo, assicurandomi che aveva già gestito casi simili, anche se mai proiettati così lontano nel tempo.

Gli fornii il nominativo del beneficiario, il suo indirizzo, le modalità e l'entità della rendita annua che gli sarebbe stata corrisposta; gli fornii infine il mio documento d'identità svizzero ed il direttore, notando che le mie generalità erano simili a quelle del beneficiario, pensò si trattasse di mio nipote. Non mi chiese nulla sulla provenienza del tesoro, di cui gli avevo accennato il valore, si informò solo del suo peso, per poterlo trasportare con un mezzo adatto, disse, ma era chiaro che non aveva intenzione di sfacchinare per mezza giornata.

Il direttore pensava che doveva trattarsi di beni trafugati agli ebrei avviati ai campi di concentramento; era felicissimo di essere riuscito ad entrare in quel giro, fino ad allora gestito in esclusiva dalle grandi banche di Zurigo e di Berna.

Quale brillante idea avevano avuto i tedeschi - pensò - ad immettere sul mercato tonnellate d'oro che era stato tenuto del tutto improduttivamente immobilizzato nelle gengive di milioni di ebrei. Purtroppo, come spesso avviene a quelli che hanno idee geniali, non sarebbero stati loro a goderne i frutti, ma altri, perché le ideologie ed il potere passano, ma l'oro resta e deve essere tenuto al sicuro. Orbene, quale posto è più sicuro di una banca? Comunque era incredibile come ci fosse ancora in circolazione un simile quantitativo d'oro. Che razza di denti "fraschi" dovevano avere avuto gli ebrei?

Prima di salutarmi mi offrì un cioccolatino e mi venne da sorridere: che razza di bastardi erano i banchieri, pensai, gli avevo affidato una fortuna da gestire e lui, per riconoscenza, mi offriva un cioccolatino. Ma mi andava bene così, di un banchiere siffatto potevo ben fidarmi.

Tornai alla stazione di servizio ove mi attendeva la Volkswagen; il meccanico mi disse che era tutto a posto, e saputo che intendevo recarmi in Italia, mi raccomandò di far subito il pieno, ché oltre frontiera la benzina costava il doppio. Poi mi presentò la figlia ed il genero, entrambi furono entusiasti delle condizioni di lavoro, dello stipendio e dell'uso della foresteria; avrebbero cominciato a trasferirsi ed a prendere servizio l'indomani stesso.

Diedi loro del denaro incaricandoli di acquistare i mobili necessari, di far allacciare luce, acqua e telefono intestando tutto a nome loro, come se fossero i veri proprietari del rustico. Il genero mi chiese di poter portare lì le sue arnie ed approvai senz'altro, perché le api sarebbero state un ottimo dispositivo anti-ficcanaso, inoltre avrebbero costretto la coppia alla sedentarietà.

L'indomani, di prima mattina, il direttore di banca stesso si presentò con due nerboruti fattorini ed un furgone blindato per caricare il tesoro. Nonostante fosse preparato, si stupì della sua entità, ma non batté ciglio; esaminò alcuni esemplari di diamanti, apprezzandone la purezza e la caratura, pensando che dovevano far parte del bottino che i nazisti avevano fatto ad

Amsterdam, e borbottò qualcosa che non capii sui commercianti di diamanti ebrei.

Mi chiese se mi avrebbe rivisto per dargli nuove disposizioni, e gli risposi che, data l'età, sarebbe stato ben difficile, ma che gli avvocati dell'organizzazione cui facevo parte avrebbero esaminato i rendiconti annuali e, se insoddisfatti, gli avrebbero fatto sapere. Aggiunsi subito che eravamo tutti certi che avrebbe fatto un buon lavoro e di non aspettarsi dunque un controllo asfissiante del suo operato. In tutti i casi, gli dissi, il beneficiario sarebbe stato lo stesso - l'erede politico di Hitler, pensò subito il direttore, tutto torna e tutto quadra -. Dissi anche che gli avrei dato alcune buste, da consegnare ben sigillate al beneficiario nel 2009.

Ci salutammo e rifiutai il cioccolatino che mi offrì togliendolo dalla tasca, perché era molliccio dal gran caldo.

Passai il resto della giornata con la giovane coppia ed a sorvegliare i muratori che erigevano il tramezzo, e nel tardo pomeriggio partii per l'Italia. Alla frontiera non vi furono difficoltà con il passaporto. Subito dopo il confine cambiai i Franchi svizzeri con un pacco di fogli di carta filigranata con su stampato "Banca d'Italia", tutte dal valore irrisorio rispetto al gran numero di zeri delle banconote.

Mi fermai a cenare in un ristorantino di Arona: agnolotti in brodo di manzo, Coregone del lago, accompagnato da un Cortese freddo di cantina. Finalmente mi ero messo alle spalle quelle brodaglie di verdure, quei piatti unici innaffiati con sughi liquidi e speziati, che mi avevano tormentato per un ventennio. Poiché avevo vuotato la bottiglia, decisi di fermarmi lì per la notte, nell'albergo vicino.

Il mattino successivo giunsi a Novara, praticamente identica a come me la ricordavo da bambino, ma senza semafori, con poche vecchie Topolino, alcune Fiat 1100, qualche camion vomitante nuvole fumo nero, e con le vetrine dei negozi ancor più povere. Parcheggiai davanti all'edificio delle poste e telegrafi, in pretto stile fascista, e mi avviai verso la casa dei nonni, di fronte a quella dei miei genitori.

C'erano moltissime biciclette e scooter per strada e non mancavano carri trainati da cavalli; in un'edicola di giornali lessi, su una locandina, che la Gran Bretagna aveva firmato un trattato di pace con la Germania Federale. Attraversai i giardini che attorniavano il castello-prigione, fiancheggiai il muretto del fossato sul quale da piccolo pretendevo di camminare tenendo per mano l'adulto che mi accompagnava. Mi trattenni a gustare un gelato, finalmente, al solito chiostro della mia infanzia e dopo alcune svolte giunsi a casa dei nonni. I miei genitori erano senza dubbio al lavoro, comunque non me la sentivo di trovarmeli davanti, non avrei saputo cosa dire, dopotutto mancavano quattro anni alla mia nascita.

Salii al primo piano di una casa di ringhiera più che dignitosa e trovai mia nonna sul balcone, che irrorava alcuni striminziti gerani con una pompetta a mano che insufflava sulle piantine una nuvola di DDT. Le dissi che dovevo consegnare una busta a suo figlio, e rifiutai l'invito ad accomodarmi per bere un bicchierino di Punt- e-Mes, sempre la stessa bottiglia che durò fino a quando, ormai ragazzino, riuscii a finirgliela. Addussi, come motivo di tanta fretta, il fatto di dover fare altre commissioni; la salutai e sparii, celando le lacrime che mi inondavano gli occhi. Nella busta avevo infilato una discreta somma in Lire ed in Franchi con un biglietto d'accompagnamento in cui si asseriva trattarsi d'un atto di liberalità da parte di un benefattore anonimo; aggiunsi che, se volevano ringraziarlo, quando avessero avuto un figlio avrebbero potuto chiamarlo come lui: Federico.

Avevo pensato a lungo a quanti soldi regalare ai miei; da un lato avrei voluto essere molto più generoso, ma ciò avrebbe potuto influenzare la mia vita futura; al limite i miei genitori avrebbero potuto anticipare di qualche anno la mia messa in cantiere, con conseguenze forse disastrose; oppure peggio, avrebbero potuto darsi alla pazza gioia e dimenticare di mettermi al mondo.

Come cittadino straniero mi sarebbe stato impossibile stabilire rendite a loro vantaggio e mantenere l'anonimato, così avevo infilato nella busta l'equivalente di due milioni di Lire, che nel '51 non erano bruscolini, ma neppure erano in grado di cambiare la vita.

Tornai alla macchina facendo un lungo giro per la città, fermandomi a fare acquisti in alcuni negozi. Non avevo più nulla da fare in Italia; se fossi stato più giovane forse mi sarei concesso una vacanza al mare, che mi mancava moltissimo. Un mare-mare, non un mare di merda come quello della Pomerania, ma mi sentivo spossato ed avevo ancora parecchio da fare, così tornai a Locarno.

Mi misi a scrivere questo manoscritto e trascorsi venti giorni piacevolissimi a ricordare i particolari della mia avventura nell'universo parallelo, allietato dai manicaretti che Maria, la governante, mi preparava.

Vi saluto, carissimi Federico e Angela, questa è l'origine della fortuna che vi è caduta addosso, io tornerò dall'altra parte per trascorrere gli ultimi anni di una vita che, perdio, valeva veramente la pena vivere, per cercare di cambiare quella di qualche tribù di sfigati in Sudan, o in Angola, o in cento altri posti; perché dovendo scegliere che sfigati aiutare, non c'è che l' imbarazzo della scelta.

Con infinito amore per Angela, con una pacca sulle spalle a te, ed un bacione al piccolo Massimino vi saluto e vi auguro ogni bene.

Federico Post Scriptum

Nel caso tu fossi interessato a sapere come sono andate a finire le cose, in Italia e nel mondo, sappi che al momento della mia partenza, il '46, i social-comunisti dell'Italia del Centro-Nord hanno ripudiato il marxismo-leninismo ed hanno rotto ogni rapporto con Mosca, diventando degli antesignani di un socialismo dal volto umano che ha avuto il momento di svolta quando Togliatti, Nenni, Parri ed altri, hanno dichiarato esaurita la spinta propulsiva del Comunismo ed hanno accettato l'economia di mercato.

Attualmente le varie Regioni del Centro-Nord stanno discutendo per dar vita ad uno Stato Federale; sono d'accordo su tutto, tranne sul nome, sulla bandiera, sull'inno e sulla capitale. Qualche vetero-comunista ha persino proposto il nome di U.R.S.S. (Unione delle Repubbliche Socialiste ex-Sabaude).

La frenesia mafiosa che per qualche mese aveva pervaso il Sud non poteva durare in eterno; la mafia ha bisogno uno Stato da mungere, altrimenti chi costruirebbe le strade e le altre infrastrutture, per poter taglieggiare i costruttori, e via di seguito. I monarchici ed i democristiani, da Roma, si fecero avanti ed ebbero buon gioco nel proporsi a governare l'intero Sud, beninteso dopo aver preso ferrei ed ignobili accordi con le principali famiglie mafiose.

Per riaccreditare la monarchia di una autorevolezza e di una dignità perduta col fascismo, in tutto il Sud si tenne un referendum "monarchia o repubblica", vinto dalla prima, e ciò rese impossibile ogni tentativo di riunificazione dell'Italia, pur tentata da numerosi esponenti politici sia del Nord, sia del Sud. Nel Centro- Nord infatti, in un referendum analogo tenutosi subito dopo l'altro, aveva vinto la Repubblica; salvo che a Torino centro dove, boiafaus, stravinsero i Savoia.

La Longobardia e la Serenissima si trovarono tanto bene nell'Unione Europea che iniziarono uno sviluppo economico prodigioso che, se continuerà tale, le porterà ad essere fra le regioni più ricche d'Europa. Trieste però, insieme all'Istria occidentale, rifiutò il ruolo marginale datole dalla Serenissima e trattò con la Slovenia condizioni molto più vantaggiose, quindi si staccò dalla prima per aderire alla seconda, ritrovando l'importanza che aveva sotto gli Asburgo. Ora si avvia ad essere uno dei porti maggiori del Mediterraneo, costituendo, con quello di Capodistria, un immenso teminal per merci e petroli. Celebre è la frase con cui il Doge - ovvero il capo del Governo della Serenissima - commentò la dichiarazione di secessione triestina: "Ma va' in mona!"

La Valle d'Aosta volle staccarsi dall'Italia social-comunista e chiese alla Francia di essere accolta come Dipartimento d'Oltralpe ed in questo caso il commento del capo del Governo della Repubblica Socialista del Piemonte, un metalmeccanico dello stabilimento FIAT di Lingotto, fu di tutt'altra natura; disse infatti: "Alura andì a dar via i ciàp!"

Riguardo all'Inghilterra, Mosley è stato rovesciato dal Governo della Zona libera e rimpiazzato da un Governo laburista, mentre nella parte meridionale pensiamo di cessare l'occupazione nel '47 e di insediare al Governo il forte partito Conservatore che fino ad ora abbiamo coltivato. Se la vedano poi loro cosa fare, se riunirsi o no, e se far tornare Re Giorgio dalla Nuova Zelanda, ove pare che se la passi piuttosto bene ad allevare pecore. Il Galles e l'Irlanda hanno chiesto ed ottenuto di entrare nell'Unione, come pure la Svezia e la Finlandia.

Quest'ultima adesione però ci ha messo in urto coi sovietici, per aver infranto i Protocolli segreti, ed una sorta di Cortina di Ferro è scesa a dividere l'Europa, dalla Carelia giù giù fino al Mar Nero, per proseguire lungo il confine persiano. Prevedo che ci aspetti un periodo di guerra fredda, ma era dal '39 che non mi davo pace per aver sacrificato la Finlandia alla nostra Realpolitik.

Spagna e Portogallo sono arroccati in una deriva autoritaria asfissiante che avrà fine, temo, solo quando tireranno le cuoia Franco e Salazar. La Catalogna ci ha però chiesto in modo informale di entrare nell'Unione e siamo orientati ad accoglierla.

I nostri laureati africani stanno facendo un buon lavoro nei rispettivi Paesi, e si pensa di cedere, fra tre o quattro anni, il potere civile ai partiti da loro organizzati; quello militare e l'indipendenza seguiranno molto più tardi, solo qualora se ne mostreranno degni.

Grandissimi progetti sono allo studio, ed alcuni già in fase di realizzazione: una decina di grandi dighe, fra le quali quella di Assuan sul Nilo, progetti irrigui per milioni di ettari in ogni parte del mondo, progetti contro la desertificazione del Sahel, progetti per rimpinguare le acque del lago Ciad; su questi ultimi i francesi ci seguono ad occhi chiusi, su altri, di carattere più politico e sociale, no.

I giapponesi e gli indiani sono stupendi partner commerciali, i malaysiani (per nessun motivo vollero farsi chiamare malacchi, perché dicevano che quel nome attirava il malocchio) ed i thailandesi sono due popoli meravigliosi che intendono marciare a tappe forzate verso lo sviluppo; per ora i primi hanno riempito le strade dell'Unione di banchetti dove vendono le loro fritture avvolte in ritagli di foglie di banano, i secondi hanno riempito i night club di mezza Europa di strafiche piene di campanellini.

I canadesi anglofoni e gli australiani non ci creano problemi, anche perché li trattiamo coi guanti, come se fossero già indipendenti, così pure come i molti negri del Transvaal, che se non fossero così variopinti, chiassosi e casinisti, sarebbero dei veri bianchi. I negri sono felicissimi di noi, che li abbiamo praticamente liberati, e tramano alacremente per liberare i fratelli delle altre provincie del Sudafrica, ove invece regna una stretta apartheid.

Lo Scià di Persia ha seguito i miei consigli di liberarsi dei principali Ayatollah, poi, dopo un attentato della jiad islamica, ha eliminato anche quelli secondari e, perdurando gli attentati, ha chiuso tutte le madrasse. Di recente ha deportato circa 100.000 teste calde islamiche nei deserti orientali.

Una rigida politica economica socio-compatibile ed eco-sostenibile è praticata in tutte le Nazioni Unite; ciò ha messo fuori mercato alcune nostre produzioni, che quindi hanno solo uno sbocco interno; ma il nostro "interno" oggi conta centinaia di milioni di persone e costituisce un mercato sterminato, tanto da non subire un danno diretto per i maggiori costi di produzione. A mitigare ulteriormente questo aspetto, c'è il fatto che possiamo rifarci alla grande su quei prodotti e su quelle materie prime di cui abbiamo il monopolio o quasi.

Il commercio internazionale fra blocchi - Nazioni Unite, Unione Sovietica, Cina, Stati Uniti - è minimo; solo con paesi neutrali come il Brasile, il Messico, l'Inghilterra e la Turchia, c'è un discreto import-export. Anche la Francia pensa di farcela da sola, col suo Impero, e guarda con molta preoccupazione i nostri progetti di decolonizzazione.

Una legislazione urbanistica ed una politica dei trasporti pubblici e privati severa e dirigistica intende preservare l'ambiente urbano da una motorizzazione selvaggia, e la cosa è oggetto di interminabili discussioni nel nostro Governo, così pure quella sulla tutela dei suoli coltivati dall'espansione urbana ed industriale. Si vuole saltare qualche passaggio letale del cosiddetto sviluppo, qualche modernizzazione assassina e qualche progresso catastrofico, ma devo confessare che è un proposito troppo grande per le mie forze, però qualche soddisfazione me la sono presa, anche se per farlo ho dovuto riesumare alcuni dossier.

Stavo per dimenticarmi di loro! Arabi ed Ebrei hanno continuato a scannarsi per due anni, nonostante i francesi picchiassero duro su entrambi per farli smettere. Poi, dopo l'ennesimo attentato a Gerusalemme ad opera degli ebrei, attentato che aveva decapitato la l'amministrazione civile e militare in Palestina, i francesi hanno imbarcato tutti gli ebrei su cui sono riusciti a mettere le mani su navi dirette nelle più varie e remote località: gli Stati Uniti, per chi poteva pagarsi il viaggio, l'Unione Europea, se c'era un parente che pagasse il viaggio; il Madagascar per i nullatenenti di una certa età, e l'Australia settentrionale - che avevamo concesso ai francesi per aiutarli a risolvere il problema - in una provincia assolutamente deserta, quella di Kimberly, per i giovani ed aitanti coloni. Se è vero, com'è vero, che Dio è ovunque, allora anche quel posto, abbandonato dagli uomini e dai lupi, avrebbe fatto al caso loro. Da allora una pace celestiale regna in tutto il Medio Oriente.

Ti lascio. Cerca di impiegare bene ciò che ti ho dato.

Federico

Capitolo L – Una visita inaspettata

- Fine del manoscritto e della postilla.- dissi ad Angela, che preparava il pranzo mentre leggevo ad alta voce, e riponendo il quaderno chiesi: - Tu cosa ne pensi? -
- Non so proprio, è la storia più cinica che mi sia capitato di sentire. E' proprio vero che le vie dell'inferno sono lastricate delle migliori intenzioni. Ma come hai potuto far ammazzare tanta gente, tirare due bombe atomiche sugli americani, dopo averli tanto criticati per averle tirate sui giapponesi già in ginocchio. E perché, visto che hai fatto e disfatto tutto quello che hai voluto, hai fatto fare una fine così misera all'Italia? Divisa, penso in modo definitivo, in tre o quattro parti.-
- Calma, amore mio, calma e gesso. Innanzi tutto, vorrei che tu apprezzassi il fatto che per vent'anni ti sono rimasto fedele, e solo Dio sa quante occasioni ho avuto per… -
- Oh, dai 54 ai 73 anni, sai quante occasioni… c'era la fila addirittura.-
- Quanto ai morti, mi piacerebbe fare qualche conto, ma ad occhio e croce, penso di aver salvato la vita a qualche decina di milioni di persone. Per quanto riguarda le bombe atomiche, quelli colpiti erano obbiettivi militari, quindi leciti, mentre gli americani non si sarebbero fatti scrupolo a tirarle sulle città tedesche; basta guardare i bombardamenti di Dresda, di Amburgo, di Francoforte, e di decine di altre città. Quanto all'Italia, io non ho determinato proprio niente, hanno fatto tutto loro. -
- Non mi convinci. Apri la terza busta.-
Era piccola, in un foglio c'erano le istruzioni per usare la capsula, un abaco per trasformare il nostro tempo in quello alieno, la chiave della porticina e la parte inferiore di una vecchia fotografia, in cui appariva una tavola imbandita con attorno il bu-

sto di tre persone, la parte con le teste era stata strappata. Una lettera mi comunicava che, se avessi voluto provare un'emozione veramente forte, ora ne avevo la possibilità, ma di valutare bene le condizioni ambientali dell'arrivo, per non arrivare nel momento sbagliato. La fotografia avrebbe consentito di farmi riconoscere dal custode della casa; seguiva quindi un indirizzo ed uno schizzo, per trovare il rustico a colpo sicuro.

Io, nei panni ed al tempo dell'altro Federico, quello più vecchio, rinchiusi l'ultima busta, in cui avevo infilato una chiave, la lettera e la fotografia, e con le altre buste mi recai a Lugano, dove le consegnai al direttore di banca, come gli avevo preannunciato. Prelevai del contante, quindi lo incaricai di versare mensilmente una somma, pari a quattro stipendi mensili ed agganciata al costo della vita, ai miei custodi ed ai loro aventi causa, finché avessero dimorato e custodito il rustico. Mi assicurò che l'avrebbe fatto, ritirò le buste e mi accompagnò alla porta, congedandosi. Questa volta non mi offrì cioccolatini: non erano previsti omaggi per i prelevamenti di denaro. Bravo direttore!

Mi concessi un pranzo al ristorante - paglia e fieno al ragù e carpaccio di vitellone, guarnito con scaglie di grana, ed un Freisa dell'Oltrepo pavese - e tornai al rustico, ove convocai la coppia di custodi.

Chiesi loro se si fossero trovati bene fino ad allora, ed alle loro risposte affermative gli corrisposi la mensilità già maturata e quella successiva. Gli dissi che me ne sarei andato quel giorno stesso; volevo che mi custodissero la casa per tutto il tempo e, se necessario, che trasmettessero l'incarico ad un discendente; fintanto che l'avessero fatto, avrebbero avuto in uso la casa e la foresteria ed un bonifico mensile che gli sarebbe stato accreditato sul loro conto. Mi risposero che era troppo, ma gli spiegai che una parte era per la manutenzione dei fabbricati, per le tasse e le altre spese. Poi gli diedi la parte superiore della foto Polaroid che avevo fatto con l'autoscatto mentre cenavamo insieme, dicendo che il nuovo proprietario si sarebbe fatto riconoscere mostrando il pezzo sottostante.

Raccomandai di non entrare nel vano in fondo alla stalla perché sarebbe stato molto pericoloso e non avrebbero trovato nulla di utile, ma di tenere oliata la serratura. Giurarono e mi salutarono con le lacrime agli occhi.

Volevo tornare nell'altro universo per riprendere la vita là dove l'avevo lasciata, così entrai nella capsula con nonchalance, come se avessi preso l'auto per fare un giro di piacere. L'unica mia preoccupazione, ma neppure tanto grande, era che non sapevo quale fosse l'autonomia della capsula; nessuno della decina di strumenti con una lancetta ed un settore rosso recava il simbolo di una pompa di benzina, anche se alcuni avevano una scala con le frazioni "¼", "½", "¾", perché la linea di "fratto" aliena, simile a una "ʃ" era chiaramente individuabile.

Misi da parte le preoccupazioni e feci il salto dall'altra parte. Tornai a metà dicembre '46.

Uscii dalla capsula e mi avviai alla foresteria, ove trovai le mie due guardie del corpo a letto con governante e cuoca, come successo la volta precedente, ma con partner invertiti. Feci una sceneggiata epocale, divertendomi un mondo alle loro spalle, mentre i poverini cercavano affannosamente i vestiti per tutta la stanza dove li avevano lanciati in preda alla fregola amoro-sa. Conclusi amaramente che in quella casa l'unico a rimane-re all'asciutto era il sottoscritto e quelli, teutonicamente, per il giorno seguente mi fecero trovare una stupenda bionda che, perfidamente, mi presentarono come un'infermiera specializza-ta nell'accudire i vecchietti. La tenni, sia perché era una strafica, sia perché cominciavo ad aver bisogno di massaggi delicati e di qualcuno che si prendesse cura di me. Era bravissima, non mi tolse né le sigarette, né i vodka-martini.

Mi gettai nel lavoro ed effettuai numerosi viaggi, sopralluoghi e conferenze in numerosi Paesi delle Nazioni Unite.

Un giorno, verso la fine dell'autunno '53, durante una mia breve permanenza nel rustico di Locarno, mi fece visita un distinto signore sulla sessantina, con un forte accento inglese. Si presentò come colonnello Donovan e, superato il controllo dei miei angeli custodi - che si erano poi sposati, uno con la cuoca ed uno colla governante, ma di tanto in tanto sapevo che se le scambiavano - lo feci accomodare davanti al camino acceso, mettendogli in mano un bicchiere di Chivas Regal con 12 anni di invecchiamento, che gradì particolarmente.

Io gli tenni compagnia, data l'assenza dell'infermiera che, da qualche tempo, aveva preso a lesinarmi i superalcolici, ed il colonnello, in un tedesco perfetto, mi raccontò un'interessantissima storia.

- Dopo l'attacco aereo a Loch Ewe, a Rosyth ed a Scapa Flow, Churchill mi incaricò di fare un'accurata indagine per scoprire l'esistenza di una spia in seno all'Alto Comando; spia che aveva consentito ai tedeschi di portare a termine l'attacco a sorpresa. Alla guida di una squadra di ispettori di polizia e dotato di amplissimi poteri, per tre mesi ho rivoltato una per una la vita di centinaia di funzionari governativi, di alti gradi militari, di politici, dello stretto entourage di Churchill e della stessa Famiglia Reale; ho aperto tutte le porte chiuse e frugato ovunque, senza curarmi di proteste e di indignazioni.

Furono individuati decine e decine di comportamenti censurabili, di vizi privati di ogni tipo, dall'omosessualità alla pedofilia, all'uso di stupefacenti; furono scoperti reati di ogni natura e gravità, ma assolutamente nulla che potesse anche lontanamente essere correlato coi tedeschi, o con la conoscenza di segreti che non si dovevano conoscere, o con ricatti da parte di agenti tedeschi. Niente; un'indagine meticolosa non aveva condotto a niente.

La cosa tranquillizzò solo fino ad un certo punto Churchill. Com'era possibile allora che i tedeschi, così meticolosi nell'approntare i loro piani bellici, avessero attuato attacchi così audaci, così fortunati, così estemporanei, senza neppure attendere l'esito favorevole di un'azione prima di dar seguito alla successiva, come se il risultato della prima fosse scontato, anche quando sarebbe bastato un nonnulla per modificarne l'esito.

Se poi si esaminava il lungo periodo che precedette la guerra, tutte le azioni tedesche erano state straordinariamente intelligenti e lungimiranti; troppo lungimiranti in parecchi casi, come in Galizia, nel Québec ed altrove, dove per un decennio si erano compiute le mosse preliminari ed erano stati fatti colossali investimenti divenuti improvvisamente utilissimi quando era scoppiata la guerra, così che, di colpo, sono saltati fuori gli assi che i tedeschi tenevano nelle maniche.

Più si consideravano alcuni elementi, come le basi di rifornimento in Honduras, in Islanda, nelle Bijagós ed altrove, e più si esaminavano alcune iniziative industriali strampalate, come quelle agrituristiche in Scozia, più era evidente un fil-rouge che riconduceva il tutto ad un piano generale troppo astuto, troppo infallibile, troppo perfetto, anche per dei tedeschi.

Come poi questi pareva sapessero in anticipo il verificarsi di determinati eventi, era un mistero. Erano rimasti indenni dal crollo del '29, anzi si erano arricchiti giocando al ribasso, avevano occupato la Renania e si erano riarmati sapendo che nessuno si sarebbe mosso, avevano attaccato la Polonia lasciando sguarnita la frontiera francese... ma anche se questi episodi potevano essere ascritti a dei colpi di genio di politici e di militari, come facevano ad avere la certezza del comportamento timido e rinunciatario delle democrazie occidentali; come si poteva giungere a varare navi già predisposte per accogliere armi non ancora costruite e neppure provate o progettate?

Se c'erano state delle incertezze e delle battute d'arresto nella conduzione della guerra, queste erano venute per colpa degli italiani, che in più occasioni avevano spiazzato i tedeschi costringendoli ad interventi improvvisati; per il resto costoro, quando avevano operato da soli, avevano sempre proceduto come rulli compressori, senza tentennamenti tattici. Avranno anche avuto dei magnifici generali e, da un certo punto in poi, gli eventi bellici avevano seguito il loro corso scontato; ma prima? quando sarebbe bastato un raffreddore che impedisse ad un ministro di partecipare ad una riunione del Gabinetto di Guerra per capovolgere una decisione risultata alla fine sfavorevole alle nostre armi?

Per almeno dieci anni i tedeschi avevano continuato a puntare tutto su l'en plein, una puntata dietro l'altra, senza trascurare di fare qualche puntata à cheval o carré per non dare nell'occhio, ma tuttavia continuando a vincere sempre. Non era possibile, non era da tedeschi, loro qualche grossa cazzata la commettevano sempre. Ma da dove iniziare ad indagare su una cosa del genere?

Quando ci rifugiammo in Canada, mettemmo al corrente il Servizio Segreto americano dei nostri dubbi e dei nostri interrogativi. Anche loro si erano accorti che qualcosa non andava già da quando si erano trovati invasi di Sterline che avevano tutto l'aspetto di essere autentiche, ma che erano decisamente troppe per le piccole banche che le avevano movimentate.

Ricerche fatte dagli agenti del Tesoro avevano ricostruito il numero abnorme di operazioni effettuate in Sterline negli Stati Uniti ed in altri Paesi, ed avevano ipotizzato che qualcuno le avesse falsificate, ma si trattava di falsi così perfetti, che pensavano le avessimo falsificate noi, ovvero che avessimo esagerato nel battere moneta autentica per uscire dalla crisi finanziaria del '29. Per non rimanere col cerino in mano, le avevano rimesse in circolazione senza dir niente a nessuno. D'altra parte noi stessi, quando ci siamo resi conto dell'anomala abbondanza di carta-moneta, ci eravamo comportati nello stesso modo.

L'origine della ricchezza tedesca era ormai nota, maledetti falsari, anche se doveva essere mantenuta segreta per non rovinare la nostra debole economia; ma come avevano fatto a prevedere con tanta precisione la data del crollo del '29, la data della cessazione della convertibilità della Sterlina in oro e puntare tutto, miliardi di Marchi, su quella data?

Gli americani ritenevano che anche i tedeschi disponessero di una specie di Cayace, un veggente americano che gli aveva predetto certi avvenimenti. Ma come si faceva a scommettere tutto, il loro futuro, la loro patria, sulla base di una profezia? sarebbe stato da irresponsabili, da pazzi. Anche se Gesù Cristo in persona avesse profetizzato qualcosa, uno ci sarebbe andato cauto, avrebbe scommesso, sì e no, un centinaio di Sterline. No! Non bastava un veggente. Doveva esserci uno che sapeva già cosa sarebbe successo e come l'evento si sarebbe sviluppato; cosa si sarebbe fatto e cosa non si sarebbe fatto. Uno che sapeva con assoluta certezza cosa sarebbe accaduto perché l'aveva già visto accadere, magari avendolo anche letto su qualche saggio storico. Uno che era tornato dal futuro per riscrivere il passato.-
Il colonnello Donovan fece una pausa e gli riempii di nuovo il bicchiere, insieme al mio.

E' inutile negare che ero intrigato da quella rievocazione degli avvenimenti fatta dall'altra parte della barricata, e mi godevo il percorso speculativo che l'investigatore stava seguendo. Dopo un lungo sorso, il colonnello riprese a raccontare.

- Non sapevamo da dove iniziare un'indagine del genere. Conoscevamo i curricola dei più importanti personaggi politici e militari tedeschi ed esaminammo centinaia di profili e di "storie" dei graduati dello Stato Maggiore tedesco, ma era un lavoro improbo, per le condizioni operative e per la dimensione dell'impresa. Accettando il fatto che a fianco di qualche nominativo potessero sussistere delle lacune, si sarebbe vanificato tutto il lavoro, ed i nomi con a fianco una casella vuota erano decine e decine.

Poi, un anno dopo l'occupazione dell'Inghilterra meridionale, arrivò l'imbeccata che ci mise sulla buona strada. Durante una festa dell'alta società londinese per arruffianarsi i nuovi padroni, due generali tedeschi, sbronzi da far schifo, dopo alcuni brindisi alle divinità teutoniche ne fecero uno ad un personaggio che proprio non apparteneva al Wahalla. Si trattava di un ufficiale che sapevamo lavorare per il Servizio Segreto, che era stato notato parecchie volte allo Stato Maggiore e che ritenevamo essere un ufficiale di collegamento.

Costui aveva partecipato alle trattative diplomatiche con la Russia e con l'Italia, aveva fatto una carriera rapidissima e aveva avuto le più alte decorazioni, cosa non infrequente in tempo di guerra, ma piuttosto strana in tempo di pace. Riferendosi a lui, i due ubriaconi l'avevano chiamato "l'italiano", senza possibilità d'equivoci. Cercammo di avere altre informazioni, ma senza ottenere niente di particolarmente sospetto, anche se pareva che "l'italiano" avesse il tocco del re Mida per quanto riguardava gli affari.

Finché ascoltammo il discorso che lei fece a guerra finita, davanti al Consiglio dell'Unione Europea. In quell'occasione non fece nulla per nascondersi dalle luci della ribalta e proprio quel discorso mi diede la certezza di essere sulla pista giusta.

Per quanti allori avessero potuto raccogliere Rommel e Dönitz, neppure loro avrebbero potuto pronunciare un discorso così politico, un discorso che trasudava autorevolezza, un discorso di un capo, e siccome "l'italiano" capo non era, era evidentemente quello che aveva reso possibile il tutto, era il Profeta, era il Messia teutonico che era sceso in terra per condurre il popolo eletto nel Wahalla.

Non uno dei generali, degli ammiragli e dei politici che lo stavano acclamando sarebbero stati lì su quegli scranni a spellarsi le mani se non ce li avesse condotti lui, l'italiano, agendo da posizione defilata, e quelli, riconoscenti, gli tributavano gli onori dovuti. Ma mi occorrevano delle prove.

Per farne cosa, mi chiederà, visto che la guerra è finita. Per pura soddisfazione personale di investigatore, mi creda. La pace è fatta, la squadra che comandavo sciolta, io sono in pensione, ma mi è rimasta la curiosità di scoprire come c'era riuscito.

Così qualche anno fa, quando a Roswell, in New Mexico, cadde quel coso, da un amico dei Servizi americani seppi che si trattava di una navicella spaziale che era andata quasi completamente distrutta, ma che era certamente aliena, fatta di materiali sconosciuti e di una tecnologia superiore. Anche i piloti erano alieni, e pure carini, mi disse l'amico, ma nello schianto si erano conciati male e sono morti prima ancora di poterli portare in un laboratorio attrezzato, dissolvendosi in pochi giorni.

Di più non venni a sapere, ma mi chiesi se lei - perché è chiaro che è lei l'italiano, il Profeta, il Messia teutonico - non avesse per caso messo le mani su qualcosa del genere che, oltre che a viaggiare nello spazio, fosse in grado anche di viaggiare nel tempo. Gli interrogativi si moltiplicavano: l'aggeggio era intatto e funzionante? come aveva fatto a pilotarlo? lei da dove è venuto? l'ha dato ai tedeschi? No! A quest'ultima domanda posso rispondere da solo; non l'ha dato ai tedeschi perché aveva in mente un progetto tutto suo, da portare a termine senza testimoni, utilizzando i tedeschi per i suoi fini. Che bastardo! Peccato che lei sia filo- tedesco e non filo-britannico, forse oggi vivremmo in un mondo migliore, ma evidentemente lei ha deciso altrimenti. Poi c'erano altre domande più "tecniche": anche provenendo dal futuro, come faceva a conoscere i nostri segreti militari? come faceva a sapere delle navi nascoste a Loch Ewe, della scarsa consistenza della contraerea a Scapa e a Rosyth, del nostro tentativo di impossessarci della flotta francese? Perdincibacco! quest'ultimo lo avevamo deciso solo due giorni prima di effettuarlo, come ne è venuto a conoscenza? Tutti questi interrogativi mi tormentavano, dovevo sapere.

Tre anni fa mi trasferii a Locarno per tener d'occhio questo rustico e per compiere qualche indagine discreta, e dopo più d'un anno, in modo assolutamente casuale, venni a sapere che, cinque anni prima, l'Istituto di limnologia dell'Università di Berlino aveva svolto delle ricerche nel lago con un batiscafo, forse in Longobardia. Il batiscafo, caricato su un autocarro munito di gru, era stato visto ad Ascona diretto verso Locarno, probabilmente per tornare in Germania. Capii di essere tornato su una pista calda.

In una settimana appurai che il batiscafo non aveva mai viaggiato dalla Germania alla Svizzera o viceversa, che l'Università Humboldt di Berlino non possiede alcun batiscafo e neppure esiste un Istituto di limnologia, non a Berlino comunque. Poi accertai che il camion che trasportava il batiscafo, o qualunque cosa vi fosse sotto al telone che lo ricopriva, era entrato in Svizzera provenendo dalla Longobardia, e passai un anno intero a girare attorno al Lago Maggiore per cercare informazioni, visitando decine di località sia in sponda novarese, sia in quella varesina.

Non trovai la minima traccia del batiscafo, né del suo passaggio, finché tre mesi fa, durante un forte temporale estivo, un black out tolse la corrente al ristorante ove cenavo… a proposito, si mangia molto bene da queste parti.-

Ne approfittai per versargli un terzo bicchiere di Chivas Regal, e per educazione gli tenni compagnia; quindi lo lasciai continuare.

- Dicevo del black out… al cameriere che mi portava un candeliere con tre candele rosse a torciglione accese, chiesi se era un evento frequente quello di rimanere senza corrente durante i temporali, e lui rispose testualmente:

- Fossero solo i temporali estivi, sei anni fa ci si mise pure un pallone frenato ad impigliarsi sulla linea ad alta tensione e far saltare tutte le luci.-

Rimasi col boccone a mezz'aria, chiesi se si ricordava dov'era stato avvistato il pallone, e mi rispose che era successo a Piedimulera, allo sbocco della Val Anzasca, quella che conduce a Macugnaga.

Il giorno successivo trovai le tracce di quello che, tutto poteva essere, tranne un batiscafo, lungo l'intera vallata, dove il passaggio della carovana di auto e di camion era stato notato come l'evento dell'anno. Dovetti salire a piedi fino all'Alpe Burki per avere un quadro completo: il malgaro aveva visto coi propri occhi una squadra di persone scendere dal Belvedere e dirigersi verso Macugnaga trattenendo con delle funi un'enorme palla, con sopra tanti palloncini e più sopra ancora una specie di dirigibile, ma più piccolo e con le orecchie. Mi disse che scendevano lungo la mulattiera come scimmie, con grandi balzi, ed atterravano al rallentatore a causa di tutti quei palloni che li tiravano vero l'alto.

Lo ringraziai e procedetti fino al ghiacciaio, una vera faticaccia alla mia età, superai uno châlet sulla spianata dell'isola rocciosa che divide il ghiacciaio in due rami, attraversai uno di essi coperto da detriti e risalii sulla morena laterale, proseguendo fino a raggiungere il rifugio Zamboni.

Dopo essermi rifocillato proseguii sulla cresta della morena immerso in uno scenario maestoso e selvaggio, come solo la natura allo stadio primordiale riesce ad esprimere, finché notai sul ghiacciaio le tracce di un buco che in origine doveva aver avuto un diametro non inferiore a cinque metri, ed ora si presentava schiacciato nel senso del flusso del ghiacciaio, tanto che se non avessi saputo cosa cercare, lo avrei confuso con un crepaccio più largo degli altri. Non riuscii, e non volli, raggiungere il buco, ma ormai non avevo dubbi: il batiscafo era stato estratto da lì. Dopotutto, il termine batiscafo era tutt'altro che ingiustificato.

Ma restavano altri interrogativi in sospeso ed altri ancora se ne aggiungevano. Se il batiscafo era stato rimosso dal ghiacciaio, diciamo nel '46, lei come era riuscito ad uscirne almeno dieci, o più probabilmente venti anni prima, con tutto il suo bagaglio di conoscenze e di profezie? quando, come e perché ci era entrato in un batiscafo trovato in profondità nel ghiacciaio? come aveva fatto a farlo funzionare? come aveva fatto a nasconderlo agli italiani? come aveva fatto a convincere i tedeschi che lei, un italiano, era il Messia? Soprattutto, come diavolo aveva fatto a conoscere i nostri segreti militari e le intenzioni dei politici di mezza Europa, con dieci o quindici anni d'anticipo?

Ordunque, colonnello Fischer, solo lei può soddisfare la mia curiosità; per me è diventata un'ossessione che mi perseguita da quindici anni, e trovare la soluzione del mistero è ciò che mi tiene ancora in vita. Solo lei può dare una risposta ai miei interrogativi. Dov'è finito il batiscafo? è in questa proprietà? dove lo tiene? è nella stalla?-

- Si.- risposi - I miei complimenti per la sua indagine colonnello, ha fatto centro. E adesso cosa succede? -

- Niente, le avevo assicurato che si trattava solo di curiosità personale. Mi piacerebbe molto vedere il batiscafo.-
- Più tardi forse, prima non vuole avere delle risposte alle sue domande? -
- Non sto più nella pelle.-
- La capsula, di forma sferica, l'ho trovata per caso cadendo in un crepaccio, circa un chilometro e mezzo a valle da dove ha trovato lo scavo nel ghiacciaio; l'ho messa in moto accidentalmente passando dal 2009, anno in cui vivevo conducendo una tranquilla vita di funzionario parastatale, al 1927, anno determinato solo dal caso. Mi resi conto che non potevo più tornare indietro, perché la capsula che mi aveva fatto uscire dal ghiacciaio, viaggiando a ritroso nel tempo fino al momento in cui questa era atterrata sulla Terra, era nel frattempo affondata nel ghiacciaio. Ero in questo universo parallelo ed iniziai a vivere una nuova vita, mettendo a frutto le conoscenze acquisite nell'altro universo.-
- Mi può raccontare la sua epopea?-
- Certo, ma la prego, scendiamo a Locarno a mangiare qualcosa, è mio ospite.-
Con l'auto ci recammo al solito ristorante; dal menù scegliemmo lasagne al forno ed il tagliere coi formaggi e salumi, il tutto innaffiato da un sensazionale Barbaresco. Il colonnello spazzolò via tutto ed onorò soprattutto il vino, tanto che si rese necessaria una seconda bottiglia; io feci di tutto per tenergli dietro.
Gli raccontai i punti salienti della storia, la parte che andava fino all'inizio della guerra, il resto la conosceva già. Ogni tanto mi poneva qualche domanda, per chiarire alcuni passaggi e per meglio inquadrare le situazioni.
- Perché ha scelto la Germania e non un'altra nazione? Dopotutto lei è mezzo italiano, perché non ha detto tutto a Mussolini? -

- Quel pagliaccio? E' l'ultima persona cui avrei potuto dirlo, e anche se lo avessi fatto, non sarebbe cambiato niente, sarebbe riuscito a mandare in vacca ogni profezia.

No, se si dovevano cambiare le cose, i tedeschi erano gli unici a poterlo fare. Tanto per fare un esempio, voi inglesi, che pur avete derubato mezzo mondo, persino i fregi del Partenone che abbiamo appena restituito ai greci, avreste avuto il coraggio di estorcere agli svizzeri i loro segreti bancari? -

- Ma come ha fatto a convincere i crucchi a dimenticare di essere sé stessi ed a comportarsi da britannici? come ha fatto a convincerli di essere il Profeta? -

Glielo spiegai, mentre si versava l'ultima goccia di vino ed alzava per aria la bottiglia, scotendola per farsela rimpiazzare con una piena.

- E di Loch Ewe, di Scapa Flow e del resto, come faceva a saperlo? -

- E' stata la cosa più facile, me l'ha detto Churchill stesso.-

- Come?! - esclamò incredulo.

- Nel '48, a guerra vinta, Churchill scrisse la storia di quella guerra che lo aveva visto protagonista assoluto, mettendo in risalto tutte le operazioni britanniche e tutti gli avvenimenti che hanno preceduto la guerra. E' un'opera imponente, ricchissima di dettagli che solo un appassionato si prende la briga di leggere e di ricordare; lì, nero su bianco, c'erano tutte le informazioni che hanno permesso l'attacco a colpo sicuro, che per poco non gli costò la vita con l'affondamento della Nelson. Tutto scritto con una prosa bellissima, che gli valse il premio Nobel per la letteratura.-

- Shit!- esclamò - Alla fine la spia era Churchill stesso.- Non finiva più di ridere, in questo aiutato da un bicchiere di vino, bevuto a brevi sorsi con inframmezzate sonore risate, poi si interruppe di colpo e chiese:

- Ma lei non si era portato dietro nessun libro quando ha fatto il suo giro in montagna, tutti quei riferimenti, come poteva ricordarli? magari erano passati anni da quando li aveva letti.-
Glielo spiegai, e lui colmo di sconforto, commentò:
- Quindi se lei fosse stato, che so, un appassionato di musica… o una qualsiasi altra persona che non fosse un cultore di storia contemporanea… non sarebbe successo niente… lei magari si sarebbe arricchito musicando canzoni e film di successo… ma per il resto, sarebbe andato tutto per il suo verso, e adesso ci troveremmo in una situazione del tutto diversa? -
- Proprio così; comunque qualche motivetto l'ho ispirato anch'io, per esempio "Only You".-
- Com'è la Gran Bretagna, dall'altra parte, nell'universo giusto?
- Adesso? beh, da un anno a questa parte avete una nuova Regina, Elisabetta II, e ve la passate abbastanza bene, ma nel dopoguerra, nel '45, eravate conciati piuttosto male anche se avevate vinto la guerra. Le distruzioni che Hitler vi aveva inferto erano analoghe a quelle che vi abbiamo inferto noi, solo che le nostre hanno interessato principalmente obbiettivi militari, mentre quelle di Hitler erano indiscriminate ed alla fine, con le V1 e le V2, esclusivamente terroristiche.
Anche se siete usciti vincitori dalla guerra, come grande potenza eravate finiti, soppiantati dagli Stati Uniti e dall'Unione Sovietica. Fra meno di dieci anni perderete tutto l'Impero; siete entrati in guerra per difendere la Polonia, ed a guerra vinta questa è finita sotto il dominio sovietico; bell'affare.-
- Usciamo.- disse – mi serve dell'aria fresca, devo aver bevuto un bicchiere di troppo.-
Facemmo la solita sceneggiata su chi dovesse offrire la cena, ma conoscendo il titolare ebbi facilmente l'ultima parola. Pagai il conto, quindi uscimmo all'aperto barcollando un po'. Avevamo decisamente ecceduto.

- Sa colonnello Fischer - mi disse in tono solenne, ma con la voce impastata - le confesso che mi piacerebbe vivere in un mondo autentico, genuino e britannico, anziché in questa brutta copia teutonica che ha creato. Sapere che se una disgrazia ti deve cadere addosso, lo fa perché spinta giù dal cielo dal buon Dio e non per il ghiribizzo di una persona, anche se simpatica come lei. Non le spiacerebbe darmi un passaggio dall'altra parte, scaricarmi là e ritornare da solo nel mondo che si è costruito a suo uso e consumo? -

- Sarà un vero piacere poterla accontentare colonnello, ma l'avviso che la scaricherò dopo il '49. Non avrà il tempo di avvisare Churchill per modificare il suo libro, sarà già stato pubblicato in mezzo mondo da un anno.-

- Oh, mi basta poter raggiungere l'altra parte, il '53 andrà benissimo; di tragico dopoguerra ne ho già vissuto uno e patirne un secondo mi parrebbe ingiusto.-

Tornammo al rustico, guidando con la prudenza che solo chi è conscio di essere ubriaco riesce ad avere, od a non avere del tutto.

Capitolo LI – Epilogo

- Cosa dice il pupo? – chiesi al Angela mentre percorrevo la tortuosa strada sulla sponda occidentale del Lago Maggiore.
- Dorme come un ghiro - rispose - si è addormentato non appena sono cominciate le curve. Quanto manca ancora? quando arriveremo, appena fermata l'auto si sveglierà e dovrò dargli da mangiare. Devo trovare un posto dove scaldare il biberon.-
- Dovremmo arrivare tra un quarto d'ora, abbiamo appena passato il confine.-
Trovammo il rustico con estrema facilità; quando uscimmo dalla macchina vedemmo una signora sulla sessantina riposare su una sedia a dondolo sotto un bellissimo pergolato di falso gelsomino.
Si accorse della nostra presenza quando fummo presso di lei e chiamò qualcuno che si trovava all'interno della casa; intanto fece accomodare su una poltroncina di bambù Angela, che le chiese se poteva scaldare a bagnomaria il biberon. Da casa uscì una donna sulla trentina, probabilmente la figlia, che per prima cosa si prese cura delle necessità del pupo. Mentre il biberon si scaldava in un bollitore, la vecchia rientrò per dare una mano ed io mi presentai. Sentendo il mio nome le due donne sbiancarono in volto e rimasero attonite a fissarmi.
- Fischer, Federico Fischer - fecero entrambe stupite - ha lo stesso nome... allora lei è il nipote... dopo tutto questo tempo... pensavamo che non venisse più nessuno.-
- Si, sono suo nipote - mentii, per avere un minimo di credibilità, ed estrassi dal portafogli il frammento di fotografia - voi dovreste avere l'altra parte.-
La figlia mi fece entrare in soggiorno, ove troneggiava una credenza con le antine di cristallo, estrasse un album

di vecchie fotografie e, da una busta incollata ad una pagina di cartoncino color ardesia, estrasse il frammento di fotografia custodito dalla sua famiglia.

Dopo trent'anni anni l'immagine si ricompose: dietro ad una tavola imbandita una giovane coppia sorrideva all'obbiettivo e, in mezzo ai due, un vecchietto teneva benevolmente le braccia sulle loro spalle.

Fui assalito da una ridda di domande sul nonno, tirarono fuori due enormi scatoloni con i resoconti delle manutenzioni e delle spese effettuate, ma riuscii a sottrarmi rimandando tutto a dopo. Prima volevo visitare la stalla.

Mi avviai attraverso alla corte con Angela, che aveva lasciato Massimino alle cure delle due donne; entrai nella stalla e vi trovai due cavalli stupendi, un Roano ed un Appaloosa, che senza volerlo fornivano un tocco di autenticità al nascondiglio.

Il tramezzo era mascherato da balle di paglia e, dietro ad una gualdrappa appesa trovai la porticina di ferro. Presi la chiave inviatami con la busta "C", che girò facilmente nella serratura oliata di recente; aprii ed entrai nel locale angusto, accendendo una candela posata su un ripiano. Trovai il vano segreto vuoto.

Entrammo nella stalla tenendoci in equilibrio a malapena; per aprire la porticina metallica occorsero alcuni maldestri tentativi, e finalmente fummo di fronte alla capsula, illuminata dalla fioca luce di una candela che avevo acceso non senza difficoltà.

Il colonnello fissava l'oggetto della sua ricerca come solo un ubriaco riesce ad osservare una cosa che lo interessa; questo rifletteva la luce della candela, mentre il contorno restava in ombra. Donovan tese la mano verso la capsula per toccarla, o forse solo per sorreggersi.

Io intanto aprii l'oblò e mi infilai nell'interno, sedendomi pesantemente sulla poltrona, feci cenno al colonnello di entrare e di stare attento a non toccare niente.

Non c'era spazio per due e dovette sedersi di traverso sulle mie gambe, come un'amazzone che montasse all'inglese, precludendomi ogni visuale e possibilità di manovra. Avremmo dovuto scambiarci di posto, ma eravamo troppo ubriachi per effettuare lo scambio di posizione in uno spazio così ristretto. Gli dissi di osservare il timer con gli Omega e di pigiare il pulsante superiore sotto l'Omega delle unità; poi gli chiesi cosa vedesse.

- L'Omega è diventato una specie di serpente - rispose con voce biascicata.

- Okay, quello è l'"Uno" degli omini verdi, adesso spinga in avanti quella leva, o anche all'indietro, in ogni caso ci sposteremo nel tempo di mezzo secondo; poi prema il grosso bottone arancione.-

- Indietro allora! chi ha detto che si vive solo una volta sola? Ha, ha! -

Era decisamente ubriaco, ed anch'io non lo ero meno; con una contorsione Donovan tirò a sé la leva, ma, essendo in precario equilibrio, si appoggiò con una mano alla consolle mentre con l'altra pigiò il bottone arancione.

Ci fu il solito bailamme di luci ed il cinguettio gorgheggiante mi sembrò più garrulo del solito; Donovan, ubriaco perso, commentò che doveva trattarsi dell'avviso che, più avanti, nel vagone ristorante stavano servendo gli aperitivi prima di cena. E rise di gusto della battuta.

Il viaggio però, che doveva durare una frazione di secondo, stava durando più a lungo, troppo a lungo. Una scarica di adrenalina mi rese sobrio di colpo e scostai il colonnello che mi ostruiva la visuale sul timer.

Con orrore vidi che nelle prime caselle a destra, quelle delle "unità", delle "decine" e delle "centinaia", le cifre non riuscivano a distinguersi per quanto scorrevano veloci; nella quarta, quella delle "migliaia", una specie di tridente - l'11 - scattò in una specie di Epsilon - il 10 - e poco dopo scattò ancora in una sorta di cartello di divieto d'accesso - il 9 - mentre dalla quinta all'undicesima casella, dalle "decine di migliaia" alle "decine di miliardi", figuravano tanti "tridenti", e solo nella dodicesima casella, quella più a sinistra, figurava un bell'Omega. L'intero count down, visibile a partire dalla quarta casella, procedeva rapidissimo: tridente, Epsilon, divieto d'accesso, padella, forchetta, gancio, mela, sedia, sommatoria, ondine, serpente ed Omega, poi daccapo.

Il coglione, invece di schiacciare il pulsante delle "unità" del timer, quello a destra, aveva pigiato quello di sinistra, quello delle "centinaia di miliardi". Estrassi il regolo calcolatore, che portavo sempre con me, e feci quattro calcoli: a larghe spanne saremmo riemersi nel 10.500 avanti Cristo, ci saremmo trovati alla fine della glaciazione. No, mi corressi dopo qualche istante, non è così: ben prima di allora sarebbero accadute molte cose spiacevoli, non saremmo mai riusciti ad arrivare alla fine del viaggio. A quella velocità di spostamento nel tempo ci avremmo messo parecchi mesi per completare il viaggio, naturalmente senza mangiare e senza bere.

Donovan si era addormentato e russava come un porco. Mi sfiorò il pensiero che in Inghilterra, come per tutto il resto, anche i numeri si scrivessero al contrario, con le unità a sinistra, ma non ebbi il tempo di approfondire la cosa che un urto violento proiettò Donovan contro gli schermi e la consolle ed io fui proiettato su di lui, che per fortuna mi fece da air bag.

I sobbalzi furono sostituiti da un rotolio in cui la forza centrifuga schiacciò me contro la poltroncina, e Donovan contro la parete di strumenti. Seguirono altri sobbalzi, un violento vorticare alternato con urti violenti, finché un ultimo colpo, molto violento e laterale mi sbalzò dalla poltrona cui ero aggrappato e mi scaraventò a lato, ove battei la testa sulla cloche, perdendo i sensi.

Penso di non essermi più risvegliato.

- Com'è possibile che sia vuota? - chiese Angela.

- Da qui la capsula non è uscita, almeno non nel nostro mondo, deve essere da qualche parte nell'universo parallelo.-

- Pensi che Fritz tornerà? -

- Molto improbabile; penso che mentre era di là qualcosa sia andato storto e non gli sia stato più possibile riportare qui la capsula.-

- Che peccato, non sarebbe stato male fare una vacanza nel tempo.-

- In che periodo ti sarebbe piaciuto andare?-

- Non so bene, ci dovrei pensare. Comunque mi piace questo posto. Visto che è tuo, perché non ci trasferiamo qui? -

- Stavo giusto per chiedertelo.-

FINE

Indice

ISBN 9788869490811

www.ingramcontent.com/pod-product-compliance
Lightning Source LLC
Chambersburg PA
CBHW072008020726
47501CB00006B/1733